MOUNIA JAYAWANTH
Nightsky Full Of Promise

MOUNIA JAYAWANTH

NIGHT SKY *full of* PROMISE

Roman

LYX

LYX in der Bastei Lübbe AG
Dieser Titel ist auch als E-Book und als Hörbuch erschienen.

MIX
Papier aus verantwortungsvollen Quellen
FSC® C014496
www.fsc.org

Textredaktion: Li-Sa Vo Dieu
Umschlaggestaltung: © ZEROmedia GmbH & Co. KG
unter Verwendung von Motiven von © FinePic®, München
Satz: Greiner & Reichel, Köln
Gesetzt aus der Adobe Caslon
Druck und Verarbeitung: GGP Media GmbH, Pößneck
Printed in Germany
ISBN 978-3-7363-1659-1

1 3 5 7 6 4 2

Sie finden uns im Internet unter lyx-verlag.de
Bitte beachten Sie auch: luebbe.de und lesejury.de

Für Sarah.
Du bist pure Liebe.

»If you are not too long,
I will wait here for you all my life.«

Oscar Wilde

PLAYLIST

Perfect Strangers – Jonas Blue, JP Cooper
Missing You – The Vamps
I Have Questions – Camilla Cabello
Feels – Kelhani
hate u love u – Olivia O'Brien
New Rules – Dua Lipa
Shape of You – Ed Sheeran
everything i wanted – Billie Elish
Conversations in the Dark – John Legend
Defenceless – Louis Tomlinson
Talk To Me – Möwe, Conor Maynard & RANI
Can I Be Him – James Arthur
You Broke Me First – Tate McRae
Someone You Loved – Lewis Capaldi
One Last Time – Ariana Grande
You & I – One Direction

PROLOG

Fünf Jahre zuvor

Sydney

Heißer Typ auf zwölf Uhr. Mitten auf der Tanzfläche steht er da, keine zehn Schritte von mir entfernt, groß und athletisch und mit braunen lockigen Haaren, die vorne etwas länger als hinten sind. Vielleicht ist es aber auch seine offene Lederjacke, die mich nicht wegschauen lässt. Obwohl es so warm ist, trägt er sie sogar hier drin. Selbst jetzt, beim Tanzen. Gut gelaunt schwingt er zu Beyoncé, zwar nicht ganz zum Takt, aber er sieht trotzdem so aus, als hätte er den Spaß seines Lebens. Dabei lächelt er die ganze Zeit – ein warmes, aber irgendwie auch freches Lächeln, das durchs bloße Hinsehen gute Laune versprüht.

Eigentlich wollte ich nur kurz bei dieser Party vorbeischauen, damit mir später niemand vorwerfen kann, ich sei nicht da gewesen. Aber jetzt bleibe ich vielleicht doch noch einen kleinen Moment länger und schaue ihn weiter an. Ganz subtil durch den Vorhang meiner Haare …

Bis Mr Lederjacke meinen Blick erwidert.

O nein. Vielleicht war ich nicht so diskret wie ich dachte. Mein Herz macht einen ertappten Hüpfer. Aber Moment … gilt seine Aufmerksamkeit wirklich mir? Der Vorsicht halber schiele ich nach links und rechts, aber außer mir lehnt sonst niemand an der kahlen Wand. Die meisten trinken, feiern und tanzen auf der gegenüberliegenden Seite des Clubs. Nur ich nicht. Und er auch nicht mehr. Denn er schaut mich an. Und setzt sich in Bewegung.

Heilige Scheiße!

Er kommt auf mich zu!

Mein Puls fährt hoch, bringt Hitze in meine Wangen und rasende Gedanken in meinen Kopf. Er kommt doch nicht tatsächlich auf mich zu, oder? Doch, das tut er. Damit habe ich jetzt irgendwie nicht gerechnet. Aber gut, ruhig bleiben. Ist ja nichts Besonderes dabei. Vielleicht will er mich einfach nur nach Feuer fragen. Oder er sucht den Gang zur Toilette. Oder er findet mich genauso heiß.

Ha! Schön wär's!

Bevor ich dazu komme, mein Kleid zu glätten oder ein weiteres Mal Luft zu holen, steht der Fremde auch schon vor mir.

»Hi.« Er hebt freundlich die Hand.

»Hi«, entgegne ich und spüre, wie schnell mein Herz in meiner Brust pulsiert.

Obwohl ich keine High Heels trage, sondern flache Ballerinas, kam es für ein Mädchen von eins achtzig wie mich heute schon einige Male vor, dass ich mich zum Sprechen runterbeugen musste. Dieser Fremde ist fast so groß wie ich, vielleicht drei, vier Zentimeter größer. Jetzt, da er direkt vor mir steht, sehen wir uns direkt in die Augen. Durch das Clublicht kann ich die Farbe nicht genau erkennen, aber ein tiefer melancholischer James-Dean-Ausdruck liegt in ihnen. Mein Blick wandert weiter zu seinen Lippen, die noch immer zu einem frechen Lächeln verzogen sind. Seine Züge sind markant, und mich überkommt augenblicklich der Impuls, über seine Kinnlinie zu fahren.

Er beugt sich zu meinem Gesicht vor, dabei streifen seine Haare meine Wange und kitzeln mich. Mir wird heiß.

»Warum stehst du ganz allein hier?«, ruft er mir ins Ohr, laut genug, um den Mainstream-Pop zu übertönen. Sein warmer Atem trifft auf meine Haut und lässt mich augenblicklich erschaudern. Hoffentlich ist es zu dunkel, um die Gänsehaut an meinem Nacken zu bemerken.

»Ähm … ich brauchte eine Pause«, erwidere ich verzögert. »Meine Freunde sind alle ziemlich betrunken.« Mit dem Kopf deute ich hinter ihn auf die Gruppe an der Bar. Heute ist vermutlich das letzte Mal, dass die ganze Stufe zusammen sein wird.

Der Fremde folgt meinem Blick. »Dein Jahrgang?«

Ich nicke. »Ist deiner auch da?«

»Ja, aber nur ein paar.«

Durch seine Kopfbewegung kann ich nun auch seinen Duft wahrnehmen. Verdammt, gut riechen tut er auch noch. Es ist eindeutig das Leder seiner Jacke, gemischt mit irgendeinem Parfum, das ich nicht kenne. Er riecht so herb und irgendwie auch süß. Am liebsten würde ich mich in seinen Geruch reinlegen und zudecken.

»Ist es okay, wenn ich mich kurz zu dir stelle? Ich brauche auch mal eine Pause.« Er mustert mich fragend, als würde er mich tatsächlich um Erlaubnis bitten.

»Klar«, entgegne ich und nicke zusätzlich, weil der Lärmpegel hier drin einer laufenden Bohrmaschine gleicht. Der Fremde lächelt und stellt sich neben mich. Wir berühren einander nicht, sind uns aber trotzdem so nah, dass ich seine Körperwärme spüre. Vielleicht ist es aber auch nur meine eigene, die in den letzten dreißig Sekunden um gefühlt zehn Grad gestiegen ist.

»Wie heißt du?«, erkundigt er sich von der Seite.

»Sydney.«

»Wie die Stadt?«

»Wie die Stadt«, gebe ich ihm recht und lächle, gespannt, in welche Richtung er das Gespräch lenken möchte, wo wir nun bei Städten angekommen sind.

»Aber du kommst nicht aus Sydney, oder?«

»Nein, ich komme aus Berlin …«

Er nickt registrierend. »Cool.«

Cool? Einfach so? Einen Augenblick lang bin ich überrascht. Positiv überrascht, weil er meine Aussage einfach hinnimmt und nicht sofort nach meiner Herkunft fragt. Kein »Woher kommst du wirklich?«, »Nein, ich meine, wirklich-wirklich?« oder »Woher kommen deine Eltern?«.

»Und wie heißt du?«, rufe ich laut zurück, um den Lärm zu übertönen, und komme mir ein bisschen blöd vor, weil dieser just in dem Moment durch einen Liedwechsel verstummt ist.

»Luke«, antwortet er.

Wie Luke Skywalker?, will ich scherzhaft fragen, doch ich halte mich zurück. Nicht, weil ich mich dafür schäme, dass ich ein *Star-Wars*-Fan bin, aber die meisten Leute meiner Generation teilen meine Leidenschaft in der Regel ohnehin nicht.

Luke sagt wieder etwas, doch durch die lauten Bässe verstehe ich kein Wort.

»Was?«

Er wiederholt das Gesagte, aber Beyoncé, die alle Single Ladies dazu auffordert, die Hände zu heben, verschluckt seine Worte wieder.

»Es ist zu laut.« Ich deute auf mein Ohr und schüttele demonstrativ den Kopf.

»Wollen wir uns vielleicht draußen unterhalten?«, schlägt er vor, und diesmal verstehe ich ihn. Bevor ich ihm antworten kann, greift er sanft nach meiner Hand und zieht mich durch den Tanzsaal. Überrascht und mit klopfendem Herzen folge ich ihm. Sein Griff ist warm und fest, und irgendwas in meinem Bauch beginnt zu flattern. Ich komme an Vicky vorbei, die mich mit aufgerissenen Augen dabei beobachtet, wie ich mit Luke in Richtung Ausgang marschiere. Ich verstehe ihre Neugier, werfe ihr aber trotzdem einen »Nicht jetzt«-Blick zu. Sie grinst nur und antwortet mir mit einem stummen »Ich will nachher jedes einzelne Detail hören«.

Das kriegt sie, so viel ist sicher.

Draußen angekommen, werden wir von einer kühlen Sommerbrise begrüßt. Tief atme ich die frische Luft ein, so tief, als wollte ich mit diesem einzelnen Atemzug den Sauerstoffmangel der letzten paar Stunden kompensieren.

Am Eingang des Clubs prangt das pinke Schild der After-Abiball-Party. Viele Jahrgänge sind nach ihrer eigenen Feier ins *Elysion* weitergezogen, darunter auch meiner.

Luke führt mich zu der mit Büschen und Sträuchern verzierten Steinebene, von der man einen wunderschönen Ausblick auf den Landwehrkanal hat. Von hier dringt die Musik des Clubs nur noch gedämpft zu uns durch. Erst jetzt lassen wir einander los und setzen uns auf einen großen Stein.

Es braucht einen Moment, um meine Augen an die Dunkelheit zu gewöhnen. Das einzige Licht kommt vom Mond, der aus dem tiefen Schwarz der Nacht ragt und perlmuttfarben schimmert. Auf der gegenüberliegenden Seite des Wassers erkenne ich die Umrisse einer Trauerweide, die ihre Blätter bis ins Wasser taucht und ringförmige Wellen wirft. Manchmal ist Berlin bei Tag das reinste Rattenloch. Aber nachts am Wasser bei Ruhe und Mondschein gleicht es einem romantischen Ölgemälde.

»Also, Sydney.« Luke klappt die Hände zusammen und wirft mir einen forschenden Blick zu. »Was hat es mit deinem Namen auf sich?«

Ich unterdrücke ein Lächeln. Der Klassiker aller Fragen.

»Meine Eltern haben sich in Sydney kennengelernt und entschieden, dass es eine schöne Hommage wäre, ihr Kind nach der Stadt zu benennen, in der sie sich verliebt haben«, trage ich wie einen auswendig gelernten Text vor.

»Cool.« Er lächelt. »Haben deine Eltern dort Urlaub gemacht?«

»Mein Vater ja, aber meine Mutter hat damals noch in Australien gelebt. Sie ist Diplomatin«, setze ich als Erklärung hinzu.

»Oh, ein Diplomatenkind«, bemerkt er mit einem staunenden Unterton. »Dann bist du sicher viel rumgekommen, oder?«

»Ja, schon«, erwidere ich vage und gehe nicht weiter ins Detail. Meistens schüchtert es Menschen ein, wenn sie erfahren, dass ich bereits in Peru, Finnland, Kanada und Indonesien gelebt habe. Ist ja nicht so, dass ich dort irgendwas Besonderes geleistet hätte.

»Wow«, sagt Luke trotzdem, als wüsste er ganz genau, in welchen Ecken der Welt ich schon war. »Das stelle ich mir aufregend vor.«

Ich wippe unentschlossen mit dem Kopf. »Na ja, es hat seine Vor- und Nachteile. Man sieht viel von der Welt, aber um ehrlich zu sein, hat es mich auf Dauer auch etwas einsam gemacht. Kaum hatte ich Freundschaften geschlossen, musste ich wieder weg.« Noch während ich es ausspreche, wundere ich mich über mich selbst. Komisch, dass ich ihm das einfach so erzähle. Vielleicht liegt es daran, wie er aussieht, wenn er meinen Worten lauscht. So aufmerksam und konzentriert.

»So habe ich das noch gar nicht gesehen.« Sein Ausdruck verändert sich, und er nickt nachdenklich. »Für Kinder ist das sicher viel schwerer als für Erwachsene.«

Sein ehrliches Interesse löst ein Kribbeln in meinem Bauch aus, und mich überkommt das Bedürfnis, ihm mehr erzählen zu wollen. Aber bevor ich etwas erwidern kann, kommt er mir zuvor.

»Als Diplomatenkind sprichst du dann auch sicher mehrere Sprachen, oder? Wahrscheinlich hat man keine andere Wahl, wenn man in verschiedenen Ländern aufwächst.«

»Ja, Deutsch, Englisch und Spanisch sind relativ gut hier drin«, sage ich und tippe mir selbst auf den Kopf.

»Was? Nur so wenig?«, zieht er mich auf.

»Tatsächlich ist das gar nicht so viel für ein Diplomatenkind.«

»Trotzdem krass.«

»Und du?«, lenke ich auf ihn, da ich noch immer nicht mehr über ihn weiß als seinen Namen. »Wer bist *du*?«

»Ich bin Luke.«

»Ja, so weit waren wir schon.« Ich werfe ihm einen ironischen Blick zu. »Aber was macht Luke so?«

»Jetzt gerade? Sich mit einem hübschen Mädchen unterhalten.«

Sein Tonfall ist anzüglich, und meine Wangen glühen so heiß, dass mir kurz schwindelig wird. Leider bin ich echt mies in solchen Schlagabtauschen, besonders bei ihm, bei dessen Anblick ich einfach nur dauerlächeln möchte.

»Lenk nicht ab«, halte ich mich weiter am Text. »Erzähl mir mehr vom geheimnisvollen *Luke*. Was würde auf deinem Steckbrief stehen?«

Luke verlagert seinen Fuß auf das andere Knie und lehnt sich vor, während er nachdenkt. Dabei weht sein Duft erneut zu mir rüber, ein Duft, den ich tief in meine Lungen einziehe.

»Okay, ein Steckbrief also. Ähm … Luke, achtzehn Jahre alt, nicht trilingual und auch kein Weltenbummler. Nicht einmal genug Allgemeinbildung, um zu wissen, ob Sydney die Hauptstadt von Australien ist. Okay, deinem Blick nach zu urteilen nicht, shit!«

Ich lache leise, registriere jedoch auch die Tatsache, dass er meine Frage noch immer nicht beantwortet hat.

»Melbourne?«, rät er weiter.

»Canberra«, löse ich das Rätsel auf, und er schaut stutzig drein. »Hast du dir das gerade ausgedacht?«

»Nein!«

»Okay, ohne Scheiß, aber dieses Wort höre ich zum ersten Mal. Irgendwas sagt mir, dass du bei *Stadt-Land-Fluss* immer die Beste warst.« Er grinst leicht verschämt und fährt sich über den Nacken, während er den Kopf leicht senkt. In den Lichtern der Laternen wirkt seine Silhouette so cool und unnahbar, in seinem Gesicht hingegen spiegelt sich ganz zarte Unsicherheit. Als würde es ihm schon etwas ausmachen, dass er die Hauptstadt nicht wusste. Und irgendwie mag ich ihn dadurch sogar noch mehr.

Ich erwische mich dabei, wie ich ein winziges Stück in seine Richtung heranrutsche, um ihm noch ein bisschen näher zu sein, ein bisschen mehr von seiner Wärme zu spüren und mehr von ihm zu riechen, als immer nur auf einen Luftzug zu warten, der seinen herben, süßen Geruch zufällig in meine Richtung weht.

Wer von uns hat eigentlich zuletzt geredet? Ich habe komplett den Faden verloren. Hat er mir eine Frage gestellt? Muss ich auf irgendwas antworten?

»Ich …« Weiß nicht, was ich sagen soll. Ein kurzer Blick zu Luke, und schon stürzt mein innerer Sever ab. Da ist nur noch das monotone Rauschen wie bei einem defekten alten Fernseher. Jetzt muss ich erst wieder hochfahren und mir irgendein neues Thema überlegen. »Wie … wie war dein Abi eigentlich so?«

Lukes Kiefermuskulatur verhärtet sich mit einem Schlag, und mir wird klar, dass das ein ganz und gar blöder Themenwechsel war. Warum glaubt mein Hirn, dass es eine kluge Idee wäre, ausgerechnet über die Schule zu reden?

»So lala. Bei dir?«

»Bei mir auch«, winke ich knapp ab, um das Gespräch so schnell wie möglich abzuschließen. Doch zu meinem Bedauern hakt er weiter nach.

»Und wie geht's jetzt für dich weiter? Willst du irgendwas studieren?«

»Ja, ich habe mich für verschiedene Fächer beworben. Mich interessiert vieles, aber vor allem Politik und Wirtschaft. Wahrscheinlich wird es eins von beidem. Je nachdem, wo ich angenommen werde. Und du?«

Er schweigt einen Augenblick, dabei schweift sein Blick nachdenklich zum Wasser. »Ich studiere nicht.«

»Klar, muss man auch nicht«, sage ich und lächele zusätzlich, weil er nicht denken soll, dass ich ihn deswegen bewerte – was ich selbstverständlich nicht tue!

»Also, nicht direkt«, schiebt er ein. »Erst mal gehe ich ins Ausland.«

Seine Worte explodieren wie eine Bombe, und in winzigen Stückchen fliegt die Chance davon, dieses Beisammensein zu wiederholen. Mein Herz zieht sich zusammen, doch ich zwinge mich zu einem heiteren Lächeln.

»Cool.« Oder auch nicht cool. Nein, überhaupt nicht cool!

»Nach Neuseeland«, redet er weiter. »Die Welt entdecken und das Leben genießen. Danach bleibt immer noch genug Zeit zum Studieren.«

»Ja, viele aus meinem Jahrgang machen dasselbe«, sage ich und verfluche das Universum dafür, dass es mir erst einen supersüßen Typen schickt, nur um ihn mir im nächsten Moment wieder zu entziehen!

Plötzlich wird die Stimmung mit bleierner Stille gefüllt.

Ich weiß nicht, was ich sagen soll, und vermutlich geht es ihm ähnlich. Trotz der Kälte schwitzen meine Hände vor Nervosität. Toll, jetzt habe ich ein bestandenes Abitur, weiß aber immer noch nicht, wie man ein Gespräch am Laufen hält. Unser Schulsystem benötigt ganz dringend eine Reform.

»Okay, Schluss mit dem Small Talk«, bricht Luke schließlich das Schweigen. »Keine Steckbriefe mehr, okay? Erzähl mir lieber etwas, was nicht auf deinem Lebenslauf stehen würde. Ein Geheimnis vielleicht.«

»Ein Geheimnis?«, wiederhole ich argwöhnisch.

»Ja, irgendwas, das niemand über dich weiß. Was Verrücktes, Albernes, Perverses, egal was. Denk nicht viel darüber nach, sag einfach das, was dir als Erstes in den Sinn kommt.«

Meine Antwort folgt aus dem Bauch heraus. »Ich habe einen leichten Backfetisch.«

»Was?« Seine Stimme hallt durch die Nacht und lässt die Wasseroberfläche vibrieren. »Einen *Backfetisch*?«

»Pssst«, mache ich, obwohl wir die Einzigen hier draußen sind.

»Okay, aber das musst du mir jetzt bitte etwas genauer erklären. Was meinst du mit Backfetisch? Bist du beim Backen etwa nackt? Benutzt du deine Füße zum Mixen?«

»Was? Nein!«, rufe ich in sein Lachen rein. »No judging, aber nein! Ich liebe es einfach zu backen.«

»Das ist doch kein Fetisch! Das ist einfach nur ein Hobby.«

»Bitte, dann nenn es eben ein Hobby.«

»Und das ist dein großes Geheimnis? Du backst gern?«

»Sag es nicht so, als wäre ich die langweiligste Person auf der Welt«, jammere ich.

»Keine Sorge, ich kann dich toppen. Bereit?«

Da bin ich mal gespannt, was er zu bieten hat. Gespannt nicke ich.

Obwohl er lächelt, mischt sich eine leichte Unsicherheit in seinen Blick, was mich noch neugieriger macht.

»Ich kann stricken«, sagt er endlich.

Mein Mund klappt auf. »Was?« Damit habe ich nun wirklich nicht gerechnet. »Du strickst? Mit Wolle und so?«

»Jepp.« Er kickt einen kleinen Stein ins Wasser. »Ich habe es in der Grundschule gelernt und kann es immer noch. Eigentlich ist es gar nicht so schwer. Aber davon weiß niemand, weil …« Er wirft mir einen vielsagenden Blick zu. »Du weißt schon.«

Ja, ich weiß, denke ich. Stricken ist nichts, was jemandes Beliebtheitsgrad erhöht. Vielleicht bin ich gerade deshalb so begeistert. Dieser Adonis hier neben mir kann allen Ernstes stricken!

»Meine Großmutter würde dich lieben.«

»Vielleicht lerne ich sie irgendwann mal kennen.«

»Vielleicht«, spiele ich mit. »Und dann backe ich uns einen Kuchen.«

»Nackt?«

Empört schnappe ich nach Luft und hole zu einem spielerischen Schlag aus, doch er weicht mir lachend aus.

»Nicht nackt!«, sage ich entschieden.

Er zieht einen Schmollmund. »Und wenn ich im Gegenzug etwas für dich stricke? Einen Topflappen oder eine Schürze vielleicht?«

»Kommt drauf an«, konfrontiere ich ihn. »Bist du dabei auch nackt?«

Luke zuckt lässig mit den Schultern. »Von mir aus. Aber ich will deine Oma nicht verstören.«

»O nein. Ganz. Böses. Kopfkino!« Tränen schießen mir in die Augen. Ich muss so sehr lachen, dass ich heulen muss. Das Bild von einem breitbeinigen nackten Luke auf unserem Sofa, daneben meine Großmutter, die nicht weiß, wo sie hinsehen soll … Ich kann nicht mehr!

Luke stimmt mit ein in mein Lachen, und wir lachen eine Minute lang, ohne dass sich einer von uns wieder einkriegt. Im Nachhinein ist es gar nicht so lustig, aber dieser Moment ist einer von diesen, in denen wir, immer wenn wir uns wieder einkriegen, das Lachen von Neuem beginnen. Lukes Lache ist im Gegensatz zu seiner tiefen Stimme hoch und fast schon jugendlich. Wenn ich nicht auch so kichern müsste, würde ich am liebsten die Augen schließen und einfach nur ihrem Klang lauschen.

»Kaum zu glauben, dass ich dir das mit dem Stricken wirklich erzählt habe«, sagt Luke, der sich als Erster von uns beruhigt. »Das weiß wirklich niemand. Du könntest mich jetzt mit allem erpressen.«

»Keine Sorge. Dein Geheimnis ist bei mir sicher.« Ich hebe die Hand zum Schwur, doch als ich sie runternehme, greift Luke nach ihr und verwebt unsere Finger miteinander. Er macht das so selbstverständlich, als wäre es Atmen oder Essen. Mein Puls stolpert kurz, dann verdoppelt er seinen Rhythmus.

»Erzähl mir noch etwas«, bittet er mich.

»Ich mag den Geruch von Benzin«, sage ich wieder aus dem Affekt. »Ist das schräg?«

»Nein, ich mag den Geruch auch. Aber ich hasse den von neuen Autos. Dieser spezielle Eigenduft nach Leder und … Auto halt.«

Ich habe zwar keine Ahnung, was er meint, doch ich nicke. »Jetzt du«, fordere ich ihn auf. »Sag, was dir als Erstes in den Sinn kommt.«

»Meine Lieblingscola ist die mit Vanille.«

»Bäh!« Ich verziehe das Gesicht. »Meine ist die mit Kirsche.«

»Doppel-Bäh! Meine Lieblingsnüsse sind Pistazien.«

»Meine sind Macadamia.«

»Die kenne ich gar nicht. Jetzt du wieder.«

»Ich schlafe immer mit Socken. Auch im Sommer.«

»Ich schlafe immer nackt. Auch im Winter.«

O nein. Jetzt stelle ich ihn mir schon wieder ohne Hose vor! Obwohl ich genug Reife zeigen will, um beim Wort *nackt* nicht gleich ins Kichern zu fallen, kann ich nicht anders.

»Bist du jetzt angeturnt?«, ärgert er mich.

»Komisch, genau dasselbe wollte ich dich auch fragen«, sage ich und wische mir eine Träne aus dem Augenwinkel.

»Du hast recht. Es gibt nichts Attraktiveres als eine Frau im Bett. Mit Socken.«

»Du müsstest mich mal im Winter sehen. Doppelte Socken, dazu die Flauschversion.«

»Woah, Sydney.« Er hält sich die Hand an die Brust. »Willst du mich umbringen? Ich bin auch nur ein Mann.«

Wieder will ich lachen, doch dann wird mir bewusst, wie nah sich unsere Gesichter sind. Sein fremder Duft umhüllt mich wie eine Decke, und sein Lächeln strahlt wie eine dieser alten stromfressenden Glühbirnen.

Irgendwas passiert hier gerade. Ich sehe es nicht, ich rieche es nicht, und doch spüre ich es wie ein Erdbeben, das meine gesamte Gefühlswelt erschüttert.

Hand in Hand sitzen wir angestrahlt vom Mond in der Dunkelheit und reden weiter. Unsere Gespräche kennen keine Struktur, keine Logik und auch keine Scham. Wir reden über Dinge, die nicht in unserem Lebenslauf stehen, über Wünsche, Träume und Ängste. Wir beurteilen einander nicht, wir hören einfach nur zu. Noch nie in meinem Leben habe ich mich in der Gegenwart eines anderen so wohlgefühlt. Luke ist einfühlsam, empathisch, klug und witzig.

Irgendwann sitzen wir enger nebeneinander, irgendwann trage ich seine Jacke. Irgendwann sehen wir uns in die Augen, irgendwann schaut niemand mehr weg. Wenn Vollkommenheit sich so anfühlt, verstehe ich, warum die Menschen nicht genug davon kriegen können. Das hier ist perfekt. Es ist so perfekt, dass ich in Anbetracht dieser Perfektion heulen könnte. Das Einzige, das mich innerlich zerfetzt, ist die unüberwindbare Tatsache, dass diese Begegnung, egal wie lang wir sie hinauszögern, irgendwann ein Ende nehmen wird.

*

Als der Club um sieben schließt und die letzten Alkoholleichen rausgeschmissen werden, stehen wir ebenfalls auf. Vicky hat mir geschrieben, dass sie und ein paar andere an der nahegelegenen Bushaltestelle auf mich warten. Auch Luke checkt sein Handy und schaut sich um, als suche er seine Leute. Dann lässt er es zurück in seine Hosentasche gleiten und schaut mich an. Er sieht müde aus. Ich wahrscheinlich auch.

»Das war wirklich ein schöner Abend«, sagt er leise.

»Fand ich auch«, murmle ich und spüre, wie mir Tränen in die Augen steigen. Doch ich bewahre sie mir für später auf. Wenn ich zu Hause bin und in einem dampfenden, heißen Bad Selbstmitleid zerfließen kann.

»Irgendwie schade, dass ich ausgerechnet jetzt gehe.« Er lächelt geknickt. »Würde ich hierbleiben, würde ich dich nach deiner Nummer fragen. Aber jetzt …« Er zuckt mit den Schultern und schaukelt mit den Beinen vor und zurück. »Keine Ahnung. In ein paar Tagen bin ich weg. Ich will nichts zurücklassen.«

Doch, bitte. Lass etwas zurück. Oder bleib gleich da und geh nie fort!

»Das verstehe ich«, sage ich mit fester Stimme. »Du solltest diese Erfahrung unbedingt machen und dich von niemandem gebremst fühlen. Es war eben ein schlechtes Timing.«

Er mustert mich eindringlich. Dann wieder dieses strahlende Lächeln. »Du bist echt süß, Sydney.«

Weil ich nicht weiß, was ich sagen soll, antworte ich: »Du auch.« Daraufhin lachen wir etwas befangen.

Eine betretene Pause entsteht, in der wir beide wohl nicht so recht wissen, was wir sagen sollen. Ich wage es nicht, den Mund zu öffnen, weil ich nicht weiß, ob ich ihn dann doch um seine Nummer anflehe.

»Hey, vielleicht kommt das jetzt komisch«, beginnt er vorsichtig, »aber wie wär's, wenn wir uns nächstes Jahr wiedersehen? Also, wenn ich wieder da bin, meine ich.«

Meine Augen weiten sich. »N-nächstes Jahr?«, wiederhole ich stockend.

»Falls du dich dann noch an mich erinnerst.«

Wie könnte ich nicht!

»Wir könnten uns hier treffen«, redet er weiter und deutet auf die Stelle, an der wir die letzten Stunden saßen. »Genau hier am Wasser. Oder ist das zu kitschig?« Er fährt sich mit einer Hand durch die Haare und lacht verlegen.

Und das ist er. Der jämmerliche Moment, in dem ich nach nur wenigen Stunden einem wildfremden Menschen verfalle. Früher habe ich mich immer gefragt, woran man merkt, dass man verliebt ist. Jetzt kenne ich die Antwort. Klischeehaft, aber wahr: Man weiß es einfach.

»Okay«, bringe ich mühsam hervor. »Vorausgesetzt, *du* vergisst mich nicht.«

Er schüttelt den Kopf. »Das werde ich nicht, Sydney.« Er sagt es so aufrichtig, dass ich gar nicht anders kann, als ihm zu glauben.

Luke macht einen Schritt auf mich zu, verringert unseren Abstand und schließt die Arme um mich. Seine Hände streichen mir sanft über den Kopf, während ich mein Gesicht in seiner Halsbeuge vergrabe. Ein letztes Mal atme ich seinen fremden und nun gleichzeitig vertrauten Geruch ein, ganz tief, in der Hoffnung, ihn bis zu unserer nächsten Begegnung bei mir zu haben.

Als Luke meinen Kopf zu seinem Gesicht zieht und mich ansieht, erwarte ich, dass er mich küssen wird. Doch er lächelt nur und lässt mich schließlich los.

»Also, nächstes Jahr?«, vergewissert er sich und klingt mit einem Mal ernst. »Versprichst du es?«

Ich verdrehe die Augen, während ich innerlich Pirouetten drehe. »Okay, du Dramatiker. Ich verspreche es.«

»Gut. Ich verspreche es auch.«

»Also dann.«

»Also dann.«

Wir liefern uns ein stummes Blickduell. Ich warte immer noch darauf, dass er mich küsst, ich hoffe es regelrecht. Doch zu meinem Entsetzen tritt er nicht näher heran, sondern einen Schritt zurück.

Er geht???

So kann es doch unmöglich enden, nicht, ohne unsere Begegnung mit etwas Größerem als einer Umarmung zu besiegeln. Nicht ohne einen eindeutigen Beweis zu haben, dass wir mehr sind als nur Fremde, die sich die ganze Nacht unterhalten haben.

»Bis zum nächsten Jahr«, sagt er abschiedsvoll, lächelt schief und wendet sich ab.

Na gut. Selbst ist die Frau. Wenn er mich nicht küsst, dann werde ich es tun. Ich muss es tun, sonst explodiere ich.

Bevor mich der Mut verlässt, greife ich nach seiner Schulter, ziehe ihn an mich und presse meine Lippen auf seine. Etwas überrascht verkrampft er sich einen Augenblick. Doch dann spüre ich, wie sich seine Lippen zu einem Lächeln verziehen, und endlich, endlich erwidert er meinen Kuss. Ich schmelze. Ich schmelze und werde zu einer Wolke und irgendeinem anderen Aggregatzustand.

So fühlt sich also ein richtiger Kuss an. Als würden meine Atome zerfallen und sich neu bilden. Endlich verstehe ich den Hype.

»Bis zum nächsten Jahr«, hauche ich.

Luke

»Und?« Vince mustert mich fragend. Wir sitzen im Bus und haben einen der Vierersitze ergattert. Aus dem Fenster sehe ich, wie Sydney mit ein paar Freundinnen an der gegenüberliegenden Bushaltestelle steht und redet. Sie trägt noch immer meine Jacke, die ich leider, leider »vergessen« habe. Wenn wir uns schon nicht wiedersehen, soll sie irgendwas von mir behalten.

Der säuerliche Geschmack der Schuldgefühle schießt mir den Rachen runter. Ich presse die Lippen aufeinander und antworte Vince mit einem Nicken.

Keine Sekunde später grölen meine Freunde los. Sie kichern und jubeln und klopfen mir anerkennend auf die Schulter, während ich mich vor Scham am liebsten aus dem Fenster schmeißen würde.

»Du hast trotzdem verloren«, grunzt Said und schüttelt entschieden den Kopf. »Du hast viel zu lang gebraucht.«

»Dein Ernst, Junge?« Ich verdrehe die Augen. »Es gab kein Zeitlimit.«

»Das stimmt«, mischt Alex sich ein. »Die Challenge hieß nur: *Bring ein Mädchen dazu, dass sie dich küsst.*«

»Aber doch nicht drei Stunden! In dieser Zeit hätte es jeder geschafft.«

»Du hast es nicht geschafft«, zieht ihn Alex auf.

»Gib ihm das Geld, Mann. Wettschulden sind Ehrenschulden«, ergreift Vince, mein bester Freund, wie immer Partei für mich.

»Ich muss erst noch zur Bank«, murrt Said. Er hasst es zu verlieren, tritt allerdings trotzdem immer wieder gegen mich an. Wir machen das schon seit der Zehnten. Irgendwer fordert den anderen zu einer lächerlichen Challenge heraus, manchmal um Geld, und manchmal einfach nur so. Es ist kindisch, aber auch echt lustig. Meistens zumindest.

Nur nicht heute. Definitiv nicht heute.

Der Bus fährt los, und Sydney verschwindet endgültig aus meinem Blickfeld. Plötzlich fühle ich mich wie ein böser Wolf, dem zenterweise Steine im Bauch liegen. Mein Magen zieht sich schmerzvoll zusammen.

»Also, erzähl mal, wie du es geschafft hast«, fordert mich Alex auf, hebt jedoch sofort die Hand, bevor ich sprechen kann. »Oder nein. Nein, lass mich raten. Du hast den Charmeur gespielt.«

Die anderen kichern wie kleine Kinder.

»Ich deute dein Schweigen mal als Ja. Und weiter?«

»Wie weiter?«, murmele ich, den Blick wieder aus dem Fenster gerichtet. Mein eigenes Spiegelbild springt mir entgegen. Ein Typ mit herunterhängenden Mundwinkeln und todmüden Augen.

»Was habt ihr die ganze Zeit gemacht?«

»Geredet.«

»Im Ernst? Das ist ja lahm.«

Nein, war es nicht. Es war perfekt.

»Jepp«, gebe ich zurück und verschränke lässig die Arme vor der Brust.

Die anderen fallen in erneutes Gelächter, verstummen jedoch, als der Busfahrer uns durch die Sprechanlage droht, dass er uns rausschmeißen wird, wenn wir nicht sofort leiser sind.

»Warum bist du nicht mit ihr nach Hause gegangen?«, fragt Vince.

»Weil sie zu lieb war.« Ich denke an ihr reines, strahlendes Lächeln. »Und zu unschuldig. Ich hätte mich echt mies gefühlt.«

»Klar, du bist ja kein Monster«, entgegnet Alex spöttisch.

»Aber hast du wenigstens ihre Nummer bekommen?«, hakt Vince nach.

»Nein.« Jetzt kommt der Teil, für den ich mich am meisten schäme. »Ich habe ihr gesagt, dass ich ins Ausland gehe und dass es sich nicht lohnen würde, Nummern auszutauschen.«

»Ein Auslandsjahr? Und das hat sie dir ernsthaft geglaubt?«

Meine Freunde liegen fast am Boden vor Lachen. Wieder ermahnt uns der Busfahrer und erinnert mich mit seinem schroffen Tonfall an meinen Vater.

Ich weiß auch nicht, warum ich das gesagt habe. Es war eine Kurzschlussreaktion, weil ich mit ihrem trilingualen Diplomatenkind-Jetsetter-Leben nicht mithalten konnte. Heute war ich ohnehin die Witzfigur des Abends und wollte wenigstens vor einer fremden Person so tun, als wäre ich nicht der größte Versager auf Erden, der durchs Abi gerasselt ist.

Aber je mehr wir uns kennenlernten, desto mehr wollte ich die Lüge zurücknehmen. Deshalb kam mir zum Ende hin die Idee, uns nach meinem Scheinaufenthalt wiederzusehen. Nicht meine beste Lüge – aber auf die Schnelle ist mir nichts anderes eingefallen. Plötzlich die Wahrheit zu sagen war in jedem Fall ausgeschlossen.

»Ach übrigens, das mit Neuseeland war gelogen. Eigentlich habe ich dich nur wegen einer Wette angequatscht. Krieg ich trotzdem deine Nummer?«

Nein. Sie hätte mich in die Wüste geschickt. Aber bis zu einem Jahr ist es noch lange hin. Wenn sie nach all der Zeit wirklich kommen sollte, haben wir vielleicht eine Chance.

»Luke, du Pisser, das ist einfach genial«, lobt mich Said zum ersten Mal in dieser Nacht. »Nach dem Abi machen sowieso alle so 'ne Reise. Das ist die ultimative Ausrede!«

Und das Schuldgefühl wird immer schlimmer …

»Das arme Mädchen.« Said wischt sich eine Lachträne aus dem Augenwinkel. »Sie tut mir fast ein bisschen leid.«

Und mir erst.

»Tut mir leid, das zu sagen, Luke, aber du kommst wirklich in die Hölle«, gluckst Alex, und die anderen stimmen mit ein.

»Ja, ich weiß.« Gerade würde ich sogar freiwillig den nächsten Expresszug in Richtung Fegefeuer nehmen.

»Wartet mal. Warum haben wir eigentlich diesen Bus genommen? Niemand von uns wohnt in Friedrichshain«, wechselt Said das Thema und kneift die Augen zusammen, während er aus dem Fenster späht.

Das ist meine Schuld. Ich wollte nicht denselben Bus nehmen wie Sydney und habe die anderen bequatscht, den in Richtung Warschauer Straße zu nehmen. Für uns, die alle im Westen Berlins wohnen, ist das so ziemlich der Arsch der Welt. Meinetwegen brauchen wir jetzt noch länger nach Hause. Es sei denn …

»Vielleicht können wir noch in eine Bar«, denke ich laut.

»Alter, es ist fast acht Uhr. Hast du immer noch nicht genug?«, fragt Vince und klingt hörbar genervt.

Ich zucke mit den Schultern, obwohl ich natürlich nichts lieber täte, als den Abend endlich hinter mir zu lassen. Aber solange ich die Möglichkeit habe, nicht nach Hause zu müssen, nutze ich sie. Mein Vater ist seit dem versemmelten Abi noch übler drauf als sonst.

Und außerdem ist da noch Sydney. Wenn ich erst einmal allein bin, werden sich meine Gedanken nur um sie drehen. Ein Jahr in Neuseeland. Ich bin so ein verdammtes Arschloch. Und wenn sie bis dahin jemanden kennengelernt hat?

»Falls die Bars überhaupt noch aufhaben«, wendet Said ein und lässt mich von meinen Träumereien aufschrecken.

»Also ich wäre dabei«, meint Alex, woraufhin die anderen nach kurzem Bedenken auch in meinen Vorschlag einwilligen, auf den ich inzwischen gar keine Lust mehr habe. Ich will einfach nur zurück zu Sydney, sie an mich ziehen und nie mehr loslassen.

1. KAPITEL

Sydney

Fünf Jahre später. Fünf Jahre später, und ich denke immer noch an ihn. Bin ich die armseligste Person auf der Welt, nach wie vor um einen Typen zu trauern, der mich eiskalt versetzt hat?

Definitiv.

Natürlich habe ich ihn überall gesucht. Bei Facebook, Instagram, Twitter. Ich habe mir sogar sämtliche Dating Apps installiert und mir bei Tinder die Finger wund geswiped. Ich habe bei *Work-and-Travel*-Foren geforscht. Ich habe die Abiturliste sämtlicher Berliner Schulen durchforstet. Ich habe meinen Recherchekünsten alle Ehre erwiesen und mich mehr informiert als für jede Hausarbeit, die ich jemals geschrieben habe.

Dennoch war ich erfolglos. Luke schien von einem anderen Stern zu kommen und auch dorthin verschwunden zu sein. Hätte ihn Vicky damals nicht auch gesehen, würde ich mich früher oder später gefragt haben, ob ich ihn mir vielleicht nur eingebildet habe.

»Vergiss ihn endlich«, schmatzt Vicky vom Sofa aus und greift in ihre Chipstüte, ohne ihren Blick von der Glotze abzuwenden, wo gerade *Jane the Virgin* läuft.

Ich hab keine Ahnung, wie sie es macht, aber sie weiß immer, woran ich gerade denke. Dabei bin ich nur kurz durch das Wohnzimmer gelaufen, um mir einen Snack aus der Küche zu holen. Die beiden haben mich eigentlich aus dem Zimmer verbannt, weil ich die Serie schon gesehen und die nervige Angewohnheit habe, versehentlich zu spoilern. Aber da das Wohnzimmer gleichermaßen auch ein Durchgangszimmer zu meinem ist, muss ich trotzdem gelegentlich an den beiden vorbeigehen.

»Wovon redest du?«, gebe ich mich ahnungslos und zerknülle dabei fast den Müsliriegel in meiner Hand.

»Also bitte.« Maya verschränkt die Arme und mustert mich argwöhnisch. »Mach dir selbst ruhig was vor, aber bei uns klappt das nicht. Wir kennen dich zu gut.«

Da ist was dran. Meine besten Freundinnen wissen alles über mich. Vicky kenne ich schon seit dem Gymnasium. Maya ist eigentlich Vickys Freundin, aber da wir zwei an derselben Uni studieren und seit dem ersten Tag jede Mittagspause zusammen verbracht haben, verstehen wir uns mindestens genauso gut. Als Trio haben wir so gut funktioniert, dass wir nach dem ersten Semester eine WG gegründet haben und seitdem zusammenwohnen.

»Und außerdem«, Vicky greift wieder in die Chipstüte und inspiziert das frittierte Ding in ihrer Hand, »wissen wir, welcher Tag heute ist.«

»Der fünfzehnte August«, hilft Maya mir auf die Sprünge, als ob ich es nicht selbst wüsste. Das Datum ist schon seit Jahren dick und fett in meinen imaginären Kalender eingetragen. Ich müsste schon dement werden, um ihn zu vergessen.

»Die Nacht des Abiballs«, fügt Vicky mit unheilvoller Stimme hinzu und hebt ihre krümelbesetzte Hand in die Höhe. »Als sich Sydneys Leben für immer veränderte.« Sie hat eine tiefe Erzählerstimme eingenommen und räuspert sich kurz, ehe sie weiterspricht. »Es war eine laue Sommernacht. Sydney trug ein Kleid, so weiß wie Schnee, ihre Lippen so rot wie Blut.«

Schmunzelnd verdrehe ich die Augen, während Maya ihr Lachen durch ein Husten zu kaschieren versucht.

»Du weißt schon, dass plagiieren illegal ist«, kommentiere ich grinsend. »Nur weil du das Wort Haut durch Kleid änderst, ist es noch lange nicht …«

»Doch dann sah sie diesen Jungen«, unterbricht sie mich und schnappt theatralisch nach Luft. »Und es war …« Künstliche Pause. »Als würden sie sich ewig kennen.«

Abrupt verblasst mein Lächeln. Die Bilder, die ich in den letzten fünf Jahren mindestens eine Million Mal in meinem Kopf durchgespielt habe, flitzen wie ein schneller Stummfilm an mir vorbei. Ich will auf die imaginäre Stopptaste drücken, doch es gelingt mir nicht. Der Film läuft weiter und endet mit unserem Kuss, bei dessen Erinnerung mich noch immer das Gefühl, als würde ich schweben, überkommt. Plötzlich ist mir nach Weinen zumute, aber ich will den beiden nicht das Gefühl geben, dass ihre Späße mich verletzen. Wobei sie meinen Stimmungsumschwung anscheinend trotzdem bemerken, denn sie hören augenblicklich auf, mich zu ärgern.

»Ach, Süße.« Maya nimmt die Füße vom Tisch und klopft auf den freien Platz zwischen sich und Vicky. Widerwillig quetsche ich mich neben sie und stolpere dabei fast über Mayas Skateboard am Boden, das mal wieder überall, nur nicht auf seinem Ständer an der Flurwand platziert ist.

»Was, wenn er wirklich auf Tatooine lebt?«, frage ich hoffnungsvoll.

Die beiden lachen kurz.

»Ja klar, in einer WG mit Jabba«, entgegnet Vicky belustigt. »Vielleicht hat er dir auch einen falschen Namen genannt.«

»Hat er nicht«, protestiere ich. »Wer sagt, dass er mich überhaupt angelogen hat?«

»Na ja … sein Nicht-Erscheinen?«, sagt Maya vorsichtig

und löst eine Strähne aus ihrem Ohrpiercing, die sich immer darin verfängt. Ihre Lippen sind dabei leicht verzogen, unklar, ob vor Schmerz oder weil sie mich keinesfalls verletzen will.

»Ja, er hat mich versetzt«, räume ich ein. »Aber vielleicht hat er jemand anderen kennengelernt. Oder er ist länger weggeblieben. Wir haben keine Nummern ausgetauscht, deshalb konnte er mir nicht Bescheid geben.«

»Ein ziemlich schlauer Fuchs«, erwidert Vicky spitz.

Ich werfe ihr einen bösen Blick zu. »So war er nicht. Er war kein Arsch oder so. Du würdest dir auch nicht einfach die Nummer von jemandem einspeichern, wenn du danach für ein Jahr verschwindest. Wir haben nur geredet«, fahre ich fort, obwohl die beiden sich das Ganze schon tausendmal anhören mussten. »Die ganze Nacht lang haben wir geredet und uns in die Augen gesehen. Er hätte mich nicht einmal geküsst, wenn ich es nicht getan hätte. Er war durch und durch ein Gentleman. Und er mochte mich auch. Das weiß ich einfach.«

Ich gebe ein paar grummelnde Laute von mir und rutsche tiefer ins Polster. Mein Blick fällt auf den eingefrorenen Bildschirm. Jane und Michael sehen sich gerade tief in die Augen und erinnern mich prompt an Luke und mich. Alles erinnert mich an uns. Ich habe mich Hals über Kopf in einen Jungen verliebt, den ich überhaupt nicht kenne und nur ein einziges Mal gesehen habe. Wie armselig ist das bitte?

»Versprich mir nur eins«, ergreift Vicky wieder das Wort. Ihr Tonfall ist nicht mehr neckend, sondern aufrichtig besorgt. Aus ihrem Atem dringt der salzige Geruch von Kartoffelchips. »Bitte fahr nicht hin. Nicht schon wieder.«

Ihr letzter Satz hinterlässt ein schambesetztes sodbrennartiges Gefühl in meinem Magen. In den letzten vier Jahren war ich jedes Mal da. Anfangs noch aus der Hoffnung, ihn endlich wiederzusehen, und später aus reinem Masochismus. Die

Nacht des fünfzehnten Augusts ist die Nacht, in der ich mir erlaube, in Selbstvorwürfen und Mitleid zu versinken. Jedes Mal fahre ich zu dem alten Club, setze mich ans Ufer und denke an unsere kurze gemeinsame Zeit. Natürlich warte ich auch, aber das würde ich niemals vor den anderen zugeben.

»Vergiss es. Damit bin ich durch. Ich mache mich nicht länger zum Volltrottel.«

»Gut«, sagt Maya. »Es gibt nämlich noch einen Haufen anderer süßer Typen da draußen. Du wüsstest das auch, wenn du dich nicht ständig auf ihn fixieren würdest.«

»Hab's kapiert, ich gehe nicht. Ich schwöre es hoch und heilig.«

Wer's glaubt, wird selig …

Natürlich bin ich doch hingegangen. Ich konnte nicht anders, es war wie ein durchtriebener Zwang, dem ich nachgeben musste, um nicht in tausend Teile zu zerspringen. Niemand muss mir sagen, wie lächerlich es ist, sich mitten in der Nacht aus den eigenen vier Wänden herauszuschleichen und zu dem Ort zu fahren, an dem alles begann. Die Chancen sind gering, aber wenn mich Luke genauso gesucht hat wie ich ihn, wenn auch nur die kleinste Möglichkeit bestünde, ihn wiederzusehen, würden wir beide sicher zu dem Ort gehen, an dem wir uns kennengelernt haben.

Doch wie erwartet kommt er nicht. Obwohl ich es mir so sehr gewünscht habe, hat das Leben mich zum wiederholten Mal daran erinnert, dass es kein verdammter Teenie-Film ist. Und während ich auf das dunkle Wasser starre, mir den Hintern abfriere und mir wie die größte Loserin vorkomme, die die Menschheitsgeschichte je gesehen hat, wird mir eines mit reichlicher Verspätung endlich klar.

Es reicht. Ich muss ihn endgültig loslassen.

2. KAPITEL

Sydney

Backen ist meine Meditation. Wenn ich den Ofen vorheize und die Zutaten bereitstelle, verliere ich das Gefühl von Raum und Zeit. Ich lebe im Moment, während ich rühre, knete und forme. Beim Backen werden meine Sinne klarer und schärfer. Und dann, am Ende, habe ich etwas Neues erschaffen.

Backen erfordert Konzentration und Präzision. Und Liebe, wie meine Großmutter sagen würde. »Mit Liebe schmeckt alles viel besser« – so ihre Faustregel. Von ihr habe ich mir meine Leidenschaft übrigens abgeguckt.

Heute habe ich mich für etwas Aufwendiges entschieden, um besonders lang beschäftigt zu bleiben: eine doppelbödige Blaubeer-Kokos-Torte mit einem Joghurt-Frosting – vegan natürlich. Alles, was wir im *Coffee & Books* anbieten, ist ohne tierische Produkte.

Eigentlich arbeite ich als Barista nicht in der Küche, sondern an der Theke. Unser Gebäck wird, genau wie in den meisten Cafés, gefroren geliefert und in der Küche aufgetaut. Ich jedoch habe es mir vor einer Weile zum Hobby gemacht, wenn weniger los ist, in die Küche zu verschwinden, und mir die Zeit mit Backen zu vertreiben. Die Zutaten dafür kaufe ich immer selbst, und ich kriege auch kein höheres Gehalt. Aber das ist okay. Für meine Meditation zahle ich diesen Preis gern.

Der Tortenboden ist bereits abgekühlt und in zwei Teile halbiert. Ganz in meinem Element streiche ich die violette Creme auf den einen Boden, bevor ich den anderen daraufsetze. Fast fertig. Fehlt nur noch das Frosting.

»Hey, kennst du irgendjemanden, der gerade einen Job sucht?« Tina, die Inhaberin des Cafés steckt ihren rot gefärbten Schopf durch die Tür. Sie trägt eine dunkelgrüne Latzhose mit gepunkteten Chucks, was irgendwie die Assoziation eines Weihnachtsbaums in mir hervorruft.

Ich schüttele den Kopf, während ich mehr Kokosflocken in den Joghurt schütte. »Nein, immer noch nicht.« Dasselbe hat sie mich schon heute Morgen gefragt. Und gestern Morgen. Und die ganze letzte Woche.

»Was ist mit deinen Mitbewohnerinnen?«

»Die arbeiten schon woanders«, erwidere ich und schmecke die Creme mit einem Löffel ab. Ich kann mir Vicky ohnehin nicht in der Küche vorstellen. Sie würde den rohen Teig schon verschlingen, bevor er in der Kuchenform ist. Und Maya würde den Teig zwar nicht essen, aber mit großer Sicherheit verbrennen.

»Oh wow, Sydney.« Tinas Blick fällt auf meine Torte, ehe sie den Raum mit großen Schritten überquert. »Die sieht Hammer aus. Was ist das? Blaubeere?« Sie steckt einen Finger in die violette Masse und schleckt daran.

»Und Kokos«, ergänze ich und reiche ihr die ganze Schüssel. »Hier, bitte. Ich muss eine neue machen.«

»Warum? Ich war doch nur ganz kurz mit dem Finger drin. Meine Hände sind sauber, ich schwör's!«

»Trotzdem«, beharre ich. »Ich will nicht gegen irgendwelche Hygieneregeln verstoßen. Und wer weiß, vielleicht ist das ja nur ein Test von dir, um zu überprüfen, wie ich reagiere.«

»Du hascht bestanden«, nuschelt sie, den Finger schon wieder mit einem Klacks Creme im Mund. »Mitarbeiterin desch Monatsch.«

Ich lache leise.

»Fuck, ist das gut.« Tina bedient sich einer weiteren Portion und schließt die Augen. »Mmh. Traumhaft. Die Kokosnote kommt erst zum Schluss. Boah. Im Ernst, ich könnte mich in das Zeug reinlegen.«

»Meinst du, sie ist süß genug?«, überlege ich skeptisch. Bei Obsttorten mache ich oft den Fehler, zu sparsam mit dem Zucker zu sein.

Tina verdreht die Augen und schiebt sich den Träger ihrer runterhängenden Latzhose wieder hoch. »Wirst du irgendwann ein Kompliment annehmen, ohne dich ständig selbst zu kritisieren?«

»Ich will doch nur, dass sie perfekt wird.«

»Sie ist perfekt. Ich werde dieses Baby für satte fünf Euro pro Stück verkaufen. Sie steht doch zum Verkauf? Oder hast du sie für jemand anderen gebacken?«

»Nein, verkauf sie ruhig.« Im Grunde ging es mir beim Ganzen nur um meine Meditation. Was danach mit dem Kuchen passiert, ist mir egal.

»Dann mach sie schnell fertig und komm nach draußen. Wir brauchen dich hier vorne. Aufräumen kannst du später.«

»Okay, gib mir drei Minuten«, sage ich und eile zum Kühlschrank, um den veganen Blaubeerjoghurt für das neue Frosting zu holen.

Schnell glätte ich das Frosting mithilfe meiner Winkelpalette, die ich vor einer Weile von zu Hause mitgebracht habe. Zum Schluss verziere ich die Torte mit ein paar Himbeeren und Blaubeeren. Fertig.

Als ich mich vor den Tresen stelle, tritt Lennart, mein Mitarbeiter, zur Seite und öffnet das Glasfenster, damit ich die Torte in die Theke stellen kann.

»Wow, Sydney, du hast dich mal wieder selbst übertroffen. Will ich wissen, wie viel Zucker da drin ist …«

»Gar nicht so viel.«

Er lacht über meinen offensichtlichen Bluff und schiebt die Glastür wieder zu. Dann angelt er nach dem Handtuch, das an der Spüle baumelt, und reicht es mir, damit ich meine leicht verschmierten Hände abwischen kann.

»Danke, Lennart.« Obwohl er die dunkelblonden Haare, anders als bei unserer ersten Begegnung, inzwischen deutlich kürzer trägt, erinnert er mich mit seinem graublauen Blick und dem Kinngrübchen noch immer an Anakin Skywalker.

»Wie oft soll ich dir noch sagen, dass du mich Lenny nennen sollst?«, schimpft er halbstreng.

Würde ich ja gern, wenn Lenny nicht wie der Name eines Golden Retrievers klingen würde …

Die nächsten Stunden arbeiten wir wie am Fließband. Tina notiert sich die Bestellungen, ich bereite den Kaffee zu, Lennart gibt das Essen aus und kassiert ab. Tina hat recht, wir sind extrem unterbesetzt und müssten dringend jemanden einstellen. Kurz vor den Ferien haben zwei Vollzeitmitarbeiter gekündigt, deshalb machen Lennart und ich gerade eine Überstunde nach der anderen. Meine Pausen nutze ich nicht mehr zum Verschnaufen und Durchatmen, sondern zum Backen.

Trotzdem liebe ich meine Arbeit im *Coffee & Books.* Tina hat das Café vor sechs Jahren gegründet, als der Hype um vegane Ernährung gerade erst im Kommen war. Sie hatte damit den Zahn der Zeit getroffen und das Café wurde binnen kurzer Zeit zu einem der erfolgreichsten der Gegend. Die zweite Besonderheit des *Coffee & Books* ist die große Bücherwand, die eine Seite des Cafés einnimmt. Alle Bücher, die in den Regalen stehe, dürfen gelesen, mitgenommen, getauscht, zurückgegeben oder neu hinzugefügt werden. Jeden Tag sieht die Wand anders aus.

Vor einem Jahr haben Lennart und ich uns dem Team angeschlossen. Wir kannten uns zwar schon vorher flüchtig über Maya, aber in den letzten Monaten sind wir zu richtigen Freunden geworden.

Als die Rushhour gegen sechzehn Uhr allmählich abklingt, verlässt uns Tina mit einem erschöpften Schnaufen im Pausenraum. Zu meiner großen Freude sind nur noch zwei Stücke von meiner Torte übrig. Vielleicht war sie ja doch süß genug.

»Du eins, ich eins?« Lennart deutet mit dem Kopf auf mein lila Kunstwerk. Ich grinse. Der wohl größte Vorteil, in einem Café wie diesem zu arbeiten, ist die köstliche Tatsache, sich eine Menge Gebäck zu erschnorren.

»Wollen wir uns nicht lieber einen teilen und das letzte Stück einem Gast übrig lassen?«, schlage ich vor. »Die Dinger sind echt mächtig.«

»So viel zu *ein bisschen Zucker*«, neckt er mich, kramt jedoch einen Teller und zwei Gabeln hervor. Wir essen geduckt hinter der Kaffeemaschine, auch wenn es den Gästen vermutlich egal ist, dass wir auch ein bisschen naschen.

»Das ist wirklich der beste von allen«, meint Lennart mit vollem Mund.

Ich verdrehe die Augen und gebe ihm einen freundschaftlichen Klaps gegen den Arm. »Das sagst du jedes Mal.«

»Weil es stimmt.«

Dankbar lächele ich ihn an. »Das ist nett von dir, Lennart. Lenny«, korrigiere ich mich schnell.

»Was machst du eigentlich heute Abend?«, erkundigt er sich und kratzt das letzte bisschen violette Creme vom Teller auf. »Tina und ich wollten später noch auf einen Drink ins *Epos*.«

Lennart lädt mich fast jeden Tag nach der Arbeit ein, und ich sage jedes Mal ab. Der Grund ist kein anderer als der, dass ich mich fünf Jahre lang kaum auf jemanden einlassen konnte. Auch nicht auf Lennart, obwohl er eigentlich ganz süß ist.

»Mit dir wird es bestimmt lustiger«, fügt er lächelnd hinzu, als ich noch nichts geantwortet habe.

Ich beiße mir auf die Zunge, um die automatisierte Absage zu verhindern.

»Ich bin kein großer Fan von Bars.«

»Ich bin nicht passend angezogen.«

»Ich muss noch eine Menge für die Uni machen.«

Dabei lautet die eigentliche Antwort doch: *»Ich will nicht raus gehen und andere Menschen kennenlernen, weil keiner von ihnen an Luke rankommt.«*

Und schon wieder sitze ich in Gedanken am Landwehrkanal, mit einer Jacke um meine Schultern, die herb und ledrig riecht, und warte darauf, dass ein Jemand sein Versprechen einlöst. Fünf lange Jahre.

Verdammt, ich wollte doch loslassen!

»Okay«, sage ich, bevor ich es mir anders überlege.

*

Als meine Schicht endlich rum ist, befreie ich mich aus meiner dreckigen Schürze, löse meine Haare aus meinem Zopf und spaziere gemeinsam mit Lennart, Tina und einem Stammgast, der sich spontan entschlossen hat mitzukommen – und bei dem sich Tina nicht zusammenreißen konnte, ihn auch zu fragen, ob er einen Job sucht –, in Richtung *Epos*.

Das *Epos* ist eine kleine rustikale Bar um die Ecke. Der Inhaber ist ein Urberliner, schätzungsweise hundert Jahre alt und sieht ein bisschen aus wie der Weihnachtsmann. Gelegentlich holt er sich bei uns seinen Kaffee, den er mit etwa zehn Löffeln Zucker süßt.

Mich beschleicht ein Anflug kindlicher Aufregung, da ich selten ausgehe – aber das soll sich zukünftig ändern. Heute wird eine neue Seite aufgeschlagen. Von nun an bin ich nicht mehr Langweiler-Sydney, die mit ihren zwei besten Freundinnen auf dem Sofa vegetiert und ihrem verschollenen Geliebten nachtrauert. Ich bin Spaß-Sydney, die nach einem anstrengenden Arbeitstag mit ihren Kollegen in eine Bar geht und einen draufmacht. Vielleicht besaufe ich mich heute, vielleicht reiße ich sogar jemanden auf.

Na gut, erst mal eins nach dem anderen.

Beschwingt und motiviert stolziere ich ins *Epos* und verordne mir selbst, nicht vor dem dritten Drink zu verschwinden.

Und dann passiert es. Es passiert das, was passieren muss, weil mein Leben nun mal ist, wie es ist. Das Schicksal nutzt meine Unachtsamkeit, um mir geradewegs ein Bein zu stellen. Und ich falle – schon wieder. Denn in dem Moment, in dem ich ihn loslasse, in dem Moment, in dem ich Luke endlich ein für alle Mal gehen lassen will und aufhöre, an ihn zu denken, sehe ich ihn wieder.

3. KAPITEL

Luke

Das Mädchen starrt mich schon seit einer ganzen Weile an. Ich tue so, als würde ich es nicht bemerken, und nippe an meinem Bier, während ich auf mein Handy linse. Dann, bei jedem neuen Schluck, huscht mein Blick wieder zu ihr. Groß, schwarze gelockte Haare, dunkelbraune Haut. Sie trägt ein schwarzes Top, dazu hellblau verwaschene Jeans und weiße Sneakers.

Sie ist hübsch, sehr hübsch sogar. Doch es sind ihre Augen, die mich in ihren Bann ziehen. Selbst aus der Entfernung kann ich erkennen, wie groß und funkelnd sie sind.

Wieder nehme ich einen Schluck, und wieder schaue ich zu ihr rüber. Sie mustert mich noch immer. Wow. So unverfroren wurde ich schon lange nicht mehr begutachtet.

Eigentlich bin ich nur hergekommen, um meinen Kummer in billigem Bier zu ertränken. Eine Kündigung darf schließlich auch gebührend begossen werden. Aber vielleicht verschiebe ich dieses Vorhaben einfach um einen Tag und schaue mal, was der Abend sonst noch zu bieten hat.

Im Geiste gehe ich meine typischen Anmachsprüche durch.

»Hey, du hast echt schöne Augen.«

Nein, viel zu abgedroschen.

»Hey, schöne Haare.«

Nein, noch schlimmer. Keine Komplimente zu ihrem Äußeren. Ich bin doch kein Anfänger.

Vielleicht belasse ich es beim einfachen »Hey« und sehe dann weiter.

Gerade, als ich ihren Blick erwidern und auf sie zugehen will, schafft es das fremde Mädchen, mich doch tatsächlich in Staunen zu versetzen, indem *sie* auf mich zukommt. Ihr Blick ist unbeholfen und schüchtern. Ihre Hände zittern ein wenig, als wäre sie voll aufgeregt. Dabei macht sie doch den ersten Schritt. Das ist echt süß. Am liebsten würde ich ihr auf halbem Weg entgegenkommen.

Einen Meter vor mir bleibt sie stehen. Das Erste, was ich registriere, ist ihre Größe. Sie ist fast so groß wie ich. Das Zweite sind ihre Augen. Etwas Funkelndes, Vertrautes tanzt in ihnen. Irgendwie kommen sie mir bekannt vor, aber ich weiß nicht, woher. Vielleicht erinnert sie mich an jemanden.

»Hallo.« Ihre Stimme ist warm und angenehm.

»Hey, wie geht's?«, entgegne ich ihr. Nicht gerade die originellste Anrede, aber was soll's.

»Äh, gut. Und dir?« Sie lächelt verhalten und verlagert ihr Gewicht aufs andere Bein.

»Mir auch, danke.« Ich stelle meine leere Bierflasche auf dem Tresen ab und drehe mich wieder zu ihr. Sofort trifft ihr intensiver Blick meinen, und mir wird zum ersten Mal bewusst, was Leute damit meinen, wenn sie sagen, dass es sie verlegen macht, wenn sie angestarrt werden. Mich überkommt der Impuls, wegzusehen. Plötzlich weiß ich nicht mehr, was ich sagen soll.

»Lange nicht gesehen«, sagt sie und lacht leise.

Lange nicht gesehen? Ob sie das ironisch meint, weil sie unseren gestelzten Small Talk genauso albern findet wie ich? Wahrscheinlich, denn alles andere würde keinen Sinn ergeben.

Ich entscheide mich, mitzumachen, und so lache ich mit und setze einen drauf. »Viel zu lange.« Ich seufze verliebt. »Wo warst du nur die ganze Zeit?«

»Ich war die ganze Zeit hier! Wo warst du?«

Wow, sie spielt ihre Rolle echt gut. Wieder lache ich und beschließe aufzugeben.

»Wie heißt du?«, frage ich sie freundlich.

Das Lächeln des Mädchens gefriert. Vielleicht wollte sie unseren kleinen Sketch fortsetzen. Vielleicht steht sie auf Rollenspiele …

Es vergeht eine gefühlte Ewigkeit, ehe sie mir endlich ihren Namen nennt. »Sydney.«

»Sydney«, wiederhole ich und lasse mir den Namen auf der Zunge zergehen. »Ein wirklich schöner Name. Ich bin Lukas. Aber die meisten nennen mich Luke.«

Ich reiche ihr die Hand, doch sie schüttelt sie nur knapp, bevor sie sie eilig zurückzieht.

»Also, Sydney, was hat es mit deinem Namen auf sich?«, frage ich und tue so, als hätte ich es nicht bemerkt. Schüchterne Mädchen sind manchmal schräg. »Kommst du aus Sydney?«

Wieder sieht sie mich einen Moment lang nur an, ohne zu antworten. Als würden wir über eine Entfernung skypen und meine Worte nur zeitversetzt zu ihr durchdringen.

Als ich meine Frage erneut stellen will, schüttelt sie den Kopf. »Nein. Aber meine Eltern haben sich in Sydney kennengelernt. Meine Mutter ist Diplomatin«, setzt sie als Erklärung hinzu.

»Oh, ein Diplomatenkind«, sage ich ehrlich interessiert. »Dann bist du sicher viel rumgekommen.«

»Ja?«, entgegnet sie, wobei es fast schon als Frage klingt. »Und du?« Ihre Stimme zittert ein wenig. »Verreist du gern? Warst du auch mal in … Sydney?«

»Nein, schön wär's. Ich war noch nie außerhalb Europas. Aber ich würde gern mal hin.«

Sydney nickt registrierend, dann lächelt sie gezwungen. Ihr Blick fliegt durch die Bar, über den Tresen, zu meinem Bier, zu einer Gruppe fremder Leute. Sie schaut überallhin, nur nicht in meine Augen. Ich verstehe sie nicht. Wieso kommt sie auf mich zu, spielt ein Spielchen und stürzt scheinbar dabei ab? Ist sie wirklich schüchtern oder tut sie nur so?

»Aber du lebst hier?«, nehme ich den Small Talk wieder auf. Vielleicht taut sie ein wenig auf, wenn sie ein bisschen mehr über sich erzählt.

Doch sie nickt nur kurz und reckt das Kinn fast schon ein wenig hochnäsig in die Höhe, als wäre die Antwort darauf völlig logisch.

»Und, äh, mit wem bist du hier?«, setze ich einen letzten Versuch an. Wenn sie weiterhin so wortkarg ist, bin ich weg. Faszinierende Augen hin oder her.

Sie öffnet den Mund, um mir zu antworten, als ihr im selben Moment ein blonder Kerl den Arm um die Schultern legt.

»Soll ich dich retten?«, raunt er ihr zu, laut genug, dass ich es auch hören kann. Seinem Blick nach zu urteilen würde er ihr am liebsten ans Bein pissen, um sein Revier zu markieren. Ich glaube nicht, dass er ihr Freund ist, aber ich glaube auch, dass er es gern wäre.

Sydney schüttelt zaghaft den Kopf. »Nein, schon gut.«

Schon gut? Sie war es doch, die auf mich zugekommen ist. Warum tut sie jetzt so, als sei ich eine lästige Spinne, die sie auch allein zerquetschen kann?

Obwohl mir das Ganze allmählich zu blöd wird, beschließe ich, trotzdem nett zu sein, weil ich zu müde für eine weitere Auseinandersetzung an diesem Tag bin.

»Hey, ich bin Luke«, stelle ich mich vor und reiche ihm die Hand. »Sydney und ich haben uns gerade kennengelernt.«

Der Blonde lächelt überrascht, vielleicht wundert es ihn, dass ich einen so freundlichen Ton an den Tag lege.

»Ich bin Lenny.«

»Freut mich, Lenny. Ich habe Sydney gerade gefragt, mit wem sie hier ist, aber –« Ich deute auf die beiden und hebe die Hände, als ob ich nicht wüsste, dass zwischen den beiden nichts läuft. »Ich wusste nicht, dass sie mit dir hier ist. Sorry, Bro.«

»Oh! Nein, er ist nicht mein Freund!« Offenbar scheint Sydney erst jetzt zu bemerken, dass er sie im Arm hält. Schnell befreit sie sich aus seinem Griff. »Wir sind bloß Kollegen«, ergänzt sie.

»Ja … Kollegen«, pflichtet Lenny ihr zögernd bei und lächelt verkrampft. »Wir arbeiten zusammen im *Coffee & Books*.«

»Das kenne ich. Das ist hier gleich um die Ecke, oder?«

»Genau. Die Dame hier macht dir die besten Torten der Stadt.« Stolz deutet er auf Sydney, die mit einem Mal ganz blass wirkt. Ich werfe ihr einen besorgten Blick zu, doch sie weicht meinem weiterhin aus.

»Ich muss jetzt gehen«, wispert sie an Lennys Schulter, und einen absurden Moment lang glaube ich, dass es was mit mir zu tun haben könnte. Aber das kann nicht sein, wir haben uns ja kaum richtig unterhalten.

»Was? Jetzt schon?« Der Typ mit dem Hundenamen zieht einen Schmollmund. »Wir haben noch gar nichts zusammen getrunken.«

»Ein anderes Mal, okay? Mir geht es irgendwie nicht so gut.«

Das würde jetzt zumindest erklären, warum sie sich so seltsam verhält.

»Oh, ist dir übel?« Lenny mustert sie wachsam. »Soll ich dich nach Hause bringen?«

Sie schüttelt den Kopf. »Nein, das passt schon. Ich habe es nicht weit.«

Die beiden umarmen sich zum Abschied.

»Arbeitest du morgen?«, fragt er und streicht ihr sanft über den Rücken.

Ich weiß zwar nicht warum, aber irgendwie nervt es mich, dass der Kerl sie so antatscht.

»Nein, erst Freitag wieder.«

»Dann sehen wir uns Freitag.«

Als sie sich voneinander lösen, huscht Sydneys Blick zurück zu mir und verhakt sich mit meinen. Ich bin wie hypnotisiert, ich blinzle nicht einmal mehr. Ihre dunklen Augen sind wie ein Strudel, der mich immer tiefer in seinen Bann zieht.

»Bis dann, Sydney«, sage ich, ohne den Blickkontakt zu unterbrechen.

»Bis dann ... Luke.« Sie schluckt fest, dann dreht sie sich um und flitzt in Richtung Ausgang, als müsse sie sich jeden Moment übergeben.

Die Ärmste. Viele tun ja so, um sich aus einer unangenehmen Situation zu befreien, aber sie wirkt wirklich völlig am Ende.

»Gute Besserung«, rufe ich ihr noch hinterher.

4. KAPITEL

Sydney

Wie in Trance schließe ich die Wohnungstür. Mayas Skateboard steht mal wieder im Weg, doch ich verzichte auf mein übliches Meckern, steige darüber und steuere auf mein Zimmer zu. Auf dem Weg dahin passiere ich wie immer das Wohnzimmer, in dem Vicky und Maya über den flachen Tisch gebeugt zu Abend essen.

»Hey, wie war die Arbeit?«, ruft Vicky mir mit vollem Mund zu. Ich schüttele den Kopf, um zu signalisieren, dass ich jetzt nicht reden will.

Nicht reden kann.

In meinem Zimmer angekommen, schließe ich die Tür und stürze auf mein Bett zu, als wäre der Boden aus Lava und die vertrauten Laken die einzige Zuflucht. Die Tränen fließen, noch bevor mein Körper auf die Bettdecke prallt. Schluchzend drücke ich mein Gesicht ins Kissen.

Er hat mich nicht wiedererkannt.

Er wusste überhaupt nicht, wer ich bin. Während ich in den letzten fünf Jahren jeden Tag sein Gesicht vor Augen hatte und mich an jedes einzelne Detail unseres Gesprächs erinnern konnte, hat er alles vergessen.

Doch das ist nicht einmal das Schlimmste.

»Ich war noch nie außerhalb Europas.«

Das bedeutet, dass er nie in Neuseeland gewesen ist. Dass er mir damals bloß eine jämmerliche Lüge aufgetischt hat. Um cooler dazustehen. Oder um mich zu beeindrucken. Oder um mich aus einer Laune heraus einfach anzulügen.

Was für ein Mensch tut so was? Was für ein Mensch fleht darum, sich im nächsten Jahr wiederzusehen, nur um den anderen zu versetzen?

Ein Sadist, ganz klar.

Er muss gewusst haben, dass ich nach einem Jahr zu unserem Treffpunkt gekommen wäre. Vermutlich ging es ihm bei dem Ganzen nur darum: mich zu verarschen.

Doch das Grausamste an allem, die glänzende Kirsche auf der Torte, ist die bittere Erkenntnis, dass Luke womöglich die ganze Zeit in Berlin war. Hier, direkt vor meiner Nase. Vielleicht war er sogar mal im *Coffee & Books*. Vielleicht sind wir mal mit derselben U-Bahn gefahren und waren zur selben Zeit am selben Ort, ohne es zu bemerken. Würde ich öfter ausgehen, hätte ich ihn vielleicht schon viel früher getroffen.

Oh Gott. Er war wirklich die ganze Zeit hier. Er war *wirklich* die ganze Zeit hier. Die Tatsache hallt in mir wider wie ein Echo, als würde es mit seinen Wiederholungen sichergehen wollen, dass ich es niemals vergesse.

Ich schlinge die Arme um meinen Körper. Alles tut weh. Der Schmerz in meiner Brust zerreißt mich von innen. Ich blute und brenne und wünsche mir kurz sogar, ohnmächtig zu werden, um das Gewicht meiner Trauer nicht mehr spüren zu müssen.

Natürlich hatte ein pessimistischer – oder realistischer – Teil von mir geahnt, dass er nicht der war, für den ich ihn hielt, aber meine romantische Ader wollte den letzten Funken Hoffnung einfach nicht erlöschen lassen. Gerade hasse ich mich so sehr, dass ich mich auf den Boden werfen würde, damit mich die Lava verschlingt.

Und sein Name ist Lukas! Lukas! Wie konnte ich meine Suche nur auf *Luke* beschränken? Wäre ich nicht so einfältig, hätte ich ihn sicher schon früher gefunden.

Plötzlich spüre ich, wie an mir gerüttelt wird. Blinzelnd öffne ich die Augen und erkenne durch den verschwommenen Tränenvorhang, wie sich Vicky und Maya über mich beugen. Ihre Augen sind vor Schreck aufgerissen. Sie rufen mir irgendwas zu, doch mein eigenes Schluchzen blockiert mein Hörvermögen.

»Er war die ganze Zeit hier«, bringe ich wimmernd hervor.

»Wer war hier?«, fragt Maya besorgt.

»Was meinst du, Süße?«, hakt Vicky liebevoll nach.

»Luke.« Das nächste Heulbeben erschüttert mich. »Er war nie in Neuseeland, er war die ganze Zeit hier, in Berlin.«

Obwohl ich den gesamten Kontext ausgelassen habe, scheinen meine Freundinnen sich den Rest zusammenzureimen. Sie wissen, dass ich ihn wiedergesehen habe, und sie wissen auch, dass er mich damals belogen hat. Sie scheinen nicht einmal überrascht zu sein. Beide bedenken mich mit einer mitleidvollen Miene, die trotz allem ein stummes *Ich wusste es doch!* schreit.

Ja, sie wussten es. Ständig haben sie mich dazu motiviert, endlich loszulassen und weiterzuziehen. Warum habe ich blöde Kuh nicht auf meine Freundinnen gehört? Warum musste ich mir das antun, obwohl es so offensichtlich war?

Vertraue niemals Fremden. Die erste Regel, die mich meine Eltern gelehrt haben, und ich habe sie ignoriert. Selbst schuld, würde ich sagen.

Nein, nicht selbst schuld. Naivität hin oder her, aber das habe ich wirklich nicht verdient. Ich bin ein guter Mensch, ich lüge nicht, ich hintergehe nicht und versuche, immer nett zu allen zu sein. Mein Karma sollte rein sein und strahlen wie ein

Brautkleid. Stattdessen wirft das Leben mich immer wieder in den Dreck, als hätte ich selbst welches am Stecken. Ich verstehe es einfach nicht.

Vicky und Maya legen sich zu mir und ummanteln mich mit ihren Armen und Beinen. Eigentlich ist es viel zu heiß für so viel Körperkontakt, doch ich lasse sie gewähren, weil ich nicht allein sein will.

»Ich war in eine verdammte Lüge verliebt«, wispere ich an Mayas Brust.

Meine Freundinnen mustern mich bedauernd, als wären sie selbst schuld an dem Ganzen. Aber das sind sie nicht. Nur einer ist schuld.

Luke.

5. KAPITEL

Luke

Eigentlich wollte ich, jetzt, wo das Gespräch zwischen mir und dieser Sydney vorbei ist, meiner ursprünglichen Tätigkeit nachgehen und mich betrinken – allein. Jedoch hat ihr Kumpel Lenny es leider als Einladung verstanden, mich zu begleiten, als ich mich mit den Worten »Tja, ich gehe mir mal was zu trinken holen« verabschiedet habe.

Und hier sitzen wir nun, im gedimmten Licht am Tresen, während Lenny mir mein rechtes Ohr abkaut. Ich habe mir vorgenommen, ihn ab sofort nur noch Wuffi zu nennen. Er wird seinem Hundenamen nämlich allemal gerecht und ist, seit Sydney weg ist, nur noch am Jaulen.

»Ich mein, ich verstehe sie einfach nicht«, jammert Wuffi. »Keine Ahnung, ob sie nur schüchtern ist oder wirklich kein Interesse hat. Bisher hat sie nie den ersten Schritt gemacht, deshalb dachte ich mir, was soll's, ich frag sie. Aber kaum sind wir hier, verschwindet sie gleich wieder. Das ist echt frustrierend.«

»Klar«, entgegne ich halbherzig und pule am Etikett meiner leeren Bierflasche.

»Aber dann ist sie immer so nett zu mir, wenn wir arbeiten. Okay, Sydney ist zu jedem nett, aber …«, er nimmt einen Schluck und atmet geräuschvoll aus, »irgendwie hatte ich das Gefühl, dass da irgendwas zwischen uns ist.«

Zwischen den beiden ist rein gar nichts, denke ich.

»Ich blicke einfach nicht bei ihr durch«, stöhnt er und stützt die Ellbogen frustriert auf dem Tresen ab.

»Wie wär's, wenn du sie einfach um ein Date bitten würdest?«, schlage ich vor. »Entweder sie sagt zu oder sie sagt Nein. Wenn sie Nein sagt, ist das zwar scheiße, aber dann weißt du wenigstens Bescheid.«

Wuffi stiert nachdenklich auf seine Bierflasche und lässt meine Worte auf sich einwirken, als wäre ihm dieser offensichtliche Vorschlag selbst nie in den Sinn gekommen.

»Weißt du was? Du hast recht. Ich frage sie einfach. Vielleicht gibt sie mir einen Korb, und ja, es wird wehtun. Aber dann weiß ich wenigstens, woran ich bin. Danke, Mann.« Er überrascht mich mit einem festen Schlag auf die Schulter. Da ich in genau dem Moment meine Flasche an meinen Mund gehalten habe, schwappt mir bei dabei ein wenig Flüssigkeit über die Lippen.

»Oh, fuck.« Er verzieht das Gesicht.

»Alles gut«, winke ich ab und wische mir mit dem Handrücken über Mund und Kinn.

»Für mich noch eins davon«, ruft Wuffi dem Barkeeper zu und deutet auf sein Getränk, ehe er zurück zu mir schaut. »Du auch noch eins?«

»Nein, ich sollte bald los.«

»Ach komm, ich gebe einen aus. Jetzt habe ich die ganze Zeit geredet und weiß noch gar nichts über dich.«

»Sag bloß, du hast heute meinen Job übernommen, Luke«, raunt mir Tom der Barkeeper zu. Ich verstehe seine Anspielung und kaschiere mein Grinsen hinter meinem nächsten Schluck. Tom und ich kennen uns gut, Vince und ich sind schon häufig nach der Arbeit hierhergekommen – na ja, als ich noch eine Arbeit hatte. Leider ist es kein Klischee, dass Barkeeper nicht nur Drinks ausgeben, sondern auch den kostenlosen Therapeuten spielen. Ich antworte ihm mit einem kleinen Zwinkern, woraufhin er mir ein mitleidiges Lächeln zuwirft und sich um die Bestellung kümmert.

»Über mich gibt es nicht viel zu erzählen«, antworte ich auf Wuffis Frage, bevor ich im nächsten Moment auf das Vibrieren in meiner Hosentasche aufmerksam werde. Obwohl es unhöflich ist, inmitten eines Gesprächs aufs Handy zu schauen, ziehe ich es reflexartig hervor.

Nathan Kaiser: Du bist und bleibst ein Versager.

Mein Vater muss also auch mitbekommen haben, dass ich gefeuert wurde. Großartig.

Tom kehrt mit unseren zwei Bier zurück, und jetzt bin ich froh, dass mir Wuffi einen ausgibt. Bis ich wieder einen neuen Job habe, sollte ich den Gürtel etwas enger schnallen. Ziemlich eng sogar, wenn ich die nächste Miete zusammenkratzen will. Missmutig lege ich mein Handy auf dem Tresen ab und nehme den ersten Schluck vom kühlen Bier.

»Ich habe heute meinen Job verloren«, höre ich mich plötzlich sagen. Offenbar will ein kleiner Teil von mir doch darüber reden.

»Oh, Shit!« Obwohl wir uns erst seit einer knappen halben Stunde kennen, sieht er ehrlich getroffen aus.

»Ach, keine große Sache«, wehre ich ab, weil ich nichts mehr hasse als Mitleid. »Es war kein besonderer Job oder so. Aber ich brauchte das Geld.«

Was meinem alten Herrn überraschend egal war. Also nicht, dass ich ohne Einkommen dastehe – es gibt nicht viel, was ihn weniger interessiert –, sondern dass er es zugelassen hat, mich feuern zu lassen, wo er mich doch unbedingt dabeihaben wollte. Aber vielleicht dachte er sogar, dass ich davon ausgehen würde, er manövriere mich schon wieder aus der Scheiße.

Was ich nicht tue. Ohne Erwartungen an seine Eltern aufzuwachsen hat den Vorteil, dass man im Leben weniger enttäuscht wird.

»Studierst du nebenbei?«

»Nein«, entgegne ich leicht genervt, obwohl Wuffi nicht wissen kann, dass mir diese Frage sauer aufstößt.

»Du könntest studieren, wenn du endlich mal deinen Abschluss nachholen würdest«, hallt die spöttische Stimme meines Erzeugers in meinem Kopf wider.

»Ach so, machst du eine Ausbildung?«

»Nein, ich weiß noch nicht, was ich machen will«, entgegne ich, auch wenn das nur die halbe Wahrheit ist. »Deshalb arbeite ich erst mal und schaue, was auf mich zukommt.«

»Klar, das verstehe ich. Jeder muss seinen Weg finden.«

Ich brumme zustimmend und nehme einen großen Schluck.

»Wo hast du denn gearbeitet?«, fragt er weiter.

»Im Kundensupport bei einer Bank. Hab ziemlich gut verdient«, füge ich hinzu und bereue es sofort, weil der letzte Satz wie armseliges Prahlen klingt. Ich bin mal wieder gefeuert worden und sitze hier mit einem Fremden, der mir ein Bier ausgibt, weil ich es mir nicht mehr leisten kann. Meine Freunde leben alle ihr Leben, und ich trete nach wie vor auf der Stelle. Es gibt keinen Grund zum Prahlen.

»Und warum haben sie dich gefeuert?«

»Weil sie Leute entlassen mussten.« Ein Bluff, der mir leichter über die Lippen kommt als die Wahrheit, dass ich einen Anrufer als Wichser bezeichnet habe.

Anfängerfehler, ich weiß, aber ich habe es nicht mehr ausgehalten, dass es immer der Kundensupport ist, der einstecken muss. Warum kapieren diese Menschen nicht, dass wir nur den Chat und Telefondienst machen und keinen Einfluss auf das Produkt haben? Dieser *Wichser* – sorry, aber er ist einer – hat mich fast zwanzig Minuten lang angekackt. Kurz vorm Auflegen ist es mir dann rausgerutscht.

Wuffi nickt mir zu, als könne er nachvollziehen, wie ich mich jetzt fühle. Und obwohl ich mich jetzt noch erbärmlicher finde, fahre ich fort.

»Die Bank läuft nicht so gut, und irgendwie müssen sie an Geld sparen«, lüge ich weiter. Eigentlich läuft die Bank super, aber ein bisschen negative Promo ist wohl die einzige Rache, die mir bleiben wird. »Geh also bloß nicht zur *Bank of Future*«, setze ich ironisch hinterher.

»Mach ich nicht. Ich traue diesen Online-Banken ohnehin nicht so recht über den Weg. Echt bescheuert, dass sie sogar den Kundenservice einschränken. Ich hasse diese Warteschleifen am Telefon.«

Bei mir gab es nie welche. Ich war ein guter Mitarbeiter und habe nur einen einzigen Fehler gemacht. Dabei hätte ich wissen müssen, dass mein Vorgesetzter Klaus, der mich von Beginn an nicht leiden konnte, seine Machtgier sofort demonstrieren würde. Ich wette, er holt sich jetzt die ganze Nacht einen runter, nachdem er den Sohn des Chefs persönlich gefeuert hat.

»Lenny, hier bist du.«

Wuffi und ich drehen uns um. Eine kleine rothaarige Frau steht hinter uns. Sie trägt eine dunkle Latzhose, deren Farbe ich bei dem gedimmten Licht der Bar nicht genau erkennen kann.

»Wo ist Sydney?«

»Die ist schon gegangen.« Wuffi zieht ein langes Gesicht. »Ihr ging es nicht gut.«

»Oh.« Die Frau macht ein besorgtes Gesicht. »Hoffentlich fehlt sie mir nicht auch am Freitag.«

»Ja, hoffentlich«, stimmt er ihr zu. »Das ist übrigens Luke«, stellt er mich vor. »Wir haben uns gerade kennengelernt. Und das ist Christina, eine Freundin und Kollegin. Ihr gehört das *Coffee & Books*.«

»Freut mich, Christina«, sage ich und reiche ihr höflich die Hand. Sie erwidert den Druck, mustert mich aber kritisch. »Mann, wie siehst du denn aus? Hat dich irgendwer abserviert?«

Ja, mein Vater …

Offenbar bröckelt mein Pokerface seit dem dritten Bier.

»Sei nicht so fies zu ihm, Tina. Er hat heute seinen Job verloren.«

»Seinen Job verloren? Das ist ja wunderbar!« Tina strahlt, als hätte er ihr einen Antrag gemacht. Doch sie reißt sich schnell zusammen.

»Tut mir leid wegen deinem Job und so, aber suchst du zufällig nach einem neuen?«

Oha. Welch rasanter Themenwechsel.

»Einen neuen?«, wiederhole ich langsam.

»Lass das, Tina«, sagt Wuffi barsch. »Lass es bitte einen Abend lang mal gut sein. Außerdem hat er im Kundensupport gearbeitet.«

»Perfekt, wir arbeiten auch mit Kunden!«

Die beiden lachen los, und obwohl der Spruch lustig war, kann ich mich nicht anschließen. Mein Gehirn ist noch dabei, ihre Worte zu verarbeiten.

»Verstehe ich es richtig, dass du mir gerade einen Job anbietest?«

»An Intelligenz mangelt es dir zumindest nicht.«

»Aber ich habe noch gar keine Bewerbung oder Ähnliches abgegeben. Du kennst mich nicht einmal.«

Moment – warum sage ich das überhaupt? Will ich sie allen Ernstes wissen lassen, wie viele Jobs ich *Versager* in den letzten Jahren hatte und nicht halten konnte?

»Dann betrachte das hier als dein Bewerbungsgespräch.« Tina nimmt an einem freien Hocker Platz und mustert mich eindringlich. »Kannst du mit einer Kaffeemaschine umgehen?«

»Ähm, negativ.«

»Hm. Egal, das wirst du lernen. Wie sieht's mit Erfahrung in der Gastro aus?«

Ich schüttele den Kopf. »Nope. Zwei linke Hände und zwei rechte Füße.«

»Na gut.« Sie zögert. »Dann gebe ich dir für den Anfang kein Tablett in die Hand. Aber versprich mir, dass du an deiner Balance arbeitest.«

»Wow, ihr braucht wohl wirklich dringend neue Mitarbeiter«, bemerke ich amüsiert.

»Extrem dringend, ja«, bestätigt Tina unumwunden.

»Und wie sieht es mit der Bezahlung aus?«

»Mindestlohn. Überstunden werden nicht bezahlt.«

Jetzt muss ich doch lachen. Nicht viele Menschen sind mir auf Anhieb sympathisch, aber die zwei haben irgendwas an sich. Obwohl wir uns erst seit wenigen Minuten kennen, fühle ich mich seltsam vertraut mit ihnen.

»Also, was sagst du?«

Was ich sage? Dass heute mein verdammter Glückstag ist. Vielleicht verwechselt mich das Schicksal gerade mit einem anderen Typen und stellt sich deshalb auf meine Seite. Serviert mir deshalb einen Job auf dem Serviertablett.

Es ist einfach, zu einfach.

Verdächtig einfach.

Aber ich werde den Teufel tun und die Situation hinterfragen. Am Ende entgleitet mir meine Glückssträhne und ich stehe wieder allein und ohne Job da. Nein.

Bevor ich weiter darüber grübeln und es mir anders überlegen kann, antworte ich: »Okay, bin dabei.«

6. KAPITEL

Sydney

»Syd? Bist du wach? Du hast Besuch.«

Ich grummele ein »Hmmmm« und taste nach meiner Bettdecke, die ich mir bis zum Scheitel hochziehe. Egal, wie spät es ist, ich bin so was von nicht bereit aufzustehen.

»Liebling?« Eine vertraute Stimme dringt gedämpft zu mir durch. Ich horche auf. Das ist doch nicht etwa …

Skeptisch luge ich mit dem Kopf unter der Decke hervor und öffne verschlafen die Augen. Je klarer das Bild wird, desto schärfer wird die Silhouette, die auf meinem Bett sitzt. Ihre Haare sind frisch blondiert und zu einem kleinen Zopf gebunden. Ihr üblicher Duft – Chanel No 5 – hat sich im gesamten Zimmer verteilt.

Vicky und Maya stehen am Türrahmen und wirken angespannt, fast schon auf der Hut. Ich werfe ihnen einen vernichtenden Blick zu. »Ihr habt allen Ernstes Ani angerufen?«

Als Kind konnte ich weder richtig Omi noch Granny sagen, deshalb ist sie seit jeher meine Ani.

Vicky zuckt hilflos mit den Schultern. »Du hast zwei Tage nur im Bett gelegen und wolltest nicht reden und nichts essen. Wir wussten nicht, was wir sonst tun sollten.«

»Mir vielleicht die Ruhe geben, die ich brauche?«, schlage ich vor.

Unfassbar, dass sie Ani gerufen haben. Das Letzte, das ich

wollte, war, dass meine Großmutter oder sonst jemand mich in diesem jämmerlichen Zustand sieht. In den letzten Tagen habe ich weder geduscht noch mein Zimmer verlassen. Die Luft hier drin ist abgestanden und der Boden das reinste Schlachtfeld. Letzteres ist zwar nicht den aktuellen Umständen zu verdanken, aber wenn ich mal Besuch kriege, bemühe ich mich wenigstens, etwas Ordnung in mein übliches Chaos zu bringen.

»Sei nicht böse auf sie, Schätzchen«, mischt Ani sich ein. »Sie haben es nur gut gemeint. Wir sind eine Familie. Wenn es einem von uns nicht gut geht, sind wir für den anderen da.« Ihre sehnige Hand greift nach meiner und drückt sie, dabei schenkt sie mir ein liebevolles, entwaffnendes Lächeln und entzieht mir damit sämtlichen Zorn. Grrr. Ob alle Großmütter diese Wirkung auf ihre Enkelkinder haben?

»Mach dich erst mal frisch und komm dann rüber in die Küche«, weist sie mich an und stützt sich an meinem Bein ab, um sich aufzurichten.

»Warum? Was machen wir?«, frage ich.

»Was wohl?« Sie wirft mir einen vielsagenden Blick zu.

Okay, jetzt hat sie mich. Sie wusste ganz genau, wie sie mich aus meinem Bett kriegen würde. Um nichts auf der Welt würde ich meine Meditation versäumen.

*

Eine halbe Stunde später trete ich frisch geduscht aus dem Bad und ziehe mir schwarze Leggins und einen grauen Hoodie mit einem Yoda-Aufdruck über. Meine nassen Haare rubbele ich mit einem Handtuch ab und türme sie daraufhin zu einem Handtuchturban auf. Ich verzichte darauf, mich zu schminken, weil ich so zerknittert aussehe, dass Make-up es allenfalls noch schlimmer machen würde.

Auf dem Weg zur Küche komme ich am Wohnzimmer vorbei und sehe Vicky und Maya vor der Glotze kauern. Es läuft wieder *Jane the Virgin*.

»Die Serie ist gut, oder?«

Beide schauen überrascht zu mir auf.

»Ist sie«, gibt Maya zurück. »Bist du noch sauer auf uns?«

Ich lächele versöhnlich. »Nein. Aber dafür schauen wir später Episode V.«

Wir haben meinen Lieblingsteil von *Star Wars* zwar erst vor ein paar Wochen gesehen, aber ich will es noch ausnutzen, dass die beiden mir gerade keinen Wunsch abschlagen können.

»Meinetwegen.« Maya zuckt mit den Schultern. »Das ist wenigstens einer von den guten Filmen.«

»Und in dem kommt Lando Calrissian vor«, ergänzt Vicky schwärmerisch.

Ha! Wusste ich's doch, dass ich die beiden früher oder später zu waschechten Fangirls mache.

Ein lautes Kreischen lässt mich zusammenzucken. Janes Gesicht hat den gesamten Fernsehbildschirm für sich beansprucht. Die Kamera zoomt auf ihre verschreckte Miene.

»Wow, ihr habt die Serie ja bald durch«, bemerke ich. »Seid ihr schon da, wo Michael erschossen wird?«

»Was?«, kreischt Vicky entsetzt.

»Micheal stirbt?«, japst Maya.

Oh Mist! Jetzt habe ich es schon wieder getan.

»Ich meinte natürlich angeschossen! Im Ernst, er wurde nur angeschossen«, versuche ich, es zu retten.

»Verzieh dich, Spoilerin!«, zischt Vicky und wirft ein Kissen nach mir. Ich weiche duckend aus und flitze aus dem Wohnzimmer.

»Tut mir leid«, rufe ich ihnen noch hinterher.

In der Küche angekommen, surrt der bereits vorgewärmte

Ofen. Ani steht an der Arbeitsplatte und hat ein paar Schüsseln bereitgestellt.

»Ich habe euch reden gehört. Habt ihr euch wieder vertragen?«, fragt sie.

»Ich glaube eher, wir haben uns wieder gestritten«, gebe ich verlegen zu.

Meine Großmutter mustert mich verwirrt, dann lacht sie kopfschüttelnd. »Typisch für euch. Manchmal streitet ihr wie kleine Kinder.«

»Aber genau wie Kinder haben wir uns auch schnell wieder lieb«, halte ich dagegen.

»Das stimmt. Wie fühlst du dich?«, wechselt sie das Thema und kommt schlurfend auf mich zu. Dabei streichen ihre Hauspantoffeln, die sie immer extra mitbringt, mit einem vertrauten Geräusch über die weißen Küchenfliesen. Sehnsucht überkommt mich. Am liebsten würde ich sie an mich drücken und nie wieder loslassen. Obwohl ich es vor Vicky und Maya niemals zugeben würde, bin ich insgeheim froh, dass sie sie angerufen haben. Gerade braucht mein zurückgewiesenes Herz ganz viel Liebe.

»In etwa so, wie ich aussehe«, antworte ich ihr und deute auf meine dunkel umschattete Augenpartie.

»Ach was, du siehst wunderbar aus, Schätzchen«, winkt Ani ab und streichelt mir aufmunternd über die Schulter.

Ich beschließe, nicht zu antworten, weil es sowieso sinnlos wäre. Ani ist noch sturer als ich, und das soll schon was heißen.

Mein Blick wandert zur Arbeitsplatte, auf der eine offene Einkaufstüte liegt. Ganz oben erhasche ich zwei Becher Magerquark.

»Was backen wir? Einen Käsekuchen?«

»Ja, das war der Plan. Es sei denn, du willst wieder etwas Veganes backen.«

Ihr anklagender Tonfall bringt mich zum Lachen. Meine Großmutter verurteilt vegane Ernährung nicht, aber sie hält wenig von Desserts, in denen auf Butter und Eier verzichtet wird. Ich selbst lebe eigentlich nicht vegan, aber da Vicky und Maya es tun und es im *Coffee & Books* ebenfalls keine tierischen Produkte gibt, färbt der ständige Einfluss inzwischen auch auf mich ab. Aber heute nicht.

»Doch, gerne«, erwidere ich mit unverkennbarer Vorfreude in der Stimme.

Ani krempelt die Ärmel bis zum Ellbogen hoch und reibt sich daraufhin die Hände wie kurz vor einem Startschuss. »Okay. Bereit?«

Ich nicke und puste eine Strähne weg, die sich von meinem Turban gelockert hat. »Bereit.«

Niemand von uns benötigt eine Anleitung. Nach Jahren des routinierten Backens kennen wir ein klassisches Rezept für den Deutschen Käsekuchen in- und auswendig. Wie immer teilen wir uns die Arbeit auf – Ani kümmert sich um den Teig, ich mich um die Füllung.

Während ich das Eiweiß mit einem Rührbesen aufschlage und Zucker hineinmische, ist meine Großmutter dabei, die Zutaten für den Teig abzuwiegen. Der liebliche Duft von Butter und Zucker lässt einen Anflug süßer Nostalgie in den Raum wehen. Ich kann gar nicht zählen, wie oft wir schon gemeinsam gebacken haben.

Obwohl ich meine Eltern liebe und vermisse, bereue ich es nicht, damals mit fünfzehn zu Ani gezogen zu sein. Es war besser so, denn ich hatte das Nomadenleben, alle paar Jahre in ein anderes Land zu ziehen und nirgendwo verwurzelt zu sein, endgültig satt. Außerdem wurde Ani für mich zu etwas, was weder Mutterersatz noch beste Freundin, sondern irgendwie alles in allem ist.

»Also?«, fragt Ani von der Seite und schüttet das Mehl in eine große Schüssel. Ein weißes Wölkchen schießt in die Luft und setzt sich kurz darauf wieder ab.

»Also was?«

»Was ist passiert?«

Ich stöhne leise. War ja klar, dass wir es nicht nur beim Backen belassen würden.

»Haben Vicky und Maya dir nicht schon alles erzählt?«, murmle ich und bewege den Schneebesen in Propellergeschwindigkeit. Das beißende Schamgefühl hat mich mal wieder am Schopf gepackt und scheint mich nicht so schnell loslassen zu wollen.

Aus dem Augenwinkel sehe ich, wie sie den Kopf schüttelt.

»Sie haben mich nur angerufen und gesagt, dass es dir nicht gut geht. Ich habe mir Sorgen gemacht, weil es sehr ernst klang.«

»Ach was, so schlimm war es gar nicht«, wehre ich ab. »Es war nur wegen eines Jungen. Keine große Sache.«

»Oh.« Anis Augen werden groß. »Ich wusste nicht, dass du einen Freund hast.«

Schön wär's.

»Habe ich auch nicht. Er ist nicht mein Freund.«

»Er erwidert deine Gefühle nicht?«

»Nein … also …« Seufzend lasse ich den Schneebesen los, weil mir meine Hand inzwischen ziemlich wehtut. »Es ist kompliziert. Dieser Junge, den ich mag … den ich mochte … hat mich vor Jahren ziemlich verarscht.«

»Vor Jahren? Ihr kennt euch schon Jahre?«

»Gewissermaßen.« Ich beiße mir auf die Unterlippe.

Es dauert nicht lange, bis sie selbst daraufkommt.

»Warte. Doch nicht etwa *der*?« Ani lässt die Packung Mehl sinken und starrt mich mit offenem Mund an, sodass ich den

Kopf gegen einen der Hängeschränke lehne und beschämt die Augen schließe.

»Der?«, wiederholte Ani. »Der Junge, der dich damals sitzen gelassen hat?«

Natürlich weiß sie von Lukes Existenz, schließlich habe ich ihr damals beide Ohren abgekaut. Sie, Vicky und Maya saßen in der ersten Reihe, als das Drama seinen Anfang nahm. Was ich Ani allerdings vorenthalten hatte, war, dass unsere Geschichte mit jedem Jahr um einen weiteren tragischen Akt verlängert wurde, als ich zu besagtem Treffpunkt kam und er nicht.

»Vorgestern habe ich ihn durch Zufall in einer Bar getroffen.« Ich lehne mich gegen den Tresen und presse die Lippen hart zusammen. »Und dreimal darfst du raten: Er hat sich weder an mich erinnert noch war er jemals im Ausland. Es war alles eine Lüge.« Mein Magen fühlt sich an, als wäre er es, der mit dem Schneebesen geschlagen wurde.

»Er war hier? Die ganze Zeit?«

»Jepp. Im Nachhinein wundert es mich sogar, dass es fünf Jahre gebraucht hat, bis wir uns durch Zufall wieder begegnet sind. Berlin ist zwar groß, aber so groß nun auch wieder nicht.«

»Und … du hast all die Jahre an ihm festgehalten?«

Oje. Noch schlimmer, als sich selbst für einen Deppen zu halten, ist, wenn die eigene Oma es tut.

»Nicht direkt. Es gab immer wieder Phasen, in denen es mir richtig gut ging. Aber ja, so richtig, richtig loslassen konnte ich nie.«

Luke war wie ein Virus, gegen das es keinen Impfstoff gab. Ich war ihm völlig ausgeliefert.

»War er auch der Grund, warum du damals diesen lieben Kerl in den Wind geschossen hast?«

»Meinst du Max? Ja, unter anderem.«

Max und ich waren vor etwa zwei Jahren ein paar Monate

lang zusammen. Wir lernten uns über Maya kennen und verstanden uns auf Anhieb. Er war wirklich nett, reichte aber trotzdem nicht im Mindesten an Luke ran. Also trennte ich mich mit meiner üblichen Ausrede, ich sei noch nicht über meinen »Ex« hinweg.

Auch sonst ist meine Erfolgsbilanz, was Dates angeht, eher lachhaft. Die meisten Typen langweilen mich, und ihnen geht es andersherum vermutlich ähnlich. Nie gelingt es mir, mich wirklich zu öffnen und jemandem eine realistische Chance zu geben, mich kennenzulernen. Kein Wunder also.

Der Einzige, der ein silvesterreifes Gefühlsfeuerwerk ausgelöst hat, war Luke. Ich hatte diesen blöden Lügner so dermaßen idealisiert und während des Wartens auf ihn mein eigenes Leben verpasst.

»Und wie fühlst du dich jetzt?«

»Keine Ahnung. Ich bin wütend und traurig. Aber in erster Linie wütend.«

»Gut.« Ani nickt, als hätte ich die richtige Antwort auf ihre Richtig-oder-falsch-Frage gegeben. »Behalt diese Wut tief in dir. Sie wird deinen verliebten Kopf daran erinnern, ihm keine weitere Chance zu geben. Als dein Großvater mich betrogen hat, waren die Wut und Enttäuschung das Einzige, das mich davon abgehalten hat, ihn nicht zurückzunehmen.«

Ani redet nicht oft über meinen Opa. Da er noch vor meiner Geburt gestorben ist, habe ich ihn nie kennengelernt. Nach allem, was mein Vater mir erzählt hat, war er im Grunde ein guter Mensch, hatte aber eine andere Auffassung von dem Wort »Treue«.

»Keine Sorge«, winke ich ab und löffele den Quark in die Schüssel. »Ich bin unfassbar wütend und würde ihm nicht einmal dann eine Chance geben, wenn er mich mit Harrison Ford bekannt machen würde.«

Ani stutzt überrascht. »Etwa der von *Indiana Jones*?«

»Und *Star Wars*.«

»Ist der inzwischen nicht eher in meinem Alter?«

»Man darf ja wohl noch träumen dürfen!«

Sie lacht. »Wie auch immer, Schätzchen. Sei ruhig wütend, aber schotte dich bitte nicht wieder ab.«

»Mach ich nicht«, verspreche ich. Die zwei Tage Rumliegen und Flennen waren zwar definitiv nötig, aber jetzt hat es sich ausgeheult. Auch wenn die Geschichte zwischen Luke und mir nicht so ausgegangen ist, wie ich es mir immer gewünscht habe, habe ich trotzdem endlich Gewissheit. Ich bin jetzt frei. Keine zermürbenden *Was-wäre-wenn*-Fantasien mehr. Keine verzweifelte Hoffnung. Das Warten auf Luke hat endgültig ein Ende. Gott bewahre, was passieren würde, wenn ich diesen Mistkerl je wiedersehen sollte.

7. KAPITEL

Luke

Meine Fingerkuppen kribbeln vor leichter Nervosität. Irgendwie ist alles so schnell gegangen. Im ersten Moment wurde ich gefeuert, im nächsten neu eingestellt. Und das alles ohne Jobsuche, Bewerbung und das restliche Tamtam. Man könnte es fast als göttliche Fügung bezeichnen.

Wäre da nur nicht die Tatsache, dass ich in einem Café arbeiten werde. Was habe ich mir eigentlich dabei gedacht, einfach so eine Vollzeitstelle anzunehmen?

Ach ja, Geld …

Jepp, so verzweifelt bin ich. Aber was soll's. Auf die Unterstützung meines Vaters ist kein Verlass, und irgendwie muss ich meine Rechnungen bezahlen. Ein Versuch ist es zumindest wert. Tina wirkt als Chefin sehr entspannt, und Wuffi ist auch cool. Und Sydney … die schöne Sydney mit den großen Augen, die versucht hat, mich anzubaggern … Ja, das Arbeitsklima könnte definitiv schlimmer sein.

Um ehrlich zu sein, finde ich es überflüssig, Geld für überteuerten Kaffee zu blechen. Aber diese Meinung sollte ich als zukünftiger Barista wohl besser für mich behalten.

Zukünftiger Barista, wiederhole ich die Worte im Geiste. Klingt eigentlich gar nicht so schlecht.

Das Café befindet sich in einer ruhigen Seitenstraße unweit vom Hackeschen Markt entfernt. Obwohl ich schon öfter daran vorbeigelaufen bin, war ich selbst noch nie hier. Da die Firma meines Vaters in der Nähe ihren Sitz hat, ist mir die Gegend hier so vertraut, dass ich sie kaum mehr richtig wahrnehme. Tagsüber wimmelt es hier von Touristen, jetzt ist alles noch ruhig und leer.

Mitten auf der Friedrichsbrücke bleibe ich stehen und nutze den ruhigen Moment, um das Panorama auf mich einwirken zu lassen. Rechts von mir erstreckt sich der Berliner Dom, links die Museumsinsel. Das hier könnte auch ein Stadtteil von Rom sein, so architektonisch prunkvoll sieht es hier aus. Unter mir fließt die Spree, und gerade ist es so leise, dass ich selbst ihr leises Rauschen wahrnehme. Ich habe mich schon oft gefragt, was Touristen ausgerechnet in eine ranzige Stadt wie Berlin zieht. Aber wenn ich mich hier umschaue, verstehe ich es.

Um nicht zu spät zu kommen, reiße ich den Blick los und setze mich in Bewegung. Eiligen Schrittes laufe ich Richtung Sophienstraße und erreiche wenige Minuten später das Café. Meine zittrige Hand liegt bereits am Knauf, aber ich schaffe es nicht, sofort einzutreten. Eine mir allzu vertraute Unsicherheit zieht mir durch die Glieder und lähmt meine Muskeln. Wie versteinert stehe ich da und kann nicht verhindern, dass mich Zweifel überkommen. Vielleicht pokere ich zu hoch, wenn ich glaube, dass, nachdem bisher alles reibungslos verlaufen ist, es auch so bleiben wird. Es könnte so viel schiefgehen. Was, wenn ich es wieder vermassele?

Du hast keine andere Wahl, erinnert mich mein Unterbewusstsein.

Stimmt. Ich brauche einen Job. Ich muss meine Rechnungen bezahlen und mein Leben allein hinkriegen, so wie ich es immer tue. Und wer weiß, vielleicht, vielleicht wird alles gut.

Als ich eintrete, blinzele ich wegen der Reizüberflutung, die meine Augen mit einem Schlag einfängt. Ich weiß nicht genau, was ich erwartet habe, aber ganz sicher nicht die räumliche Inkarnation eines Hipsters. Als Erstes stechen mir die Tische ins Auge, deren Tischplatten aus riesigen runden Baumstämmen bestehen und durch dünne schwarze Beine gehalten werden. Dann die bunten Omasessel, die allesamt nicht zusammenpassen. Die Wände sind aus rotem Backstein, wobei ich aus der Entfernung nicht sagen kann, ob es echte Steine sind oder nur eine Tapete. An ihnen hängen seltsame Gemälde, die ich keiner Epoche zuordnen kann. Eine Seite wird von einer Bücherwand eingenommen – *Coffee & Books* – jetzt kapier ich es.

Rechts vom Eingang steht eine Glastheke, daneben ein langer türkisfarbener Tresen. Die Einrichtung ist schräg und würde auf LSD sicher für einen unvergesslichen Trip sorgen. Trotzdem lässt es sich hier definitiv aushalten. Es ist irgendwie gemütlich und allemal hübscher als mein altes Großraumbüro.

Da ich niemanden sehe, rufe ich laut »Hallo?«, um mich bemerkbar zu machen.

»Komme«, erwidert eine Stimme, bevor im nächsten Moment die Tür neben dem Tresen aufgestoßen wird.

»Luke, schön, dass du da bist.« Tina kommt mir entgegen und schlingt die Arme um mich, als wären wir alte Freunde.

»Ich musste noch die Spülmaschine ausräumen, weil wir nicht genügend Tassen hatten. Sydney benutzt sie immer als Schüsseln fürs Backen.«

»Sydney«, wiederhole ich ihren Namen und spüre irgendwas Vertrautes in meiner Brust ziehen.

»Ja, Sydney. Eine ganz Liebe, wenn sie nicht gerade ihren Job schleifen lässt, um sich in der Küche auszutoben. Sie kommt später und wird dich einarbeiten.«

»Cool. Kommt Wuff…, ich meine, Lennart auch?«

»Ja, Lenny kommt auch, aber erst nachmittags. Momentan sind die beiden fast jeden Tag da, obwohl sie eigentlich nur auf Mini-Job-Basis arbeiten. Aber Vera kommt nächste Woche endlich aus dem Urlaub. Sie ist auch Vollzeit da. Bis dahin wirst du sicher alles draufhaben.«

Das wage ich zu bezweifeln …

»Also, das ist das Café.« Sie klopft auf den türkisfarbenen Tresen. »Klein, aber fein. Hier herrscht Selbstbedienung. Die Kunden stellen sich an und können an einem der Tische Platz nehmen. Wenn weniger los ist, dreht einer von uns eine Runde, wischt über die Tische und sammelt das stehen gelassene Geschirr ein. Das Geschirr kommt in die Spüle, aber das zeige ich dir gleich. Dort drüben«, Tina zeigt auf die Bücherwand, »sind Bücher, die jeder mitnehmen oder tauschen kann. Manchmal kommen neue Bücher hinzu, manchmal werden sie auch nur gelesen und wieder zurückgelegt. Diese Bilder da«, sie deutet auf ein Gemälde an der Wand, das Ähnlichkeiten mit Edvard Munchs *Der Schrei* hat, »stehen zum Verkauf. Die sind von irgendwelchen Hobbykünstlern, die ihre Bilder hier ausstellen dürfen. Wird eins verkauft, bekommen wir zehn Prozent. Das ist zwar nicht viel, aber es geht auch eher darum, die armen Schlucker zu unterstützen.«

»Cool«, sage ich wieder und meine es ernst. »Macht ihr auch Ausstellungen? Dieser Raum würde sich doch super für eine kleine Eröffnungsparty eignen.«

»Eine Vernissage, meinst du? Das ist gar keine so schlechte Idee.« Tina lässt den Blick nachdenklich durch das Café kreisen, als würde sie es zum ersten Mal sehen. »Das ist sogar eine ziemlich gute Idee. Du hast echt was auf dem Kasten, Luke.«

Sag das mal meinem Vater …

»Ähm, danke«, erwidere ich verlegen.

Die Tour geht weiter. Ich lasse mir von Tina alle Räume zeigen, wobei es lediglich eine Küche, einen Pausenraum – der zugleich auch als Garderobe fungiert – und zwei Toiletten gibt. So weit, so gut, denke ich. Bis Tina mir erzählt, dass das Putzen auch zum Job gehört.

»Jeden Abend wird der Boden gewischt und die Klos geputzt.«

»Verstehe.« Ich bemühe mich um eine neutrale Miene.

»Wir wechseln uns natürlich ab. Jeden Tag ist jemand anderes dran. Aber ich sage dir gleich, dass die Klos der Jungs um einiges dreckiger sind. Ich verstehe einfach nicht, warum ihr eine solche Sauerei beim Pinkeln macht.«

»Also, ich sitze immer«, sage ich unschuldig, woraufhin Tina schnaubt.

»Natürlich tust du das.«

Wir treten wieder aus der Toilette.

»Hm, was gibt's noch zu wissen?«, überlegt sie und streicht sich theatralisch übers Kinn, bevor sie den Finger hebt. »Ach ja, die Öffnungszeiten! Unter der Woche öffnen wir jeden Tag um sieben Uhr dreißig und am Wochenende um neun. Falls du nicht gern die Frühschicht übernehmen willst, ist das kein Problem. Vera kommt gern früher und geht früher. Um sieben schließen wir das Café. Wenn bis dahin noch Kunden da sein sollten, musst du sie höflich darauf aufmerksam machen, dass ihr jetzt schließt. Manchmal musst du es noch ein-, zweimal sagen, aber in der Regel verziehen sie sich schnell. Samstags und sonntags kommen viele zum Brunch her. Wir reservieren grundsätzlich keine Tische, weil uns dafür einfach der Platz fehlt. Wer zuerst kommt, mahlt zuerst.«

Oh Gott. Zu. Viele. Informationen. Ich habe jetzt schon die Hälfte vergessen.

Tina zeigt mir noch, wie man die Tür öffnet und richtig abschließt, wo der Müll deponiert wird, wie die Kasse funktioniert und wie man die Kaffeemaschine putzt. Ich nicke zum Schein und gebe mich aufmerksam, obwohl ohnehin nichts mehr in meinen Kopf passt.

»Das Trinkgeld kommt hier rein.« Sie hält mir einen weißen Pappbecher vor die Nase, auf dem *Tip* geschrieben steht. »Am Ende des Tages wird es demokratisch untereinander aufgeteilt. So, das war's erst mal. Irgendwelche Fragen?«

»Ja. Wie macht man Kaffee?«

Tina prustet los. »Das zeigt Sydney dir später. Bis dahin kannst du mir gern über die Schulter schauen. Es ist wirklich nicht so schwer, wenn man erst mal den Dreh raushat.«

Ja, *wenn* man ihn raushat …

Ich geb's zu, ich habe Schiss. Kaffee kochen klingt zwar wie das Leichteste auf der Welt, aber was, wenn ich sogar *dabei* versage?

Wir gehen noch in den Pausenraum, wo mich Tina den Arbeitsvertrag unterschreiben lässt und mich mehrmals daran erinnert, mir unbedingt eine rote Karte zuzulegen – offenbar ist das etwas, was man braucht, wenn man in der Gastro arbeitet. Ich setze meine Unterschrift auf das Papier, als auch schon die Glöckchen an der Tür bimmeln.

Die nächsten zwei Stunden vergehen wie im Flug. Wie ein Roboter nimmt Tina die Bestellungen auf, bereitet die Getränke zu, kassiert ab und schafft es gleichzeitig, freundlich zu bleiben. Ich kriege schon Stress vorm Zusehen und habe keine Ahnung, wo sie diese Geduld hernimmt. Wann immer sie mir Anweisungen gibt, helfe ich ihr, stehe die meiste Zeit aber trotzdem nur blöd rum.

Als Tina mir die erste Kundin überlässt, schaffe ich es, nach zehn Sekunden den ersten Fehler zu machen.

»Oh Mist, das habe ich vergessen, dir zu sagen.« Tina macht

ein entschuldigendes Gesicht. »Kunden, die ihre eigenen Becher mitbringen, zahlen immer weniger. Du musst dann erst das Getränk eingeben, die Größe wählen und anschließend auf dieses Symbol hier drücken.« Tina demonstriert es, und ich schenke der Kundin ein entschuldigendes Lächeln.

»Sorry, ich wollte dir dein Geld nicht abknöpfen.«

Das Mädchen, vielleicht sechzehn oder siebzehn, umklammert schüchtern ihr schwarzes Portemonnaie, während sich leichte Röte auf ihre Wangen zeichnet. »Schon okay.«

»Willst du dafür einen Keks umsonst?«

»Ey, wir verteilen hier nichts umsonst!«, meint Tina halb amüsiert, halb streng.

Fuck. Ich und mein Hang zur Impulsivität.

Aber das Mädchen lacht. »Ach, warum nicht? Ich nehme gern einen Keks. Ich zahle auch dafür.«

»Okay. Gern.« Mithilfe einer Zange serviere ich den Keks auf einen Teller und reiche ihn dem Mädchen, das prompt noch mehr errötet. Obwohl sie etwas zu jung für mich ist, muss ich trotzdem lächeln. Das hier ist jetzt schon so viel besser als im Kundensupport. Hier kann ich den Menschen in die Augen sehen. Im Chat trauen sich die Leute, mit übelsten Beleidigungen um sich zu werfen, aber ins Gesicht sagen würden sie es mir nie.

Als das Mädchen mit ihrer Bestellung abzieht, schaue ich zu Tina und will mich gerade für die Gratis-Keks-Situation entschuldigen, als ihr Grinsen mich verstummen lässt.

»Ganz eventuell könntest du mich reich machen.«

»Was?«

»Dein Flirten gerade. Die Kundin mit dem Bambusbecher hat uns gerade fünf Euro Trinkgeld gegeben! Und du hast ihr den Keks aufgeschwatzt.«

»Ich hab doch nicht geflirtet!«

»Egal. Mach weiter so.«

Etwas hinter mir zieht Tinas Aufmerksamkeit auf sich. Ihr Blick erhellt sich. »Sydney, endlich.«

Ich folge Tinas Blick und sehe, wie Sydney auf die Tür des Pausenraums zurast.

»Tut mir echt leid, mein Fahrradreifen war platt, und ich musste laufen. Bin in einer Minute da!«

»Das will ich auch hoffen. Und bring noch ein paar saubere Untertassen aus der Küche«, ruft Tina ihr hinterher.

»Mach ich!«, schreit sie zurück.

Keine Minute später tritt Sydney aus der Tür. Um die Hüften trägt sie eine Schürze, die ihre kurze Hose verdeckt und so aussieht, als trüge sie darunter nichts. Ihre braunen Beine sind lang und glatt. In den Händen hält sie einen schiefen Turm aus Untertassen.

Obwohl ihr Gesicht vom Rennen gerötet ist und ihr ein paar verschwitzte Strähnen im Gesicht kleben, sieht sie gesünder und fitter aus als neulich Abend. Und ihre Augen ... immer noch ein umwerfender Ozean, der mich in seine Tiefen reißt.

Ich schlucke, als ich bemerke, wie lange ich sie schon anstarre. Aber aus irgendeinem Grund kann ich nicht wegsehen. Vermutlich, weil sie es auch nicht tut.

»Hey«, bringe ich heiser hervor und versuche mich an einem schiefen Lächeln.

Und dann ändert sich etwas in ihrem Blick. Ihre Augen weiten sich vor Schreck, und sie schnappt nach Luft, bevor ihr im nächsten Moment die ganzen Ladung Teller aus den Händen fällt mit einem ohrenbetäubenden Knall vor ihren Füßen zersplittert.

8. KAPITEL

Sydney

Gut möglich, dass ich unter Wahnvorstellungen leide. In den letzten Tagen war ich ziemlich durch den Wind und hatte einen sehr unregelmäßigen Schlaf. Jetzt rächt sich mein Körper wohl mit diesen Halluzinationen. Aber warum trägt die Halluzination eine Schürze vom *Coffee & Books*? Und warum riecht sie so vertraut nach einem Duft, den ich mir fünf Jahre lang herbeigesehnt habe? Welchen seltsamen Spaß erlaubt sich mein Kopf gerade?

Es sei denn …

»Fuck! Hast du dir wehgetan?«

Die Halluzination fällt vor mir auf die Knie und fängt an, Scherben von meinen Schuhen zu sammeln. Ihre Hände berühren meine nackten Beine. Raue vertraute Hände …

»Oh Mann, ein klassischer *Sydney*.« Tinas genervte Stimme dringt durch die vielen Schichten meiner Schockstarre zu mir durch. »Luke, bitte geh mit Sydney in die Küche und hol ein Pflaster. Ich mache das Chaos hier sauber.«

Luke. Tina hat gerade Luke gesagt. Meine Hände fangen an zu zittern.

»Komm.« Die Halluzination, die auf den Namen Luke hört, rappelt sich auf und schiebt mich sanft in Richtung Küche.

»Wo habt ihr hier die Pflaster?«, fragt er und öffnet wahllos irgendwelche Schränke.

Da ich nicht reagiere, dreht er sich um und mustert mich aufmerksam. »Oder brauchst du keine?«

Zumindest keine für oberflächliche Schrammen. Eher einen dicken Verband für mein Herz, das jahrelang auf sich selbst eingeprügelt hat.

»Sydney?«

Als ich den Kopf hebe und ihn ansehe, ist es, als würden sich zwei Bilder von Luke zu einem mischen – dem aus der Vergangenheit und dem aus der Gegenwart. Am Mittwoch war ich so aufgekratzt, dass ich gar nicht dazu kam, ihn richtig anzusehen. Fünf Jahre haben ihm die letzten kindlichen Züge aus dem Gesicht radiert. Seine Konturen sind härter, erwachsener. Um seine Wangen zieht sich ein feiner Dreitagebart. Die weichen Locken sind auch weg. Luke ist definitiv kein Teenager mehr, sondern ein Mann. Und doch ist er genau der Gleiche. Das gleiche freche Lächeln, der gleiche melancholische James-Dean-Ausdruck in seinen Augen.

Das kann doch nicht wahr sein.

»Du?«, stoße ich ungläubig hervor.

Er runzelt die Stirn.

»Du?«, wiederhole ich erstickt und fürchte, jeden Moment in Ohnmacht zu fallen.

»Ja, Luke. Weißt du noch?« In seiner Miene glänzt Verwirrung. »Wir haben uns neulich in der Bar kennengelernt.«

Falsch! Wir haben uns vor fünf Jahren kennengelernt!

»Das weiß ich«, entgegne ich gereizt. »Aber was machst du *hier?*« Wild fuchtele ich mit beiden Händen große Kreise, um zu unterstreichen, dass ich mit hier die Küche meine.

»Ich arbeite hier.«

»Du arbeitest hier?« Meine Stimme klingt so hoch und schrill, dass sie eine weitere Ladung Porzellan zerschmettern könnte.

»Äh, ja …« Unsicher tritt Luke einen Schritt zurück. »Ist das ein Problem für dich?«

»Wie kann das sein?«, frage ich fassungslos.

»Tina hat mir einen Job angeboten und …«

»Tina?« Mein Atem wird schneller. »Woher kennst du Tina?«

»Von Lenny.«

»Du kennst Lennart?«

Luke schüttelt den Kopf. »Nein, nicht so richtig. Erst seit Kurzem. Ihr wart letzten Mittwoch alle zusammen im *Epos*. Du bist früher gegangen«, ruft er mir ins Gedächtnis, als ob ich das selbst nicht mehr wüsste.

Kleine Erinnerung: Ich bin vor ihm geflohen!

»Als du weg warst, haben Lenny und ich uns noch ein wenig unterhalten. Später kam Tina dazu und hat mir aus dem Nichts einen Job angeboten.«

»Aus dem Nichts«, wiederhole ich argwöhnisch, obwohl es gar nicht so unwahrscheinlich klingt, dass Tina irgendwelchen Fremden einen Job andreht. Letzte Woche hat sie es bei einem Rentner mit Gehstock versucht. Er hat daraufhin das Weite gesucht und ward seitdem nicht mehr gesehen. »Und du hast ihn *aus dem Nichts* angenommen?«

»Ja. Wie es der Zufall so wollte, hatte ich am selben Tag meinen Job verloren.« Unsicher zieht er die Augenbrauen zusammen, als fürchte er, dass ich ihm nicht glaube. »Nur deshalb sind wir überhaupt auf das Thema Job gekommen.«

Nein. Nein, nein, nein. Das darf doch nicht wahr sein. Ich kann doch nicht fünf Jahre lang nach Luke suchen, ihn endlich finden, aber herausfinden, dass er ein gemeiner Lügner ist, ihn nie mehr wiedersehen wollen und jetzt mit ihm zusammenarbeiten? Erlaubt sich irgendwer da oben einen Scherz mit mir?

Und wie kommt es überhaupt, dass mir niemand davon erzählt hat? Am Wochenende habe ich sowohl mit Lennart als auch mit Tina gearbeitet. Weder er noch sie haben mich darüber in Kenntnis gesetzt, dass wir jetzt einen neuen Mitarbeiter haben.

Andererseits … Wenn ich so darüber nachdenke, war es schon verdächtig, dass Tina niemandem mehr einen Job aufgeschwatzt hat. Ich hätte ahnen müssen, dass irgendwas faul war.

»Ist das okay für dich?«, fragt Luke vorsichtig.

Nein, es ist nicht okay. Ich wollte dich nie wiedersehen, und jetzt arbeiten wir zusammen. Vielleicht ist das Ganze sogar meine eigene Schuld, weil ich es war, die sich dazu hat breitschlagen lassen, mit ins Epos *zu gehen. Ich war es, die dich gesehen, und auf dich zugegangen ist. Ich war es, die dich ungewollt mit Lennart bekannt gemacht hat, der dich wiederum mit Tina bekannt gemacht hat. Ich habe mir mein eigenes verdammtes Grab geschaufelt!*

Aber das kann ich ihm nicht sagen. Ich kann mir nicht die Blöße geben und das letzte bisschen Würde pulverisieren.

»Ist das okay für dich?«, wiederholt er seine Frage, diesmal mit Nachdruck. Sein brauner vertrauter Blick begegnet meinem, ohne dass bei ihm der Groschen fällt.

Er weiß wirklich nicht mehr, wer ich bin.

Das ist einfach unglaublich. Wie kann er mein Aussehen, meine Stimme, mein Gesicht, einfach alles vergessen haben? Nicht, dass ich erwarten würde, dass er so verrückt ist wie ich und sich an fast jedes Detail erinnern kann, aber sogar meine Existenz? Das tut unsagbar weh.

»Muss es ja wohl«, gebe ich zurück, und bemühe mich gar nicht erst, höflich zu klingen.

Wenn du Gott zum Lachen bringen willst, erzähl ihm von deinen Plänen.

*

»Das ist unsere Theke. Oben sind die belegten Brote, in der Mitte die Muffins und unten die Kuchen. Die Brote schmieren wir morgens selbst, der Rest wird geliefert. Wir lagern das Gebäck in der großen Kühltruhe in der Küche. Vorher müssen sie immer mit dem Datum beschriftet werden.« Ich rattere die Einweisung so schnell und lieblos wie möglich runter. Falls er nicht mitkommt, ist das sein Pech.

»Wie belegt ihr die Brote?« fragt Luke höflich.

»Das ist unterschiedlich. Je nachdem, was Tina mitbringt. Aber meistens mit Avocado, Hummus oder Pestocreme, Salat, veganer Mortadella oder veganem Käse.«

»Veganem Käse?«

»Ja. Wir bieten ausschließlich vegane Produkte an.«

»Echt jetzt? Das wusste ich gar nicht.«

Ich presse die Lippen zusammen. »Hat der Herr ein Problem damit?«

»Nein«, sagt er schnell. »Natürlich nicht. Tina hat nur nichts dergleichen erwähnt. Ich hätte nicht gedacht, dass diese Kuchen alle vegan sind. Sie sehen so normal aus.«

Meine Miene wird finster. »Willst du damit sagen, dass veganes Essen nicht normal ist?«

»Nein, sorry, das war falsch ausgedrückt.« Er hebt abwehrend die Hände und fährt sich über den Hinterkopf. »Ich wollte veganes Essen wirklich nicht schlecht machen.«

Gott, dieser Schleimer. Jetzt tut er auch noch auf höflich. Am liebsten würde ich ihm sagen, dass er sich diese ganze Show sparen kann. Ich bin schon einmal darauf reingefallen und werde es ganz sicher kein zweites Mal tun.

»Hier sind die Gläser«, rede ich weiter. »Die großen werden für Eiskaffees oder Smoothies benutzt.«

»Warte, sind das etwa alte Essiggurkengläser?« Er nimmt eins in die Hand und riecht daran.

»Sind sie«, bestätige ich matt.

Er legt das Glas wieder zurück und grinst mich an. »Ganz schön Hipster, oder?«

Jetzt hat er auch noch ein Problem mit den Gläsern …

»Niemand zwingt dich, hier zu arbeiten«, sage ich bissig.

Lukes Lächeln wird zu einer hilflosen Grimasse. Er sieht so aus, als wollte er was sagen, überlegt es sich jedoch anders.

Gut so.

»Das ist die Kaffeemaschine«, fahre ich fort. »Zuerst musst du die Bohnen mahlen. Das Pulver kommt dann in diesen Siebträger. Dann klopfst du alles mit dem Temper ab, schraubst es an die Maschine an und stellst die Tasse darunter. Die Dampflanze ist da, um die Milch zu erwärmen.«

»Sydney? Könnte ich dich bitte kurz sprechen?«, fragt Tina, die ihren Kopf aus der Küche streckt.

»Bin gleich wieder da«, sage ich, ohne Luke anzusehen, und folge meiner Chefin.

»Was soll das?«, fährt Tina mich an, als wir zu zweit sind.

»Was soll was?«, frage ich zurück und schließe die Küchentür hinter mir.

»Warum arbeitest du Luke nicht richtig ein?«

»Tue ich doch.«

»Tust du nicht. Woher soll er wissen, was eine Dampflanze ist, wenn du es ihm nicht richtig erklärst? Er hat noch nie in einem Café gearbeitet und muss erst alles lernen. Sei bitte nachsichtig mit ihm.«

Einen Scheiß werde ich.

»Tina?« Ich räuspere mich kurz und ersticke fast an meinen angestauten Worten. Jetzt oder nie. »Ich finde, du solltest Luke feuern.«

»Äh, wie bitte?« Tina zieht den Kopf ein und erzeugt damit ein ungewolltes Doppelkinn. »Warum das denn?«

Weil er mir das Herz gebrochen hat.

»Weil er inkompetent ist. Und unhöflich.«

»Zu mir war er total nett. Wie kann das sein?!«

»Bitte, Tina.« Ich schließe die Augen. »Ich will das wirklich nicht weiter ausführen, aber du würdest mir einen riesigen Gefallen tun, wenn du ihn feuerst. Ich besorge uns auch einen neuen Mitarbeiter, versprochen.«

Ihre Schultern entspannen sich. Als sie fortfährt, klingt sie etwas ruhiger. »Warum denn? Was habe ich verpasst? Hat er dich etwa angebaggert?«

Wenn sie wüsste …

»Ich will einfach nicht mit ihm zusammenarbeiten.«

»Warum?«, fragt sie wieder. »Gibt es etwas, was ich wissen sollte? Kennt ihr euch etwa?«

Ob ich es ihr sagen sollte? Dass ich Luke tatsächlich kenne, auch wenn er mich nicht kennt? Dass ich jahrelang in ein Phantom verliebt war, das sein Gesicht hatte, aber er nie der war, für den ich ihn hielt?

»Sydney, wenn ihr euch kennt und irgendwas passiert ist, bin ich auf deiner Seite.« Sie greift nach meiner Hand. »Wir Frauen halten immer zusammen. Aber du musst mir sagen, was los ist. Kennt ihr euch? Hat er etwas gemacht?«

»Ich … er …«

Nein. Ich kann das nicht. Es ist einfach zu peinlich.

»Nein, ich kenne ihn nicht«, stoße ich hervor.

Tina lässt meine Hand wieder los und lächelt zufrieden. »Wenn das so ist, dann bleibt er. Ich weiß zwar nicht, was mit dir los ist, aber versuch, ihm eine Chance zu geben. Bitte.«

Ich lächele verkrampft und zwinge mich zu einem Nicken, während ich im Geiste bereits meine Kündigung plane. Wenn er nicht geht, tue ich es.

9. KAPITEL

Luke

Eigentlich dachte ich, dass ich gut mit Menschen umgehen kann, aber bei Sydney ist das wohl nicht der Fall. Die Frau hasst mich, und ich habe null Ahnung wieso. In den sechs Stunden, in denen sie da war, gab es keinen Moment, in dem sie mir nicht das Gefühl gegeben hat, ich sei eine ansteckende Krankheit. Anfangs habe ich noch gedacht, dass ich es mir einbilde, aber je länger wir zusammen waren, desto feindseliger wurden ihre Blicke. Dabei war sie es, die mich ursprünglich angequatscht hat. Sie wollte *mich* kennenlernen, sie hat geflirtet und war dabei echt unbeholfen und süß. Ich verstehe nicht, was seitdem passiert ist.

»Und, wie war dein erster Tag?«, erkundigt sich Wuffi bei mir.

Ich bin echt froh, dass er vorhin nachgekommen ist. Noch ein bisschen länger und Sydney hätte mich mit ihrem Todesblick gegrillt.

»Ganz gut«, entgegne ich zögernd. »Aber ich glaube, Sydney mag mich nicht.«

»Was? Warum sollte sie dich nicht mögen?«, entgegnet er verwundert.

»Keine Ahnung.« Das ist es ja, was mich so irritiert.

»Ich glaube, das hast du dir nur eingebildet. Sydney ist der liebste Mensch auf der Welt. Selbst wenn sie ihre Tage hat, ist sie nett.«

»Sexismus lässt grüßen«, scherze ich. »Und woher weißt du überhaupt, wann sie ihre Tage hat?«

»Sydney redet ganz offen darüber. Das ist auch etwas, was ich so cool an ihr finde. Sie ist immer offen und ehrlich.«

»Na ja, vielleicht hatte sie einfach nur einen schlechten Tag«, murmle ich.

»Bestimmt«, bekräftigt er.

Als alle Gäste weg sind, wische ich über die Tische, während Wuffi das Geld in der Kasse zählt. Obwohl ich heute Morgen noch dachte, dass ich mir all die vielen Regeln niemals merken könnte, muss ich meine Meinung nach zwölf Stunden Arbeit revidieren. Nach anfänglicher Aufregung konnte ich mir fast alle Bestellungen merken und in die Kasse – bei der man im Prinzip nur auf die Bilder klicken und die verschiedenen Größen wählen muss – eingeben.

Nur meine Beine können mich kaum noch tragen. Ich hätte nicht gedacht, dass es so anstrengend werden würde, den ganzen Tag rumzustehen. Und das war gerade mal der erste Tag.

Eigentlich hätte ich wie Sydney um sechzehn Uhr Feierabend gehabt, aber Wuffi war im Gegensatz zu ihr weitaus freundlicher und geduldiger, was das Einarbeiten anging. Deshalb bin ich länger geblieben und habe gar nicht gemerkt, wie schnell die Zeit vergangen ist. Wenn mein Vater hören würde, dass ich freiwillig unbezahlte Überstunden gemacht habe, würde er … mich trotzdem für einen Versager halten.

»Du arbeitest nur in einem Café. Lass uns noch mal über Fleiß reden, wenn du einfachste Statistik-Programme beherrschst«, höre ich seine mäkelnde Stimme. Ein Schauer jagt über meinen Rücken.

»Krass, wir haben heute ziemlich viel Trinkgeld gemacht.« Wuffi winkt mich zu sich und wirft mir einen Haufen Münzen und Scheine in die Hand.

Ich zähle sie grob und schnappe nach Luft. »Das sind über zwanzig Euro!«

»Ich weiß. Manchmal sind es nur vier Euro, manchmal vierzig. Aber heute war ein guter Tag, und du kriegst einen größeren Anteil, weil du am längsten gearbeitet hast.«

»Wow. Danke.« Ich stecke mir das Geld in die Hosentasche und zücke aus der anderen mein Handy hervor. Die anderen haben während der Arbeit immer mal wieder auf ihre Smartphones geschaut, aber ich wollte einen guten ersten Eindruck machen und habe mich deshalb zurückgehalten.

Neben ein paar Push-up-Benachrichtigungen von Instagram zeigt mir der Home Screen zwei neue WhatsApp-Nachrichten an. Die erste ist von Vince.

Vince: Jo, Lust auf ein Feierabendbier im Monbijoupark?

Die zweite ist von *Lisa*, oder wohl eher *Lückenbüßer-Lisa*. Alle paar Monate, wenn mal wieder Schluss mit ihrem Freund ist, meldet sie sich.

Lisa: Hey, was machst du heute Abend? :)

Ich weiß, dass sie mich nur ausnutzt, aber das ist okay für mich. Ich bin nicht an ihr interessiert, zumindest nicht auf diese Weise. Somit haben wir beide unseren Spaß, ohne dass jemand verletzt wird.

Ganz kurz erwäge ich, den Chat zu schließen und Vince zu zuzusagen. Wir haben uns schon länger nicht mehr gesehen und sollten dringend mal wieder reden. Er weiß noch nicht, dass ich einen neuen Job habe. Schon wieder.

Aber heute ist mir nicht nach Reden. Mir ist aber auch nicht nach einer bedeutungslosen Nummer, obwohl sich mein Ego schon etwas nach einer kleinen Aufwertung sehnt. Sydney hat es den Tag über zertreten und zermatscht, als wollte sie daraus Wein herstellen.

»Wollen wir nachher noch ins *Epos* gehen?«, fragt mich Wuffi von der Seite.

Ich will gerade ablehnen, als ich mich unerwartet »Okay« sagen höre. Ja, vielleicht ist das die beste Option des Abends. Einen trinken, die Füße entspannen und meine neuen Kollegen näher kennenlernen.

Und Sydney endlich hinter mir lassen. Sie, mit ihren funkelnden Edelsteinaugen, deren bloßer Gedanke an sie irgendwas in mir aufwirbelt.

Aber ich weiß nicht was.

10. KAPITEL

Sydney

»Kommt nicht infrage. Du wirst nicht kündigen!«

Maya bemüht sich um einen strengen Ausdruck, aber durch die senfgelbe Heilerdemaske kann sie ihr Gesicht kaum bewegen.

»Und ob ich das werde«, sage ich entschieden und stelle den Gasherd an, um Butter und Milch zu erhitzen. »Ich werde keinen Tag länger mit ihm arbeiten. Heute war schon die Hölle.«

»Dann soll er gehen.«

»Wird er aber nicht. Ich habe es versucht, aber ich kann Tina keinen triftigen Grund liefern.«

»Erzähl ihr doch einfach, was passiert ist.«

Ich schüttle den Kopf, während ich die Masse mit einem Kochlöffel verrühre. »Auf keinen Fall. Sie soll nicht erfahren, wie armselig ich bin. Außerdem wird sie es kindisch finden.«

»Ist es auch! Du kannst doch nicht einfach kündigen, weil irgendein Arschloch dich vor fünf Jahren versetzt hat!«

Meine Finger verkrampfen sich bei ihren Worten. In der Regel ist es Vicky, die den unzensierten Part übernimmt. Maya ist eher wie ich und versucht, jedes Wort in Watte zu packen. Ihr Gesichtsausdruck ändert sich, als wüsste sie, dass sie zu weit gegangen ist.

»Tut mir leid«, entschuldigt sie sich sofort. »Damit will ich nicht sagen, dass deine Gefühle unberechtigt sind. Natürlich bist du nicht armselig. Aber ich finde trotzdem nicht, dass du ihm deinen Arbeitsplatz überlassen solltest.«

Ich zucke mit den Schultern, weil ich nicht weiß, was ich noch sagen soll. Mir ist klar, dass es bescheuert ist, den Job wegen Luke zu kündigen. Aber mir bleibt nichts anderes übrig.

»Ich wasch mir kurz die Maske vom Gesicht und hole dann Vicky. Wir müssen unbedingt eine Intervention machen. Vielleicht rufe ich noch Ani an.«

»O nein, ihr zieht meine Großmutter nicht schon wieder da rein«, warne ich, doch Maya ist schon aus dem Raum gehuscht.

Grummelnd wende ich mich wieder meiner Arbeit zu. Da Milch und Butter inzwischen erhitzt sind, schalte ich den Herd wieder aus. Ohne die Flüssigkeit vorher auskühlen zu lassen, schütte ich sie in eine bereitgestellte Schüssel mit Mehl Zucker, Hefe und einem aufgeschlagenen Ei. Eigentlich gebe ich mir bei einem Hefeteig viel mehr Mühe und klatsche nicht alles auf einmal rein, aber heute fehlt mir die Liebe und Geduld. Ich muss einfach nur mit meinen Händen arbeiten – egal, was am Ende dabei rauskommt.

Das Kneten tut gut. Meistens fehlt mir die Kraft dazu, heute aber nicht. Der angestaute Zorn lässt meine Hände einen wunderbaren klumpfreien Teig formen.

Ich bin gerade dabei, den Hefeklops in eine Schüssel zu legen und mit einem Küchentuch zu bedecken, um ihn in Ruhe aufgehen zu lassen, als Maya mit Vicky im Schlepptau zurückkommt.

»Ich hoffe, es ist wichtig«, murrt Vicky. »Ihr habt mich bei meiner Meditation gestört.« So, wie sie gähnt, hat sie garantiert ein Nickerchen gemacht und nicht meditiert.

»Es ist wichtig«, beschwört Maya mit noch feuchtem Gesicht und ein paar krümeligen Stellen um Kinn und Stirn, an der die braune Gesichtsmaske noch haftet. »Sydney will nämlich nur kündigen, weil Luke jetzt mit ihr arbeitet.«

»Wie bitte?« Vickys Augen springen ihr fast aus den Höhlen. »Moment. Luke? *Dein* Luke?«

»Er ist nicht *mein* Luke!«, stelle ich klar. »Und ja, wir arbeiten zusammen, weil Tina ihn letzten Mittwoch, als wir alle im *Epos* waren, gefragt hat, ob er einen Job sucht.«

»Luke?«, wiederholt sie fassungslos. »Der Luke von vor fünf Jahren? Ist das vielleicht ein schlechter Scherz? Ihr habt euch am Mittwoch durch Zufall wiedergesehen und jetzt arbeitet ihr zusammen?«

»Endlich!« Ein Seufzer der Erleichterung dringt aus meiner Kehle. Ich strecke meine teigbeschmierten Hände in die Luft. »Endlich mal eine Reaktion, mit der ich was anfangen kann.«

»Wisst ihr was?« Vicky lehnt sich gegen die Wand und verschränkt die Arme miteinander. »Langsam glaube ich wirklich, dass unsere Welt eine gigantische Simulation ist. Irgendeine höhere Spezies steuert unser Leben von ihrem Computer aus, ohne dass wir Einfluss darauf haben. Vielleicht sind wir gar nicht real.«

»Ja!«, pflichte ich ihr erhitzt bei. »Und dann inszeniert das Alien, das uns steuert, eine romantische Liebesgeschichte und lacht sich ins Fäustchen, weil Figur A ein Jahr später von Figur B versetzt wird.« Ich verfalle in einen kurzen hysterischen Lachkrampf, rede aber sofort weiter. »Aber dann hat es plötzlich Lust auf ein Widersehen und bringt A und B wieder zusammen, in dem sie zusammenarbeiten. Und um es noch dramatischer zu machen, erinnert sich B nicht einmal mehr an A.«

Aus irgendeinem Grund fangen Vicky und ich an zu hüpfen, als wäre unsere Theorie nicht befremdlich, sondern ganz toll.

»Hört auf, Leute. Das ist gruselig.« Maya geht zwischen uns und beendet unseren kleinen Tanz.

»Google es ruhig. Dazu gibt es etliche wissenschaftliche Theorien«, meint Vicky, als wollte sie zusätzliches Holz in Mayas Angstfeuer werfen. »Ich sag's euch, unsere Welt ist überhaupt nicht echt. Hörst du mich, Alien?«, schreit sie in Richtung Decke. »Du hattest deinen Spaß, aber wir haben dich durchschaut. Jetzt lass Sydney endlich in Frieden.«

Ich pruste los. »Und sorg bitte dafür, dass Luke diesmal wirklich den Kontinent wechselt«, rufe ich zum Leid unserer Nachbarn hinterher.

»Was backst du eigentlich?«, wechselt Maya das Thema und linst interessiert in die Schüssel. Ganz offensichtlich will sie das Alien-Gespräch gut sein lassen, und ich kann es ihr nicht verübeln. Die Vorstellung ist wirklich gruselig.

»Zimtschnecken. Aber leider nicht vegan.«

»Zimtschnecken? Es ist August!«

»Ich weiß, aber ich habe Lust auf Zimt.«

»Können wir bitte noch mal darauf zurückkommen, dass Sydney jetzt mit Luke zusammenarbeitet?«, ergreift Vicky wieder das Wort.

»Zusammengearbeitet hat«, korrigiere ich sie und streiche mir eine Strähne aus dem Gesicht. »Ich werde kündigen.«

»Das kannst du echt nicht bringen, Syd«, jammert Maya.

»Sie hat recht. Das kannst du nicht bringen«, pflichtet ihr Vicky bei.

Mir fällt die Kinnlade runter. »Wie bitte? Du stellst dich auf Mayas Seite?«

»Ich stelle mich auf gar keine Seite, aber zu kündigen würde nichts bringen. Ihr wohnt in derselben Stadt. Selbst wenn ihr nicht mehr zusammenarbeiten solltet, kann es sein, dass ihr euch über den Weg laufen werdet. Außerdem warst du zuerst da. Es ist dein Arbeitsplatz, und du liebst ihn. Soll er doch gehen. Oder bring ihn zum Gehen. Sag Tina, er hätte etwas aus der Kasse geklaut.«

»Ich soll lügen? Das wäre unethisch!«

»Es ist auch unethisch, ein süßes Mädchen wie dich zu versetzen«, räumt Maya ein.

Verdammt. Natürlich weiß ich, dass sie das mit dem Betrug anhängen nicht ernst meinen, aber jetzt bin ich tatsächlich versucht, meinen gesamten Plan über Bord zu werfen. Es wäre schon mies, meine Kollegen ausgerechnet jetzt im Stich zu lassen.

Aber es wäre auch mies, Luke zu sehen.

Unsicherheit beschleicht mich. Vielleicht sollte ich erst eine Nacht darüber schlafen, als Hals über Kopf meinen Job hinzuschmeißen. Doch selbst, wenn ich es nicht tun sollte, steht trotzdem eines fest: Mein Leben muss endlich weitergehen.

*

Während meine Zimtschnecken im Ofen backen, sitze ich mit Stift und Papier am Wohnzimmertisch und betrachte meine Liste. Sie hat noch keine Überschrift, wohl aber schon ein paar Stichpunkte.

– *die ganze Nacht durchfeiern*
– *einen One-Night-Stand haben*
– *zum ersten Mal kiffen*
– *nackt baden*

»Im Ernst? Du hast noch nie die ganze Nacht lang durchgefeiert?« Maya beäugt meine Liste mit großen Augen. »Die anderen Sachen verstehe ich ja noch, aber nicht mal feiern?«

»Nope, nicht mal feiern. Das letzte Mal Party bis zum Morgengrauen war bei der Abifeier. Und das zählt nicht, weil ich hauptsächlich mit Ihr-wisst-schon-wem geredet habe.«

Vicky nimmt meinen Zettel vom Tisch und überfliegt ihn. »Ein One-Night-Stand? Dein Ernst, Syd?«

Meine Wangen werden heiß. Schnell reiße ich ihr das Blatt aus den Händen und drücke es an mich. »Ja, ein One-Night-Stand«, entgegne ich selbstbewusst. »Ich will spontan sein und wild und Spaß haben. Die letzten fünf Jahre waren wie ein langer Winterschlaf. Jetzt ist es an der Zeit, aufzuwachen.«

»Wie du meinst, Süße. Aber One-Night-Stands sind gar nicht so cool, wie alle immer sagen.«

»Hattest du schon welche?«

»Ja, so an die siebzehn.«

Überrascht von dieser konkreten Zahl lache ich auf. Für den Kontext ist vielleicht nicht unwichtig zu erwähnen, dass Vicky sexuell ziemlich aktiv ist – mit der Betonung auf *ziemlich*. Während der Prüfungsphase hatte sie zwar eine Pause eingelegt, aber ich fürchte, dass eine Renaissance nicht mehr lange auf sich warten lassen wird.

»Notierst du sie dir etwa alle?«, fragt Maya entsetzt.

»Natürlich. Wäre doch schäbig, wenn ich die Namen irgendwann vergessen würde.«

»Aber sie alle aufschreiben und zählen? Das ist doch irgendwie makaber«, meint Maya, doch Vicky zuckt nur mit den Schultern.

Mein Handywecker lässt uns alle drei aufschrecken. Ich stelle ihn ab und erhebe mich, um nach den Zimtschnecken zu schauen. Obwohl ich mir keine Mühe beim Teig gegeben habe, sind sie wunderbar aufgegangen. Jetzt müssen sie nur noch auskühlen und mit einer Puderzuckerglasur beträufelt werden.

Als ich ins Wohnzimmer zurückkehre, sehe ich sofort, dass meine Liste um einige Punkte erweitert wurde. *Fallschirm springen, ein Tattoo stechen lassen, einen Strip Club besuchen …*

»Leute«, lache ich. »Das soll doch keine Bucket-List werden. Ich will einfach nur normale Dinge tun, die jeder in meinem Alter macht. Dinge, auf die ich all die Jahre verzichtet habe, weil … ihr wisst schon.«

»Luke dein Herz gebrochen und in tausend Stücke gerissen hat, schon klar.« Maya nickt. »Ich hätte da sogar eine Idee.«

»Ach ja?«

»Mir hat Sina gerade geschrieben«, sagt sie und wedelt mit ihrem Handy. »Sie schmeißt heute eine Party in ihrer WG. Es ist zwar Montag, aber hey, es sind Semesterferien.«

Sina ist eine alte Kommilitonin von Maya, die für ihre großen WG-Partys berüchtigt ist. Da ich keine große Feiermaus bin, schließe ich mich nur selten an.

»Cool, bin dabei« sagt Vicky und richtet sich auf.

»Super! Du auch, Syd?«, fragt Maya in meine Richtung. »Dann können wir gleich zwei Punkte von deiner Liste abhaken.«

»Welcher wäre der zweite?«, frage ich, bevor ich selbst darauf komme. »O nein. Etwa einen One-Night-Stand?«

»Es ist kein One-Night-Stand, wenn man bereits viele gemeinsame Nächte hatte.«

Sie lacht über meinen verständnislosen Ausdruck, ehe ihr Finger zu einem der Stichpunkte wandert, die ich nicht geschrieben habe. »Max kommt auch«, setzt sie als Erklärung hinzu.

Ich überfliege die Zeile und reiße die Augen auf.

Sex mit dem Ex.

11. KAPITEL

Sydney

Immer wenn ich meine eigenen vier Wände verlasse, mutiere ich zu einer schüchternen, introvertierten Version von mir. Ich weiß selbst nicht genau, warum ich mit dreiundzwanzig noch so menschenscheu gegenüber Fremden bin. Man könnte meinen, dass ich durch die vielen Umzüge in meinem Leben aufgeschlossen und kontaktfreudig sein sollte.

Das Gegenteil ist der Fall.

Die Party ist genauso, wie ich Partys in Erinnerung habe: laut, voll und stickig. Sina wohnt in einer Siebener-WG mit nur einem Bad. Überall tummeln sich hektische Menschengruppen, als wären sie bei einem Ausverkauf. Im Hintergrund dröhnt dumpfer Techno.

»Alles gut?«, erkundigt sich Maya bei mir.

»Bis auf die Reizüberflutung und den Drang, unter mein Bett kriechen zu wollen, ja.«

Maya lacht und hakt sich bei mir unter. »Wir müssen nicht lange bleiben, wenn du nicht willst.«

»Und ob wir lange bleiben«, mischt sich Vicky ein. »Lass uns den Aliens da oben wenigstens eine gute Show bieten. Außerdem müssen wir den ersten Punkt auf deiner Liste abhaken.«

Ich nicke und zupfe an meinem schwarzen Kleid, das mit einem Mal viel zu kurz wirkt. Irrtümlicherweise habe ich gedacht, dass man sich für Party etwas schicker kleidet, aber die meisten hier Anwesenden sind viel legerer angezogen. Da ich für eine Frau ohnehin sehr groß bin, steche ich mit dem Fummel noch mehr heraus.

»Lasst uns erst mal was zu trinken holen«, schlägt Maya vor.

»Ja, bitte«, sage ich fast flehend. Etwas Alkohol wird meine verkrampften Muskeln hoffentlich etwas auflockern.

In der Küche angekommen, begutachte ich die Getränkeauswahl. Die meisten Flaschen mit Softdrinks sind halb leer, übrig geblieben sind Wein und Bier. Ich entscheide mich für einen Weißwein, merke beim Einschenken allerdings, dass ich mit dem Wein und meinem Outfit noch versnobter wirke. Als ob es unter meiner Würde wäre, etwas anderes zu trinken. Aber was soll's. Je mehr ich trinke, desto gleichgültiger wird es mir. Hoffentlich.

»Hey, ihr drei!«

Sina kommt auf uns zu und umarmt uns zur Begrüßung. Es ist schon mindestens ein Jahr her, seit ich sie das letzte Mal gesehen habe. Inzwischen trägt sie ihr eigentlich braunes Haar zu einem wasserstoffblondem Pixie Cut. Auch der Nasenring ist neu und macht einen ganz anderen Typ aus ihr. Ich habe mich seit unserer letzten Begegnung vermutlich kaum verändert. Ich bin ein Gewohnheitstier, immer dieselbe Frisur, immer derselbe Stil. Bei mir gibt es nicht viele Überraschungen. Ob das gut oder schlecht ist, weiß ich nicht.

Zu viert quatschen wir eine Weile und tauschen uns über oberflächliche Neuigkeiten aus. In welchem Semester wir jetzt sind, ob wir noch in den Urlaub fahren, und so weiter.

Doch dann löst sich unsere Gruppe ganz unerwartet auf. Vicky geht auf ihren üblichen Streifzug, um alle Anwesenden abzuchecken, Sina verabschiedet sich, um andere Gäste zu begrüßen, und als Maya ebenfalls ihren Arm von mir nimmt, um sich mit Bekannten aus der Uni zu unterhalten, fühle ich mich wie ein Neugeborenes: hilflos und unfähig, allein zu überleben.

Weil ich nicht weiß, was ich sonst tun soll, gieße ich mir ein weiteres Glas ein und lehne mich gegen den klebrigen Küchentresen. Und jetzt? Einfach rausgehen und mich unter die Leute mischen? Zu Techno tanzen, obwohl mir die Musik Kopfschmerzen bereitet? Schaffe ich es wirklich, die ganze Nacht lang durchzuhalten? Mir ist jetzt schon danach zu gehen.

»Hey.« Ein Typ betritt die Küche. Seine Haare sind zu einem Man-Bun gebunden. Er trägt eine terracottafarbene Yogahose, die deutlich bequemer aussieht als mein Kleid.

»Hey.«

Das ist die Chance, denke ich. Auf einer Party Small Talk mit einem Fremden führen.

»Ist da noch was drin?«, fragt er und deutet auf die Weinflasche, die ich mit meiner nervösen, schwitzigen Hand umklammere.

»Klar.« Ich gieße ihm den letzten Rest Wein in seinen Pappbecher.

»Danke«, sagt er und stößt mit mir an. »Cheers.«

Ich schmunzele über seinen Spruch, erwidere ihn jedoch. »Cheers.«

Yogahose nimmt einen Schluck und nickt daraufhin mehrmals. »Ist zwar ein bisschen warm, aber trotzdem aromatisch.«

Soso, ein Feinschmecker.

»Aus welchem Jahr ist der?«

»Keine Ahnung.« Ich inspiziere das Etikett. »2017.«

»Wow«, bemerkt er anerkennend, als hätte ich 1917 gesagt. »Guter Jahrgang.«

Weil ich nicht weiß, ob er das ironisch meint oder nicht, unterdrücke ich den Impuls, laut aufzulachen.

»Du kennst dich mit Wein aus?«, erkundige ich mich.

»Ja« erwidert er knapp und belässt es dabei. »Wie heißt du?«

»Sydney. Und du?«

»Fred. Eigentlich Friedrich. Benannt nach dem Lieblingsphilosophen meiner Eltern.« Er sieht mich abwartend an.

»Äh … Kant?«, rate ich drauflos.

»Nein.« Fast schon gekränkt schüttelt er den Kopf. »Der heißt Immanuel. Ich meinte Nietzsche.«

»O ja, natürlich«, beeile ich mich zu sagen und nicke, als ob mir völlig klar wäre, wer Nietzsche ist. Im Geiste proste ich mir selbst zu, dann nehme ich einen weiteren Schluck.

»Kant mag zwar ein Visionär gewesen sein, aber er war auch ein ziemlicher Rassist.« Mit seinem Becher deutet er auf mich. »Menschen wie dich hielt er für weniger wert als Weiße«, fährt er wichtigtuerisch fort.

Menschen wie mich. Sehr charmant. Noch so einer, der sich für äußerst tolerant hält und nicht einmal merkt, wie problematisch er selbst ist. Und dann auch noch ungebetenes *Mansplaining*. Ich könnte kotzen.

»Danke für diese Geschichtsstunde, aber ich muss dann mal weiter«, sage ich und stelle mein Glas etwas zu laut auf dem Tresen ab.

»Kein Problem. Ich studiere Soziologie. Ein faszinierendes Fach.«

Hilfe! Ein Möchtegernphilosoph, der nur über sich redet und zu ignorant ist, um eine freundliche Abfuhr zu verstehen.

»Und was machst du?«, will er wissen und mustert mich neugierig, als hätte er meine Verabschiedung gar nicht gehört.

Ich schnaube leise und weiß selbst nicht, warum ich ihm antworte. »Ich studiere Wirtschaft.«

»Echt jetzt?« Verwundert schaut er an mir herab. »Krass. Ich dachte, du wärst Model oder so.«

Okay, nicht mehr viel und ich hau ihm eine rein.

»Das ist aber ganz schön sexistisch von dir, findest du nicht?«

»Hey, das war doch ein Kompliment«, sagt er pseudounschuldig. »Du bist halt sehr groß.«

Ja, weil alle großen Frauen automatisch Models sind. Ich verdrehe die Augen. »Alles klar. Ich suche dann mal meine Freundinnen.«

»Soll ich mitkommen?«

Gott! Der rafft's einfach nicht.

»Nein! Ich meine, nein, danke. Das musst du echt nicht tun.«

»Ich mache es aber gern.«

Warum kapiert der Typ kein Nein? Und warum kann ich ihm nicht einfach ins Gesicht sagen, dass er sich verziehen soll?

Wieder öffnet sich die Küchentür, und noch nie in meinem Leben war ich so erleichtert, ein vertrautes Gesicht zu sehen.

»Max!«, rufe ich und falle ihm um den Hals.

»Wow, Sydney«, stößt er hervor und hält sich am Türrahmen fest, um nicht die Balance zu verlieren.

»Tut mir leid.« Ich löse mich sofort von ihm. »Wollen wir woanders hingehen?« Ohne seine Antwort abzuwarten, greife ich nach seinem Arm und ziehe ihn aus der Tür. Im Flur angekommen atme ich tief durch. Echt armselig, dass ich einen Typen brauche, um einen anderen loszuwerden.

»Entschuldige diesen Überfall«, sage ich zu Max. »Aber dieser Typ da drin war die Bedrängung auf zwei Beinen. Ich wollte dich nicht so überrumpeln.«

»Kein Problem«, erwidert er und legt die Arme erneut um mich. »So, jetzt noch mal richtig. Hi.«

Ich erröte leicht. »Hi.«

»Wie geht's dir so?«, erkundigt er sich und taxiert mich von oben bis unten. Ich tue es ihm gleich, wenn auch etwas dezenter. Eigentlich hat er sich seit unserer letzten Begegnung nicht sonderlich verändert. Noch immer ist er größer als ich, und noch immer hat er dasselbe weiche sandfarbene Haar und die warmen braunen Augen. Nur seine Brille ist neu – größere Gläser, dünnerer Rand. Auch seine Arme sind wohl ausgetauscht worden. Maya, die noch immer mit ihm befreundet ist, hat mir bereits erzählt, dass er neuerdings trainieren geht.

»Mir geht's gut und dir?«

»Mir auch. Ich wusste gar nicht, dass du auch kommen würdest. Echt schön, dich mal wiederzusehen.« Erneut wandert sein Blick über mich her. Eigentlich bin ich echt schlecht darin, Zeichen zu deuten, aber Max ist, was sein Starren angeht, nicht gerade subtil. Schon damals konnte er nicht die Augen von mir lassen, wenn ihm gefiel, was ich trug (oder nicht trug).

Ob das ein Zeichen ist?

Eben noch haben meine Freundinnen und ich im Wohnzimmer gesessen und über Sex mit dem Ex gewitzelt. Laut Vicky wäre er die ideale Wahl, weil wir nur kurz zusammen waren und im Guten auseinandergegangen sind. Am Ende sind wir Mädels jedoch einstimmig zu dem Entschluss gekommen, dass ich viel zu verklemmt für so was bin. Und es stimmt. Ich bin zwar gut darin, Pläne zu schmieden, aber nicht darin, sie umzusetzen.

»Du siehst übrigens wunderschön aus«, sagt Max und starrt dabei auf meine Lippen.

Vor lauter Aufregung wird mein Kopf ganz heiß. Das ist ja viel, viel leichter als gedacht. Wenn ich die Chance jetzt nicht ergreife, werden es mir Vicky und Maya ewig vorhalten. Und ich mir am allermeisten.

Eigentlich steht mir nichts im Weg. Ich fand Max schon immer attraktiv, und jetzt mehr denn je. Außerdem mag ich ihn. Nicht im romantischen Sinne, aber ich habe ihn schon gern.

Nur … kann ich das überhaupt?

Ja, ich kann.

Nein, was rede ich da? Ich kann das nicht. Und selbst wenn, bin ich viel zu nüchtern dafür.

Andererseits wäre es die ideale Chance.

Nein. Das bin einfach nicht ich.

Aber vielleicht könnte ich es sein. Vielleicht sollte ich es sein.

»Du, Max?« Meine Stimme klingt ganz piepsig.

»Ja?«

Gott, wie fragt man so was? »Ich weiß nicht, wie ich es sagen soll, aber hättest du Lust auf …«

»Lust auf was?« Seine Augenbrauen ziehen sich skeptisch zusammen. »Du willst dir doch nichts einwerfen? Nein, da bin ich raus.«

Toll, dass ich Drogen nehme, traut er mir zu, aber dass ich ihn anmachen will, nicht.

»Nein, keine Sorge. Ich meinte eher …« Ein nervöses Kichern unterbricht meinen Satz.

»Was?« Jetzt muss er auch lachen.

»Hast du Lust auf Sex?«, platze ich laut heraus und halte mir sofort die Hand vor den Mund. Himmel noch mal, ich bin hier auf einer Party und schreie das Wort Sex, als wäre es ein Nieser.

Max klappt der Mund auf. »Wie bitte?«

»Sex«, wiederhole ich etwas leiser, obwohl ich weiß, dass er mich verstanden hat.

»Ist das dein Ernst?«

Scheiße. Vielleicht habe ich die Zeichen doch falsch gedeutet. »Nur wenn du willst, natürlich. Ich will nicht wieder … also ich will nicht, dass wir beide … dass du und ich … also nicht im romantischen Sinne, dass wir beide wieder zusammenkämen oder so. Es wäre ganz unverbindlich. Aber vielleicht ist das bescheuert. Wir können das auch lassen. Ich dachte nur …«

»Sydney.« Er unterbricht mich, indem er mir einen kalten Finger an die Lippen legt. Ein kleines Lächeln ziert seine Lippen. »Ich bin dabei.«

»Wirklich?«, nuschele ich hinter seinem Finger. Einfach so? An seiner Stelle würde ich wenigstens nach dem Warum fragen.

»Ja, wirklich«, bestätigt Max und zieht mich am Handgelenk sanft zu sich. Sein Mund liegt an meinem Ohr, während er leise spricht. »Wenn ein heißes Mädchen mir dieses Angebot macht, werde ich ganz bestimmt nicht Nein sagen.«

Wow. Okay, krass. Nie im Leben hätte ich gedacht, dass das so leicht werden würde. *Sex mit dem Ex*, gleich wirst du abgehakt.

*

Zehn Minuten später liegen wir in einem miefig riechenden Bett, von dem ich sicher bin, dass die Laken seit einer ganzen Weile nicht mehr gewechselt wurden. Nur noch mit einem BH bekleidet liege ich auf dem Rücken, während Max über mir ragt und sich langsam auf und ab bewegt. Sein alkoholisierter Atem keucht mir laut ins Ohr, seine Hand ist in meinem Haar vergraben. Ich versuche, mich zu entspannen und loszulassen, doch irgendwas hindert mich daran. Der Gedanke daran, Sex mit dem Ex zu haben, klang in der Theorie verlockend. In der Praxis ist er … ich weiß nicht … irgendwie lahm. Und wenn ich ganz ehrlich zu mir bin, wirklich ganz, ganz ehrlich, dann hatte ich, glaub ich, noch nie welchen, der nicht lahm war.

»Willst du mal hoch?«, flüstert er in die Dunkelheit.

»Klar«, entgegne ich gleichgültig. Sofort legt sich Max auf den Rücken. Als ich mich auf ihn setze, atmet er scharf ein. Und ich … ich fühle immer noch nichts. Es ist nicht unangenehm, aber auch nicht erregend. Es ist nett, aber das war's auch schon. Sein Körper ist mir vertraut, und das ist das einzig wirklich schöne.

In Büchern und Filmen kommen die Frauen, kaum dass der Typ in sie eingedrungen ist. Dabei ist der Orgasmus immer so intensiv, dass sie wimmern, schreien und fast das Bewusstsein verlieren. Ich hingegen komme nicht. Ich komme nie. Und sosehr sich Max bemüht, meine linke Brust halb zu zerquetschen und mit der anderen Hand mein Becken hin und her zu rütteln, als würde er versuchen, einen klemmenden Korken aus einer Flasche ziehen – die Lust bleibt weiterhin aus.

Das Schlimmste ist, dass ich anscheinend so gelangweilt bin, dass ich anfange, an die Arbeit zu denken. Und mit dem Gedanken an die Arbeit kehrt auch der Gedanke an Luke zurück. Ob ich wirklich nicht kündigen sollte? Aber wie soll das gehen? Ich kann ihn einfach nicht ständig um mich herumhaben. Andererseits haben Vicky und Maya recht, wenn sie sagen, dass ich ihm nicht einfach mein Territorium überlassen sollte. Ich war zuerst da. Es ist mein Reich, und es sind meine Freunde. Vielleicht sollte ich wirklich überlegen, ihm einen Kassenbetrug anzuhängen.

Max stöhnt wieder und erinnert mich schlagartig daran, dass wir ja gerade Sex haben. Verdammt. Ich bin auf einer Party, liege in einem fremden Bett, habe Sex mit meinem Ex und denke trotzdem noch an dieses Arschloch von Luke. Bravo. Mein Unterbewusstsein klatscht spöttisch. Ganz große Klasse.

Max stößt ein letztes Mal in mich hinein, dann sinkt er erschöpft auf die Laken.

Na endlich. Ich erhebe mich von seinem Schoß und lege mich zu ihm. Während er nach Atem ringt, muss ich ein Gähnen unterdrücken.

»Und, bist du?«, fragt er mich erwartungsvoll.

Männer! Sind sie wirklich so ignorant, nicht zu merken, ob eine Frau kommt oder nicht?

»Ja«, lüge ich, um seine Gefühle nicht zu verletzen. Trotz der Dunkelheit sehe ich ihn stolz lächeln, als wäre das sein alleiniger Verdienst. Er schiebt seine Hand unter meinen Kopf und zieht mich an sich. »Wenn du willst, können wir das öfter machen.«

»Oh.« Meine Zähne bohren sich in meine Unterlippe. »Also, um ehrlich zu sein, war das für mich eher eine einmalige Sache. Ich wollte dir keine falschen Hoffnungen machen, tut mir leid.«

Er lacht, als hätte er einen alten Witz gehört. »Keine Sorge, Syd, das hast du nicht. Wir beide haben als Paar überhaupt nicht zusammengepasst. Aber der Sex war immer gut, stimmt's?«

»Stimmt«, lüge ich wieder und spüre, wie mir salzige Tränen in die Augen schießen. Er weiß nicht, dass Sex für mich so aufregend ist, wie die Post aus dem Briefkasten zu holen. Vicky erzählt ständig von ihren multiplen Orgasmen, und auch Maya hat schon ein paar pikante Bettgeschichten mit uns geteilt. Es muss eindeutig an mir liegen.

Und obwohl ich nun einen Punkt auf meiner Liste abgehakt habe, fühle ich mich kein Stück lebendiger. Im Gegenteil. Ich fühle mich so leer und einsam wie schon lange nicht mehr.

»Alles okay?«, fragt Max leise. Ich antworte nicht. Stattdessen kuschele ich mich an seine Brust, in der Hoffnung, mich weniger verloren zu fühlen.

Es funktioniert nicht.

12. KAPITEL

Luke

Sie kommt nicht mehr. Die ganze Woche war sie nicht da, und inzwischen bin ich mir fast sicher, dass sie es auch nicht mehr wird. Ich habe schon mehrmals mit dem Gedanken gespielt, Tina oder Wuffi nach ihr zu fragen, aber aus irgendeinem Grund bringe ich nicht den Mut dafür auf. Wenn ich es tue und die Bestätigung bekomme, dass sie endgültig weg ist, verpufft die letzte Hoffnung. Dabei weiß ich gar nicht, warum ich mir wünsche, dass sie wiederkommt. Bei unserer letzten Begegnung war sie unhöflich, überspannt und überhaupt der Mensch, bei dem ich in der Regel beide Beine in die Hand nehme und wegrenne. Ich mag kein Drama, ich habe schon zu viel davon in meinem Leben. Eigentlich sollte ich froh sein, dass sie weg ist.

Wäre da nur nicht mein Bauchgefühl, das mir die Schuld für ihren Abgang gibt. Ich glaube, das ist es, was mich eigentlich wurmt. Ich habe zwar keine Begründung für meine These, aber irgendwas sagt mir, dass sie meinetwegen nicht kommt – und ich habe keinen blassen Schimmer, warum. Zu meinem Verdruss hat Wuffi seine Schwärmerei über Sydney sogar pausiert. Es gab nicht eine Gelegenheit, in der ich mit dem Zaunpfahl winken und ihn nach ihr ausfragen konnte.

Wenigstens finde ich mich langsam in die Arbeitsroutine ein. Tür aufschließen, Kaffeemaschine vorbereiten, Brote belegen. Kunden begrüßen, Bestellung aufnehmen, Getränk zubereiten, abkassieren. Bis auf die Tatsache, dass selbst mein Café Latte nach einem doppelten Espresso schmeckt, kriege ich den Dreh allmählich raus. Wuffi hat seine Arbeit gut gemacht, denn hätte Sydney mich eingearbeitet, würde ich vermutlich gerade mal den Unterschied zwischen Small- und Medium-Größe kennen. Ja, ich sollte froh sein, dass sie weg ist.

Aber ich bin es nicht.

Wuffi und ich machen zur selben Zeit Feierabend und beschließen, auf einen Absacker ins *Epos* zu gehen, um unser Trinkgeld zu verbraten. Die heutige Beute war wieder besonders hoch.

»Luke.« Tim winkt mich vom Tresen aus zu sich. Er steht dort mit Ronny, dem steinalten Inhaber mit dem Dumbledore-Bart. Ich winke zurück und laufe auf ihn zu. Als ich mich hinsetze, hat er mir mein übliches Bier bereits vor die Nase gestellt.

»Danke.« Ich stecke ihm einen Fünfer entgegen. Manchmal gibt er mir einen aus, aber nicht, wenn Ronny in der Nähe ist. »Hol noch ein zweites«, sage ich und deute auf meinen Arbeitskollegen.

»Danke, Mann, sagt dieser und stößt mit mir an, nachdem auch er seine Flasche bekommen hat. »Die nächste Runde gebe ich aus.«

*

Vier Stunden und vier Bier später sitzen wir noch immer hier. Da wir sehr langsam getrunken und währenddessen eine ganze Schüssel Nüsse genascht haben, läuft niemand von uns Gefahr, demnächst auf dem Tresen zu tanzen. Vor zwei Bier sind wir zum neusten Klatsch und Tratsch der Belegschaft übergegangen. Wuffi erzählt mir von Vera, die ab nächster Woche wiederkommt, und laut seiner Aussage »scharf, aber schräg« ist. Ich erfahre auch eine Menge über Tina und die Gründung des *Coffee & Books*. Anscheinend hat sie das beträchtliche Erbe ihrer Großeltern dazu genutzt, um den Laden aufzumachen. Ihr Großvater war wohl ein hohes Tier beim Kohlekraftwerk, und Tina wollte die jahrelange Umweltverschmutzung wiedergutmachen, indem sie das Erbe nutzte, um ein Café zu gründen, in dem ausschließlich vegane und fair gehandelte Produkte angeboten werden. Die Bücher und die vielen Omasessel sind ebenfalls die Hinterlassenschaften ihrer Großeltern.

Es gefällt mir, mehr über meine Kollegen zu erfahren, nur verlieren wir nach wie vor kein Wort über Sydney. Ich frage mich, warum ich die ganze Zeit darauf hoffe.

»Hey, ihr seid ja immer noch hier.« Ich drehe den Kopf zu Tina, die sich aus ihrer Jacke schält und sich auf den freien Platz neben mich setzt.

»Wenn man vom Teufel spricht«, meint Wuffi.

»Habt ihr etwa über mich geredet?«, fragt sie gespielt entsetzt.

»Ja, Lenny hat erzählt, dass du eine miese Chefin bist und uns schlägst, wenn wir was falsch machen.«

»Ich hab gesagt beißen, nicht schlagen«, korrigiert er mich grinsend, woraufhin Tina loslacht.

»Freut mich, dass ihr zwei euch so gut versteht. Für das Arbeitsklima ist es immer wichtig, dass Kollegen miteinander auskommen.«

Apropos Kollegen – was ist eigentlich mit Sydney? Kommt sie wieder?

Nein, viel zu auffällig.

»Übrigens, Luke.« Tina schnappt sich mein Bier und nimmt einen Schluck. »Du bist eine wahre Goldgrube, weißt du das?«

»Im Ernst? Stehen die Leute etwa auf starken Kaffee?«

Sie kichert. »Touché, an deinen Kaffeekünsten kann man definitiv noch feilen. Aber deinetwegen haben wir diese Woche über fünfzig Prozent mehr Trinkgeld gemacht.«

»*Was*?«

»Glaub es mir ruhig. Ich habe dich die ganze Woche beobachtet. Du bist charmant und freundlich und lächelst jeden Kunden an, als würde er dein Erstgeborenes in sich tragen.«

Ich pruste los. »Wow. Ich weiß gar nicht, was ich sagen soll.«

»Komm mal schnell wieder runter von deinem Höhenflug. Du arbeitest nur in einem Café und nicht bei der Börse!«

»Mit Sydneys Kuchen und deinem Charme kann ich bald eine Zweitfiliale eröffnen«, scherzt sie.

»Was ist eigentlich mit ihr?«, frage ich beiläufig. »Seit Montag war sie nicht mehr da.«

»Angeblich ist sie krank.« Tina verdreht die Augen und trinkt wieder von meinem Bier.

»Angeblich?«

»Ja, angeblich. Trotzdem schafft sie es, auf Partys zu gehen und in Instagram-Storys markiert zu werden. Ihr Glück, dass ich das alles so locker sehe. Hoffentlich ist sie nach ein bisschen Feiern nicht mehr so komisch drauf.«

»Also ist sie nicht immer so …« *Unhöflich? Dreist? Zickig?* »Kratzbürstig?«

»Nein, Sydney ist supernett«, mischt Wuffi sich ein. »Maya hat mir erzählt, dass sie nächste Woche wiederkommt.«

»Maya?«

»Das ist meine beste Freundin«, erklärt er. »Und Sydneys Mitbewohnerin.«

»Ah.«

Sie wird also wiederkommen. Nächste Woche. Ich weiß nicht warum, aber ich muss lächeln.

13. KAPITEL

Sydney

Ich kann nicht glauben, dass ich tatsächlich wieder hier bin. Ich hatte mir extra eine Pro-und-Kontra-Liste gemacht, auf der bei Kontra mindestens sieben Mal »Luke arbeitet auch dort« stand. Es gab lediglich ein Pro. Ein sehr dominantes Pro.

Ich kann Tina und die anderen nicht hängen lassen.

Sie würden eine Ewigkeit brauchen, um wieder jemanden Neues zu finden. Ich würde mein ganzes Team im Stich lassen, nur weil ein Typ, den ich nicht leiden kann, auch da arbeitet.

Und hier stehe ich nun, räume den Geschirrspüler aus und grummele vor mich hin.

»Ich kann jederzeit gehen«, rede ich mir laut zu. »Wenn ich das doch nicht hinkriege, kündige ich. Dann habe ich es wenigstens versucht.«

Zum Glück ist Darth Vaders Hundesohn noch nicht da. Er fängt erst ab zwölf Uhr an, was bedeutet, dass wir nur drei Stunden zusammenarbeiten werden. Die eine Hälfte der Zeit werde ich allein in der Küche backen, und in der anderen werde ich ihn ignorieren. Ja, ich kriege das hin.

Hoffentlich.

»Klopf, klopf.«

Ich drehe den Kopf zu Lennart, der gerade durch die Küchentür kommt.

»Hey.«

»Brauchst du Hilfe?« Er wartet meine Antwort gar nicht erst ab und schnappt sich eine Tasse aus der Spülmaschine.

»Danke.«

»Schön, dass du wieder da bist, Sydney. Du hast hier echt gefehlt.«

Ich wünschte, ich könnte dasselbe behaupten, aber ich hab es echt nicht vermisst, hier zu sein …

»Dafür hattet ihr andere Gesellschaft«, entgegne ich und lächele humorlos.

»Luke meinst du? Ja, er ist echt nett. Und er lernt schnell.«

Und vergisst schnell …

»Hey, was war eigentlich los mit dir?«, fragt er und mustert mich argwöhnisch. »Warst du wirklich krank?«

»Nein«, gebe ich zu und schließe die leere Spülmaschine mit einem Kick. »Aber es ging mir trotzdem nicht so gut. Ich brauchte eine Pause.«

»Bei Instagram habe ich gesehen, dass du auf einer Party warst.«

»Oh Gott, erinnere mich nicht daran.« Mit den Armen bilde ich ein X.

Lennarts Lippen bewegen sich nicht, doch er grinst mit den Augen. »Das schreit nach einer Geschichte.«

»Keiner guten.«

»Erzähl.«

»Ach.« Ich mache eine wegwerfende Handbewegung. »Ich wollte spontan und lustig sein und die ganze Nacht durchfeiern. Aber am Ende war ich trotzdem die Erste, die gegangen ist, weil es mir zu viel wurde.«

Die ganze Nacht durchfeiern habe ich also immer noch nicht von der Liste abgehakt. Ich bin echt erbärmlich.

»Was ist passiert?«

»Keine guten Entscheidungen – *das* ist passiert.«

Er sieht mich abwartend an.

»Mein Ex war auch da«, beginne ich und spüre, wie mich heiße Scham überkommt. »Und na ja … Irgendwie habe ich mich hinreißen lassen, wieder etwas mit ihm zu haben.« Ich verdecke mein Gesicht durch meine Hand. »Wie gesagt, keine guten Entscheidungen.«

Lennart sieht mich an, als hätte ich ihn mit einer Bananenschale beworfen. Dann lächelt so krampfig, dass eine zarte Ader auf seiner Stirn zum Vorschein kommt.

»Oh.« Er räuspert sich. »Ach so. Und … was heißt das jetzt? Werdet ihr euch weiterhin treffen?«

Ich schüttele den Kopf. »Nein. Damit bin ich endgültig durch. Nicht er oder sonst jemand. Ich habe gerade wirklich keinen Nerv für so was. Männer sind echt ätzend. Außer dir natürlich«, füge ich schnell hinzu, weil er nicht denken soll, dass ich ihn unter einen Kamm mit allen Lukes der Welt schere.

Lennart sieht trotzdem wieder so aus, als hätte ich ihn mit Obstschalen beschmissen. Mist. Ich weiß, dass er aus einer ziemlich konservativen Familie kommt. Vielleicht war ihm das zu persönlich.

»Du hältst mich doch jetzt nicht für ein Flittchen, oder?«, frage ich und lache nervös.

»Was?« Er reißt die Augen auf. »Nein, als ob! Du kannst tun und lassen, was du willst.« Diesmal lächelt er entspannt.

»Okay.« Ich nicke erleichtert und beschließe, das Thema fallen zu lassen. »Wollen wir wieder nach vorn? Vera braucht uns sicher.«

Eigentlich braucht Vera niemanden, denn sie arbeitet so schnell und effizient, als wäre sie drei Personen. Als Lennart und ich uns zu ihr stellen, ist sie gerade dabei, ein Glas mit hellgrüner Flüssigkeit in die Luft zu halten und sich mit der anderen Hand um das nächste Getränk zu kümmern.

»Iced Matcha Latte Medium?«, ruft sie.

Eine Frau mittleren Alters erhebt sich von ihrem Platz und nimmt dankend ihr Getränk entgegen.

»Wie läuft es hier so?«, erkundige ich mich bei Vera.

»Gut«, erwidert sie, ohne aufzuschauen.

»Cool.« Ich kratze mich am Kopf. »Und wie war dein Urlaub so?«

»Gut.«

»Wo warst du eigentlich?«

»An der Ostsee.«

»Oh, schön. Wie war das Wetter so?«

»Gut.«

Lennart und ich grinsen uns an. Das ist Vera. Kein Mensch der vielen Worte. Aber auch wenn sie nicht sehr wortgewandt ist, mag ich sie eigentlich. Ein bisschen erinnert sie mich an meine Mutter, die ich seit einer ganzen Weile nicht mehr gesehen habe und ziemlich vermisse. Glücklicherweise werde ich sie und meinen Vater schon bald an Anis Geburtstag wiedersehen.

*

Der Vormittag kommt und geht, ohne dass ich viel Kenntnis davon nehme. Es hat den Vorteil, dass ich kaum an Luke denke, aber den Nachteil, dass ich nicht darauf gefasst bin, als er unvermittelt durch die Tür schreitet. Heute trägt er ein schwarzes T-Shirt und eine kurze Jeanshose. Sein Körperbau ist schlaksig, aber seine Arme sind breit und trainiert. Und seine Waden … Schöne muskulöse Waden. Verdammt. Arme und Waden, meine zwei Achillesversen. Schlimm genug, dass ich mit ihm arbeiten muss, warum muss er dabei einer griechischen Statue gleichen?

»Seid gegrüßt, junger Skywalker.« Lennart salutiert ihm zu, obwohl diese Geste überhaupt nichts mit den Filmen zu tun hat.

Luke hält in seiner Bewegung inne. »Junger was?«

»Skywalker! Luke Skywalker. *Star Wars*«, sagt Lennart eindringlich. »Verstehst du?«

»Äh, nein. Ich habe *Star Wars* nie gesehen.«

Er hat *Star Wars* nie gesehen? O mein Gott! Wie konnte ich nur so lange in einen Ungläubigen verliebt sein! Schande über mein Haupt!

»Wie war das?« Lennart legt den Kopf schief und klopft sich ans Ohr, als würde dort was feststecken. »Du heißt Luke, und trotzdem ist die *Skywalker*-Anspielung an dir vorbeigegangen?«

»Na ja, ist *Star Wars* nicht schon steinalt?«

Steinalt???

»Ich mein, der erste Film ist doch aus den Siebzigern oder so. Und von den neuen habe ich gehört, dass sie …« Sein Blick fällt auf mich und lässt ihn mitten im Satz verstummen. Erst wirkt er überrascht, dann erhellt sich sein Gesicht und lässt ein strahlendes Lächeln hervorscheinen. »Hey.«

Denk dran, Sydney. Versuch, höflich zu bleiben.

»*Star Wars* ist nicht steinalt«, zische ich.

So viel zu höflich bleiben …

Luke zuckt bei meinem Tonfall zusammen und flüchtet in den Pausenraum. Großartig. Er ist keine dreißig Sekunden hier und schon keife ich ihn an. Wie soll ich das bloß überleben?

Wenige Minuten später kehrt er mit gebundener Schürze zurück und löst Vera ab. Glücklicherweise stellt er sich mit einem angemessenen Abstand von mir entfernt zu Lennart.

Ich versuche, die beiden auszublenden, was aber gar nicht so leicht ist, weil sie viel zu viel Raum in meinem Augenwinkel einnehmen. Fröhlich albern sie herum und lachen miteinander. Ein Teil von mir kann noch immer nicht glauben, dass das hier gerade echt ist. Luke ist jetzt mein neuer Kollege. Mein Leben könnte eine Sitcom sein. Schönen Dank auch, Aliens!

Irgendeine Stimme spricht zu mir. Benommen kehre ich ins Café zurück.

»Und ein Stück Carrot Cake«, schließt die Kundin.

»Ein Carrot Cake und was war das andere?«

»Ein Cappuccino mit Hafermilch«, wiederholt die Kundin geduldig.

»Welche Größe beim Cappuccino?«

»Einen großen.«

Ich gebe die Bestellung in die Kasse ein. »Das macht dann neun Euro achtzig.«

»Hier, stimmt so.« Die Frau überreicht mir einen Zehner. Wow, zwanzig Cent Trinkgeld. Da ist jemand aber besonders großzügig.

»Einen großen Cappuccino mit Hafermilch«, nuschele ich zu Luke, der nur noch allein neben mir steht. Von Lennart ist weit und breit keine Spur. Wahrscheinlich macht er gerade Pause.

Luke tritt etwas näher an mich heran. Zu nah. »Wie bitte? Ich habe dich akustisch nicht verstanden.«

»Einen großen Cappuccino«, wiederhole ich etwas lauter und riskiere einen kurzen Blick in seine Richtung. O nein. Großer Fehler. Sein Gesicht. Sein verdammt schönes Gesicht, dessen Wirkung auf mich einfach nicht verjährt. Schnell wende ich mich ab und mache ich mich daran, das Kuchenstück auf einen Teller zu betten.

»Der Kaffee kommt gleich«, sage ich zu der Kundin und überreiche ihr den Teller. Sie nimmt ihn jedoch nicht entgegen, denn ihre Augen sind auf den Typen neben mir fixiert.

»Oh, hey du«, begrüßt sie Luke und zwirbelt ihre braunen Locken. »Ich wusste nicht, dass du heute auch arbeitest.«

Luke schaut auf und lächelt überrascht. »Hey. Wie geht's dir?«

Ihr Gesicht läuft rot an. »Gut, und dir?«

»Auch gut, danke.«

Ich räuspere mich demonstrativ, weil Miss Ich-wusste-nicht-dass-du-heute-auch-arbeitest ihr Stück immer noch nicht entgegengenommen hat und mein Arm langsam steif wird. Doch sie blendet mich weiterhin aus. Obwohl ich sauer bin, kann ich ihr keinen Vorwurf machen. Das ist eben Luke. Er ist kein *Star-Wars*-Fan und hat dennoch die Macht.

»Hier, dein Kuchen«, sage ich und wedele mit der Hand, um mich bemerkbar zu machen. Ohne ihr Schmachten zu unterbrechen, nimmt sie ihn entgegen. Ich verdrehe die Augen und wende mich ebenfalls Luke zu, der gerade die Dampflanze betätigt. Zu meinem Erstaunen karamellisiert er die Milch genau auf den Punkt. Viele machen den Fehler, sie zu sehr aufzuschäumen. Selbst mir passiert es hin und wieder, vor allem bei veganer Milch. Aber ihm nicht. Die Textur ist perfekt. Ob das Zufall ist? Oder lernt er tatsächlich schnell, wie Lennart meinte?

»Hier.« Er reicht der Kundin die Tasse, dabei zittert seine Hand, als wäre er nervös. Irgendwie süß.

Ich meine natürlich dämlich! Voll dämlich!

»Vielen Dank. Ach, und das ist für euch.«

Ich traue meinen Augen kaum, als sie einen Fünf-Euro-Schein in die Trinkgelddose wirft. Fünf Euro! Mir gibt sie zwanzig Cent und Luke fünf Euro!

»Wow, danke!«, sagt Luke begeistert.

Weil ich nicht unhöflich sein will, murmle auch ich meinen Dank, während ich gleichzeitig die Zähne aufeinanderbeiße. Das hier ist so, so, so viel schwerer als erwartet.

»Das war echt peinlich«, gluckst Luke, als die Frau weg ist.

»Was war peinlich?«

»Ich hatte keinen blassen Schimmer, wer sie war.«

Natürlich nicht, denke ich zynisch.

»Du hast also nur so getan, als würdest du dich erinnern«, stelle ich trocken fest.

»Ja, ich wollte ihre Gefühle nicht verletzen. Hier kommen jeden Tag tausend Menschen. Ich kann mir unmöglich alle Gesichter merken.«

»Also lügst du.«

»Warum denn lügen?«, erwidert er perplex.

»Ist es das nicht, wenn man jemandem etwas vormacht?«

Luke setzt seinen typisch melancholischen James-Dean-Ausdruck auf. Ich wende mich ab und tue so, als würde ich Kaffeekrümel vom Tresen auflesen.

»Sydney?«

Meinen Namen aus seinem Mund zu hören … Zu lange habe ich mir diese Vorstellung herbeigesehnt. Jetzt hat sich der Traum tatsächlich erfüllt, aber zu völlig absurden Umständen. Vielleicht hätte ich mit meinem Wunsch etwas konkreter sein sollen.

Als unsere Blicke sich treffen, werde ich von widerstrebenden Emotionen überwältigt. Ein Teil von mir sehnt sich noch immer danach, ihm um den Hals zu fallen. Ich will, dass seine starken Arme sich um meinen Rücken schlingen und mich so fest an sich ziehen, bis ich keine Luft mehr kriege. Gleichzeitig will ich ihm auch seine Eier rausreißen, bei tausend Grad backen und anschließend damit jonglieren. Wie gesagt, widerstrebende Emotionen.

»Ist alles okay? Gibt es irgendein Problem zwischen … uns?«

Ob es ein Problem gibt? Ja, das gibt es, ein gewaltiges sogar. *Er* ist das Problem. Luke, der mit mir arbeitet und spricht, als würde er mich nicht kennen.

Weil er mich vergessen hat.

»Nein, kein Problem«, erwidere ich und schlucke alles, was mir auf der Zunge brennt, wie einen schweren Kloß runter.

14. KAPITEL

Luke

Kaum zu glauben, dass ich mir ernsthaft gewünscht habe, sie wiederzusehen. Dieses Mädchen ist noch schlimmer, als ich in Erinnerung hatte. Anfangs dachte ich noch, dass ich mir alles einbilde, aber Sydney ist nicht gerade diskret, was ihre Abneigung gegen mich angeht. Sie begrüßt mich nicht, sie redet nicht mit mir, sie geht mir aus dem Weg. Am liebsten würde ich Wuffi als Spion vorschicken und ihn herausfinden lassen, warum sie ein solches Problem mit mir hat, aber er ist momentan nicht sehr gut auf sie zu sprechen. Zwar hat er nicht erzählt, was genau passiert ist, aber aus seinem Verhalten schließe ich, dass sie ihm einen Korb gegeben hat. Und so wie ich Sydney einschätze, hat sie ihm sicher das Herz mit bloßen Händen rausgerissen.

Inzwischen arbeite ich seit fast zwei Wochen hier und finde immer mehr Gefallen daran. Ich mag das *Coffee & Books*, die lockere Atmosphäre, die unkomplizierten Kunden und auch die Mitarbeiter, die sich alle auf Augenhöhe begegnen. Nur Sydney raubt mir den letzten Nerv. Heute arbeiten wir wieder zusammen, allerdings hat sie schon bald die Flucht ergriffen und sich in der Küche verbarrikadiert. Das macht sie öfter, wenn weniger los ist, und kehrt ein, zwei Stunden später mit irgendwas frisch Gebackenem zurück. Wuffi meinte, das sei ihre Meditation. Backen als Meditation und *Star Wars* als Religion. Komisches Mädchen.

Und doch geht sie mir nicht mehr aus dem Kopf. Letzte Nacht habe ich sogar von ihr geträumt. Streng genommen war es ein Albtraum, denn erst war da Sydney, die mich wütend ansah, bevor sich ihr Gesicht in das von Alex verwandelte. Ausgerechnet Alex! Was hat mein Hirn sich da bloß zusammengereimt?

Ich werfe einen Blick zur verschlossenen Küchentür. Sydney und ich haben uns zwar nicht direkt gestritten, aber ich habe trotzdem das Bedürfnis, mich mit ihr zu vertragen. Vielleicht sollte ich noch mal mit ihr reden. Einfach plaudern, uns ein bisschen kennenlernen.

Als mich Vera endlich vom Tresen ablöst, verliere ich keine weitere Zeit und marschiere in die Küche. Sydney steht an der Kücheninsel und hält einen Eisportionierer in der Hand, mit dem sie ganz versunken Teig aus einer Schüssel schabt und die beigefarbene Masse auf einem Backblech verteilt. Ihr Ausdruck ist entspannt und konzentriert zugleich. Als das Blech voll ist, schiebt sie es jedoch nicht in den Ofen, sondern ins Kühlfach. Erst als sie sich wieder umdreht, entdeckt sie mich.

»Entschuldige«, sage ich, als sie zusammenfährt. »Ich wollte dich nicht erschrecken.«

»Schon okay.« Sie streicht sich ein paar unordentliche Strähnen hinters Ohr und senkt den Blick, während sie sich ihre beschmutzte Schürze von den Hüften streift. Heute trägt sie eine mit Löchern besetzte Boyfriend-Jeans, darüber ein weißes enges Top, das mit ihrer dunklen Haut kontrastiert. Sie sieht lässig und leger aus. Und hübsch. Richtig hübsch.

»Wie geht's dir so?«

Sofort wird ihr Blick finster. Meine Hoffnung, ein zwangloses Gespräch zu führen, stirbt einen schnellen Tod.

»Gut, und dir?«, erwidert sie mürrisch.

»Mir auch«, entgegne ich und muss plötzlich ein Lachen unterdrücken. Bevor ich sie getroffen habe, wusste ich nicht, dass ein Gesichtsausdruck derart angepisst aussehen kann.

»Darf ich fragen, warum du das Blech gerade in das Kühlfach getan hast?«

»Oh.« Sie schaut stutzig drein, als hätte ich sie mit dieser Frage überrumpelt. »Das ist ein Tick von mir. Vor dem Backen lege ich das Blech kurz ins Gefrierfach. Ich bilde mir damit ein, dass die Konsistenz beim Backen besser wird.«

»Verstehe«, sage ich ehrlich interessiert. »Machst du das bei jedem Rezept so?«

»Nein, nur bei Cookies.«

Notiz an mich: Wenn sie übers Backen spricht, ist sie weniger miesepetrig.

»Brauchst du vielleicht Hilfe?«, frage ich, während ich beobachte, wie sie die mit Teig verschmierten Löffel in einer großen Schüssel sammelt.

»Geht schon«, gibt sie knapp zurück und wendet mir den Rücken zu, während sie die Spülmaschine belädt.

Und jetzt?, denke ich frustriert. Ich will nicht einfach weiter übers Backen reden, aber Sydney macht es einem nicht gerade leicht, eine Konversation mit ihr zu führen. Man könnte meinen, sie würde es um jeden Preis darauf anlegen, mich nicht kennenzulernen.

Aber warum?

»Und? Was machst du eigentlich so?«, plaudere ich weiter.

Sydney schließt die Spülmaschine und mustert mich verwirrt. »Was meinst du?«

»Was du nebenher machst, meine ich. Studierst du oder so?«

»Ja. BWL.«

»Was? Im Ernst?«

»Überrascht dich das?«

»Um ehrlich zu sein, schon ein bisschen. Irgendwie dachte ich, du wärst im kreativen Bereich, wegen deinen Torten und so. Wuffi sieht aus wie ein Wirtschaftsfuzzi, aber du?«

Fuck. In meinem Kopf klang das irgendwie weniger beleidigend.

»Wirtschaftsfuzzi?« Ihre Stimme überschlägt sich. »Du kennst mich doch überhaupt nicht. Außerdem …« Abrupt hält sie inne. »Warte, wer ist Wuffi?«

Shit, Shit, Shit! Nervös fahre ich mir über den Schopf. Wie komme ich da bloß wieder raus?

Ach, was soll's. Schlimmer kann ich es kaum machen!

»Lenny«, gestehe ich und ziehe ein schuldbewusstes Gesicht. »Sein Name klingt wie der eines Hundes, findest du nicht?«

Sydney starrt mich sprachlos an. Dann überrascht sie mich mit einer Reaktion, mit der ich nie gerechnet hätte. Sie bricht in schallendes Gelächter aus. Ihr Lachen klingt sympathisch, herzlich und irgendwie vertraut. Wie kann ein und dasselbe Mädchen einen erst mit ihren Blicken töten und dann mit ihrem Lachen wiedererwecken?

Dann, von einem Moment auf den anderen, fängt sie sich wieder, und ihre weichen Züge verhärten sich. »Das ist so gemein!«

Jetzt bin ich es, dem die Worte fehlen. »Aber du hast doch gerade gelacht!«

»Trotzdem ist es gemein. Lennart ist ein superlieber Kerl!«

»Ich weiß. Ich würde es ihm auch niemals ins Gesicht sagen.«

»Wirtschaftsfuzzi ist auch nicht viel besser.«

»So meinte ich das doch gar nicht« verteidige ich mich und verstehe nicht, warum wir schon wieder streiten.

»Was studierst du überhaupt?«, konfrontiert sie mich. »Ich nehme an, nicht Wirtschaft.«

Gerade studiere ich Zickenpsychologie.

»Ich studiere nichts. Ich arbeite hier Vollzeit«, erinnere ich sie und ringe um Fassung.

»Und was hast du davor gemacht?«

»Davor war ich bei einer Bank.«

Sydney lacht spöttisch. »Und ich bin also der Wirtschaftsfuzzi, ja?«

»Nein! Ich habe da nicht richtig gearbeitet. Ich war nur im Kundensupport.« Aus irgendeinem Grund ist es mir wichtig, dass sie weiß, dass ich niemals in die Fußstapfen meiner Familie treten würde. »Es war nur ein ganz normaler Job, um Kröten zu verdienen.«

»*Kröten zu verdienen*? Und das soll nicht nach einem Wirtschaftsfuzzi klingen.«

»Nein, also …« Gott! Was macht sie mit mir? In ihrer Anwesenheit kann ich kaum einen richtigen Satz hervorbringen, so schnell kontert sie mich nieder.

Das Vibrieren meines Handys rettet mich aus meiner Misere.

»Sorry, mein Handy«, sage ich und hole es hervor. Als ich den Absender lese, würde ich es am liebsten gegen die Wand donnern. Wenn man vom Teufel spricht. Ein *wahrer* Wirtschaftsfuzzi.

»Hey.«

»Hallo, Bruderherz. Wie geht's, wie steht's?« Timos Stimme klingt immer so aufgeweckt und fröhlich und nach Sarkasmus triefend, selbst wenn er es ernst meint. Ich verdrehe die Augen und antworte mit einem knappen »gut«.

»Ich wollte dich nur fragen, ob du zur Gala kommst? Vater meinte, du hättest noch nicht zugesagt.«

Die Gala zum zehnjährigen Jubiläum der *Bank of Future*? Klar habe ich die Mail bekommen, aber er glaubt doch nicht ernsthaft, dass ich mich erst von meinem Erzeuger feuern lasse und dann trotzdem bei seiner Party aufkreuze? Er hat sich nicht einmal die Mühe gemacht, mich persönlich zu fragen.

»Ich kann nicht.«

»Das dachte ich mir schon.« Er seufzt in den Hörer. »Hör mal, ich weiß nicht genau, was passiert ist, aber soll ich noch mal mit ihm reden? Bestimmt kannst du wieder hier arbeiten.«

Ja, vielleicht, aber ich will nicht. Nie wieder. Abgesehen davon ist meine Anwesenheit nur deshalb gefragt, damit mein Vater den Schein einer glücklichen Familie wahren kann.

»Können wir vielleicht später reden? Ich bin gerade auf der Arbeit«, versuche ich ihn abzuwimmeln. Verstohlen linse ich zu Sydney, um zu überprüfen, ob sie zuhört, aber sie ist gerade dabei, das Bech mit den Cookies aus dem Kühlfach zu holen.

»Stimmt, wo arbeitest du jetzt eigentlich?«, fragt Timo.

Und das ist mein Stichwort.

»Bis dann«, sage ich und lege auf.

»Ich geh mal wieder nach vorn«, murmele ich, weil ich unmöglich weitere negative Energie ertragen kann. Ich wollte mich nur nett unterhalten, aber anscheinend kann ich nichts sagen, ohne dass Sydney mit verbalen Ohrfeigen um sich wirft.

Ich erwarte gar nicht, dass sie etwas erwidert, doch zu meiner Überraschung sagt sie: »Ich komm gleich nach.«

Weil ich nicht schon wieder etwas Falsches sagen will, nicke ich nur und gehe vor.

»Hey, was bekommt ihr?«, frage ich die nächsten Kundinnen. Es sind zwei Frauen in meinem Alter. Eine von ihnen hat dichte braune Haare mit einem Pony und große grüne Augen, die durch einen geschwungenen schwarzen Lidstrich umrahmt werden und jede meiner Bewegungen mit ihrem bohrenden Kleopatra-Blick genaustens fixieren. Die andere ist etwas kleiner und hat ihre glatten schwarzen Haare zu zwei Zöpfen gebunden. Mit ihnen, dem Rock und den kniehohen grauen Strümpfen wirkt sie wie ein Schulmädchen aus einer anderen Zeit. Beide glotzen mich so unverfroren an, als wäre ich ihr verschollen geglaubter Cousin. Dabei bin ich ziemlich sicher, dass wir uns noch nie begegnet sind.

»Hi«, sagt die ägyptische Schönheit mit einer überraschend tiefen Stimme und offenbart durch ihr Lächeln eine kleine Zahnlücke zwischen den Schneidezähnen. »Einen Kaffee.«

»Einen ganz normalen?«

»Was?«

»Es gibt verschiedene Sorten.« Ich deute auf die Tafel hinter mir. »Cappuccino, Caffè Latte, Latte Macchiato …«

»Oh, einfach nur einen schwarzen Kaffee.«

»Gern. Und für dich?« Ich wende mich zu der anderen Kundin, die mir ebenfalls nicht zuzuhören scheint. Ihre Augen wandern in dem sonst bewegungslosen Gesicht nach links und rechts, als würde sie die Umgebung scannen.

»Was möchtest du?«

»Dasselbe«, sagt sie. Wahrscheinlich hätte ich ihr auch einen Kühlschrank andrehen können. »Ist Lenny heute da?«

»Nein. Er arbeitet morgen.«

»Oh. Okay.«

»Ihr könnt euch gern schon mal einen Platz suchen«, schlage ich vor, weil ich zu mehr Fehlern neige, wenn mir Leute beim Arbeiten über die Schulter schauen.

Die beiden nicken fahrig und setzen sich an einen der freien Tische.

»Hast du schon abkassiert?«

Ich zucke zusammen, als Sydney plötzlich neben mir steht.

»Noch nicht«, sage ich und wische etwas übergeschütteten Kaffee mit einem Lappen von der Tasse.

»Es wird immer sofort abkassiert«, schärft sie mir ein.

»Ich weiß. Aber ist es nicht netter, wenn sie auch am Ende bezahlen können?«

»Ich mache hier nicht die Regeln, Luke. Ich befolge sie nur.«

Luke … Es ist das erste Mal, dass sie meinen Namen ausspricht. Ein bisschen wundert es mich, dass sie mich mit meinem Spitznamen anredet. Bei ihrer Distanziertheit hätte ich eher erwartet, dass sie mich siezt.

»Zwei Kaffee?«, rufe ich in die Richtung der Mädels. Kleopatra steht genau in dem Moment auf, in dem Sydney neben mir nach Luft schnappt.

»Ich mach das schon«, sagt sie und schnappt sich beide Tassen. Dem Klugscheißer in mir liegt es auf der Zunge, sie daran zu erinnern, dass hier Selbstbedienung herrscht. Doch ich vergesse, was ich sagen will, als Sydney auf die beiden Mädels zustürmt und diese nicht sie, sondern *mich* anstarren.

15. KAPITEL

Sydney

»Sprecht mir nach: Ich werde nie wieder Sydney bei der Arbeit besuchen.«

Vicky und Maya, die stramm auf der Couch sitzen, wiederholen im Chor: »Ich werde nie wieder Sydney bei der Arbeit besuchen.«

»Nie wieder«, sage ich ernst.

»Tut uns leid«, nuschelt Maya und spielt an ihrem Ohrpiercing. »Wir wollten dich nicht blamieren oder so. Aber nach allem, was du erzählt hast, waren wir neugierig.«

»Und da wolltet ihr euch einen eigenen Eindruck verschaffen?«

»Ja, ist das so seltsam?«, fragt Vicky, das Kinn selbstbewusst gereckt. »Seit Jahren redest du von ihm, ohne dass wir ein Gesicht vor Augen haben. Wir wollten einfach wissen, mit wem wir es zu tun haben. Und übrigens – ein braunhaariger James Dean? Leidest du an Geschmacksverirrung?«

Die beiden prusten los.

»Keine Ahnung, was du an ihm gefunden hast«, pflichtet Maya ihr bei. »Er ist zwar süß, aber nach deiner Beschreibung habe ich ihn mir wie eine Mischung aus Shawn Mendes und Liam Hemsworth vorgestellt.«

Ihre Worte versetzen mir einen scharfen Stich. Luke ist in meinen Augen wirklich umwerfend, tausendmal mehr als jeder Shawn Mendes und beide Hemsworth-Brüder zusammen. Dass sie es anders sehen, bedeutet wohl, dass ich ihn noch immer mit verräterischen Herzchen in den Augen sehe.

»Und wenn ich eines sagen darf …«

»Darfst du nicht«, falle ich Maya ins Wort.

Sie zieht einen Schmollmund, woraufhin ich grummelnd nachgebe. »Na schön. Sag.«

»Du warst ziemlich gemein zu ihm.«

Ich verziehe das Gesicht. »Wie bitte?«

»Übellaunig und streitlustig«, fährt sie fort.

»Nenn mir ein Beispiel«, konfrontiere ich sie.

»Du hast ihn angemault, als er die falsche Tasse für einen Latte Macchiato benutzt hat. Und du hast ihn einen Furz genannt.«

»Ich habe nicht Furz gesagt, sondern Fuzzi. Wirtschaftsfuzzi. Das ist ein Insider.«

»Oh, ihr habt also schon Insider?« Ein Blitzen in Vickys smaragdgrünen Augen, das Lächeln so breit grinsend, dass ihre Zahnlücke noch größer wirkt.

»Nein, natürlich nicht.« Und warum stehe ich mit einem Mal in der Doppeldefensive?

»Ob Insider oder nicht, Fakt ist, du warst gemein«, sagt Maya wieder.

»Darf ich dich daran erinnern, dass wir hier von Luke sprechen? Luke, der zuerst gemein zu *mir* war?«

»Ja, aber das weiß er nicht mehr.«

Langsam werde ich wütend. »Auf wessen Seite stehst du eigentlich?«

»Auf deiner, natürlich. Ich wollte es nur sagen, weil es mir aufgefallen ist.«

»Wisst ihr was, Mädels?«, unterbricht Vicky uns und stemmt beide Hände in die Hüften. »Ich glaube, es wird Zeit für eine Runde Meditation.«

Maya und ich stöhnen auf. Es ist nicht das erste Mal, dass Vicky uns zu ihrem Tagesritual motivieren will.

»Kommt schon, das wird lustig!«

»Wir können das nicht«, spricht Maya für uns beide. »Das ist einfach nicht unser Ding.«

»Was ist nicht euer Ding? Euch einen Augenblick mal nur auf eure Atmung zu konzentrieren? Ihr beide seid dermaßen gestresst und solltet dringend mal abschalten. Zehn Minuten, mehr verlange ich nicht.«

Sie hat recht. Wir sind wirklich gestresst. Ich habe schon seit Jahren Schlafprobleme, weil mein Kopf einfach nie aufhört zu denken. Ein bisschen Entspannung klingt eigentlich ziemlich verlockend.

»Meinetwegen«, gebe ich mich geschlagen.

»Sehr schön!« Vicky klatscht in ihre Hände, deren Nägel knallgelb lackiert sind. »Schnappt euch eure Yogamatten und kommt dann wieder her.«

»Wir haben keine Yogamatten«, sagen Maya und ich unisono.

»Amateure«, schnaubt Vicky. »Dann setzt euch auf den Boden. Ich leite euch ein bisschen.«

Maya und ich nehmen mit einem halben Meter Abstand voneinander Platz, Vicky setzt sich vor uns. Ihr Schneidersitz, den sie als Lotusstellung vorgestellt hat, sieht mit den zwei Füßen, die auf den Oberschenkeln ruhen und gegen die Leisten andocken, so schmerzhaft aus, dass ich mich gar nicht erst an derartiger Akrobatik versuche.

»Zunächst schließt ihr die Augen und kommt erst mal ganz ruhig hier an.«

Ankommen? Wo denn, am Meditationsbahnhof?

Maya kichert, als hätte sie meine Gedanken gehört.

»Nehmt eine bequeme Sitzhaltung ein, in der ihr euch wohlfühlt.«

»Können wir uns hinlegen?«, fragt Maya dazwischen.

»Nein!«, zischt Vicky. »Dann pennt ihr nur ein.«

»Du hast doch gesagt, wir sollen uns entspannen.«

Ich öffne kurz die Augen und sehe, wie Vicky Maya einen mörderischen Blick zuwirft. Schnell schließe ich sie wieder und beiße mir auf die Zunge, um das aufkommende Lachen zu ersticken.

»Atmet nun ein und aus. Tief durch die Nase ein …« Vicky demonstriert es. »Und aus.«

Ich mache es ihr nach, fühle mich bisher aber noch kein Stück entspannter.

»Spürt, wie die Luft durch eure Nasenflügel bläst.« Vickys Tonlage ist tief und langsam. »Nehmt wahr, wie warm es sich anfühlt, wenn die Luft aus eurem Mund strömt.«

Wieder kichert Maya, was Vicky mit einem Zungenschnalzen quittiert.

»Das kitzelt!«, verteidigt sich Maya.

Oh. Jetzt, wo sie es sagt, juckt es mich auch. Ich rümpfe die Nase.

»Bewertet nichts, nehmt einfach nur wahr. Atmet ein und aus, ein und aus, ein und aus.«

Je mehr ich mich auf das Meditationsding einlasse, desto stärker juckt es mich am ganzen Körper. Ich ziehe meinen schlecht sitzenden Tanga hoch und kratze mich am Hintern.

Vicky faselt unbeirrt weiter, Maya atmet so laut, dass es verdächtig nach einem Schnarchen klingt, und ich … ich drifte ab.

Ob ich wirklich gemein zu Luke war? Ich war vielleicht nicht gerade nett, aber die beiden ahnen nicht, wie schwer es mir fällt, ihn überhaupt anzusehen. Außerdem versuche ich ihm nur deshalb aus dem Weg zu gehen, damit ich *nicht* gemein werde.

Oder ist meine Distanziertheit das eigentliche Problem? Aber anders geht es nicht. Wenn ich ihn nicht ignoriere, wenn ich das Lächeln, die Freundlichkeit und die Gespräche zulasse, drehe ich völlig durch.

Ani hat gesagt, dass ich die Wut im Bauch behalten muss, damit ich nicht wieder schwach werde. Und sie hat recht. Ich darf die Wut nicht verlieren, indem ich Sympathien für Luke entwickle. *Oder wieder erwecke.* Nein, ich muss mich selbst schützen, um mir mein Herz nicht erneut brechen zu lassen.

Luke ist ein Arschloch. Er hat mich belogen, versetzt und vergessen. Ich muss wütend sein. Ich muss wütend bleiben.

»Sydney?«

Benommen öffne ich die Augen. Maya und Vicky starren mich an.

»Warum guckst du so böse?«, fragt Maya.

Meine Knie knacken, während ich mich aufrappele. »Tut mir leid, Leute, aber Meditation ist einfach nichts für mich.«

»Ach was, du musst einfach nur dranbleiben«, versucht mich Vicky zu überreden. Doch ich schüttele den Kopf und steuere aufs Sofa zu. Obwohl ich der Meditation eine Chance gegeben habe, fühle ich mich noch verspannter als zuvor. Ich lasse mich ins Polster plumpsen und ziehe die Beine an meinen Körper.

»Süße, ist alles okay?« Maya beugt ihren Kopf über mich und mustert mich besorgt. Ihre Haare fallen mir ins Gesicht, was sich seltsamerweise angenehm anfühlt.

Weil ich nicht weiß, wie ich ihre Frage beantworten soll, umklammere ich bloß ein Kissen und zucke mit den Schultern.

»Willst du dich vielleicht wieder deiner Challenge widmen?« Sie deutet auf den Zettel auf dem Tisch, von dem gerade mal ein Punkt abgehakt ist.

Ich schüttele den Kopf. »Heute will ich einfach nur auf dem Sofa lümmeln.«

»Da bin ich dabei. Was gucken wir?« Sie fischt die Fernbedienung aus der Sofaritze und bedeutet mir mit einer Handgeste zu rutschen.

»Mir egal.«

»*Star Wars*?«

»Nein, lieber nicht.« Ich habe keine Lust, ständig den Namen Luke zu hören. »Gerade ist mir eher nach etwas Lustigem. Habt ihr *Crazy Rich Asians* schon gesehen? Der soll echt gut sein.«

»Nicht spoilern!«, warnt mich Maya direkt.

»Ich habe doch nur gesagt, dass er gut sein soll. Ich kenne ihn selbst noch nicht.«

»Dann lass ihn uns anschauen. Hey, Vick, guckst du mit?«

Keine Antwort.

»Vicky?«, rufe ich nach ihr und drehe mich um. Unsere Freundin hat sich nicht von der Stelle gerührt. Die Augen sind geschlossen, die Beine zum Lotussitz geformt. Sie wirkt entspannt und friedlich, und in diesem Moment beneide ich sie fast dafür, dass sie gerade irgendwo ist, wo sie völlig abschalten kann.

16. KAPITEL

Luke

»Was ist deine Lieblingsmarmelade?«

Sydney unterbricht das Polieren der Löffel und mustert mich verwirrt. »Bitte was?«

»Welche Marmelade isst du am liebsten?«, wiederhole ich meine Frage und setze ein strahlendes Lächeln auf.

»Warum willst du das wissen?«

»Weil ich dich kennenlernen will.«

»Haben wir uns nicht schon kennengelernt?« Sie sagt es mit einem seltsamen Unterton, den ich nicht verstehe.

»Nicht wirklich. Ich weiß bisher nur, wie du heißt, was du studierst und dass du verdammt gute Cookies bäckst.«

Um zusätzliche Schleimpunkte zu sammeln, beiße ich in besagten Cookie und schließe genüsslich die Augen. Meine Reaktion ist nicht übertrieben. Der runde Keks in der Größe meiner Handfläche ist von außen knusprig, von innen weich, und die Schokostückchen schmelzen in meinem Mund, als wäre es ihre Bestimmung gewesen, hier und jetzt ihr Ende zu finden. Es würde mich nicht wundern, wenn Sydney ein paar Diabetiker auf dem Gewissen hätte.

»Und warum willst du mich kennenlernen?«, fragt sie argwöhnisch.

Tja, auf diese Frage habe ich selbst keine Antwort. Vielleicht ist es die Herausforderung, weil sie es mir so schwer macht, vielleicht stehe ich aber auch auf dieses Katz-und-Maus-Spiel. Was es auch ist, es lässt mir keine Ruhe.

»Weil wir zusammenarbeiten«, erwidere ich lahm und beiße wieder in den Cookie. »Alscho …« Ich schlucke und fahre mit der Zunge über meine schokobeschmierten Lippen. »Welche ist deine liebste Marmeladensorte?«

Sydney schließt kurz die Augen und massiert sich die Schläfen, als würde sie von meinen Fragen Kopfschmerzen kriegen. Ich weiß nicht, ob ich lachen oder gekränkt sein soll.

»Ich glaube, Rhabarber«, antwortet sie schließlich.

»Rhabarber?« Diese Frau überrascht mich immer wieder. Keine Erdbeere oder Himbeere, nein. *Rhabarber*.

»Ja, Rhabarber«, entgegnet sie spitz. »Oder war das eine *Richtig-oder-falsch*-Frage?«

»Nein, ich bin nur überrascht, das ist alles. Rhabarber ist nicht gerade das beliebteste Obst … oder Gemüse. Oder Kraut? Scheiße, ich weiß nicht mal, was Rhabarber ist!«

»Schon klar, ich erfülle nicht die Kriterien auf deiner Liste. Rhabarberliebhaberin, Wirtschaftsfuzzi …«

Ich stöhne leise. »Das wirst du mir ewig vorhalten, oder?«

»Möglich.« Ein verschmitztes Grinsen huscht über ihr Gesicht. Ich lächele ebenfalls, und als unsere Blicke sich begegnen, ist es, als würden sie sich wie zwei Karabiner miteinander verhaken. Ich habe noch nie solch atemberaubende Augen gesehen. Je tiefer ich hineinsehe, desto stärker überströmt mich das Gefühl von Heimat. Eine Emotion, die mich in eine Geborgenheit hüllt, die ich nicht einmal aus meiner Kindheit kenne. Wie können ihre Augen eine solche Wirkung auf mich haben?

Sydney wendet den Blick ebenfalls nicht ab, und plötzlich ist mein Körper sich ihrer Nähe bewusst. Mein Hals wird trocken, als ihre schwarzen Opale zu meinen Lippen wandern. Starrt sie gerade auf meinen Mund?

»Hey!«

Was immer da gerade zwischen uns war, es schmilzt wie ein Schneeball, als sich Wuffi zu uns stellt. Einen kurzen Moment lang schaut Sydney ertappt, als hätte sie gerade etwas Verbotenes getan. Doch dann fängt sie sich wieder und wirft ihm ein warmes Lächeln zu, mit dem sie mich bisher noch nie bedacht hat.

»Hey, Lennart.«

Stumm beobachte ich, wie sich die beiden mit einer freundschaftlichen Umarmung begrüßen. Inzwischen wirkt er nicht mehr ganz so verkrampft in Sydneys Gegenwart. Vielleicht kommt er langsam darüber hinweg, dass sie nicht an ihm interessiert ist.

»Hey, Mann«, schließe ich mich der Begrüßung an und schlage mit ihm ein.

»Wobei habe ich gerade gestört?«

Dabei, dass Sydney meinen Mund abcheckt.

»Wir haben uns gerade ein bisschen besser kennengelernt«, weihe ich ihn ein. »Sydneys Lieblingsmarmelade ist Rhabarber.«

»Rhabarber?« Er verzieht das Gesicht. »Igitt!«

Sydney stößt ein ungläubiges Quieken aus. »Ihr zwei habt wohl keine Geschmacksnerven!«

»Hey, ich habe nie gesagt, dass ich Rhabarber nicht mag. Rhabarber ist cool«, schleime ich weiter. »Vielleicht kannst du ja einen Rhabarberkuchen backen.«

»Wisst ihr, was mir gerade einfällt?« Wuffi lächelt wehmütig. »Früher, als Kind wollte ich immer einen eigenen Supermarkt haben und dort alle Produkte anbieten, die ich selbst hergestellt habe. Eigenen Käse, eigene Marmelade und so weiter. Ich dachte immer, dass die Inhaber alles selbst machen.«

Seine Geschichte entlockt Sydney und mir ein simultanes »Oooh«.

»Die süße, kindliche Unschuld«, seufzt Sydney. »Als Kind weiß man noch nichts von freier Marktwirtschaft und Import-Export-Handel. Ich wollte früher genau wie meine Mutter Diplomatin werden. Wahrscheinlich nehmen sich viele Kinder ihre Eltern als Vorbild.«

Ich nicht, denke ich verbissen.

»Und heute?«, fragt Wuffi sie. »Willst du dir deinen Kindheitstraum erfüllen?«

»Ich glaube nicht. Die Arbeit ist interessant, aber mir gefällt es nicht, wie eine Nomadin überall und nirgendwo zu leben.«

Gerade will ich nachhaken, was genau sie damit meint, als Wuffi sich zu mir wendet. »Und was wolltest du werden, Luke?«

»Keine Ahnung.« Ich zucke mit den Schultern.

»Im Ernst? Gar kein naiver Wunsch? Nicht Feuerwehrmann oder Arzt oder Bob, der Baumeister?«

Ich schüttele den Kopf. Das Einzige, das ich schon als Kind wusste, war, niemals so zu werden wie mein Vater.

»Nein, so was hatte ich nicht. Ich wusste nie, was ich werden will.«

Und eigentlich weiß ich es immer noch nicht.

»Was ist mit einem Barista? Ich finde, das passt zu dir.«

Mein verzerrtes Spiegelbild auf der Kaffeemaschine lächelt matt. »Keiner bleibt sein Leben lang ein Barista.«

»Warum nicht?«

Weil man dann ein Versager ist, der es zu nichts gebracht hat.

»Weil es auf Dauer sicher öde wird.«

»Was denkst du, Syd?«, fragt Wuffi nach ihrer Meinung. »Welcher Job würde zu Luke passen?«

Sydneys Opale beäugen mich kritisch. Mit der Hand fährt sie sich über das Kinn, als würde sie konzentriert nachdenken. »Hm, vielleicht Leichenbestatter?«

Da hat wohl jemand wieder die Krallen ausgefahren …

Wuffi bricht in lautes Gelächter aus.

»Danke für den Tipp«, entgegne ich amüsiert.

»Na ja, ich mache jetzt mal Pause«, sagt sie und schlängelt sich an uns vorbei.

»Warte, ich will kurz mit dir reden.« Wuffi folgt ihr und dreht sich auf halbem Weg zu mir um. »Kommst du kurz alleine zurecht?«

»Klar«, entgegne ich, obwohl meine Neugier es nicht so lässig klingen lässt wie erhofft. Was er wohl von ihr will? Eine Aufforderung zum Reden klingt ernst. Am liebsten würde ich an der Tür lauschen.

»Hi.«

Der nächste Kunde reißt mich aus meinen Gedanken. Er ist um die vierzig, braun gebrannt und trägt eine Jesusfrisur. Seine Kleidung sieht aus, als hätte er eine Kiste im Flohmarkt geplündert. Ein Berliner Hipster wie er leibt und lebt.

»Hi. Was kann ich dir bringen?«

»Weder Kaffee noch Tee.« Er lacht, als hätte er einen Witz gerissen, und macht eine wegwerfende Handbewegung. »Spaß beiseite, ich bin wegen etwas anderem hier. Kann man dieses Café für Veranstaltungen reservieren?«

»Oh, ähm …« Schnell versuche ich mir in Erinnerung zu rufen, ob Tina jemals etwas darüber gesagt hat, dass das *Coffee & Books* auch für private Zwecke genutzt wird. Ich kann mich zwar nicht daran erinnern, andererseits würde es mich wundern, wenn es nicht so wäre. Events bringen immer zusätzliches Geld ein.

Am liebsten würde ich nach Verstärkung rufen, aber wegen Wuffis Kommentar, ein guter Barista zu sein, fühle ich mich jetzt irgendwie gezwungen, allein damit fertigzuwerden. Außerdem will ich Sydney nach ihrem Leichenbestatter-Witz keine weitere Angriffsoberfläche bieten, über mich herzuziehen.

Beim Kundensupport der *Bank of Future* wurde uns immer wieder eingebläut, es niemals zuzugeben, wenn wir keine Ahnung haben. Stattdessen sollten wir versuchen, dem Kunden um jeden Preis entgegenzukommen, oder ihn möglichst nett abzuwimmeln.

»Theoretisch schon«, bluffe ich drauflos. »Aber das muss rechtzeitig angemeldet werden.«

»Es geht um heute Abend.« Der Mann wirkt geknickt. »Wir haben eine Veranstaltung von zehn Leuten und brauchen nur einen Raum, in den wir alle reinpassen.«

»Das ist leider etwas knapp. Tut mir leid.«

»Sicher, dass es gar nicht klappt? Auch nicht für zwei Stunden? Es ist wirklich dringend, und ich wurde schon in vier anderen Lokalen abgewiesen.«

»Um was für eine Veranstaltung handelt es sich denn?«

»Eine Buchvorstellung. Ich bin der Agent einer Autorin – Ellen Graz, falls du sie kennst.«

Ich nicke, obwohl ich diesen Namen noch nie gehört habe.

»Das Lokal, das wir eigentlich gemietet haben, hat kurzfristig abgesagt. Immer auf den letzten Drücker.« Er verdreht die Augen, als hätte er das Dilemma nicht zum ersten Mal. »Dieses Café ist mit all den Büchern, die hier stehen, perfekt. Wenn wir nichts mehr finden, müssen wir es absagen, weil sie morgen schon im Flieger sitzt.«

Der Kerl tut mir leid. Außerdem klingt eine Lesung mit zehn Leuten wirklich unkompliziert.

»Nur zwei Stunden?«, vergewissere ich mich.

»Ja. Zwei Stunden, keine Minute länger.«

»Und ihr braucht nur den Raum? Keinen Service oder Ähnliches?«

»Nein, keinen Service. Vielleicht eine Flasche Wasser, aber dafür kommen wir natürlich auf. Perfekt, wir kommen dann um acht. Du rettest mir das Leben, danke!«

Was? Ich habe doch noch gar nicht zugesagt!

»Moment, Moment. Wenn ihr kurzfristig kommt, müsst ihr auf jeden Fall im Voraus zahlen«, sage ich schnell. »Und das würde … fünfhundert Euro kosten«, setze ich noch einen drauf.

Der Mann zuckt nicht einmal mit der Wimper. »Bar oder mit Karte?«

Was!?

»Äh, bar.«

Der Mann zückt sein Portemonnaie hervor und drückt mir zwei gelbe und zwei orangene Scheine in die Hand.

»Danke, danke, danke. Bis später.« Er winkt zum Abschied, und als ich erneut blinzle, ist er weg.

Fuck! Was habe ich getan? Wie konnte ich einem Event zustimmen und mir noch dazu Geld in die Hand drücken lassen? Bin ich jetzt vollkommen übergeschnappt?

Kurz entschlossen stürme ich zum Pausenraum und reiße die Tür auf. Sydney und Wuffi sitzen am runden Tisch, der angesichts der Größe des Zimmers fast den gesamten Raum einnimmt.

»Ey, es muss immer jemand vorne sein«, sagt Sydney und deutet mit der Wasserflasche in ihrer Hand auf mich.

»Schon gut, ich kann gehen«, winkt Wuffi ab und steht auf. »Jetzt kannst du Pause machen, Luke.«

Oder ich kann meine Sachen packen, weil ich gleich gefeuert werde.

Als die Tür ins Schloss fällt, ist es so still, dass ich mein Herz laut in meiner Brust schlagen höre.

»Was ist los?«, fragt Sydney alarmiert, offenbar kann man mir die Panik vom Gesicht ablesen.

»Kann man das *Coffee & Books* auch für private Zwecke buchen?«

Sie runzelt die Stirn und legt die Flasche auf den Tisch ab. »Nein.«

»Shit.« Frustriert lehne ich mich gegen die Tür.

»Was ist passiert?«

»Ich habe einem Mann gerade zugesagt, dass er heute Abend eine Lesung im Café veranstalten kann.«

»Was?« Sie springt auf. »So was machen wir nicht. Warum hast du uns nicht gefragt?«

»Ich wollte ja, aber mein Verstand hat irgendwie ausgesetzt. Dann hat mir der Mann das Geld in die Hand gedrückt und …«

Ich unterbreche mich, als Sydneys Augen beim Anblick der Scheine fast explodieren. Sie taumelt kurz, doch die Wand hinter ihr verhindert den Fall. Scheiße, scheiße, scheiße.

»Das ist der Grund, warum du nie irgendwas gebacken kriegst. Du handelst impulsiv und ohne nachzudenken. Man kann dir keine Verantwortung auftragen! Versager!«

»Okay, ruhig bleiben«, sagt Sydney, vielleicht sogar mehr zu sich selbst. »Wir finden eine Lösung. Erst mal rufe ich Tina an und frage sie, was wir tun sollen.«

Ich nicke mechanisch, während sie ihr Handy hervorzückt.

»Hey, Tina.« Ihre Stimme klingt scheu. Während sie unsere Chefin in Kenntnis setzt, wende ich mich ab. Eigentlich erwarte ich, dass Sydney mich als Volltrottel darstellt, der alles falsch gemacht hat, doch sie bleibt ruhig und sachlich und spricht von einem »Missverständnis«, weil sie beim Einarbeiten vergessen hat, mich darauf hinzuweisen, dass wir diesen Service nicht anbieten. Sie setzt sich für mich ein, als läge es ihr am Herzen, mich dazubehalten. Ich verstehe sie einfach nicht. Erst schickt sie mich in die Wüste, dann rettet sie mich vor den Dünen. Heißt das, dass sie mich doch leiden kann?

»Luke? Sie will mit dir sprechen.«

Ich drehe mich wieder um und nehme das Handy entgegen, das Sydney mir reicht. Als unsere Finger sich berühren, zucken wir beide zusammen.

»Entschuldige«, sage ich automatisch, obwohl ich nicht weiß, wofür. Dann räuspere ich mich und halte das Handy gegen mein Ohr. »Hey.«

»Luke, mein Goldjunge! Fünfhundert Euro an einem Abend? Hat sich wohl gelohnt, jemanden einzustellen, der vorher bei einer Bank gearbeitet hat.«

Das muss ein schlechter Scherz sein. Sydney, die offenbar mithören kann, bleibt genau wie mir der Mund offen stehen.

»Also, pass auf. Ich schicke euch nachher ein Fax, dass der Kerl unterschreiben muss. Die Veranstaltung soll nicht länger als bis null Uhr gehen. Da der Typ so großzügig war, könnt ihr die Kekse von Sydney und auch den Rest vom Carrot Cake umsonst anbieten. Getränke werden bezahlt, aber es gibt keinen Kaffee mehr. Macht die Maschine also wie gewohnt nach Arbeitsende sauber.«

Ähm. Was zur Hölle passiert hier gerade?

»Packst du das alleine? Oder soll einer von uns dir zur Hand gehen?«

Endlich befreie ich mich aus meiner Starre und antworte Tina. »Nein, ich schaffe das schon.« Weder Wuffi noch Vera und schon gar nicht erst Sydney sollten meinetwegen länger arbeiten.

»Okay. Sag den Gästen, sie sollen die Stühle nach ihrer Benutzung wieder an dieselben Plätze bringen.«

»Mach ich«, entgegne ich und betrachte die Scheine in meiner Hand. »Und was soll ich mit dem Geld machen?«

»Das ist dein heutiges Trinkgeld.«

»Was! Im Ernst?«

»Natürlich nicht.« Sie kichert. »Leg das Geld mit einer Büroklammer in die Kasse. Ich kümmere mich morgen darum. Ach, und Luke?«

»Ja?«

»Ich mag deine innovativen Ideen und auch deine selbstständigen Entscheidungen. Aber wenn du dir nächstes Mal bei irgendwas nicht sicher bist, frag bitte jemanden.«

Als sie auflegt, bin ich so steif wie eine Schaufensterpuppe.

Ich bin nicht gefeuert worden.

Mit weichen Gliedern reiche ich Sydney ihr Handy zurück, deren besorgte Miene einer wütenden gewichen ist.

»Du hast also Mist gebaut und wirst sogar dafür gelobt.« Sie schnaubt leise und verdreht die Augen. »Typisch für dich.«

Dann zwängt sie sich an mir vorbei und rauscht ab.

17. KAPITEL

Sydney

Typen wie Luke kommen immer mit allem durch. Sie tun, was sie wollen, widersetzen sich Regeln und werden noch dazu dafür belohnt. Trinkgeld, so weit das Auge reicht und ein neuer Kosename: *Goldjunge.*

Ich hasse ihn!

Ach, wem mache ich hier eigentlich was vor? Ich kann ihn nicht hassen, dafür bedeutet er mir noch zu viel.

So, jetzt habe ich es ausgesprochen – oder zumindest gedacht. Luke bedeutet mir etwas, und ein Teil von mir freut sich sogar darüber, dass er heute gelobt wurde. Armselig, ich weiß.

Ich fege eine herumliegende Eichel mit dem Fuß weg und spaziere entlang des Reichstagufers. Zu meiner Linken erstreckt sich der Bahnhof Friedrichstraße, zu meiner rechten die Spree. Mein Fahrrad steht noch vor dem Café, irgendwie ist mir gerade danach zu laufen. Meine Beine tragen mich aber nicht in Richtung Wohnung, sondern in die völlig entgegengesetzte Richtung. Der abendliche Sommerwind schmeckt nach Blättern und Sonne. Ich genieße das kühle Gefühl auf meiner Haut und denke an Lukes Frage nach meiner Lieblingsmarmelade. Das war schon süß.

Aber das geht nicht. Ich darf Luke nicht liebenswert finden. Die Wut muss in meinem Bauch bleiben. Er hat mich versetzt, rufe ich mir in Erinnerung. Er hat mich versetzt, belogen und vergessen.

Plötzlich kommt mir das Gespräch mit Lennart wieder in den Sinn. Als er mich vorhin sprechen wollte, hätte ich nie erwartet, dass es bei dem Gespräch ausgerechnet um unseren neuen Kollegen gehen würde.

»Was hast du eigentlich gegen Luke?«

»Was? Warum denkst du, dass ich was gegen ihn haben sollte?«

»Weiß nicht, mir kommt es so vor, als würdest du ihn immer böse angucken. Außerdem beleidigst du ihn.«

»Das mit dem Leichenbestatter war doch nur ein Witz. Außerdem ist das ein legitimer Beruf.«

»Ja, schon, aber so kenne ich dich gar nicht. Bei mir machst du nie diese Witze.«

»Dich mag ich ja auch.«

»Aha, also magst du ihn nicht?«

»Doch, also nicht richtig … Du und ich kennen uns schon länger … Ich meine …«

Und dann sagte ich in meiner Panik das, was mir als Erstes einfiel.

»Um ehrlich zu sein erinnert mich Luke an jemanden, der mir einmal ziemlich wehgetan hat. Ziemlich, ziemlich weh sogar.«

»Wie? Vom Aussehen?«

»Ja, aber vor allem auch von der Art.«

»Aber er ist Luke und nicht der Arsch, der dir das Herz gebrochen hat.«

Wenn er wüsste … Und als wäre die Szene aus einer Telenovela, kam in dem Moment ausgerechnet Luke in den Pausenraum gedonnert. Ich wette, die Aliens da oben haben sich gekugelt vor Lachen.

*

Zwei Stunden später kommen meine Beine vor einer weißen Haustür zum Stehen. Der Spaziergang hat gutgetan. Mein Kopf hat sich abgekühlt und raucht nicht mehr.

Als ich klingle, dauert es nicht lang, bis sich die Tür öffnet.

»Überraschung«, trällere ich.

Mit ihren Pantoffeln steht mein Lieblingsmensch da und mustert mich mit großen Augen. »Das ist es in der Tat. Komm rein, Schätzchen.«

Ich schlüpfe aus meinen Schuhen und durchquere den Eingang. Anis Einrichtung ist warm und gemütlich, aber trotzdem altmodisch und irgendwie *omahaft*. Braune Biedermeiermöbel, ein großer Perserteppich, bestickte Gardinen und natürlich Nippes, so weit das Auge reicht.

»Eigentlich habe ich dich erst am Montag erwartet.«

»Montag? Oh, natürlich, Montag. Dein Geburtstag.« Ich nicke hastig. »Keine Sorge, ich habe es nicht vergessen.« Bis auf den kurzen Brain Fart gerade stimmt das sogar. Ihr Geschenk liegt schon lange eingepackt in meinem Zimmer.

»Und was verschafft mir die Ehre?«

»Ich wollte dich einfach sehen. Und drücken«, sage ich und hebe die Arme wie ein Kind. Ani, die um einen ganzen Kopf kleiner ist als ich, schmunzelt, als sie meine Umarmung erwidert.

»Huch, du schwitzt ja ganz schön.« Abrupt lässt sie mich los und wischt sich die Hand an ihrer Hose ab. Ich lache über diese Geste und fühle mich jetzt schon besser.

»Ich bin von der Arbeit hergelaufen«, erkläre ich und rüttele am Kragen meines feuchten Shirts, um etwas Luft hindurchzulassen.

»Du bist den ganzen Weg von Mitte nach Wilmersdorf gelaufen? Hat das nicht drei Stunden gedauert?«

»Tatsächlich waren es nur zwei.« Ich steuere auf die Küche

zu und öffne den Kühlschrank. Jackpot. Ani hat immer einen Jahresvorrat Camembert parat. Nicht den günstigen, den ich vom Discounter kaufe, sondern den hochwertigen aus der Frischetheke. Hungrig krame ich ihn hervor und schneide mir ein besonders großes Stück ab.

»Auch was?«, frage ich Ani, obwohl ich weiß, dass sie aus Prinzip ablehnen wird. Für sie ist es die reinste Verschwendung, guten Käse einfach so zu essen.

»Nein, aber willst du Brot dazu?«

»Nö, Käse reicht.«

»Einen Tee?«

»Später vielleicht.«

»Wie du willst.« Ani lehnt sich gegen die Spüle und verschränkt die Arme vor der Brust. »Dann erzähl mir doch mal, warum du so durch den Wind bist. Niemand legt einfach so einen halben Marathon zurück.«

Plötzlich schmeckt der Käse eine Note säuerlicher.

»Ich wollte einfach weg.«

»Vor wem?«

»Vor Luke. Die Arbeit heute war echt hart.«

»Wer ist Luke?« Doch dann begreift sie. »Warte mal. *Luke*?«

»Oh, stimmt, das weißt du ja noch gar nicht.« Ich ramme das Messer erneut in den Käse. »Ist 'ne lange Geschichte, aber die Kurzfassung ist, dass wir jetzt Arbeitskollegen sind.«

Meine Großmutter steht wie schockgefroren da. »Ich glaube, ich brauche mehr Details.«

Ich schlucke den Bissen runter und lege den restlichen Laib Käse wieder hin. »Meine Chefin hat ihn in der Bar um die Ecke getroffen und ihm einen Job angeboten. Er hat angenommen, und jetzt arbeiten wir zusammen. Absurd, ich weiß.«

»Ja, sehr *absurd*«, sagt Ani und mustert mich skeptisch, als würde sie mir nicht glauben. Ich kann es ihr nicht verübeln. Wie sie bereits gesagt hat, sind die Umstände wirklich *absurd.*

»Und er kann sich immer noch nicht an dich erinnern?«

»Nein. Und wir haben auch nicht mehr darüber geredet.«

Meine Großmutter schweigt einen Augenblick, dann nimmt sie einen tiefen Atemzug. »Schätzchen, du weißt, dass ich grundsätzlich immer dafür bin, sich auch den besonders brenzligen Situationen zu stellen, aber ich mache mir Sorgen um dich. Wenn dich die Situation so sehr mitnimmt, glaube ich, dass es das Beste wäre, wenn du kündigst.«

Ich zucke mit den Schultern. »Darüber habe ich auch nachgedacht, mich aber inzwischen dagegen entschieden. Ich lasse mich nicht einfach so von ihm rausscheuchen, und außerdem ist es auch gar nicht so schlimm wie erwartet.«

Nur tausendmal schlimmer.

Wieder schaut sie argwöhnisch drein, was mich daran erinnert, wie ich ihr als Kind den Kosenamen *Sherlock Ani* gegeben habe. Sie wusste immer, wann ich lüge, und gab erst dann nach, wenn der Fall gelöst war. Hoffentlich ist mein Pokerface inzwischen etwas glaubwürdiger als mit vier.

Ihre Hand ruht auf ihrer Wange, ihr Blick ist zweifelnd. Schließlich seufzt sie und lässt die Hand wieder sinken.

»Ich habe kein gutes Gefühl dabei, Schätzchen.«

»Mach dir keine Sorgen. Das wird schon.«

Anis Blick spricht Bände, aber sie sagt nichts mehr.

»Wie auch immer.« Ich schnappe mir den Käse und lege ihn zurück in den Kühlschrank. »Ich geh kurz hoch und leg mich hin.«

»Bleibst du über Nacht?«

Ich bin bereits an der Treppe, als ich antworte: »Ja, ich glaub schon.«

In meinem alten Zimmer angekommen, verriegele ich die

Tür hinter mir und rüttele am Knauf, um sicherzustellen, dass sie wirklich zu ist. Eigentlich ist die Wahrscheinlichkeit, dass Ani einfach so hier reinplatzt, ziemlich gering, aber sicher ist sicher. Mit zügigen Schritten bewege ich mich auf meinen alten Kleiderschrank zu und begrüße Anakin Skywalker, der als Poster an der Innentür klebt. Nach kurzem Rumwühlen finde ich, wonach ich suche.

Lukes Jacke. Kalt, staubig, aber noch immer dieselbe. Ich habe sie all die Jahre aufgehoben, weil ich es nicht übers Herz gebracht habe, sie wegzuschmeißen. Früher, wenn es mir richtig mies ging, kramte ich sie hervor, zog sie an und versank in Selbstmitleid.

So wie jetzt. Das ist der wahre Grund, warum ich hergekommen bin. Ich brauche diese Jacke, weil ich nicht mehr länger so tun kann, als wäre alles okay. Luke blöd zu finden ist fast genauso anstrengend wie ihn zu vermissen. Es zerreißt mich innerlich.

Ich schlüpfe in die Jacke, die bis auf die abstehenden Ärmel perfekt sitzt, und ziehe den Verschluss bis zum Anschlag. Mein altes Bett ist schon länger nicht mehr frisch bezogen worden, trotzdem ziehe ich die Bettdecke über meine Schultern und kuschele mich ein.

Und dann weine ich. Weine um mich, um ihn, um und das Wir, das es nie gab und nie geben wird. Im Nachhinein wünschte ich, ich hätte ihn nie wiedergesehen. Dann könnte ich mir jetzt weiterhin einreden, dass er noch irgendwo da draußen in der Welt ist und ein glückliches Leben führt. Ich würde ihn nie vergessen und immer mal wieder an unsere gemeinsame Nacht denken. An unsere perfekte Nacht voller Versprechen.

Doch sie war nicht perfekt. Ich schluchze in seine Jacke.

Sie war eine Lüge.

18. KAPITEL

Luke

Die Lesung läuft schon seit über einer Stunde. Wider Erwarten hat alles reibungslos funktioniert. Ich habe den Hipster-Typen den Zettel von Tina unterschreiben lassen, und dann sind genau zehn Leute gekommen, die nun vor der Autorin – Ellen irgendwas – sitzen und gebannt zuhören. Hier und da folgen ein paar Lacher, aber ich verstehe nicht, worum es geht, weil die Lesung auf Englisch ist. Sprachen und ich standen schon immer auf Kriegsfuß. Mein Ausfall bei der Englisch-Abiturprüfung nagt nach all den Jahren noch immer an mir.

Ich stütze meine Hände auf dem Tresen ab und atme erschöpft durch. Der Tag war lang. Ich fühle mich ausgebrannt und gleichzeitig unter Strom. Eine ziemlich miese Mischung.

Außerdem hasst mich Sydney jetzt noch mehr, was vielleicht weniger verwirrend wäre, wenn sie sich vorhin nicht für mich eingesetzt hätte. Wenn sie wollte, dass ich Ärger kriege, warum hat sie mich dann nicht gleich auflaufen lassen? Ich verstehe sie einfach nicht.

Wenigstens habe ich noch meinen Job. Bei meinen vorherigen Arbeitsplätzen wäre ich nach dieser Aktion fristlos gekündigt worden. Vielleicht befinde ich mich ja in einem Paralleluniversum, in dem ich zum ersten Mal nicht vom Unglück verfolgt werde. Das würde zumindest erklären, warum mein Leben verkehrte Welt spielt. Glück im Leben, Pech in der Liebe.

Moment, Liebe? Habe ich das gerade wirklich gedacht? O Mann, ich muss echt ins Bett.

Mein Handy surrt auf dem Tresen und zeigt mir das Gesicht von Vince an. Eigentlich habe ich keine Lust, mit ihm zu reden, bringe es aber auch nicht über mich, ihn schon wieder wegzudrücken.

»Hey«, sage ich leise.

»Hey.« Durch die andere Leitung dröhnt Straßenlärm. »Wo bist du gerade?«

»Äh, zu Hause«, lüge ich.

»Ah, zu Hause.« Er schweigt kurz. »Hast du noch Bock, was zu machen?«

Ich wechsele das Handy in die andere Hand und massiere meinen Nacken. »Ein anderes Mal, okay? Ich bin echt fertig.«

»Schafft dich die Arbeit?«

»Ja. Ist echt hart gerade.«

Wieder zögert er. »Na dann. Wir sehen uns.« Er legt auf, ohne sich zu verabschieden. Im nächsten Moment ertönt ein Klopfen vom Fenster. Ich drehe mich um und erstarre.

Fuck. Vince steht vor der Tür und bedenkt mich mit einem enttäuschten Blick. Kann dieser Tag eigentlich noch beschissener werden?

»Hey, Mann«, begrüßt er mich, als ich ihm aufschließe. »Nette Bude. Wusste gar nicht, dass du umgezogen bist.«

»Pst, etwas leiser, hier ist gerade eine Lesung.«

»Oh, eine Lesung«, wiederholt er spöttisch. »Charmant.«

»Komm mit.« Ich führe ihn hinter den Tresen und durchforste mein Hirn im Schnelldurchlauf nach einer glaubwürdigen Erklärung. Aber mir will nichts einfallen. Shit. Ich wollte echt nicht, dass er es auf *diese* Weise erfährt.

»Wie hast du mich gefunden?«

»Die Ortungs-App.« Vince hält sein Handy hoch.

Die Ortungs-App, natürlich. Seit jener traumatischen Nacht, die unser gesamtes Leben für immer verändert hat, haben wir immer die Ortung aktiviert, um zu wissen, wo der andere steckt. Bis jetzt haben wir noch keinen Gebrauch davon gemacht, deshalb hatte ich sie völlig vergessen. Eigentlich hätte ich Vince nicht für einen Stalker gehalten, aber nachdem ich ihm in den letzten Wochen so offenkundig ausgewichen bin, verstehe ich ihn.

»Du hast mich angelogen«, stellt er fest und verschränkt die Arme vor seinem dunkelblauen Hemd. Er trägt immer Hemden, selbst in seiner Freizeit. Unser Kontrast könnte in diesem Moment nicht stärker sein. Am liebsten würde ich hinter meiner Schürze verschwinden.

»Ich weiß«, sage ich resigniert.

»Warum?«

»Warum wohl? Weil es mir peinlich war.«

»Dass du hier arbeitest?« Er klopft gegen die Kaffeemaschine. »Glaubst du ernsthaft, dass mich das juckt?«

»Nicht dich, aber mich. Ich hatte einfach keinen Nerv für dieses Gespräch.«

»Welches Gespräch?«

Und dann sprudeln die Worte einfach so aus mir heraus. »Das Gespräch darüber, wie ich von meinem Vater gefeuert wurde, weil er sich einen Scheiß für mich interessiert. Dass ich jetzt dreiundzwanzig bin, immer noch nach meinem Weg suche, aber Kaffee koche, weil mir nichts anderes mehr übrig geblieben ist.« Und ich nichts anderes kann, füge ich gedanklich hinzu.

»Du hast also wie immer alles verdrängt.«

Ich antworte nicht, weil er recht hat. Und weil ich mich schäme. Wochenlang habe ich meinen besten Freund, den wichtigsten Menschen in meinem Leben, ignoriert und belogen.

»Weißt du was? Ich verstehe dich sogar.« Er lächelt traurig. »Dein Vater ist ein Mistkerl.«

»Er hat mich nicht einmal gefragt, wo ich jetzt arbeite. Stattdessen hat er Timo vorgeschickt. Ach, und die letzte Einladung zur Gala kam übrigens per E-Mail. Per E-Mail«, wiederhole ich aufgebracht. »Ich wette, der Hund seines Partners hat eine freundlichere Einladung bekommen.«

Vince mustert mich schweigend, dann setzt er zu einer Antwort an, verstummt jedoch wieder. Vermutlich will er mir irgendwas schonend beibringen, weiß aber nicht wie.

»Sag einfach«, fordere ich ihn müde auf.

Seine Lippen kräuseln sich, ehe er endlich spricht. »Eigentlich will ich nicht weiter in der Wunde bohren, aber der Kerl ist nun mal so und wird sich auch nie ändern. Wundert dich sein Verhalten wirklich?«

Wie immer trifft er ins Schwarze. »Nein, eigentlich nicht. Wobei – offenbar schon. Ein Teil von mir hofft wohl noch immer auf seine Anerkennung. Ich bin so ein Depp.«

»Ja, das bist du.« Er grinst, und ich lächele halbherzig.

»Sorry noch mal«, sage ich. »Das mit dem Lügen war mies.«

Er schnipst mir gegen die Stirn, was überraschend wehtut. »Hör auf zu jammern und gib mir eins von diesen Dingern.« Er deutet auf einen Schokomuffin.

»Klar, das macht eins siebzig. Freundschaftsrabatt inbegriffen.«

»Du Sack!« Vince lacht und mopst ihn sich trotzdem von der Theke. Wie immer riecht er erst daran, bevor er reinbeißt und zustimmend nickt, als würde ihm die Masse in seinem Mund schmecken. Ich schmunzele über diesen kleinen Tick.

»Also, wie lebt es sich hier?«, erkundigt er sich und wischt sich ein paar Krümel vom Hemd.

Ich drehe mich kurz zu den Gästen, um sicherzustellen, dass

wir nicht zu laut sind, dann berichte ich ihm in einer Kurzfassung von den letzten Wochen.

»Das heißt also, dass du weißt, wie man mit diesem Ding umgeht?« Vince deutet auf die riesige Maschine vor uns.

»Ja, so langsam kriege ich den Dreh raus.«

»Krass.«

»Das ist nur Kaffeekochen.«

»Na und? Ich könnte so was im Leben nicht.«

Bei jedem anderen würde ich denken, dass er es nur sagt, um mich aufzuheitern. Aber Vince ist nicht so. Was ich am meisten an ihm schätze, ist seine Ehrlichkeit.

»Gefällt es dir denn?«, fragt er weiter.

Ich nicke. »Die Arbeit ist zwar echt anstrengend und mein Vater würde sich im Grabe umdrehen, wenn er tot wäre – aber ja. Es gefällt mir. Nur das mit der Lesung heute ist irgendwie blöd gelaufen«, gestehe ich. »Eigentlich veranstaltet das Café keine privaten Events, aber ich konnte wie immer nicht meinen Mund halten und habe die Leute einfach eingeladen, als würde der Laden mir gehören.«

Vince lacht laut auf. »Wie kann man nur so impulsiv sein?«

»Keine Ahnung«, grummele ich und werfe einen nassen Lappen in Richtung Spüle, die ich nicht einmal treffe. Stattdessen landet das Ding klatschend auf dem Boden.

Versager.

»Aber um ehrlich zu sein passt das zu dir.«

»Dass ich keine Regeln befolge?«

»Ja, das auch. Und dass du Events planst. Früher hast du immer die coolsten Partys geschmissen. Das ist vielleicht ein komischer Vergleich, aber ich hatte immer das Gefühl, dass dir der Eventbereich liegt.«

Da ist was dran. Schon als Teenager mochte ich es, einen Ort zu erschaffen, an dem sich alle wohlfühlten und Spaß hatten. Vince und die anderen lachten mich oft dafür aus, dass ich mir schon im Voraus Gedanken über die Location, Musik und Getränke machte, aber die Mühe war es immer wert. Meine Partys waren so beliebt, dass sie schon etwas Exklusives an sich hatten. Einfach jeder wollte kommen.

»Wie sieht's eigentlich mit den Kollegen aus?«, wechselt Vince das Thema und schnappt sich Muffin Nummer zwei. »Alle nett? Alle heiß?«

»Nett und heiß, bis auf eine. Die ist nur heiß.«

»Nicht nett?« Diesmal verschlingt er das Küchlein in nur einem Bissen.

»Nein, zumindest nicht zu mir. Sie hasst mich.«

»O nein.« Vince mustert mich tadelnd. »Hast du etwa schon wieder das mit der Sojasoße vorgeschlagen?«

Das hat man davon, wenn man seinem besten Freund alles erzählt. »Nein, habe ich nicht, und du hast geschworen, dass wir nie wieder darüber reden!«

Plötzlich dröhnt Applaus. Offenbar neigt sich die Lesung dem Ende zu.

»Und warum hasst sie dich?« fragt er weiter. »Was hast du angestellt?«

Wenn ich das bloß wüsste. »Nichts. Sie hasst mich einfach. Alles, was ich sage, kriegt sie in den falschen Hals. Ich muss sie nur anlächeln, und sie rastet aus.«

»Schon mal daran gedacht, dass das daran liegt, dass du so hässlich bist?«

Ich verdrehe die Augen. »Im Ernst. Ich weiß nicht, was in sie gefahren ist. Ich will einfach nur, dass wir uns verstehen. Ein paar nette Worte unter Kollegen. Ist das zu viel verlangt?«

Vince mustert mich einen Moment lang stumm. Sein Blick ist prüfend und konzentriert, wie ein Detektiv, der kurz davorsteht, einen Fall zu lösen.

»Du magst sie, oder?«

»Was?« Was für ein lausiger Detektiv. »Ich kenne sie doch gar nicht. Außerdem mag ich ganz sicher nicht jemanden, der so dreist und unhöflich ist, du Arsch.«

Vince prustet los. »*Sie* ist also dreist und unhöflich?«

»Fick dich.«

»Warum wirst du denn gleich so persönlich? Redest du auch mit ihr so? Wenn ja, dann verstehe ich ihre Abneigung.«

Ich schließe mich seinem Lachen an. »Wenn's doch nur so wäre. Nein, ich muss bei jedem Wort aufpassen, was ich sage. Sie ist anstrengend, okay? Ich mag sie nicht.«

»Aber du würdest sie gerne vögeln?«

Plötzlich werde ich so rot wie ein Teenager, der von seinen Eltern beim Masturbieren erwischt wird. Mein Feuerkopf spiegelt sich sogar in der Kaffeemaschine wider. Der Grund dafür ist, dass mir ganz bestimmte Bilder in den Kopf schießen. Es sind dieselben, die mir auch in der Nacht kommen. Kleine Bildschnipsel, die wie aus einer Zeitschrift herausgeschnitten sind und durch meine Gedanken wuseln. Schnipsel ihrer glänzenden Augen, ihrer vollen Lippen, ihres frechen Lächelns, ihrer langen Beine. Und dann, wenn die Bilder mich zu ersticken drohen, lasse ich meine Hand in meine Boxershorts wandern, um den Druck zu lindern. Das Problem ist, dass ich mich danach nicht befreit, sondern noch immer gefangen fühle.

»Dein Schweigen deute ich mal als ein Ja.«

Ich verzichte darauf, es abzustreiten. »Aber daraus wird sowieso nichts. Sie …«

»Hasst dich«, beendet Vince meinen Satz. »Ja, hab's kapiert. Aber hast du noch nie davon gehört, dass das Hass- und das Lustzentrum in derselben Gehirnregion sind?«

»Seit ich Sydney kenne, widerlege ich diese Theorie.«

Vince knüllt das leere Muffinpapier zusammen und lässt den Blick durch das Café schweifen. »Wann arbeitet ihr das nächste Mal wieder zusammen? Ich würde sie mir gerne mal ansehen.«

Ansehen?

»Sie ist doch kein Museumsobjekt! Wobei … Ich glaube, ihre Freundinnen waren letztens auch da, um mich abzuchecken. So hat es zumindest gewirkt.«

»Oh, das ist ein gutes Zeichen. Das heißt, dass sie über dich geredet hat.«

Ob das wirklich stimmt? Hat Sydney über mich geredet? Irgendwie kann ich es mir nicht vorstellen, zumindest nicht, ohne dass sie dabei eine Voodoo-Puppe mit meinem Gesicht in der Hand hält und wild auf ihren Brustkorb einpikt.

»Außerdem ist das der Klassiker unter den Klassikern. Wir sind fies zu den Leuten, die wir mögen. War schon immer so.«

»Bei mir nicht«, wende ich nachdenklich ein. »Ich war immer besonders nett zu den Mädchen, die ich mochte.«

»Also magst du sie doch.« Vince klatscht sich selbst ab. »Ich wusste es.«

Ich verdrehe die Augen. »Hör auf. Ich mag sie wirklich nicht.«

»Je öfter du es abstreitest, desto armseliger wird es. Willst du meinen Rat hören? Ignorier sie. Das wird sie verwirren.«

»Nein, nein, nein.« Ich schüttele entschieden den Kopf. »Ich werde ganz sicher nicht mit diesen kindischen Machtspielchen anfangen. Auf diese Weise wird sie mich erst recht nie mögen.«

O Shit.

»Sag jetzt nichts«, warne ich ihn.

»Ich doch nicht.« Er zwinkert, worauf ich ihn nur noch böser anfunkele.

19. KAPITEL

Sydney

Manchmal braucht es nur eine Mütze Schlaf, um die Welt in einem ganz anderen Licht erstrahlen zu lassen. Gestern noch habe ich in Lukes Jacke geschluchzt, heute fühle ich mich frisch, erholt und voller Tatendrang. Bei Ani schlafe immer besser als bei mir. Hier ist es so still, warm und gemütlich. Ein Teil von mir würde am liebsten den ganzen Samstag damit verbringen, faul im Bett zu lümmeln und sich von Großmutter bekochen zu lassen. Aber ich habe Pläne, für die schon alles bereit liegt. Fehlen nur noch meine beiden Freundinnen.

Da Mayas Schlafrhythmus dem eines Vampirs gleicht, beschließe ich, es zuerst bei Vicky zu versuchen.

»Hey, Syd«, begrüßt sie mich nach dem zweiten Klingeln.

»Hey, was machst du gerade?«

»Ich lade meinen Vibrator auf, und du?«

Sie sagt es so beiläufig, als würde sie Wäsche falten. Ich muss kichern, als ich höre, wie ein Stecker eingeklickt wird. »Cool. Ich bin gerade erst aufgestanden und wollte fragen, was heute so ansteht. Außer Masturbieren meine ich.«

»Oh, dann nichts.«

»Habt ihr Lust, vorbeizukommen? Ich bin noch bei Ani.«

»Du meinst, wir sollen freiwillig eine Stunde lang ins spießige Wilmersdorf fahren?«

»Bloß eine halbe Stunde, du Übertreiberin. Also – ja?«

»Warte kurz.« Es raschelt am anderen Ende der Leitung. Dann ein ohrenbetäubender Schrei. »MAAYAAA.«

Au, mein Ohr.

»Ich glaube, sie schläft noch«, meint Vicky.

»Tu ich nicht«, höre ich Mayas gedämpfte Stimme. »Wie soll man schlafen, wenn du so rumbrüllst?«

»Sydney fragt, ob wir sie bei Ani besuchen wollen.«

»Im spießigen Wilmersdorf?«

Wieder raschelt es, dann habe ich Maya in der Leitung. Sie klingt noch müde und nuschelt ein wenig. »Morgen, Syd. Was hast du vor?«

»Ein Ausflug«, sage ich beschwingt. »Seid ihr dabei?«

»Wohin denn?«

»Das ist eine Überraschung. Aber es wird cool, versprochen. Wir drei sind wie Carrie, die bei dieser einen Folge von *Sex and the City* mit Aiden raus aufs Land fährt. Stadtkinder treffen auf die Schönheit der Natur.«

»Schönen Dank auch, Spoilerin!«

»Hey, *Sex and The City* ist zwanzig Jahre alt. Selbst schuld, wenn du es noch nicht gesehen hast.«

Maya gibt unschlüssige Hm-Laute von sich, ehe sie schließlich einwilligt. »Na schön. Aber kein Wandern, Klettern oder eine andere anstrengend körperliche Aktivität.«

Ich grinse in mich hinein. Die einzigen Momente, in denen Maya schwitzt, sind beim Skateboardfahren oder in der Sauna.

»Deal.«

*

Während Ani und ich frühstücken – wobei ich frühstücke und sie angesichts der Uhrzeit schon zu Mittag isst –, klingelt es an der Tür.

»Das sind bestimmt die beiden.« Aufgeregt lasse ich mein angebissenes Brötchen auf den Teller fallen und rase auf die Tür zu, um ihnen zu öffnen.

»Hey, ihr zwei«, begrüße ich meine Freundinnen, die sich zu meiner Überraschung ziemlich rausgeputzt haben. Maya trägt eine kurze blaue Hose, dazu ein schwarzes Crop Top und mehrere Ketten um den Hals. Mit dabei ist natürlich ihr geliebtes Skateboard. Vicky ist wie immer bunt und schrill angezogen und trägt ein langes Kleid mit rot-orangefarbenen Dreiecksmustern, das bei näherem Betrachten gar kein richtiges Kleid ist, sondern aus einem kurzen Top und langen Rock besteht.

Die beiden gesellen sich zu Ani an den Tisch, während ich schnell nach oben flitze und die restlichen Sachen zusammenpacke. Getränke, Handtücher, Flipflops. Tupperdosen, Brot, Geschirr, Besteck. Hoffentlich vergesse ich nichts.

Als ich runterkomme, beäugen Vicky und Maya meine voll beladene Tasche, verkneifen sich aber sämtliche Kommentare. Vermutlich wollen sie damit warten, bis wir unterwegs sind.

»Dürfen wir dein Auto nehmen?«, frage ich Ani und gebe mir bei meinem Hundeblick besonders Mühe.

»Meinetwegen«, murrt sie, da sie dem Sydney-Charme noch nie widerstehen konnte. »Aber könnt ihr auf dem Rückweg einkaufen gehen?«

»Klar, schreib mir einfach eine Liste. Also dann. Los geht's.«

Vicky und Maya erheben sich, ächzen dabei aber, als wären sie achtzig und mit zu schweren Knochen ausgestattet. Wir verabschieden uns, dann steigen wir in Anis gelben Käfer, der zwar ziemlich cool und retro ist, aber aufgrund seiner Abgase dem Klimawandel keinen Gefallen tut. Ich fahre nur ungern mit ihm, aber heute brauchen wir ein Auto.

»Wohin fahren wir?«, fragt Maya, kaum dass wir im Auto sitzen.

»Auf einen Ausflug, habe ich doch gesagt«, entgegne ich, während ich langsam ausparke. Ich bin schon eine Weile nicht mehr gefahren, komme aber meistens schnell wieder rein.

»Ja, aber wohin?«, hakt sie nach.

»Nach Brandenburg«, erwidere ich vage.

»Was gibt es denn in Brandenburg?«, überlegt Vicky und bemüht sich nicht einmal darum, ihren missbilligenden Tonfall zu kaschieren. Sie ist ein typisches Stadtkind.

»Ich habe gestern einen hübschen Ort bei Pinterest gefunden. Der Blogpost, zu dem ich weitergeleitet wurde, hieß ›Die fünf schönsten Orte in Berlin und Umgebung‹. Das wird bestimmt cool.«

»Fahren wir in einen Wald?«, rät Maya.

»Gehen wir picknicken?«, fragt Vicky.

Ich seufze. »Ja und ja. Aber mehr sage ich nicht. Geduldet euch etwas.«

Die beiden quengeln weiter auf der Rückbank, doch ich ignoriere sie und konzentriere mich auf das Navi. Vierzig Minuten dauert die Fahrt, dann ein kurzer Fußweg. Ein vorfreudiges Grinsen breitet sich auf meinem Gesicht aus.

*

Als wir unser Ziel erreichen, klappt mir vor Entzückung der Mund auf. Vor uns erstreckt sich ein kleiner idyllischer See, der inmitten eines dicht bewachsenen Waldes liegt. In echt sieht er noch viel schöner aus als auf dem Pinterest-Bild.

Leider fällt die Reaktion meiner Freundinnen nicht ganz so begeistert aus, wie erhofft.

»Nacktbaden? Ernsthaft?« Vickys Augen stieren vom See zurück zu mir und wieder zum See. »Ich habe nichts zum Anziehen dabei!«

»Das ist ja auch der Witz beim Nacktbaden. Man badet *nackt*. Außerdem habe ich Schlappen und Handtücher dabei.«

»Du hast versprochen, dass wir keine anstrengenden körperlichen Aktivitäten machen müssen«, klagt Maya.

»Baden ist keine anstrengende körperliche Aktivität. Kommt schon, Leute«, versuche ich sie zu motivieren und hebe feierlich die Hände in die Luft. »Wir haben einen wunderschönen Sommertag. Bald wird es für die nächsten Monate nur noch kalt sein und regnen. Außerdem sind wir die Einzigen weit und breit.« Ich deute auf die dunklen Baumstämme, die mit ihren mintgrünen Blättern und dem glitzernden Sonnenlicht, das durch ihre Baumkronen scheint, etwas von einem verwunschenen Mädchenwald haben.

»Ja, das ist gruselig«, meint Vicky. »Ein Wald ohne Menschen. Drei junge Frauen, die nackt im See baden, und bum! Ein seltsamer Mann taucht aus dem Gebüsch auf. In seiner Hand … eine Kettensäge! Und dann verspeist uns das Monster von Loch Ness, das in den Tiefen dieses Sumpfes wohnt!«

Vicky und ihre Dramatik …

»Das Monster von Loch Ness wohnt in Schottland, du kannst also beruhigt sein. Außerdem ist das Wasser klar und wunderschön. Und jetzt ausziehen.«

»Vergiss es.« Vicky verschränkt bockig die Hände vor der Brust. »Nichts gegen das Nacktbaden, aber nicht in einem schleimigen See!«

Ich ziehe eine enttäuschte Schnute. So war das definitiv nicht geplant. Nachdem ich gestern meiner FUL-Liste (kurz für *Fuck U, Luke!*) endlich einen Namen gegeben hatte, wollte ich keine weitere Zeit verlieren und endlich handeln. In meiner Vorstellung habe ich uns drei fröhlich im Wasser plantschend gesehen, aber daraus wird wohl nichts mehr.

»Wie ihr wollt«, gebe ich mich geschlagen. »Ich gehe einfach alleine rein. Wartet im Auto auf mich, ich komm gleich nach.«

Kurz entschlossen stampfe ich auf den See zu, schäle mich aus meinen Klamotten und lege sie gefaltet auf der Tasche ab. Eine kühle, nach Wald riechende Sommerbrise, streicht über meinen Körper, und meine Brustwarzen stellen sich auf. Splitterfasernackt inmitten der Natur zu sein fühlt sich irgendwie verrucht und befreiend zugleich an. Kein Wunder, dass Luke gerne nackt schläft.

Mist. Ich wollte heute doch nicht an ihn denken. Schnell schüttele ich meinen letzten Gedanken ab und überwinde die letzten Schritte zum Ufer. Die Sonne strahlt heiß auf uns nieder. Tausend kleine Diamanten tanzen auf der Wasseroberfläche. Es ist bereits Mitte September, doch wir haben so viel Glück mit dem Wetter, dass es schon fast lächerlich ist. Als ich meinen großen Zeh ins Wasser tauche, entfährt mir ein kleiner Schrei. Scheiße, ist das kalt. Ob ich es wirklich schaffe, in diesem Polarmeer zu baden?

Ja, ich muss. Außerdem bin ich schon hier, und will den ganzen Sprit nicht umsonst verschwendet haben.

Los Sydney, feuere ich mich an. Du schaffst das. *Go Sydney, go Sydney!*

Gerade, als ich mit Anlauf einfach reinrennen will, erscheint etwas in meinem Augenwinkel. Auf einer höheren Ebene ist ein Seil an einem dicken Ast befestigt, das dazu dient, mit Aufschwung in den See zu springen.

Das ist ein Zeichen! Die Aliens haben mir diese Liane geschickt, damit ich »nackt baden« von der Liste streichen kann. Manchmal ist auf diesen kleinen Teufel wirklich Verlass.

»Danke, Aliens«, rufe ich in den strahlend blauen Himmel und mache mich daran, auf die Ebene zu klettern. Ich muss mich dabei an allem festhalten, was mir in die Hände kommt, weil der Boden ziemlich matschig und uneben ist. Als ich mein Ziel endlich erreiche, überkommt mich ganz kurz Panik. Von hier oben sieht der Sprung viel höher und gefährlicher aus. Außerdem wirkt der See irgendwie dunkel und bedrohlich, und er riecht auch ein wenig modrig. Vielleicht wohnt hier wirklich ein Seemonster und hat es nicht gern, wenn fremde Leute nackt in ihr Heim springen. Das würde auch erklären, warum außer uns hier niemand ist.

Nein. Das ist doch nur meine übliche Angst, die mich davon abhalten will, etwas Neues zu probieren. Doch diesmal ist der Wille stärker. Ich schließe die Augen, umklammere das Seil, nehme kräftigen Schwung, ahme Tarzans Gejohle nach – und dann schwebe ich in der Luft. Ich kneife die Augen zu, während es sich so anfühlt, als würde ich ewig fallen. Dann lande ich im sprudelnden Wasser und tauche im nächsten Moment wieder auf. Eigentlich wollte ich meine Haare nicht nass machen. Außerdem bin ich geschminkt. Aber gerade ist mir alles egal. Ich bin splitterfasernackt im Wasser, und es ist einfach nur herrlich.

Vicky und Maya stehen noch immer am Ufer und blinzeln gegen die Sonne.

»Ist es kalt?«, ruft Vicky mir zu.

»Nur am Anfang kurz.«

Die beiden werfen sich einen kurzen unschlüssigen Blick zu. Dann befreien auch sie sich von ihren Kleidern, klettern auf den Vorsprung und schwingen sich nacheinander in den See. Zwei Mal klatscht es laut, dann wirft das Wasser kleine Wellen. Beide quieken auf, da das Wasser möglicherweise kälter ist als beschrieben.

»Was hat eure Entscheidung geändert?«

»Was wohl?« Maya stupst mich lächelnd an der Schulter.

»Du bist unsere beste Freundin und machst gerade eine harte Zeit durch. Natürlich sind wir für dich da.«

»Außerdem sah es lustig aus, wie du reingesprungen bist«, gesteht Vicky und lässt sich auf dem Rücken des klaren Wassers treiben.

»Danke, Leute.« Mit einem Mal bin ich den Tränen nahe. »Das hier bedeutet mir wirklich viel.«

»Aber warne uns nächstes Mal bitte trotzdem vor«, meint Maya. »Du weißt doch, dass ich Überraschungen hasse.«

Ich nicke. »Versprochen.«

Kurz huscht mein Blick zu ihren Körpern, die sich ganz ungezwungen im Wasser bewegen. Obwohl es das erste Mal ist, dass wir uns alle nackt sehen, fühlt es sich nicht komisch an. Ich wusste gar nicht, dass Maya ein Tattoo unterhalb ihrer linken Brust hat. Bisher kannte ich nur den Kompass an ihrem Unterarm und die Lotusblüte auf dem Rücken. Aber da ich nicht zu offensichtlich auf ihren Busen starren will, kann ich den Schriftzug nicht erkennen.

Vicky hat keine Tattoos, dafür aber ein Bauchnabelpiercing mit einem schwarzen Stein. Ich war damals dabei, als sie es stechen ließ, hatte aber bis zu diesem Moment vergessen, dass es existiert.

»Hey, was steht eigentlich auf eurer Liste?«, frage ich die beiden.

Vicky zögert und senkt den Blick. »Ich verrate es euch, aber wehe, ihr lacht.«

»Als ob wir über deine Träume lachen würden«, sage ich ernst.

»Es sei denn, du wünscht dir eine neue Toy-Box, weil deine alte zu voll ist«, stichelt Maya.

Vicky schweigt.

»Warte. Das ist nicht dein Ernst!« Maya prustet lauthals los, und obwohl ich versprochen hatte, nicht zu lachen, kann auch ich nicht anders.

»Schönen Dank für euer Verständnis«, sagt Vicky ehrlich gekränkt, woraufhin ich sofort ein schlechtes Gewissen bekomme. »Und nein, es geht mir nicht um eine Toy-Box, sondern darum, ganz offen zu meiner Lust am Sex zu stehen und mich nicht dafür zu schämen. Bei euch weiß ich, dass ihr mich niemals verurteilt, aber die meisten würden mich für eine Schlampe halten, wenn ich einfach so in einen Sexshop gehen würde. Dabei will ich eigentlich darauf scheißen, was andere von mir denken, und einfach in so einen Laden spazieren.«

Ich lasse meine Zehen aus dem Wasser auftauchen, während ich über ihre Worte nachdenke. »Dann lass uns doch zusammen gehen«, schlage ich vor. »Zu dritt ist es bestimmt leichter als allein.«

»Ist das dein Ernst?«, fragt Vicky mit großen Augen.

»Bist du high?«, schiebt Maya skeptisch hinterher.

»Nein.« Ich grinse. »Aber jetzt, wo du es sagst. Das steht auch auf meiner Liste. Aber eins nach dem anderen. Wenn wir später gehen, können wir anschließend in die Stadt fahren und irgendwas Nettes für dich kaufen, Vick.«

»Für uns, meinst du«, korrigiert mich Vicky.

»Bäh, ich teile mir ganz sicher kein Sexspielzeug mit euch!« Maya verzieht das Gesicht wie ein Kind, das Rosenkohl gegessen hat.

»Ich meinte ja auch für jeden was Eigenes.«

»Nee, das ist nicht so mein Ding«, winke ich ab und verschweige den beiden, dass ich den Hype um Sex irgendwie überbewertet finde.

»Und ob es das ist. Du weißt es nur noch nicht. Ihr Mädels müsst dringend euren eigenen Körper kennenlernen.«

»Ich kenne meinen Körper«, protestiere ich.

»Ach ja, tust du das?« Vicky verdreht die Augen. »Die meisten Frauen, die ich kenne, trauen sich nicht, sich selbst zu berühren. Dabei ist Sex mit sich selbst das Schönste überhaupt. Niemand kennt deinen Körper besser als du selbst. Vorausgesetzt, du setzt dich mit ihm auseinander.«

Verdammt, jetzt komme ich mir noch prüder vor. Und bei Vicky ist Widerstand ohnehin zwecklos. Außerdem – und das würde ich niemals laut zugeben – würde es mich tatsächlich interessieren, ob dieses ganze Spielzeug seinem Wirbel gerecht wird.

Vielleicht hat sie recht. Vielleicht muss ich meinen Körper erst richtig kennenlernen, um wirklichen Gefallen an Sex zu finden.

»Also gut. Nach unserem Picknick geht es in den nächsten Sexshop!« O Mann, ich hätte nie gedacht, dass ich das mal laut sagen würde.

»Was steht eigentlich auf deiner Liste, Maya?«, fragt Vicky sie.

»Kein Besuch im Sexshop, so viel ist sicher.«

Wir lachen alle, dann hake ich weiter nach. »Und was dann?«

Etwas in Mayas Ausdruck ändert sich. »Ich glaube, es steht nur eine Sache auf der Liste.«

»Und was?«

Sie mustert uns kurz schweigend. Dann: »Ich verrate es euch, aber nur, wenn ihr mir versprecht, nicht nachzubohren.«

Die Frau weiß, wie man einen Spannungsbogen herstellt.

»Versprochen«, sagen Vicky und ich im Chor.

»Okay.« Sie holt tief Luft. »Ich will … frei sein.«

Frei sein?

»Wovon denn? Oder wovor?«

»Na, na, na!«, fällt Maya mir ins Wort. »Keine Fragen, Syd, keine Fragen.«

20. KAPITEL

Luke

Ich stalke sie auf Instagram. So weit ist es schon gekommen. Und nicht nur das: Damit ich mir ihre Storys ansehen kann, ohne dass sie weiß, dass ich es bin, habe ich allen Ernstes meinen Namen geändert, mein Bild rausgenommen, und mein Profil auf privat gestellt.

Eingewickelt in ein Handtuch steht sie da und grinst in die Kamera. Die Haare nass wie ein begossener Pudel, das Gesicht mit Schminke verschmiert. Und doch strahlt sie, als würde sie über den roten Teppich schreiten. Hinter ihr glänzt ein kleiner See, der von Büschen und Bäumen umrahmt wird. Ihre Bildunterschrift verrät, dass sie nackt baden war.

Danke, Sydney, beschimpfe ich sie in meinem Kopf. Jetzt werde ich heute Nacht wieder kein Auge zukriegen, weil mich die Schnipsel deines nackten, nassen, perfekten Körpers verfolgen werden.

Schnell werfe ich einen Blick zu Vince und Wuffi, die an der Bar stehen und darauf warten, dass ihnen die Getränke gebracht werden. Die beiden geben ein lustiges Paar ab: Vince im Fast-Anzug und Wuffi im Jogging-Anzug.

Vince hat mich vorhin spontan gefragt, ob wir mit ein paar Freunden in eine Bar gehen wollen. Obwohl ich eigentlich keine Lust hatte, habe ich mich nach unserem gestrigen Gespräch irgendwie verpflichtet gefühlt, zuzusagen. Ich habe auch Lennart eingeladen, weil ich glaube, dass er und Vince sich auch gut verstehen würden. Bisher sind wir noch zu dritt, und ein bisschen hoffe ich, dass das auch so bleibt. Mir sind kleine Runden immer lieber.

Ich sollte das Handy wegpacken, bevor sie wiederkommen, aber in dem Moment, als ich die App schließen will, wird die nächste Story abgespielt, und ich verschlucke mich fast an meiner Zunge.

Sie war in einem Sexshop?!

Es ist ein Repost, auf dem ihre Freundin mit dem Pony und der Zahnlücke, die vor ein paar Tagen im *Coffee & Books* war, in einer Boomerang Sequenz abgebildet ist. Das Mädchen grinst in die Kamera und wedelt mit zwei schwarzen Dildos in der Hand. Die Bildunterschrift lautet: *Der übliche Wochenendeinkauf. Ja, Frauen benutzen Sexspielzeug. Kommt damit klar. #sexpositivity #diedingerkostenmehralsmandenkt*

Die nächste Story zeigt Sydney, die von ihrer anderen Freundin rosa Plüschhandschellen angelegt bekommt. Ihre Haare sehen vom Schwimmen zerzaust aus. Sie streckt die Zunge raus und zwinkert anzüglich.

O nein. Das ist nicht gut. Das ist ganz und gar nicht gut. Ich winde mich auf meinem Stuhl und atme flach. Ich werde jetzt keine Erektion mitten in einer Bar bekommen. Nein, Penis, aus. Böser Penis! Ganz böser Penis!

Die Tatsache, dass ich mit meinem Schwanz so rede, als wäre er ein Hündchen, ist glücklicherweise abturnend genug, um den Druck in meiner Leistengegend etwas abflauen zu lassen. Vorsichtshalber schließe ich die App, ich will schließlich nicht vorzeitig am Samenstau krepieren.

Gott, was macht dieses Mädchen nur mit mir? Obwohl ich sie kaum kenne, löst sie tausend Gefühle gleichzeitig in mir aus. Wut, Leidenschaft, Frustration, Begehren, Sympathie und noch mehr Wut. Zu allem Übel träume ich immer noch regelmäßig von ihr. Gestern schon wieder. Und verrückterweise war Alex auch wieder anwesend. Keine Ahnung, welchen Spaß sich mein Unterbewusstsein gerade erlaubt.

Als Vince und Wuffi mit den Getränken zurückkehren, habe ich meine Gesichtszüge glücklicherweise wieder im Griff. Schnell nehme ich meine Hand vom Kopf, an der ich schon wieder unbewusst an der Beule an meinem Kopf gespielt habe.

»Also? Wo waren wir gerade?«, überlegt Wuffi und sieht sich suchend in der Bar um, als würde sich der Faden unserer Unterhaltung irgendwo in der Luft bewegen. Heute sind wir in meinem bunten Kiez Berlin-Wedding. Wir haben uns für die *Situation* entschieden, ein komischer Barname, ich weiß. Eigentlich ähnelt sie jeder anderen Kneipe dieser Stadt – gedimmtes Licht, altmodische Möbel und ranzige Unisex-Toiletten. Besonders ist jedoch die Musik. Eine interessante Mischung aus Jazz und Techno.

»Ich habe dich gefragt, ob es jemanden in deinem Leben gibt, und du hast gesagt, dass du das nicht ohne Alkohol beantworten kannst«, erinnert Vince ihn grinsend.

»Stimmt.« Er umfasst den Bierkrug mit beiden Händen, während er das halbe Glas in einem Zug runterkippt. »Um deine Frage zu beantworten.« Er wischt sich den Schaum aus dem Mund. »Ja, es gibt jemanden, aber sie will nichts von mir. Ende der Geschichte.«

»Oh Shit. Was ist passiert?«, fragt Vince.

»Nicht viel. Wir arbeiten schon länger zusammen, und irgendwie dachte ich, dass da was zwischen uns ist. Aber ich lag falsch.«

»Hat sie dir einen Korb gegeben?«, traue ich mich vorsichtig zu fragen.

»Keine Ahnung, nicht wirklich.« Er bläst die Backen auf

und lässt die Luft wieder entweichen. »Aber sie hat mir trotzdem unmissverständlich klargemacht, dass sie mich nur als guten Freund sieht.«

Vince verzieht das Gesicht. »Autsch. Aber hey, eigentlich ist es sowieso vernünftiger, nichts mit Kollegen anzufangen.«

»Ja. Don't shit where you eat«, zitiere ich den berühmten Spruch.

»Ich weiß, ihr habt ja recht«, seufzt Wuffi. »Es ist nur schwer, sie so oft zu sehen.«

»Das wird schon wieder«, meint Vince zuversichtlich und schaut zu mir rüber. »Luke kennt das Problem, oder?«

Dieser verdammte Wichser.

»Nein, tue ich nicht.«

»Nicht?« Vince schaut unschuldig. »War bei dir nicht auch eine Arbeitskollegin, die du magst?«

»Was?« Wuffis Kopf ruckt zu mir herum. »Du stehst auf Vera?«

Oh Mann. Dass er als Erstes an Vera denkt.

»Nein. Sie ist nett, aber nein.«

»Dann auf Tina?«

Ich sehe, wie es in seinem Kopf arbeitet.

»Ich meine, ich kann mir denken, was du an ihr findest.« Er macht einen *Du-weißt-schon*-Blick, der vermutlich auf ihre ziemlich große Oberweite anspielt. »Aber im Ernst? Tina?«

»Nein, ich stehe auf niemanden«, stelle ich klar. »Vince labert nur Müll.« Mein Fuß sucht unter dem Tisch nach dem meines *noch* besten Freundes und tritt ihm mit voller Wucht auf die Zehen. Dieser zuckt jedoch kaum zusammen. Scheiß-Hulk.

»Merkt euch, wo wir waren«, meint Wuffi und steht ruckartig auf. »Ich muss kurz schiffen. Bin gleich wieder da.«

Seine volle Blase kommt wie gerufen. Ich warte, bis er außer Hörweite ist, dann greife ich nach dem Inhalt der Knabberschüssel und bewerfe Vince mit einer Ladung gesalzener Maiskörner.

»Au, was soll der Scheiß?«, fährt mich Vince an und streicht sich die Krümel aus Haar und Gesicht.

»Dasselbe könnte ich dich fragen.« Ich hole mit der nächsten Portion aus, doch diesmal geht er in Deckung.

»Das war doch nur Spaß.«

»Ja, nur Spaß. Aber das kannst du nicht vor Lenny bringen.«

»Warum nicht?« Seine Augen weiten sich. »Oh. Jetzt kapier ich es. Ihr beide steht auf dieselbe Frau. Mann, das ist ja wie in einer Realityshow. *Berlin, Tag und Luke.*«

»Ich stehe nicht auf sie!«, heule ich auf.

»Und warum hast du deinen Namen geändert, um sie auf Instagram zu stalken?«

»Was?« Hitze schießt mir ins Gesicht. »Woher weißt du das?«

»Weil ich dich vorhin in einer Story markieren wollte und gesehen habe, dass du jetzt *@Luiiisa1234* heißt.«

»Na und?«, sage ich mürrisch und versuche, mir nicht anmerken zu lassen, dass ich vor Scham am liebsten sterben würde. »Ich wollte sie einfach stalken. Ist doch nichts dabei.«

»Außer, dass es gruselig ist. Warum *stalkst* du sie nicht mit deinem richtigen Namen? Dann ist es vielleicht weniger *stalkerhaft.*«

»Weil ich nicht will, dass sie weiß, dass ich sie … ihre Story anschaue. Sie soll sich nichts darauf einbilden, okay?«

»Das klingt fast, als würdest du sie mögen.«

»Halt die Fresse!«

Vince' Lippen zucken. »Warum wirst du denn gleich sauer?«

»Ich bin nicht sauer, sondern genervt, dass du mich mit diesem Thema einfach nicht in Ruhe lässt.«

Schlimm genug, dass ich sie entweder sehe oder pausenlos an sie denke. Ich will nicht auch noch über sie reden müssen.

»Okay, aber ich bin überrascht. Kannst du mir das übel nehmen? Du warst noch nie verliebt oder auch nur verknallt. Da wundert es mich eben, wenn sie dich so sehr interessiert. Ich mache das nur, wenn ich jemanden …« Vince hält inne und spricht nicht weiter. Das muss er auch nicht, weil dieser Satz gar nicht weitergeht. Im Grunde sind Vince und ich uns gar nicht so unähnlich.

»Wie auch immer«, lenkt Vince zurück auf unser Gespräch ein. »Du stalkst sie … pardon, schaust dir ihre Storys an und änderst sogar deinen Namen. Aber gut, lassen wir das mal so stehen. Nur erklärt das trotzdem noch nicht, warum du vor Lenny so ein Geheimnis daraus machst. Wenn du wirklich nicht auf sie stehst und es keinen moralischen Konflikt gibt, warum redest du dann nicht einfach Klartext?«

Um ehrlich zu sein, habe ich selbst keine Antwort darauf. Es erscheint mir einfach betrügerisch, mit Lenny über Sydney zu reden. Keine Ahnung, warum.

Aber Vince hat recht. Wenn ich sie wirklich nicht mag, sollte es kein Problem für mich sein, über sie zu reden.

»Also, wo waren wir gerade?«, fragt Wuffi, als er zurückkommt.

»Wir waren bei Sydney«, sage ich und ernte einen überraschten Blick von meinem besten Freund. »Vince glaubt nämlich, dass ich auf Sydney stehe, weil ich ihm erzählt habe, dass sie mich nicht leiden kann. Er denkt, dass sie auf irgendwelche Machtspielchen aus ist, weil sie mich in Wahrheit mag. Kannst du ihm bitte sagen, dass er falschliegt?«

Schlagartig trübt sich sein Blick. Er nimmt einen bedächtigen Schluck von seinem Bier und mustert mich daraufhin wie ein Arzt, der schlechte Nachrichten überbringt. »Leider muss ich Luke recht geben, Vince. Sydney hasst ihn wirklich.«

Seine Worte treffen mich frontal und völlig unerwartet.

Zwar habe ich es selbst die ganze Zeit gewusst, aber es von jemandem bestätigt zu bekommen, der Sydney besser kennt als ich, fühlt sich an, als würde man mir mit einem stumpfen Ast ein Loch in die Brust bohren.

»Da hast du es«, entgegne ich düster und fahre mir über die Stelle, an der der unsichtbare Ast mich getroffen hat.

»Aber nimm es nicht persönlich, Mann. Ich habe mit Sydney geredet, und keine Sorge – es liegt nicht an dir.«

»Was?« Ich richte mich auf. »Woran liegt es dann?«

»Gestern habe ich sie gefragt, warum sie immer so … na ja, ruppig zu dir ist.«

Ruppig beschreibt es nicht einmal annähernd. Die Barfrau, die uns vorhin bedient hat, eine ältere Dame mit Berliner Schnauze, ist ruppig. Sydney ist das Upgrade davon.

»Jedenfalls hat sie mir erzählt, dass du sie an jemanden erinnerst, der ihr mal das Herz gebrochen hat.«

Mein Mund klappt auf und steht weit offen. So lange, bis er allmählich trocken wird, doch ich kann ihn nicht schließen. Das ist also der Grund? Sydney hasst mich, weil ich sie an einen Typen erinnere, der ihr wehgetan hat?

Es liegt nicht an mir?

»Ich habe ihr natürlich gesagt, dass das unfair ist, weil du nicht besagter Kerl bist. Aber ich glaube, sie kann das nicht so richtig unterscheiden.«

Plötzlich hinterfrage ich jede einzelne unserer Begegnungen. War unsere Ähnlichkeit überhaupt der Grund, warum sie mich damals angesprochen hat? Dieses seltsame Rollenspiel – »Lange nicht gesehen« – hielt sie mich etwa für jemand anderen?

Nein, das kann nicht sein. Unwahrscheinlich, dass der Typ genauso heißt und aussieht wie ich. Wenn er ihr so wichtig war, könnte sie ihn gar nicht verwechseln. Aber vielleicht hat es sie wirklich überfordert, dass ich ihm ähnele – was auch immer das heißen mag.

Mein Kopf raucht, und ich sehne mich nach Alkohol. Allerdings habe ich bereits das vierte Bier intus, und nach diesem ist bei Vince und mir bekanntlich immer Schluss.

»Außerdem hat sie mir erzählt, dass sie neulich auf einer Party was mit ihrem Ex hatte und es bereut. Wahrscheinlich war das derselbe Kerl«, schlussfolgert Wuffi.

Wieder dieser Stoß ins Herz. Was zur Hölle ist das? Ich muss dringend mal einen Kardiologen aufsuchen.

»Aber ist das nicht irgendwie voll daneben?«, wendet Vince stirnrunzelnd ein. »Einen unschuldigen Typen indirekt dafür zu bestrafen, weil ein anderer sie schlecht behandelt hat?«

»Ja, das ist es«, stimmt Lenny ihm zu. »Das habe ich auch versucht, Sydney zu erklären, aber ich glaube, sie kann das nicht richtig auseinanderhalten. Vielleicht rede ich noch mal mit ihr.«

»Nein«, grätsche ich dazwischen. »Ich meine, du musst nicht. Vielleicht rede ich einfach selbst mit ihr.«

»Auf keinen Fall!« Lenny schüttelt heftig den Kopf. »Sie wird sauer, wenn sie weiß, dass ich dir das alles erzählt habe.«

»Sie wird so oder so sauer. Sie hasst mich.«

»Ja, aber mich hasst sie nicht. Bitte.« Er wirft mir einen ernsten Blick zu. »Das bleibt unter uns, okay?«

Ich seufze geschlagen. »Ja, okay.«

*

Später liege ich Bett und wälze mich unruhig hin und her. Ich will schlafen, aber alle meine Gedanken kreisen unaufhörlich um Sydney. Dass sie nicht mich hasst, sondern einen anderen Typen, der mir ähnelt, sollte mich eigentlich wütend machen. Tut es aber nicht. Vielmehr bin ich erleichtert. Ja, sie hat sich unfair verhalten, aber ich kann ihr einfach nicht böse sein. Sydney ist … keine Ahnung. Ich bin verwirrt.

Irgendwann halte ich es nicht länger aus und greife nach meinem Handy. Lisa hat sich wieder bei mir gemeldet und fragt, ob sie vorbekommen kann. Ich ignoriere sie und öffne Instagram. In meiner Suchleiste erscheint ganz oben der Name von Sydney. Ich klicke darauf und schaue mir ihre neueste Story an. Es ist ein Bild von einem üppig gedeckten Tisch. Darunter steht: *Wenn deine Großmutter eine »Kleinigkeit« kocht …*

Nackt baden, einen Sexshop besuchen, bei der Großmutter zu Abend essen … Immer wenn ich glaube, dass ich Sydney halbwegs einschätzen kann, überrascht sie mich mit etwas Neuen. Wer ist sie und warum interessiert sie mich so?

Ich schließe die Story und scrolle mich weiter durch ihren Feed. Die meisten ihrer Bilder zeigen nur irgendwelches Gebäck, aber es gibt auch einige Selfies. Eines davon reißt mich besonders in seinen Bann. Sydney blickt in die Kamera, ihr Mund ist geschlossen, der Blick neugierig und scheu.

Ihre Augen. Warum nur haben sie es mir so angetan? Immer wenn ich in sie hineinsehe, fühle ich diese vertraute Wärme.

Als ich die App und dann meine Augen schließe, habe ich ihr Gesicht noch immer vor Augen. Ich will nicht an sie denken, doch es ist, als wäre es auf die Rückseite meiner Augenlider tätowiert. Je mehr ich mich dagegen wehre, desto größer und schärfer wird das Bild. Es dupliziert sich im Sekundentakt und nimmt immer mehr Raum ein. Sie und ihre Augen und ihr Lächeln und ihr verflucht schöner Körper.

Und dann übernimmt der Autopilot die Führung. Meine Finger wandern den gewohnten Weg nach unten und umfassen meine Härte. Sydneys nasser Körper fliegt durch meine Gedanken. Ich keuche und bewege meine Hand auf und ab. Auf und ab. Bis ich explodiere.

21. KAPITEL

Sydney

Am Wochenende ist mir einiges klar geworden. Erstens: Ich habe die besten Freundinnen auf der Welt. Zweitens: Nackt baden ist geil. Drittens: Um Luke wirklich loszulassen, muss ich aufhören, so gemein zu ihm zu sein. Ich bin immer noch wütend, aber je länger ich die Wut an ihm auslasse, je länger ich ihn erfolglos provoziere oder mich provozieren lasse und im Grunde nur darauf hoffe, dass er sich endlich wieder an mich erinnert – desto mehr zerfalle ich.

Deshalb habe ich mir vorgenommen, von nun an eine neue Seite aufzuschlagen und ihn nicht mehr als den Luke zu sehen, der die letzten fünf Jahre der Protagonist meiner Träume war, sondern einfach nur als einen Arbeitskollegen, der neuerdings auch hier arbeitet. Nicht mehr und nicht weniger.

Bisher klappt es ganz gut, wobei ich offen gestanden zugeben muss, dass Luke und ich noch nicht viel miteinander geredet haben. Heute ist er ohnehin etwas komisch drauf, wirkt unruhig und ist nicht ganz bei der Sache. Vorhin hat er anstelle des georderten Chai Latte einen Kakao zubereitet und beim Abkassieren ein Sandwich eingegeben. Ich habe so getan, als hätte ich nichts bemerkt, und der armen Frau ihren Kakao gereicht. Da sie vermutlich auch eine von Lukes Verehrerinnen ist, hat sie sich nicht einmal beschwert.

Glücklicherweise ist nach dem großen Mittagstrubel etwas

weniger los, sodass ich mir eine Pause nehmen und mich in der Küche austoben kann. Ein vertrautes Zischen erklingt, als ich die Packung Macadamianüsse aufreiße. Nachdem meine Cookies letzte Woche der Renner waren, hat Tina mich darum gebeten, noch mehr zu backen, und mir sogar angeboten, mich zusätzlich dafür zu bezahlen. Ersteres habe ich angenommen, Letzteres abgelehnt. Tina muss mir wirklich kein Geld dafür geben, dass ich meine Arbeitszeit dazu nutzen kann, um zu meditieren.

Mit einem großen Messer halbiere ich die Nüsse und achte darauf, sie nicht zu klein zu schneiden. Macadamia leben von ihrer knackigen Konsistenz. Fröhlich hacke ich auf den weißen Kugeln rum und genieße das Geräusch, wenn sie sich teilen. Ich bin ganz in meinem Rausch, als die Tür abrupt aufgeschlagen wird und ich mich so sehr erschrecke, dass ich fast eine Fingerkuppe verliere.

»Hör endlich auf, mich anzurufen!« Luke donnert herein, in der einen Hand das Handy, die andere zu einer Faust geballt. Als er mich entdeckt, zuckt er zusammen und legt ohne Weiteres auf.

»Sorry«, murmelt er und schiebt sich das Handy in die Hosentasche. »Ich dachte, hier wäre niemand.«

»Schon okay«, gebe ich zurück und nutze den Moment, in dem er sich müde über die Augen reibt, um ihn genauer zu betrachten. Sein Gesicht ist gerötet, die Züge verhärtet und die Haare strubbelig und zerzaust, als hätte er mehrmals reingegriffen. Auch sein James-Dean-Ausdruck hat einen neuen Score an Melancholie erreicht. Noch nie habe ich ihn so aufgebracht erlebt. Was wohl passiert ist? Ob das Telefonat etwas damit zu tun hat, dass er so zerknittert aussieht?

Nein, bremse ich mich rechtzeitig. Das geht mich nichts an. *Denk dran, Sydney, ihr seid nur Kollegen.*

Luke steht festgefroren da, sein Körper wie ein Strommast unter Hochspannung.

»Willst du dich kurz setzen?«, biete ich ihm an, weil ich fürchte, dass er jeden Moment kollabiert. Ich habe zwar einen Erste-Hilfe-Kurs besucht, weiß aber nicht, wie man einen Defibrillator benutzt. Und Mund-zu-Mund-Beatmung kann er sich abschminken.

Luke schaut auf und mustert mich überrascht, als hätte er kurz vergessen, dass ich auch hier bin. »Nein.« Er schüttelt den Kopf und fängt an, durch die Küche zu laufen. »Ich muss mich nur kurz bewegen.«

»Okay.« Ich nicke und wende mich wieder meinem Teig zu. Während Luke um mich herschleicht wie eine Katze, versuche ich mich zu konzentrieren, aber er macht mich so nervös, dass ich weiter auf den Macadamianüssen herumhacke, bis sie viel zu klein sind.

Und dann dringt mir sein aphrodisierender Duft in die Nase. Er steht genau hinter mir, so nah, dass, wenn ich einen Schritt zurückträte, gegen seine Brust prallen würde. Meine Finger verkrampfen sich um den Messergriff. Das alles hier wäre einfacher, wenn er nicht so unfassbar gut riechen würde.

»Machst du wieder deine Cookies?«, fragt er einen Hauch zu dicht an meinem Ohr.

»Ja, genau.« Ich lockere meine Schultern, auf denen sich verräterische Gänsehaut gebildet hat. »Tina hat mich darum gebeten. Aber diesmal mit Macadamianüssen statt Schokodrops.«

»Weißt du, ich habe tatsächlich noch nie Macadamianüsse gegessen.«

»Oh, echt? Willst du mal probieren?«

»Ach, lieber nicht«, winkt er ab. »Ich bin nicht so der Nuss-Fan. Die Einzigen, die ich wirklich mag, sind Pistazien.«

Mein Herz bleibt kurz stehen, als die vertrauten Worte in meinem Kopf widerhallen, die ich in- und auswendig kenne.

»Meine Lieblingsnüsse sind Pistazien.«

Was tut man, wenn ein Mensch einem etwas sagt, was er schon mal erzählt hat? Stellt man sich ahnungslos und nickt interessiert? Oder weist man ihn darauf hin, dass es dieses Gespräch bereits gegeben hat? Vor fünf Jahren?

Ich entscheide mich für die dritte Variante und reagiere überhaupt nicht. Stattdessen wende ich mich ab, krame nach einem Blech und gebe mich besonders beschäftigt. Während ich das Backpapier ausbreite, spüre ich seinen Blick auf mir.

»Brauchst du vielleicht Hilfe?«

»Nein, bin fast fertig.«

»Okay, wenn doch, dann sag Bescheid.«

Ich nicke dumpf und hoffe, dass er mein reserviertes Verhalten als Andeutung, endlich abzuziehen, versteht. Doch zu meinem Verdruss reißt er den Mund schon wieder auf.

»Ich habe nur ein Mal in meinem Leben Kekse gebacken und mich irgendwie in der Zeit verschätzt. Danach konnten wir sie als Grillkohle verwenden.«

Eigentlich will ich nicht lachen, aber die Vorstellung ist einfach zu lustig.

»Das kenne ich«, sage ich kichernd. »Ich habe auch mal welche anbrennen lassen. Am Ende sahen sie aus wie der zerstörte Todesstern.« Ich musste Ani daraufhin ihre wiederverwendbare Backmatte ersetzen.

»Todesstern?«

»Ach, stimmt ja, du bist ein Kulturbanause.« Ich verdrehe theatralisch die Augen. »Das ist eine ziemlich krasse Raumstation aus …«

»*Star Wars*«, beendet er meinen Satz und schmunzelt amüsiert. »Echt komisch, ich kenne niemanden, der noch auf *Star Wars* steht.«

»Was? Es gibt Millionen Fans!«

»Ja, aber die sind alle …« Er hält inne.

»Was?«, hake ich nach.

»Nichts.«

»So freakig? So nerdig? Haben alle einen an der Waffel?«

»Nun … ja.« Er grinst frech, woraufhin ich noch wütender werde. Hat ja toll geklappt mit dem Vorsatz, mich nicht länger von ihm provozieren zu lassen. Eine neue Seite aufschlagen? Dass ich nicht lache!

»Was hat es mit deiner Leidenschaft eigentlich auf sich? Stehst du generell auf dieses Fantasy- und Science-Fiction-Zeug?«

Dieser arrogante Mistkerl. Glaubt er ernsthaft, dass mir sein herablassender Tonfall entgeht?

»Das geht dich nichts an«, knurre ich und lasse meinen Zorn am Teig aus, der eigentlich nur mit dem Löffel untergehoben und nicht zu Soße gerührt werden sollte.

»Hey, das war doch nur ein Witz.«

»Geht dich immer noch nichts an.«

O nein, Zyniker-Sydney kehrt zurück. *Mayday. Mayday!*

»Ich hab doch nur …«

»Ich muss jetzt wirklich arbeiten.«

Luke stöhnt leise. »Ich geb's auf.«

Ich sollte ihn ignorieren und aufgeben lassen, was auch immer er damit meint. Doch er hat den Köder geworfen, und sein Haken fängt mich.

»Was gibst du auf?«

»Mit dir zu reden.« Er gibt ein knirschendes Geräusch von sich, das ich auch immer mache, wenn mir meine Fahrradkette rausspringt. »Mir ist wirklich noch nie ein so unhöfliches Mädchen wie du begegnet.«

»Unhöflich?« Mein Mund formt sich zu einem riesigen O. »Nur, weil ich dir nicht sagen will, warum ich *Star Wars* mag? Ich schulde dir nichts!«

»Es geht nicht nur um diese Situation.« Zorn schwingt in seiner Stimme mit, fast wie bei dem Telefonat vorhin. »Es geht um die generelle Tatsache, dass du jedes Mal ausflippst, wenn ich den Mund aufmache. Kaum reden wir, streiten wir.«

»Vielleicht sollten wir dann einfach aufhören zu reden.«

Luke stöhnt wieder und reckt den Kopf zur Decke. »Du machst es schon wieder«, jammert er. »Was habe ich dir getan? Warum hasst du mich so?«

»Wa-was?«, stammele ich. Wo kommt das denn auf einmal her? »Da-das habe ich doch überhaupt nicht gesagt. Ich kenne dich doch gar nicht.«

»Ganz genau!« Er schreit jetzt fast. »Du kennst mich nicht und kannst deshalb auch nicht über mich urteilen!«

Okay, nicht mehr viel und ich gehe hoch wie eine Rakete. Ich spüre schon, wie meine Füße abheben. »Warum legst du mir gerade irgendwelche Worte in den Mund? Ich habe nie irgendwas dergleichen behauptet!«

»Das musst du auch nicht. Ich habe es satt, alle um mich herum immer nur zu enttäuschen. Das halte ich nicht mehr aus.«

Enttäuschen? Wovon redet er?

Doch bevor ich etwas erwidern kann, dreht er sich um und stürmt aus der Küche.

22. KAPITEL

Luke

Fuck. Ich habe sie angeschrien. Ich habe sie angeschrien und bin aus der Küche gestürmt. Wenn sie mich vorher nicht gehasst hat, ist sie spätestens jetzt dabei, einen Exorzismus in die Wege zu leiten, um mich dort hinzuschicken, wo ich hergekommen bin. Dabei wollte ich sie gar nicht so ankeifen. Am Anfang hatte ich sogar das Gefühl, dass wir ein nettes Gespräch führen. Aber dann ist sie gleich wieder so giftig geworden, was mich jetzt, da ich weiß, dass ihr eigentlicher Zorn nicht mir, sondern irgendeinem Arschloch gilt, nicht weniger frustriert hat. Trotzdem war es nicht fair, so grob zu werden.

Außerdem hätte das Timing nicht beschissener sein können. Seit gestern ruft mein Vater ununterbrochen an, um mich zur Party zu drängen.

»Wenn du schon so eine Enttäuschung bist, kannst du wenigstens hier aufkreuzen und so tun, als wären wir dir wichtig.«

Dabei ist er es, der mich ständig ausschließt. Und seine Liebe würde ich nur dann kriegen, wenn ich genau wie er wäre. Oder Timo.

Timo … Allein sein Name lässt meine Kiefer mahlen. Als er sich heute ebenfalls dem Telefonterror angeschlossen hat, sind meine Sicherungen vollkommen durchgebrannt.

»Tu es für unseren Vater«, hat er gesagt. »Komm schon, Mann. Schluck deinen Stolz runter.«

Und das ist der Beweis dafür, dass er mich kein bisschen kennt. Wenn es so wäre, wüsste er nämlich, dass es mir nicht die Bohne um Stolz geht. Aber das tut er nicht. Genau wie alle anderen hält er mich noch immer für den rebellischen Teenager von früher. Das Problemkind, das sich von einer Scheiße in die nächste geritten hat. Aber so bin ich nicht, zumindest nicht mehr. Mein kleiner Bruder hingegen, Einserschüler, Strahlemann und Vorstandsmitglied der vereinten Schleimscheißer, war immer der Vorzeigersohn. Ganz im Gegensatz zu mir.

Versager.

Scheiß auf alle. Mir reicht es endgültig. Sollen sie den anderen Gästen doch erzählen, dass ich tot bin – es würde keinen Unterschied machen.

Glücklicherweise sind Sydney und ich allein in der Spätschicht, daher hat niemand sonst meinen Ausbruch mitgekriegt. Inzwischen sind mehrere Stunden vergangen, in denen wir uns erfolgreich aus dem Weg gegangen sind. Sydney ist in der Küche geblieben, ich am Tresen. Jetzt, in der Pause, sitze ich im kleinen Hinterhof auf einer Fensterbank. Der Boden ist asphaltiert und kahl. Vor mir erstrecken sich zwei große Mülltonnen, in die ich gerade am liebsten reinkriechen will. Ich kann es kaum erwarten, wenn dieser Tag endlich rum ist.

»Hey.«

Mein Kopf fährt herum. Sydney steht an der Hoftür und sieht aus, als wäre der Tag auch für sie lang gewesen. An ihrer Kleidung klebt Mehl, und ihr Zopf, der vorhin noch aufrecht stand, hängt schief. In der Hand hält sie einen Teller, dessen Belag ich aus meinem Winkel nicht erkennen kann.

»Hey. Soll ich wieder nach vorn gehen?«

»Wir haben schon geschlossen.« Sie lächelt zögerlich. »Schon seit einer halben Stunde.«

Oh Shit. Ich habe völlig die Zeit vergessen. »Soll ich noch die Kaffeemaschine putzen? Heute war ich dran, oder?«

»Das habe ich schon gemacht. Alles ist fertig. Aber das ist okay«, schiebt sie beruhigend hinterher. »Dafür warst du ja heute fast die ganze Zeit am Tresen.«

»Okay, danke«, entgegne ich und spüre, wie mein Puls sich beschleunigt. Dass wir heute noch mal reden würden, habe ich nicht erwartet.

»Was hast du da?«, frage ich und deute auf den Teller.

»Oh, das …« Sie räuspert sich und senkt dann den Teller, damit ich den Inhalt begutachten kann. »Das sind Friedenscookies.«

»Friedenscookies?«

So wie … wir schließen Frieden?

»Ja. Ich weiß, du traust Macadamianüssen nicht über den Weg, aber vielleicht willst du ihnen doch eine Chance geben.« Schüchtern reicht sie mir den Teller und tritt dann schnell einen Schritt zurück.

Eigentlich ist mir nicht nach etwas Süßem, aber ich will nicht unhöflich sein und greife deshalb nach einem Cookie. Er ist noch warm und klebrig und fühlt sich etwas unstabil an. Aber der lieblich süße Duft nach Teig überzeugt mich letztendlich. Ohne weiter darüber nachzudenken, beiße ich rein und …

»Fuck.« Ich halte beim Kauen inne. »Das ist … das ist … das ist …«

»Was? Oh Gott, hast du etwa eine Allergie?« Panik schwingt in ihrer Stimme.

»Nein.« Langsam schüttele ich den Kopf. »Aber ich glaube, ich hatte gerade meinen ersten Geschmacksorgasmus.«

Sydney starrt mich entgeistert an, ehe sie laut losprustet. »Du hast mich gerade wirklich erschreckt!«

»Du mich auch mit deinen Cookies. Fuck«, fluche ich wieder und schließe die Augen. »So schmecken also Macadamianüsse?«

»Ja.« Sydneys Augen glänzen. »Beim Backen entfaltet sich ihre Note auf eine ganz besondere Weise. Sie gibt dem Teig eine gewisse Würze und einen schönen Crunch.«

»Und warum Friedenscookies?«

»Weil …« Sie hält inne und spielt am Knoten ihres hellen Oberteils, das auf Höhe ihres Bauchnabels gebunden ist. Schließlich seufzt sie nimmt neben mir Platz, so schnell und unerwartet, dass ich gar nicht rutschen kann. Unsere Arme und Beine berühren sich. Und dann spüre ich sie wieder. Diese vertraute Nähe, die mir den Atem raubt.

Was zur Hölle ist das?

»Ich wollte mich entschuldigen«, beginnt sie und deutet auf den Teller auf meinem Schoß. »Du hattest recht, ich war unhöflich. Und ich wollte dich nicht … enttäuschen oder so. Es war einfach …«

Moment … Gibt sie sich etwa die Schuld für vorhin?

»Nein, mir tut es leid«, unterbreche ich sie. »Meine Reaktion war völlig übertrieben. Vergiss bitte alles, was ich gesagt habe. Es hatte nichts mit dir zu tun.«

Sie lächelt schief. »Ja, das habe ich mir fast gedacht. Also, dass da vielleicht mehr war, meine ich«, ergänzt sie und streckt die Beine aus, um bequemer zu sitzen. Noch immer berühren wir uns, doch anders als sonst wirkt es nicht, als ob ihr meine Nähe physische Schmerzen bereiten würde.

»Hatte es vielleicht irgendwas mit deinem Telefonat tun?«, fragt sie vorsichtig weiter.

Ach, stimmt ja. Das hat sie alles mitbekommen. »Es war einfach ein Scheißtag«, murmele ich.

»Willst du darüber reden, was passiert ist?«

»Willst du darüber reden, warum du mich hasst?«

Sydney erstarrt, und sofort bereue ich meine Frage. Aber jetzt gibt es kein Zurück mehr. »Komm schon, es ist offensichtlich, dass du mich nicht leiden kannst. Habe ich irgendwas gesagt oder getan, das dich verletzt hat?«

Die Pause, die nun folgt, dauert fast eine Minute lang. Sydney hält den Blick gesenkt, und in diesem Moment würde ich alles geben, um ihre Gedanken lesen zu können. Als sie aufschaut, liegt ein trüber Schatten auf ihrem Gesicht.

»Ich hasse dich nicht«, sagt sie leise. »Das könnte ich nicht.«

»Was?«

»Ich meine … dafür kenne ich dich nicht gut genug.«

»Du hasst mich nicht und weiter?«

»Nichts weiter. Ich hasse dich nicht, Punkt. Aber ich räume ein, dass ich nicht immer die Netteste war. Und da wir zusammenarbeiten, werde ich versuchen, das zu ändern.«

Ein genervter Seufzer entfährt mir. Warum rückt sie nicht einfach mit der Sprache raus und gibt zu, dass da jemand ist, an den ich sie erinnere?

»Du kennst mich nicht gut genug«, wiederhole ich ihre Worte, »aber wenn du mir eine Chance gibst, würdest du mich bestimmt mögen. Ich bin echt nett«, prahle ich, woraufhin sie lacht. »Und ich bin lustig. Im Ernst, wahrscheinlich bin ich der coolste Typ, den du je getroffen hast.«

»Jemand, der nicht weiß, was ein Todesstern ist, kann nicht der coolste Typ sein.«

»Okay, ich bin kein Nerd«, räume ich ein, und zu meiner Überraschung lacht sie wieder.

»Jetzt du. Was hat dir den Tag vermiest?«

Und schon schwingt mein Gefühlspendel von amüsiert zurück zu verbittert. Es war schön, für ein paar Sekunden an etwas anderes zu denken.

»Mein Vater«, gebe ich zu. »Er macht Druck, weil ich heute Abend zu einer Veranstaltung kommen soll.«

»Aber du willst nicht?«

»Nein.«

»Lehne ich mich sehr weit aus dem Fenster, wenn ich vermute, dass ihr nicht das beste Verhältnis habt?«

Ich lache trocken. »Nein, tust du nicht.«

Sie nickt wissend. »Wäre es denn schlimm, wenn du nicht gehen würdest?«

»Wäre es schlimm, wenn der Dritte Weltkrieg ausbrechen würde?«

Der Vergleich ist makaber, aber Sydney ringt sich ein halbes Lächeln ab. »Okay, es wäre also schlimm.«

»Schlimm, furchtbar, grauenvoll, desaströs. Im Grunde jedes Adjektiv, das etwas Negatives beschreibt.«

»Kannst du sagen, dass du krank bist? Oder dass du länger arbeiten musst?«

»Das glauben die mir nie. Und selbst dann würden sie von mir erwarten, dass ich erscheine.« Gott bewahre, wenn mein Vater wüsste, dass ich jetzt Kaffee ausschenke.

»Shit.« Sydney wirkt ehrlich geknickt, und das, obwohl sie keinerlei Kontext kennt.

»Es ist, wie es ist.« Ich zucke mit den Schultern. »Jedenfalls gehe ich nicht hin und werde meine Familie ziemlich enttäuschen.« *Mal wieder.* »Aber es ist besser so. Ich kann nicht länger nach ihrer Pfeife tanzen.«

Und außerdem muss ich mich endlich vom Bann der Ketten, die mich schon mein ganzes Leben lang gefangen halten, befreien. Das hier tue ich für mich. Für meine Freiheit.

»Das klingt vernünftig.« Sie lächelt.

Ich lächele auch.

Und wieder schauen wir uns an. Ihre Augen halten mich in

ihrem Bann. Ihre unglaublichen Augen. Ich bin süchtig nach ihnen. Was haben sie bloß an sich, das mich völlig um den Verstand bringt?

»Mein Vater mag *Star Wars*«, sagt sie plötzlich.

»Was?«

»Mein Vater mag *Star Wars*«, wiederholt sie und verzieht ihre Lippen zu einem kleinen Lächeln. »Er ist ein riesiger Fan und hat mich schon als Kind damit angesteckt. Irgendwann sogar meine Mutter, obwohl sie die neuen Teile besser findet!« Sie schüttelt kurz den Kopf und fährt dann fort. »Ich weiß, dass die Filme nicht mehr aktuell sind, aber mich verbinden sie mit meinem Vater. Wir sehen uns nicht oft, weil meine Eltern beide im Ausland leben. Aber wann immer ich sie schaue, denke ich an ihn.«

Wow. Das ist so schön, dass mir die Worte fehlen. Mein Vater und ich hatten nie eine gemeinsame Leidenschaft oder sonst irgendwas, das uns verbindet. Es kommt mir schon falsch vor, ihn als *Vater* zu betiteln. Er hat mich gezeugt, mehr nicht.

»Heute Abend sehen wir uns wieder«, sagt sie schwärmend. »Meine Oma hat Geburtstag, und meine beiden Eltern haben es geschafft, sich freizunehmen. Wir haben uns seit einer gefühlten Ewigkeit nicht mehr gesehen und uns unglaublich vermisst.«

»Das glaube ich«, entgegne ich heiser und spüre, wie meine Hände taub werden. Nicht, dass ich Sydney ihr Familienglück nicht gönnen würde, aber es tut trotzdem weh zu wissen, dass es offenbar selbstverständlich ist, Eltern zu haben, die einen vermissen.

»Ich hoffe, du hast einen coolen Abend«, sage ich und schnappe mir einen weiteren Keks.

»Das hoffe ich auch. Auch, dass du dich von den Schuldgefühlen ablenken kannst.«

Woher weiß sie, dass ich Schuldgefühle habe? Bin ich so durchschaubar? Ist es so offensichtlich? Oder, was viel verrückter wäre: Spürt sie diese seltsame Verbindung zwischen uns auch?

»Wenn du willst, kannst du heute auch …« Sie stockt.

»Was?«

»Ach, vergiss es.« Sie macht eine wegwerfende Handbewegung.

Moment – wollte sie mich gerade zu sich einladen?

23. KAPITEL

Sydney

Wollte ich ihn ernsthaft einladen? Zum achtundsiebzigsten Geburtstag meiner Großmutter? Bin ich jetzt vollkommen bescheuert?

Erst nachdenken, dann handeln, Sydney.

Zum Glück habe ich mich noch rechtzeitig gefangen, sonst hätte dieser Abend in einer subatomaren Katastrophe geendet, für die ich keinerlei Erbarmen verdient hätte.

Vor ein paar Monaten war die Vorstellung von Luke und mir in Anis Haus noch eine typische Szenerie meiner Tagträume gewesen. Oft habe ich mir vorgestellt, gemeinsam mit ihm auf der Couch zu lümmeln, stundenlang herumzuknutschen und ihn zu lieben – auf jede erdenkliche Weise.

Stattdessen ist alles anders gekommen, und mittlerweile schmerzt die Realität nur noch halb so sehr. Aber selbst wenn ich wirklich so dumm gewesen wäre, ihn mitzubringen, hätte sich Ani nicht gescheut, ihn mit den guten Freilandeiern vom lokalen Bauernhof zu bewerfen und anschließend mit einem Besen zu verdreschen. Gut, dass ich noch rechtzeitig die Kurve gekriegt habe.

Meine Eltern müssten jeden Moment kommen. Ich hatte ihnen angeboten, sie mit Anis Auto vom Flughafen abzuholen, aber sie haben abgelehnt, weil ich mir keine Mühe machen soll, durch den Feierabendverkehr quer durch die Stadt zu fahren.

Jetzt sitze ich am Fenster und warte wie ein ungeduldiges Kind darauf, dass das Taxi vorfährt. Ich freue mich so sehr, sie wiederzusehen. Seit wir nicht mehr zusammenwohnen, kommt es mir vor, als würden wir uns von Jahr zu Jahr weniger kennen. Daran ist niemand schuld, wir alle sind beschäftigt. Aber es wäre trotzdem schön, wenn meine Eltern noch immer ein Teil meines Alltags wären.

Endlich. Ein gelbes Taxi hält an der Einfahrt.

»Sie sind da!«, kreische ich.

»Dann mach dir Tür auf«, ruft Ani von der Küche und lässt sich nicht dabei unterbrechen, ihre dreistöckige Schokotorte weiter zu frisieren.

Ich stürme zur Tür und reiße sie auf, noch ehe meine Eltern aus dem Taxi gestiegen sind. In Socken renne ich auf sie zu und schließe meine Mutter in die Arme. Ihr Koffer fällt dabei um, aber das ist mir egal. Es ist so lange her, dass ich sie gesehen habe. Noch immer riecht sie nach *Black Opium*, und noch immer trägt sie ihren üblichen strengen Dutt, der ihrem Gesicht einen harten Ausdruck verleiht.

Was allerdings neu ist und mir halb die Sprache verschlägt, sind die vereinzelten grauen Strähnen, die sich durch ihr Haar ziehen. Meine Mutter wird alt, und ich kriege es nicht mit. Sie ist immer noch wunderschön, aber inzwischen sehe ich sie so selten, dass mir körperliche Veränderungen sofort auffallen. Plötzlich werde ich von einer solchen Sehnsucht ergriffen, dass ich sie noch enger an mich drücke.

»I missed you.«

»I missed you too, baby.«

Mama und ich reden immer auf Englisch. Überhaupt habe ich in den ersten fünfzehn Jahren meines Lebens ausschließlich in dieser Sprache kommuniziert. Ich kann nur deshalb so gut Deutsch, weil ich es immer mit meinem Vater gesprochen habe. Ich fand es auch nie komisch oder verwirrend, mit beiden Elternteilen eine andere Sprache zu sprechen. Angeblich soll das sogar die beste Methode sein, um ein Kind bilingual zu erziehen.

»Hey, Kleines«, begrüßt mich mein Vater, obwohl wir beide inzwischen gleich groß sind. Auch er schließt mich in seine Arme, und am liebsten würde ich zerfließen. Wie immer streichelt er mir über den Kopf, und wie immer zerstört er meine Frisur. Doch ich lasse es zu, weil diese Geste zu ihm gehört. Es ist so schön, die beiden wiederzusehen.

Ich schnappe mir Mamas Koffer und ziehe ihn in Richtung Hauseingang, wo Ani bereits auf uns wartet.

»Desna«, begrüßt Ani meine Mutter und zieht sie in eine feste Umarmung.

»Happy birthday, Ella.«

Ab da verstehe ich nichts mehr von ihrer Konversation. Da Mama fast kein Deutsch und Ani fast kein Englisch spricht, haben die beiden mit den Jahren eine eigene Sprache mit ausgedachten Worten entwickelt, die nur sie verstehen. *Hungry Tutut* bedeutet zum Beispiel, dass der Tank leer ist und das Auto Benzin braucht. Manchmal gestikulieren sie dabei so stark, dass ihre Konversation an einen flotten Ausdruckstanz erinnert.

Wir setzen uns an den gedeckten Tisch, auf dem Anis berühmter Kartoffelgratin thront. Eine seiner Besonderheiten ist, dass die Kartoffeln immer eine ausgefallene Farbe haben. Heute ist das Gratin lila.

Die ersten Minuten machen wir den üblichen Small Talk. Meine Eltern erzählen von ihrem Flug und wie schlimm er war, weil sie gleich an der Toilette saßen und irgendein Passagier starke Verdauungsprobleme hatte. Zur Demonstration verzieht Mama das Gesicht und hält sich die Nase zu. Ich lache über ihren Auftritt, weil sie normalerweise nie so albern ist. Die meisten ihrer Kollegen kennen sie nur als tüchtige Karrierefrau mit ernster Miene und schicken Hosenanzügen.

Mein Vater ist ganz anders. Er kleidet sich leger und unauffällig und macht sich nicht viel aus seinem Auftreten. Er ist in der IT-Branche tätig und arbeitet meistens von zu Hause aus.

Natürlich reden wir auch über die Uni, was mir ein kleines Schnauben entlockt. Nicht, dass ich mein Studium blöd finden würde, aber beim Thema Uni kommt unweigerlich auch das Thema »Zukunft« zur Sprache. Ich habe höchstens noch zwei Semester vor mir und wäre auch schon längst fertig, wenn ich den Master nicht ewig in die Länge ziehen würde. Was danach kommt, weiß ich nicht. Ein bisschen fürchte ich mich davor.

»Hast du noch gar keine Idee?«, fragt Papa.

»Doch, ein paar. Aber nichts packt mich so richtig.«

»Willst du denn in Deutschland bleiben?«

»Ja, auf jeden Fall.«

Schon allein der Gedanke daran, fortzugehen, löst mittelschwere Panik in mir aus. Ich kann nicht weg, nicht weg von Ani, Vicky, Maya und dem Café.

Luke.

Luke? Nein, natürlich nicht Luke. Sein Name ist mir nur in den Sinn gekommen, weil ich an das Café gedacht habe. Was er wohl gerade treibt? Ob er seine Schuldgefühle aushalten konnte und nicht zur Party gegangen ist?

»Du müsstest viel mehr Praktika machen«, rät mir meine Mutter auf Englisch.

»Ja, ich weiß«, gebe ich zurück und schiebe mir eine große Portion Kartoffelgratin in den Mund. Mein Lebenslauf ist noch ziemlich mager; bis auf mein Pflichtpraktikum im Bachelor und der Arbeit im Café habe ich nichts vorzuweisen.

»Gibt es denn irgendwas, was du besonders gern magst, Schätzchen?«, fragt Ani mich.

»Ich mag vieles. Marketing, Financing, Controlling. In allen Bereichen würde ich eine Anstellung finden, die mir Spaß macht. Aber so blöd es klingt, am meisten mag ich die Arbeit im *Coffee & Books*. Vor allem das Backen.«

»Du kannst aber nicht ewig in einem Café arbeiten«, sagt Mama. »Du müsstest überhaupt nicht dort arbeiten. Wir unterstützen dich gerne.«

»Nein, das will ich nicht. Ich verdiene gern mein eigenes Geld.« In dieser Hinsicht komme ich wahrscheinlich sogar nach ihr.

»Bist du wirklich sicher?«

Mama entstammt einem Kulturkreis, in dem es üblich ist, die Kinder so lange zu versorgen, bis sie auf eigenen Beinen stehen. Wenn es nach ihr ginge, könnte ich mich voll und ganz auf das Studium konzentrieren. Aber das will ich nicht. Wenn man seine Arbeit liebt, fühlt es sich nicht wie Arbeit an. Selbst wenn derjenige, der einem das Herz gebrochen hat, der neue Kollege ist.

»Ja, bin ich«, antworte ich auf Mamas Frage.

»Hast du schon mal darüber nachgedacht, eine Ausbildung zur Konditorin zu machen?«, schaltet sich Ani wieder ein.

»Nein«, entgegne ich überrascht, während mein Vater dabei ist, meiner Mutter das Gespräch zu übersetzen.

Wie nicht anders zu erwarten, schnappt sie entsetzt nach Luft. »What? No way!«

»Why not?«, erwidere ich gereizt und bemerke zu spät, dass mein Vater etwas Lautloses mit dem Mund formt.

»Es ist eine Falle!«

Das Zitat stammt von Admiral Ackbar aus *Star Wars – Die Rückkehr der Jedi* und ist nur einer von den vielen Insidern zwischen uns. Unter anderen Umständen würde ich lachen, aber leider tappe ich in besagte Falle, denn Mama fängt mit ihrem üblichen Vortrag an.

Frauen müssen gut verdienen, Frauen sollten abgesichert sein, Frauen sollten sich nicht vom Patriarchat unterkriegen lassen und so weiter. Wie immer schweift sie etwas ab, aber ich verstehe trotzdem, worauf sie hinauswill. Sie möchte, dass ich einen guten Job finde, weil Frauen – Schwarze Frauen – in dieser Welt immer noch den Kürzeren ziehen. Das Problem ist nur, dass sie mir indirekt auch meinen Weg vorgibt. Doch ich will das Gespräch um meine Zukunft nicht weiter vertiefen. In den zwei Tagen, in denen meine Eltern hier sein werden, möchte ich nicht streiten, sondern einfach nur Zeit mit ihnen verbringen.

*

Vicky und Maya stoßen später dazu. Da sie lange in der Uni waren, haben sie das Abendessen zwar verpasst, kommen aber pünktlich zum Kuchen. Nach der kurzen Begrüßung meiner Eltern folgt aber erst die Bescherung. Ich mache den Anfang, weil ich kein Fan von diesem typischen Auspackritual bin und es lieber schnell hinter mich bringe. Mein Geburtstagsgeschenk an Ani hat nicht viel gekostet, aber sein Wert ist umso größer. Neulich habe ich am Mauerparkflohmarkt ein über hundert Jahre altes Backbuch entdeckt. Es ist in altdeutscher Frakturschrift verfasst und enthält wunderschöne schwarz-weiße Illustrationen. Die Seiten sind etwas gelblich und verblichen, aber trotzdem lesbar. Dazu bekommt sie einen neuen Kochlöffel und Keksausstecher mit Herbstmotiven. Ani freut sich sehr, und ich muss ihr versprechen, gleich morgen eins der Rezepte nachzubacken.

Meine Eltern sind wie immer pragmatisch, was Geschenke angeht, und haben Ani einen Soda Stream geschenkt, damit sie nicht mehr so viele Wasserkisten schleppen muss. Und, üblich für meine Mutter, die beim Schenken immer gern etwas übertreibt, hat sie noch ein sehr teures Handmassagegerät hinzugelegt, weil Ani ständig über Nacken- und Rückenschmerzen klagt, aber sich so was nie selbst kaufen würde. Meine Freundinnen und ich werfen uns vielsagende Blicke zu, weil das elektrische Gerät ziemliche Ähnlichkeit mit denen hat, die wir uns am Samstag gekauft haben.

Auch Vicky und Maya haben, obwohl sie es gar nicht müssten, ein Geschenk für Ani. Vicky überreicht ihr ein Paket, in dem sich ein Puzzle befindet, das wie ein Kreuzworträtsel aussieht. Da Ani beides liebt, ist es das perfekte Geschenk für sie.

Nach der Bescherung wird endlich die Schokotorte angeschnitten. Maya und Vicky zuliebe hat Ani sogar ihre eiserne Regel gebrochen und ihn vegan gemacht. Sie enthält eine dunkelrote Kirschfüllung, die ein fruchtiges Prickeln auf meiner Zunge hinterlässt und wunderbar mit der herben Schokolade harmoniert.

Irgendwann verlegen die Erwachsenen die Party nach draußen auf die Terrasse, während meine Freundinnen und ich am Esstisch bleiben und die dritte Portion Kuchen in uns reinschaufeln.

»Wie war eigentlich die Arbeit heute?«, erkundigt Maya sich bei mir.

»So lala.«

»Soll heißen?«

»Soll heißen, dass es nie cool ist, wenn Luke auch da ist.«

»Was meinst du? War er wieder seltsam drauf?«

»Nein«, lüge ich, weil es mir aus irgendeinem Grund nicht richtig erscheint, den beiden von Lukes kleinem Wutanfall zu erzählen. Er hat mir heute etwas Persönliches anvertraut, und auch wenn er nicht mein liebster Mensch auf der Welt ist, kommt es mir nicht richtig vor, darüber zu plaudern.

»Das, was mich am meisten irritiert, ist, dass er so scheiße nett ist«, fahre ich fort. »Genau wie damals, als ich ihn kennengelernt habe. Unglaublich, wie der Typ sich derart verstellen kann.«

Maya verstummt und richtet den Blick auf ihr Stück Kuchen. Versunken stochert sie darin herum, trennt die Kirschen von der Schokolade und schiebt sie wieder zusammen.

»Woran denkst du?«, frage ich sie.

Ertappt zuckt sie zusammen und zermatscht damit auch den letzten Rest ihrer Torte. »Was meinst du?«

»Komm schon. Raus mit der Sprache«, fordere ich sie auf, weil ich keine Lust auf dieses Hin und Her habe. Dafür kennen wir uns zu gut.

»Okay«, seufzt Maya und legt die Gabel beiseite. »Ich habe nur noch mal nachgedacht und … also findest du es nicht auch komisch, dass er sich an gar nichts mehr erinnern kann?«

»Was meinst du?«, hakt Vicky nach.

»Ich weiß nicht. Fünf Jahre sind natürlich eine lange Zeit. Ich erinnere mich auch nicht mehr an jeden, den ich mal getroffen habe. Aber ein kompletter Gedächtnisverlust? Wenn die Nacht genauso einzigartig war, wie du sie erzählt hast, müsste er doch irgendwas wissen. Ihr arbeitet zusammen, da macht es doch irgendwann Klick. Außerdem erinnert man sich selbst dann noch an die Nacht des Abiballs, wenn man so betrunken war wie ich damals.«

»Was willst du damit sagen? Dass er vom Blitz getroffen wurde? Er ist ein Lügner! Er hat auch gelogen, was sein Auslandsjahr anging. Ich wurde ganz einfach verarscht«, sage ich nüchtern.

»Und wer weiß, vielleicht erinnert er sich ja an Syd, aber traut sich nicht, es zuzugeben, weil er weiß, dass er Scheiße gebaut hat«, wendet Vicky ein.

Oh Gott. Dieser Gedanke kommt mir zum ersten Mal. Wer sagt, dass er nicht dasselbe Spiel spielt wie ich mit ihm? Aber kann das sein? Weiß er, wer ich bin, und sagt es nicht?

»Nein«, beschließe ich. »So, wie ich manchmal drauf bin, hätte er doch sicher etwas gesagt. Er kann sich definitiv nicht an mich erinnern.«

»Aber du meintest gerade noch, dass er genauso nett und charmant ist wie damals. Da muss doch irgendwas sein«, bohrt Maya weiter und schnappt sich wieder ihre Gabel, um die Pampe auf ihrem Teller aufzuspießen.

»Er ist ein Lügner«, sage ich wieder. »Und zwar ein ziemlich guter, wie es scheint.«

»Aber wasch, wenn nicht?«, kontert sie voller Schoko im Mund.

»Nein, hör auf, bitte. Ich versuche gerade die Tür zu schließen. Es hat ewig gedauert, so weit zu kommen. Ich kann ihm nicht länger nachjagen und hoffen, dass es irgendeine Erklärung gibt. Das macht mich kaputt.«

Ich wische mir eine Träne vom Gesicht und merke erst jetzt, dass ich weine. Scheiße. Wann werden die Tränen um Luke endlich versiegen? Wann werde ich in der Lage sein, über ihn zu reden, und dabei lachen können statt zu weinen?

»Tut mir leid.« Maya lässt den Kopf schuldbewusst sinken. »Du hast ja recht. Selbst wenn er vom Blitz getroffen wurde, ist er trotzdem ein Lügner.«

»Ja«, sage ich heiser und nehme das Taschentuch entgegen, dass Vicky mir reicht. »Ja, er ist ein Lügner.«

Er muss einfach einer sein. Wenn nicht, hätte ich ein ernsthaftes Problem.

24. KAPITEL

Luke

Das waren die schlimmsten hunderteinundzwanzig Minuten meines Lebens. Im Ernst, ich hatte keine Erwartungen an diesen alten Streifen, aber er war noch übler, als ich dachte. Ich habe nichts verstanden, wirklich gar nichts. Bis auf den kurzen Textauszug am Anfang wurde man ohne weitere Erklärung in die Handlung geschmissen, als wüsste man seit dem Kindergarten, was ein Droide oder ein Wookie ist. Und dann die Lichtschwertkämpfe. Bin ich der Einzige, der das affig findet? Richtige Schwerter, ja. Gladiatorenkämpfe, Pfeile, Armbrüste, Zauberstäbe, bei allem bin ich dabei – außer bei Lichtschwertern.

Und jetzt ist es vorbei. Ich schalte den Fernseher aus und werde in schwarze Dunkelheit getaucht. Stumm drehe ich die Fernbedienung hin und her und versuche zu verstehen, was gerade passiert ist. Ich habe *Star Wars* geguckt. Warum habe ich das getan? Ja, ich wollte mich ablenken, um nicht länger an die Party zu denken. Aber *Star Wars*? Was habe ich mir dabei gedacht? Wollte ich einen positiven Eindruck bei Sydney schinden?

Verdammt. Jetzt leugne ich die Wahrheit sogar vor mir selbst. Natürlich habe ich es ihretwegen getan. Ich wollte in ihre Welt eintauchen, ihre Leidenschaft verstehen lernen, eine Gemeinsamkeit finden.

Ihr einen Grund geben, mich zu mögen.

Meine Hand greift instinktiv nach meinem Handy. Ich will sehen, was Sydney gerade so treibt, aber der Bildschirm ist tot. Vor dem Film habe ich mein Handy extra ausgemacht, um der Schimpftirade meiner Familie zu entkommen. Blöd nur, dass mir Instagram jetzt auch gesperrt ist. Ganz kurz spiele ich mit dem Gedanken, es einzuschalten, aber vermutlich würde mein Vater die Chance ergreifen und mich so lange anrufen, bis ich doch noch auf der Party aufkreuze.

Frustriert werfe ich mein Handy ans andere Ende des Bettes und starre an die Decke. Laut Arbeitsplan werden Sydney und ich uns erst Montag nächster Woche wiedersehen. Wie soll ich die nächsten sieben Tage aushalten? Vielleicht könnte ich eine Schicht mit Vera tauschen, obwohl … dann hätte ich viel zu viele Überstunden gemacht. Das würde Tina nicht zulassen. Außerdem wäre es etwas auffällig. Aber erst nächste Woche? Das schaffe ich nicht. Ich vermisse sie ja jetzt schon.

Vermissen? Fuck. Habe ich das gerade wirklich gedacht?

Und dann begreife ich es. Viel zu spät und doch nicht spät genug. Es ist nicht nur das Körperliche. Ja, Sydney ist wunderschön und so heiß, dass sie in jeder meiner erotischen Fantasien die Hauptrolle spielt. Aber es ist mehr als das, viel mehr als ihr Humor, ihre Sticheleien, ihre Backkünste oder die kleinen Momente, in denen sie mir ein Lächeln schenkt. Es ist die Spannung, die Elektrizität zwischen uns. Obwohl ich sie kaum kenne, ist da etwas, was ich nicht in Worte fassen kann. Eine höhere Metaebene, die physikalisch keinen Sinn ergibt. Eine Gewissheit, die so endgültig ist, dass sie keine Beweise braucht.

Dieser verdammte Vince hat recht.

Ich mag sie.

25. KAPITEL

Sydney

Blöde Kette. Blöde dämliche Fahrradkette, die immer rausspringt. Ich sollte das Rad zum Schrottplatz bringen und zusehen, wie es zermalmt wird! Oder endlich meine Kette ölen … Ja, das sollte ich, aber jedes Mal, wenn ich nach Hause komme, vergesse ich es.

Grummelnd schiebe ich das Fahrrad zurück nach Hause und spare es mir, das Ding richtig anzuschließen. Jeder, der es klauen würde, täte mir einen Gefallen.

Da mein Handyakku leer ist, kann ich den anderen nicht einmal Bescheid geben, dass ich viel zu spät komme. Normalerweise brauche ich mit dem Fahrrad fünf Minuten zur Arbeit, zu Fuß sind es fast zwanzig. Ich könnte zwar die Tram nehmen, aber am Rosenthaler Platz wird gerade die Straße neu asphaltiert, weshalb zwei Haltestellen ohnehin gesperrt sind. Ach, was soll's. Dann laufe ich halt.

»Tut mir leid, dass ich zu spät bin«, begrüße ich Lennart, als ich nach fünfzehn Minuten keuchend ankomme, und lehne mich erschöpft gegen den Tresen. »Meine Fahrradkette ist wieder rausgesprungen, und ich habe sie nicht mehr reingekriegt.«

»Sieht man.« Grinsend deutet er auf meine ölverschmierten Hände, woraufhin ich sie geschockt zurückziehe. Ach du Scheiße. Das habe ich gar nicht bemerkt.

»Ich geh mich mal kurz waschen«, murmele ich und suche

die Damentoilette auf. Tina ist nicht streng, was Nagellack oder Tattoos angeht, solange die Hände sauber und gepflegt sind. Obwohl ich schon zu spät bin, schrubbe ich noch fast zehn Minuten, um den schmierigen Dreck von meiner Haut zu lösen.

»Heute arbeite ich gerne eine Stunde länger«, teile ich Lennart mit, als ich zurückkomme.

»Quatsch, Sydney, das musst du nicht. Tina ist nicht da, und ich werde ganz sicher nicht petzen. Luke bestimmt auch nicht.«

Luke. Mein hinterhältiges Herz macht beim Klang seines Namens ein kleines Salto. Es wiederholt seine Vorführung, als ich in den Pausenraum gehe und besagten *Luke* am Tisch vorfinde.

Als er mich entdeckt, springt er auf. »Sydney!«

Überrascht zucke ich zurück. »Ja?«

»Du bist hier.«

»Ja, ich arbeite heute.«

Er schweigt kurz. »Ich dachte, du kommst nicht mehr.«

»Ich bin zu spät. Meine Kette ist rausgesprungen.«

»Ach so.« Er kratzt sich am Kopf und will sich gerade wieder hinsetzen, als er innehält. »Musst du dich umziehen?«

»Ja, aber bleib ruhig«, sage ich und gebe ihm mit einer Handgeste zu verstehen, dass er sich gerne wieder setzen könne. »Ich muss nur die Jacke ablegen und mir die Schürze umbinden. Bin gleich wieder weg.«

»Okay.«

Bilde ich mir das ein oder wirkt er heute irgendwie nervös?

»Wie war's mit deinen Eltern?«, fragt er, während ich meine Jacke abstreife.

»Meinen Eltern?«

»Ja. Meintest du nicht, dass sie zu Besuch kommen?«

»Oh … ja.« Das mit meinen Eltern war Anfang letzter Woche, und liegt inzwischen eine ganze Weile zurück.

»Es war gut. Wirklich sehr schön, aber ihr Besuch war leider sehr kurz. Und bei dir? Bist du noch zu der Party gegangen?«

»Nein.« Er lächelt stolz. »Ich hab das Handy ausgemacht und einen Film angeschmissen. Am nächsten Tag gab es zwar viel Stress, aber das war es trotzdem wert.«

»Sehr gut«, lobe ich ihn und binde mir die Schürze um.

»Und … wie war deine Woche sonst so?«

Warum ist er heute so in Plauderlaune?

»Gut, aber unspektakulär. Nächste Woche geht die Uni wieder los, und eigentlich wollte ich die freie Zeit noch nutzen, um ein paar coole Dinge zu unternehmen. Aber wie immer bin ich nicht aus meinem Trott rausgekommen.«

»Kenn ich.« Er nickt wissend, und ich beschließe, ihn nicht nach seiner Woche zu fragen, damit dieses Gespräch so schnell wie möglich endet.

Um ihn nicht länger anzusehen, wende ich mich den hängenden Jacken zu und binde mir meinen Zopf. Als ich mich umdrehe, mustert er mich noch immer. Was ist bloß los mit ihm? Habe ich vielleicht irgendwas im Gesicht?

Ich will gerade einen prüfenden Blick auf mein Handydisplay werfen, als mir wieder einfällt, dass mein Akku leer ist. Schnell krame ich in meiner Tasche nach meinem Ladegerät und schließe mein Handy an die Steckdose. Ich komme Luke dabei ungewollt nah, da er direkt neben besagter Steckdose sitzt. Warum riecht er immer so gut? Kann dieser Typ vielleicht einmal vergessen zu duschen?

Luke öffnet wieder den Mund, doch bevor er etwas sagen kann, drehe ich mich blitzartig um und eile aus dem Raum.

»Gib mir eine Aufgabe«, weise ich Lennart an, als wäre er mein Boss. Ich brauche Ablenkung. Luke bringt meine Nerven mit seiner bloßen Anwesenheit ins Flattern.

»Du kannst dich mit mir an den Tresen stellen, aber heute ist nicht viel los.« Er deutet mit dem Kinn auf die einzigen beiden Gäste, die eng beieinandersitzen und fröhlich miteinander schwatzen. »Meinetwegen kannst du auch was backen.«

»Nein, das wäre doch blöd. Ich bin schon zu spät gekommen und sollte nicht auch noch dafür belohnt werden.«

»Tust du doch gar nicht.«

»Trotzdem«, beharre ich. »Meinetwegen kannst du früher gehen. Ich bleibe wie gesagt etwas länger.«

»Im Ernst?«

»Klar.«

Lennart schaut auf sein Handy. »Dann könnte ich mich noch mal an meine Hausarbeit setzen.«

»Na dann, hopp hopp!«

»Danke, Syd!« Lennart legt den gerade benutzten Wischlappen weg und macht sich auf zum Pausenraum. »Hey, Luke. Ist es okay, wenn ich früher gehe? Sydney meinte, sie würde heute länger arbeiten.«

O nein. Bei meinem Vorschlag habe ich nicht bedacht, die restliche Schicht allein mit Luke zu verbringen. Schnell will ich es zurücknehmen und Lennart irgendwas von wegen »Wenn Tina das rauskriegt …« auftischen, als Lukes gedämpfte Antwort folgt.

»Ja, kein Problem.«

Na toll.

Wenige Minuten später kehrt Lennart mit geschultertem Rucksack zurück.

»Sei brav«, raunt er mir bei unserer Abschiedsumarmung ins Ohr.

Sei brav? Ist das etwa auf Luke bezogen? Ich soll brav sein wegen Luke?

»Ich bin doch kein kleines Kind!«, rufe ich ihm empört hinterher.

»Dann benimm dich auch nicht wie eins!«, schießt er lachend zurück. »Und grüß Maya später von mir!«

Boah! Erst stellt er mich zur Rede, weil ich gemein zu seinem neuen besten Freund bin, und jetzt fordert er mich auf, *brav* zu sein. Und ich bin auch noch so nett und biete ihm an, früher zu gehen.

»Was meinte er?«, fragt Luke, der schon wieder viel zu nah neben mir steht.

»Keine Ahnung.« Ich zucke mit den Schultern und trete unauffällig einen Schritt zurück.

In den nächsten Minuten vermischt sich die Stimmung zu einem komischen Teig aus Nervosität und Rastlosigkeit. Ich weiß nicht, was ich tun soll, stehe einfach nur blöd rum und vermeide es um jeden Preis, nach links zu sehen.

Aber auch Luke wirkt angespannt, meidet meinen Blick und poliert zum zehnten Mal denselben Löffel. Heute gibt's keine Fragen nach meiner liebsten Marmeladensorte oder sonstiger Kennenlern-Small-Talk. Nicht, dass es mich stören würde … glaube ich.

Als der nächste Kunde hereinschneit, rufe ich ein stummes Halleluja aus und freue ich mich darauf, mich endlich zu beschäftigen. Allerdings nur so lange, bis ich sehe, wie Luke an der Kaffeemaschine hantiert. Bisher habe ich es immer konsequent vermieden, ihn bewusst anzusehen, doch jetzt … Während er das Kaffeepulver mit dem Temper abklopft, spannt sich sein Bizeps unter dem Shirt an. Das Gleiche noch mal, als er den Siebträger an die Maschine schließt. Seine Augen sind konzentriert zusammengekniffen, als wäre es seine einzige Mission, diesen Kaffee zu kochen.

Oh Mann, ist das schräg, dass ich das heiß finde?

Tief in meinen Gedanken versunken, schlage ich die Kasse viel zu heftig zu.

»Entschuldigung«, sage ich zu dem Kunden, der leicht zusammengezuckt ist. »Manchmal klemmt sie.«

Doch er beachtet mich gar nicht, weil sein Blick ebenfalls auf Luke geheftet ist. Natürlich, denke ich spöttisch. Auch er ist in ihn vernarrt. *Wie könnte er nicht.* Diese Arme. Diese starken Arme.

Gott, was ist heute bloß los mit mir? Kriege ich bald meine Tage? Oder ist hier irgendwas in der Luft, das mich ganz wuschig macht?

Als Luke dem Kunden sein Getränk überreicht, bin ich fast schon enttäuscht, dass die Show vorbei ist. Ich erwische meine Gedanken dabei, wie sie um mehr Muskelspiel bitten. Dabei weiß ich, wie falsch das ist. Luke ist noch immer gefährlich, und diese Spannung zwischen uns muss mit Vorsicht behandelt werden.

Deshalb bin ich auch nicht gerade stolz auf das, was als Nächstes folgt: »Kannst du mir vielleicht auch einen Kaffee machen?«, säusele ich in ungewohnt hoher Mädchenstimme.

In seinen braunen Augen blitzt Verwunderung auf. »Klar. Was für einen willst du?«

»Einen großen Macchiato.«

»Kommt sofort.«

Luke beginnt, meinen Kaffee zuzubereiten, und ich starre dabei auf seine Arme, die sich in dieser ganz kurzen Bewegung wieder zum Zerreißen anspannen. Wie sie sich wohl anfühlen? Hart? Sehnig? Glatt? Rau?

»Welche Milch?«

»Äh.« Ich löse den Blick von seinen Armen und kehre zurück in die Realität. »Ja, mit Milch.«

»Nein, ich meine, welche Milch? Hafermilch? Soja?«

»Oh, ach so! Hafermilch, bitte!« Oh Gott. Kann mich bitte jemand erschießen?

»Hier.« Luke reicht mir das warme Glas, in der sich cremefarbene Flüssigkeit befindet, die nach unten hin immer dunkler wird. Wie immer ist ihm die Milchtextur grandios gelungen. Nur die Oberfläche ist ein wenig … Moment.

»Hast du dich an Latte Art versucht?«

»Ja, aber ist wohl nicht ganz so gelungen«, erwidert er verlegen.

»Das würde ich nicht sagen«, entgegne ich ohne jede Ironie. »Sieht aus wie ein Elefant. Ist das der Rüssel?«

»Nein.« Er lacht. »Das sollte eigentlich ein Herz werden.«

Ein Herz. Er wollte mir ein Herz auf meinen Kaffee malen. Okay, Sydney. Kein Grund, durchzudrehen. Das Herz ist ein typisches Latte-Art-Motiv. Das hat rein gar nichts mit mir zu tun.

»Ist sehr hübsch geworden«, sage ich einen Hauch zu piepsig und deformiere das Herz, indem ich hastig einen großen Schluck nehme.

Wow. Der Latte Macchiato ist wirklich gut. Luke hat rasante Fortschritte gemacht. Am liebsten würde ich es ihm sagen, doch ich zügele mich.

Mit Luke zusammenzuarbeiten wäre definitiv einfacher, wenn er ein ungehobelter Arsch und nicht so verdammt freundlich und attraktiv wäre. Was hat Maya noch mal gesagt? Dass es komisch ist, dass er gar nichts mehr weiß?

Ja, es ist komisch. Doch ich kann das Grübeln und die Hoffnung unmöglich länger zulassen. Ich habe schon Jahre meines Lebens damit verschwendet. Und selbst, wenn ich ihn danach fragen würde, würde es sowieso nichts ändern. Luke hat sein Versprechen gebrochen und mich angelogen.

Wieder legt sich das vertraute Schamgefühl wie ein enger Schal um meinen Hals. Ich schüttele meine Schultern, dann schlürfe ich an meinem Getränk und starre weiter Löcher in die Luft. Kein neuer Kunde weit und breit. Wo sind denn bloß alle? Normalerweise ist um diese Uhrzeit viel mehr los, aber jetzt sind es nur Luke und ich und die peinliche Stille zwischen uns. Ob das schon wieder die Aliens sind, die das ganz bewusst geplant haben? Was haben diese kleinen Biester diesmal vor?

»Weißt du was?«, bricht Luke das Schweigen. »Ich habe neulich *Star Wars* gesehen.«

Mein Mund klappt auf. »Im Ernst?«

»Jepp.«

»Und?«

»Ähm, also ... er war ganz ...«

»Warte.« Ich durchschaue ihn sofort. »Du mochtest ihn nicht.«

»Nein, also ... Er war schon interessant.«

Ich lache los. »Sehr diplomatisch ausgedrückt.«

»Aber er wurde besser«, fügt er hinzu. »Nur irgendwie ... Ich weiß nicht. Am Anfang habe ich fast überhaupt nichts verstanden. Und Luke hat mich echt genervt.«

Ja, so mancher Luke kann einen ziemlich nerven ...

»In allem war er so perfekt, und dann hat er auch noch ohne Zielcomputer den Todesstern zerstört. Woher weiß er das, bitte?«

»Die Macht ist eben stark in ihm. Das war reine Intuition.«

»Hm. Trotzdem.«

»Hast du mit Episode IV angefangen? *Eine neue Hoffnung*?«

»Ja.«

»Sehr gut. Wobei ... Vielleicht hättest du besser mit Episode I starten sollen. Die Filme sind zwar nicht ganz so beliebt wie die ganz alten, aber sie erzählen mehr über die Hintergrundgeschichte.«

»Was meinst du damit? Ist der erste Film nicht automatisch der älteste?«

»Nein, zuerst gab es nur Episode IV, V und VI. Die sind irgendwann in den Siebzigern und Achtzigern gedreht worden und hießen damals natürlich noch nicht so. Ein paar Jahre später wurden dann die Prequels gedreht, die die Vorgeschichte erzählen.«

»Verstehe. Aber warum schaut man die Filme dann nicht chronologisch?«

»Weil die meisten es bevorzugen, mit den Filmen anzufangen, die zuerst entstanden sind. So wie bei *Der Herr der Ringe* und *Der Hobbit.* Außerdem sind die Prequels nicht ganz so beliebt wie die anderen.«

»Warum nicht?«

»Ach, das hat viele Gründe. Zum Beispiel wird die Animation oft kritisiert. Sie ist so typisch Anfang 2000er CGI. Wie ein Computerspiel.«

»Die Effekte in Episode IV waren auch nicht gerade der Renner.«

»Ja, aber das liegt daran, dass die Macher damals noch ganz viel Mühe und Herzblut reingesteckt haben. Denk nur an all die aufwendigen Kostüme. Das war alles Handarbeit. Aber ich verstehe die Kritik natürlich, wenn man einen so alten Film sieht und nicht daran gewöhnt ist. Würde ich ihn heute zum ersten Mal sehen, würde ich vielleicht sogar ähnlich denken.«

»Hm.« Luke kräuselt die Lippen. Dabei sieht er leider niedlicher aus, als mir lieb ist. »Vielleicht schaue ich mir beim nächsten Mal Episode I an.«

»Du willst *Star Wars* also noch eine Chance geben?« Warum muss ich so lächeln, während ich das sage?

»Ja, ich will.« Er lächelt ebenfalls.

»Aber dann würde ich dir raten, trotzdem lieber Episode V und VI zu schauen. Ich glaube, dann kommst du weniger durcheinander. Und der fünfte Teil ist wirklich, wirklich gut! Dort kommt auch … nein. Ich will nicht spoilern. Oder … Nein!«, bremse ich mich rechtzeitig. »Du musst es einfach selbst sehen.«

»Vielleicht können wir es zusammen sehen.«

Mein Herz setzt einen Schlag aus. »Was?«

26. KAPITEL

Luke

Die Woche war die Hölle. Ich habe Sydney so sehr vermisst, dass ich fast durchgedreht wäre. Ständig habe ich Wuffi nach ihr ausgefragt und gefühlt alle zehn Sekunden ihre Startseite auf Instagram aktualisiert. Aber es kam nichts, weder ein Update von Lenny noch eine Story oder ein neuer Post. Nicht mal geträumt habe ich von ihr, obwohl ich es mir diesmal sogar herbeigesehnt habe. Und als ich vorhin kurz dachte, dass sie nach all der Warterei nicht einmal zur Arbeit kommen würde, hätte ich fast hyperventiliert.

Trotzdem rechtfertigt meine lächerliche Sehnsucht nicht, dass ich Sydney allen Ernstes um ein Treffen gebeten habe. Was zur Hölle ist in mich gefahren? Das ist viel zu früh! Ich kann sie doch nicht einfach überfallen, schon gar nicht erst, wenn sie so vorsichtig ist, was Typen angeht. Wir waren gerade erst über den Punkt hinaus, uns wie Hunde und Katzen anzukeifen. Was sollte dieser Übermut?

Ich ringe nach Luft, während ich die losen Buchstaben in meinem Kopf zu einem vollständigen Satz herausquetsche. »Ja, wenn du Lust hast. Zu zweit macht es sicher viel mehr Spaß.«

Ich klinge gefasster, als ich mich fühle, aber Sydneys Augen sind trotzdem so weit aufgerissen, dass ihr Gesicht fast nur noch aus ihren Opalen besteht. Sie ist geschockt. Mehr noch, ich glaube, sie ist entsetzt.

»Nein. Ich meine … ich kann nicht«, entgegnet sie zittrig. Ich erwarte, dass sie mehr sagt, sich erklärt oder mir eine Ausrede auftischt. Doch sie bleibt nur bei diesem Nein, dass sich wie ein Schlag in den Magen anfühlt.

»Okay, klar.« Gelassen zucke ich mit den Schultern, eine automatisierte Bewegung, die ich mir über die Jahre antrainiert habe. Das ist nicht mein erster Korb. Es ist nur der erste, der wirklich schmerzt.

»Ist es okay, wenn ich in die Küche gehe? Du kannst mich rufen, wenn mehr los ist.«

»Ja, geh nur«, sage ich. Ein bisschen Abstand wird uns beiden sicher guttun.

Sydney steuert die Küche an, läuft dann aber weiter zum Pausenraum. »Ich muss noch ein paar Sachen kaufen. Bin gleich wieder da.«

»Okay.«

Einen Wimpernschlag später ist sie mitsamt ihrer Tasche weg. Ob sie überhaupt wiederkommt? Ich weiß es nicht. Bei ihr weiß ich gar nichts.

Mein Mitteilungsdrang lässt mich mein Handy hervorzücken. Unruhig scrollen meine Finger nach dem Chat von mir und Vince.

Ich: Ich habe Sydney gerade nach einem Treffen gefragt.

Vince: Ich krieg fünfzig Mäuse.

Ich: Wir haben nicht gewettet.

Vince: Ich hab mit mir selbst gewettet. Du kannst mir nichts vormachen, schon vergessen? ;-)

Ich: Sie hat Nein gesagt.

Diesmal dauert seine Antwort etwas länger.

Vince: Shit! Warum?

Ich: Hat sie nicht gesagt.

Vince: Sie hat einfach nur Nein gesagt?

Ich: Ja.

Ich hatte gehofft, es würde mir nach einem Gespräch mit Vince besser gehen. Im Gegenteil – die Zurückweisung trifft mich wie ein Boomerang. Als Vince mich anruft, drücke ich ihn weg.

Ich: Bin noch auf der Arbeit.

Vince: Okay, aber lass uns später darüber reden. Du hast Spätschicht, oder? Um acht im *Epos*?

Zur Antwort schicke ich ihm einen erhobenen Daumen und stecke mein Handy wieder ein. Bald darauf kehrt Sydney mit einer bis zum Rand gefüllten Papiertüte zurück.

»Was willst du backen?«, erkundige ich mich.

»Eine Torte.«

Wow, sehr konkret.

»Okay, viel Spaß.«

Sydney verschwindet in der Küche, ohne mir zu antworten. Großartig. Jetzt habe ich sie endgültig verschreckt.

*

Die nächsten zwei Stunden vergehen eher ruhig. Es kommen nur wenige Gäste, die etwas zum Mitnehmen bestellen und schnell wieder abziehen. Sydney bleibt die ganze Zeit über in der Küche und gibt keinen Mucks von sich. Ich weiß nicht, ob sie wirklich eine Torte backt oder schon längst durchs Fenster geflohen ist. Ich traue mich nicht nachzusehen.

Irgendwann jedoch höre ich ihre Stimme. Und meinen Namen.

»Luke?«

»Ja?«

»Kannst du mir kurz die Tür aufmachen?«

»Klar.« Ich drücke den Riegel runter und stoße die Tür auf. Dann trete ich zur Seite, um sie durchzulassen.

»Wow«, entfährt es mir mit großen Augen. Der Kuchen, den sie auf einem Tortenständer balanciert, sieht nicht aus wie ein Kuchen, sondern wie ein abgeschnittener Baumstamm mit Rillen und Jahresringen. Darauf thronen ein Fuchs, bunte Blätter und kleine rote Äpfel.

»Kann man das alles essen?«

»Ja.«

»Wow«, sage ich wieder und kann den Blick nach wie vor nicht von dieser Torte lösen. Je länger ich sie betrachte, desto mehr Details fallen mir ins Auge. Der Fuchs hält einen Pilz in der Hand. Einen Pilz!

»Sydney, das ist unglaublich. Wie hast du das so schnell hingekriegt? Du warst doch keine zwei Stunden weg!«

Zum ersten Mal seit unserem *Star Wars*-Gespräch lächelt sie wieder.

»Das war eigentlich gar nicht so schwer.« Sie stellt den Kuchen auf dem Tresen ab, der ihrem Gesichtsausdruck nach zu urteilen schwerer ist, als er aussieht. »Erst habe ich den Teig für einen stinknormalen Schokokuchen angerührt.

Als der dann im Ofen war, habe ich mich um den Fondant gekümmert.«

»Was ist Fondant?«, frage ich neugierig.

»Das ist eine Zuckermasse, mit der man viel dekorieren kann. Sie schmeckt neutraler als Marzipan, den viele nicht mögen.«

Ihre Hand wandert zu den Blättern. »Die hier waren am leichtesten. Ich musste den Fondant nur ausrollen und mit einer blattförmigen Keksform ausstechen. Die Äpfel waren auch leicht. Nur der Fuchs war echt schwer. Er ist mir die ganze Zeit auseinandergefallen, deshalb sieht er auch so zerknautscht aus.«

»Sydney, das ist ein Meisterwerk. Überhaupt, dass du auf diese geniale Idee gekommen bist!«

»Das war nicht meine Idee«, winkt sie ab. »Ich habe das Rezept aus Pinterest. So kreativ bin ich nun auch nicht.«

»Hör auf, dich selbst kleinzureden. Das ist unglaublich! Du könntest Wettbewerbe gewinnen oder so. Gibt es so was? Kuchenwettbewerbe?«

Sydney prustet los.

»Im Ernst«, mache ich weiter. »Wie kann man denn einen Fuchs mit der bloßen Hand formen?«

»Das ist wirklich nicht so schwer. Es ist genau wie Kneten. Das können auch Kinder.«

»Aber keine Kinder, die so grobmotorisch veranlagt sind wie ich«, wende ich ein, und sie lacht wieder. »Hast du mal darüber nachgedacht, das Ganze beruflich zu machen?«

Ein glückliches Lächeln tanzt auf ihren Lippen, eines, das sie noch schöner aussehen lässt. »So was Ähnliches hat mich meine Großmutter neulich auch gefragt.«

»Und?«

»Ich weiß nicht. Es würde mir bestimmt Spaß machen, aber meine Eltern würden es nicht gutheißen.«

»Warum nicht?«

»Weil der Job in ihren Augen nicht so hoch angesehen ist wie als CEO oder Managerin«, antwortet sie und schiebt die Glastheke auf, um nach dem gleichen Muffin zu greifen, den Vince neulich hatte. Vielleicht hat das Backen sie selbst ein bisschen hungrig gemacht. »Natürlich würden sie das niemals laut zugeben, aber ich weiß, dass es so ist«, ergänzt sie und zieht das Papier vom Muffin.

»Das kenne ich«, rutscht es mir heraus.

»Wörklisch?« Sie mustert mich mit zwei Pausbäckchen. An ihren Lippen klebt Schokolade. Mein Hals wird trocken. Ich strecke kurz meine Arme und trete dabei unauffällig einen Schritt zurück. Ein kleiner Sicherheitsabstand, aus Angst, irgendwas Dummes zu sagen oder noch Dümmeres zu tun, das ich garantiert bereuen könnte.

»Ja. Mein Vater will die ganze Zeit, dass ich in sein Unternehmen einsteige. Das ist auch einer der Gründe, warum wir uns nicht gut verstehen.«

»Was macht dein Vater?«, fragt sie und bricht ein weiteres Stück von ihrem Muffin ab, ehe sie mir ganz selbstverständlich das kleine Teigding hinhält und einen »Willst du auch?«-Blick macht. Damit verringert sie unseren Abstand wieder und erhöht zugleich meine Herzfrequenz.

Wortlos nehme ich mir ebenfalls ein Stück und zwinge meine Lippen, nicht über beide Ohren zu grinsen. Vielleicht interpretiere ich zu viel da rein, aber ich bin sicher, dass sie das vor ein paar Wochen noch nicht getan hätte.

»Er ist im Bankwesen tätig«, antworte ich, nachdem ich geschluckt habe. »Bei derselben, bei der ich auch eine Weile im Kundensupport gearbeitet habe.«

»Und warum ist es ihm so wichtig, dass du auch da arbeitest?«, fragt sie weiter und bedeckt mit der Hand ihren Mund, als fürchte sie, dass sich darin noch Muffinreste befinden.

»Weil er das Unternehmen quasi gegründet hat.«

»Quasi?«

»Ohne quasi«, verbessere ich mich. »Er hat es gegründet, nicht allein, sondern mit zwei anderen Partnern.«

»Oh, krass.«

»Ja.«

Mutig greife ich erneut nach dem Muffin und halte ihn plötzlich ganz in der Hand, als Sydney ihn mir reicht und mit einem leichten Kopfschütteln zu verstehen gibt, dass sie nicht mehr will.

»Und er hat sehr viel Mühe und Arbeit in die Firma gesteckt und wünscht sich, dass du auch einsteigst?«, mutmaßt sie und greift nach dem Serviettenspender, um sich die Finger zu putzen.

»Wir«, korrigiere ich sie. »Also mein Bruder und ich.«

»Aber du willst nicht«, stellt sie fest.

»Nein.«

»Und dein Bruder schon?«

»Ja.«

»Und was willst du?«

»Keine Ahnung. Aber nicht das.«

»Verstehe.« Sie nickt nachdenklich. »Wie heißt die Bank, bei der dein Vater arbeitet?«

»Kennst du die *Bank of Future*?«

Sofort werden ihre Augen groß. »Was? Oh mein Gott, natürlich kenne ich sie! Warte, dein Vater hat allen Ernstes die *Bank of Future* gegründet? Das ist *die* Online-Bank. Die. Online. Bank«, sagt sie wieder. »Keine Bank ist in kürzester Zeit so viral gegangen wie sie. Ich glaube sogar, dass sie ihre Dienstleistung inzwischen weltweit anbieten.«

»Woher weißt du das alles?«, frage ich sie verblüfft und schmeiße das Muffinpapier in den Müll.

»Ich bin ein Wirtschaftsfuzzi, schon vergessen?«, zieht sie mich auf. »Spaß beiseite. Ich hatte die Bank mal in einem Seminar.«

»Ach so« sage ich knapp und beschließe, das Thema nicht weiter zu vertiefen. Das beißende Gefühl, das mich jedes Mal überkommt, wenn ich über meinen Vater rede, wünsche ich nicht einmal meinem schlimmsten Feind.

»Auf jeden Fall werde ich niemals bei einer Bank arbeiten.«

»Das musst du auch nicht. Tu das, was du tun willst. Das Leben ist zu kurz, um nach den Regeln anderer zu spielen. Es geht doch darum, Spaß zu haben und glücklich zu sein.«

»Dasselbe könnte ich auch zu dir sagen.«

»Nein.« Sydney lächelt, doch sie schüttelt bestimmt den Kopf. »Ich werde keine Konditorin.«

»Aber du hättest das Zeug dazu«, sage ich und lenke unsere Aufmerksamkeit wieder auf die Torte vor uns. »Das Ding ist so schön, dass ich mich gar nicht traue, es anzuschneiden.«

»Ja, so geht es mir jedes Mal.« Ihr Blick ist wehmütig. »Ich mach mal schnell ein Abschiedsfoto.«

Während Sydney ihre Torte aus allen erdenklichen Winkeln fotografiert, überkommt mich ein kleiner Geistesblitz.

»Kannst du mir das Foto vielleicht schicken?«, frage ich mit leichtem Eifer in der Stimme, auch wenn das Interesse nicht direkt ihren Kochkünsten gilt.

»Klar.«

»Okay, ich gebe dir meine Nummer.«

Sydney erstarrt inmitten der Bewegung. Offenbar hat sie mit ihrer Zusage nicht bedacht, unsere Nummern auszutauschen. Ihre Reaktion kränkt mich, doch ich schiebe das Gefühl beiseite. Das ist jetzt nebensächlich.

Langsam diktiere ich Sydney meine Nummer, und als sie mich anklingelt, vibriert es in meiner Hosentasche. Ich unterdrücke ein triumphierendes Lächeln. Sydney hat mir zwar einen Korb gegeben, aber dafür habe ich jetzt ihre Nummer. Man muss immer das Positive sehen.

»Oh, es ist schon zehn nach sieben«, sagt Sydney mit einem überraschten Blick auf ihr Handy. »Hey, ihr zwei, wir schließen jetzt«, ruft sie zu den Frauen, die schon seit Stunden hier sitzen.

»Tut uns leid! Wir haben uns verquatscht«, entschuldigt sich eine von ihnen. Eilig packen sie ihre Sachen zusammen und stehen auf. Als sie mit ihren leeren Tassen zum Tresen kommen, bleiben sie abrupt stehen.

»Ist die echt?«, fragt die eine von ihnen mit dem Blick auf Sydneys Kunstwerk.

»Ja, die hat meine Kollegin gemacht«, sage ich und deute auf Sydney, die scheu lächelt.

»Die ist unglaublich schön. Eine richtige Herbsttorte.«

»Ja, Sydney übertrifft sich jedes Mal selbst. Sie hat dafür keine zwei Stunden gebraucht.«

»Wow«, sagen die beiden im Chor, während Sydney verlegenes Gebrabbel von sich gibt.

»Machst du das professionell oder so?«, fragt die andere Freundin sie.

»Nein.« Schüchtern streicht sie sich eine Strähne hinters Ohr. »Das ist nur ein Hobby.«

»Krass. Meinst du, du könntest so eine Torte auch für mich machen? Meine Tochter hat an Halloween Geburtstag. Das ist zwar noch ein bisschen hin, aber sie würde sich bestimmt über eine gruselige Torte freuen. Ich bezahle dich natürlich.«

»Oh, äh … Also … vielleicht …«, stottert Sydney überwältigt.

Da sie keinen richtigen Satz mehr zusammenbringt, übernehme ich für sie: »Wir denken darüber nach. Ihr könnt uns ja eine Nummer hinterlassen, bei der wir anrufen können.«

»Gern.« Die Frau kramt in ihrer Tasche und reicht Sydney eine Visitenkarte. »Wir würden uns wirklich sehr freuen, wenn du dich melden würdest.«

»Siehst du!«, rufe ich, als die beiden weg sind. »Du hast die Konditorin im Blut. Stell dir mal vor, wie cool es wäre, deine Leidenschaft zu leben und auch noch dafür bezahlt zu werden.«

»Hm. Ich weiß nicht.« Sie streicht über den Rand der Visitenkarte. »Es gibt doch schon genügend Konditoreien. Stirbt die Branche nicht allmählich aus? Außerdem ist der Konkurrenzdruck sicher enorm hoch.«

»Der ist überall hoch. Und vielleicht musst du das ganz anders angehen. Es reicht doch auch, wenn du es nebenbei machst. Hier und da ein paar private Kunden. Und wenn du dir dann langsam einen Namen gemacht hast, kannst du weitersehen, was sonst noch so geht. Aber mit deinen künstlerischen Fähigkeiten dauert das bestimmt nicht lang.«

»Jetzt übertreibst du aber.« Selbst ihr dunkler Hautton kann nicht kaschieren, dass sie gerade leicht errötet.

»Ich übertreibe nicht. Ich sehe es, wenn jemand Talent hat, und das sage ich wirklich nicht nur so. Du kannst es einfach.«

Knisternde Stille breitet sich zwischen uns aus. Sydney starrt mich wortlos an, ihre Mundwinkel heben sich leicht. Ich weiß nicht, ob meine Worte sie freuen oder überfordern. Vielleicht beides.

Sydney schaut als Erste weg und schüttelt etwas benommen den Kopf. »Vielleicht sollten wir langsam anfangen, den Laden zu schließen«, murmelt sie. »Weißt du was? Warum gehst du nicht schon mal? Ich war schon zu spät und habe dann Stunden in der Küche verbracht. Es ist nur fair, wenn ich jetzt den Rest mache.«

»Ach was, das musst du echt nicht.« Nicht, dass ich scharf aufs Putzen bin, aber der Gedanke daran, Sydney zu verlassen, fühlt sich so an, als würde man mir ohne Narkose den Bauch aufschneiden.

»Doch, bitte.« Sie betont das *Bitte* nicht wie eine Bitte, sondern wie eine unmissverständliche Aufforderung. Ich soll gehen.

»Okay, wie du willst.«

Missmutig trotte ich zum Pausenraum, lege die Schürze ab und schnappe mir meine Jacke. Als ich wieder rauskomme, ist Sydney bereits dabei, die Kaffeemaschine zu putzen.

»Also dann.«

»Also dann.«

Ich will noch nicht gehen. Ich will hierbleiben, Klos putzen, bei ihr sein. Bis wir uns das nächste Mal sehen, werden wieder ein paar Tage vergehen. Wie soll ich das diesmal aushalten?

»Ich gehe gleich ins *Epos* und treffe mich mit einem Kumpel«, sage ich wieder, ohne nachzudenken. »Wenn du Lust hast, kannst du später nachkommen.«

Sydney schaut auf. Ihr Blick ist derselbe wie vorhin. Geschockt und entsetzt.

»Nein.«

27. KAPITEL

Sydney

Ich höre das Gelächter, noch bevor ich die Haustür aufschließe. Vicky lacht wie ein wieherndes Pferd und Maya wie ein glücklicher Delfin. Wenn ich dabei bin – angeblich klinge ich beim Lachen wie ein gestresstes Meerschweinchen –, hören wir uns an wie Tiere im Zoo. Unter anderen Umständen würde ich mich dem Gelächter anschließen. Unter anderen Umständen …

»Hey«, begrüße ich die beiden im Wohnzimmer, das in meiner Abwesenheit zu einem Beautyroom adaptiert wurde. Auf dem Tisch verteilen sich Haarbürsten, Spiegel und ein Haufen Schminke. Ihre Outfits schreien nach *»Ich mach heute Partey, machst du heute Partey?«*.

Maya trägt ein rückenfreies schwarzes Oberteil, das im Nacken zusammengehalten wird. Dazu eine eng anliegende schwarze Latexhose. Vickys Kleid ist silbern, kurz und hat sowohl vorne als auch hinten einen tiefen V-Ausschnitt. Den Pony hat sie zurückgesteckt, ihre Nägel sind knallrot lackiert und passen sich dem Ton ihres Lippenstifts an.

»Ich sehe, ihr habt Spaß«, stelle ich fest.

»Haben wir«, kichert Vicky. »Ich habe Maya gerade erzählt, dass … Hey, was ist los?«

Ein kurzer Blick in meine Richtung reicht aus, um die beiden abrupt verstummen zu lassen. Gott, bin ich wirklich so erbärmlich?

»Luke wollte sich heute mit mir treffen.«

»Was?«, rufen beide im Chor.

»Ja.« Ich setze mich zu ihnen und berichte in aller Kürze von besagtem Ereignis.

»Wo kommt das denn auf einmal her?«, fragt Maya und zieht die Stirn kraus.

»Keine Ahnung. Vielleicht will er mich schon wieder verarschen.«

»Nein, ausgeschlossen.« Vicky schüttelt den Kopf, dabei wippen ihre Locken hin und her. »Ich schätze, er mag dich einfach.«

»Wie denn? Er kennt mich doch gar nicht.«

»Doch, das tut er. Er hat es nur vergessen. Vielleicht erinnert sich ein Teil von ihm noch an …«

»Stopp«, falle ich Maya ins Wort und stöhne auf. »Bitte nicht schon wieder. Luke ist nicht vom Blitz getroffen worden. Er hat mich vergessen, ja. Aber er mag mich doch nicht.«

»Und warum will er sich dann mit dir treffen?«

»Keine Ahnung. Vielleicht habe ich ihm falsche Hoffnungen gemacht. Also … *andere* Hoffnungen, meine ich. Ich habe ihn ein bisschen angegafft«, gestehe ich.

»Inwiefern angegafft?«, bohrt Vicky nach.

»Irgendwie hat es mich angemacht, wie er den Kaffee gekocht hat.«

Zu meiner Erleichterung lachen die beiden nicht. Mutig rede ich weiter. »Und generell ist da immer diese Anziehung zwischen uns. Ich wünschte, es wäre nicht so, aber ich kann es auch nicht einfach abschütteln. Es ist, als ob mein Geist und mein Körper in unterschiedlichen Mannschaften spielen würden.« Ich seufze frustriert. »Na ja, ist ja auch egal. Warum seid ihr eigentlich so chic angezogen?«, wechsele ich das Thema.

»Wir gehen gleich in eine Bar und später noch in einen

Club«, sagt Maya. »Der Eintritt ist bis null Uhr kostenlos, und außerdem gibt es ein Freigetränk. Willst du mitkommen?«

Ich schüttele den Kopf. »Lieber nicht. Ich schleppe meinen introvertierten Arsch gleich ins Bett.« Außerdem ist heute Waschtag. Das Kämmen, Shampoonieren und die sonstige Pflege meiner Haare dauert immer doppelt so lang wie bei dem Schopf meiner Freundinnen. Es ist gut, wenn ich das Bad eine Weile für mich habe.

»Oder dein introvertierter Arsch und du gehen mit Max ins Bett. Er kommt heute auch«, fügt Maya grinsend hinzu.

»Nein, danke«, entgegne ich etwas zu schnell und etwas zu säuerlich. *Nie wieder.*

»Oh.« Sie wirkt überrascht. »War es letztes Mal nicht so gut?«

Bisher habe ich mich in erfolgreiches Schweigen gehüllt, was das letzte Techtelmechtel mit Max anging. Jetzt muss ich wohl mit der Sprache rausrücken.

»Ja«, beantworte ich ihre Frage. »Aber es lag nicht direkt an ihm. Ich glaube, ich bin diejenige, die nicht so gut ist.«

»Was? Warum solltest du nicht gut sein?«

»Ich weiß warum«, mischt sich Vicky ein. »Weil du selbst nicht weißt, worauf du stehst.«

Ich verziehe das Gesicht. »Müsstest du mir als meine beste Freundin nicht so was sagen wie ›Nein, es liegt nicht an dir, sondern an ihm. Du bist toll, so wie du bist‹ oder so ähnlich?«

Vicky verdreht die Augen, als hätte sie einen ausgelutschten Witz gehört. »Du weißt genau, dass ich nicht so bin. Wie war das damals eigentlich mit euch?«, hakt sie nach. »Haben du und Max über den Sex geredet?«

»Nein. Aber das wäre auch voll unromantisch gewesen«, erwidere ich, woraufhin Vicky ein tiefes Schnauben von sich gibt.

»Weißt du, was unromantisch ist? Schlechter Sex! Kein Wunder, dass es nicht mit euch geklappt hat.«

»Das stimmt nicht«, verteidige ich mich und setze ein beleidigtes Gesicht auf. »Es war nicht wegen dem Sex.«

»Aber offensichtlich auch nicht, weil der Sex bombastisch gut war. Ich sehe das so: Die Menschen haben unterschiedliche Geschmäcker, deshalb muss vorher geklärt werden, worauf jeder jeweils steht. Stell dir mal vor, jemand würde … ich weiß nicht, auf Fesselspiele stehen oder so. Aber damit kann er oder sie dich nicht einfach überfallen, verstehst du? Ihr müsst darüber reden. Vor allem aber muss dir selbst erst mal klar werden, worauf du stehst.«

Vickys Worte sind so grotesk einleuchtend, dass ich sie gerade ein bisschen dafür hasse.

»Sei ehrlich: Hast du dein neues pinkes Spielzeug schon mal ausprobiert?«

Mann ey. Vicky soll ihren verdammten Detektivmodus wieder ausschalten.

»Ha, wusste ich's doch«, sagt sie, als ich ertappt den Kopf sinken lasse. »Okay, ich habe eine Idee: Maya und ich gehen gleich los und kommen nicht vor Morgengrauen zurück. In dieser Zeit bist du allein und kannst dich austoben. Probiere was aus, lern dich und deinen Körper besser kennen. Hab ein bisschen Spaß.«

»Ich weiß nicht«, gebe ich wenig begeistert zurück. »Ich bin einfach nicht in Stimmung für so was.«

»Dafür ist das Ding ja auch da. Du kommst in Stimmung.« Sie grinst verschmitzt.

*

Als die Tür später ins Schloss fällt, denke ich noch immer über Vickys Vorschlag nach. Ob ich den *Femi Master 3000* wirklich ausprobieren sollte? Immerhin habe ich über dreißig Euro für das Ding gezahlt, und einen Versuch wäre es zumindest wert. Außerdem täte mir etwas Ablenkung wirklich gut.

Ach, warum nicht. Aber … wie geht das eigentlich? Ich habe mich noch nicht oft selbst berührt, deshalb weiß ich nicht, ob es irgendwelche allgemeinen Regeln zu beachten gibt. Zieht man sich komplett aus? Oder macht man sich wie beim Gynäkologen nur untenrum frei?

Oh Mann, jetzt denke ich an meinen jährlichen Krebsabstrich, der noch fällig ist. Mehr killen kann man die Stimmung wohl nicht.

Okay, tief durchatmen und noch mal von vorn. Obwohl ich allein bin, schließe ich die Haustür und lasse den Schlüssel stecken, damit erst jemand klingeln muss, um reinzukommen. Anschließend verriegele ich noch meine eigene Tür und schalte das Licht aus. Ob ich noch Kerzen anmachen sollte? Nein, das wäre schräg.

Auf dem Weg zum Bett streife ich Hose und Slip ab und schlüpfe unter die Decke. Dann öffne ich die Schublade meines Nachtschranks und hole den Vibrator hervor. Skeptisch betrachte ich das harte und gleichzeitig gummiartige Ding.

Mutig setze ich das pinke Teil in Position. Ich zähle bis zehn, dann hole ich tief Luft und drücke auf den Startknopf. Sofort vibriert es und … oh wow. Oh wow, wow, wow. Das ist … Oh mein Gott. Diese Vibration … Ich keuche auf. Dieses Gefühl ist … ich kann es gar nicht beschreiben.

Gott, das ist der Hammer. Es ist besser als jeder Sex, den ich jemals hatte.

Keine drei Minuten später komme ich so intensiv, dass mein Schrei von den Wänden widerhallt. Ich ringe nach Atem und schwebe auf der Wolke dieser nie gekannten Gefühle, die meinen Körper immer noch in Wellen durchlaufen, als mein Handy wie aus dem Nichts direkt neben meinem Ohr klingelt. Erschrocken fahre ich zusammen. Beschissener könnte das Timing wirklich nicht sein.

»Hallo?«

»Hey.«

Ich erstarre.

Luke???

»Hey.«

»Alles okay? Du atmest so komisch.«

Oh Gott.

»Ich bin gerannt«, improvisiere ich und suche hektisch nach dem Ausschaltknopf des Vibrators. »Hab das Handy die ganze Zeit gesucht.«

Tolle Ausrede, ich bin nach dem zweiten Klingeln rangegangen.

»Ach so.«

Um mein Après-Orgasmus-Hecheln etwas abzudämpfen, halte ich das Handy ein Stück weit von meinem Ohr entfernt. Was bin ich auch so blöd und nehme den Anruf ausgerechnet jetzt entgegen? Hätte ich nicht in Ruhe verschnaufen und später zurückrufen können?

»Was gibt's?«, frage ich locker, und dann werde ich mir der Tatsache bewusst, dass ich gerade halb nackt im Bett liege, einen Vibrator in der Hand halte und mit Luke telefoniere. Wie skurril ist das bitte?

»Du … du hast mir das Foto noch nicht geschickt. Das Kuchenbild.«

»Oh, stimmt. Ich schicke es dir gleich.«

»Danke.«

Deshalb hat er angerufen? Er will, dass ich ihm das Foto von meinem Kuchen schicke?

»Ich bin ein bisschen betrunken«, gesteht er, und erst jetzt bemerke ich, dass er die Vokale beim Reden ein bisschen verschluckt.

»Eigentlich trinke ich nicht so viel. Seit …«

Seit was?

»Egal, nicht so wichtig. Der Mond ist voll groß heute.«

Ich runzle die Stirn. »Wo bist du?«

»Unterwegs. Ich laufe nach Hause.«

»Okay.«

»Siehst du den Mond auch?«

»Nein, ich liege schon im Bett.«

»Kannst du ihn von deinem Fenster aus sehen?«

Soll ich jetzt ernsthaft aufstehen? Na gut, wenn er es unbedingt will …

»Warte kurz«, seufze ich und schlage die Bettdecke zur Seite. Nur mit Socken und meinem Shirt bekleidet tapse ich im Dunkeln auf das Fenster zu und lehne meine Stirn gegen das kalte Glas. Der Vollmond strahlt mir leuchtend entgegen, so hell, dass das Licht fast künstlich wirkt. Irgendwie komisch, dass wir beide gerade dasselbe ansehen, aber nicht am selben Ort sind.

»Ja, er ist wirklich groß«, gebe ich ihm recht.

»Ich mag dein Foto«, sagt er unvermittelt.

»Welches Foto?«

»Dein Profilbild.«

»Oh.« Mein Herz macht einen Satz. Ich will Danke sagen, doch es kommt mir nicht über die Lippen. Der Schmetterlingsschwarm, der durch meinen Bauch saust, hindert mich daran.

»Sydney?«

Ich schlucke. »Ja?«

Er seufzt in den Hörer, schweigt jedoch. Eine ganze Weile erklingen nur seine Schritte, die über den Asphalt schlurfen.

»Noch da?«

»Willst du dich mit mir treffen?«

»Was?« Fast fällt mir das Handy aus der Hand. »Jetzt?«

»Nein.« Ich höre ihn schmunzeln. »Nicht jetzt, aber vielleicht im Laufe der Woche?«

Ist das hier eine typische Halluzination nach einem Orgasmus oder fragt er mich allen Ernstes schon wieder nach einem Treffen?

Mag er mich vielleicht wirklich?

»Warum?«

»Ich will dich kennenlernen. Richtig, meine ich.«

Das hast du schon, Blödmann.

»Nein«, kommt es mir ohne nachzudenken über die Lippen.

»Warum nicht?« Er klingt traurig, und das macht es dadurch nur umso schwerer für mich.

»Weil … darum. Ich will einfach nicht.«

»Ist es, weil du nicht schon wieder verletzt werden willst?«

Erschrocken reiße ich die Augen auf. »Was meinst du?«

»Wuffi – ich meine, Lenny hat mir gesagt, dass es mal einen Typen gab, der dir ziemlich wehgetan hat. Und dass ich dich an ihn erinnere. Oh Scheiße, eigentlich durfte ich das gar nicht sagen.«

Ärger kocht in mir hoch.

Ich. Bringe. Lennart. Um.

Ja, ganz richtig. Luke erinnert mich an Luke, aber nur, weil er Luke höchstpersönlich ist! Aber das hat dieser Arschkopf natürlich vergessen.

»Hallo?«

»Ich bin noch dran«, sage ich dumpf.

»Ich bin nicht dieser Typ.«

Und ob du das bist …

»Ich würde dir nicht wehtun. Wirklich nicht.«

Zu spät, das hast du schon.

»Bitte, Sydney. Ein Treffen. Du hast nichts zu verlieren.«

Doch. Mein Herz. Schon wieder.

»Bitte«, sagt er wieder, er fleht fast. »Ein Treffen.«

Erneut liegt mir das Nein auf der Zunge. Doch diesmal will es nicht raus. Irgendwas hindert mich daran. Vielleicht ist es dieser blöde Mond, auf den wir beide gerade starren. Oder seine Stimme, die so lieb, betrunken und süß ist. Oder einfach alles zusammen.

Und dann kriecht etwas ganz anderes aus meinem Mund.

»Ich denke darüber nach.«

28. KAPITEL

Luke

Mein Hemd ist neu und strahlend weiß. Die Hose schwarz, ebenfalls neu. Vorhin war ich beim Friseur und habe dort auch mein Gesicht von sämtlichen Stoppeln befreien lassen. Jetzt sind meine Wangen so weich wie vor der Pubertät. Nicht, dass ich glaube, dass Sydney heute in Kontakt mit meinem Gesicht kommen würde, aber sicher ist sicher. Und für den Fall, dass wir ein Gesprächsthema brauchen, habe ich mir gestern sogar noch den fünften Teil von *Star Wars* reingezogen. Ich bin definitiv vorbereitet. Nur mein mentaler Zustand … da klappt das mit der Vorbereitung nicht so wirklich.

Es wäre die Untertreibung des Jahrhunderts zu behaupten, ich wäre nervös. Nervös beschreibt nicht einmal annähernd, wie ich mich fühle. Um ehrlich zu sein, stehe ich kurz vor einer Panikattacke. Es kann so viel schiefgehen. Nur ein blöder Kommentar, nur ein Witz, den Sydney in den falschen Hals kriegt – und sie ist weg. Ich darf das einfach nicht versauen.

Nachdem ich sie am Montag betrunken und impulsiv angerufen habe, dachte ich eigentlich, dass ich meine Chancen verspielt und sie für immer verschreckt habe. Aber dann habe ich gestern bei der Arbeit meinen Mut zusammengenommen und sie nüchtern und klar nach einem Treffen gefragt. Und sie hat Ja gesagt. Sie hat wirklich Ja gesagt.

Um acht geht's los. Der Plan ist, uns *vorm Coffee & Books* zu treffen und zu einem Restaurant in der Nähe der Spree zu spazieren. Laut den Google-Bewertungen soll es edel, aber nicht zu protzig und vor allem bekannt für seine sündhaft leckeren Desserts sein. Ich kenne Sydney zwar noch nicht so gut, aber bei Kuchen kann ich sicher nicht viel falsch machen. Außerdem gibt es keinen Dresscode. Falls Sydney sich dazu entscheidet, in ihren zerschlissenen Jeans aufzutauchen, kriegen wir trotzdem einen Tisch.

Während ich den Typen im Spiegelbild betrachte, der gerade sein weißes Hemd zuknöpft, wird mir schlagartig klar, dass das hier eine Premiere ist. Sowohl das Hemd als auch das Date. Ich habe schon viele Mädchen getroffen, aber bei diesen Treffen hatte ich nie viel Romantik im Sinn. Ja, ich bin ein Gentleman, aber trotzdem kein Freund von falschen Hoffnungen. Nie würde ich eine Frau ausführen, nur um sie ins Bett zu kriegen. Ich sage genau, was ich will und nicht will. Diese Offenheit hat mir zwar viele Körbe eingeräumt, aber mindestens genauso viele Dramen erspart.

Bei Sydney ist es anders. Ich will das ganze klischeehafte Programm. Da fällt mir ein ... Lädt man eine Frau überhaupt noch ein? Oder ist das heutzutage protzig und sexistisch? Zahlt sie? Teilt man sich die Rechnung?

Gott, ich sterbe gleich. Mein Hemd ist schon halb durchgeschwitzt und meine Haare vom vielen Raufen völlig außer Form. Ein paar Mal springe ich auf und ab und schlage mir mit den Händen auf die Wangen, als würde ich mich auf einen Boxkampf vorbereiten.

Ich werfe einen letzten Blick in den Spiegel, dann wird es Zeit zu gehen. Während ich dabei bin, in meine schwarzen Nikes zu schlüpfen – das sind die elegantesten Schuhe, die ich besitze –, klingelt es an meiner Haustür. Überrascht horche ich auf. Ich kriege nie unangekündigten Besuch. Wieder klingelt es, diesmal direkt vor der Wohnungstür.

Misstrauen beschleicht mich. Nur mit einem Schuh am Fuß trete ich vor den Spion und versuche, den Störenfried zu erkennen. Blöderweise ist das Flurlicht defekt, deshalb sehe ich nur schemenhafte Umrisse.

Kurz entschlossen öffne ich die Tür. Vor mir steht ein großer Mann in einem dunkelblauen Anzug. Ich fasse es nicht. Noch nie stand er einfach so vor meiner Tür. Ich bin so schockiert, dass es mir einen Moment lang die Sprache verschlägt. Doch dann, als ich sein Gesicht länger betrachte, die Haare, an den Seiten ergraut und lächerlich nach hinten gegelt, kehrt der chronische Zorn so abrupt zurück, dass ich das Türblatt fest umklammere.

Sein teures Parfum weht mir zu, der vertraute Geruch nach Angst und Schrecken. Aber damit kann er mich nicht mehr einschüchtern.

»Was willst du hier?«, blaffe ich ihn an.

»Was für eine Begrüßung.« Er lacht rau und späht über meinen Kopf hinweg ins Innere der Wohnung. Sein Gesichtsausdruck wechselt von Abneigung zu Ekel. Ich miete eine billige Altbauwohnung im Erdgeschoss. Sie ist klein, kalt und nicht gerade lichtdurchflutet. Auch die Einrichtung ist spärlich und altmodisch ausgestattet, weil ich vieles vom Vormieter übernommen habe. Obwohl ich mich hier trotzdem wohlfühle, überkommen mich Scham und der Drang, ihm die Sicht zu versperren.

»Was willst du hier?«, wiederhole ich meine Frage, aber er geht nicht darauf ein.

Seufzend schüttelt mein Vater den Kopf. »Wenn man schon glaubt, bei seiner Erziehung versagt zu haben, wird man eines Besseren belehrt. Du übertriffst dich immer wieder selbst, Lukas.«

Seine Worte schneiden sich in mein Fleisch und reißen alte, kaum vernarbte Wunden auf.

»Danke für deinen Besuch«, sage ich und schlage ihm die Tür vor der Nase zu. Zumindest habe ich das vor, doch sein Fuß stemmt sich gegen die Schwelle.

»Ich will mit dir reden«, zischt er und stößt die Tür wieder auf.

»Ich kann jetzt aber nicht. Ich bin verabredet.«

»Oh.« Er scannt mein Outfit. »Du hast eine Freundin?«

Warum sagt er das so herablassend?

»Das geht dich nichts an. Und jetzt sag endlich, warum du hier bist.«

»Willst du mich nicht reinlassen?«

»Nein!«, sage ich so laut, dass das kleine einsilbige Wort im gesamten Treppenhaus widerhallt.

Der Blick meines Vaters verdüstert sich. »Schön. Warum gehst du nicht ran, wenn wir anrufen?«

»Wir? Du meinst wohl, wenn Timo anruft? Richte deinem Sekretär aus, dass ich beschäftigt war.«

»Rede nicht so über deinen Bruder«, knurrt er, als hätte ich gerade seine Ehre beleidigt. Wenn jemand über seinen Erstgeborenen herzieht, mutiert er zu einem wilden Tier.

»Bist du deshalb hier? Weil du wissen willst, warum ich mich nicht melde?«

»Ich will wissen, warum du deine Zukunft wegwirfst. Du bist jetzt dreiundzwanzig und hast es noch immer zu nichts gebracht.«

Doch. Ich arbeite in einem Café. Es macht mir Spaß.

»Wahrscheinlich kannst du selbst nicht mehr zählen, wie viele Sachen du angefangen und wieder abgebrochen hast«, fährt er fort. »Und dein Abi hast du auch noch nicht nachgeholt.«

Ja, weil ich Angst davor habe, antworte ich ihm stumm. Angst vor der Prüfung und Angst vor dem Versagen. *Schon wieder.*

Aber all das sage ich nicht laut, weil mein Vater Prüfungsangst für nichts Reales hält. Eine Ausrede für Leute, die entweder zu faul oder zu dumm sind.

»Was interessiert es dich? Ist doch mein Leben.«

»Du bist mein Sohn.«

»Bin ich das? Geht es dir wirklich um mich, deinen *Sohn*? Oder eher darum, keine Schande für die Familie zu sein?«

Ärger blitzt in seinen blassen Augen auf. »Du kleiner undankbarer Bastard.«

Bastard. Das klingt doch vielmehr nach meinem Vater.

»Ich biete dir an, unserem Imperium beizutreten, und du lehnst ab.«

Imperium. Plötzlich muss ich an *Star Wars* denken. Die Szene, als Darth Vader Luke davon überzeugen will, sich der dunklen Seite der Macht anzuschließen. Das *Imperium.* Es ist so ironisch, dass ich unverhofft lospruste. Wenn ich das später Sydney erzähle, …

»Was ist so witzig?« fährt er mich an.

»Ich will nicht Teil deines *Imperiums* sein. Wenn du es immer noch nicht kapierst, tätowiere ich es mir gern auf die Stirn.«

Tatsächlich würde ich das wirklich tun, nur um meinem Vater eins auszuwischen. Und daneben gleich noch eine Karikatur von Darth Sidous, dem *Imperator.*

»Du könntest wieder im Kundensupport arbeiten.« Er gibt nicht nach. »Sie wollen dich wieder. Und sie erhöhen das Gehalt. Wenn du dich gut anstellst und die Kunden nicht wieder beleidigst, könntest du höher aufsteigen und verdienst sogar noch mehr.«

Dass mein Vater mich allen Ernstes mit Geld ködern will, zeigt nur, wie wenig er mich kennt. Aber das ist schließlich alles, worum sein Leben sich dreht. Finanzen. Seine Religion, seine Ideologie.

Früher gab es bei uns keine Gute-Nacht-Geschichten, sondern Vorträge darüber, wie man Geld anlegt, investiert und verdreifacht. »*Die Menschen reden nicht gern über Geld, dabei ist Geld das Wichtigste im Leben*«, bläute er uns immer wieder ein und animierte uns dazu, so früh wie möglich an die Zukunft zu denken. Einen Teil unseres Taschengelds zog er uns ab, um es bereits im Teenageralter in die Rentenversicherung einzuzahlen. Damals dachte ich, dass seine Besessenheit um unsere Zukunft so etwas wie Liebe war. Dabei war es bloß Besessenheit. Ohne Liebe.

»Danke, aber ich habe schon einen Job«, antworte ich frostig.

»Du hast einen Job?«

»Jepp.« Und das weiß er auch, da sein Hündchen Timo ihm ohnehin alles gesteckt hat.

»Und wo?«

»Das geht dich nichts an. Und wenn du mich jetzt bitte entschuldigen würdest? Ich muss wirklich gehen.«

Seine Pupillen weiten sich. Er ist es nicht gewohnt, seinen Willen nicht zu bekommen. Dass ich neulich nicht zur Party gekommen bin, war eigentlich schon mehr, als er verkraftet. So starrt er mich an, ohne sich zu bewegen, und ich zwinge mich, seinen vor Hass triefenden Blick zu erwidern, so lange, bis er endlich zurücktritt.

»Du bist eine Schande.«

Wieder schmerzen seine Worte, das tun sie immer. Doch ich gebe mich gelassen und rufe mir in Erinnerung, dass er mich damit nur provozieren will.

»Und du wirst auch immer eine Schande bleiben. Weißt du

warum?« Er spricht leise und bedrohlich. »Weil du gar nicht anders kannst. Du warst schon immer so. Von der ersten Sekunde an hast du uns zur Weißglut getrieben und alles zerstört, was dir in die Hände kam.«

Ich schlucke trocken. Dieser Mann besitzt die Gabe, seine Gegner mit bloßen Worten in die Knie zu zwingen. Ich will mit einem klugen Spruch kontern, ihm sagen, dass ich nur deshalb so bin, weil ich seine Gene habe. Aber ich kann nicht. Die Folter seiner letzten Worte – *Schande … alles zerstört, was dir in die Hände kam* – zeigt ihre Wirkung und lähmt mich einen Augenblick.

Plötzlich bin ich wieder ein Kind. Ein Kind, das alles falsch macht, egal wie sehr es sich bemüht. Ein Kind, das nie genug ist und doch viel zu viel. Zu laut, zu nervig, zu energisch. Ein Kind, dem die Schuld für alles gegeben wird, das mit Gebrüll und Erniedrigung bestraft und immerzu ausgeschlossen wird.

Ein Kind, das irgendwann rebelliert.

»Viel Spaß bei deinem Date«, sagt er und belächelt meinen Aufzug, als würde ich Lumpen tragen. »Es würde mich nicht wundern, wenn du es wieder vermasselst.«

Das reicht. Ich schlage die Tür so fest zu, dass ihr Knall an einen Pistolenschuss erinnert.

Dieser elende Wichser. Ich will seinen Worten keinen Glauben schenken. Ich will ihnen nicht die Macht über mich geben. Nicht mehr.

Aber mit einem Mal bekomme ich es mit der blanken Angst zu tun. Hat mein Vater recht? Werde ich es vermasseln?

So wie ich es immer tue?

29. KAPITEL

Sydney

Warum habe ich mich allen Ernstes bereit erklärt, mich mit Luke zu treffen? Welcher Teufel hat mich geritten, Ja zu sagen?

Vermutlich derselbe, der die ganze Woche über darauf gehofft hat, dass er mich noch mal fragen würde. Es war ganz seltsam. Jedes Mal, wenn er mit mir gesprochen hat, dachte ich nur: *Bitte, bitte, frag mich nicht schon wieder.* Und wenn er dann tatsächlich nicht gefragt hat, war ich enttäuscht. So enttäuscht, dass ich einen kleinen imaginären Freudensprung gemacht habe, als er es gestern doch getan hat. Ich musste mich sogar zusammenreißen, um das Ja nicht sofort herauszubrüllen.

Komischerweise bin ich überhaupt nicht aufgeregt. Vielleicht, weil es nicht das erste Mal ist, dass ich mich auf den Weg mache, um mich mit Luke zu treffen.

Galgenhumor lässt grüßen.

Jetzt muss ich mich nur noch aus dem Haus stehlen, ohne dass meine neugierigen Mitbewohnerinnen mich mit ihren Fragen durchlöchern. Blöderweise haben sie sich im Wohnzimmer auf dem Sofa verbarrikadiert – verflucht sei dieses Durchgangszimmer!

Aber wenn ich Glück habe, sind die beiden so sehr mit Essen und Fernsehen beschäftigt, dass sie mich nicht bemerken. Auf leisen Sohlen schleiche ich am Sofa vorbei und überspringe die eine knarzende Diele. So weit, so gut. Nur noch drei Schritte, dann …

»Wohin gehst du?«, fragt Vicky, ohne ihren Blick vom Bildschirm zu lösen.

Mist.

»Äh, aus«, antworte ich und setze ein unschuldiges Lächeln auf.

»Mit wem?«

»Kennt ihr nicht.«

»Gehst du auf ein Date?«, fragt Maya und lässt die Augen über mein Outfit wandern.

»Nein, ich … ich treffe mich nur mit einem Arbeitskollegen. Er heißt Lenn… Art.«

»Lennart?« Maya zieht die Augenbrauen argwöhnisch zusammen. »Mein bester Freund Lennart, mit dem du schon seit einem Jahr zusammenarbeitest?«

Doppel-Mist.

»Oh, ihr schaut *Sex Education*«, versuche ich das Thema zu wechseln. Mit Spoilern bringe ich die beiden immer aus der Fassung. »Wart ihr schon bei der Folge, in der Adam und Eric …«

»Warte.« Wie von der Tarantel gestochen springt Vicky auf und wirft dabei ein Schälchen Süß-Sauer-Soße um. »Du triffst dich mit Luke!«

»Oh mein Gott, sie trifft sich mit Luke«, wiederholt Maya kreischend und zeigt mit ihren Essstäbchen anklagend auf mich. »Sydney, willst du uns verarschen? Du triffst dich mit ihm?«

Panik kriecht in mir hoch.

»Neeein?«, sage ich viel zu hoch. »Ihr versteht das ganz falsch. Wir treffen uns nur so.«

»*Nur so*? Und warum bist du dann so schick angezogen?«, konfrontiert mich Vicky und deutet auf mein dunkelblaues

Kleid. Es wird von dünnen Trägern gehalten und endet über den Knien. Meine Mutter hat es mir vor einer Weile geschenkt, aber bis jetzt habe ich es noch nie angezogen, weil es mir, wie Vicky bereits festgestellt hat, zu *schick* war.

»Ich wollte mich eben etwas zurecht machen«, sage ich lahm.

»Aber für Luke? Du willst hübsch sein für Luke?«

»Nein, nicht für ihn, sondern für mich. Und warum seid ihr auf einmal gegen ihn? Ihr habt mich doch dazu überredet, nicht zu kündigen. Ihr sagtet, dass ich zu gemein bin.«

»Wir sind trotzdem dagegen, dass du mit ihm auf ein Date gehst, Syd. Seinetwegen bist du durch die Hölle gegangen. Wie kannst du dich jetzt mit ihm treffen?«

Vickys Worte treffen mich wie eine heiße, mit Scham benetzte Backpfeife. Dieselbe Scham, die ich seit der Wiederbegegnung mit Luke einfach nicht ablegen kann. Weil sie immer da ist. *Immer.*

»Hör auf«, sage ich zitternd, die Stimme tränenschwer. »Ich bin nicht dumm, okay? Niemand muss mir sagen, dass Luke mir wehgetan hat.«

»Offenbar schon.« Vicky sieht mich mahnend an, doch dann werden ihre Gesichtszüge weich, und sie fährt etwas sanfter fort: »Hör mal, Süße, es ist nicht schlimm. Ich habe schon geahnt, dass so was passieren wird.«

»Ach, du hast es geahnt«, falle ich ihr ins Wort. »Hast du es auch geahnt, Maya? Redet ihr hinter meinem Rücken über mich und haltet mich für die dümmste Kuh auf der Welt?«

»Syd.« Maya zieht eine traurige Grimasse. »Sei nicht so. Natürlich denken wir das nicht. Wir glauben nur, dass es keine gute Idee ist, wenn du dich mit ihm triffst.«

»Es ist nur ein ganz normales Treffen. Um uns kennenzulernen.«

»Es ist ein Date«, berichtigt Vicky. »Wir wissen das, und du weißt es auch.«

Es verletzt mich, dass die beiden mit mir reden, als wäre ich ein verzogener Teenager, der nichts von der Welt weiß. Sie sind meine Freundinnen, ja, aber ich muss mich trotzdem nicht vor ihnen rechtfertigen.

»Wisst ihr was? Das habe ich echt nicht nötig.« Wütend stapfe ich zum Flur, schnappe mir meinen Mantel, schlüpfe in meine Sandalen und stürme kurze Zeit später aus der Wohnung. Ich bin so sauer, dass ich die vier Stockwerke wie einen Sprint hinunterrausche.

Was glauben die zwei eigentlich, wer sie sind? Woher nehmen sie sich das Recht, über mich zu urteilen? Sie kennen Luke doch gar nicht. Sie erleben ihn nicht auf der Arbeit, sie reden, lachen und scherzen nicht mit ihm. Sie kennen nur das Negative, das ich erzähle, aber nicht den Rest.

Der Rest. Was ist eigentlich der Rest? Ist das der Grund, warum ich überhaupt zu dem Treffen hingehe? Wegen dem *Rest*?

Unten an der Haustür angekommen, bleibe ich abrupt stehen. Meine Hand wandert zur Klinke, drückt sie jedoch nicht runter. Langsam schaue ich an mir hinab. Mein Kleid ist wirklich etwas gewagt. Sehr kurz und aufreizend. Außerdem habe ich eine Stunde lang meine Haare geglättet und Parfum aufgetragen. Ich trage passende Unterwäsche, ich habe mich rasiert – überall.

Himmel noch mal, warum habe ich mich rasiert? Dachte ich etwa, dass wir …?

Oh Gott. Es ist, als würde ich aus einer Trance erwachen. Was mache ich hier eigentlich? Ich bin im Begriff, mich mit Luke zu treffen. Mit Luke! Was ist bloß in mich gefahren? Bin ich wirklich so dumm, denselben Fehler noch mal zu begehen? Und was, wenn er nicht kommen wird? Was, wenn ich wie eine Blöde dastehen und auf ihn warten werde – schon wieder? Nein, das würde ich nicht überleben. Das würde mich endgültig brechen.

Als ich die Wohnungstür wieder aufschließe, ist es ganz still. Vicky und Maya haben sich nicht von der Stelle gerührt. Ich spüre ihre Blicke auf mir, doch ignoriere sie und laufe geradewegs auf mein Zimmer zu. Damit sie mir nicht nachgehen, lasse ich die Tür besonders laut ins Schloss fallen und verriegele sie. Ich will jetzt nicht gestört werden. Ich will so allein sein wie nur möglich. Könnte ich mich in die Sahara beamen, ich würde es sofort tun.

Ich streife meine Sandalen ab, schmeiße meinen Mantel auf den Boden und kauere mich ins Bett. Ich bin nicht sicher, wann ich zu weinen angefangen habe, vielleicht schon im Hausflur. Die Tränen fließen wie aus einem kaputten Hydranten und bedecken mein ganzes Gesicht. Dabei weiß ich gar nicht, warum ich so flenne. Ist es der Schock, weil ich imstande war, etwas sehr, sehr Dummes zu tun? Ist es die Erleichterung, weil ich mich im letzten Moment davon abgehalten habe? Oder ist es der Selbsthass, weil ich nach all den Jahren noch immer nichts gelernt habe?

Ich sollte Luke schreiben, dass ich es mir anders überlegt habe. Ihm sagen, dass es mir leidtut, ich aber nicht kommen werde. Dass er nicht umsonst warten soll. So wie ich es getan habe. All die Jahre voller Hoffnung und Zuversicht.

Und Enttäuschung. Bitterer, niederschmetternder, innerlich zerfetzender Enttäuschung.

Ja, ich sollte ihm dieses Leid ersparen und ihm absagen.

Aber ich tue es nicht.

30. KAPITEL

Luke

Sie ist schon seit zehn Minuten zu spät. Nervös werfe ich einen Blick auf mein Handy. Keine neue Nachricht. Ob sie es sich anders überlegt hat? Oder ist etwas dazwischengekommen? Aber dann würde sie doch sicher absagen, oder?

Okay, nicht den Teufel an die Wand malen. Vielleicht fährt sie gerade Fahrrad. Oder ihre Kette ist rausgesprungen. Oder ihr Akku ist leer. Es kann viele plausible Gründe geben, warum sie noch nicht hier ist. Sicher kommt sie gleich.

Zehn Minuten später ist sie aber noch immer nicht da. Komisch. Ob sie sich in der Uhrzeit vertan hat? Oder vielleicht sogar ich? Eigentlich bin ich sicher, was wir ausgemacht hatten, aber meine Paranoia macht mich ganz mürbe. Schnell öffne ich den Chat, um mich zu vergewissern. Da: Samstagabend, acht Uhr vor dem *Coffee & Books.*

Ich bin hier. Aber sie nicht. Kurz spiele ich mit dem Gedanken, ihr zu schreiben, lasse die Idee jedoch wieder fallen. Ich will nicht aufdringlich sein. Es kann schon mal passieren, dass man zwanzig Minuten zu spät kommt.

Oder dreißig. Der Tisch war für halb neun reserviert. Wenn sie gleich kommt und wir uns beeilen, kriegen wir ihn vielleicht trotzdem noch. Unruhig schaue ich mich nach allen Seiten um. Plötzlich erscheint ein schwarzer Schopf am Horizont, und mein Herz macht einen Sprung. Doch im nächsten Moment platscht es auf den Asphalt, denn es ist nicht Sydney.

Noch nicht. Aber sie wird schon kommen. Sie hat zugesagt. Und Gott bewahre, vielleicht ist sogar etwas Schlimmes passiert. Ich würde mir in den Arsch beißen, wenn ich ihr jetzt Vorwürfe mache, während eine Katastrophe sie vom Kommen abhält.

Wieder vergehen zwanzig Minuten, ohne dass sie auftaucht. Allmählich müsste sie sich doch wenigstens melden. Zum hundertsten Mal öffne ich unseren Chat. Sydney war zuletzt um halb acht online.

Wut staut sich in mir auf. Und Frust. Das ist doch scheiße. Kein Mädchen ist es wert, fast eine Stunde lang auf sie zu warten, nicht einmal Sydney. Ja, ich sollte gehen. Jetzt. Auf der Stelle.

Aber ich tue es nicht. Ich kann nicht. Die Hoffnung, sie doch noch anzutreffen, lähmt mich. Also warte ich. Und warte. Und warte.

Als es neun Uhr ist, lasse ich mich mit müden Beinen vor dem Eingang des Cafés nieder. Der Boden ist hart und feucht. Ein kleiner Wind zieht auf und weht durch meine Haare. Meine Fingerspitzen sind weiß angelaufen und taub vor Kälte.

Sydney wird nicht kommen.

Die Gewissheit kommt sechzig Minuten zu spät, aber im Gegensatz zu meinem Date ist sie endlich da. Und mit einem Mal bin ich ganz sicher, dass nichts dazwischengekommen ist. Sydney hat mich auflaufen lassen, weil sie es so wollte. Noch nie in meinem Leben habe ich mich so gedemütigt gefühlt.

Klar, ich bin auch kein Unschuldslamm. Auch ich habe schon Dinge getan, die nicht gerade nett waren. Als Teenager habe ich ständig Wetten abgeschlossen, bei den es oft um die Eroberungen von Mädchen ging.

»Bitte Annabelle, das heißeste Mädchen der Schule, um ein Date. Mach mit Frau Zossen, der süßen Praktikantin, rum.«

Ich nahm jede noch so absurde Challenge an und gewann sie. Damals kannte ich keine andere Möglichkeit, um meinen niedrigen Selbstwert zu erhöhen, den mein Vater seit meiner Kindheit periodisch im Keim erstickte. Natürlich weiß ich, dass einige Aktionen ziemlich unmoralisch waren, aber ich ließ die Mädchen nie wissen, dass sie nur ein Teil einer Wette waren. Nie hätte ich ihnen bewusst wehgetan oder ihnen falsche Hoffnungen gemacht. Nie hätte ich sie versetzt und sie auf mich warten lassen.

Nicht so wie Sydney.

Warum eigentlich sie? Warum bin ich so besessen von ihr? Was hat sie, was andere nicht haben? Fühle ich mich zu Menschen hingezogen, die mich wie einen Fußabtreter behandeln? Und wie kann es sein, dass ich trotz allem noch immer hier bin, bereit, ihr alles zu verzeihen, wenn sie nur auftauchen würde?

Die Worte meines Vaters kommen mir wieder in den Sinn.

»Es würde mich nicht wundern, wenn du es wieder vermasselst.«

Dazu hat Sydney mir allerdings nicht einmal die Chance gegeben.

31. KAPITEL

Sydney

Als Lukes Name auf meinem Handydisplay erscheint, ist es bereits nach zehn. Heute Morgen noch dachte ich, dass ich mich um diese Uhrzeit gesättigt und gut gelaunt auf den Rückweg von unserem Date machen würde. Stattdessen liege ich im Bett, umringt von einer Blase aus Selbstmitleid und einem Haufen Taschentüchern. Es klingelt und klingelt und klingelt. Der konfliktscheue Teil in mir will sich einfach nur die Ohren zuhalten und es ignorieren. Der Rest von mir ergibt sich dem schlechten Gewissen … und gewinnt schließlich.

»Hallo?«, sage ich heiser.

Kurzes Schweigen. Dann: »Du bist nicht gekommen.«

Ich schließe die Augen. »Nein.«

»Ich habe auf dich gewartet. Zwei Stunden lang. Du hast nicht einmal abgesagt.«

Oh Gott. Etwas Unsichtbares schließt sich um mein Zwerchfell und lässt mich kaum atmen.

»Hast du das geplant? Wolltest du, dass ich hier stehe und mich zum Deppen mache?«

Nein. Ich schüttele den Kopf, obwohl er mich nicht sehen kann. Nein, wiederhole ich stumm. Nein, ich wollte kommen. Aber als es so weit war, konnte ich nicht. Ich hatte Angst und war wütend und verwirrt. Und als ich absagen wollte … habe ich es nicht getan.

Luke seufzt in den Hörer. »Okay. Schweig eben. Ist ja auch egal.«

Nein, das ist es nicht. Ich will etwas sagen, mich entschuldigen, es wiedergutmachen, doch es ist, als wäre mir der Mund zugeklebt.

»Du hast gewonnen«, sagt er resigniert. »Ich kann das nicht mehr.«

Was kann er nicht mehr?

»Ich werde dich endgültig in Ruhe lassen.«

Es dauert einen Atemzug, bis seine Worte zu mir durchsickern. Gut. Er wird mich in Ruhe lassen. Endgültig. Ich bin frei. Das ist es doch, was ich immer wollte.

Aber warum fühle ich mich jetzt so gefangen wie noch nie?

»Bis dann, Sydney.«

Einen Moment später ist die Leitung tot. Noch immer halte ich mein Handy am Ohr, unfähig, mich zu rühren oder überhaupt zu blinzen. In meinem Kopf jedoch herrscht ein unsortiertes Chaos aus Gedanken und Emotionen.

»Scheiße«, fluche ich leise. Die Wut in meinem Bauch hat die Chance ergriffen und Luke genau das angetan, was er mir angetan hat. Auge um Auge, Zahn und Zahn. Wie konnte ich das bloß tun? Wie konnte ich ihn einfach sitzen lassen, obwohl ich selbst weiß, wie es ist, vergeblich zu warten? Ich war so blind vor Wut, dass ich meine moralischen Werte über Bord geworfen habe. Selbst Vicky und Maya und sogar Ani hätten genug Menschlichkeit gehabt, um ihm wenigstens abzusagen.

Ich muss das unbedingt wieder geradebiegen. Hastig klicke ich auf meine Anrufliste und wähle die Nummer, die mir ganz oben angezeigt wird.

»Der gewünschte Gesprächspartner ist zurzeit leider nicht erreichbar.«

Toll, er hat sein Handy ausgemacht. Und jetzt? Wie soll ich

mich bei ihm entschuldigen? Ob er noch am Café ist? Nein, unmöglich. Bestimmt ist er längst zu Hause.

Schnell gehe ich im Geiste alle Möglichkeiten durch. Entweder ich schreibe ihm eine Nachricht und entschuldige mich aufrichtig. Oder ich warte sechs endlose Tage, bis wir das nächste Mal wieder zusammenarbeiten, und entschuldige mich dann persönlich.

Oder ich entschuldige mich jetzt. Letzteres beinhaltet zwar ein paar logistische Hindernisse, da ich weder weiß, wo er wohnt, noch, ob er mich überhaupt sehen will, aber die Entscheidung ist gefallen. Ich muss zu ihm.

Mein Puls hämmert, während ich durch meine Kontakte scrolle. Als der gesuchte Name aufblitzt, drücke ich ohne zu zögern auf das Anrufsymbol.

»Ja?«, meldet sie sich nach dem vierten Klingeln.

»Hey, Tina. Blöde Frage, aber kannst du mir vielleicht Lukes Adresse geben?«, komme ich sofort zum Punkt.

»Warum? Willst du ihn zurückgewinnen?«

Mein Herz setzt eine Schocksekunde aus. »Was?«

»Luke hat gerade gekündigt.«

Noch ein Aussetzer. »WAS?«

»Jepp, gerade eben. Unser Goldjunge will uns verlassen. Warum, hat er nicht gesagt.«

Okay, ich wusste, dass ich ihn verletzt habe, aber dass er gleich kündigen will? Meinetwegen? Ist das seine Definition von »Ich werde dich endgültig in Ruhe lassen«? Er kann nicht einmal mehr mit mir arbeiten?

So wie ich es anfangs auch nicht konnte?

»Scheiße.«

»Das kannst du laut sagen. Jetzt muss ich wieder jemand Neuen suchen, aber glaub mir, so jemanden wie ihn finde ich kein zweites Mal.«

Ja, Luke ist ja auch unersetzlich. Und jetzt wird er mir schon wieder genommen.

»Ist echt ein Jammer.« Sie seufzt. »Der Kerl hatte viele gute Ideen.«

»Vielleicht kann ich das noch retten«, wende ich ein. »Kannst du mir seine Adresse geben?«

»Also steckst du dahinter!« Ihr Tonfall ist anklagend, und ich stelle mir vor, wie sie mit dem Finger auf mich zeigt. »Was ist passiert? Hattet ihr Sex?«

»Wa... Nein! Wie kommst du darauf? Wir haben uns nur ... Ach, gib mir einfach nur seine Adresse. Bitte.«

»Meinetwegen. Schlimmer kann es ja nicht mehr werden, oder?«

Da wäre ich mir nicht so sicher.

Als wir auflegen, surrt bald darauf mein Handy. Tina hat mir seine Adresse geschickt. Ich stehe auf und werfe einen kurzen Blick in den Spiegel. Meine Schminke ist vom Heulen weggespült und meine Augen sind leicht gerötet, aber ansonsten geht es. Ich schnappe mir nur das Nötigste – Handy, Schlüssel, Portemonnaie. Dann öffne ich leise die Tür.

Maya muss wohl schon im Bett liegen, denn auf dem Sofa sitzt nur noch Vicky. Erstere hat mir schon vor Stunden geschrieben, dass ihr leidtut, was sie gesagt hat, aber bei Vicky lässt die Entschuldigung immer etwas auf sich warten. Ich spüre ihren Blick, während ich durch den Raum marschiere, doch ich ignoriere sie.

»Wohin gehst du?«

Ich unterdrücke ein Stöhnen. Selbst meine Eltern waren nie so helikoptermäßig drauf.

»Zu Luke«, sage ich mit fester Stimme und verzichte auf weitere Erklärungen. Soll sie doch denken, was sie will. Niemand kann mich von meinem Vorhaben abhalten.

Vicky nickt wissend, dann schwingt sie sich vom Sofa. »Ich fahre dich.«

»Was?« Ich glaub, ich hör wohl schlecht.

»Ich fahre dich«, wiederholt sie, läuft an mir vorbei und schnappt sich ihre Jeansjacke vom Kleiderhaken.

»Ist das dein Ernst?«

»Ja. Es ist schon spät, und du bist viel zu aufgekratzt, um noch alleine unterwegs zu sein. Außerdem …«

Tut es ihr leid. Weil sie zu hart war und mich nicht verletzen wollte. Sie muss es nicht laut aussprechen, weil ich es schon weiß. Und dass sie mir jetzt sogar anbietet, mich zu Luke zu fahren, obwohl sie eindeutig nichts von dieser Idee hält, ist mir Entschuldigung genug.

*

Luke wohnt in einem hippen Teil von Wedding, nur eine Seitenstraße von Sinas WG entfernt. Dank des ruhigen Berliner Nachtverkehrs erreichen wir unser Ziel nach knapp fünfzehn Minuten. Das Carsharing-Auto, das wir direkt vor unserer Haustür gefunden haben, kommt mit einem leisen Motorenbrummen zum Stehen. Lukes Straße ist klein und einspurig, aber laut und belebt. Etliche Restaurants und Bars reihen sich aneinander, eines bunter und verspielter als das andere. Tische und Stühle werden von essenden, trinkenden und lachenden Gästen besetzt und blockieren den halben Gehweg.

»Danke«, sage ich zu Vicky und schnalle mich ab.

»Kein Problem. Soll ich hier warten oder meinst du … ich könnte nach einem Parkplatz suchen.«

»Nein, fahr ruhig. Ich nehme mir später ein Taxi.«

»Okay.« Meine beste Freundin lächelt matt, in ihren Augen glänzt Reue.

»Hey, ich hab dich lieb, okay?«, sage ich versöhnlich.

Ihr Gesicht erhellt sich, und ich bilde mir ein, etwas in ihren Augenwinkeln glitzern zu sehen. »Ich dich auch.«

Als ich aussteige, weht mir ein köstlicher Duft von einem spanischen Restaurant entgegen. Mein Magen gibt ein sehnsuchtsvolles Knurren von sich. Ich habe seit heute Mittag nichts mehr gegessen, weil ich mir den Appetit für mein Abendessen mit Luke aufsparen wollte. Das hier ist wohl der üble Humor von Karma.

Ich passiere das Restaurant und bleibe vor der richtigen Haustür stehen. Aufregung packt mich, als ich Lukes Nachnamen in der Bewohnerliste entdecke. Mutig drücke ich auf die Klingel und werde nach einem kurzen Surren reingelassen.

Das Flurlicht ist gedimmt und strahlt kupferfarben auf mich herab. Ich frage mich gerade, in welchem Stock er wohl wohnt, als sich im selben Moment die einzige Tür im Erdgeschoss öffnet.

Luke steht im Türrahmen und wirft mir einen überraschten Blick zu. Er trägt ein weißes Hemd, das komplett aufgeknöpft ist und Einblick auf seinen freien Oberkörper gibt. Seine Hose sitzt tief, an den Seiten zeichnet sich seine V-Leiste ab. Seine Körperhaltung ist aufrecht und selbstbewusst, als würde es ihm überhaupt nichts ausmachen, dass er gerade halb nackt vor mir steht. Er starrt mich einfach nur stumm an und unternimmt gar nicht erst den Versuch, mich hereinzubitten. Vielleicht will er, dass ich sage, was ich zu sagen habe, und dann die Tür vor meiner Nase zuschlagen. Aber mit einem Mal ist mein Kopf wie leer gefegt. Was muss er auch mit offenem Hemd vor mir stehen?

Je länger ich schweigend vor ihm stehe, desto mehr schwenkt sein Ausdruck von Verwirrung zu Wut über. Er ist sauer, weil ich ihn habe sitzen lassen. Zurecht. Das ist eine charakterlose Aktion, die niemand verdient hat.

Aber das gilt auch für mich. Luke mag zwar einige seiner Jugendsünden vergessen haben, aber ich habe es nicht getan.

Meine Zähne beißen hart aufeinander, als ich spüre, wie ein Sturm des Zorns in mir aufzieht. Es ist derselbe Zorn, der mich vorhin nicht hat gehen lassen und verhindert hat, dass ich ihn anrufe und absage. Derselbe Zorn, der mich dafür verachtet, dass ich nach allem, was er getan hat, trotzdem hier vor seiner Tür stehe und seinen Oberkörper angaffe. Sein glatter, definierter perfekter, Sixpack-besetzter Oberkörper.

Und dann kocht der Zorn endgültig über. Wütend packe ich ihn am Kragen, ziehe sein Gesicht an meins und presse meine Lippen auf seine.

32. KAPITEL

Luke

Sydney küsst mich. Mein Gehirn hat noch nicht einmal begriffen, dass sie wirklich hier ist, und jetzt überfallen mich ihre hungrigen Lippen.

Eigentlich will ich sie mit all meinen offenen Fragen konfrontieren. *Was machst du hier? Wo bist du gewesen? Warum küsst du mich jetzt?* Doch mein verräterischer Körper, der sich zu sehr nach diesem Moment gesehnt hat, ignoriert meine Forderungen und gibt sich denen Sydneys hin.

Ich küsse sie zurück. Unsere Münder verschmelzen miteinander, als wollten sie sich verschlingen. Ihre warme Zunge trifft auf meine, umschlingt sie und sendet lustvolle Stromstöße in meine Leistengegend. Ich bin noch immer wütend auf sie, aber gerade will und brauche ich sie so sehr, dass ich nicht weiter darüber nachdenken kann.

Ich ziehe sie in die Wohnung und schließe die Tür hinter uns. Ohne unseren Kuss zu unterbrechen, drücke ich sie gegen die Wand, umfasse mit der einen Hand ihr Gesicht und bahne mir mit der anderen einen Weg zu ihrem Bein. Ich ziehe den dünnen Stoff ihres Kleides hoch. Es ist kurz und elegant, und einen Augenblick stutze ich. Ich hätte nicht erwartet, dass sie heute ein Kleid anziehen würde. Ob sie es für unser Date gemacht hat? Wollte sie hingehen und hat es dann doch nicht getan?

Meine Grübeleien finden ein jähes Ende, als Sydneys Hände unter mein offenes Hemd wandern und ihre Nägel über meinen Rücken kratzen. Ich bin noch nicht sicher, ob ich es schmerzhaft oder geil finde. Wahrscheinlich beides.

Sydney zerrt an meinem Hemd, bis es auf dem Boden landet. Ich schiebe ihr Kleid runter bis zur Hüfte. Sie trägt einen weißen trägerlosen Spitzen-BH, der mit ihrer dunklen Haut kontrastiert. Noch nie habe ich einen so heißen Anblick gesehen.

»Sydney«, sage ich atemlos und suche ihr Gesicht. Ihre Pupillen sind geweitet, ihre geschwollenen Lippen zittern, als könnten sie es nicht erwarten, wieder auf meinen zu landen.

»Vielleicht sollten wir …«

Sie erstickt meine Worte mit einem Kuss. Offenbar will sie nicht reden.

»Sydney«, keuche ich und reiße mich von ihr los, »wir …«

Wieder kann ich meinen Satz nicht beenden, weil ihre Hand am obersten Knopf meiner Jeans nestelt, ihn öffnet und ihre Finger unter den Bund meiner Hose schlüpfen.

Dieses kleine Miststück.

Sydney, sage ich wieder, vielleicht denke ich es aber auch nur, weil … oh, fuck. Ihre Hand streichelt mit festem Druck über meine Härte. Von dieser Empfindung überwältigt beiße ich in ihre Unterlippe, vielleicht zu fest, denn mit einem Mal schmecke ich etwas Metallisches. Aber Sydney stöhnt nur und umfasst meine Erektion noch fester.

Okay, dann reden wir eben später.

Wir stolpern in Richtung Bett, verfehlen unser Ziel jedoch und landen auf dem Boden. Die Holzdielen fühlen sich kalt und hart an, im Kontrast zu Sydneys erhitztem und unglaublich weichem Körper. Wie kann sich ein Mensch so gut anfühlen?

Sydney liegt auf mir, ihr Becken ist gegen meines gepresst, ihre Hände umschließen meinen Nacken. Sie reibt sich an mir, und ich bin so erregt, dass ich jeden Moment kommen könnte.

Ich brauche sie, jetzt, sofort. Hektisch versuche ich, das Kleid ganz runterzuschieben. Irgendwas reißt und lässt uns abrupt innehalten. Habe ich gerade ihr Kleid zerstört? Egal, ich kaufe ihr ein neues. Wenigstens spüre ich jetzt noch mehr von ihrer Haut.

Ich will mehr davon, ich will mehr von ihr.

Da mein Sprachzentrum gerade blockiert ist, versuche ich sie mittels Gesten dazu zu bringen, von mir aufzustehen. Sie versteht sofort und rollt sich neben mir auf den Boden. In Windeseile befreien wir uns von unseren letzten Kleidungsstücken. Mir bleibt gar nicht die Zeit, sie genauer zu betrachten, denn Sydney zieht ungeduldig an meinen Haaren, bis ich vollständig auf ihr liege. Ihre Beine umschlingen meine Hüften, und ihre Hacken drücken sich in mein Kreuz.

Als ich endlich in sie eindringe, schnappen wir beide nach Luft. Einen kurzen Moment lang sehen wir uns an, und das Gefühl, das ich in dem Moment empfinde, lässt sich nicht in Worte fassen. In diese Augen zu blicken und sie so nah zu spüren, ist intensiver als alles, was ich jemals erlebt habe.

Eigentlich will ich mir Zeit lassen und dieses Gefühl genießen. Ich will jeden Zentimeter ihres Körpers erkunden, spüren, schmecken und die Erlösung so lange wie möglich hinauszögern. Aber ich kann nicht.

Unsere Atmung geht schnell, meine Stöße sind schnell und werden noch drängender, als Sydney mich flüsternd darum bittet.

»Schneller.«

Ihr gesamter Körper zieht sich um mich herum zusammen, und als sie kommt, fühlt es sich an, als würde die Erde erbeben. Sie schreit in meinen Mund, und dann explodiere ich ebenfalls. Mit dem letzten Fünkchen Vernunft ziehe ich mich aus ihr zurück, ergieße mich auf ihren Bauch und klappe auf ihr zusammen.

33. KAPITEL

Sydney

Ich hatte gerade Sex mit Luke.

Obwohl ich selbst anwesend war, erschüttert mich diese Erkenntnis. Scheiße. Ich wollte mich bei ihm entschuldigen und nicht mit ihm schlafen!

Was zum Teufel war das gerade? Wir haben es wie Tiere auf dem Boden getrieben. Auf dem Boden! War das wirklich ich? Ich, die noch vor ein paar Tagen behauptet hat, dass Sex überbewertet wird? Ich, die gerade den Orgasmus ihres Lebens hatte, der selbst den *Femi Master 3000* in den Schatten stellt?

Es braucht eine ganze Weile, bis wir wieder zu Atem kommen. Mein Rücken ist feucht vom Schweiß, und plötzlich bemerke ich, wie kalt sich der Boden unter mir anfühlt.

Luke ist der Erste, der sich aufrappelt. Ich habe mir schon vorgestellt, wie er wohl nackt aussehen würde, aber die Realität übertrifft meine Vorstellungskraft. Sein Körper ist groß und athletisch, seine Arme breit und sehnig. Die Muskeln an seinem Bauch wirken wie mit einem feinen Bleistift gezeichnet. Und seine Waden. Seine festen definierten Waden …

Luke unterbricht mein Schmachten, indem er mir ein Taschentuch reicht. Ich werfe einen Blick auf meinen feuchten Bauch und würde mir am liebsten eine reinhauen. Um Gottes willen! Wir haben noch nicht einmal verhütet. Ich nehme zwar die Pille, aber trotzdem! Noch nie habe ich es ohne ein Kondom getan, die Pille schützt schließlich nicht vor Geschlechtskrankheiten.

Enttäuscht über meine eigene Dummheit taste ich nach meinem kaputten Kleid.

»Tut mir leid«, murmelt Luke und reicht mir seine Hand, damit ich mich hochziehen kann. »Wegen des kaputten Kleids, mein ich. Ich werde es dir natürlich ersetzen«, verspricht er und schaut mir angestrengt in die Augen, als würde es ihn große Überwindung kosten, nicht auf meinen nackten Körper zu starren, der ihm, nebenbei bemerkt, schon wieder viel zu nah ist.

»Soll ich dir was von mir leihen?«

Ich will gerade den Mund öffnen, als mein Magen plötzlich laut knurrt.

Ein leichtes Schmunzeln legt sich auf Lukes Lippen. »Hast du vielleicht Hunger?«

Dass er das auch noch fragt …

»Ja.« Ich trete einen Schritt zurück und überkreuze die Arme vor meiner Brust. »Und ja, etwas zum Anziehen wäre nett.«

Luke beginnt sofort in seinem Schrank zu wühlen und wirft mir, ohne sich umzudrehen, einen Kleiderhaufen über die Schulter zu.

»Ich habe auch ein bisschen Hunger, aber es ist nicht mehr viel da. Soll ich kurz um die Ecke gehen und uns schnell was zu essen holen?«

Da er mir noch immer den Rücken zukehrt, sieht er nicht, wie ich nicke. »Ja, gern«, setze ich verzögert hinterher und schlüpfe in ein weißes T-Shirt und eine bequeme schwarze Jogginghose. Mit diesem Outfit schaffe ich es zwar nicht aufs *Vogue*-Cover, aber wenigstens bin ich nicht mehr nackt.

»Okay.« Luke fischt sich seine Hose vom Boden und zieht sein weißes Hemd über. »Irgendwelche Wünsche?«, fragt er, während er es mit fahrigen Fingern zuknöpft.

»Das spanische Restaurant direkt nebenan sah ganz gut aus. Vielleicht von da?«

»Okay. Bis gleich.«

Als die Tür ins Schloss fällt, kann ich nicht einfach warten und stillsitzen, stattdessen streife ich unruhig durch Lukes Wohnung. Sie besteht nur aus einem Raum, einem schmalen Flur, einer winzigen Küche und einem fensterlosen Bad. Sie ist chaotisch, aber nicht viel schlimmer als mein eigenes Zimmer. Im Wäschekorb türmt sich ein Berg an Schmutzwäsche und in der Spüle das benutzte Geschirr. Trotzdem ist es hier nicht dreckig. Immerhin konnte ich mich gerade persönlich davon überzeugen, dass der Boden gewischt ist.

Beim Gedanken an das, was vorhin passiert ist, glühen meine Wangen. Am liebsten würde ich sofort mit Vicky und Maya reden, aber da ich vermutlich nur entsetzte Vorwürfe kassieren würde, lasse ich es bleiben. Gern würde ich behaupten, dass das vorhin falsch war und ich es zutiefst bereue. Aber das wäre eine Lüge. Luke und ich waren wie zwei Puzzlestücke, die perfekt zusammengepasst haben. Unsere Berührungen waren so vertraut, so harmonisch. Vielleicht ist das die Chemie, von der alle immer reden. Dabei hatte ich noch nie große Erwartungen an das erste Mal Sex mit jemandem.

Luke lässt nicht lange auf sich warten und ist zehn Minuten später zurück. Zu meiner Überraschung steuert er nicht die Küche an, sondern geradewegs das Schlafzimmer. Ich nehme ihm die Tüten ab, während er die Bettdecke zur Seite wirft und die Pappschachteln nacheinander auf der Matratze platziert. Schmunzelnd setze ich mich auf eine freie Stelle und nehme die Gabel entgegen, die er mir reicht. Ich sichte einen Behälter mit Paella, Kartoffelecken, frittierte Calamari und eingelegte Shrimps. Wir teilen uns alles, probieren von jedem etwas und schaffen es tatsächlich, nichts auf das Bett zu verschütten.

Während wir essen, schweigen wir. Die Stimmung ist zwar etwas angespannt, aber nicht seltsam genug, um uns den Appetit zu verderben. Mir fällt auf, dass Lukes Haare etwas kürzer sind. Auch seine Wangen sind glatt rasiert. Ob er das für unser Date getan hat? *Für mich?*

Plötzlich bin ich nicht mehr hungrig. Das schlechte Gewissen hat sich wie ein Stein in meinen Magen gesetzt. Das alles hier ist völlig absurd. Erst versetze ich Luke, dann haben wir Sex und jetzt essen wir Tapas auf seinem Bett. In mir wirbelt ein Hurrikan an Emotionen. Ich komme mit meinen Gefühlen nicht hinterher, weil meine Stimmung von Sekunde zu Sekunde umschlägt.

Luke scheint ebenfalls der Appetit vergangen zu sein. Stumm sammelt er die halb leeren Behälter ein und türmt sie auf seine Kommode. Dann legt er sich auf den Rücken und schiebt seinen Arm unter seinen Kopf. Er wirkt ruhig und entspannt, als würde er ständig wilden Sex auf dem Fußboden haben und anschließend mit seiner Eroberung auf dem Bett dinieren. Seine Lockerheit sollte mich eigentlich beruhigen, aber irgendwie macht sie alles nur schlimmer. Bin ich etwa die Einzige, die halb durchdreht?

Nervöse Stille senkt sich über den Raum. Als wir gegessen haben, war sie noch erträglich, jetzt ist sie einfach nur unangenehm. Da ist diese Kluft zwischen uns, die mit jeder stummen Sekunde größer wird.

»Danke für das Essen«, beginne ich leise.

»Gern. Es war gut, oder?«

»Ja, sehr gut. Isst du da öfter?«

»Nein, eigentlich nicht so oft.«

»Ach so.«

Das war's dann wohl mit Small Talk. Und jetzt? Wie soll ich bloß anfangen? Ganz am Anfang vor fünf Jahren? Oder besser rückwärts? Essen, Sex, nicht zum Treffen erscheinen. Nein, das ist doch bescheuert.

»Tut mir leid, dass ich nicht zu unserem Treffen gekommen bin«, platze ich heraus.

Luke sieht mich unverwandt an. »Warum bist du nicht gekommen?«

Sofort wird meine Brust eng. »Ich weiß es nicht.« Das ist zwar nur die halbe Wahrheit, aber mehr bringe ich nicht heraus.

»Und woher wusstest du, wo ich wohne?«

»Tina. Sie hat mir deine Adresse geschickt.« Seine spontane Kündigung fällt mir wieder ein. Eigentlich wollte ich ihn überreden, seinen Entschluss rückgängig zu machen, aber jetzt pocht mir der Schädel. Heute ist einfach zu viel passiert.

»Vielleicht wäre es besser, wenn ich jetzt gehe und wir morgen in Ruhe reden. Du weißt schon, wenn wir uns sortiert und ausgeschlafen haben.«

»Ja.« Luke nickt zustimmend, doch dann wandert seine Aufmerksamkeit von meinem Gesicht abwärts zu dem Shirt, das ich trage. Und als könnte ich seinen Blick körperlich spüren, stellen sich meine Brustwarzen augenblicklich auf.

»Oder …« Noch immer starrt er unverfroren auf das T-Shirt, unter dem sich meine Nippel immer deutlicher abzeichnen. »Du gehst nicht und …« Jetzt schaut er auf meinen Mund. »Wir reden nicht.«

»Ja.« Ich nicke benommen. »Gute Idee.«

34. KAPITEL

Luke

In meinem Traum sehe ich Sydney und mich aus der Vogelperspektive. Sydney trägt meine braune Lederjacke, darunter ein weißes Kleid, das in der Dunkelheit leuchtet. Ihre Haare wehen im Wind. Ich streiche sie ihr hinter die Ohren, um ihr Gesicht besser zu sehen. Wir stehen am Wasser, meine Hände sind kalt, aber innerlich glühe ich trotzdem. Sydney zieht mich an sich. Unsere Lippen treffen hart aufeinander. Der Kuss schmeckt nach Sehnsucht, Verlangen, Liebe und Schuld.

Und dann ertönt ein lautes Autohupen. Ich schrecke aus dem Schlaf, und das Erste, das ich sehe, ist Sydneys nackte Schulter. Irgendwann in der Nacht hat sie sich an mich geschmiegt und es zugelassen, dass ich den Arm um sie schlinge. Jetzt liegen wir noch immer so. Haut an Haut.

Wenn mir gestern jemand gesagt hätte, dass der Abend mit Sydney in meinem Bett enden würde, ich hätte ihn ausgelacht. Sydney doch nicht. Die würde mich frühestens nach dem dreißigsten Date ranlassen. Frühestens!

Und doch ist alles anders gekommen.

Ich hebe den Kopf etwas an, um sie genauer zu betrachten. Ihr schwarzes Haar liegt zerzaust auf dem Kissen. Ihre Haut, dunkelbraun, glatt und weich, lässt meine im Vergleich ganz käsig aussehen. Ich weiß nicht, ob sie auch etwas träumt, aber ihre Mundwinkel sind ganz leicht nach oben gezogen. In diesem Moment frage ich mich, ob zwei Menschen zur selben Zeit dasselbe träumen könnten. Vielleicht stehen wir auch in ihrem Traum am Wasser und küssen uns.

Daran könnte ich mich gewöhnen, schießt es mir durch den Kopf. Sie, nackt in meinem Bett, dicht an mich gekuschelt. Dabei haben wir noch immer nicht geredet, was wir dringend tun sollten. Aber noch muss ich es auskosten, dass sie so friedlich neben mir liegt. Es ist noch früh, wahrscheinlich nicht einmal acht Uhr. Wir können in aller Ruhe ausschlafen und danach weitersehen.

Sacht lege ich meinen Kopf an ihre Schulter, atme ihren blumigen Duft ein und hauche einen Kuss auf ihre weiche Haut. Dann schließe ich die Augen und kehre zurück zum Wasser, wo wir zwei uns noch immer küssen.

Als ich das nächste Mal die Augen öffne, liegt Sydney nicht mehr neben mir.

Blinzelnd schaue ich mich um, horche nach dem Rauschen der Dusche oder Geräuschen aus der Küche, aber da ist nichts. Ich bin allein. Eine kurze Schrecksekunde glaube ich sogar, dass ich es mit den Träumen zu weit getrieben und mir die letzte Nacht nur eingebildet habe. Doch die Essensbehälter auf meinem Nachtisch überzeugen mich vom Gegenteil. Sydney ist weg. Ohne sich zu verabschieden.

Und wieder stehen wir bei null.

35. KAPITEL

Sydney

Ich sitze in meinem liebsten Vorlesungssaal. Er ist kleiner und altmodischer als die meisten und aufgrund seiner unbequemen Holzsitze und dem miefigen Saalgeruch ziemlich unbeliebt. Doch ich mag seinen alten Charme: die hohen, mit Stuck besetzten Decken und die großen Fenster, die den Raum mit hellem Tageslicht durchfluten. Er wirkt wie aus einer anderen Zeit und ist eigentlich viel zu schön und idyllisch, um einen langweiligen Kurs wie *Finance Theory* darin abzuhalten.

Eigentlich hatte ich mich auf die Uni gefreut. Endlich wieder ein neutraler Ort, beherrscht von Wissen und ernährt durch Fleiß. Und vor allem schön weit weg von Luke.

Doch jetzt kann ich bloß an ihn denken. Es war bei Weitem nicht meine beste Idee, ihn gestern schlafend zurückzulassen. Aber als ich in seinen Armen aufgewacht bin, seine Nase in meiner Halsbeuge, seine Beine um meine geschlungen, sein Geruch an meiner Haut – war ich so überfordert, dass ich einfach fliehen musste. Also bin ich in seine Kleidung geschlüpft, habe mein kaputtes Kleid gepackt und mir ein Taxi bestellt. Im Auto habe ich ihm zwar eine Nachricht geschickt, aber auf die hat er bis jetzt noch nicht reagiert. Es würde mich nicht wundern, wenn er sauer ist, ich wäre es an seiner Stelle auch. Er war so lieb und zuvorkommend, hat mir was zum Anziehen gegeben und ist sogar noch mal raus, um uns was zu essen zu holen. Es wäre das Mindeste gewesen, mich wenigstens zu verabschieden.

Glücklicherweise hat er doch nicht gekündigt. Tina hat mir heute Morgen geschrieben, dass er wie gewohnt zur Arbeit erschienen ist, und sich dafür bedankt, dass ich ihm ins Gewissen geredet habe – was wohlbemerkt nicht der Fall war. Wenn ich am Samstagabend eines nicht getan habe, dann war es reden.

Samstagabend … Beim Gedanken an Lukes Berührungen kribbeln meine Oberschenkel. Ich denke an seinen Mund, wie er mit den Lippen über meine Haut fuhr, mit der Zunge über meine Brust strich, an meinen Nippeln knabberte, sich immer weiter runter küsste …

Oh Mann. Ich presse die Beine fest zusammen. Ob man durch bloße Gedanken zum Orgasmus kommen kann?

»Alles okay?«, fragt mich eine Kommilitonin, die rechts von mir sitzt. »Musst du pinkeln?« Sie macht Anstalten, aufzustehen und mich vorbeizulassen.

»Nein. Ich meine, ja«, lüge ich, um mein nervöses Zappeln zu erklären. Sie soll nicht wissen, dass in meinem Kopf gerade ein Porno mit mir und Luke läuft. »Aber ich kann es noch aushalten.«

»Wenn du meinst.« Sie zuckt mit den Schultern und schaut wieder nach vorn.

Ich drücke meinen Rücken durch, setze mich aufrechter hin und versuche, der Vorlesung zu lauschen. Finanztheorie ist interessant und wichtig, und eigentlich sollte ich mich glücklich schätzen, das Privileg zu haben, an einer renommierten Universität zu studieren. In Wahrheit aber fühlt es sich wie Zeitverschwendung an, auf eine Power-Point-Präsentation zu starren und nicht auf einen Backofen.

Ist das falsch? Trete ich den Feminismus mit Füßen, weil ich zurück in die Küche will? Bin ich eine Schande für mein Geschlecht, das jahrzehntelang für genau den Platz gekämpft hat, an dem ich gerade sitze?

Lukes Worte geistern mir durch den Kopf. *»Stell dir mal vor, wie cool es wäre, deine Leidenschaft zu leben und auch noch dafür bezahlt zu werden.«*

Nicht, dass es mir direkt um das Geld gehen würde – aber der Leidenschaft nachgehen klingt ziemlich verlockend. Vielleicht sollte ich den Auftrag von letzter Woche wirklich annehmen. Es wäre lustig, eine Geburtstags-Halloween-Torte zu backen und dafür sogar entlohnt zu werden. Und wenn alles gut läuft, könnte ich weitermachen. Mehr Kuchen backen, mehr verkaufen. Flyer erstellen, eine Website errichten und ganz langsam ein zweites Standbein aufbauen. Genau wie Luke gesagt hat.

Mann, jetzt denke ich schon wieder an ihn. An ihn und sein Gesicht und seine Lippen und seinen Körper und seinen …

*

»Ich hatte Sex mit Luke«, berichte ich Maya, als ich sie später in der Mensa treffe. Meine beste Freundin schaut von ihrem Eintopf auf, der gelinde gesagt wie ein Haufen Pferdeäpfel aussieht. Die veganen Alternativen in dieser Mensa sind leider nicht die ästhetischsten. Ich esse nur einen Fruchtjoghurt, weil mein Hunger nicht besonders groß ist. Zumindest nicht auf etwas Essbares.

»Und ich weiß, dass ihr schon Bescheid wisst, deshalb rechne ich es euch beiden hoch an, dass ihr mich noch nicht geohrfeigt habt«, füge ich hinzu, während ich mit dem Löffel einen Strudel durch den Joghurt ziehe.

Als ich gestern nach Hause gekommen bin, wussten meine Freundinnen natürlich, wo ich letzte Nacht war, haben aber trotzdem so getan, als wäre nichts. Anfangs war es zwar etwas angespannt, aber nachdem ich lange geduscht und mit den beiden die ganze zweite Staffel *Sex Education* geschaut habe, war alles wieder normal.

»Warum sollten wir dich ohrfeigen?«, gibt Maya irritiert zurück. »Es ist dein Leben, und es sind deine Entscheidungen. Wir hätten uns nicht einmischen sollen.«

»Doch, natürlich könnt ihr immer mitreden. Ich schätze eure Meinungen.«

Auch wenn ich manchmal nicht auf sie höre …

»Egal, zurück auf Anfang. Du warst also bei Luke und hast mit ihm geschlafen?«

»Ja, und dann habe ich mich vom Acker gemacht, ohne mich zu verabschieden.«

Meine Freundin verzieht das Gesicht und gibt einen zischenden Laut von sich. »Oh, das ist mies.«

»Ich weiß«, klage ich.

»Wie war es denn?«, fragt sie etwas leiser und beugt sich näher zu mir. Ich schätze ihre Diskretion, auch wenn die Mensa fast leer ist, weil die meisten bei dem guten Herbstwetter draußen essen.

»Es war …« Gott, wenn ich dafür bloß die richtigen Worte finden könnte.

»Gut?«

Meine Ohren werden warm. »Ja, das war es wirklich.«

»Erzähl. Ich will jedes Detail hören! Oder nein«, hält sie mich auf und schwingt so energisch ihren Löffel, dass etwas Eintopf auf den Tisch tropft. »Lass uns bis später warten. Vicky wird sauer, wenn sie nicht dabei ist. Oder doch«, überlegt sie es sich wieder anders, »erzähl es einfach zwei Mal.«

»Ehrlich gesagt weiß ich gar nicht, wie ich es beschreiben soll«, gestehe ich.

»Wo habt ihr es getan?«

»Auf dem Bett«, sage ich und schiebe mir den Löffel in den Mund. »Und einmal auch auf dem Boden.«

»Versaut.« Sie stößt einen Pfiff aus. »Und weiter? Was hat er gemacht? Wie hat er es gemacht?«

»Maya«, lache ich und halte mir die Hand vor den Mund, damit der Joghurt nicht rausquillt. »Du klingst schon wie Vicky!«

»Was? Du erzählst sonst nie von deinen Eskapaden.«

»Weil es auch nie etwas zu erzählen gibt.«

»Deswegen bin ich ja so neugierig!«

Ich fixiere den Kompass auf ihrem Unterarm, während ich nach den richtigen Worten suche. Doch mir wollen einfach keine einfallen.

»Alles, was ich sagen kann, ist, dass es unglaublich war. Und dass es alles komplizierter macht.«

»Warum?«

»Weil es Luke ist. Stell dir mal vor, du würdest davon träumen, wie du Sex hast mit … ich weiß nicht, diesem Typen von *Sex Education*, den du so süß fandest.«

»Kedar Williams-Stirling?«

»Ja, kann sein. Und dann wird die Fantasie zur Realität.«

»Das wäre ziemlich heiß. *O Kedar*«, schnurrt sie.

Ich pruste los. »Ja, aber danach wärst du sicher verwirrt. Vor allem, weil du für Kedar nur irgendeine Olle bist und er für dich die Welt.«

»Wer sagt, dass du nicht auch die Welt für Luke bist? Nein, lass mich ausreden«, wirft Maya ein, als ich bereits den Mund für einen Konter öffne. »Ich will dir keine Flausen in den Kopf setzen, aber niemand von uns kann Gedanken lesen. Schauen wir uns die Fakten mal an.« Maya schiebt ihren Teller zur Seite, um besser zu gestikulieren. »Er ist nett zu dir, er sucht deine Nähe, er will sich mit dir treffen und er hat Wahnsinnssex mit dir.«

»Und er hat mich vergessen«, ergänze ich, der wichtigste Fakt nebenbei bemerkt.

»Ist das das einzige Kontra für dich? Wärst du bereit, ihm eine Chance zu geben, wenn das mit damals nie passiert wäre?«

»Aber es ist passiert!«, sage ich und drohe vom Stuhl zu fallen, weil der peitschende Frust mich fast umwirft. »Ich verstehe nicht, warum wir immer wieder darüber reden müssen. Ich bin über das, was damals passiert ist, immer noch nicht hinweg. Vielleicht werde ich das sogar nie.«

»Willst du meine Meinung hören?«

»Ich soll ihm eine Chance geben?«, rate ich.

»Nein, du sollst mit ihm reden!«, erwidert sie hochtrabend. »Leg die Karten auf den Tisch und erzähle ihm alles.«

»Oder ich tue es nicht, weil es ziemlich peinlich wäre.«

Maya seufzt kapitulierend und schnappt sich wieder ihr Essen. »Mach, was du willst. Aber wenigstens hast du jetzt einen weiteren Punkt auf deiner Liste abgehakt.«

»Oh, richtig! Ich hatte einen One-Night-Stand.« Zumindest, wenn es bei dieser einen Nacht bleibt.

Moment, was denke ich da eigentlich? Will ich etwa, dass es wieder passiert?

Blöde Frage, natürlich will ich das. Ich kann an gar nichts anderes mehr denken. Aber was bedeutet das für mich? Und uns?

Plötzlich stellt sich jemand an unseren Tisch. Ich schaue auf und sehe einen hochgewachsenen Mann in bunter Yogahose auf mich herabschauen.

»Hey, weißt du noch, wer ich bin?«

»O ja.« Der Schnösel von Sinas Party, der auf billigen Wein stand und kein Nein akzeptieren konnte. Beim letzten Mal hatte er einen Man-Bun, jetzt fallen ihm seine Haare über die Schultern.

»Fred, richtig?«

»Jepp. Und du bist das Model, richtig?«

Maya gackert los, während ich die Augen verdrehe.

»Nein, ich bin immer noch kein Model.«

»Witzig, dass du auch hier studierst.«

Ja, zum Schießen.

»Sorry, ich habe vergessen, wie du heißt. Wie war noch mal dein Name? Taleisha?«

Wow. Hat er sich gerade irgendeinen afrikanischen Namen aus dem Ärmel gezogen? Nach dem Motto: Auf gut Glück?

»Nein, Sydney«, sage ich leicht genervt.

»Ach, stimmt.« Er nickt gewissenhaft und macht keine Anstalten, sich bei Maya vorzustellen. Ignorantes Arschloch.

»Schade, dass wir uns bei der Party nicht mehr gesehen haben. Du warst so schnell weg.«

»Ja, das war ich«, erwidere ich und denke daran, dass ich überhaupt nicht weg, sondern nur im Nebenzimmer war. Mit Max. Oder *unter* Max.

»Hättest du Bock, dich mal zu treffen? Wir haben uns doch echt nett unterhalten.«

Echt nett unterhalten? Er hat die ganze Zeit nur über sich geredet.

»Ähm, ehrlich gesagt habe ich gerade ziemlich viel zu tun«, sage ich ausweichend. Ich war noch nie gut im Körbegeben. Man sieht es ja an Luke – ich weiche jeder Konfrontation aus.

»Kein Problem. Du kannst mir ja deine Nummer geben. Wir finden bestimmt einen Termin.«

Mist. Was soll ich jetzt tun? Ihm eine falsche geben, nur damit er mich in Ruhe lässt? Aber was, wenn ich ihm wieder auf einer Party oder auf dem Campus begegne? Ich will keinen Stress.

»Ich, äh, weiß meine Nummer nicht auswendig. Und ich habe momentan wirklich keine Zeit.«

»Dann gebe ich dir einfach meine.«

Nein, bitte nicht!

»Wir müssen jetzt leider los«, rettet Maya mich aus der Misere, steht auf und zieht mich mit sich. Eigentlich müssten wir noch unsere Tabletts zurückbringen, aber dafür bleibt jetzt keine Zeit. Arm in Arm flüchten wir vorbei an den leeren Tischen und hinaus auf den Campus des Hauptgebäudes.

»Mann ey, warum treffe ich immer nur auf Hohlköpfe?«, jammere ich und halte mir die Hand vor die Augen, um das Sonnenlicht des milden Oktobertags abzuschirmen.

»Ja, echt schlimm, dass gleich zwei Typen auf dich stehen«, neckt meine Freundin mich.

Ich ignoriere ihren Seitenhieb und nörgele weiter. »Entweder sie lügen und vergessen dich, oder sie werfen mit rassistischen Sprüchen um sich und verstehen nicht, was ein Nein bedeutet.«

»Also, um fair zu sein, hast du nicht wirklich Nein gesagt«, gibt sie zurück und schwingt sich auf ihr Skateboard.

»Eins zu null für dich«, grummele ich und beschleunige meinen Gang, um mit ihr Schritt zu halten.

»Nicht, dass du es extralaut aussprechen musst, aber anders kapieren es die Hohlköpfe wahrscheinlich nicht. Wobei: Wahrscheinlich würden sie es nicht einmal dann begreifen, wenn du es ihnen ins Gesicht schreist.«

Ich ziehe eine Schnute. »Werde ich jemals jemanden finden, der zu mir passt?«

Maya antwortet nicht, doch sie bedenkt mich mit einem Blick, der mehr sagt als tausend Worte.

Vielleicht hast du das schon.

36. KAPITEL

Luke

Seit ich im *Coffee & Books* arbeite, gehe ich kaum noch ins Fitnesscenter. Den ganzen Tag auf den Beinen zu sein ist ziemlich anstrengend, und am Abend schaffe ich es meistens nicht, mich noch mal aufzurappeln.

Glücklicherweise hat Vince mich heute dazu gezwungen, meinen Arsch hochzukriegen. Jetzt liege ich auf der Hantelbank und kämpfe mit achtzig Kilo Gewicht, die ich normalerweise mit einem Klacks hinkriege. Knurrend senke ich die Hantel, halte sie kurz und stemme sie langsam wieder hoch. Meine Arme fühlen sich an wie Pudding. Ich bin völlig außer Form.

Und vor allem nicht bei der Sache. Mein Kopf ist weit weg, bei wunderschönen dunklen Augen, die mich in die Tiefen des Schwarzen Meeres reißen und verschlingen.

Verdammte Sydney.

Ich bin wütend, scheißwütend sogar. Dieses Mädchen erlaubt sich eine Menge und schafft es immer wieder, einen draufzusetzen. Seit unserer gemeinsamen Nacht haben wir uns weder gesehen noch gesprochen. Ich habe keine Lust, ihr länger hinterherzurennen und mich komplett zum Volltrottel zu machen.

»Alles okay?«

Ich drehe mich zu Vince, der ein Handtuch über beide Schultern geschwungen hat. Obwohl wir erst seit einer halben

Stunde hier sind, klebt ihm sein Shirt nass an der Haut. Vince beginnt immer mit einem intensiven Cardio-Training und setzt sich erst dann an die Geräte. Anders als ich, der sich die Runde auf dem Laufband meistens spart. Vielleicht ist das der Grund, warum meine Kondition so am Arsch ist.

»Klar.« Ich stelle die Hantel ab und richte mich ächzend auf. »Aber ich höre gleich auf. Ich bin total aus dem Rhythmus.«

»Das meinte ich nicht.«

Ich weiß.

»Was dann?«, gebe ich mich ahnungslos und greife nach meiner Wasserflasche auf dem Boden.

»Keine Ahnung, sag du es mir.«

Erst hat sie mich versetzt, dann ist sie gekommen, wir hatten unglaublichen Sex, aber am nächsten Tag war sie weg, ohne sich zu verabschieden.

»Es ist nichts«, sage ich und stehe schwankend auf. »Hast du nachher Lust, etwas Fettiges essen zu gehen? Eine Pizza mit Käserand oder so?«

Vince mustert mich einen Moment lang prüfend, als warte er darauf, dass ich doch mit der Sprache rausrücke. Aber ich bleibe stur, und schließlich nickt er. »Okay.«

Das schätze ich an unserer Freundschaft. Wir müssen nicht immer miteinander reden, aber wir wissen, dass wir es könnten, wenn wir wollten.

»Pferdeschwanz starrt dich an«, murmelt Vince und deutet mit dem Kopf leicht nach rechts.

Ich folge seinem Blick. Eine Brünette am Stepper schielt in meine Richtung. Sie ist süß, klein und kurvig, und ihre Sportkleidung ähnelt schon fast einem Bikini. Als unsere Blicke sich kreuzen, lächele ich ihr automatisch zu. Erst schaut sie ertappt weg, doch dann erwidert sie mein Lächeln. Dass eine hübsche Frau mich abcheckt, tröstet mein angeknackstes Ego.

Nur ist sie nicht *die* hübsche Frau.

»Willst du mit ihr reden?«

»Nee.« Ich schüttele den Kopf und nehme einen Schluck aus meiner Flasche. »Du kennst doch die Regel. Keine Frauen aus dem Fitnesscenter. Das endet im Drama, und dann muss ich mir ein neues suchen.«

»Klar, da sind die Frauen von der Arbeit definitiv die bessere Wahl.« Er grinst verwegen, und ich gebe ihm lachend einen Klaps auf den Kopf.

»Fick dich.«

»Fick du dich«, sagt er und klapst mich zurück, direkt auf die empfindliche Stelle an meinem Scheitelbein.

»Oh Shit.« Das Gesicht verziehend zieht er die Hand zurück, als hätte er sich verbrannt. »War das Beuli?«

»Ja, aber es hat nicht wehgetan«, lüge ich. Physisch gesehen stimmt das sogar. Die Beule selbst schmerzt nicht. Nur das, was sie in mir auslöst.

Wir haben sie *Beuli* getauft, um dem schrecklichen Ereignis, das sie verursacht hat, den Schrecken zu nehmen und es ein bisschen ins Lächerliche zu ziehen. Eine Überlebensstrategie, die leider nicht funktioniert.

Ein paar Minuten später beenden wir unser Training und steuern, jeder in seine Gedanken versunken, die Umkleide an. Vince und ich reden über vieles, aber nie über das, was passiert ist. Wir tun es deshalb nicht, weil es keine Worte dafür gibt. Man könnte behaupten, dass wir irgendwas verdrängen, aber das glaube ich gar nicht. Wir wollen einfach nur nicht darüber reden, was passiert ist und was wir verloren haben.

*

Das Fitnesscenter befindet sich in der Nähe vom Alexanderplatz. Hier wimmelt es von Menschen, Restaurants und Einkaufsläden. Vince und ich drehen eine Runde, aber da die meisten Pizzerien heillos überfüllt sind, entscheiden wir uns für einen türkischen Imbiss.

Wie immer bestelle ich einen Döner ohne Zwiebeln. Aber Vince muss immer übertreiben und besteht sogar auf extra Zwiebeln und einer zusätzlichen Kelle Knoblauchsoße. Ein Glück, dass ich ihn heute nicht küssen muss.

Beim Essen taut die Stimmung wieder etwas auf. Vince redet die meiste Zeit, und ich höre zu, wie er vom Unialltag, ätzenden Kursen und noch ätzenderen Dozierenden erzählt. Obwohl er mein bester Freund ist und ich ihm alles Glück der Welt wünsche, spüre ich auch vertrauten Neid in mir aufkeimen. Ich würde ebenfalls gern über die Uni meckern, aber das Abi habe ich immer noch nicht nachgeholt, was meine eigene Schuld ist. Und je mehr Zeit verstreicht, desto schwerer fällt es mir, das Ganze irgendwann doch noch anzupacken. Weil ich nie etwas durchziehe.

Versager.

Ich frage mich auch, ob Vince an der gleichen Uni eingeschrieben ist wie Sydney. Beide sind Wirtschaftsfuzzis, und vielleicht haben sie sich sogar schon mal gesehen. Der Gedanke daran macht mich noch eifersüchtiger.

»Sicher, dass du nicht darüber reden willst?«, schlägt Vince einen ernsten Tonfall an. »Du siehst ziemlich fertig aus.«

»Ich bin auch fertig«, gebe ich zu und reibe mir über die Augen, weil es nicht nur Sydney ist, die meine Gedanken auf Trab hält. »Letzte Nacht habe ich echt übel …«

»Übel was?«, unterbricht er mich und grinst. »Übel gewichst?«

Obwohl ich nicht sonderlich gut drauf bin, entlockt es mir ein trockenes Lachen. »Ja, das auch. Und übel geträumt.«

»Von wem? Nein, lass mich raten.« Er lässt den Döner auf den Teller sinken und tut so, als müsse er nachdenken. »Du hast von … hm, also, wenn ich raten müsste … Sydney geträumt!«

Wenn's doch nur so wäre …

»Nein.«

»Nein?« Er wirkt überrascht. »Von wem dann?«

Zur Antwort schüttele ich den Kopf.

»Komm, ich lache auch nicht.«

Dass er nicht lachen wird, weiß ich. Ich nehme einen tiefen Atemzug und beschließe, es wie ein Pflaster abzureißen. »Von Alex.«

Ganz kurz hört die Welt auf, sich zu drehen. Dann entgleisen meinem besten Freund die Gesichtszüge. »Du hast von … Alex geträumt?«, stottert er.

»Ja. In letzter Zeit sogar öfter. Keine Ahnung, warum.«

»Hast du … also … hast du …« Er druckst herum, dabei wissen wir beide, was er fragen will. »Dich an irgendwas erinnert?«, presst er hervor.

»Nein.« Ich schüttele den Kopf. »Es war nur irgendwas Zusammenhangloses, was gar keinen Sinn ergeben hat. Komisch, oder?«

Am liebsten würde ich ihn fragen, ob er solche Träume manchmal auch hat, doch dann wird mir klar, dass ich die Wahrheit gar nicht wissen will.

Vince nickt knapp und nimmt einen riesigen Bissen von seinem Döner. Die Soße wird aus dem Fladenbrot gedrückt und tropft auf seine Hände. Sag ich doch, denke ich mürrisch. Wir reden über alles, außer *darüber*. Dazu gibt es einfach nichts zu sagen.

Der Rest des Essens verläuft schweigend. Danach verabschieden wir uns, obwohl wir theoretisch denselben Rückweg hätten. Aber Vince muss angeblich noch in die Bibliothek. Ja klar. Vermutlich braucht er einfach nur einen Moment für sich. Verständlich, schade nur, dass wir in Momenten wie diesen anders gestrickt sind. Er muss allein sein, ich brauche Nähe.

Eigentlich müsste ich die U-Bahn nehmen, doch ich tue es nicht und laufe einfach weiter. Entferne mich von den vielen Einkaufsgeschäften und steuere eine kleine ruhige Seitenstraße an. Zumindest ist sie das, bis ich ein paar Teenager auf der Straße entdecke, die sich gegenseitig fotografieren.

Gerade bricht sich das Licht der Sonne hinter einer Laterne und wirft sowohl ein schönes Licht als auch einen schönen Schatten auf den Asphalt. Außerdem fahren hier fast keine Autos, es ist also der ideale Ort für ein ungestörtes Fotoshooting. Blöd nur für mich, denn jetzt muss ich zur Parallelstraße wechseln, die viel lauter und wuseliger ist.

Ich biege um die Ecke und finde mich in der Neuen Schönhauser Straße wieder. Hier in der Umgebung befinden sich hauptsächlich Büros und Firmensitze, aber auch Cafés.

Ich weiß nicht, was es über mich aussagt, dass mich meine Füße an meinem einzigen freien Tag in der Woche ausgerechnet in Richtung Arbeit tragen. Aber heute haben Sydney und Vera die Spätschicht, und vielleicht sind sie ja noch da. Der Weg ist nicht weit. Ich könnte ja mal nachsehen, oder?

Nein, dreh um! Verdammt noch mal.

Je näher ich dem Café komme, desto lauter drängt mich meine innere Stimme, wieder kehrtzumachen. Ich sollte wirklich nicht hier sein und die Frau aufsuchen, die mich letzte Woche abserviert hat. Das ist falsch und würdelos. Ich renne niemandem hinterher, nicht einmal Sydney.

Fast schaffe ich es, meiner Vernunft nachzugeben, wirklich fast. Doch dann entdecke ich sie. Sie sitzt auf dem Tresen und tippt in ihr Handy. Heute trägt sie ein kurzes Latzkleid im

Jeanslook, dazu eine transparente Strumpfhose, die ihre langen Beine hervorheben. Beim Anblick ihres verschwommenen Profils spüre ich den mittlerweile vertrauten Druck in meiner Brust. Ich vermisse sie und verstehe nicht warum.

Plötzlich vibriert mein Handy, und einen hoffnungslosen Augenblick lang glaube ich, dass die eingehende Nachricht von Sydney ist. Dass ich es bin, dem sie gerade schreibt. Weil sie genauso viel an mich denkt wie ich an sie.

Aber die Enttäuschung kommt schnell, denn es ist nur Vince, der mir ein Bild geschickt hat. Missmutig öffne ich den Chat, muss aber dann lachen. Dieser Arsch hat mich vorhin an der Hantelbank fotografiert. Mein Kopf ist rot angelaufen, und ich sehe so aus, als würde ich ein richtig dickes Geschäft abdrücken. Dennoch verzeihe ich ihm seinen Schnappschuss, denn das bedeutet nur, dass zwischen uns alles wieder okay ist.

Ich will gerade die App schließen, als mir ein paar Chats tiefer etwas Grünes ins Auge sticht.

Sydney schreibt …

Ich traue mich nicht zu blinzeln, so schockiert bin ich. Sie schreibt mir also doch! Jetzt, in diesem Moment. Mein Herz schwillt an und pumpt das Doppelte an Blut durch seine Kammern. Eben noch wütend, verraucht der Zorn wie eine Wolke und fällt zu einem Regen unbändiger Sehnsucht auf mich herab.

Eigentlich will ich sie die Nachricht zu Ende schreiben lassen, aber ich kann nicht mehr länger warten. Es ist, als würden meine Beine die Signale meines Gehirns ignorieren und selbstständig handeln. Wie in Trance überquere ich die Straße, stoße die Tür auf und werde von vertrautem Kaffeeduft umhüllt. Sydney ist nicht mehr am Tresen. Ich versuche mein Glück in der Küche und werde fündig. Sie tippt noch immer auf ihrem Handy und stößt einen überraschten Schrei aus, als sie mich entdeckt.

»Luke«, ruft sie atemlos, die Augen weit aufgerissen. »Das ist … Ich wollte dir gerade schreiben!«

»Ich weiß.« Ich lasse meine Sporttasche fallen und schleiche wie eine Katze auf sie zu. »Wir sollten reden.«

»Ja.« Sie nickt, während sie mir entgegenkommt. »Ja, das sollten wir.«

Als wir wenige Zentimeter voreinander stehen bleiben, starren wir uns an. Im nächsten Moment fallen wir übereinander her. Mund trifft auf Mund, Hand trifft auf Nacken, Körper trifft auf Körper. Wir knutschen wie pubertierende Teenager, stoßen gegen die Zähne des anderen und küssen uns feucht und geräuschvoll.

»Wollten wir nicht reden?«, fragt sie zwischen unseren Küssen.

»Ja.« Mein Mund wandert über ihre Wange zu ihrem Ohr. »Oder –« Ich sauge an ihrem Oberläppchen. »Wir reden nicht.«

Sie erschaudert. »Ja. Gute Idee«, sagt sie keuchend und wandert mit den Händen unter mein Shirt, bevor sie abrupt innehält.

»Was ist das?«, fragt sie und drückt auf eine brennende Stelle oberhalb meines Steißbeins.

»Das waren deine Krallen, Madame.«

»Was, im Ernst? Das tut mir leid!«

»Mir nicht«, grinse ich und finde wieder ihre Lippen.

Gott, wie sie mir gefehlt hat. Ein paar Tage ohne sie und schon drehe ich durch. Was ist bloß aus mir geworden? Warum bin ich Sydney derart verfallen?

»Ist das euer Scheißernst?«

Sydney und ich fahren zusammen, als eine vertraute Stimme im Raum erklingt. Ich drehe mich zu Lenny, der schockgefroren an der Tür steht.

»Wow.« Er schließt die Augen und hält sich den Kopf, als

hätte er höllische Schmerzen. Dann dreht er sich um und knallt die Tür hinter sich zu.

»Scheiße!«, flucht Sydney und richtet ihre Frisur. »Ich hatte völlig vergessen, dass er auch da ist.«

»Warum ist er überhaupt hier?«

»Er arbeitet heute, weil Vera mit ihm getauscht hat. Oh Mann.« Ihre Wangen röten sich. »Was denkt er jetzt bloß von uns?«

Dass Sydney ihn nicht will und ich ein schlechter Freund bin.

»Ich gehe ihm kurz hinterher«, teile ich ihr mit und lasse meine Sporttasche stehen. Lennart ist bereits aus der Tür gestürmt und überquert die Straße.

»Lenny«, rufe ich nach ihm und drängele mich durch den Menschenschwarm, der mir vom Bahnhof Hackescher Markt entgegenkommt. »Entschuldigung, Sorry, Entschuldigung. Hey, Mann. Bleib kurz stehen. Ich will es dir erklären.«

»Was willst du mir erklären?«, fragt er, ohne sich umzudrehen. »Dass du es ausgerechnet mit dem Mädchen treibst, auf das ich stehe? Ich dachte, sie hasst dich.«

Ein paar neugierige Köpfe schnellen in unsere Richtung. Ich werfe einer älteren Dame einen grimmigen *Kümmere-dich-um-deinen-Scheiß*-Blick zu und beschleunige meinen Gang, um ihn einzuholen.

»Das dachte ich auch!«

»*Don't shit where you eat.* Waren das nicht deine Worte?«

»Doch, aber …«

Wuffi bleibt so abrupt stehen, dass ich um ein Haar mit ihm zusammenstoße. Seine Augen sind zusammengekniffen, seine Nasenflügel aufgebläht.

»Warum ausgerechnet sie? Ich weiß, dass ich keine Besitzansprüche auf sie erheben kann, aber, Mann, hättest du nicht irgendwen anderes nehmen können?«

»Es tut mir leid, okay? Ich schwöre dir, dass ich das nicht geplant habe. Am Anfang hat sie mich überhaupt nicht interessiert. Aber dann … Eigentlich bin ich nicht so«, beteuere ich. »Ich falle meinen Freunden nicht in den Rücken. Wirklich nicht.«

»Und warum hast du es dann getan?«

Das wüsste ich auch gern …

»Keine Ahnung, alles ist so schnell passiert. Mein Kopf hat ausgeschaltet, und ich habe an gar nichts mehr gedacht. Ich hatte überhaupt nicht mehr auf dem Schirm, dass du sie auch magst.«

Lenny hält inne. Sein Ausdruck zeigt eine Mischung aus Schock und Neugier. »Auch?«, fragt er langsam.

»Ja, auch.«

Er tritt einen Schritt vor, und als er redet, flüstert er beinahe. »Was ist da zwischen euch?«

»Ich weiß es nicht«, sage ich ehrlich.

»Ist es dir ernst?«

Jetzt spreche ich es zum ersten Mal aus. »Ja.«

Zu meiner Verwunderung wirkt er fast enttäuscht. »Ihr auch?«

»Keine Ahnung. Ich hoffe es. Wir haben noch nicht darüber geredet.«

Schlagartig kehrt die Härte in seinem Blick zurück. »Vielleicht solltet ihr das«, rät er mir kalt und wendet sich ab. Diesmal laufe ich ihm nicht nach.

37. KAPITEL

Sydney

»Und dann ist Lennart reingeplatzt«, schließe ich meine Erzählung.

Vicky und Maya sitzen mit mir auf meinem Bett und knabbern Popcorn, das sie sich vorhin in der Mikrowelle gemacht haben. Mein Zimmer riecht wie ein Kinosaal. Was auch gut passt, denn mein Leben ist wie ein schlechter Film.

»Okay, übergehen wir mal den Fakt, dass ihr gegen etwa hundert Hygienevorschriften verstoßen habt und es Luke war, dem du die Zunge in den Hals gesteckt hast …« Vicky unterbricht sich, um sich eine Handvoll Popcorn in den Mund zu schieben. »Warum um allesch in der Welt huscht du dasch getan?«

»Keine Ahnung.« Ich stecke meine Hand ebenfalls in die Schüssel und werfe mir ein paar süße Flocken in den Mund.

»Hast du den Anfang gemacht?«

»Nein.« Ich schlucke und schüttele den Kopf. »Er hat ganz klar mich geküsst. Glaube ich zumindest. Aber natürlich habe ich es erwidert«, räume ich ein und reibe mir über das Kinn, das durch Lukes Bartstoppeln ganz wund ist. Heute war sein Gesicht kratziger als am Samstag.

»*Natürlich*«, wiederholt Maya grinsend. »Du hattest keine andere Wahl.«

»Ey, seid nett zu mir«, schmolle ich. »Ich bin gerade ziemlich verwirrt.«

»Das bist du in der Tat«, pflichtet mir Vicky bei. »Du hättest es fast mit Luke in einer Küche getrieben! In einer Küche! Ich dachte immer, dieser Ort sei für dich wie ein Schrein oder eine Kirche. Irgendwas Heiliges, in dem nur gebetet oder gebacken wird.«

Die beiden brechen in lautes Gelächter aus und entfesseln in mir den Drang, auf der Stelle loszuheulen. Von außen betrachtet wirkt das alles vielleicht witzig, aber das ist es ganz und gar nicht.

»Oh Mist.« Das amüsierte Funkeln ins Vickys Augen erlischt. »Sorry. Das war wirklich nicht böse gemeint. Es ist nur so absurd.«

»Ich weiß. Ich finde es ja auch absurd«, entgegne ich frustriert. Was wollen die Aliens damit bloß bezwecken?

»Armer Lenny«, seufzt Maya. »Das muss ihn alles ziemlich überwältigt haben.«

»Nicht nur das, er schien richtig sauer zu sein«, ergänze ich verschämt. »So wie er hinausgestürmt ist, war das ziemlich eindeutig. Ich glaube, es war ihm unangenehm, uns so zu sehen. Ihr wisst ja, dass er aus einer etwas konservativeren Familie kommt. Sein Vater ist Pastor.«

»Ich glaube nicht, dass es daran liegt, Syd.« Maya mustert mich bedrückt. »Ich glaube, Lenny hat ein bisschen was für dich übrig, weißt du?«

»Was?« Bestürzt reiße ich die Augen auf. »Er mag mich doch nicht!«

»Doch. Vermutlich sogar ziemlich doll.«

»Und warum hast du mir nichts gesagt?«

»Er hat es mir auch nicht gesagt«, stellt sie sofort klar. »Wahrscheinlich hatte er Angst, dass ich es dir sagen würde, was ich vermutlich auch getan hätte.«

»Und woher weißt du es dann?«

»Weil er mich schon öfter nach dir ausgefragt hat. Das übliche Zeug, ob du gerade jemanden hast und so.«

»Das habe ich gar nicht gemerkt.« Wir arbeiten seit über einem Jahr zusammen. Wie konnte mir das bloß entgehen? Geknickt lasse ich die Schultern hängen. »Er hat nie irgendwelche Andeutungen gemacht. Klar, er hat öfter gefragt, ob wir nach der Arbeit einen trinken gehen, aber das heißt doch nichts.«

»Er ist eben schüchtern.«

Deshalb also war er so entsetzt. Er mag mich und hat mich mit jemand anderem gesehen. »Warum, Aliens?«, winsele ich. »Warum macht ihr das? Jetzt zieht ihr auch noch andere Leute rein. Was soll das?«

»Dämliche Aliens«, grummelt Vicky.

»Ich muss mich bei ihm entschuldigen.«

»Warum? Du hast doch nichts getan«, wendet Maya ein.

»Außer ihn fürs Leben traumatisiert.« Ich lasse mich ins Bett sinken und plustere die Backen auf. Es war schon anstrengend genug, mit Luke zu arbeiten. Aber jetzt auch mit Lennart? Mein Leben gleicht einem schlechten Witz ohne Pointe.

»Egal. Themenwechsel.« Ich richte mich wieder auf. »Bitte erzählt mir irgendwas über euch. Ich muss an etwas anderes denken.«

»Ich hatte überlegt, mir ein neues Tattoo stechen zu lassen«, macht Maya den Anfang und streicht über ihren nackten Oberschenkel. »Findet ihr Anker ausgelutscht?«

»Ziemlich ausgelutscht«, gluckst Vicky. »Es sei denn, du bist ein Seemann.«

»Hm. Was ist mit einer Eule?«

»Warum eine Eule? Welche Bedeutung hätte das?«, frage ich.

»Gar keine. Tattoos müssen nicht immer eine Bedeutung haben. Manchmal sollen sie einfach nur süß aussehen. Und Eulen sind supersüß.«

»Ja, aber wie wirst du das in zehn oder zwanzig Jahren sehen? Geschmäcker ändern sich, und am Ende musst du mit einer Eule am Bein leben.«

»Oh Mann, Syd, jetzt klingst du schon wie deine Oma.«

»Touché«, sage ich prustend und spüre, wie die Frequenz meiner Stimmung steigt. »Was ist mit dir, Vick?« Ich wende mich meiner anderen Freundin zu. »Hast du etwas zu erzählen?«

»Ja, vielleicht.« Sie verschränkt die Hände miteinander und stiert nachdenklich auf die Schüssel Popcorn. »Neulich war da so ein Typ.« Sie hält kurz inne, um sich verlegen über den Arm zu streichen. »Jedenfalls sind wir zu ihm, und dann – ihr wisst schon.« Sie macht eine schwenkende Handgeste, als müsste sie nicht extra aussprechen, was passiert ist. »So weit, so gut. Aber als er gekommen ist, hat er etwas gerufen.«

»Und was?«, hake ich nach.

Sie holt tief Luft und sagt dann langsam: »Wubba lubba dub dub.«

Sofort bricht Maya in lautes Gelächter aus. Ich hingegen ziehe die Stirn kraus.

»Wubba lubba dub dub?«, wiederhole ich fragend.

»Ja!« Vicky wird rot, und ich bin nicht sicher, ob sie ein Lachen oder ein Weinen unterdrückt. »Im Ernst, ich habe schon alles Mögliche gehört. ›Oh yeah! Ich bin der Beste!‹ Einmal hat einer sogar seinen eigenen Namen gerufen. Aber ›Wubba lubba dub dub‹? Was soll das überhaupt bedeuten?«

»Vermutlich, dass er große Schmerzen hat«, murmle ich.

»Was?« Vicky und Maya reißen die Münder auf.

»Soweit ich weiß, kommt der Spruch aus *Rick and Morty*«, erkläre ich zögernd. »Ich habe nur die ersten zwei Staffeln gesehen, aber ich meine, es war Rick, der immer ›Wubba lubba dub dub‹ gesagt hat.«

»Danke fürs Spoilern«, murrt Maya.

»Rick sagt es, wenn er Schmerzen hat?«, fragt Vicky entsetzt.

»Ich weiß nicht mehr genau. Vielleicht hat er es auch gesagt, wenn er glücklich war.«

»Was denn nun? War er glücklich oder hatte er Schmerzen?«, hakt Vicky ungeduldig nach.

Mist, wie war das noch mal?

»Ich glaube, er war glücklich«, entscheide ich, um Vicky nicht weiter zu verunsichern.

»Das will ich auch hoffen.« Ihre Schultern entspannen sich, als sie wieder in die Schüssel greift. »Sonst sehe ich den Abend in einem völlig anderen Licht.«

»Hey«, rufe ich, als Vicky mich mit einer Popcornflocke bewirft. Aus einem Impuls heraus feuere ich zurück – ein großer Fehler, wie sich im Nachhinein herausstellt. Eines kommt zum anderen, und plötzlich hagelt es Popcorn.

»Leute, das ist Essen und keine Munition«, sagt Maya und schließt sich kurze Zeit später unserer Schlacht an.

Sich mit Popcorn zu beschießen ist brutaler als gedacht. Die Dinger tun weh und hinterlassen bei Maya sogar eine kleine Schramme im Gesicht. Außerdem sorgen sie für das ultimative Chaos. Am Ende verbringen wir mehr Zeit damit, das Popcorn wieder einzusammeln, als die Schlacht selbst gedauert hat.

Nach der Säuberungsaktion bin ich wieder allein und lasse mich zurück ins Bett fallen. Die Laken riechen nach Mais und Zucker, was kein Problem wäre, wenn es nicht auch überall von kleinen Krümeln wimmeln würde. Lieblos streiche ich ein paar aus dem Bett und verordne mir, morgen dringend mein Zimmer zu saugen.

Ich taste nach meinem Handy und entsperre den Homescreen. Luke hat sich nicht gemeldet, nachdem er abgerauscht ist, um Lennart hinterherzurennen. Er ist dann nicht mehr zurückgekommen. Dabei haben wir immer noch nicht geredet.

Bevor mich der Mut verliert, wähle ich seine Nummer. Er hebt nach dem dritten Klingeln ab.

»Sydney?« fragt er überrascht, als könne es sich nur um einen Irrtum handeln, dass ich ihn anrufe.

»Hey.« Nervös nestele ich am Verschluss meiner Latzhose und ertaste dabei ein Stück Popcorn, das sich darunter verfangen hat. »Ich wollte nur … also … hast du mit Lennart gesprochen?«, beginne ich und schnipse das Popcorn weg.

»Ja, er ist ziemlich sauer«, seufzt er.

»Scheiße.« Irgendwas sagt mir, dass Luke weiß, dass Lennart mich gernhat. Aber darum geht es jetzt nicht.

»Der eigentliche Grund, warum ich anrufe, also …«

»Wir sollten reden«, kommt er mir zuvor.

Erleichtert atme ich aus. »Ja, genau.«

»Wo bist du gerade?«

»Zu Hause, warum?«

»Wollen wir uns treffen?«

»Wie? Jetzt?« Ich nehme mein Handy vom Ohr, um auf die Uhr zu schauen. Es ist fast elf.

»Ja, jetzt. Ich will dich sehen.«

Ein Schauder zieht über meinen Rücken. Sein Tonfall ist herrisch und drängend. *Er will mich sehen.* Plötzlich fühlen sich meine Glieder ganz labbrig an. Ich festige den Griff um mein Handy, damit es mir nicht aus der Hand fällt.

»Ähm …« Ich brauche eine Sekunde, um mich zu sortieren. Der Tag war lang, es ist schon spät und ich habe morgen früh eine Vorlesung.

Aber Luke und ich müssen endlich miteinander reden.

»Wir könnten eine Runde spazieren gehen«, spricht er weiter.

»Okay«, antworte ich. »Wo treffen wir uns?«

»Mir egal, ich richte mich nach dir. Hast du eine Idee?«

»Vielleicht an der Museumsinsel? Dort ist es …« *Romantisch und idyllisch.* »Ruhig.«

»Klar, da komme ich auch gut hin. Schaffst du es in einer halben Stunde?«

»Ja, auf jeden Fall. Ich wohne hier in der Nähe. Wir könnten uns vor dem Bode-Museum treffen«, schlage ich vor und spüre im selben Moment einen dumpfen Schlag in meiner Brust.

Auf Luke warten … Schon wieder.

»Okay, dann bis gleich.«

»Warte«, halte ich ihn zurück. »Macht es dir was aus, mich abzuholen? Ich …« *Kann unmöglich wieder losgehen und riskieren, vergeblich auf dich zu warten. Das würde mich umbringen.*

»Es ist schon spät«, plappere ich, »und äh, mein Fahrrad spinnt manchmal rum.«

»Klar hole ich dich ab«, sagt er, ohne weiterzudiskutieren. »Hauptsache …«

Hauptsache was?

Hauptsache wir sehen uns?

»Egal. Schickst du mir deine Adresse? Dann mache ich mich gleich auf den Weg.«

»Okay.« Mein Herz fliegt Loopings. »Bis gleich.«

38. KAPITEL

Luke

Als ich vor Sydneys Haus angekommen bin, schreibe ich ihr, dass ich unten stehe. Minuten später öffnet sich die doppelflügelige Haustür, und sie tritt heraus. Sie trägt dasselbe wie vorhin, mit der Ausnahme einer braunen Jacke und einer ebenso braunen Bommelmütze.

Sie ist so hübsch.

»Hey«, sage ich und widerstehe dem Drang, sie an mich zu ziehen und nie wieder loszulassen.

»Hey.« Sie zieht ihren Reißverschluss hoch und reibt sich die Hände. »Ganz schön kalt geworden.«

»Ja.« Ich schiebe die Hände in die Hosentaschen. »Wo lang müssen wir?«

Sydney wohnt in der Nähe vom Rosenthaler Platz. Im Sommer bin ich öfter in der Gegend, esse ein Eis oder gehe in eine Bar. Trotzdem reicht meine Orientierung nicht, um uns bis zur Museumsinsel zu lotsen.

»Da lang«, sagt sie und deutet auf die Torstraße.

Die nächsten Minuten spazieren wir schweigend durch die Straßen von Berlin-Mitte. Bis auf das Schlurfen unserer Schuhe ist es vollkommen still. Tagsüber wimmelt es hier von Menschen, jetzt gleicht die Gegend einer Geisterstadt. Stockdunkle Läden, keine fahrenden Autos, keine anderen Menschen. Nur sie und ich.

»Also, wir wollten reden«, beginne ich und ergänze stumm: *Diesmal wirklich.*

»Ja.« Sydney nickt und spielt an ihrem Zopf. »Aber ich weiß nicht genau, wo wir anfangen sollen. Es ist so viel.«

»Vielleicht beim Samstagabend?«

Ein unsicherer Ausdruck tritt auf ihr Gesicht. »Okay. Also … Ich … Das war …« Sie verstummt wieder und wedelt mit der Hand in der Luft, als schwebten dort unsichtbare Wörter, die sie fangen wollte.

»Okay, wie wäre es damit? Ich stelle dir Fragen, und du antwortest?«

Sie lässt sich meinen Vorschlag kurz durch den Kopf gehen. »Ja. Das … das wäre vielleicht besser.«

»Gut. Warum bist du nicht zum Treffen gekommen?«

»Wow, du fällst gleich mit der Tür ins Haus.« Sie lacht nervös, doch ich stimme nicht mit ein. Ich weiß, dass sie nur Zeit schinden will.

Als sich unsere Blicke kreuzen, seufzt sie. »Ich weiß es nicht, okay? Ich wollte kommen. Ich war auch schon fertig angezogen. Aber irgendwie habe ich es dann nicht mehr geschafft.«

»Und warum hast du mir nicht einfach abgesagt?«, frage ich, während ich ihr in eine kleine Seitenstraße folge, die so verlassen und still ist, dass unser ruhiger Atem beinahe laut klingt.

Sie weicht meinem Blick aus und richtet ihn auf die Sophienkirche, die bei Tag warm und hell, aber bei Nacht hinter dem schmiedeeisernen Zaum düster und irgendwie bedrohlich wirkt.

»Ich …«, beginnt sie, aber mehr kommt nicht.

»Irgendwas musst du mir geben, Sydney«, sage ich genervt.

»Es tut mir leid«, sagt sie ehrlich bedauernd. »Ich wollte dich nicht versetzen. Das war eine echt miese Aktion.«

Das beantwortet meine Frage nicht.

Aber das spreche ich nicht laut aus, weil wir uns zumindest auf dem richtigen Weg befinden. Sydney bereut ihre Aktion wenigstens.

Wir biegen in eine kleine Seitenstraße, die ebenfalls ruhig und dunkel ist. Allmählich weiß ich, wo wir sind. Nicht weit von hier ist das *Coffee & Books.*

»Okay, und warum bist du danach vor meiner Haustür aufgetaucht?«

»Ich wollte mich entschuldigen. Aber dann …«

Bist du über mich hergefallen.

»Mann, wer hatte noch mal die Idee mit dem Reden? Das hier scheint nicht besser, sondern komplizierter zu werden«, scherzt sie, und ich beiße die Zähne zusammen, um meine Frustration zu kontrollieren. Muss ich ihr wirklich alles aus der Nase ziehen? So langsam erreicht meine Geduld ihr Endziel.

Sydney biegt nach rechts ab, und ich laufe hinterher. Wir erreichen die Hackeschen Höfe, ein winziges Viertel inmitten der Stadt, das aus kleinen Gassen und Hinterhöfen besteht. Hier reihen sich Einkaufsläden, Restaurants und auch ein Kino aneinander. Stumm schleichen wir durch die Gassen, bis wir an einem anderen Ausgang nach draußen kommen.

Die Museumsinsel strahlt schon aus der Ferne. Noch immer sind wir die Einzigen weit und breit, und allmählich könnte man meinen, dass das Universum es bewusst geplant und alle Menschen von den Straßen wegradiert hat, nur damit wir ungestört sind.

»Und warum bist du am nächsten Morgen einfach abgehauen?«, frage ich weiter.

»Ich bin nicht abgehauen. Du hast geschlafen, und ich habe dir geschrieben, dass ich gehe.«

»Hättest du mich nicht kurz aufwecken können?«

»Nein, ich wollte … ich musste nachdenken.«

»Warum?«

»Warum wohl? Wir haben die Nacht miteinander verbracht!«

»Na und?«

»Nichts *na und*. Ich war verwirrt. Und wo wir schon dabei sind: Du musst dich testen lassen.«

Überrascht runzle die Stirn. »Testen? Worauf?«

»Worauf wohl? Auf Geschlechtskrankheiten natürlich.«

Mein Kopf beginnt zu glühen. »Aber wir hatten nur einmal ohne Kondom. Und da …«

»Auch bei einem Mal kann etwas passieren.« Sie entlässt ein kleines Schauben und schüttelt den Kopf, als könne sie nicht glauben, dass ich so naiv sei.

»Ich habe aber keine Krankheiten!«, protestiere ich.

»Woher weißt du das? Hast du dich jemals testen lassen?«

Sie deutet mein Schweigen als korrektes Nein.

»Also kannst du es gar nicht wissen«, stellt sie fest und sieht mir dabei in die Augen.

Verlegen und in die Enge getrieben frage ich zurück: »Testest du dich denn regelmäßig?«

»Natürlich.«

Fuck!

Ich weiß, dass sie recht hat. Natürlich hat sie das. Aber darum geht es gerade überhaupt nicht.

»Können wir vielleicht später darüber reden?«, versuche ich ungeduldig das Gespräch wieder umzulenken. »Wir waren gerade bei etwas völlig anderem.«

Wir waren bei uns.

»Okay, aber das Thema ist für mich definitiv noch nicht gegessen.« Sie klingt angepisst, als hätte sie diese Diskussion schon mehrmals geführt.

»Moment.« Ein neuer Gedanke nistet sich in meinen Kopf

ein. Abrupt bleibe ich stehen. »Hat das Ganze vielleicht irgendwas mit deinem Typen zu tun?«

»Welcher Typ?«, fragt sie und hält ebenfalls an.

»Der, an dem du offensichtlich noch hängst.«

Sydneys Dämonenaugen platzen fast aus ihrem Gesicht.

Bingo.

»Hat er sich etwa nicht zu einem Test überreden lassen? Nimmst du das deshalb so ernst?«

Sie tritt einen Schritt zurück und dreht den Kopf in Richtung Wasser. Das Licht der Laternen taucht ihre halbe Gesichtshälfte in helles Licht und die andere in einen Schatten.

»Erklär es mir, bitte. Was ist da zwischen euch?«

Sydney zögert und verlagert das eine Bein auf das andere. Dabei knirscht der Boden zu ihren Füßen. »Darüber will ich nicht reden«, antwortet sie knapp, den Blick noch immer dem Wasser zugewandt.

»Ich will es einfach nur verstehen.«

»Ich habe doch gesagt, dass ich nicht darüber reden will!«

Langsam werde ich wütend. »Und ich habe keinen Bock, dass du mich die ganze Zeit mit einem Loser vergleichst, der so dumm war, es sich mit dir zu verscherzen!«

»Das mache ich doch gar nicht.«

»Und ob du das machst. Du vergleichst uns die ganze Zeit.«

»Nein, so ist das nicht. Du verstehst das ganz falsch.«

»Ach komm schon.« Ich gehe weiter. »Willst du meine Theorie hören? Du bist nicht zu unserem Treffen gekommen, weil du Schiss gekriegt hast. Genau wie nach unserer gemeinsamen Nacht. Ich muss nicht studiert haben, um zu wissen, dass du ziemliche Vertrauensprobleme hast.«

Sydneys Blick verfinstert sich. Erst schweigt sie, dann hebt sie ergeben die Hände. »Schön, dann habe ich eben Vertrauensprobleme. Was dagegen?«

»Um ehrlich zu sein, ja«, entgegne ich gereizt. »Es nervt mich, dass du die ganze Zeit voreingenommen bist und glaubst, mich zu kennen.«

Jetzt schnappt sie nach Luft, empört und wütend. »Was ist dein Problem?«

»Was ist *dein* Problem?«

»Ich wollte einfach nur reden.«

»Dann rede!«

»Tu ich doch!«

»Tust du nicht!« Unfassbar, dass wir uns schon wieder streiten.

Diesmal laufen wir mit mehr Abstand weiter. Ich bin sauer und frustriert und vor allem verwirrt. Das alles hier ist zwar eine Premiere für mich, aber es kann doch nicht sein, dass es schon jetzt so kompliziert ist, bevor es überhaupt angefangen hat.

Ich blicke auf das Wasser, in dem sich die Laternenlichter schimmernd spiegeln. Der Anblick hat etwas Beruhigendes.

Als ich die Stille nicht mehr ertrage, beschließe ich, Klartext zu reden.

»Sydney?«

»Ja?« Sie sieht mich nicht an, aber ihr Tonfall ist im Gegensatz zu vorhin etwas weicher.

Ich schließe die Augen und nehme all meinen Mut zusammen. »Da … ist doch irgendwas. Zwischen uns meine ich. Oder nicht?«

Offenbar hat sie nicht mit so viel Offenheit gerechnet. Sie schaut mich noch immer nicht an, doch sie versteift sich, als würde sie plötzlich etwas sehr Schweres stemmen.

»Ich weiß, dass da was ist«, beantworte ich mir die Frage selbst. »Aber es ist schwer, weiterzumachen, wenn du ständig neue Mauern um dich ziehst.«

Endlich sieht sie mich an. Ihre Augen sind so dunkel und trüb wie der Himmel über uns. »Ich will eben nicht wieder verletzt werden«, flüstert sie, dann beschleunigt sie ihren Schritt, als würde sie fliehen wollen. Vor diesem Gespräch, vor der Richtung, die es nimmt.

»Es muss niemand verletzt werden«, sage ich und laufe ebenfalls etwas schneller.

Sie lächelt freudlos. »Das kannst du nicht garantieren.«

»Doch, wenn wir ehrlich miteinander sind, schon.«

Wir erreichen die Monbijoubrücke, in deren Mitte sich das Bode-Museum erstreckt. Das Gebäude hat mit seinen hohen Säulen, Torbögen, der Kuppel und den Skulpturen, die auf einen herabschauen, etwas Sakrales – wie ein gigantisches Mausoleum. Es ist hell erleuchtet, ähnlich wie der Fernsehturm, der von dieser Brücke aus wie ein leuchtender Marshmallow am Spieß emporragt.

»Also?«

»Also was?«, fragt Sydney zurück. Durch die Beleuchtung des Gebäudes schimmern ihre Augen golden. Wieder saust ein Déjà-vu durch meine Nervenbahnen.

Wo habe ich das schon mal gesehen?

»Wie geht es jetzt weiter?«, nehme ich den Faden wieder auf und schüttele meinen letzten Gedanken ab.

»Keine Ahnung.« Sie zuckt mit den Schultern. »Was willst du denn?«

Dich.

»Ich will dich kennenlernen und sehen, in welche Richtung das alles geht. Willst du das auch?«

Sydney lehnt sich mit dem Rücken gegen das Brückengeländer und späht nachdenklich zum Museum, als verberge sich die Antwort hinter ihren dicken Mauern.

Schließlich wendet sie sich wieder mir zu. »Ja«, haucht sie, so leise, dass ich nicht sicher bin, ob ich es mir nur einbilde, weil ich es mir so sehr wünsche.

»Ja?«, wiederhole ich.

»Ja«, sagt sie wieder, diesmal etwas lauter. »Aber … langsam, okay?«

»Langsam«, stimme ich ihr zu und unterdrücke ein kleines Lächeln. »Aber nur, damit wir uns nicht falsch verstehen: Was genau heißt *langsam*?«

»Langsam eben.« Sie stößt sich vom Geländer ab und macht einen herausfordernden Schritt auf mich zu. Sofort spielt mein Puls verrückt. Der Wind weht mir in den Rücken, als wollte er mich zu ihr schieben. Ich nehme es als ein Zeichen und nähere mich Sydneys Gesicht, so weit, bis unsere Nasenspitzen sich berühren. Sydney schließt die Augen und überbrückt die letzten Millimeter zwischen uns. Unsere Lippen treffen sich nur leicht, sie streifen einander wie ein Windhauch. Der Traum von neulich kommt mir wieder in den Sinn und macht diesen Moment – uns, nachts am Wasser küssend, irgendwie noch unglaublicher.

Langsam, wiederhole ich im Kopf und muss lächeln.

»Hören wir jetzt auf zu streiten?«, flüstere ich an ihren Lippen und ziehe sie fester an mich.

Ganz kurz mustert sie mich angriffslustig, als wollte sie nur aus Prinzip widersprechen. Doch dann lächelt auch sie, ein Lächeln, das die Sonne in der Dunkelheit erstrahlen lässt. »Ja.«

Obwohl wir uns körperlich schon näher waren, fühlt sich das hier viel intimer an. Als würden wir uns nicht nur umarmen, sondern auf vielen anderen Ebenen festhalten und stützen. *Um nicht zu fallen.*

Behutsam streicht Sydney über meinen Kopf und reibt ihre weiche Wange an meine. Ich will gerade den Kopf drehen und sie wieder küssen, als ihre Hände an einer empfindlichen Stelle meines Hinterkopfes verweilen.

»Was ist das?« Sie drückt auf die Beule, und ich zucke zusammen. Das ist schon das zweite Mal an diesem Tag, das jemand darauf drückt.

»O nein. Hat das wehgetan?«

»Nein, schon gut«, winke ich ab.

»Woher hast du die?«

»Von früher«, sage ich und löse mich instinktiv aus unserer Umarmung. Sie wirkt verunsichert, deshalb greife ich nach ihrer Hand und setze ein heiteres Lächeln auf, während sich die übriggebliebenen Fetzen meiner Erinnerung wieder rühren.

Raus aus meinen Gedanken, Alex!

»Dir ist kalt, oder?«, wechsele ich das Thema und streiche über ihren kalten Handrücken.

»Ja, ein bisschen. Ich hätte nicht gedacht, dass es so eisig wird.«

»Willst du gehen?«, frage ich und versuche nicht allzu enttäuscht zu klingen. Doch zu meiner Überraschung schüttelt sie den Kopf. »Nein, eigentlich nicht. Aber vielleicht finden wir ja irgendeine Bar, die noch offen hat.«

»Oder wir gehen zu dir«, rutscht es mir raus. *Fuck.* Kann ich nicht einmal nachdenken, bevor ich was sage?

»Was?« Sie will meine Hand loslassen, doch ich umschließe sie nur fester.

»Nicht falsch verstehen«, rudere ich schnell zurück. »Ich meinte nur, weil es so kalt ist.«

Aber Sydney lacht nur. »So viel zu *langsam*.« Sie dreht sich auf dem Absatz um, wobei sie mir ihre Hand entzieht. Und steuert dieselbe Richtung an, aus der wir gekommen sind.

»Wohin gehen wir?«, frage ich und greife wieder nach ihrer Hand.

Sie erwidert meinen Händedruck und antwortet mir mit einem verschwörerischen Lächeln.

39. KAPITEL

Luke

Als Sydney die Haustür aufschließt, lässt sie das Licht ausgeschaltet und schaltet stattdessen ihre Handytaschenlampe an. Ohne unsere Schuhe auszuziehen, folgen wir dem Lichtkegel. Ich nehme an, ihre Mitbewohnerinnen sollen nicht wissen, dass ich hier bin. Mein Verdacht bestätigt sich, als Sydney ihre Zimmertür hinter uns abschließt.

»Nett hier«, bemerke ich und sehe mich interessiert um. Sydneys Zimmer ist quadratförmig. Gegenüber der Tür erstreckt sich ein großes, nicht gemachtes Bett, auf dessen Seiten jeweils eine Kommode steht. An der linken Wand des Zimmers befindet sich ein Schreibtisch mit aufgeschlagenen Büchern, daneben eine Kleiderstange und eine große Schrankschublade.

»Kein einziges *Star Wars*-Poster«, stelle ich fest und begutachte die vielen Polaroids an der Wand neben der Tür. Daneben hängen Fotos von Backkreationen – vermutlich ihre eigenen – und ein paar ausgeschnittene Rezepte.

»Ich bin kein Freak!«

»Aber dafür ein Messi«, kontere ich und deute auf die vielen Kleider auf dem Boden.

»Ach, halt die Klappe«, lacht sie und boxt mir leicht gegen den Arm. »Ich wusste nicht, dass ich noch Besuch kriege.«

»Dann sind wir jetzt wohl quitt. Wir beide haben einander unangekündigte Besuche abgestattet.«

Sydneys Hals rötet sich, und ihr Lächeln wirkt ein wenig erzwungen, als sie mir bemüht lässig antwortet: »Jepp, das sind wir wohl.«

Schauspielerin wird sie in diesem Leben definitiv nicht mehr.

»Setz dich doch.« Sie deutet auf ihr Bett, und ich folge ihrer Aufforderung. Auch das ist eine Premiere – im Bett einer Frau zu liegen, ohne mit ihr zu schlafen. Denn dazu wird es nicht kommen, jedenfalls nicht heute. Sydney will es langsam angehen, und ich will ihr und ihren Vertrauensproblemen beweisen, dass ich nicht hier bin, um sie zu verführen. Abgesehen davon spüre ich den Muskelkater vom Sport immer stärker. Selbst wenn sie sich auf mich schmeißen würde, könnte ich nichts machen.

Na gut, wahrscheinlich könnte ich schon.

»Ist dir noch kalt?« frage ich sie und klopfe auf das Bett, damit sie sich zu mir setzt.

»Ja.« Sie pustet auf ihre Fingerspitzen und nimmt neben mir Platz. »Aber das geht gleich wieder. Ach, und falls du hier Popcorn findest, wundere dich nicht. Meine Mitbewohnerinnen und ich hatten vorhin eine kleine Auseinandersetzung.«

Die Worte *Popcorn*, *Mitbewohnerinnen* und *Auseinandersetzung* schalten mein Kopfkino an. Vor meinem inneren Auge sehe ich die drei Engelsgestalten, die in weißen Gewändern kichernd durchs Zimmer tänzeln. Mein Mund klappt auf. »Ihr hattet eine Popcornschlacht?«

So viel zu meinem Vorsatz, die Finger von ihr zu lassen.

»Nicht, was du denkst.« Sie verdreht die Augen. »Niemand von uns ist halb nackt aus einem Teenie-Film entsprungen. Wir haben einfach nur etwas herumgealbert.«

»Das klingt aber sehr nach einem Teenie-Film«, halte ich dagegen und fahre mit der Hand über ihre Bettdecke, die, jetzt, wo sie es sagt, tatsächlich von vereinzelten Krümeln übersät ist.

»Beim nächsten Mal rufst du mich an, okay?«, sage ich ernst.

»Auf keinen Fall!«

»Du bist ganz schön herzlos.«

»Und du pervers.«

Ich lache und lehne mich zurück, wobei ich in ihren Kissen versinke. Ihr Bett ist viel weicher und kuschliger als meins. Was man in diesen samtigen Laken wohl alles anstellen könnte …

»Also, was machen wir jetzt um –« Sie wirft einen Blick auf ihr Handy. »Halb eins?«

Uns bis auf die Haut ausziehen und aufeinanderlegen?

»Bist du schon müde?«

»Nein, nicht wirklich.«

»Ich auch nicht«. Dabei habe ich morgen die Frühschicht im *Coffee & Books*. Mann, wird das ein Spaß.

»Wir könnten einen Film schauen«, schlage ich vor. »Vielleicht Episode VI?«

»Im Ernst?« Sydney Augen leuchten auf. »Hast du etwa schon den fünften gesehen?«

Ich grinse. »Ja, habe ich, und ja, er war nicht schlecht.«

Sydney quickt freudig auf. »Dann darfst du bleiben.«

»Na, so ein Glück«, spotte ich und suche mir eine bequemere Sitzposition, während Sydney bereits aufgestanden ist und in ihrem Schreibtisch wühlt. Breit grinsend kehrt sie mit ihrem Laptop im Arm zurück und setzt sich so nah neben mich, dass ich einen Moment lang überfordert bin. Vermutlich tut sie das aus pragmatischen Gründen, damit wir beide auf den Bildschirm schauen können. Trotzdem lädt mein Körper sich elektrisch auf. Neben Sydney zu sitzen ist wie in eine Steckdose zu fassen.

Der Film läuft noch nicht lang, als ich bereits das erste Lachen loslasse.

»Ist die Darstellung von Leia nicht ein bisschen sexistisch?«, frage ich und deute mit dem Finger auf den Hauch von Nichts, den die Schauspielerin trägt.

»Sagt ausgerechnet der, dem einer abgeht, wenn er an eine Popcornschlacht denkt.«

Hat man da noch Töne?

»Rotzfrech«, murmle ich kopfschüttelnd.

Sydney kichert. »Aber ja, du hast recht. Die Filme in den Achtzigern waren deutlich sexistischer. Heute würde so eine Darstellung nicht mehr gezeigt werden. Hoffe ich jedenfalls.«

Wir schauen weiter, und ich muss gestehen, dass der Film immer besser wird. Die Handlung bekommt neuen Schwung und überraschende Wendungen. Nur der perfekte Luke Skywalker geht mir immer noch auf den Keks.

Als Han und Leia gefangen genommen werden, merke ich, wie mir meine Augen in immer kürzer werdenden Abständen zufallen. Auch die Handlung höre ich nur noch gedämpft, es ist, als ob meine Sinne nacheinander in den Schlafmodus fallen.

Plötzlich knallt Sydneys Kopf wie ein Stein gegen meine Schulter. Ihre Augen sind geschlossen, ihr Mund leicht geöffnet.

»Schläfst du?«, flüstere ich.

»Mhm«, macht sie und ringt sich ein kleines Kopfschütteln ab.

Und ob sie schläft.

Ich taste nach dem Laptop, schiebe ihn ihr vom Schoß und schalte den Film ab. Meine Lider blinzeln schwer, und ich schaffe es gerade so, ihn herunterzufahren und auf ihre Kommode abzustellen. Dann sacke ich ebenfalls zusammen und rutsche in einen tiefen Schlaf.

40. KAPITEL

Sydney

Ein schrilles Klingeln dröhnt mir in den Ohren. Es ist ein Alarm, der so fremd und laut ist, dass ich augenblicklich aus dem Schlaf schrecke. Ich öffne die Augen, zumindest versuche ich es, denn mein Gesicht ist gegen Lukes Brust gepresst, als wollte es mit seinem Shirt verschmelzen.

Je wacher ich werde, desto mehr Luke spüre ich. Wir beide umklammern uns, als wären wir füreinander die Tür, die Rose vor dem Ertrinken bewahrt hat. Ich spüre seine Hand in meiner – haben wir in der Nacht etwa Händchen gehalten?

Wieder klingelt der Alarm, und diesmal schafft er es auch, Luke zu wecken. Fluchend greift er in seine Hosentasche, zückt sein Handy hervor und stellt den Alarm ab. Dann fällt sein Kopf müde zurück ins Kissen. »Ich hasse diesen Wecker.«

»Warum änderst du nicht den Ton?«, murmle ich schlaftrunken.

»Weil ich sonst nicht wach werde. Fuck, es ist schon sieben.« Er schlägt die Bettdecke zur Seite und blinzelt mehrmals. Genau wie ich trägt er noch all seine Kleidung, die inzwischen etwas zerknittert aussieht.

Wir haben die Nacht miteinander verbracht, dämmert es mir. *Schon wieder*. Und das sogar, ohne uns näherzukommen. Bis auf unsere Kuscheleinlage, aber das zählt nicht, weil wir da geschlafen haben.

Langsam, höre ich meine Worte von gestern in meinem Kopf widerhallen. Ich habe tatsächlich eingewilligt, der Sache mit Luke und mir eine Chance zu geben. Stumm warte ich auf das Hereinbrechen von Selbsthass und Reue, doch zu meinem Erstaunen bleiben sie aus. Stattdessen spüre ich nur eines: Freude.

»Ich habe gleich die Frühschicht.« Luke springt vom Bett auf und verzieht sofort das Gesicht. »Ah, Muskelkater!«, jault er und reibt sich über den Bauch.

»Das schaffst du locker«, sage ich und richte mich ebenfalls auf. »Von hier ist es nicht so weit.«

»Ja, aber ich kann nicht mehr nach Hause gehen und mich umziehen. Jetzt muss ich mit denselben Klamotten wie gestern hin.«

Überrascht schaue ich ihn an. Ich hätte ihn nicht für so eitel gehalten. Aber irgendwie mag ich es auch.

»Saubere Männchen sind gute Männchen«, hat Ani stets zu sagen gepflegt, auch wenn sich das eher auf ihren damaligen Hund bezog.

»Wo sind meine Socken?« Er sieht sich suchend um. »Ich muss sie wohl in der Nacht abgestreift haben. Da, ich hab sie.« Er fischt sie vom Boden.

»Ich kann gar nicht ohne Socken schlafen«, sage ich schmunzelnd.

»Krass. Da würde ich einen Hitzeschlag kriegen. Ich schlafe immer ohne Socken. Um ehrlich zu sein, schlafe ich meistens sogar …« Er hält inne, als wäre er nicht sicher, ob er das Folgende vor mir sagen soll.

»Nackt«, beende ich daher für ihn den Satz.

»Ja.« Er lacht. »Woher weißt du das?«

Weil du es mir erzählt hast. Vor fünf Jahren.

»Ich schlafe immer mit Socken. Auch im Sommer.«

»Ich schlafe immer nackt. Auch im Winter.«

Ein Anflug von Schwindel überkommt mich. Benommen setze ich mich wieder aufs Bett und halte den Kopf gesenkt.

»Hey, alles okay?«

Ich nicke.

»Sydney?«

Luke läuft um das Bett herum und geht vor mir auf die Knie. Seine Hand legt sich auf mein Bein. »Alles okay?«, fragt er wieder.

»Ja, aber du musst los. Du solltest nicht zu spät kommen.«

»Ich habe noch ein paar Minuten Zeit.«

»Aber die Tram fährt nicht regelmäßig. Hier ist eine Baustelle.«

»Hey, mach das nicht.« Er greift nach meinen schlaffen Händen und drückt sie.

»Was meinst du?«

»Du ziehst wieder die Mauern um dich hoch. Habe ich irgendwas Falsches gesagt?«

»Nein.«

»Sydney, bitte rede mit mir.«

»Es ist alles okay«, sage ich und zwinge mich zu einem kleinen Lächeln.

»Wirklich?«

»Wirklich«, lüge ich und streiche ihm über seine Haare. Sie sind noch warm und so zerzaust, dass ich am liebsten mein Gesicht darin vergraben würde.

Aber das geht nicht. Ich brauche ein bisschen Luke-Abstand, um zu klarem Verstand zu kommen. »Ich bringe dich noch zur Tür«, sage ich und stehe auf. Aber Luke schiebt mich sanft wieder auf das Bett und drückt seine Lippen auf meine. Normalerweise wäre mir das unangenehm – kein Mensch erwacht mit einem Pfirsichatem! Doch bei ihm ist es mir irgendwie egal. Und ihm scheint es genauso zu gehen.

Auf Zehenspitzen schleichen wir zur Haustür und begegnen glücklicherweise keiner meiner neugierigen Mitbewohnerinnen. Luke zieht die Schuhe erst an, als er auf der Fußmatte vor der Tür steht.

»Bis dann«, flüstere ich und schließe leise die Tür hinter mir. Dann tapse ich zurück ins Zimmer und lasse mich auf die Seite des Bettes fallen, auf der Luke geschlafen hat. Sie riecht nach ihm. Ich umklammere sein Kissen und schließe die Augen.

Eigentlich müsste ich mich langsam auch fertig machen, schließlich habe ich um neun eine Vorlesung. Aber gestern ist so viel passiert, dass ich noch gar nicht dazu gekommen bin, alles sacken zu lassen. Lukes plötzlicher Besuch auf der Arbeit, unser stürmisches Rummachen, Lennarts Auftritt, unser nächtliches Treffen, der Spaziergang, das Gespräch, das keines war. Und schließlich habe ich ihn sogar zu mir nach Hause eingeladen. Wir haben *Star Wars* geschaut und sind zusammen eingeschlafen.

»Da ist doch irgendwas zwischen uns.«

Das waren seine Worte. Luke hat zugegeben, dass er mich mag, und ein Teil von mir will ihm nicht nur glauben – er tut es sogar. Und doch ist da die Tatsache, dass ich weiß, dass er auch ein guter Lügner ist. Ein sehr guter sogar. Dieses Wissen sollte mich eigentlich von ihm entfernen und nicht erneut in seine Arme ziehen. Aber wenn ich bei ihm bin, wird mein Verstand immer leiser und mein Herz immer lauter.

Vielleicht sollte ich es ihm einfach sagen. Die Karten auf den Tisch legen und basta. Nur habe ich Angst. Gigantische Angst. Dass er unehrlich war, weiß ich sowieso schon. Bin ich derart masochistisch, um auch noch die Details zu erfahren? Von einem Typen, der mir die Welt bedeutet und mich nach diesem magischen Abend einfach vergessen hat? Nein, beschließe ich. Ich kann das nicht. Ich fürchte mich vor der Wahrheit.

Außerdem ist das, was ich gemacht habe, einfach zu beschämend. Ich meine, wie soll das Gespräch überhaupt ablaufen?

Ach übrigens, Luke, ich habe fünf Jahre lang auf dich gewartet. Ich bin sogar jedes Mal zu dem Ort unseres Treffens gefahren. Gar nicht peinlich, oder?

Doch, ziemlich peinlich. Und deshalb müssen wir es auch langsam angehen. Äußerst langsam sogar. Damit mein Herz nicht schon wieder in tausende Teile zerbrochen wird.

*

Als ich wieder wach werde, ist es bereits nach zehn. Die Vorlesung läuft schon seit einer Stunde. Bei der Vorstellung daran, jetzt beim Professor Brin zu sitzen – oder Schlaftablette Brin, wie wir ihn nennen –, kann ich nur von Glück reden, nicht hingegangen zu sein. Mein Körper hat diese Mütze Schlaf ziemlich nötig gehabt. Endlich schäle ich mich aus meinem Latzkleid, das ich schon seit gestern getragen habe, und schlüpfe in meine Schlafsachen. Mich abzuschminken und zu duschen schiebe ich auf später.

In der Küche treffe ich auf Vicky, die sich gerade eine Schüssel Müsli macht.

»Hey, warum bist du nicht in der Uni?«, frage ich sie und schnappe mir eine Tasse aus dem Schrank.

»Ich schwänze heute. Was machst du hier?«

»Ich schwänze auch.«

»Wirklich?« Sie schielt kurz in meine Richtung und schnippelt weiter an einer Banane. »Hat das auch etwas mit deiner Liste zu tun?«

Meine Liste … Und mit einem Mal denke ich wieder an Luke und wie er die letzte Nacht gemeinsam mit uns dreien in dieser Wohnung verbracht hat. Ob Vicky was ahnt? Es war zwar schon spät, aber wir waren extra leise. Außerdem liegt mein Zimmer abgeschiedener von den beiden. Wenn eine von ihnen nächtlichen Besuch kriegt, bekomme ich es immer erst dann mit, wenn bei denen die Post abgeht.

»Nein, ich hatte einfach keine Lust«, sage ich so gleichmütig wie ich kann und nehme mir den Rest Kaffee aus der Kanne. Dann deute ich mit dem Kinn zu ihrem Frühstück, das aussieht, als wäre es aus einem Instagram-Bild entsprungen. »Das sieht echt super aus. Kannst du mir vielleicht auch so einen machen?«

»Klar.«

Sie kramt nach einer Schüssel und schüttet erst veganen Kokosjoghurt und anschließend das Müsli rein. Dann schnippelt sie den Rest der Banane, deren erste Hälfte bereits in ihrer Schüssel gelandet ist, hinein und garniert das Ganze noch mit einem Schuss Agavendicksaft, einer Prise Zimt und veganen Schokostreuseln.

Wir essen vor dem Fernseher und schauen dabei eine Folge *Black Mirror.* Ich kann die Serie immer nur tagsüber und nie allein schauen, weil mich andernfalls die Angst vor der Zukunft überrollt und ich nicht schlafen kann. Natürlich ist diese Episode ausgerechnet eine, in der die Welt nur eine Simulation ist. Vicky und ich grinsen uns an. Unsere Alien-Theorie ist mindestens genauso lustig wie gruselig.

»Warum hast du heute eigentlich geschwänzt?« erkundige ich mich bei ihr.

»Würdest du mir glauben, wenn ich dir sage, dass ich keine Lust hatte?«

»Wenn du es schon so sagst, nein.«

Vicky seufzt und pausiert die Folge. »Ich habe dir doch gestern von diesem Typen erzählt.«

»Der *Wubba-lubba-dub-dub*-Typ?«

Sie presst die Lippen zusammen. »Genau der.«

»Was ist mit ihm?«

»Vielleicht habe ich in meiner Erzählung einige Details ausgelassen. Zum Beispiel, dass ich laut losgelacht habe, als er den Spruch rausgehauen hat.«

»Oh. Du meinst, als er …«

»Jepp.« Sie nickt knapp. »Du kannst dir ja vorstellen, wie gekränkt er war.«

»Aber das ist auch ein bisschen mies, oder? Stell dir mal vor, du erlebst deinen Höhepunkt und wirst dann ausgelacht.«

»Ich weiß.« Ihre schwarz umrahmten Augen schimmern reumütig. »Ich habe mich auch entschuldigt, aber er ist trotzdem sauer. Deshalb wollte ich ihn heute auch nicht sehen.«

»Studiert ihr zusammen?«

»Er ist mein Tutor.«

»Auweia.«

»Jetzt du. Warum bist du zu Hause geblieben?«

Ich nippe an meinem kalten Kaffee. »Würdest du mir glauben, wenn ich dir sage, dass ich keine Lust hatte?«

Sie grinst. »Wenn du es schon so sagst, nein.«

»Aber es stimmt«, sage ich und stelle die Tasse wieder zurück. »Ich hatte wirklich keine Lust. Die Uni macht mir gerade keinen Spaß.«

»Wann hat sie jemals Spaß gemacht?«

»Ich mochte früher alles daran. Die Vorlesungen, die Seminare, die Freiheit, sich den Stundenplan selbst einzuteilen, und natürlich die langen Ferien.«

»Und was hat sich geändert?«, fragt sie mit ehrlicher Neugier im Blick.

»Ich weiß nicht. Vielleicht meine Lebensperspektiven.«

»Was meinst du damit?«

»Ach egal. Ich will nicht darüber reden.«

Vicky verdreht die Augen. »Komm schon, Syd. Natürlich willst du darüber reden. Spuck's aus. Was willst du wirklich tun?«

Sie hat recht. Ich will darüber reden. Ich *muss* darüber reden.

»Backen«, antworte ich nach einer kurzen Pause.

»Backen?«

»Ja. Nicht als Hobby, sondern als Beruf. Ich weiß, wie naiv das klingt, aber das wäre die ehrliche Antwort auf deine Frage. Ich will backen. Kuchen, Torten, alles. Vielleicht will ich sogar mal ein Café eröffnen.«

»Und warum machst du es dann nicht?«

Ihre Frage überrascht mich. »Weil ich nicht einfach mein Studium hinschmeißen kann.«

»Das musst du doch auch nicht. Beende deinen Master und schieb im Anschluss noch eine Backausbildung hinterher.«

»Konditorinnenausbildung«, korrigiere ich sie lächelnd und werde mir bewusst, dass sie schon die Dritte ist, die mir das vorschlägt.

»Ja, das meine ich. Was spricht dagegen?«

»Zunächst einmal wären meine Eltern nicht sehr begeistert.«

»Wie gut, dass es dein Leben ist und nicht ihrs. Weiter?«

»Und selbst wenn ich es durchziehe, weiß ich nicht, ob ich danach überhaupt einen Job finde.«

»Wie gut, dass du mit deinem abgeschlossenen Studium noch einen Plan B hast. Was noch?«

Bei meinem letzten Punkt zögere ich. »Außerdem habe ich das Gefühl, dass diese Entscheidung nicht sehr … na ja … feministisch wäre.«

Staunen spiegelt sich in der Miene meiner Freundin. »Was meinst du damit?«

Ob ich es ihr sagen sollte? Vicky ist die stärkste und selbstbewussteste Frau, die ich kenne.

Bevor ich es mir anders überlegen kann, rede ich drauflos. »Viele Menschen aus aller Welt wünschen sich, das zu studieren, was ich studiere. Aber ihre Herkunft, ihr sozialer Status oder ihr Geschlecht benachteiligt sie. Ich hätte die Chance, *den Traum* zu leben. Aber was will ich? Alles hinschmeißen, um Kuchen zu backen.«

Vickys brauner Pony verdeckt zwar den Großteil ihrer Stirn, doch ich sehe sie trotzdem runzeln.

»Weißt du, wie ich das sehe?« Sie stellt ihre halb volle Schüssel auf den Tisch und wendet sich ganz mir zu. »Feminismus bedeutet, sich für die Gleichberechtigung aller Menschen einzusetzen. Menschen zu unterstützen, damit sie eigene Entscheidungen treffen können und nicht mehr länger das tun müssen, was sie tun sollen, sondern wollen. Feminismus ist Selbstbestimmung. Wenn du als Frau Präsidentin werden willst, ist das okay. Wenn du aber als Hausfrau leben und zehn Kinder kriegen oder Mechanikerin oder Konditorin werden willst, ist das auch okay. Es ist dein Leben, Syd. Du entscheidest, wo es lang geht.«

»Aber ergebe ich mich damit nicht dem Patriarchat?«, frage ich leise und spiele mit der Fernbedienung auf meinem Schoß. »Mache ich damit nicht alles zunichte, wofür viele Frauen Jahrzehnte lang gekämpft haben und noch immer kämpfen?«

Vicky gibt ein kleines Schnauben von sich, dasselbe, dass ihr immer dann entschlüpft, wenn sie missverstanden wird. »Dir ist schon klar, dass du Frauen in den Rücken fällst, wenn du weiterhin in den Kategorien schwache Frau und starke feministische Frau denkst, oder? Denn dann bist du genauso wie die unterdrückenden Männer, die den Frauen häusliche Arbeit zuweisen und sie und diese Arbeit kleinmachen, damit sie Frauen nicht für ihre Arbeit bezahlen müssen.«

Ihre Worte leuchten mir ein. Ich lege die Fernbedienung zur Seite und schnappe mir wieder meine Tasse Kaffee. Nicht nach deren Pfeife tanzen. Das tun, was ich tun will. Hm. Ob ich es wagen sollte? Ich nippe am kalten Kaffee. Das Studium beenden und anschließend eine Ausbildung als Konditorin starten? Bis jetzt war es nur eine Fantasie. Eine Träumerei, die niemals realisiert werden würde. Aber jetzt klopft mein Herz schon allein bei dem Gedanken daran so sehr, dass ich Angst habe, dass es mir aus dem Körper hüpft.

»Du bist noch so jung«, spricht Vicky weiter. »Besser, du versuchst es, als dir in achtzig Jahren die berühmte *Was-wäre-wenn*-Frage zu stellen.«

»Du hast recht«, sage ich grübelnd und wechsele kurzerhand zu meinen Kontakten. Nach kurzem Scrollen finde ich ihre Nummer und tippe, ohne weiter nachzudenken, drauflos.

> *Carla:* Hallo Carla, falls du noch interessiert bist, würde ich gern den Geburtstagskuchen deiner Tochter backen. Liebe Grüße, Sydney

Ich sende die Nachricht ab und schließe daraufhin den Homescreen.

»Danke, Vick.« Ich lehne meinen Kopf gegen ihre Schulter. »Unser Gespräch hat mir gerade sehr geholfen.«

»Immer wieder gern.« Sie küsst mich auf den Scheitel. »Gibt es vielleicht noch etwas anderes, das du mir erzählen willst?«

Ich beiße mir auf die Unterlippe.

Sie weiß es also doch.

»Du musst nicht, wenn du nicht willst«, sagt sie mit einem schlüpfrigen Tonfall. »Aber vielleicht kann ich dir einen *luke*rativen Tipp geben.«

Ich will nicht lachen. Wirklich nicht. Aber es geht einfach nicht anders. Vicky ist die Beste.

»Ein anderes Mal, okay? Jetzt will ich nur hier liegen.«

Und ein paar Minuten lang nicht ununterbrochen an ihn denken.

41. KAPITEL

Luke

Ronny, der Inhaber vom *Epos*, wartet immer extra darauf, dass ich und niemand anderes ihm den Kaffee zubereitet. Er besteht auf eine perverse Eigenkreation – schwarzer Kaffee mit jeweils zwei Spritzern Vanille- und Chilisirup. Dazu bestellt er noch einen von Sydneys Cookies. Mir ist ein Rätsel, wie dieser Mann trotz seines hohen Alters und beträchtlichen Zuckerkonsums auf beiden Beinen stehen und eine Bar führen kann. Da der halbe Keks bereits in seinem Mund ist, bedankt er sich mit einem Zwinkern und zieht ab. Ich hebe die Hand zum Abschied und kümmere mich um die nächste Kundin.

Seit der Oktober angebrochen ist, ist der Hype um die berühmte Pumpkin Spice Latte in vollem Gang. Fast jeder zweite bestellt irgendwas mit Kürbis. Neulich habe ich zu Tina gesagt, dass ich froh bin, wenn der Oktober und die Kürbisphase endlich rum sind, aber sie meinte nur, dass ich mich danach auf eine Menge Zimt- und Lebkuchen-Latte gefasst machen soll.

»Haben wir noch was von dem Kürbissirup?«, frage ich Vera und halte ihr die leere Flasche entgegen.

»Ich sehe mal hinten nach«, murmelt sie und verschwindet in der Küche. Kurze Zeit später kehrt sie mit einem vollen Bottich zurück und füllt den leeren Behälter wieder auf. Sie redet dabei nicht, sie sieht mich auch nicht an. Am Anfang hat mich ihr Verhalten irritiert, aber inzwischen habe ich verstanden, dass Vera nicht ständig mies gelaunt, sondern von Natur aus so reserviert ist.

»Der Kaffee kommt gleich«, teile ich der Kundin mit, kassiere sie ab und wende mich der nächsten zu. »Hey, was darf ich dir bringen? Oh, Johanna, richtig?«

Inzwischen kenne ich die meisten Namen der Stammkunden auswendig.

»Ja, hey Luke«, begrüßt sie mich gut gelaunt.

»Was bekommst du?«

»Eine Kürbisslatte mit Hafermilch.«

Natürlich, was auch sonst?

»Im großen Glas?«

»Nein, mittel.«

»Sicher keinen großen? Der kostet nur dreißig Cent mehr und ist viel größer als das mittlere Glas.«

Sie denkt kurz nach. »Okay, dann einen großen.«

»Kommt sofort. Eine große Kürbislatte mit Hafermilch«, teile ich Vera von der Seite mit, die mir nickend zu verstehen gibt, dass sie sich darum kümmert.

Als ein kleiner Regensturm aufzieht, nimmt der Trubel ab. Das Café ist zwar rappelvoll, aber wenigstens kommen keine neuen Gäste mehr hinzu. Vera klagt über Hunger, weshalb ich ihr den Vortritt bei der Pause überlasse. Als sie weg ist, lehne ich mich erschöpft gegen das Waschbecken. Mein Hemd ist völlig durchgeschwitzt, bei der Arbeit wird mir immer tierisch warm. Ich werfe einen Blick auf mein Handy und stöhne leise, als ich eine neue Nachricht von meinem beschissenen Bruder aufblinken sehe.

Schleimscheißer: Hey, Brüderchen, kannst du mich bitte endlich mal zurückrufen? Ich weiß echt nicht, was mit dir los ist, aber wir sollten dringend reden.

Keine Ahnung, warum es ihm jetzt, wo ich mich endlich von ihm und meinem Vater zurückziehe, so wichtig ist, den Kontakt aufrechtzuerhalten. Ich ignoriere die Nachricht und stecke mein Handy wieder ein. Ein tiefes Gähnen entfährt mir und erinnert mich daran, dass ich nur knapp vier Stunden geschlafen habe.

Noch immer frage ich mich, was Sydney heute Morgen die Stimmung verdorben hat. Vielleicht ist ihr alles etwas zu Kopf gestiegen, gestern war schließlich ziemlich intensiv – unser Kuss, Lenny, der Spaziergang. Auch mich hat der Tag überrumpelt. Die ganze Zeit schon denke ich daran, vor allem an unser Gespräch. Es war das erste Mal, dass Sydney mich nicht zurückgestoßen hat. Sie will uns eine Chance geben, und das ist mehr, als ich zu träumen gewagt habe. Nur das mit dem *langsam angehen* wird eine ziemliche Herausforderung. Vielleicht hätten wir uns erst richtig kennenlernen und dann miteinander schlafen sollen. Niemand, der vom Dessert nascht, will zurück zur Vorspeise.

Da fällt mir ein … Ich muss mich ja noch testen lassen! Fuck, was ich nicht alles für diese Frau tue …

»Du tust es nicht für mich, sondern für dich«, höre ich Sydneys imaginäre Stimme in meinem Kopf nörgeln. Sie hat ja recht. Eigentlich ist es schon fast peinlich, dass ich mich nach all den Jahren noch nie habe testen lassen.

Die Türklingel bimmelt, und ein vertrauter roter Schopf taucht unter einem schwarzen Schirm hervor.

»Hey, Chefin, was machst du hier?«, begrüße ich Tina.

»Hey, Lucky Luke. Ich bin auf dem Sprung und wollte nur das hier vorbeibringen.« Sie legt einen gelben Zollstock auf dem türkisenen Tresen ab. »Kann einer von euch später die Maße von diesem Raum abnehmen? Ein Bekannter wollte hier demnächst seinen Geburtstag feiern und hat gefragt, wie groß das Café ist.«

»Klar. Ich sage Vera später Bescheid. Sie ist gerade in der Pause und bleibt bis zum Schluss.«

Beim Klang ihres Namens zuckt Tina merklich zusammen. »Wo ist sie jetzt?«, flüstert sie und sieht sich heimlich um. Im selben Augenblick tritt besagte Person mit blauer Regenjacke aus dem Pausenraum.

»Ich geh kurz raus und hol mir was vom Vietnamesen«, sagt Vera in ihrem typisch monotonen Tonfall. Als sie Tina erblickt, stutzt sie kurz, dann nickt sie ihr zu und rauscht in den Regen ab.

»Was war das denn?« frage ich Tina.

»Wenn ich das wüsste.« Deprimiert verschränkt sie die Hände vor ihrer Brust.

»Habt ihr euch gestritten?«

»Nein.«

Jetzt rieche ich den Braten.

»Läuft da was zwischen euch?«

»Keine Ahnung.« Tina zuckt mit den Schultern. »Offenbar nicht. Die Frau ist wie ein Eisklotz.«

Das kommt mir bekannt vor.

»Was ist passiert?«

»Nichts … aber irgendwie alles – wenn das Sinn ergibt.«

»Ähm, nein, tut es nicht.« Ich grinse.

»Ich spüre Schwingungen«, erklärt sie und macht wilde Handbewegungen. »Es knistert, verstehst du? Immer wenn wir uns sehen, knistert es. Wir arbeiten schon ewig zusammen, aber das Knistern hat erst während des Sommers angefangen, als wir so unterbesetzt waren. Davor haben wir nie viel geredet, weil Vera nicht gerade die geselligste Person ist.«

Davon kann ich ein Lied singen. Obwohl wir fast jeden Tag zusammenarbeiten, tauschen Vera und ich nie mehr als fünf Sätze miteinander aus. Im Grunde weiß ich über sie nur, dass sie gern Tee trinkt und allergisch gegen Soja ist.

»Ach egal, das ist sowieso bescheuert«, sagt Tina und verschränkt die Arme vor der Brust. »Jeder Idiot weiß, dass man sich nicht auf seine Arbeitskollegen einlassen sollte.«

Ertappt sehe ich weg.

»Das endet doch nur im Drama.«

»Wer weiß, vielleicht geht auch alles gut aus«, wende ich hoffnungsvoll ein.

»So wie bei dir und Sydney?«

Mein Herz rutscht mir in die Hose. »Woher weißt du das mit Sydney?«

»Das Knistern, Luke. Das Knistern. Also?« Sie sieht mich fragend an. »Hattet ihr Sex?«

Ich bin so geschockt, dass sogar meine Zunge erstarrt.

»Ha! Ihr beide könnt mir nichts vormachen.« Sie kichert frech, dann macht sie eine wegwerfende Geste. »Wie auch immer. Eigentlich ist es mir egal, was ihr treibt, solange es nicht die Arbeit beeinträchtigt. Wenn euer Handeln Konsequenzen hat, will ich, dass ihr eine Lösung dafür findet und nicht von jetzt auf gleich kündigt. Verstanden?«

»Ja, das neulich war eine Kurzschlussreaktion«, räume ich schuldbewusst ein. »Manchmal neige ich zu impulsiven Handlungen.«

»Das ist mir auch schon aufgefallen. Aber manchmal haben sie sogar was Gutes.« Sie klopft auf den Zollstock. »Erst durch dich bin ich auf die Idee gekommen, den Raum auch für private Veranstaltungen zu nutzen.«

»Wenn du noch mehr brauchst, habe ich noch eine ganze Menge«, sprudelt es aus mir heraus. »Die Lesung neulich hat mir gezeigt, dass das Café der ideale Ort für eine private Zusammenkunft wäre. Vielleicht kannst du den Raum an bestimmten Abenden vermieten, für etwas Regelmäßiges.« Ich deute mit dem Kinn auf die Bücherwand. »Ein Buchclub zum

Beispiel. Die Frage ist nur, wie viel wir pro Abend nehmen wollen. Das hängt vermutlich davon ab, wie viele Stunden gebucht werden. Außerdem könnte man einen monatlichen Rabatt anbieten, wenn jemand jede Woche kommt.«

Tina starrt mich mit offenem Mund an. »Luke?«

»Ja?«

»Du bist wirklich genial. Im Ernst, das ist gut. Du bist gut! Lass uns demnächst mal an deinen Ideen feilen. Du und dein schlaues Hirn könnten mir von großer Hilfe sein.«

Sagte sie gerade *schlaues Hirn*? Dasselbe Hirn, dessen Eigentümer das Abi verkackt hat und von seinem Vater öfter als *Versager* als mit seinem Vornamen angesprochen wurde?

»Man merkt, wie viel Spaß dir das alles macht«, fährt sie fort, und mir wird klar, dass sie recht hat. Das Bedienen im Café, aber auch das Planen von Events. Das hier, das *Coffee & Books*, fühlt sich nicht an wie etwas Vorübergehendes. Vielleicht war es das am Anfang, eine weitere Zwischenstation meines langen Zukunftswegs. Aber so ist es nicht mehr, eher, als hätte ich endlich die richtige Station erreicht.

Wieder bimmelt es an der Tür, und ich glaube schon fast, dass Vera zurück ist, als es Lenny ist, der eintritt. Ich hatte vergessen, dass er heute auch arbeitet, deshalb überrumpelt mich sein Erscheinen. Meine Eingeweide verknoten sich.

»Hey, Mann«, begrüße ich ihn und setze ein verkrampftes Lächeln auf.

Ganz kurz schaut er unter seiner Kapuze auf, senkt ihn jedoch sofort wieder, als hätte er direkt in die Sonne geblickt. »Hey«, sagt er knapp und verschwindet im Pausenraum, ohne mich ein weiteres Mal anzusehen.

»Was ist denn mit dem los?«, fragt mich Tina.

»Wir beide stehen auf Sydney«, seufze ich.

»O nein. Das ist ja wie in einer Seifenoper. Siehst du?« Sie deutet auf die Tür, hinter der Lenny gerade verschwunden ist. »Deshalb sollte man nichts mit seinen Arbeitskollegen anfangen. So viel Drama. Ist es das wirklich wert?«

Ich blicke auf den Behälter mit Sydneys Cookies und muss lächeln. »Das kommt auf die Person an.«

42. KAPITEL

Sydney

Mein Spiegelbild macht ein Doppelkinn und verschränkt missmutig die Hände vor der Brust. In Unterwäsche steht es vor mir und fleht mich stumm an, wieder in seinen Pyjama zu schlüpfen.

Das würde ich so gern, Spiegelbild. Das würde ich so gern.

Stattdessen zwänge ich mich in einen schwarzen Jumpsuit. Er reicht mir bis zu den Oberschenkeln und sieht von Weitem wie ein Kleid aus. Die Ärmel gehen mir bis zu den Ellbogen, der Rückenausschnitt reicht bis zum Steißbein.

Maya hat Vicky und mich vorhin gefragt, ob wir Lust hätten, wieder auf eine von Sinas berüchtigten Partys zu gehen. Da ich in letzter Zeit so selten dabei war, habe ich zugesagt, aber jetzt bereue ich es ein bisschen. Ich bin keine wilde Partymaus, ich bin eine bescheidene Hausmaus, die sich gern in ihr Loch verkriecht und Käse futtert. Maya hat mich mal aus Spaß als *»Nerd, dem man sein Nerdsein nicht ansieht«*, bezeichnet, und ich glaube, sie hat recht. Keine Ahnung, ob es ein Fluch oder Segen ist, dass ich anscheinend cooler aussehe, als ich in Wahrheit bin.

Als wir auf der Party aufkreuzen, überkommt mich schlagartig dieselbe Erkenntnis wie beim letzten Mal: Ich bin viel zu overdressed. Um mich herum tummeln sich Leute in Jogginghosen und ungewaschenen Haaren, während ich durch meine hohen Schuhe und den schicken Jumpsuit sämtliche Blicke auf mich ziehe. Diesmal habe ich nicht einmal die Solidarität meiner Freundinnen, die ebenfalls der Fraktion »nicht schick, aber gemütlich« angehören.

Verdammt.

Um Maya nicht zu verlieren, halte ich mich an ihrem Arm fest. Vicky ist schon längst verschwunden und checkt das Frischfleisch ab.

»Au, krall dich nicht so an mich«, sagt Maya und verzieht das Gesicht.

»Tut mir leid.« Ich lasse sie los und komme mir vor wie ein kleines Kind, das auf einer Veranstaltung ist und lieber bei ihrer Mama bleibt, statt mit den anderen Kindern zu spielen.

»Gefällt dir eigentlich irgendwer?«, erkundige ich mich bei Maya und deute auf die betrunkene Meute im Wohnzimmer. Die meisten kennt sie schon, aber es sind auch einige neue Gesichter dabei.

»Ob mir einer gefällt, ist irrelevant«, entgegnet sie lasch. »Sie friendzonen mich sowieso immer.«

Aus irgendeinem Grund gerät Maya immer nur an Typen, die ein, zwei Mal mit ihr ausgehen und anschließend das berühmte *»Ich fühle es nicht so richtig, aber es würde mich freuen, wenn wir Freunde bleiben«*-Gespräch mit ihr führen.

»Und spar dir das ›Der Richtige wird noch kommen!‹« Sie imitiert ein Würgen.

»Das würde mir nicht im Traum einfallen! Ich hasse den Spruch noch mehr als du.«

»Gut.«

»Wollen wir vielleicht an die frische Luft gehen?«, schlage ich vor und deute auf den kleinen Balkon, der gerade frei geworden ist. »Es ist hier ziemlich stickig.« Außerdem sichte ich in diesem Moment Yogahosen-Fred am andern Ende des Flurs. Schnell weg hier!

»Klar, du hältst die Plätze frei, ich hole die Getränke.«

Ich nicke und kämpfe mich durch die Menge bis zum Balkon vor. Meine Jacke ziehe ich mir wieder über, dann setze ich mich auf einen der Klappstühle. Der Balkon ist klein und schmucklos, hat aber den Vorteil, dass sich nicht mehr als zwei bis drei Menschen auf einmal darauf aufhalten können. Hier habe ich meine Ruhe.

Glücklicherweise hat Maya mir versichert, dass weder Max noch Lennart kommen werden. Dummerweise wurden Letzterer und ich in den letzten Tagen ständig zusammen eingeteilt. Ich nehme an, dass es Lennart war, der darauf bestanden hat, nicht mit Luke zu arbeiten. Ich verstehe diese Entscheidung, aber die Atmosphäre zwischen uns beiden ist auch nicht gerade rosig. Natürlich habe ich mich aufrichtig bei ihm entschuldigt, was er jedoch nur damit quittiert hat, dass es nichts gibt, wofür ich mich entschuldigen müsste.

Das Schlimmste ist, dass ich Luke kein einziges Mal gesehen habe. Ich hätte nicht gedacht, dass er mir so sehr fehlen würde, aber das tut er. Natürlich könnte ich ihm jederzeit schreiben und fragen, ob wir den *Star Wars*-Film zu Ende sehen wollen. Aber schließlich war ich es, die es *langsam* angehen wollte, und Luke scheint sich definitiv daran zu halten. In den letzten Tagen haben wir uns nur ein paar keusche Nachrichten geschrieben. Ganz förmlich und diskret, als wollten wir bis zur Ehe warten.

Tja, dieser Zug ist leider schon abgefahren.

»Du denkst an Luke, oder?«

Ich blinzle benommen und kehre mit meiner Aufmerksamkeit zurück zur Party. Maya hat sich auf den Klappstuhl neben mich gesetzt und hält mir eine Flasche Bier entgegen.

»Was hat mich verraten?«, frage ich und nehme einen Schluck. Eigentlich ist mir bei der Kälte eher nach etwas Wärmerem, einem Tee vielleicht. Aber das kann ich unmöglich bringen. Ich komme mir schon omahaft genug vor.

»Derselbe Blick, den du schon seit Jahren hast, Süße.« Maya tätschelt mir das Knie, und ich seufze.

»Bin ich die größte Idiotin auf der Welt, wenn ich ihm wieder eine Chance gebe?«

»Ich bin nicht Gott, die darüber richten kann.«

»Gott ist für dich eine Frau?«

»Natürlich ist sie das, aber Punkt ist der: Ich kann keine Entscheidungen für dich treffen, das kannst nur du allein tun.«

In diesem Moment summt mein Handy an meinem Oberschenkel. Eine neue Nachricht von Luke.

Luke: Testergebnis negativ!

Stirnrunzelnd lese ich die Nachricht ein zweites Mal und versuche, den Inhalt zu begreifen. Ob er sich vielleicht im Absender vertan hat? Doch dann, als er ein GIF mit einem Mann, der sich den Schweiß von der Stirn abwischt, hinterherschickt, macht es Klick.

»Luke hat sich testen lassen«, sage ich gerührt.

»Was?«

»Nichts, schon gut«, winke ich ab, weil ich nicht will, dass Maya mir eine geflissentliche Standpauke darüber hält, dass ich es ohne Gummi gemacht habe. Was von nun an kein Problem mehr wäre. Mein Unterleib zieht sich lustvoll zusammen. Hastig schreibe ich zurück.

Ich: Was machst du gerade?

Luke: Ich bin zu Hause und denk an dich. Und du?

Ich: Schleimer. :P Soll ich nachher zu dir kommen? Ich bin gerade auf einer Party in der Nähe deiner Wohnung.

Luke: Gegenvorschlag: Warum nicht gleich jetzt?

Ja, warum eigentlich nicht? Ich bin zwar gerade erst auf der Party angekommen, aber so toll ist es hier auch wieder nicht. Na gut, eigentlich ist sie sogar ziemlich toll, vermutlich bin ich das Einzige, was nicht so toll an ihr ist.

Wieder eine Nachricht von Luke.

Luke: Ich könnte dich abholen, wenn du willst. ;-)

Soso, der Herr macht sich also über mich lustig, weil ich neulich wollte, dass er mich abholt. Herausforderung angenommen.

Ich schicke ihm meinen Standort und bekomme als Antwort ein riesiges Emoji, das blau anläuft und sich geschockt ins Gesicht fasst.

Luke: Das ist nicht in meiner Nähe, sondern gleich um die Ecke!

Ich: Na dann, beweg deinen Arsch hierher! Aber warte unten!

»Luke holt mich gleich ab«, teile ich Maya mit und stecke mein Handy wieder weg.

»Warum überrascht mich das nicht?« Sie lächelt matt.

»Bist du böse?«

»Nein. Höchstens eifersüchtig. Ich will auch mal wieder rangenommen werden.«

Ich lache los. »Wir werden gar nicht …« Ach, wem mache ich hier eigentlich was vor? »Egal. Erzähl es bitte nicht Vicky. Obwohl: Erzähl es ihr doch«, revidiere ich, weil ich Maya nicht in die unangenehme Situation bringen will, eine von uns anzulügen.

»Wie wär's damit: Wenn mich Vicky explizit fragt, erzähle ich es ihr.«

»Wenn dich Vicky was fragt?«, dröhnt es hinter mir. »Dass du dich gleich mit Luke triffst?«, rät meine andere beste Freundin und lässt sich polternd auf meinem Schoß nieder.

»Woher weißt du das?«

»Ich habe dich doch neulich zu ihm gefahren.« Sie nimmt mir die Flasche aus der Hand und trinkt einen Schluck. »Er wohnt hier in der Nähe, oder? Ich wusste schon, dass du dich danach mit ihm treffen würdest.«

Verblüfft sehe ich sie an. »Du wusstest es vor mir?«

»Du wusstest es auch schon, aber hast es dir nicht eingestanden. Warum sonst solltest du ein so heißes Teil anziehen?«

Ich schaue an mir herab. Ob sie recht hat? Habe ich das heiße Teil angezogen, weil ich Luke heute sehen wollte? Kann mich mein eigenes Hirn derart verscheißern?

»Hasst du mich jetzt?«, frage ich ehrlich besorgt.

Vicky lächelt und schüttelt den Kopf. »Natürlich nicht. Aber du kennst meine Meinung. Es wird kein Spaß, die Scherben am Ende wegzufegen.«

»Vielleicht wird es keine Scherben geben«, wendet Maya hoffnungsvoll ein.

»Na ja, mal sehen.«

»Sydney?«, ruft jemand meinen Namen. Ich recke den Kopf, um ins Innere der Wohnung zu spähen, und entdecke Sina, die sich suchend nach mir umschaut. »Dein Freund ist da.«

Was?

Meine Muskeln versteinern sich, als in diesem Moment Luke neben ihr erscheint.

»Er ist hier?«, flüstert Maya ungläubig.

»Offenbar«, stelle ich resigniert fest und bedeute Vicky, von meinem Schoß aufzustehen.

»Bleibt hier«, murmle ich den beiden zu und trete aus dem Balkon, ehe ich mit heißen Wangen auf meinen *Freund* zustapfe.

»Welchen Teil von ›Warte unten‹ hast du nicht verstanden?«, begrüße ich ihn barsch.

Er lacht. »Dir auch einen guten Abend, Liebste.«

Liebste???

»Es war kalt draußen«, fügt er schulterzuckend hinzu. »Und die Tür war offen. Ich bin einfach der Musik gefolgt.«

»Ich wusste gar nicht, dass du einen Freund hast«, meint Sina entzückt.

»Habe ich auch nicht«, sage ich schroffer als beabsichtigt.

»Oh.« Sina schielt zu Luke zu und mustert ihn interessiert. Ihre Augenbrauen heben sich. »Also bist du Single?«

»Nein«, sage ich wie aus der Pistole geschossen. Hinter mir prusten Maya und Vicky los. Auch Luke lächelt amüsiert, und es ist ein so entwaffnendes Lächeln, dass ich nicht anders kann, als mich einfach nur darüber zu freuen, ihn endlich wiederzusehen.

»Lass uns gehen«, sage ich und ziehe ihn am Arm. »Bis später, Leute«, rufe ich meinen Mitbewohnerinnen zu.

»Bis morgen, meinst du«, sagt Vicky. Ich drehe mich um und werfe ihr einen scharfen Blick zu, aber sie grinst nur blöd.

»Du bist mein *Freund*?«, zitiere ich, als die Haustür hinter uns ins Schloss fällt. Meine Stimme hallt schrill im Treppenhaus wider.

»Was sollte ich sonst sagen? Kollege? Betthäschen?«

Ich schnappe nach Luft. »Unverschämt!«

Er lacht. »Du warst es doch, die gerade eben ganz klar gesagt hat, dass ich nicht zu haben bin.«

Touché.

»Aber warte beim nächsten Mal wirklich unten«, sage ich streng.

Sein Lächeln schwindet. »Warum? Willst du nicht, dass man uns zusammen sieht?«

Ja. Was ist, wenn das mit uns beiden ein böses Ende nimmt?

Ich weiß, dass es absolut feige klingt, aber die fünf Jahre voller Leid holen mich ein und die Wut, von der Ani gesprochen hat. Ich will nicht noch mal, wenn es mit uns vorbei ist, jedem schmerzlich erzählen müssen, dass es uns nicht mehr gibt.

»Nein, Quatsch«, sage ich und bemühe mich um ein aufrichtiges Lächeln. Ich weiß zwar nicht, ob er mir glaubt, aber er lässt es gut sein.

Als wir den Ausgang erreichen, greift Luke nach meiner Hand, um mich an sich zu ziehen. Mein Körper prallt hart gegen seinen.

»Wir haben uns noch gar nicht richtig begrüßt«, stellt er fest und küsst mich daraufhin so leidenschaftlich, dass ich mich kaum noch auf meinen High Heels halten kann.

»Hi, *Liebster*«, sage ich ironisch und umklammere seinen Hals, als wäre er ein Rettungsanker.

»Hi, *Liebste.*« Unsere Lippen teilen sich, unsere Zungen spielen und tanzen miteinander.

»Du siehst heute unglaublich aus«, raunt er und fährt mit den Händen die Rundungen meines Hinterns entlang.

»Du auch«, erwidere ich, obwohl ich ihn nicht einmal richtig angesehen habe. Ohne unsere Münder voneinander zu lösen, schiebt mich Luke nach hinten. Mein Rücken stößt gegen ein fremdes Auto, von dem ich sehnlichst hoffe, dass der Eigentümer nicht noch drinsitzt. Ganz kurz erinnert mich mein Gehirn daran, dass wir uns gerade in der Öffentlichkeit befinden, doch der Gedanke verfliegt genau wie meine Vernunft, als Lukes Hände meine Beine entlangfahren. O ja, noch ein Stück höher …

»Sucht euch ein Zimmer!«, bellt eine vertraute Stimme, und ich zucke zusammen. Erschrocken schauen Luke und ich uns an, dann wandern unsere Blicke nach oben. Vicky und Maya winken uns vom Balkon aus zu.

Oh Gott. Haben die das gerade etwa gesehen? Scheiße, natürlich haben sie!

»Weg hier!«, sage ich und stürme los. Trotz meiner hohen Schuhe rennen wir, bis wir vor seinem Haus stehen. Und doch begleitet uns das Lachen meiner Freundinnen bis zum letzten Schritt. Die können später was erleben.

Oder morgen.

43. KAPITEL

Sydney

Als ich in Lukes Wohnung eintrete, springt mir ihre allgemeine Ordentlichkeit sofort ins Auge. Nichts steht ungünstig herum oder blockiert den Weg. Selbst das Bett sieht neu bezogen aus, die Decke ist glatt und faltenlos.

»Hast du damit gerechnet, dass ich komme?«, frage ich ihn verblüfft.

Luke lehnt sich lässig gegen die Tür und zupft sich einen imaginären Fussel von der Schulter. »Tja, ich hatte so eine vage Ahnung, dass du dich sofort auf mich schmeißen würdest, wenn du wüsstest, dass ich mich habe testen lassen.«

Auf ihn schmeißen?

Ich will ihm gerade einen kleinen Knuff verpassen, als er sanft etwas sagt, das mir durch Mark und Bein geht.

»Du brauchst Sicherheit.«

Ich antworte nicht, weil er recht hat. Und wie recht er hat. Ich brauche Sicherheit. Ganz besonders von ihm.

Um mein errötetes Gesicht zu verbergen, kehre ich ihm den Rücken zu und spüre im selben Moment, wie sich seine Arme von hinten um mich legen. Hitze durchströmt mich, wie immer, wenn er mich berührt. Um mehr von ihm zu spüren, lehne ich mich enger an ihn, bis seine Härte gegen meinen Hintern drückt. Luke seufzt auf, und das Gefühl seines warmen Atems auf meinem Hals lässt mich erschauern.

»Langsam?« Er zieht den Kragen meiner Jacke zur Seite und küsst meine freie Schulter. Sofort breitet sich eine Gänsehaut von meiner Schulter über meinen gesamten Körper aus. Der Wunsch, seine Haut auf meiner zu spüren, wird übermächtig.

Langsam? Im Leben nicht.

»Nein.« Ich schüttele den Kopf und schiebe kurz entschlossen seine Hände auf meine Brüste. Wieder seufzt er, ein Seufzen, dessen bloßer Klang ein fiebriges Verlangen in mir aufbaut. Seine Lippen fahren meine Schulter entlang. Ganz leicht beißt er in meine Haut. Automatisch schließe ich die Augen, doch als seine Hände mich sanft zu massieren beginnen, öffne ich sie wieder und atme scharf ein.

Ich will ihn. Ich will ihn so sehr, dass alles in mir kribbelt.

Immer noch hinter mir lenkt er mich in Richtung Bett und zieht mir dabei die Jacke von den Schultern. Langsam und Stück für Stück befreien wir uns von unserer Kleidung, dabei lassen wir uns keine Sekunde aus den Augen.

Als wir nackt voreinander stehen, starren wir uns an, als wäre es das Normalste auf der Welt. Noch nie habe ich mich so wenig dafür geschämt, komplett entblößt vor einem Mann zu stehen. Der Anblick seines Körpers und seiner sichtbaren Erregung lässt mich noch ein wenig feuchter werden.

»Du bist so wunderschön«, haucht er, und obwohl ich dachte, dass mein Herzschlag nicht noch schneller werden könnte, erreicht er einen neuen pulsierenden Highscore.

»Du auch.«

Ohne ihn aus den Augen zu lassen, umfasse ich seine Erektion und streiche mit etwas Druck hinauf und hinunter. Diesmal seufzt er nicht, er stöhnt, und es erfüllt mich mit absurder Macht, dass ich es bin, die ihn so erregt.

Wir legen uns ins Bett. Luke schlingt einen Arm um mich, um unsere Körper noch enger aneinander zu drücken. Meine

Hände greifen in seine dichten Haare, achten jedoch darauf, nicht versehentlich die Beule zu erwischen. Er gibt ein Geräusch von sich, das wie ein Schnurren klingt, und ich glaube, dass ich noch nie etwas Erotischeres gehört habe.

Dann küsst er mich – überall. Wandert von meinem Mund abwärts, bis hin zur Innenseite meiner Oberschenkel. Ich sinke tiefer ins Kissen, schließe die Augen, hebe mein Becken an und erlaube es mir, diesen Moment nicht zu hinterfragen, sondern einfach zu genießen.

Ich küsse ihn zurück, küsse alles von ihm, berühre ihn, schmecke ihn, rieche ihn. Ihm so nahe zu sein und so viel von ihm zu spüren, lässt ein intensives, fast schon schmerzhaftes Glimmern durch meinen ganzen Körper ziehen.

Als er in mich eindringt, schauen wir uns an. Er atmet scharf ein, seine Augen schließen sich kurz. Diesmal ist es anders als beim letzten Mal. Wir lassen uns Zeit, bewegen uns ohne Eile, streicheln uns ohne Hektik, küssen uns ohne Drängen. Es ist mehr als heißer Sex. Es ist leidenschaftlich und sinnlich und so unglaublich gefühlvoll.

Danach liegen wir verschwitzt und schwer atmend aufeinander. Ich bin unendlich glücklich, aber so müde und erschöpft, dass ich die Augen gar nicht mehr offen halten kann. Doch während ich immer tiefer in den Schlaf sinke und mich so geborgen und sicher wie noch nie in meinem Leben fühle, frage ich mich trotzdem, ob ich gerade den besten oder schlimmsten Fehler meines Lebens mache.

44. KAPITEL

Luke

»Luke?«

»Hm?«

»Kannst du mich loslassen? Du erwürgst mich.«

»Oh.« Verschlafen öffne ich die Augen und lockere den Griff um Sydney. Sofort befreit sie sich und schnappt nach Luft, als hätte sie eine Cobra umschlungen.

»Tut mir leid«, sage ich verlegen, woraufhin sie leise kichert.

»Ich wusste gar nicht, dass du so ein Kuschelmensch bist.«

»Das wusste ich auch nicht«, gestehe ich und reibe mir über mein kratziges Kinn. Sydney stutzt überrascht und öffnet den Mund. Doch, was immer sie sagen will, sie tut es nicht und geht stattdessen auf die Toilette.

Als sie wiederkommt, setzt sie sich auf die Bettkante. Sie trägt das dunkelblaue Abercrombie-T-Shirt, das ich gestern anhatte. Ihre Strähnen stehen wild an ihrem Zopf ab, genau wie wenn sie sich beim Backen austobt. Ich könnte sie den ganzen Tag nur anschauen und würde mich vermutlich niemals sattsehen, aber da ich nicht wie ein Creep rüberkommen will, wende ich mich ab.

»Wie spät ist es eigentlich?«

»Elf.«

»Elf«, wiederhole ich und muss automatisch gähnen. »Warum bin ich so müde?«

»Vermutlich von der Arbeit. Deine Woche war lang.«

Und die Nacht war noch länger.

Als Antwort darauf, wie viel Energie mein Körper in den letzten Stunden verbraucht hat, stößt meine Magengegend ein lautes Grummeln aus.

»Hast du auch Hunger?«, frage ich Sydney, bevor mir im selben Moment klar wird, dass ich gestern zwar meine Wohnung geputzt, aber nicht eingekauft habe. Mein Kühlschrank ist chronisch leer, die meisten meiner Ausgaben gehen für den Lieferdienst drauf. Pablo, der Pizzabote und ich grüßen und schon mit Vornamen.

»Ich habe nicht viel hier, aber ich kann noch mal los, wenn du willst«, schlage ich vor.

»Ach, das musst du nicht«, winkt sie ab. »Ich kann auch was zu Hause essen.«

Nein, sie soll noch nicht gehen!

»Das macht mir wirklich nichts aus«, sage ich eilig. »Es gibt da eine echt gute türkische Bäckerei.«

»Oh!« Sie macht große Augen. »Das klingt lecker. Soll ich mitkommen?«

»Wie du willst.« Ich taste in den Laken nach meinem Handy. Auf meinem Homescreen erwarten mich acht verpasste Anrufe meines Bruders. Er hat den Telefonterror wohl noch immer nicht satt. Außerdem hat er mich in einer Nachricht daran erinnert, dass unser Vater nächste Woche Geburtstag hat. Als ob ich das nicht selbst wüsste.

Er ist auch mein Vater, du Sack!

Eigentlich feiert mein Erzeuger seinen Geburtstag nie, dafür ist er immer viel zu beschäftigt. Aber diesmal will er ihn »gemeinsam mit der Familie« verbringen. Was so viel heißt wie, dass er einen Grund sucht, damit ich mich endlich zurückmelde und mit ihm rede.

Ich verstehe die beiden einfach nicht. In all den Jahren haben sie mir nie das Gefühl gegeben, ein vollwertiges Mitglied der Familie zu sein. Und jetzt, wo ich mich endlich zurückziehe, kommen sie wieder an. Was erhoffen sie sich davon? Sie glauben doch nicht ernsthaft, dass ich jemals wieder in die Firma einsteige?

»Alles gut?«

Ich drehe mich zu Sydney, die mich mit besorgten Augen mustert.

»Ja, das war nur mein Bruder. Der übliche Kram«, winke ich ab und stütze ich mich mit beiden Händen ab, um mich aufzurichten. »Willst du nun mitkommen oder lieber bleiben?«

Sie mustert mich noch einen Moment lang mit unergründlicher Miene. Dann nickt sie und schenkt mir ein kleines Lächeln. »Ich glaube, ein kleiner Spaziergang täte mir ganz gut.«

»Alles klar.« Ich werfe mein Handy zurück aufs Bett, ohne meinem Bruder zu antworten.

Wir schlüpfen in unsere Kleidung, dann spazieren wir Hand in Hand nach draußen. Wenn Straßen Langschläfer sein können, wäre meine eine von ihnen. Gestern noch grölte sie laut und tanzte wild, heute katert sie still und leise aus.

Als wir die Bäckerei betreten, ist der Raum vom herzhaften Duft frischer Backwaren erfüllt. Neugierig betrachten wir die Teigteilchen hinter der Glastheke und entscheiden uns für Börek, Sesamringe, und etwas, was wie ein gefüllter Bagel aussieht.

Auf dem Rückweg nehmen wir eine längere Route. Es ist zwar kalt, aber sonnig und frisch. Der Sichelmond ist noch leicht am Firmament zu sehen und erinnert mich wieder an den Abend, als ich Sydney angerufen habe.

So viel ist seitdem passiert.

Als wir an einer Ampel kommen, löse ich mich kurz von

Sydney, um den Knopf zu drücken. Unsere Hände finden sich sofort wieder, kaum dass ich bei ihr zurück bin, und ich verschränke meine Finger mit ihren. Obwohl Sydney so viel mit den Händen arbeitet, ist ihre Handfläche trotzdem glatt und weich und fühlt sich einfach so gut und richtig in meiner an.

Wir sehen aus wie ein richtiges Paar, dämmert es mir. Ein Paar, das gemeinsam Frühstück holt. Mein Herzschlag stolpert kurz, und mir wird plötzlich klar, wie sehr ich das hier mag. Uns. *Wir.*

Bin ich doch ein kitschiger Beziehungsmensch? Nicht, dass ich jemals Single aus Überzeugung gewesen wäre, aber ich habe mich nie in einer festen Beziehung gesehen und deshalb auch nie etwas vermisst.

Bis jetzt.

»Dein Briefkasten quillt über«, meint Sydney, als wir zurück sind. Sie deutet auf den silbernen Kasten, im dem geballte Papierfetzen aus seinem Schlitz ragen.

»Oh, vergessen«, nuschele ich und öffne das kleine Türchen. Eigentlich habe ich es nicht vergessen, aber immer, wenn ich Post kriege, sind es irgendwelche Rechnungen. Ziemlich deprimierend. Ich prokrastiniere das Lesen von Post, wenn man so will.

Den Haufen unter die Achsel geklemmt schließe ich die Wohnungstür auf. Die Luft im Raum ist stickig, gestern Nacht haben wir sämtlichen Sauerstoff verbraucht. Ich öffne das Fenster, während Sydney Besteck und Teller aus der Küche kramt. Dann essen wir wieder auf meinem Bett.

»Oh mein Gott, ist das gut.« Genüsslich beißt Sydney in das Simit und schließt entspannt die Augen. Wenn ich vorher nicht dachte, dass jemand beim Kauen sexy aussehen kann, wurde ich gerade eines Besseren belehrt.

»Darf ich auch mal?«, frage ich anzüglich.

»In der Tüte ist noch genug«, erwidert sie, ohne auf meine Andeutung einzugehen.

Ich lache los. »Typisch Einzelkind«, ziehe ich sie auf, woraufhin sie bloß grinst und mit den Schultern zuckt. Schließlich lässt sie mich doch vom Sesamring probieren, und Mann – sie hat recht. Das Teil schmeckt extrem knusprig und hat eine leicht süßliche Note im Nachgang.

»Vielleicht kann ich die mal nachmachen«, denkt Sydney laut. »Bestimmt ist das Rezept gar nicht so schwer. Die wären im Café der Renner.«

»Hast du eigentlich noch mal darüber nachgedacht, den Kuchen für die Frau zu backen?«, erkundige ich mich und reiche ihr das Simit zurück.

»Ja, ich habe mich bei ihr gemeldet und zugesagt.«

»Echt? Das ist super!«

»Ja.« Sie lächelt zaghaft. »Danke noch mal.«

»Wofür?«

»Dafür, dass du mich motiviert hast.«

Ich wusste gar nicht, dass ich das getan habe. »Gern geschehen.«

Wieder lächelt sie, wendet dann jedoch den Blick ab, als sei ihr dieser intensive Augenkontakt in Kombination mit Lob unbehaglich. Ihre Aufmerksamkeit fällt auf den Haufen Briefe neben uns.

»Das hier könnte wichtig sein«, meint sie und deutet auf einen grauen Briefumschlag, auf dem »Einschreiben« steht.

»Ja, vielleicht«, sage ich desinteressiert und knabbere an einem Börek. Mit einem Aufstrich würde er sicher besser schmecken, aber bis auf eine halb leere Packung Mayo und ein Glas Sambal Oelek hat mein Kühlschrank nicht viel zu bieten.

»Willst du ihn nicht lesen?«, hakt sie nach, woraufhin ich seufze. Ich kann dieser Frau auch gar nichts abschlagen. »Na schön, du Nervensäge.«

Grob befreie ich meine Hände von den Krümeln und reiße den Umschlag auf. Als Absender ist die Hausverwaltung notiert. Mein Mund klappt auf, als ich die Überschrift lese.

Kündigung des Mietvertrags

Sehr geehrter Herr Kaiser,
nach wiederholten Abmahnungen wird Ihr Mietvertrag zum 1. 1. nächsten Jahres aufgelöst.

Meine Gedanken kommen mit einem quietschenden Bremsen zum Stehen. Ich lese den Satz ein zweites, drittes und viertes Mal hintereinander. Ich werde gekündigt? Nach wiederholten Abmahnungen? *Wiederholt*? Ein einziges Mal wurde ich darum gebeten, die Musik leiser zu stellen, und das ist schon Monate her. Der Vermieter und ich sind zwar keine besten Freunde, aber bis auf die Lärmbeschwerde sind wir immer gut klargekommen.

Die Worte *Hausregeln* und *Verstöße* verschwimmen vor meinen Augen. Wie betäubt lasse ich den Zettel fallen und schiebe ihn weg, als würden seine Worte mit mehr Abstand an Bedeutung verlieren. Aber es ist sinnlos, denn mein Gehirn hat die neuesten Geschehnisse bereits gespeichert und archiviert.

Ich verliere meine Wohnung.

Aber wie ist das möglich? Und wo soll ich jetzt hin? Wieder zu meinen Eltern ziehen in die Gruft des Wahnsinns?

Moment mal …

»Dieses Arschloch!« Zähneknirschend knülle ich das Papier zusammen.

»Was ist los?«, fragt Sydney alarmiert.

»Mein Vater will mich aus der Wohnung schmeißen!«

»Dein Vater?«

»Ja, mein Vater. Ich weiß, dass er dahintersteckt.«

»Bist du sicher?« Sie schnappt sich den Brief und überfliegt ihn.

»Ja, bin ich.« Ich balle die Hände zu Fäusten. »Der Mann erträgt es nicht, wenn er mich nicht kontrollieren kann. Jetzt versucht er, mir die Wohnung zu nehmen, weil er glaubt, dass ich mich auf diese Weise wieder seinem Willen beuge. Aber das kann er vergessen. Eher schlafe ich unter einer Brücke, als angekrochen zu kommen.«

»Aber der Brief ist doch vom Vermieter?«, meint Sydney irritiert.

»Es ist mein Vater«, sage ich eindringlich. »Er hat ihn bestochen oder was weiß ich. Auf jeden Fall weiß ich, dass er es war. Dieser Scheißwichser!« Ich schleudere die restliche Post auf den Boden und springe auf. Ich bin so wütend, dass ich alles umschmeißen könnte. Lediglich Sydneys Anwesenheit hindert mich daran, nicht völlig zu explodieren.

»Weißt du was? Ich mache es ihm leicht und ziehe einfach jetzt schon aus. Dann hat der Scheißkerl, was er will. Ich brauche ein paar Stunden zum Packen, und dann bin ich weg.«

»Wow, okay, wir beruhigen uns jetzt erst mal.« Sydney schwingt ebenfalls aus dem Bett und umfasst meine beiden Arme. »Keine impulsiven Entscheidungen, okay? Bestimmt finden wir eine Lösung. Zur Not kannst du dir einen Anwalt nehmen.«

Ich lache trocken. »Weißt du, wie viel ein Anwalt kostet? Das kann ich mir nicht leisten. Außerdem wurde ich einmal wirklich abgemahnt. Wie soll ich beweisen, dass ich nicht gegen die Hausregeln verstoßen habe?«

»Frag die Nachbarn! Die hätten ja wohl was mitbekommen.

Ich bin sicher, dass man nicht einfach so rausgeschmissen werden kann. Es gibt doch einen Mietschutzbund, dem du beitreten könntest.«

»Nein«, sage ich lauter als beabsichtigt und schüttele ihren Griff ab, um mehr Abstand zu bekommen. »Lass es, Sydney. Du kennst meinen Vater nicht. Er könnte mit einer Axt in der Hand vor einem toten Mann stehen und würde trotzdem davonkommen.«

Ihre dunklen Opalaugen weiten sich. »Wirklich?«

Unter anderen Umständen wäre ihre Naivität echt süß, aber jetzt gerade macht sie mich einfach nur wütend. »Ja.«

»Scheiße.« Sie tritt einen Schritt zurück und greift sich in die Haare. Endlich scheint sie zu kapieren, wie ernst die Lage ist. Mein Vater kriegt eben immer, was er will.

»Egal. Dann suche ich mir halt eine neue Wohnung.« Ich hebe meinen Teller vom Bett und bringe ihn in die Küche, weil mir der Appetit endgültig vergangen ist. Sydney folgt mir und lehnt sich gegen den Kühlschrank, während ich blaues Spülmittel auf den Teller spritze.

Ich schrubbe eine Weile an dem einen Teller, obwohl die Sesamkrümel schon längst vom Schaum davongetragen sind, dann drehe ich meinen Kopf zu Sydney, die immer noch unbeweglich dasteht und mich mustert. Sie saugt an ihrer Unterlippe, unschlüssig, ob sie sagen soll, was ihr auf dem Herzen liegt. Noch vor ein paar Minuten hätte ich nichts lieber gewollt, als dass sie dasselbe auch mit meiner Unterlippe macht, aber jetzt ist mir einfach nur danach, irgendwas zu zertrümmern. Würde ich nicht bald obdachlos werden, würde das Geschirr als Erstes daran glauben.

»Luke?«, beginnt sie leise. »Was … was ist das eigentlich zwischen dir und deinem Vater? Warum könnt ihr euch nicht ausstehen?«

»Weil er ein Arschloch ist.« Mir rutscht der Teller aus den Händen, und das Porzellan versinkt in der dicken weißen Masse. Ich habe zu viel Spülmittel genommen.

»Geht's vielleicht ein bisschen konkreter?«, hakt sie vorsichtig nach.

»Er hasst mich, okay?« Ich lasse den Teller im Schaum liegen, ohne ihn auszuwaschen. »Das war schon immer so.«

»Aber warum?«

»Weil ich immer das schwierige Kind war«, platzt es aus mir heraus. »Ich war nicht so leise wie mein Bruder, nicht so gesittet, nicht so schlau, nicht so perfekt. Bin durchs Abi gerasselt, habe kein Interesse an der Firma und habe fast mein eigenes Leben …«

Ich erstarre, als mir klar wird, dass ich kurz davor war, darüber zu reden. *Darüber*. Das Thema, das ich selbst mit Vince meide.

Ich linse zu Sydney. Sie ist wie erstarrt, und eine furchtbare Sekunde lang glaube ich, dass sie aus irgendeinem Grund weiß, wie der Satz endet.

»Du bist durchs Abi gerasselt?« Sie klingt fassungslos, was Übelkeit in mir aufkommen lässt. Das ist es also, was sie beschäftigt? Ich erzähle ihr so viel, aber es ist meine Bildung, für die sie sich interessiert?

»Ja, das bin ich«, erwidere ich angriffslustig. »Und ich habe es auch nicht nachgeholt. Bin ich jetzt zu dumm für dich? Ein Versager? Möchtest du dich dem Fanclub meines Vaters anschließen?«

»Nein, natürlich nicht.« Sie zieht eine schuldbewusste Grimasse. »Tut mir leid. Erzähl bitte weiter.«

»Da gibt es nichts mehr zu erzählen«, sage ich schroff. »Mein Vater hasst mich und basta. Immer bin ich der, der alles falsch macht. Immer ist es meine Schuld. Selbst wenn der

Wetterbericht Sonnenschein ankündigt und es regnet, liegt es an mir.«

Sydney mustert mich bedauernd, und ich wende mich ab. Angeblich soll es einen Unterschied zwischen Mitleid und Mitgefühl geben, aber gerade finde ich beides gleich schlimm.

»Und was ist mit deiner Mutter?«, fragt sie weiter. »Leben sie und dein Vater getrennt? Weiß sie davon? Kann sie irgendwas tun?«

Am liebsten würde ich laut auflachen, aber ich habe Angst, dass es wie ein Schluchzen klingen könnte.

»Ich habe keine Mutter.«

Sie runzelt die Stirn. »Jeder hat eine Mutter.«

Meine Lippen formen sich zu einem dünnen Strich.

Nein, nicht jeder.

»Oh. Scheiße.« Sydneys schließt die Augen und schlägt sich selbst gegen die Stirn. »Das war unsensibel von mir, sorry.«

Ich weiß, was sie jetzt denkt, aber ich korrigiere sie nicht. Für die ganz komplizierten Themen reichen Worte manchmal einfach nicht aus.

»Egal«, sage ich und drücke den Rücken durch. »Ich hoffe einfach, dass ich rechtzeitig eine neue Bleibe finde. Der Wohnungsmarkt in Berlin ist echt zum Kotzen.«

»Das ist er«, bestätigt Sydney traurig, und plötzlich kann ich ihren mitleidigen Blick unmöglich länger ertragen.

»Ich glaube, ich muss mich erst mal abreagieren«, sage ich und fasse mir mit meinen schaumigen Händen an die Schläfen. »Ich will dich wirklich nicht rausschmeißen, aber wäre es okay, wenn …«

»Natürlich. Bin sofort weg«, sagt sie, und zu meiner Erleichterung klingt sie nicht enttäuscht, sondern verständnisvoll.

Eilig sucht sie ihre Sachen zusammen und kehrt wenige Sekunden später mit ihrer Tasche zurück zur Küche. Ich bringe sie noch zur Tür und warte, während sie in ihre mörderhohen High Heels schlüpft. Wir küssen uns nicht zum Abschied, aber wir nehmen uns lange in den Arm. Sie riecht anders als sonst, mehr nach mir. An ihrer Schulter haftet mein Parfum, weil ich sie die ganze Nacht im Arm gehalten habe. Ob wir eines Tages einen eigenen Duft haben werden? Eine Mischung aus ihr und mir?

Als sie durch die Tür geht, würde ich ihr am liebsten nachrennen und sie doch darum bitten zu bleiben. Ich will nicht alleine sein, oder vielleicht will ich es doch. Aber ich will es nicht allein durchstehen. Denn das ist es, woraufhin es am Ende hinausläuft. Ich muss mich allein und ohne Hilfe aus der Scheiße retten.

Entkräftet lehne ich mich gegen die verschlossene Tür und atme tief ein. Manchmal braucht es nur ein paar Minuten, um das gesamte Leben auf den Kopf zu stellen, manchmal sogar nur ein paar Sekunden – so lange wie es eben dauert, einen Brief zu lesen.

Mit gepressten Lippen lasse ich den Blick durch meine Wohnung wandern. Ich kann einfach nicht fassen, dass ich hier raus muss. Sie ist zwar nichts Besonderes, aber sie ist trotzdem meine Wohnung. Dies war der erste Ort, den ich zu Hause genannt habe. Hier habe ich Jahre meines Lebens verbracht. Und jetzt nimmt mein Vater ihn mir weg.

Aber hey, das ist okay. Ich bin zwar bald obdachlos, aber ich habe immer noch Vince. Und meine Arbeit. Und meine Kollegen. Und Sydney.

Vielleicht bin ich gar nicht allein.

45. KAPITEL

Sydney

»*Und wie war dein Abi so?*«

»*So lala.*«

Das war seine Antwort. *So lala*. So lala bedeutet mäßig, bescheiden, ausreichend, meinetwegen auch schlecht. Aber nicht *beim Abi durchgefallen*. Deshalb habe ich ihn damals in keiner Abiturliste gefunden. Er war zwar bei der Party, aber ohne bestandenes Abi.

Allmählich frage ich mich, was von dem, was Luke mir damals erzählt hat, überhaupt wahr ist. Ja, er schläft nackt und hat bis vor ein paar Wochen noch nie Macadamianüsse probiert. Aber der Rest unseres Gesprächs scheint eine Aneinanderreihung endloser Lügen gewesen zu sein. Kein Abi, kein Neuseeland …

Andererseits war es ihm bestimmt unangenehm, ausgerechnet mit einer völlig Fremden darüber zu reden, dass er nicht bestanden hat. Erst recht, wenn er einen solchen Versager-Komplex hat. Wer weiß, ob ich es an seiner Stelle zugegeben hätte. Und gelogen hat jeder schon mal, auch ich.

Moment, verteidige ich ihn gerade?

Armselig.

Blöderweise kann ich ihn jetzt, wo es ihm mit seiner Wohnsituation so mies geht, nicht einmal weiter ausfragen. Außerdem ist da noch das Fettnäpfchen mit seiner Mutter, in das ich volle Kanne reingetreten bin. Nein, natürlich hat nicht jeder eine Mutter!

Ich ächze laut und biege meinen steif gewordenen Rücken durch. Wenn ich mich noch länger bücken muss, fange ich mir noch einen Hexenschuss ein. Die Arbeitsplatte im *Coffee & Books* ist für große Menschen wie mich viel zu niedrig.

Außerdem habe ich noch ziemlichen Muskelkater von der Nacht mit Luke. Vicky hatte übrigens recht. Kommunikation ist wirklich das Wichtigste. Ich habe Luke einfach gesagt, was sich für mich gut anfühlt, was ich, seit ich den Femi Master benutze (und das tue ich inzwischen öfter als ich backe) auch viel besser einschätzen kann. Dasselbe hat Luke auch getan. Warum ich all die Jahre so naiv war zu glauben, dass Sex etwas ist, was man einfach kann oder nicht kann, weiß ich nicht. Hätten Max und ich damals mehr miteinander geredet, dann … Ach, ich will gar nicht über ihn nachdenken. Das mit Luke war schon von Anfang an anders. Ich finde ihn attraktiv und begehrenswert, ja, aber das ist nicht alles.

Ich empfinde mehr für ihn.

Gerade ist er am Tresen und ich in der Küche. Eigentlich arbeite ich heute gar nicht, aber bis morgen muss der Geburtstagskuchen fertig sein, und Tina hat mir netterweise die Küche zur Verfügung gestellt. Der Plan ist, eine dreistöckige Red-Velvet-Torte mit weißer Buttercreme anzufertigen. Die Oberfläche will ich mit schwarzem Marzipan überziehen und ein weißes Spinnennetz aufmalen. Zum Schluss wird sie mit essbaren Geisterfiguren, Kürbissen und Gummiwürmern dekoriert.

Mal sehen, ob alles so klappt, wie ich es mir wünsche. Bis jetzt habe ich schon die Buttercreme verkackt und musste auch den Teig ein zweites Mal anrühren, weil er beim ersten Versuch zu lange im Ofen war. Außerdem sieht die Küche aus wie nach der Schlacht bei *300*. Wir sind nicht Sparta, wir sind am Arsch, weil wir Tinas Küche ruiniert haben.

Hundert Euro hat mir Carla für den Kuchen versprochen, inklusive der Kosten für die Zutaten. Was anfangs noch sehr großzügig klang, kommt mir nun vor wie ein Hungerlohn. Wahrscheinlich kostet es, um das Chaos hier zu säubern, doppelt so viel, wie ich an Geld einnehme.

Mit angehaltenem Atem halte ich den Spritzbeutel in der Hand und setze ihn langsam auf der glatten Oberfläche an. Die Konsistenz ist nicht ganz so fest geworden, wie ich es mir gewünscht habe, und am liebsten würde ich Ani anrufen und mir Schritt für Schritt erklären lassen, was zu tun ist. Aber das geht nicht, weil ich ihr gerade ein bisschen aus dem Weg gehe. Schon zwei Mal habe ich ihre Anrufe abgewimmelt, aus lauter Angst, sie würde mir wegen Luke die Hölle heißmachen. Seit unserem letzten Gespräch hat sich eine Menge zwischen uns entwickelt, das sie bestimmt nicht gutheißen würde. Anis Meinung ist mir wichtig, aber ich bin noch nicht bereit, mich diesem Kreuzverhör zu unterziehen. Dieser Traum, in dem ich gerade stecke, soll so lange wie möglich anhalten.

»Hey, Liebste.«

Vor lauter Schreck rutscht mir der Spitzbeutel aus der Hand und macht aus der geplanten geraden Linie eine wackelige Welle. Ich schaue auf und sehe Luke am Türrahmen stehen.

»Hey, Liebster«, erwidere ich und streiche mit dem Handrücken eine Strähne weg, die mir schon die ganze Zeit im Gesicht hängt.

»Wie läuft's?«

»Geht so.«

»Sieht aber schon ziemlich gut aus.«

»Nein, tut es nicht«, grummele ich.

»Soll das ein Spinnennetz werden?«

»Wenn du dir nicht sicher bist, was du siehst, kann es wohl kein gutes Spinnennetz sein.«

»Hey, sei nicht so streng zu dir.« Er tritt hinter mich und legt seine Hände auf meine Schultern.

»Doch«, sage ich trotzig, wohlwissend, dass ein Teil von mir gerade nach Komplimenten fischt. »Und ich denk auch noch darüber nach, Konditorin zu werden. Naiver geht's wohl nicht.«

»Okay, gib mir das Teil da«, fordert Luke mich auf und deutet auf den Spritzbeutel in meiner Hand. Ich tue wie geheißen und reiche ihm die baumwollene Tüte. Er legt ihn ans andere Ende der Arbeitsplatte und schaut zurück zu mir. »Und jetzt gib mir deine Hände.«

Widerwillig folge ich seinen Anweisungen und lasse mich von ihm um neunzig Grad nach rechts ziehen. Zum ersten Mal seit Stunden starre ich nicht mehr auf die Torte. Meine Hände kleben von der Creme, aber Luke tut so, als bemerke er es nicht.

»Sprich mir nach: Du kannst das.«

Ich grinse. »Du kannst das.«

»Okay, mein Fehler.« Er lacht. »Noch mal: *Ich* kann das.«

»Ich kann das«, wiederhole ich.

»Ich kann das, weil ich ein heißes Teil bin und mindestens so heißen Kuchen backe.«

»Ich kann das, weil ich ein heißes Teil bin und mindestens so heißen …« Ich breche ab, weil ich kichern muss.

»Und mindestens so heißen Kuchen backe«, beendet Luke meinen Satz. »Und jetzt back dir die Seele aus dem Leib, verstanden?«

»Verstanden!« Ich salutiere vor ihm und will mich gerade wieder umdrehen, als er mich an sich zieht und seine Lippen auf meine drückt.

Sehnsüchtig schlinge ich die Arme um ihn und vergrabe meine klebrigen Hände in seinen Haaren. Natürlich achte ich wieder darauf, nicht schon wieder den kleinen Hubbel an seinem Hinterkopf zu erwischen. Luke hat mir zwar nicht erzählt, woher er stammt, aber ich kann mir selbst zusammenreimen, dass keine schöne Geschichte dahinterstecken kann.

»Bis später«, haucht er und küsst mich ein letztes Mal.

»Bis später.«

Ich will mich wieder meiner Arbeit widmen, aber kaum ist Luke aus der Tür, stürmt der nächste Störenfried rein.

»Hey, Tina«, begrüße ich sie und greife wieder nach meinem Spritzbeutel.

»Wow, Sydney, das sieht super aus. Soll das ein Spinnennetz werden?«

»Ja, hoffentlich.«

»Du machst hier aber später sauber, oder?« Leicht panisch deutet sie auf das Chaos an benutzten Tellern, Schüsseln und Backformen.

»Keine Sorge. Heute Abend sieht alles blitzblank aus«, bluffe ich, denn ich habe noch keine Ahnung, wie ich die rote Lebensmittelfarbe, die auf dem Boden gelandet und durch meine Schuhabdrücke überall verteilt ist, wegkriegen soll.

»Vielleicht kannst du Luke fragen, ob er dir hilft.«

Ihr zweideutiger Unterton entgeht mir nicht, doch ich nicke nur und wende mich wieder der Torte zu.

»Apropos Luke«, sagt sie beiläufig, obwohl sie es war, die das Thema angeschnitten hat. »Was ist eigentlich zwischen euch beiden? Seid ihr jetzt zusammen?«

»Nein«, entgegne ich überrascht. »Wie kommst du darauf?«

»Es wirkt so. Er hat dich gerade zum Abschied geküsst.«

Das hat sie gesehen?

»Schon komisch, seinem Kollegen einen Abschiedskuss zu geben, nur weil man das Zimmer verlässt. Und er hat dich vorhin aufgebaut, als du kurz vorm Durchdrehen warst, richtig? Das war schon etwas pärchenmäßig.«

»Hast du etwa gelauscht?«

»Außerdem ist mir nicht entgangen, dass du aufgehört hast, ihn ständig anzubellen«, fährt sie fort und wickelt sich eine ihrer roten Locken um den Zeigefinger.

»Ich hab doch nicht gebellt!«

»O doch, das hast du. Wie ein Hund.« Tina lässt ein demonstratives Bellen erklingen. »So hast du am Anfang geklungen. Kein Scherz.«

»Zu meiner Verteidigung …« *Ich habe ihn da noch nicht nackt gesehen.*

»Ja, ihr habt da noch nicht gevögelt, ich weiß.«

Oh Gott. Hab ich den letzten Gedanken etwa laut ausgesprochen?

»Was? Denkst du, ich weiß das nicht? Tina weiß alles.« Sie kichert wie eine Hexe.

»Wir sind aber nicht zusammen«, stelle ich klar.

»Und warum nicht?«

»Weil … wir kennen uns noch gar nicht lange.«

Das ist zwar faktisch nicht ganz richtig, aber davon weiß sie nichts. Und Luke ja streng genommen auch nicht.

O ja, Galgenhumor, da bist du ja wieder.

»Schade. Ihr würdet gut zusammenpassen.«

Meine Wangen fangen an zu prickeln. »Findest du?«

»Ja. In seiner Anwesenheit bist du so schräg. Ich mag das.«

Als Tina weg ist, klingen ihre Worte in mir nach. Ob Luke und ich ein gutes Paar abgeben würden? Bis jetzt habe ich es noch nicht gewagt, in diese Richtung zu denken, aber ist es das, worauf es am Ende hinausläuft? Dass wir nach all den

Jahren doch noch zusammenkommen und ein richtiges Paar werden?

Und sie lebten glücklich bis ans Ende ihrer Tage?

Wieder wird die Tür geöffnet, und am liebsten würde ich frustriert losschreien. Aber es ist Lennart, der die Küche betritt.

»Hey, ich muss nur kurz den Lappen ausspülen und bin wieder weg«, sagt er und schleicht an mir vorbei, ohne mich eines Blickes zu würdigen.

Kummer steigt in mir auf. Diese Kälte zwischen uns zieht sich schon seit Tagen. Wann immer sich unsere Wege kreuzen, ob bei der Kaffeemaschine oder auf dem Weg zur Toilette, flüchtet er vor mir, als wäre er Han Solo und ich der böse Jabba, dem er Geld schuldet.

»Lennart«, klage ich und beschließe, dass es so nicht mehr weitergeht. »Wir müssen das nicht tun. Uns wie Fremde behandeln, meine ich. Ich weiß, dass du keine Entschuldigung willst, aber mir tut es wirklich leid. Ich hab das Gefühl, ich hab alles versaut.«

»Hast du doch gar nicht«, murmelt er, ohne sich umzudrehen.

»Dann eben Luke. Ach, keine Ahnung. Ich will einfach nicht, dass es von nun an komisch wird.«

Lennart dreht den Wasserhahn zu und schweigt kurz. »Das will ich auch nicht.« Er dreht den Kopf leicht zur Seite, und obwohl er mich noch immer nicht richtig ansieht, erkenne ich seinen gequälten Gesichtsausdruck. »Mir ist das Ganze nur so unfassbar peinlich. Ich kann dir gar nicht in die Augen sehen.«

»Warum denn peinlich?«, frage ich und mache einen Schritt auf ihn zu.

»Weil ich anscheinend alles falsch interpretiert habe.«

»Lenny.« Es ist das erste Mal, dass ich ihn unbewusst mit seinem Spitznamen anspreche. »Dir muss gar nichts peinlich sein. Mir ist es eher peinlich, dass ich es absolut nicht gesehen habe. Bitte glaub mir, dass ich dich niemals verletzen wollte. Vielleicht klingt es egoistisch, aber ich will deine Freundschaft nicht verlieren.«

Endlich sieht er mich durch die Strähnen seines blonden Schopfes richtig an, und das kleine ehrliche Lächeln, das er mir zuwirft, erwärmt mein Herz. »Ich will dich auch nicht verlieren, Syd.«

Wir umarmen uns einen Augenblick lang ganz fest. Als wir einander loslassen, muss ich den Kopf in den Nacken legen, um ihn anzusehen. Er ist der einzige Typ, den ich kenne, der mich um mindestens zehn Zentimeter überragt.

»Also … sind wir wieder Freunde?«, frage ich und komme mir gleichzeitig dumm vor, weil ich wie ein Kind klinge, das ein anderes Kind um Verzeihung bittet, weil es seine Sandburg kaputt gemacht hat.

Lennart lacht leise, vermutlich wegen meiner Formulierung. »Ja. Ja, das sind wir. Ich kann doch nicht den liebsten Menschen auf der Welt verlieren.«

»*Du* bist der liebste Mensch auf der Welt«, widerspreche ich.

»Vielleicht ist *das* das Problem.« Er lächelt traurig. »Ich bin *zu* lieb.«

»Nein, du bist perfekt, so wie du bist. Das mit Luke und mir ist nur … ich weiß auch nicht. Es war vom ersten Moment an da und wird immer größer. Wie ein … Tumor … obwohl: Nein, das ist ein beschissener Vergleich.«

»Und ziemlich unromantisch.« Wieder lacht er, und ich stimme mit ein. Dann schweigen wir einen Moment, und etwas verändert sich in seinem Ausdruck.

»Also war es Liebe auf den ersten Blick?«

»Oh, also ich würde nicht gleich von Liebe sprechen«, entgegne ich schnell.

Eher von jahrelanger Obsession und extremer Besessenheit.

»Hauptsache, du bist glücklich.«

Das bin ich wirklich, denke ich. Ich bin glücklich mit Luke. Was auch immer sich da zwischen uns anbahnt, ich will nicht, dass es endet. Niemals.

Plötzlich höre ich, wie etwas zerbricht. Das Geräusch kommt vom Tresen. Lennart und ich zucken zusammen und starren einander an. Dann wandert unser Blick zur verschlossenen Tür, hinter der Luke schreit: »Was zum Teufel willst du hier?

46. KAPITEL

Luke

Ich beiße mir in die Innenseite meiner Wange, um nicht schon wieder loszubrüllen. Manche Menschen kennen keine Skrupel, und mein Bruder ist einer von ihnen. Eines muss ich ihm jedoch lassen: Er ist wirklich hartnäckig. Mit seiner grenzüberschreitenden, bedrängenden und kein Nein akzeptierenden Art kriegt er immer, was er will.

Während ich mit verschmutzter Schürze vor ihm stehe, sieht er aus wie ein Cover-Model. Ein schwarzer Anzug schmiegt sich um seine große Statur, das Hemd hellblau, die Krawatte blau-weiß gestreift. Seine blonden Haare sitzen, als hätte der Wind sie zerzaust, dabei hat es vermutlich eine Tonne Haarwachs gebraucht, um ihnen diesen verwegenen Look zu verpassen. Schon als Teenager ist er immer so aufgedonnert zur Schule gegangen. Alle Mädels waren ihm verfallen, und alle Jungs wollten sein wie er. Noch dazu war er so intelligent, dass er jeden Streber in den Schatten stellte. Gut aussehend, reich und schlau. Die Welt lag ihm zu Füßen.

In meinem Jahrgang war Vince derjenige mit dem Schnösel-Look, und weil er mich an Timo erinnerte, mochte ich ihn anfangs nicht. Doch dann wurde mir klar, dass es nicht Kleidung oder Intelligenz ist, durch die Timo und ich uns unterscheiden. Wir sind einfach nicht aus demselben Garn gestrickt, aber Vince und ich schon. Er ist mein *wahrer* Bruder.

Wenn er jetzt hier wäre, könnte er die Situation binnen drei Sekunden entschärfen.

Im Gegensatz zu mir bleibt er immer ruhig und weiß jeden verbalen Hieb zu kontern.

»Ich kann nicht fassen, dass du so dreist bist, bei meiner Arbeit aufzukreuzen«, sage ich zwischen zusammengebissenen Zähnen.

»Du hast mir keine Wahl gelassen.« Timo hebt die Hände. »Seit Wochen versuche ich dich anzurufen, aber du antwortest nicht.«

Klar, den Spieß umdrehen und mir die Schuld in die Schuhe schieben.

»Schon mal darüber nachgedacht, dass ich nicht mit dir reden will? Außerdem arbeite ich noch. War das dein *kaiserlicher* Schachzug? Du wolltest mich vor meinen Kollegen bloßstellen, damit ich mit dir rede?«

Ich habe es mir schon vor langer Zeit angewöhnt, unseren Nachnamen als Synonym für link, falsch oder boshaft zu verwenden.

»Von draußen sah es aus, als wärst du allein«, meint er überrascht und sieht sich um. »Ich wäre nicht gekommen, wenn ich gewusst hätte, dass noch jemand hier ist.«

Natürlich nicht, denke ich spöttisch.

»Übrigens sieht es hier echt nett aus.« Er dreht sich neugierig im Kreis. »Ein bisschen verspielt und bunt, aber nett. Du kannst also Kaffee kochen?« Er sagt es nicht gehässig, aber eben das ist es, was mich am meisten auf die Palme bringt. Seine Schleimerei, seine falsche Art.

»Ja, das kann ich.«

»Finde ich cool. Das Gehalt ist zwar auf Dauer nicht erstrebenswert, aber Hauptsache, du bist glücklich.«

»Hauptsache, du verschwindest jetzt.«

Timos Lächeln verblasst. »Okay, aber können wir vorher reden?«

»Nein. Fick dich. Fickt euch beide. Ich will nichts von euch wissen.«

Timo schließt die Augen und kneift sich in die Nasenwurzel, als müsse er um Fassung ringen. »Okay, ich fange noch mal von vorne an.« Er faltet die Hände wie zum Schwur und tritt einen Schritt zurück. »Erst mal tut es mir leid, dass ich hier unangekündigt reingeschneit bin. Das war dumm. Aber ich wusste einfach nicht, wie ich dich sonst dazu bringen soll, mit mir zu reden.«

Und der nächste typische *Timo.* Erst entschuldigen, dann rechtfertigen und es so hinstellen, dass ihm keine andere Wahl geblieben ist. *Der Ärmste.*

»Klar, selbst die Tatsache, mir meine Wohnung zu nehmen, hat nicht funktioniert. Hat euch sicher tierisch genervt, als ich nicht wieder angekrochen bin. All die Mühe umsonst«, sage ich sarkastisch.

Timo setzt ein ahnungsloses Gesicht auf. »Wovon redest du?«

»Tu nicht so«, blaffe ich ihn an. »Ihr schmeißt mich aus meiner Wohnung und habt nicht mal die Eier, es zuzugeben.«

»Luke, ich weiß wirklich nicht, was du meinst.«

»Du weißt also nichts davon, dass ich rausgeschmissen werde? Sag bloß, *Väterchen* hat dir nichts davon erzählt.«

»Niemand hat mir irgendwas erzählt.« Er wirkt verstört. »Und warum sollte irgendwer das tun? Was haben wir mit deiner Wohnung am Hut?«

»Keine Ahnung, sag du es mir.«

Timo mustert mich besorgt. »Langsam bekomme ich den Eindruck, dass dich dein Zorn paranoid macht.«

»Klar, das ist es wohl.« Ich lächle höflich, aber innerlich krümme ich mich. Seine Worte treffen einen empfindlichen

Nerv, den mir die beiden schon unzählige Male eingeklemmt haben. *Paranoid?* Nein, das ist doch nur eine Masche, um mich durchdrehen zu lassen.

Oder etwa nicht?

Zweifel beschleicht mich. War mein Vater vielleicht gar nicht Schuld an der Kündigung? Ich habe keinerlei Beweise. Aber es gäbe auch keinen Grund, mich einfach so rauszuschmeißen.

Fuck. Ich bin wirklich etwas paranoid. Aber trotzdem muss das nicht heißen, dass ich falschliege. Oder?

Nein. Ich kann nicht zulassen, dass meine Familie mich immer an meinen eigenen Gedanken zweifeln lässt. Sie können mir alles nehmen, aber nicht meinen Verstand.

»Raus hier«, sage ich laut.

»Ich gehe, wenn du mir versprichst, dass wir reden.«

»Ich lass mich nicht erpressen!«

»Komm zu dem Geburtstag«, sagt er unvermittelt.

Ich starre ihn an. Deshalb ist er hier? Ich soll zum verfickten Geburtstag unseres Vaters gehen? Will er mich verarschen?

»Falls ich jemals wieder durch seine Türen spazieren sollte, dann nur in einer Urne, in der meine Asche liegt. Anders bekommt ihr mich da nicht rein.«

Timo verdreht die Augen und schnalzt mit der Zunge. »Jetzt wirst du kindisch.«

»Kindisch? Du bist es doch, der mir nachstellt. Und warum ist es euch überhaupt so wichtig? Ihr habt euch nie für mich interessiert.«

Mein Bruder stöhnt leise. »Warum reitest du immer auf alten Geschichten herum? Lass uns das Ganze doch endlich vergessen.«

Dass meine Familie meine Seele gefoltert hat? Würde ich ja gern, aber so was kann man nicht vergessen. Abgesehen davon sind das keine *alten* Geschichten.

»Nein. Und jetzt verschwinde.«

»Luke?«

Sydney.

Ich drehe mich um und blicke in ihre wachsamen Augen. »Alles okay?«, fragt sie leise.

»Alles gut«, erwidere ich knapp, doch sie hebt argwöhnisch die Augenbrauen. Ihr Blick wandert weiter zu Timo.

»Du bist sein Bruder«, stellt sie fest und greift nach meiner Hand.

»Ja. Bist du seine Freundin? Ich bin Timo.« Über den Tresen hinweg reicht er ihr die Hand, doch sie ignoriert seinen Gruß.

»Luke möchte, dass du gehst«, sagt sie mit einem auffordernden Unterton.

Timo lässt seine Hand wieder sinken und schenkt ihr sein typisches Filmstarlächeln, von dem er glaubt, dass ihm damit keiner widerstehen kann. »Ich bin gleich weg, versprochen. Aber kannst du vielleicht mit ihm reden? Unser Vater wünscht sich, dass er zu seinem Geburtstag kommt.«

Er *wünscht* es sich? Wohl eher verlangt er es.

»Das habe ich nicht zu entscheiden«, entgegnet Sydney dumpf.

»Du bist natürlich auch herzlich eingeladen«, ergänzt er, als würde Sydney ihre Meinung auf diese Weise ändern. Aber das tut sie nicht. Sie drückt meine Hand, und am liebsten würde ich sie auf den Tresen heben und besinnungslos küssen.

»Hey, Kumpel, wir haben schon geschlossen«, ertönt Lenny, der gerade aus der Küche kommt.

»Keine Sorge, ich bin Lukes Bruder und will nur kurz mit ihm reden.«

»Okay, aber offensichtlich will er nicht mit dir reden«, entgegnet er und läuft geradewegs zur Tür, um sie für Timo zu öffnen. »Deshalb wäre es gut, wenn du jetzt gehst.«

Er verteidigt mich?

Timo und Lennart liefern sich ein stummes Blickduell. In diesem Moment fällt mir auf, wie groß mein Arbeitskollege eigentlich ist. Er überragt meinen Bruder fast um einen ganzen Kopf. Vielleicht liegt es daran, dass er sich zum ersten Mal in voller Größe aufgebaut hat. Auch seine ganze Haltung und sein Blick sind plötzlich sehr dominant. Gerade wirkt er fast so autoritär wie mein Vater.

Schließlich seufzt Timo geschlagen. »Okay. Bin schon weg.«

Und komm nicht wieder, rufe ich ihm in Gedanken hinterher.

»Übrigens ist das hier ein wunderschönes Café.« Mein Bruder sieht sich ein letztes Mal um. »Richtet der Eigentümerin mein Lob aus.«

»Das werden wir«, sagt Lenny knapp, während sich im selben Moment meine Nackenhaare aufstellen. Woher weiß er, dass die Eigentümerin eine *Sie* ist?

»Wäre echt ein Jammer, wenn es geschlossen werden muss. Oh, habt ihr das etwa nicht mitbekommen?« Mein Bruder zieht ein überraschtes Gesicht. »Ein Kollege hat mir erzählt, dass in dieser Straße die Häuser verkauft werden. Anscheinend haben die Besitzer Eigenbedarf angemeldet. Die Ersten haben wohl schon ihre Kündigung bekommen.« Er klopft gegen die Tür. »Hoffentlich muss dieses Café nicht auch dran glauben.«

Bitterkeit steigt in mir auf. Dieses kaltblütige Arschloch. Mir die Wohnung zu nehmen hat nicht gereicht, jetzt reißt er sich sogar meinen Arbeitsplatz unter den Nagel und setzt die Existenzen anderer unbeteiligter Leute aufs Spiel.

Aber kann er das? Haben Timo und mein Vater derart viel Macht, um mir alles zu nehmen, was mir wichtig ist? Oder werde ich schon wieder paranoid? Liegt es in Wahrheit gar nicht an den beiden? Ist das nur eine Aufeinanderfolge unglücklicher Zufälle?

»Bis dann«, verabschiedet Timo sich und sieht dabei so unschuldig aus, dass ich mich wirklich frage, ob ich langsam verrückt werde.

47. KAPITEL

Sydney

Es ist fast zehn, als ich den mit roter Lebensmittelfarbe getränkten Lappen ein letztes Mal ausspüle. Dank Luke und Lennart, die mir netterweise beim Aufräumen geholfen haben, ist die Küche sogar noch sauberer als vorher. Nur die Torte habe ich nicht fertiggekriegt. Morgen muss ich noch die Geister- und Kürbisfiguren fertigstellen, um sie rechtzeitig ihrer neuen Besitzerin zu übergeben. Vielleicht mag es komisch klingen, aber nachdem ich so viel Zeit und Liebe in diesen Kuchen investiert habe, stimmt es mich traurig, mich bald von ihm trennen zu müssen. Wenn ich daran denke, dass irgendwelche achtjährigen Kids ihre Gabel in mein Kunstwerk rammen, kommen mir fast schon die Tränen.

»Ich muss kündigen«, sagt Luke zum bestimmt hundertsten Mal und lässt Lennart und mich synchron aufstöhnen.

»Mach dich nicht lächerlich, der blufft doch nur«, winke ich ab.

Luke umklammert den Wischmopp mit beiden Händen und sieht mich fassungslos an. »Hast du das gerade nicht mitbekommen? Er spricht davon, den Laden dichtzumachen!«

»Man kann nicht einfach so einen Laden dichtmachen«, wendet Lennart ein, der seit dem Überraschungsbesuch von Lukes Bruder etwas aufgeschlossener zu ihm ist. »Es gibt Verträge.«

»Ich hatte auch einen Vertrag mit meinem Mieter.«

»Denk doch mal logisch. Wenn du jetzt kündigst, wird er das Gleiche mit deinem nächsten Job abziehen.«

»Ja, du musst eine andere Lösung finden«, pflichte ich Lennart bei.

»Und welche?«, kontert Luke mit einer Frage und schrubbt so wild den Boden, dass es mich nicht wundern würde, wenn er jeden Moment auf Erde trifft. Dank seines Zorns, den er an irgendwas abladen musste, geht die saubere Küche zum Großteil auf sein Konto.

Tja, welche – das ist die Frage. Die Situation ist wirklich verzwickt, und mein Kontingent an guten Ratschlägen war schnell aufgebraucht. Bis auf den Vorschlag mit dem Anwalt ist mir nichts eingefallen, und den kann er sich nicht leisten.

»Ich hätte eine Idee«, sagt Lennart, während er an den Knöpfen der Spülmaschine herumdrückt. »Aber sie wird dir nicht gefallen.«

»Sag jetzt bitte nicht, dass ich nachgeben und zu seinem Geburtstag gehen soll«, warnt Luke ihn.

»Doch.«

Luke stöhnt auf und wirft den Mopp lieblos in die Ecke. »Aber dann gewinnt er.«

»Es geht doch nicht darum, irgendeinen Kampf auszufechten. Ihr seid keine Ritter.«

»Aber er kriegt immer, was er will. Da mach ich nicht länger mit.«

»Wäre es nicht trotzdem einen Versuch wert, mit ihm zu reden?«, probiert es Lennart weiter. »Warum ist es ihm überhaupt so wichtig, dass du kommst?«

»Keine Ahnung.«

»Spricht es dann nicht eher dafür, zu seinem Geburtstag zu gehen und sich anzuhören, was er zu sagen hat? Ich weiß, dass das deinem Ego einen Dämpfer verpasst, aber mal im Ernst, dieser Schwanzvergleich bringt doch nichts.«

Ich verkneife mir ein Lachen. Schwanzvergleich trifft es auf den Punkt. Lukes Vater und sein Bruder demonstrieren ihre Macht, und Luke widersetzt sich ihr. Am Ende gewinnt der *Größere*.

»Nimm Sydney mit, wenn das hilft«, fährt Lennart fort. »Er hat sie schließlich auch eingeladen.«

Es überrascht mich, wie ungezwungen er das sagt, wenn man bedenkt, dass er sich heute früh noch nicht getraut hat, uns ins Gesicht zu sehen. Aber noch mehr überrascht mich, dass Luke tatsächlich über seinen Vorschlag nachdenkt.

»Und was soll ich sagen?«, fragt Luke und öffnet mir die Kühlschranktür, damit ich meine Torte reinstellen kann.

»Gar nichts. Du bist nicht da, um zu reden, sondern um zuzuhören«, erwidert Lennart und lässt es wie das Einfachste der Welt klingen.

Luke schließt die Tür wieder und dreht leise murmelnd seine Kreise in der Küche. Schließlich wendet er sich mir zu und mustert mich fragend. »Würdest du wirklich mitkommen?«

»Natürlich«, erwidere ich, ohne zu zögern. Es wäre mir sogar eine Ehre, ihn an diesem Abend unterstützen zu können.

»Okay.« Luke lächelt halb. »Wenn du da bist, reißt sich mein Vater vielleicht zusammen.«

»Bestimmt«, sage ich optimistisch.

»Danke.« Luke blickt zu Lennart und sieht aus, als wollte er noch etwas sagen. Doch er tut es nicht, vermutlich fehlen ihm die Worte.

»Ist doch klar.« Lennart lächelt versöhnlich und setzt damit endgültig auch deren Schwanzvergleich ein Ende.

*

Eine halbe Stunde später finden Luke und ich uns im Supermarkt wieder. Unsere hungrigen Mägen haben uns hierhergeführt, doch nun streifen wir schon seit zehn Minuten durch die menschenleeren Gänge, ohne etwas gefunden zu haben, das uns beide anspricht. Eigentlich wollte ich meine beiden Kollegen zum Dank, dass sie mir beim Aufräumen geholfen haben, auf einen Drink ins *Epos* einladen, aber Lennart hat morgen früh Uni (ich eigentlich auch) und deshalb vorgeschlagen, das Ganze aufs Wochenende zu verschieben.

Obwohl weder Luke noch ich beschlossen haben, den Abend miteinander zu verbringen, ist es nach dem heutigen Vorfall die logische Konsequenz. Ich will Luke nicht alleine lassen, und Luke will auch nicht alleine sein. Das hat niemand von uns laut ausgesprochen, aber es ist so.

»Schau mal.« Luke deutet auf das Kühlfach mit den Pizzen und grinst.

»Haha, *Pizza Sydney*.« Ich schiebe den Glasdeckel zurück und hole die kalte Packung hervor, um sie skeptisch grinsend zu beäugen.

»Geil, da ist Hähnchen drauf.«

»Hähnchen auf Pizza? Pfui!«

»Das ist nicht pfui«, protestiert Luke vehement. »Teig, Tomatensoße, Käse und Hähnchen passen doch richtig gut zusammen.«

»Wir werden sehen«, sage ich, und lege die Schachtel in den Einkaufskorb. Auf dem Weg in Richtung Kasse fische ich noch eine Packung Cornflakes aus dem Regal.

»Ist das deine Rache?« Luke nimmt mir die Packung aus der Hand, auf der die Maske von Darth Vader zu sehen ist.

»Er ist nicht Luke, aber auch ein Skywalker«, gebe ich neckend zurück.

»Wenn du willst, können wir später den sechsten Teil zu

Ende sehen«, raunt er mir ins Ohr, und ich erschaudere. Diese Art von *Dirty Talk* ist genau nach meinem Geschmack.

48. KAPITEL

Luke

Ich stehe an Sydneys Fenster und richte den Blick auf die weiße Sichel, die sich im tintenblauen Himmel spiegelt, während ich die neuesten Ereignisse zu verdauen versuche. Ich verliere meine Wohnung, so viel ist schon mal sicher. Und vermutlich verliere ich auch meinen Job – zumindest, wenn ich meine Familie weiterhin aus meinem Leben ausschließe.

Wen ich aber zum Glück nicht verliere, ist Lennart. Er mag mir vielleicht noch nicht ganz verziehen haben, aber heute habe ich eine seltsame brüderliche Verbindung zwischen uns gespürt, die ich vorher nur mit Vince hatte. Ein Gefühl sagt mir, dass wir nicht so schnell aus dem Leben des anderen verschwinden werden.

Was mit Sydney und mir ist, weiß ich gar nicht so genau. In letzter Zeit nimmt unser Verhältnis, oder wie auch immer man das zwischen uns nennt, an rasendem Tempo zu. Es ist, als hätte sich jemand auf die Fernbedienung gesetzt und die Vorspultaste aktiviert. Nicht, dass es mich stören würde. Mir gefällt, was sich zwischen uns entwickelt. Ich will nur nicht, dass unser Film dadurch schneller endet.

Ich lehne die Stirn gegen das Fenster. Mein Blick fällt auf das Fensterbrett, auf dem ich einen gefalteten Zettel entdecke. Vermutlich sollte ich nicht reinschauen – Privatsphäre und so –, aber der Juckreiz in meinen Fingern zwingt mich förmlich dazu.

Ohne weiter darüber nachzudenken, falte ich ihn auseinander. Als Überschrift steht *FUL-Liste*, darunter ein paar Stichpunkte.

- *die ganze Nacht durchfeiern*
- *einen One-Night-Stand haben*
- *zum ersten Mal kiffen*
- *nackt baden*
- *Fallschirm springen*
- *ein Tattoo stechen lassen*

Ich ziehe die Stirn kraus. Ob das eine Art Bucket-List ist? Aber wofür soll *FUL* stehen? Klingt wie eine Sportmannschaft. Vielleicht stammt das Wort aus einem Film oder so ähnlich.

Als ich den letzten Punkt lese, fällt mir das Atmen schwer, weil sich meine Lungenflügel in Rosinengröße zusammenziehen.

Sex mit dem Ex.

Der Punkt ist noch nicht durchgestrichen, keiner von ihnen ist es. Allerdings habe ich das mit dem Nacktbaden doch erst neulich in ihrer Instagram Story gesehen. Und Lenny hat erzählt, dass sie vor Kurzem was mit ihrem Ex hatte.

Eine düstere Vorahnung beschleicht mich. Was, wenn sie und der Typ sich noch treffen? Was, wenn sie uns gleichzeitig sieht? Das zwischen uns scheint zwar immer ernster zu werden, aber wir haben nie darüber geredet, monogam zu sein.

Die Tür öffnet sich ruckartig, und vor lauter Schreck fällt mir die Liste zu Boden. Schnell setze ich meinen Fuß darauf, um sie zu überdecken, dann erst drehe ich mich zu Sydney.

Sie balanciert die Pizza auf einem Brett und legt sie auf dem Bett ab. »Gut riechen tut sie schon mal. Mal sehen, ob sie auch gut schmeckt.«

»Gibt es irgendwas, das gut riecht und schlecht schmeckt?«, frage ich zurück.

Sie denkt kurz nach. »Stinkekäse!«

Ich rümpfe die Nase. »Stinkekäse ist ja auch eklig.«

»Ist er nicht. Was machst du da am Fenster?«

In deinen Gedanken wühlen.

»Ich schaue nur nach draußen«, sage ich so gelangweilt wie möglich.

»Eigentlich ist die Aussicht aus meinem Zimmer nicht die beste in der Wohnung«, sagt sie, während sie auf mich zukommt. »Aber man sieht den Mond ganz gut.«

Da fällt mir ein …

»Standest du eigentlich genau hier, als ich dich das eine Mal angerufen habe?«, frage ich.

Die Andeutung eines Lächelns erscheint auf ihrem Gesicht. »Ja. Aber da war der Mond noch voll.«

»Und groß.«

»Ja, so groß, dass du mich unbedingt anrufen musstest.« Sie lacht leise.

»Ich wollte eben, dass du ihn auch siehst.«

»Das habe ich.« Sydney seufzt und beschlägt damit das Fensterglas. Zu gern wüsste ich, welchen Gedanken sie mir gerade verschweigt.

Ein paar Minuten lang stehen wir stumm nebeneinander und starren auf die weiße Sichel. Meine Gedanken hämmern auf mich ein wie eine schleudernde Abrissbirne. Ich denke an Sydney, an uns, an die Liste zu meinen Füßen und was zur Hölle gerade sonst noch in meinem Leben passiert. Zu viel, schreit es in meinem Kopf. Viel zu viel.

»Komm«, sagt Sydney und rückt von mir ab. »Die Pizza wird kalt.«

»Werden wir eigentlich jemals auf richtigen Stühlen sitzen, wenn wir essen?«, frage ich, während sie es sich auf dem Bett bequem macht.

»Soweit ich weiß, hast du diese kleine Tradition erfunden.« Sie grinst. »Aber wenn du willst, können wir auch im Wohnzimmer essen. Allerdings sollten meine Mitbewohnerinnen jeden Moment nach Hause kommen.«

»Wäre das denn schlimm? Also uns zusammen zu sehen, meine ich.«

Sydney beißt in ihr Pizzastück und verschluckt dabei ihre Antwort förmlich: »Weisch nicht.«

Überrascht schaue ich sie an. »Aber sie wissen von uns, oder? Sie haben mich doch bei der Party gesehen.«

Und mich das eine Mal im Café ausspioniert, füge ich insgeheim hinzu.

»Klar, aber …« Sie zuckt mit den Schultern. »Sie machen sich auch Sorgen um mich.«

»Wegen deinem Ex?«, taste ich mich weiter vor und falle fast vom Bett, weil Sydney so stark zusammenzuckt, als hätte man ihr einen Elektroschock verpasst. Offenbar reicht es nur aus, seine Existenz zu erwähnen, um sie völlig aus der Haut fahren zu lassen.

»Wow. Der Typ muss ja wirklich eine Menge Scheiße gebaut haben«, stelle ich fest und nehme auch einen Bissen. Wie zu erwarten, schmeckt die Pizza genauso so gut wie die Inhaberin des Namens.

»Ich dachte, es gehört sich nicht, die Ex-Akten zu öffnen …«, meint sie ausweichend.

»Also mir macht das nichts aus. Ich habe keine.«

Ein ungläubiger Blick trifft mich. »Keine einzige Ex?«

»Nein. Es war nie was Ernstes.«

»Das heißt … du warst noch nie verliebt?«

Ich schüttele den Kopf. »Nein. Aber das heißt nicht, dass ich gegen Beziehungen bin oder so. Es hat sich bis jetzt einfach nur noch nicht ergeben.«

Sydney nickt benommen, und ich frage mich, warum sie diese Antwort nicht zu befriedigen scheint. Wünscht sie sich etwa, dass ich schon tausendmal verliebt gewesen wäre? Vielleich glaubt sie, dass ich sie besser verstehen würde, wenn ich wüsste, wie schmerzhaft Liebeskummer sein kann. Was ich im Übrigen tue. Ich weiß so gut wie kein anderer, wie es ist, jemanden zu verlieren.

»Darf ich jetzt eine Frage zu ihm stellen?«, lenke ich wieder ein.

Sydneys Augenbrauen ziehen sich eng zusammen.

»Nur eine«, verspreche ich und versuche mich an einem Hundeblick. Vielleicht funktioniert es, denn sie seufzt nachgiebig. »Na schön. Eine.«

»Okay.« Ich schiebe mir die restliche Pizza in den Mund und denke nach. Eigentlich würde mich interessieren, was genau zwischen ihnen vorgefallen ist, aber vermutlich wird ihr das zu persönlich sein. Versprechen hin oder her, wenn sie nicht will, wird sie nicht antworten. Ich muss mit etwas Unverfänglicherem starten.

»Wie war er so?«

Sydney steckt sich ein paar heraushängende Strähnen hinter die Ohren und schaut gedankenverloren auf ihr angebissenes Stück.

»Er war … er ist … Keine Ahnung. Ich kann ihn schwer beschreiben. Von außen betrachtet war er wahrscheinlich gar nicht so besonders. Aber ich fand ihn sehr nett, charmant und witzig. Und das Gefühl, das ich empfunden habe, wenn ich mit ihm zusammen war, war wie …. Heimat oder so.« Jetzt schaut sie mir in die Augen. »Er und ich, das hat sich einfach richtig angefühlt. Als würde ich zum ersten Mal eine Brille aufsetzen und richtig sehen.«

Stechende Eifersucht schießt durch meine Brust. Sydney

hat gerade exakt das beschrieben, was ich für sie empfinde. Nur tut sie es für jemand anderen.

»Und warum hat er es vergeigt?«

Sydney mustert mich abschätzig, fast schon gekränkt, als läge die Antwort klar auf der Hand. »Ich weiß es nicht genau. Es kam nie zu einem Klärungsgespräch oder Ähnlichem. Aber ich schätze mal, dass er nicht dasselbe für mich empfunden hat.«

»Wie kann das sein?«

»Das frage ich mich auch.« Sie legt das angebissene Pizzastück zurück aufs Brett, ehe sie sich rücklings in ihre Laken fallen lässt und einen erschöpften Laut von sich gibt. Da ich ebenfalls keinen Hunger mehr habe, schnappe ich mir das Brett und stehe auf, um die restliche Pizza auf ihrem überfüllten Schreibtisch abzusetzen. Auf dem Weg zurück ins Bett knipse ich aus einem Reflex das Licht aus und lege mich kurzerhand zu ihr.

In der Dunkelheit liegen wir einander zugewandt und schauen uns an. Das dämmrige Licht des Sichelmondes scheint durchs Fenster und spiegelt sich in Sydneys opalschwarzen Augen wider.

»Ich nehme an, wir schauen heute kein *Star Wars* mehr?«, frage ich, um die Stimmung zu lockern. Sie lächelt halbherzig, antwortet aber nicht.

»Sydney?«

»Ja?«

Ich schlucke fest. *Jetzt oder nie.* »Was, wenn ich dir sagen würde, dass ich genauso für dich empfinde, wie du für deinen Ex empfunden hast?«

Ihre Augen weiten sich, ihr Atem stockt. Dann fangen ihre Lider an zu flattern, als müsste sie die Tränen zurückhalten.

»Ich würde dir nicht glauben«, wispert sie mit glasigen Augen.

»Warum nicht?« Ich rücke mit meinem Kopf näher an ihren, bis unsere Stirnen aufeinandertreffen. Mit dem Daumen wische ich eine herabrinnende Träne von ihren Wangen und lasse meine restlichen Finger sanft durch ihre Haare gleiten.

Sydney schüttelt den Kopf, und ich weiß nicht, ob das ihre Antwort ist oder sie mit den Worten ringt. Ihre tränenverschleierten Augen sehen mich so traurig an, dass es mir das Herz bricht. Was ist nur passiert? Wie konnte ihr jemand so wehtun?

»Bitte rede mit mir«, flehe ich.

Sie öffnet den Mund, schließt ihn jedoch wieder, einzig ihr gequälter Blick spricht zu mir.

»Bitte«, flüstere ich heiser. »Ich …«

… will mich nicht wie die zweite Wahl fühlen. Will mich nicht abrackern, wenn ich ohnehin keine Chance gegen ihn habe.

»Okay, dann sag mir bitte nur eins.« Ich hole tief Luft. »Triffst du ihn immer noch?«

Diesmal zuckt sie nicht zusammen, aber als ihr warmer Atem nicht mehr auf meinen Hals trifft, merke ich, dass sie die Luft anhält. Schließlich atmet sie wieder aus und beißt sich auf die Unterlippe. Sie sieht überfordert aus. Und verwirrt. Vielleicht überlegt sie gerade, wie sie es mir schonend beibringen soll.

Ich kneife die Augen zu und bereite mich innerlich auf den Todesstoß vor.

Als sie schließlich antwortet, bin ich es, der die Luft anhält. »Ich treffe nur dich. Und ich …« Sie zögert kurz und sieht mir dann fest in die Augen. »Und … ich will auch nur dich.«

In diesem Moment ist es, als würden Luftschlangen und Konfetti aus meinem Herzen schießen. Wir haben zwar nicht offiziell darüber geredet, aber ich glaube, ich habe jetzt eine Freundin.

49. KAPITEL

Sydney

Ich hatte die Verkäuferin gebeten, mir ein Kleid zu bringen, das die perfekte Mischung aus elegant und sexy ist. Für die Feier bei Darth Vader (Luke und ich nennen seinen Vater neuerdings so) will ich gut aussehen, aber nicht zu förmlich, langweilig und erst recht nicht billig. Die Auswahl war nicht leicht, insgesamt habe ich neunzehn Cocktailkleider in allen erdenklichen Farben und Schnitten anprobiert. Am Ende habe ich meiner Mutter ein paar Fotos geschickt, und natürlich ist ihre Wahl auf das mit Abstand teuerste gefallen. Das schwarze Chiffonkleid ist knielang, schulterfrei und kostet so viel, wie ich mit meinem Kuchen verdient habe. Trotzdem habe ich den Rat meiner Mutter beherzigt, denn heute Abend will ich perfekt aussehen.

Ich kaufe noch ein paar neue Absatzschuhe mit bestickten Perlen und eine dazu passende Perlenkette, dann verlasse ich gut gelaunt das Geschäft und spüre eine kribbelige Vorfreude im Bauch. Luke stellt mich seiner Familie vor. Laut ihm sind sie zwar die direkten Nachkommen Satans, aber uns alle bekannt zu machen ist trotzdem ein großer Schritt. Ich grinse breit, während ich über den überfüllten Kudamm stolziere.

Als mein Handy klingelt, bleibe ich überrascht stehen, um es in meiner Jackentasche zu suchen. Auf meinem Display steht *Unbekannt*, was ziemlich verdächtig ist. Ich werde nicht oft angerufen, schon gar nicht erst von *Unbekannt*. Ob ich rangehen sollte?

Bevor ich es mir anders überlege, nehme ich ab. »Hallo?«

»Ich wusste es. Du gehst mir aus dem Weg!«

Scheiße!

»Hey, Ani«, flöte ich und halte Ausschau nach dem erstbesten Erdloch, in das ich springen kann.

»Da muss ich erst den Nachbarsjungen fragen, ob er mir hilft, die Nummer zu unterdrücken, damit ich meine Enkelin ans Telefon kriege.«

Mist, Mist, Mist!

»Habe ich irgendwas falsch gemacht? Bist du sauer auf mich?«

Mein Herz zieht sich zusammen. »Nein, natürlich nicht.«

»Ich habe mir wirklich Sorgen gemacht.«

»Das wollte ich nicht. Ich habe gerade nur eine Menge zu tun. Die Uni stresst mich und all das.«

Eine Pause am anderen Ende der Leitung.

»Schätzchen?«

»Ja?«

»Hältst du mich eigentlich für blöd?«

Das Handy rutscht mir aus der Hand. Schnell packe ich es mit beiden Händen. »Was?«

»Ich bin deine Großmutter und kenne dich besser als jeder andere. Deine kleinen Ausreden ziehen bei mir nicht.«

Was für ein Eigentor. Da wollte ich doch allen Ernstes meine Großmutter übers Ohr hauen. Das war so wahrscheinlich wie beim Lügendetektortest zu bluffen. Sherlock Ani hat wieder zugeschlagen. Ich ziehe eine Grimasse und quetsche die Frage aus meinem Mund: »Hast du gerade Zeit für einen Kaffee?«

*

Eine Stunde später sitzen Ani und ich in einem kleinen überteuerten Café am Kudamm. Hier riecht es anders als im *Coffee & Books*, weniger nach Kaffeebohnen und mehr nach einem teuren Raumerfrischer. Der Glastisch, an dem wir sitzen, hat einen vergoldeten Rand und ebenso goldene Tischbeine. Auf ihm stehen zwei Cappuccino und zwei Kirsch-Streusel-Kuchen. Experten wie Ani und ich erkennen schon vom bloßen Ansehen, dass der Kuchen nicht selbst gebacken ist, sondern aus irgendeiner Fabrik stammt. Es ist immer wieder überraschend, dass selbst die teuersten Schuppen fast alles liefern lassen. Aber dafür ist der Kaffee sehr gut – die Maschine ist um Weiten besser als die vom *Coffee & Books*.

Unser Gesprächsstart gleicht einem krampfigen ersten Date. Wir beide vermeiden direkten Augenkontakt, reden hauptsächlich über das Wetter und sind schwer damit beschäftigt, den Kaffee umzurühren, um etwas zu tun zu haben. Dabei merke ich, dass Anis Nägel rot lackiert sind. Es überrascht mich, weil sie wegen des vielen Backens fast nie Nagellack trägt. Offenbar hat auch sie ihre Meditation schleifen lassen. Hoffentlich nicht meinetwegen.

Nach den ersten Kuchenbissen taue ich langsam auf und erzähle Ani von dem Halloweenkuchen, den ich neulich gebacken habe. Als ich ihr Fotos von der Torte zeige, ernte ich sowohl Lob als auch konstruktive Kritik. Jetzt bereue ich es umso mehr, dass ich sie bei meinem Backprozess nicht eingebunden habe. Carla war zwar begeistert vom Kuchen, aber mit Anis Hilfe hätte sie mir vermutlich das Dreifache gezahlt.

Wir reden auch über die Uni, aber nur kurz, weil Ani im Gegensatz zu meinen Eltern voll und ganz auf meiner Seite ist und mein Hirngespinst, mich eines Tages als Konditorin selbstständig zu machen, von ganzem Herzen unterstützt. Nur findet sie auch, dass ich das Studium wenigstens abschließen sollte.

Und dann kommen wir zum nächsten Thema, eines, das ich am liebsten überspringen würde. Doch ich tue es nicht, weil eine Erklärung das Mindeste ist. Also rede ich über Luke.

Ich lasse nichts aus, kein Treffen, kein Gespräch. Ani hört mir schweigend zu, doch anhand ihres Kuchens, den sie mit ihrer Gabel zu Brei zerstampft hat, ahne ich, dass sie nicht begeistert über die Entwicklung meines Liebeslebens ist.

»Aber ich nehme an, du wusstest das alles ohnehin schon, oder?«, schließe ich meine Erzählung.

»Ich habe es mir gedacht, ja«, sagt Ani und plättet weiter ihren Kuchen. »Aber es kränkt mich, dass du mir nicht schon vorher davon erzählt hast«, ergänzt sie bedrückt.

»Das wollte ich, glaub mir«, versichere ich. »Aber ich weiß ja, wie du zu ihm stehst, und wusste, was du mir sagen würdest.«

»So?« Sie hebt eine Braue.

»Ja.« Ich mache eine belehrende Handgeste. »Dass ich wieder rückfällig bin, weil ich die Wut nicht genug in meinem Bauch behalten habe und jetzt schon wieder die gleichen Fehler mache.«

Ani mustert mich geschockt, dann lächelt sie traurig. »Ach, Schätzchen. Ich glaube, ich muss mich bei dir entschuldigen.«

»Entschuldigen?«

»Ja. Ich schätze, ich habe meinen eigenen Verlust ein bisschen auf dich projiziert. Als du mir das mit dem Jungen erzählt hast, hat mich das sehr an die Geschichte mit deinem Großvater erinnert. Er war ein charmanter Mistkerl, und ich war zu verliebt, um zu sehen, wie er wirklich war.« Ani lässt die Gabel los und greift nach meiner Hand. »Ich wollte dich vor diesem Schmerz bewahren, aber wie es aussieht, hat es nur dazu geführt, dass du dich vor mir verschließt und dich nicht mehr traust, mit mir über alles zu reden.«

Ich bin so baff, dass ich nicht weiß, was ich sagen soll. Nie im Leben hätte ich gedacht, dass meine Großmutter sich bei mir entschuldigen würde. Diese Frau ist ein Geschenk des Himmels.

»Bist du glücklich mit ihm?«

Obwohl ich mir meine wahren Gefühle nicht anmerken will, kann ich nicht anders. Mein Herz tanzt in meiner Brust und lässt mein Gesicht aufleuchten.

»Ja. Das bin ich wirklich. Es ist genau wie früher, *er* ist wie früher. Derselbe Junge, in den ich mich damals in nur einer Nacht rettungslos verliebt habe.«

Unser Gespräch von neulich kommt mir wieder in den Sinn.

»Was, wenn ich dir sagen würde, dass ich genauso für dich empfinde, wie du für deinen Ex empfunden hast?«

Dabei weiß Luke nicht, dass er derjenige ist, dem all meine Gefühle gelten und schon immer galten. Es ist so absurd.

»Meinst du, es gibt einen Grund dafür, dass er sich nicht mehr an dich erinnert?«, fragt Ani.

»Ich weiß nicht. Lange dachte ich, dass er ein ignoranter Arsch ist, der sich nur für sich selbst interessiert, aber allmählich fange ich auch an zu zweifeln. Es ist schon komisch, dass er sich an gar nichts mehr erinnert. Wer weiß, was in den letzten Jahren passiert ist. Er ist ziemlich verschlossen, aber ich weiß auch, dass er eine Menge durchgemacht hat. Seine Mutter ist gestorben.«

»O nein.« Ani hält sich die Hand an die Brust und wirkt ehrlich getroffen.

»Zumindest glaube ich das«, schiebe ich hinterher. »Auf jeden Fall hat er keine, aber dafür einen Vater, der ein terrorisierendes Arschloch ist. Und sein Bruder ist auch nicht besser.«

»Vielleicht solltest du mit ihm reden. Also über alles, auch über das, was damals passiert ist. Warum er nicht gekommen ist.«

»Ja, und warum er mich wegen Neuseeland belogen hat.« Ich spüre, wie die vertraute Wut in meinem Magen blubbert. Das Gefühl wird wohl nie abflauen, wenn ich nicht endlich reinen Tisch mache.

»Vielleicht hast du recht«, stimme ich ihr und auch Maya und Vicky zu. Alle haben mir denselben Rat gegeben.

Ich muss mit ihm reden.

Aber das mache ich besser nach der Party. Heute geht es nur um ihn.

*

Als es später an der Tür klingelt, bin ich gerade dabei, mir meine Perlenkette umzulegen.

»Ich gehe schon«, rufe ich aus meinem Zimmer und lege die Kette wieder zurück in die Schachtel, um vor Vicky die Tür zu öffnen.

Mit einem Schwung stoße ich sie auf und muss mich stark zusammenreißen, um nicht das Beste aus einem kitschigen Film herauszuholen. Luke sieht aus wie ein Filmstar, und am liebsten würde ich mir vor lauter Entzückung etwas Luft zufächern und geradewegs in seine starken Arme fallen. Er trägt einen schwarzen Anzug mit einer schmalen Krawatte, dazu ein weißes Hemd und schicke schwarze Lederschuhe. Das Gesicht ist frisch rasiert, die Haare ordentlich zur Seite gekämmt.

»Wow«, haucht Luke und taxiert mich von oben bis unten. »Du siehst …«, sein Blick flackert begierig, »nett aus.«

»Nett?« Mir klappt der Mund auf. Natürlich weiß ich, dass er mich nur aufzieht, aber für ein »nett« habe ich mich nicht stundenlang abgerackert.

»*Nett* ist die kleine Schwester von scheiße. Ich sehe heiß aus. Sag mir, dass ich heiß aussehe!«

»Kein Mann sollte dich erst darauf hinweisen müssen, wie heiß du bist«, dröhnt es hinter mir.

Verdammte Vicky! Luke lacht los, und ich trete nach draußen, damit ich die Tür hinter uns ein Stück schließen und Vicky weiteres Lauschen verwehren kann.

»Du siehst heiß aus«, korrigiert er sich und fährt mit seinen kalten Fingern die Rundungen meiner Hüften entlang. »Du siehst sogar so heiß aus, dass –« Er beugt sich zu mir, schiebt mein Haar zur Seite und streift seine Lippen über meine Ohrmuschel. »Dass ich dir am liebsten dieses Kleid vom Leib reißen, jeden Winkel deiner Haut küssen und dich hier und jetzt auf dem Boden nehmen würde.«

In der Regel kaschiert es mein dunkler Hautton, wenn mir Blut in den Kopf schießt, aber gerade bin ich trotzdem sicher, dass ich ketchuprot werde.

»Du siehst aber auch nicht so übel aus«, sage ich gelassen und streiche mir unauffällig über meine Arme, auf denen sich Gänsehaut gebildet hat.

»Nicht so übel?« Er deutet auf seinen Aufzug. »Sag, dass ich heiß aussehe!«

Ich grinse frech, dann lege ich eine Hand an seine Wange und komme mit meinem Mund ganz nach an seinen. »Du siehst heiß aus«, flüstere ich. »Du siehst sogar so heiß aus, dass ich dich hier und jetzt …«

Plötzlich sehe ich die Spitze eines vertrauten Skateboards am Rande meines Sichtfelds.

»Maya!«

»Maya?« Luke schaut verwirrt. »Ist das irgendeine Stellung?«

»Nein, das bin ich.«

Erschrocken fährt er herum und blickt in das amüsierte Gesicht meiner Mitbewohnerin.

»Du musst Luke sein.« Sie reicht ihm die Hand.

»Und du Maya«, erwidert er verlegen.

Sein Gesicht ist leicht gerötet, aber meines glüht. Ich hatte mir zwar keine großen Gedanken wegen eines offiziellen Kennenlernens gemacht, aber so habe ich es mir trotzdem nicht vorgestellt! Egal, positiv sehen. Es gibt Schlimmeres, als mit einer Sexstellung verglichen zu werden.

Hoffe ich zumindest.

*

Lukes Elternhaus befindet sich in Grunewald, einem Stadtteil, der bekannt für seine reichen Bewohner und pompösen Villen ist. Die Fahrt dorthin dauert mit dem Taxi über eine halbe Stunde und beginnt schon in der ersten Minute mit nervösem Beinwippen seitens Luke. Er ballt die Fäuste, lässt sie wieder locker, um sie erneut zu ballen, bis ich meine Hand auf seine lege. Um die Stimmung zu lockern, plappere ich über meinen Tag und das Treffen mit Ani. Luke hört mir zu, doch er ist irgendwie nicht richtig da. Es gibt so vieles, das ich ihn am liebsten fragen würde, aber jetzt ist nicht der passende Zeitpunkt für ein Verhör.

Als wir aussteigen, finden wir uns in einer engen Straße mit altem Kopfsteinpflaster wieder. Vor mir erstreckt sich ein hoher anthrazitfarbener Gitterzaun, dahinter ein blumenloser, frisch gemähter Rasen. Inmitten des Grüns thront ein dreistöckiges weißes Haus mit einem flachen Dach und riesigen Fenstern. Es ist schön, aber auch keine architektonische Offenbarung. Trotzdem sticht es zwischen seinen Nachbarhäusern hervor, die um einiges kleiner und älter aussehen als dieses.

»Nett«, bemerke ich trocken und entlocke Luke ein kleines Lächeln. Ich greife nach seiner Hand. »Bist du so weit?«

Er richtet den Blick auf das Zahlenfeld an der Gittertür und spannt augenblicklich die Kiefer an. »Nein«, presst er hervor, gibt jedoch trotzdem den Code ein, woraufhin sich die Gittertür nach einem kurzen Piepsen entriegelt.

Hand in Hand nähern wir uns dem Haus, das mit jedem Schritt größer, dunkler und bedrohlicher auf mich wirkt. Ich meine mir sogar einzubilden, dass dunkle Wolken über uns aufziehen.

Als wir vor der monströsen schwarzen Haustür zum Stehen kommen, schließt Luke die Augen und atmet tief durch. Eine Weile lang starrt er auf die Klingel, und als er sie nicht drückt, übernehme ich das für ihn. Die halbrunde Kugel darüber, von der ich glaube, dass sie eine Kamera ist, blinkt leuchtend rot auf.

»Vielleicht sollte ich dich noch vorwarnen«, sagt Luke, kommt jedoch nicht mehr dazu, weil die Tür in diesem Moment aufschwingt. Hätte er es doch getan, denn die Frau mittleren Alters, die in einem schicken blauen Kleid am Türrahmen steht, hat dasselbe braune Haar, dieselben braunen Augen und denselben melancholischen Ausdruck in den Augen. Ich bin so baff, dass ich fast aus meinen Schuhen fliege.

Vor mir steht seine Mutter.

50. KAPITEL

Luke

»Hi«, sage ich knapp und verzichte auf die Anstandsumarmung zwischen Sohn und Mutter. Wozu auch? Ist ja nicht so, dass es irgendeine tiefere Verbindung zwischen uns gäbe, nur weil diese Frau mich neun Monate lang in ihrem Bauch getragen hat.

»Hallo, mein Lieber«, begrüßt sie mich lächelnd und lässt sich nicht anmerken, ob mein reserviertes Verhalten sie kränkt oder ihr am Arsch vorbeigeht.

»Das ist Sydney«, sage ich und deute auf meine Begleitung.

»Hallo, Sydney.« Sie schüttelt ihre Hand. »Schön, dass du auch gekommen bist. Ich bin Wanda.«

»Freut mich sehr«, erwidert Sydney und lächelt krampfig. Schuldgefühle keimen in mir auf. Es war unfair, sie mit meiner Mutter zu überfallen, aber ich wusste einfach nicht, wie ich es erklären soll. Ich weiß es ja immer noch nicht.

»Kommt rein. Und lasst eure Schuhe gern an.«

Wir schälen uns aus unseren Jacken und hängen sie an der Garderobe im Hausflur auf.

»Dein Kleid ist wunderschön«, bemerkt Wanda und lässt den Blick ehrfürchtig über Sydney gleiten.

»Danke«, erwidert Sydney schüchtern und streicht sich über ihren nackten Arm. »Deins gefällt mir auch sehr gut.«

»Ach, das ist schon uralt.« Sie lächelt und macht eine wegwerfende Handgeste, obwohl ich sicher bin, dass sie dieses

Kleid extra für diesen Anlass gekauft hat. »Geht doch schon mal ins Wohnzimmer. Ich rufe euch, wenn das Essen fertig ist.«

Kaum hat sie den Flur verlassen, fährt Sydney zu mir herum und starrt mich mit hochgezogenen Augenbrauen an. In ihren Augen funkelt Enttäuschung.

»Ich erklär's dir später«, verspreche ich und greife nach ihrer Hand. Doch sie entzieht sie mir und studiert stattdessen mein Gesicht, als würde sie versuchen, ein Rätsel zu lösen.

»Du hast … gelogen. Ich mag es nicht, belogen zu werden.«

Ich hab nicht gelogen, würde ich am liebsten sagen, aber das würde sie nicht verstehen. Noch nicht.

»Ich werde es dir erklären«, wiederhole ich und starte einen zweiten Versuch, ihre Hand zu nehmen. Diesmal erwidert sie meinen Druck, wenn auch etwas lieblos. Ich weiß, dass ich es verdient habe, aber es tut trotzdem weh. Heute will ich nicht streiten, sondern einfach nur den Abend überleben.

Im Wohnzimmer treffen wir auf meinen Vater und Timo. Sie sitzen auf dem langen weißen Ledersofa, das normalerweise immer mit einer hässlichen Decke bezogen ist, weil das helle Polster so empfindlich ist. Wenn Besuch da ist, räumen sie es in der Regel weg.

Obwohl ich seit Ewigkeiten nicht mehr hier war, sehe ich sofort, dass sich die Einrichtung kaum verändert hat. Dieselben weißen Möbel, dieselben grauen Wände, dieselben impressionistischen Landschaftsportraits. Was ich immer besonders mochte, war die große Glaswand mit Ausblick auf den Garten. Aber jetzt in der Dunkelheit spiegelt sie nur das Wohnzimmer wider und lässt den Raum noch größer erscheinen.

Ich war dreizehn, als wir hierhergezogen sind. Die Firma meines Vaters ging schnell durch die Decke, und seine erste Investition war dieses Haus. Damals war das Verhältnis zwischen uns nicht besser, als es heute ist. Ich verbrachte nur wenig Zeit in diesen ungewohnt prächtigen Wänden. Nicht, dass wir vorher arm waren. Meine beiden Eltern kommen aus gutbürgerlichen Familien. Aber trotzdem – das Upgrade von einer Vierzimmerwohnung in eine Luxusvilla war schon krass. Vielleicht sogar zu krass.

Ich löse den Blick vom Fenster und richte meine Aufmerksamkeit zurück aufs Sofa.

»Hi«, sage ich und hebe die Hand.

»Brüderchen.« Timo steht mit ausgebreiteten Armen auf. Um keine Szene zu machen, ergebe ich mich seiner Begrüßung, auch wenn mir eher danach ist, ihm eine reinzuhauen.

»Gut siehst du aus«, bemerkt er und taxiert meinen Anzug, den ich mir von Vince geliehen habe. Er selbst trägt einen grauen, genau wie mein Vater.

Ich ignoriere sein Kompliment und deute auf meine Begleitung. »Sydney hast du ja schon kennengelernt, als du …« *Mir nachgestellt hast …* »Mich bei der Arbeit besucht hast.«

»Ja, ich erinnere mich.« Timo wirft ihr ein ganz besonderes Lächeln zu, eines, das immer dann auf seinem Gesicht erscheint, wenn ihm etwas gefällt. Ich kann es ihm nicht verübeln, ihre Schönheit entgeht niemandem. Irgendwie erfüllt es mich sogar mit einem lächerlichen Überlegenheitsgefühl, dass ich ihre Hand halte und nicht er.

»Hallo. Schön, dich wiederzusehen«, erwidert Sydney höflich.

»Und das ist mein Vater«, sage ich und deute auf meinen Erzeuger, ohne ihm zu seinem Ehrentag zu gratulieren oder überhaupt richtig anzusehen.

Dieser erhebt sich nun ebenfalls, bedenkt sie jedoch mit einem anderen Blick als mein Bruder. Er mustert sie wachsam, prüfend, als müsste Sydney durch ihre bloße Anwesenheit erst irgendeinen Test bestehen. Wahrscheinlich gibt es keinen Menschen, der so vorurteilsbelastet ist wie er.

»Hallo, Sydney.« Jedes Wort seiner Begrüßung klingt scharf und präzise wie ein Peitschenhieb. »Ich bin Nathan.« Er reicht ihr die Hand.

»Freut mich sehr. Und alles Gute zum Geburtstag.«

»Danke. Oh, ein fester Händedruck.« Er zieht eine Grimasse.

»Ja, den habe ich von meiner Mutter.« Sie lächelt entschuldigend, und ich frage mich, ob das wirklich stimmt oder sie meinem Erzeuger absichtlich die Hand quetschen wollte. Mit Letzterem wäre ich überaus einverstanden.

»Das ist gut«, bemerkt mein Vater fast schon anerkennend. »Zeugt von einer starken und selbstbewussten Persönlichkeit.«

Hört her, der Händeleser.

»Was macht denn deine Mutter, wenn ich fragen darf? Arbeitet sie in einer Branche, in der feste Hände gefragt sind?«

Und schon geht's los. Kaum sind wir hier, erkundigt er sich auf subtile Weise nach dem Status seines Besuchs.

»Nicht wirklich.« Sydney lächelt schmal, während sie ihre Augen selbstbewusst auf meinen Erzeuger richtet. »Meine Mutter ist Diplomatin. Da werden eher die Finger in die Tasten gehauen.«

»Diplomatin«, wiederholt mein Vater und macht kein Geheimnis aus seinem Erstaunen. Er selbst würde sich zwar niemals als Rassisten bezeichnen, trotzdem glaubt er, dass die meisten Menschen mit Migrationshintergrund niedrig gestellte Jobs haben. Immer wenn er vom Gegenteil überzeugt wird, ist er erst mal baff.

»Arbeitet sie im Auswärtigen Amt?«

»Nein, in einer …« Sydney überlegt kurz. »Embassy … Mir fällt das Wort gerade nicht auf Deutsch ein.«

»Botschaft?«, helfe ich ihr auf die Sprünge.

»Genau!« Sie schnipst mit dem Finger und sieht mich dankbar an.

»Wow, du bist schneller darauf gekommen als ich.« Timo gluckst. »Und ich hab mein Englisch-Abi sogar bestanden!«

Jepp, das ist mein *kaiserlicher* Bruder. Manchmal gefällt es ihm, andere nach Lust und Laune zu diskreditieren, insbesondere dann, wenn er sich unterlegen fühlt. Mir ist bewusst, dass er es extra macht, und trotzdem treffen mich seine Worte wie einen Faustschlag.

Zum Glück geht Sydney nicht auf seinen Spruch ein, aber es ist trotzdem echt peinlich. *Vielen Dank auch, Brüderchen.*

»Und in welchem Land sind sie gerade?«, nimmt mein Vater das Gespräch wieder auf.

»Derzeit wohnen sie und mein Vater in Oslo.«

Das wusste ich selbst noch nicht, denke ich überrascht. Im Grunde weiß ich noch kaum etwas über das Mädchen, das mir das Herz gestohlen hat.

»Norwegen ist ein sehr schönes Land. Ist dein Vater auch Diplomat?«

Sydney schüttelt den Kopf. »Nein, er arbeitet im IT-Bereich und ist flexibel, was seinen Arbeitsplatz angeht. Deshalb kann er meine Mutter auch überallhin begleiten.«

Das stelle ich mir schwer vor. Immer wieder umziehen, nur für die Liebe. Andererseits … Sydney würde ich vermutlich auch überallhin folgen. Beim letzten Gedanken hüpft mein Herz wie ein Flummi. Es mag zwar nur ein fragiler Seifenblasentraum sein, aber er gefällt mir trotzdem.

Als wir uns aufs Sofa setzen, nehme ich Sydneys Hand wieder in meine. Mein Vater linst auf unsere verschränkten Hände, doch seine Miene ist undurchdringlich. Ich habe noch nie jemanden mit nach Hause gebracht, deshalb konnte er mir nie vorwerfen, dass ich einen schlechten Frauengeschmack hätte. Welchen ich im Übrigen nicht habe. Aber vielleicht fragt er sich auch, was sie mit einem Loser wie mir wollen würde.

Es dauert nicht lange, bis mein Vater und Timo ihr Verhör starten und Sydney mit einer Frage nach der anderen durchlöchern. Falls es ihr unangenehm ist, lässt sie es sich nicht anmerken. Ganz geduldig beantwortet sie jede einzelne, als wäre sie seit Jahren darin geübt. Sie könnte eine gute Anwältin sein – ein Pokerface hat sie allemal.

Je mehr mein Vater über sie erfährt, desto mehr fällt seine anfängliche Skepsis von ihm ab. Er mag Sydney, vermutlich, weil sie eine schöne kluge Frau aus gutem Hause ist. Jemand, der unserer Familie gleichrangig ist.

Bevor wir herkamen, hatte ich kurz Sorge, dass Sydney von dem Reichtum hier überfordert sein könnte. Dabei wusste ich nicht, dass sie ebenfalls aus einer wohlhabenden Familie kommt. Sie ist so bodenständig, arbeitet in einem Café und wohnt mit ihren Freundinnen in einer bescheidenen Wohnung. Ich hatte keine Ahnung, dass sie schon in mehreren Ländern gelebt hat und drei verschiedene Sprachen spricht. Und doch, jetzt, wo ich es höre, klingt es irgendwie vertraut. Als hätte ich das schon mal gehört. Aber warum ist das so? Was reimt sich mein Hirn da schon wieder zusammen?

Plötzlich flackert der Traum von neulich vor meinem inneren Auge. Ich sehe Sydney, das Wasser, den Mond, ihre Augen … Und dann noch mehr Wasser. Mein Kopf fängt an zu dröhnen. Ich schließe die Augen, um den Bildern ihren Weg zu versperren. Verpisst euch, rufe ich ihnen stumm zu und begreife nicht, warum die Ärzte mich damals dazu motivieren wollten, mich zu erinnern. Warum sollte man das freiwillig wollen, wenn man nicht masochistisch veranlagt ist?

Als ich die Augen wieder öffne, hat das Pochen in meinem

Schädel etwas nachgelassen. Trotzdem verstehe ich nicht, was das soll. Warum passiert das immer? Warum verbinde ich Sydney mit der schlimmsten Nacht meines Lebens?

*

Als meine Mutter uns zum Essen ruft, stehen wir auf und wandern weiter ins Esszimmer. Es ist kein eigener Raum, sondern vielmehr ein großer verlängerter Flur, der Küche und Wohnzimmer miteinander verbindet. Sydney und ich nehmen nebeneinander Platz, Timo setzt sich gegenüber von mir und meine Eltern an die gegenüberliegenden Tischenden. Unsere Schüsseln sind bereits gefüllt, als Vorspeise gibt es Kürbissuppe. Wenigstens richtiger Kürbis und kein Kürbisaroma, denke ich, obwohl ich allmählich auch Gefallen an der Pumpkin Spice Latte finde.

Alles okay?, frage ich Sydney mit meinem Blick. Sie lächelt, als hätte sie mich verstanden und nickt. Dann mustert sie mich neugierig, was würde sie mir die Frage zurückstellen wollen. Ich simuliere einen Kopfschuss, woraufhin sie sich auf die Unterlippe beißt, um nicht loszulachen. Oh, wie gern wäre ich jetzt ihre Unterlippe …

»Möchtest du ein Glas Wein trinken?«, erkundigt mein Vater sich bei Sydney.

»Ja, gern.« Sie hält ihm das Glas hin, woraufhin er ihr etwas von der dunkelroten Flüssigkeit einschenkt.

»Du auch, Lukas?«

»Nein, für mich nicht, danke«, lehne ich ab und ignoriere, dass er mich Lukas genannt hat. Er ist der einzige Mensch auf der Welt, der das tut. Was klar ist – warum sollte er auf meine Bedürfnisse eingehen.

»Wirklich nicht?«, fragt er irritiert.

»Ja. Man muss nicht jeden Abend trinken, um sich zu amüsieren«, erwidere ich platt. Der Abend ist noch jung, und ich will einen kühlen Kopf bewahren. Nicht, dass mir im erheiterten Zustand etwas rausrutscht, das ich bereuen könnte. Und außerdem sind die Abende, an denen man zu viel trinkt, manchmal die schlimmsten. Man trifft dumme Entscheidungen und verliert alles.

»Und das von jemandem, der früher etliche Flaschen meines teuren Châteaus geklaut und für seine kleinen Trinkspiele genutzt hat«, spöttelt mein Vater. Er sagt es mit einer Prise Humor, dabei weiß ich, dass er mir diesen Hieb absichtlich verpassen wollte.

Ich werfe Sydney einen entschuldigenden Blick zu, weil mein Erzeuger sich trotz ihrer Anwesenheit so unhöflich benimmt. Aber Sydney lächelt aufmunternd und stupst unter dem Tisch mein Bein mit ihrem an. Ich stupse zurück und bin unendlich froh, dass sie heute mitgekommen ist. Die erste halbe Stunde ist geschafft, ohne dass Köpfe gerollt sind.

»Ja, aber da war ich noch jung«, kommentiere ich nach einem kurzen Zögern. »Jetzt bin ich erwachsen.«

»Als du meinen neuen Audi vollgekotzt hattest, warst du auch schon erwachsen.«

Mein Vater ist nachtragend. Sehr nachtragend.

»Ja, seit drei Minuten«, entgegne ich kühl. »Es war mein achtzehnter Geburtstag, und außerdem ist das schon Jahre her.«

»Dein Bruder hat sich an seinem Achtzehnten nicht dermaßen zum Affen gemacht.«

»Ja, mein Bruder ist perfekt«, sage ich trocken. »Ein Glück.«

»Ach, Brüderchen, er zieht dich doch nur auf. Du weißt, dass das alles nur Spaß ist.« Timo lacht besonders laut, als wolle er mit einer höheren Frequenz die Stimmung automatisch heben. Meine Mutter enthält sich wie immer eines Kommentars und lächelt neutral, als würden wir gerade über das Wetter plaudern.

»Ja, zum Schießen«, spotte ich. »Es gibt schließlich nichts Witzigeres, als von seinem eigenen Vater erniedrigt zu werden.«

»Der Unfall hat dir wohl auch deinen Humor genommen«, kontert dieser grunzend, woraufhin sich ein scharfer Schmerz durch meine Brust zieht. Ich weiß, dass er nur lustig sein will, aber wie kann er ausgerechnet darüber Witze reißen? Und wie kann er es wagen, vor Sydney von dem Unfall zu reden?

Stille senkt sich über den Raum. Mein Vater ahnt wohl, dass er zu weit gegangen ist, denn selbst er sagt nichts mehr. Ich traue mich nicht, zu Sydney zu schauen. Natürlich habe ich ihr nicht davon erzählt, das habe ich niemandem. Sicher wird sie später nachfragen, was genau er damit gemeint hat. Ich knirsche mit den Zähnen. Jetzt hat mein Vater mir die Chance genommen, selbst zu entscheiden, wann und ob ich es ihr erzähle.

Timo senkt für einen Atemzug den Kopf und dreht den Suppenlöffel in seinen Fingern. Ein leichtes Bedauern huscht über seine Miene.

»Und … wie habt ihr zwei euch kennengelernt?«, erkundigt er sich und sieht Sydney und mich nacheinander an. Keine originelle Frage, aber ich schätze es trotzdem, dass er versucht, das Thema zu wechseln.

Ich puste meinem Löffel an und koste erst von der Suppe, ehe ich ihm antworte. »Wir arbeiten doch zusammen«, erinnere ich ihn.

»Ach ja, stimmt.« Timo nickt, als wäre es ihm gerade wieder eingefallen. »Bist du auch Vollzeit angestellt?«, fragt er an Sydney gewandt.

Sie schüttelt den Kopf. »Nein, ich studiere noch BWL im Master.«

»Was, im Ernst?« Timo reißt den Mund auf und grinst breit. »Habe ich auch. Aber in Hamburg.«

»Oh, was für ein Zufall.« Sie lächelt beklommen, dabei kann nicht wirklich von Zufällen die Rede sein, wenn das jeder zweite Depp studiert.

»Hast du schon Pläne für die Zukunft?«

»Bisher noch nicht.«

»Interessierst du dich für das Finanzwesen?«, schaltet sich mein Vater ein.

»Oh, ähm ... also interessant ist es allemal«, sagt sie diplomatisch. »Ich weiß nur nicht, ob es denn wirklich meine Passion ist.«

»Was ist dann deine Passion?«

Backen. Sydney liebt das Backen wie nichts anderes.

»Das weiß ich noch nicht so genau«, lügt sie, vermutlich, weil sie weiß, dass mein Vater ihre Leidenschaft nur belächeln würde.

»Na ja, ich bin sicher, du findest deinen Weg. Mit deinem Abschluss werden dir einige Türen offenstehen. Und falls du mal ein Praktikum bei einer Bank machen willst, kannst du dich gerne bei mir melden.«

»Das ist sehr nett. Danke für das Angebot«, entgegnet Sydney freundlich.

»Sehr gern. Und vielleicht ...« Mein Vater nickt in meine Richtung. »... kannst du ihn ja dazu überreden, sein Leben wieder in Angriff zu nehmen und endlich mal seinen Abschluss nachzuholen.«

Meine Kiefer mahlen hart. *Immer muss er mich bloßstellen.*

»Das muss sie nicht«, mische ich mich harsch ein. »Ich kann die Entscheidungen für mein Leben auch alleine treffen.«

»Offenbar nicht«, widerspricht mein Vater spitz. »Du bist jetzt dreiundzwanzig und arbeitest in einer Imbissbude.«

»Es ist ein Café«, korrigiere ich ihn verärgert. »Und es gefällt mir dort.«

»Also willst du für den Rest deines Lebens nur noch Kaffee kochen?«

»Ja, vielleicht will ich das«, sage ich angriffslustig.

»Sydney, was meinst du dazu?«, wendet mein Vater sich an sie, als wollte er sich ihre Zustimmung dafür holen, dass meine Lebensvorstellungen völliger Quatsch sind.

Sydney, die den Löffel schon fast am Mund hat, lässt ihn langsam wieder sinken. Ihr Blick huscht kurz zu mir, dann zurück zu meinem Vater.

»Wie Luke bereits gesagt hat, muss er die Entscheidungen für sein Leben selbst treffen. Aber solange es ihn glücklich macht, wüsste ich nicht, was dagegenspräche. Luke ist der beste Mitarbeiter, den wir je hatten. Das sage ich nicht nur so, es stimmt wirklich. Er hat sich sehr schnell eingearbeitet und ist zu allen immer sehr freundlich. Die Leute werfen ihm das Trinkgeld förmlich hinterher.«

Ein trauriges Lächeln legt sich auf meine Lippen. Sydney ist der einzige Mensch am Tisch, der mehr in mir sieht als einen Versager. Das ist mindestens so herzergreifend, wie es wehtut.

»Tja, wart's nur ab«, meint mein Vater. »Bei seiner letzten Stelle wurde er gekündigt, weil er einen Kunden beleidigt hat.«

Wow. Was soll man dazu noch sagen? Früher wäre ich vielleicht vor Scham und Wut aufgesprungen und hätte irgendwas zertrümmert. Jetzt kann ich überhaupt nicht reagieren. Weder lachen noch weinen.

»Du willst also wirklich in der Imbissbude bleiben«, hakt er nach einer Weile nach, entschlossen, es einfach nicht gut sein zu lassen.

»Lieber dort als bei einer *kaiserlichen* Bank«, erwidere ich dünn.

»Und wie viel verdienst du jährlich?«

»Das geht dich nichts an. Außerdem ist mir das sowieso egal.«

»Ist mir sowieso egal«, äfft mein Vater mich nach. »Du klingt wie ein Kind.«

Ein Kind. Immer bin ich das dumme Kind. Immer muss ich selbst für mich einstehen.

»Ich bin kein Kind. Ich bin erwachsen und treffe meine eigenen Entscheidungen. Wir zwei haben nur unterschiedliche Vorstellungen vom Leben.«

»Die da wären? Kaffee kochen für einen Hungerlohn? Denkst du eigentlich auch mal weiter? An die Zukunft? An deine Finanzen? Deine Rente? Was, wenn du mal Kinder hast? Was, wenn du mal krank wirst und …«

»Lass es«, unterbreche ich ihn scharf. »Kümmere dich um deinen Kram und lass mich meinen selbst regeln.«

»Und zusehen, dass mein Sohn seine Zukunft in den Sand setzt?«

»Ja. Lass mich doch«, entgegne ich stur. »Oder ist das der Grund, warum ich heute kommen sollte? Warum du den da«, ich deute mit dem Löffel auf meinen Bruder, »extra vorgeschickt hast, damit ich hier aufkreuze und du mich und mein Leben mal wieder durch den Dreck ziehen kannst?«

Mein Vater zuckt zurück, offenbar hat er diesen Schlag nicht kommen sehen.

»Ich hole mal etwas Salz«, sagt meine Mutter und steht abrupt auf. Wie immer flüchtet sie, wenn die Männer am Tisch laut werden.

»Hast du vergessen, welcher Tag heute ist?«, fragt mein Erzeuger mich spitz.

»Und hast du vergessen, dass du mich nicht länger mit dem Thema Zukunft nerven sollst?«, entgegne ich fünsch.

Eins zu null für mich. Mein Vater verdreht bloß die Augen und nimmt einen großen Schluck Wein.

Und schon sind die nächsten dreißig Minuten rum. Halbzeit.

51. KAPITEL

Sydney

So naiv es klingt, aber bisher dachte ich wirklich, dass es eine Familie wie die von Luke nur in gruseligen Kinderbüchern gibt. Sie sind furchtbar! Einfach nur furchtbar.

Seinen Bruder Timo kann ich noch nicht so recht einordnen. Er ist zwar freundlich und kein so offensichtliches Arschloch wie sein Vater, aber auch er hat etwas Arglistiges. Ich schätze ihn als den Typ Mensch ein, der, wenn vor seinen Augen ein Mord geschehen würde, nur zusähe, anstatt etwas zu unternehmen. Er ist kein Täter, aber auch kein Helfer. Er macht sich die Hände nicht schmutzig.

Sein Vater hingegen sieht schon aus wie jemand, der die Weltherrschaft plant. Mit seinen starrblauen Augen, den hellgrauen Haaren und harten Gesichtszügen erinnert er mich an den Mann von Edie aus *Desperate Housewives* – Dave irgendwas. Ich weiß beim besten Willen nicht, wie er mit seinen fehlenden Sozialkompetenzen eine so große Firma aufziehen konnte. Es würde mich nicht wundern, wenn schwarzer Schleim durch sein Herz pumpt. Wenn er überhaupt eins hat. Vielleicht ist er auch ein Roboter. Wobei – nein, das wäre eine Beleidigung für die armen Maschinen.

Und Wanda … vermutlich ist sie die Schlimmste von allen. Nicht, dass sie unhöflich wäre, im Gegenteil. Sie ist sehr freundlich und zuvorkommend, aber so konfliktscheu wie ein

Reh, das bei jedem kleinsten Geräusch die Biege macht. Und das tut sie buchstäblich. Seit wir hier sind, ist sie mindestens zehn Mal aufgestanden, um irgendwas aus der Küche zu holen oder sich aufs Klo zu verziehen – wohlbemerkt immer dann, wenn das Tischgeplauder an Lautstärke zugenommen hat. Genauso gut könnte sie auch als Pappaufsteller mit uns am Tisch sitzen oder überhaupt nicht da sein – es würde keinen Unterschied machen.

Luke hat recht, er hat keine Mutter.

Noch nie in meinem Leben haben mir meine eigenen Eltern so sehr gefehlt wie heute. Auch wir haben unsere Differenzen, doch ich habe nie an ihrer Liebe gezweifelt.

Wenn es nach mir ginge, könnten wir auch gehen. Ein dämlicher Rat von Lennart, herzukommen und zu reden. Man kann nicht mit ihnen reden. Sie sind so ignorant wie … mir fällt nicht einmal ein Vergleich ein! Diese Familie ist eindeutig eine Nummer für sich. Es tut mir so leid für Luke, dass er in dieser lieblosen, toxischen Atmosphäre aufgewachsen ist.

Als es Zeit für den Nachtisch ist, verschwindet Wanda in der Küche, während Darth Vader und Timo auf den Balkon gehen, um eine Zigarette zu rauchen.

Luke und ich bleiben allein am Esstisch zurück. Wie automatisch greifen wir nach unseren Händen und atmen gleichzeitig aus, als wir einander berühren.

»Von einer Skala von eins bis zehn, wie unangenehm ist es dir gerade, hier zu sein?«, scherzt er.

»Es geht schon«, versichere ich und drücke seine Hand. »Und bei dir?«

»Elfeinhalb.«

Ich lache, und mir wird klar, dass dies der erste Witz an diesem Abend ist, den ich wirklich lustig finde. Luke ist ganz anders als seine Familie, die mindestens zwei Stöcke im Arsch hat.

»Willst du vielleicht eine kleine Führung durchs Haus? Ein bisschen die Beine vertreten.«

Am liebsten würde ich gerne *aus* dem Haus. Doch ich nicke und folge ihm gleich nach oben, weil ich die Zimmer im Erdgeschoss größtenteils schon gesehen habe. Luke hält mich an der Hand, während er mich wie ein Makler durch die verschiedenen Räume führt. Und wenn ich Makler sage, meine ich, dass er mir ohne jegliche Emotion Fakten der Immobilie nennt. Fußbodenheizung im ganzen Haus, Marmorfliesen im Bad, Fernbedienungen, die alles im Haus öffnen und schließen. Aber mehr scheint es auch nicht zu geben. Keine unschöne Rille in der Wand, hinter der eine Anekdote aus der Kindheit steckt. Kein Lieblingsplatz, an dem der kleine Luke sich gern die Zeit vertrieb. Kein Senffleck auf dem Teppich, der nie wieder wegging. Nichts, was dafürspricht, dass dieses Haus auch ein Zuhause war.

»Und hier ist mein altes Zimmer. Oder besser gesagt war es mein altes Zimmer.« Er schwenkt mit der Hand durch den Raum, der wie ein stinknormales Gästezimmer aussieht.

»Als ich ausgezogen bin, haben meine Eltern keine Zeit verloren und mein komplettes Zeug ausgeräumt. ›Wenn du jetzt gehst, brauchst du auch nicht wiederzukommen‹«, zitiert er seinen Vater in tiefer Tonlage.

Arschloch!

»Ja, das ist er.«

»Oh, ich dachte, ich hätte das nur gedacht.«

Er grinst und fährt mit dem Daumen über meine Wange. »Das hast du auch. Aber dein Gesichtsausdruck hat dich verraten.«

Luke lässt das Licht ausgeschaltet, als er die Tür schließt und zum Bett hinübergeht. Er setzt sich an den Bettrand und zieht mich mit einer schwungvollen Bewegung auf seinen

Schoß. Ich schlinge die Arme um ihn und vergrabe mein Gesicht in seiner Halsbeuge. Einen Moment lang halten wir uns einfach nur fest.

»Danke, dass du da bist«, murmelt er an meine Stirn. »Ich wusste, dass sie sich bei Besuch zurückhalten würden.«

Sie haben sich zurückgehalten? Das da eben war also nur die Version auf Sparflamme?

»Und tut mir leid, dass ich dich mit meiner Mutter überfallen habe.«

»Nein, schon gut«, winke ich ab und umklammere seinen Hals noch fester. Klar war ich am Anfang sauer, aber inzwischen verstehe ich ihn. »Deine Mutter ist …«

»Keine Mutter«, beendet er meinen Satz. »Genauso wenig wie mein Vater ein Vater ist.«

»Wie ist eigentlich das Verhältnis zwischen den beiden?«, frage ich ehrlich interessiert.

»Gut. Aber auch schräg. Die Dynamik ist, wie du vielleicht bemerkt hast, total unausgeglichen. Mein Vater ist der Puppenspieler und sie die Marionette. Schon als Kind fand ich es gruselig, dass meine Mutter sich immer in allem gefügt hat. Nie gab es Streit wegen einer Uneinigkeit. Was mein Vater sagte, war Gesetz. Auch, was mich anging.«

»Ich verstehe das nicht«, gestehe ich. »Müssten Eltern nicht von Natur aus dazu programmiert sein, ihre Kinder zu lieben? Was hast du getan, dass du diese Qual verdienst? Nicht, dass ich ihr Verhalten rechtfertigen will«, schiebe ich schnell hinterher. »Aber ich kann einfach nicht begreifen, warum man so gemein zu seinem eigenen Kind ist. Deine Mutter setzt sich nie für dich ein, und dein Vater behandelt dich wie einen Fußabtreter.«

»Ich schätze, das ist wohl manchmal so«, entgegnet er nach einem kurzen Zögern. »Nicht alle Eltern vergöttern ihre Kinder, nur weil es ihre Kinder sind. Außerdem hatten sie es von Anfang an schwer mit mir. Mein Vater hat oft gesagt, dass ich ein typisches Schreibaby war und ihnen vom ersten Tag an den Schlaf geraubt habe.«

Spoiler-Alert: Babys schreien nun mal! Das ist ihre einzige Möglichkeit, um zu kommunizieren! Und wie kann eine Aussage wie »typisches Schreibaby?« dem Kind selbst zum Vorwurf gemacht werden?

»Mit meinem Bruder war alles viel leichter«, fährt er fort. »Wahrscheinlich ist es normal, dass man sich mit der Zeit zu dem Kind hingezogen fühlt, das weniger Radau macht.«

»Ist es nicht«, widerspreche ich ihm, obwohl ich selbst noch keine Mutter bin, um das richtig zu beurteilen.

»Keine Ahnung.« Er zuckt mit den Schultern. »Jedenfalls hat es mir irgendwann gereicht, immer der Buhmann zu sein. Wenn man alles gibt und sich trotzdem nie genug fühlt, hat man irgendwann auch keine Lust mehr, sich um irgendwas zu bemühen.«

»Du hast rebelliert«, stelle ich fest, obwohl ich es streng genommen schon wusste. Am Tag, als der Brief vom Vermieter kam, hatte er etwas in der Richtung angedeutet.

Ich löse den Kopf von seiner Schulter, um ihn besser anzusehen. Luke mustert mich in der Dunkelheit, dann lächelt er träge und schiebt meinen Kopf wieder zurück zur vorherigen Position, als würde ihm das Reden leichter fallen, wenn er mir nicht direkt in die Augen sieht.

»Ja, kann man wohl sagen«, stimmt er mir zu. »Mit den Jahren habe ich immer mehr aufgehört, mich in diese Familie zu integrieren. Bin nicht mehr pünktlich zum Abendessen gekommen, bin manchmal gar nicht gekommen. Hab das Auto geklaut, mich auf Partys geschlichen, gesoffen, am nächsten Tag die Schule geschwänzt. Ich war unberechenbar. Dieses Regelbrechen war wie eine Sucht für mich. Es waren die einzigen Momente, in denen ich eigenhändige Kontrolle über mein Leben hatte. Aber vielleicht wollte ich es meinem Vater auch nur heimzahlen«, schiebt er nachdenklich ein. »Ihm etwas geben, was *wirklich* meine Schuld ist.«

Plötzlich sehe ich den Luke vor fünf Jahren mit ganz anderen Augen. Damals verriet sein charmantes Lächeln nichts über seinen Kummer.

»Aber wenigstens hatte er noch seinen anderen Sohn, der kein Versager war«, meint Luke bitter. »Timo und ich hatten uns in dieser Zeit schon längst auseinandergelebt. Wobei wir eigentlich nie richtige Geschwister waren. Er ist einer dieser Menschen, die schon als Erwachsene auf die Welt gekommen sind. Deshalb war mein Vater auch so vernarrt in ihn. Er war so *reif*.« Er macht eine Pause und starrt nachdenklich aus dem Fenster, an einen unbestimmten Punkt in der Ferne, bevor er schwer ausatmet.

»Und meine Mutter … Na ja, im Grunde war sie schon immer genau so, wie du sie heute erlebt hast. Ich glaube sogar, dass sie mich auf irgendeine seltsame Weise liebt. Aber trotzdem stand sie immer auf der Seite meines Vaters, und das kann ich ihr einfach nicht verzeihen. Ich stand immer allein da. Immer.«

Gegen meinen Willen sammeln sich Tränen in meinen Augen, doch ich versuche, die Schleusen zu schließen, bevor der Damm bricht. Das alles berührt mich, aber gerade geht es nicht um mich, sondern um Luke. Ich muss jetzt die Stärkere sein und ihm den Halt geben, den er braucht.

»Jetzt bist du nicht alleine«, flüstere ich an seiner Brust.

»Zum Glück«, murmelt er und presst seine Lippen auf meine Stirn.

Eine Weile verharren wir einfach nur so.

»Kann ich dich noch eine kleine Sache fragen?«, unterbreche ich die Stille. »Warum ist es deinem Vater so wichtig, dass du bei seiner Firma arbeitest? Warum will er dich unbedingt an Bord haben, wenn er dich sowieso nicht leiden kann? Er hat doch schon deinen Bruder.«

»Liegt es nicht auf der Hand?«, fragt er zurück und zieht mich wieder fester auf seinen Schoß, auf dem ich mit der Zeit immer mehr abgerutscht bin. »Er ist reich und bekannt. Alles, was ich tue, wird am Ende auf ihn zurückgeworfen. Er will nicht, dass ich ihn noch mehr beschäme. Du hättest ihn mal sehen sollen, als ich das Abi versemmelt habe. Klar, kein Elternteil freut sich darüber, aber er ist völlig ausgerastet und hätte mich ›elende Schande‹ am liebsten rausgeschmissen.«

Jetzt glaube ich zu verstehen, woher Lukes Angst vorm Versagen kommt. Bei einem Vater, der sein Kind jahrelang emotional misshandelt hat, ist das auch kein Wunder.

Vielleicht war die Scham wirklich der Grund, warum er mich damals belogen hat. Bei dem Druck von zu Hause wollte er seinen nicht bestandenen Schulabschluss sicher nicht jeder fremden Person auf die Nase binden.

»Wahrscheinlich hätte er das auch getan, wäre der Unfall nicht passiert.«

»Unfall?«, wiederhole ich und hebe den Kopf. Sofort gefriert sein Körper zu einer Statue. Er ist so starr wie ein Tier, das sich seiner Umgebung anpasst, um nicht mehr sichtbar zu sein.

»Ist das derselbe, den dein Vater vorhin erwähnt hat?«, hauche ich leise.

Wieder reagiert Luke nicht, und eigentlich sollte ich es gut sein lassen, aber die Worte verlassen meinen Mund, ehe ich es verhindern kann. »Hast du dir die Beule auf dem Kopf da zugezogen?«

Natürlich berühre ich sie nicht, aber Luke zuckt trotzdem zusammen, als hätte ich es getan. Als er nickt, schlägt sein Herz so wild gegen seine Rippen, dass ich das Wummern an meinem eigenen Brustkorb spüre.

»Willst du mir erzählen, was passiert ist?«

Luke antwortet nicht sofort, und das folgende Schweigen scheint sich in die Unendlichkeit auszudehnen. Doch diesmal dränge ich ihn nicht. Er soll nur reden, wenn er sich dazu bereit fühlt.

Schließlich atmet er tief aus. »Okay. Aber«, er nickt zur Tür, »können wir erst gehen und nie wieder zurückkommen? Ich habe keinen Bock mehr auf den Nachtisch.«

Ich lächele und versuche, mir meine Erleichterung nicht anmerken zu lassen. »Natürlich.«

52. KAPITEL

Luke

Meine Mutter tritt gerade aus der Küche, als wir die Treppe runterkommen. In den Händen hält sie ein Tablett mit fünf Gläsern, die mit weißer und roter Creme geschichtet sind.

»Wo wart ihr denn so lange?«, fragt sie mit einem leicht anklagenden Tonfall.

Ich antworte ihr nicht und steuere die Haustür an.

»Luke?« Ich höre, wie sie mir folgt.

»Wir werden jetzt gehen«, teile ich mit und reiche Sydney ihre Jacke.

»Aber ihr hattet doch noch nichts vom Nachtisch.«

Wieder ignoriere ich sie, woraufhin sie seufzt und ins Esszimmer marschiert, um nach Verstärkung zu rufen. Keine zehn Sekunden später hat uns die *kaiserliche* Wache umringt. Mein Vater baut sich über mir auf, meine Mutter und Timo stehen wie zwei Bodyguards neben ihm.

»Wohin willst du, Junge?«, keift er mich an.

»Nach Hause«, sage ich und schlüpfe in meine Jacke.

»Jetzt?«

»Ja, jetzt.«

»Nein.« Er schüttelt den Kopf. »Du gehst nirgendwohin. Du bleibst genau, wo du bist, und isst den verdammten Nachtisch. Deine Mutter hat sich heute Abend viel Mühe gegeben.«

Viel Mühe beim Essen, ja. Aber wenig Mühe, sich wie ein Elternteil zu verhalten.

Ich schließe die Augen und sammele all meinen Mut zusammen. »Nein.«

»Nein?« Er schaut mich an, als hätte er sich verhört.

»Nein. Und nur fürs Protokoll: Das ist das letzte Mal, dass wir uns sehen. Ich will nie wieder was von euch hören.«

Mein Vater ist nicht leicht zu überraschen, aber diesmal ist es mir gelungen. Sein Gesicht gefriert zu Eis. Ich erwarte einen seiner klassischen Tobsuchtsanfälle, doch zu meiner Überraschung ist es meine Mutter, die laut aufstöhnt.

»Warum machst du das immer?«, klagt sie. »Warum suchst du immer nach einem Grund, um zu streiten? Dein Vater hat heute Geburtstag! Wir hatten doch bisher einen schönen Abend.«

Schönen Abend? Waren wir zwei vielleicht auf unterschiedlichen Partys?

»Brüderchen«, klingt Timo sich ein, doch ich lasse ihn nicht weiterreden.

»Lass das«, sage ich scharf. »Sei einmal kein Arschkriecher.«

»Hat sie etwas damit zu tun?« Mein Vater deutet auf Sydney. Den ganzen Abend über hat er sie in den Himmel gelobt, jetzt starrt er sie an, als wäre sie eine Strafgefangene.

»Sie hat gar nichts damit zu tun«, stelle ich klar und sehe zu ihr rüber. Sie sieht überfordert aus, was mir echt leidtut. Ich bin dieses toxische Umfeld schon mein ganzes Leben lang gewöhnt, aber für sie muss es etwas ganz Neues sein.

»Ruf uns ein Taxi«, bitte ich sie leise. Sie nickt knapp und kramt in ihrer Tasche nach ihrem Handy.

»Jetzt hör mir mal gut zu«, fängt mein Vater an, doch ich hebe die Hand, um ihn zum Schweigen zu bringen.

»Nein, du hörst mir jetzt gut zu. Du hältst dich ab sofort fern von mir und auch von meiner Arbeit. Mach auch das mit der Wohnung wieder rückgängig.«

»Welche Wohnung?«

»Tu nicht so«, blaffe ich. »Du weißt genau, was ich meine. Deinetwegen verliere ich meine Wohnung!«

»Bist du jetzt völlig übergeschnappt? Was zum Henker soll ich mit deiner Wohnung am Hut haben?«

Er lügt. Er lügt. Er lügt.

Oder etwa nicht?

Doch. Das ist nur seine Masche. Er lügt.

Aber, was, wenn nicht? Was, wenn ich so paranoid bin, dass ich nicht mehr klar denken kann?

»Aber Timo hat es zugegeben«, sagt Sydney plötzlich. »Als er neulich im Café war. Ich habe es genau gehört.«

»Was?« Mein Vater fährt zu seinem anderen Sohn herum. »Warum hast du das getan?«

»Hab ich nicht«, verteidigt er sich und hebt die Hände. »Ich schwör's!«

Mein rasender Puls flaut wieder ab.

Ich bin doch nicht verrückt.

»Stimmt, hat er nicht«, sage ich und beiße mir in die Innenseite meiner Unterlippe, um nicht loszulachen. »Aber offenbar habe ich jetzt den Beweis. Mach es rückgängig. Sonst ...«

Und dann mache ich etwas, was ich eigentlich nie tun wollte. Aber mir bleibt keine andere Wahl. Mein Vater wird mich nur dann in Ruhe lassen, wenn für ihn selbst etwas auf dem Spiel steht. Ich tausche also die Rollen und werde zu ihm. *Dem Erpresser.*

»Sonst werde ich der Welt verraten, wer du wirklich bist.« Ich lasse meine Worte kurz sacken, ehe ich fortfahre. »Ich werde an die Presse gehen und alles über diese Familie auspacken, ohne ein Detail auszulassen. Weder deine jahrelangen

Vorwürfe noch deine täglichen Beleidigungen oder dass du mich zu einem Job drängst, den ich nicht will. Klar, ich habe nicht so viel Geld und auch nicht so viele Anwälte auf meiner Seite, aber wir beide wissen, was für ein gefundenes Fressen es für die Reporter wäre, wenn der eigene Sohn über den tyrannischen Vater aussagt. Dein Ruf wäre danach im Eimer. Und deine Firma vielleicht auch.«

Wenn mein Vater mich eines gelehrt hat, dann, dass das öffentliche Auftreten das Wichtigste ist. Also strecke ich meinen Rücken durch und werfe ihm einen siegessicheren Blick zu. Jeder hat eine Grenze, auch der berühmte Nathan Kaiser. Sein *Imperium* bedeutet ihm alles. Er würde niemals zulassen, dass es in Verruf gerät.

Eine Ader zeichnet sich auf seiner Stirn ab. Sie schwillt an und pocht und nimmt denselben Farbton an wie sein restliches Gesicht: Burgunder.

»Du wagst es, mir zu drohen?« Seine Unterlippe bebt vor Zorn, ein Speicheltropfen rinnt über sein Kinn. »Du wagst es, an meinem Geburtstag so mit mir zu reden? Mir so widerliche Mahnungen an den Kopf zu werfen? Nach allem, was ich für dich getan habe?« Er tritt auf mich zu und rammt mir einen Finger in die Brust. »Erzählst du der Presse auch, dass du in Saus und Braus gelebt hast? Dass es dir nie an Essen oder Kleidung gefehlt und du immer alles bekommen hast, was du wolltest? Dass weder deine Mutter noch ich dir je ein Haar gekrümmt haben?«

Meine Haare haben sie in Ruhe gelassen, ja, aber mein Herz durch den Fleischwolf gedreht. Aber das sage ich ihm nicht, denn von emotionaler Gewalt versteht er nichts.

Was seinen anderen Punkt angeht … Ja, ich hatte es gut. Das ist nicht selbstverständlich und ich will auch nicht undankbar klingen. Aber man kann sich nicht alles kaufen. Keine Freunde, keine Familie, keine Liebe. Jetzt habe ich weniger Geld und wohne praktisch in einer Sardinenbüchse. Trotzdem war ich nie glücklicher.

»Weißt du, was ich dann tun werde?« Mein Vater kommt mir so nahe, dass mir sein warmer Atem, ein übel riechender Mix aus Tabak- und Weingeruch, entgegenschlägt. »Ich werde einfach sagen, dass du krank bist. Psychisch krank.« Er tippt sich gegen den eigenen Kopf, und mein Lächeln bekommt einen Riss.

»Ein verrücktes Kind, das schon immer über das Ziel hinausgeschossen ist und seit dem Unfall völlig plemplem ist.«

Scheiße. So war das nicht geplant.

»Und dann werde ich dich in eine Klapse schicken und dich so lange darin behalten, bis du verreckst. Du wirst nie wieder das Tageslicht sehen. Du wirst nie wieder irgendwas anderes zu Gesicht bekommen als die Gummiwände in deiner Zelle.«

Die Löcher in meinem Nervenkostüm werden immer größer. Angst bohrt sich durch meine Brust. Und Panik.

»Und für den Fall, dass du trotzdem nicht nachgeben wirst, werde ich das Leben jedes einzelnen Menschen zerstören, der dir wichtig ist. Angefangen bei ihr.« Seine kalten Augen wandern zu Sydney. Mein Herz hört auf zu schlagen.

»Wo ist bloß die teure Kette deiner Mutter hin?« Er deutet auf seine Frau. »Kaum war dieses Mädchen hier im Haus, ist sie weg. Nicht wahr, Wanda? Was für ein seltsamer Zufall, dass dieses Mädchen kurz nach oben gegangen ist und danach sofort aufbrechen wollte.«

Nein. Das würde er nicht wagen. So mies ist nicht einmal er. Ja, er ist ein Arschloch, aber das kann er unmöglich bringen.

Oder doch?

Ich schaue in das schreckverzerrte Gesicht meiner Begleitung.

Fuck.

Sydney trägt einen Stempel, der allen Menschen mit ihrer Hautfarbe aufgedrückt wird. Sie wird anders gesehen, anders wahrgenommen, anders bewertet als ich. Wenn ihr ein Diebstahl angehängt wird, ist das etwas völlig anderes, als wenn es mir widerfährt. Ihr Hautton kann ihr zum Verhängnis werden, mir nicht. Es ist unfair und falsch, aber leider Realität.

Mir wird schlecht.

»Okay, Paps, hör auf«, schaltet sich Timo ein und packt ihn an der Schulter. Er sieht sauer aus, doch mein Vater ignoriert ihn und schlägt seine Hand weg.

»Du weißt, dass ich das tun werde, Lukas«, sagt er, ohne unseren Augenkontakt zu unterbrechen. »Ich mache es nicht gern, aber wenn mir keine andere Wahl bleibt, werde ich nicht zögern. Und wenn ich mit ihr fertig bin, wird sie nie wieder irgendwo eine Stelle finden. Nicht einmal in der Imbissbude, an der du so hängst.«

Das war's. Es war ein gutes Spiel, aber ich habe verloren. Es gibt kein Entkommen vor diesem Monster. Mein Vater kriegt immer, was er will. Immer. Keine Ahnung, warum ich jemals dachte, dass ich eine Chance gegen ihn hätte.

Meine Mutter fängt an zu weinen, und aus dem Augenwinkel sehe ich, wie Timo sie in den Arm nimmt. Ihre Reaktion überrascht mich, doch wie immer sieht sie nur zu und unternimmt nichts. Ihre wahre Loyalität gilt dem *Imperator*.

Tu was, will ich ihr am liebsten zurufen. *Hilf mir. Rette mich vor ihm. Sei mir eine Mutter.*

»Aber so weit muss es gar nicht kommen«, spricht mein Vater mit gedämpfter Stimme weiter. »Vorausgesetzt, du holst deinen Abschluss nach und fängst gleich am Montag wieder bei der Bank an. Deine Rebellion hat endgültig ein Ende. Verstanden?«

Ich nicke kraftlos. Meine Muskeln sind klamm und schlaff, ich weiß gar nicht, warum ich noch aufrecht stehe und nicht längst am Boden liege.

Er wird mich immer besitzen.

»Wer den Stier reizt, bekommt seine Hörner zu spüren.« Mein Vater lächelt teuflisch, ehe er sich abwendet und uns mit einer Geste dazu auffordert, ihm zurück ins Esszimmer zu folgen.

Und dann ertönt ein unerwartetes Geräusch. Ein dumpfes Ping, das mir zwar vertraut ist, ich aber nicht sofort einordnen kann. Wir alle verharren in unseren Bewegungen, und erst als ich zu Sydney schaue und das Handy in ihrer Hand entdecke, zähle ich eins und eins zusammen. Es ist dasselbe Geräusch, das ertönt, sobald man eine Sprachnachricht verschickt hat.

53. KAPITEL

Sydney

Im Taxi knutschen Luke und ich so wild, als würden wir in einem peinlichen Hollywoodfilm mitspielen. Sein Körper liegt halb auf meinem, meine Heels kratzen an der Fensterscheibe.

»Das war der Wahnsinn. Wie bist du nur auf diese geniale Idee gekommen?« Luke unterbricht den Kuss und hebt den Kopf etwas an, um mich besser anzusehen.

»Keine Ahnung. Es war eine Kurzschlussreaktion. Ich hatte die Taxi-App schon geöffnet und bin dann aus einem Reflex zum Messengerdienst gewechselt.«

Luke schüttelt ungläubig den Kopf. »Gott, ich …« Er versenkt seinen Satz in einem Kuss und schnürt mir fast die Luft ab. Erst als mein Kopf bei einer Kurve nach hinten prallt, erinnere ich mich wieder daran, dass wir gerade in einem Taxi sind.

Luke scheint dasselbe zu denken und rappelt sich wieder auf. Seine Haare sind völlig verstrubbelt, fügen sich jedoch perfekt zu seinem schicken Anzug. Er sieht so heiß aus, dass …

»Lass uns warten, bis wir zu Hause sind«, raunt er und schiebt mein Kleid wieder zurecht. Dass er *zu Hause* sagt, obwohl wir in meine Wohnung fahren, macht mich irgendwie noch schärfer auf ihn.

Ich nicke und setze mich ebenfalls auf. Im Rückspiegel erhasche ich das unterdrückte Lächeln des Taxifahrers. Ob wir die schrägsten Kunden sind, die er je hatte? Obwohl … bei einer Stadt wie Berlin liegen wir wahrscheinlich noch im unteren Durchschnitt.

Den Rest der Fahrt schweigen wir. Ich schließe die Augen, lehne mich zurück und nutze die Stille, um die letzten Minuten Revue passieren zu lassen.

Es war Ani, der ich die Sprachaufzeichnung gesendet habe. Nicht, dass sie meine erste Wahl gewesen wäre, aber unser Chat wurde mir ganz oben angezeigt. Heute Nachmittag hatte ich ihr versprochen, mich nach dem Abend bei ihr zu melden, und anscheinend konnte sie es nicht abwarten, von mir zu hören. Kaum hatte ich die Nachricht versendet, hatte sie sie schon geöffnet.

Danach waren nicht viele Worte nötig. Das gesamte Gespräch, mitsamt Erpressungen und Drohungen, war aufgezeichnet, und Nathan wusste das. Sein Gesicht war so wutverzerrt, dass ich kurz Angst hatte, dass er auf mich losgehen und mein Handy und/oder Gesicht zerschmettern würde.

Aber so weit ist es gar nicht gekommen. Luke hat nach meiner Hand gegriffen, die Tür geöffnet und ist aus dem Haus gegangen, ohne sich umzudrehen. Niemand hat uns aufgehalten.

Und jetzt ist es vorbei. Ich drehe den Kopf zur Seite und sehe Luke nachdenklich aus dem Fenster spähen. Für mich war der Abend schon die reinste Achterbahnfahrt, deshalb kann ich mir gar nicht vorstellen, wie schlimm es für ihn gewesen sein muss. Zu gern würde ich etwas sagen, das ihn aufbaut, aber ich weiß nicht was. Deshalb greife ich nur nach seiner Hand und drücke sie fest. Als er mich ansieht, lege ich in meinen Blick alle Gedanken, die ich nicht in Worte fassen kann. Er lächelt und nickt, als hätte er all das Ungesagte verstanden.

*

Als ich die Haustreppen mit bleischweren Schritten nach oben laufe, merke ich, wie mir die Müdigkeit tief in den Knochen sitzt. Die Anspannung des Abends hat sich in meine Muskeln gewoben und lässt mich kaum noch aufrecht stehen. Vorhin wollte ich nur über Luke herfallen, jetzt sehne ich mich nach einer Wärmeflasche und meinem kuscheligen Bett. Luke scheint es ähnlich zu gehen, denn er gähnt bereits zum dritten Mal innerhalb einer Minute.

»Müde?«

»Ja. Und erschöpft.« Er reibt sich die Augen und sieht in diesem Moment viel jünger aus als sonst.

»Ich mache uns gleich einen heißen Tee« sage ich und schließe die Tür auf. »Irgendwelche Lieblingssorten?«

»Egal. Hauptsache ohne Teebeutel.«

»Oh.« Ich lache. »Dann also kein Tee. Kann ich dir was anderes anbieten? Wasser? Saft? Einen Kakao?«

»Ach, ich glaube, ich brauche gar nichts.« Wieder gähnt er.

»Okay. Ich eigentlich auch nicht.«

Um zu meinem Zimmer zu kommen, müssen wir wie immer auch am Wohnzimmer vorbei. Maya sitzt dort in einer rot-weiß karierten Schlafhose und unterhält sich mit einem blonden Schopf, der mir ziemlich bekannt vorkommt.

»Lennart«, sage ich überrascht. Er und Maya sind zwar gut befreundet, aber er war schon seit Ewigkeiten nicht mehr hier.

»Hey, ihr zwei.« Lennart lächelt heiter, als wäre dieser Situation überhaupt nichts Komisches abzugewinnen. Wir haben uns zwar neulich wieder vertragen, aber ich wollte ihm Luke und mich als Paar trotzdem nicht auf die Nase binden.

Luke und mich als Paar.

Jetzt habe ich es zum ersten Mal gedacht.

»Hey«, sage ich etwas steif. »Was macht ihr so?«

»Ach, wir quatschen nur.« Maya klopft ihrem Nachbarn auf das Knie. »Wir haben uns ewig nicht mehr gesehen.«

»Ja, inzwischen sehe ich euch beide öfter als Maya«, sagt Lennart amüsiert.

»Das stimmt«, gebe ich ihm lächelnd recht. »Bei der Arbeit sind wir …«

Etwas aus dem Augenwinkel zieht meine Aufmerksamkeit auf sich, und ich vergesse, was ich sagen wollte. Das sind doch meine *Star-Wars*-Cornflakes!

»Habt ihr die etwa aufgemacht?«, rufe ich entsetzt aus. Luke und ich hatten sie an jenem Abend nicht mehr gegessen.

»Bleib ruhig. Es ist noch über die Hälfte da.« Maya schüttelt die Packung, die ein leises Rascheln von sich gibt. »Außerdem schmecken sie irgendwie fad.« Sie fischt sich ein paar Flakes aus der Tüte und wirft sie sich in den Mund. Dann tippt sie auf das Polster neben sich. »Setzt euch doch.«

Ich werfe Luke einen fragenden »Ist es dir recht, mit meiner besten Freundin und unserem Kollegen, mit dem du neulich Krach hattest, gemeinsam zu chillen?«-Blick zu. Er antwortet mit einem »Joa, mir egal«-Schulterzucken.

»Also. Wie war's beim Geburtstag?«, erkundigt sich Maya, als wir beide sitzen.

Luke und ich seufzen synchron.

»O nein.« Lennart verzieht das Gesicht. »So schlimm?«

»Ja, aber du hattest recht mit deinem Rat«, meint Luke. »Ich musste mit meinem Vater reden. Jetzt ist es vorbei.«

»Wie ›vorbei‹?«

Und dann geben wir den beiden die Kurzfassung vom Verlauf des Abends, wobei eher Luke redet und ich nur zustimmende Laute von mir gebe und von den *Star-Wars*-Cornflakes nasche, die wirklich etwas fad schmecken. Als wir bei meiner James-Bond-Aktion ankommen, brechen Maya und

Lennart in lautes Gelächter aus und betteln förmlich darum, die Nachricht anzuhören. Ich bin überrascht, als Luke tatsächlich einwilligt, allerdings besteht er darauf, nicht dabei zu sein, während sie sie abspielen.

Maya und Lennart verziehen sich in mein Zimmer und kehren bald darauf mit gesenkten Köpfen und hängenden Schultern zurück. Die Stimmung ist auf arktische Temperaturen abgekühlt. Nach dem Abhören einer solchen Nachricht will man einfach nur zurück in den warmen Uterus, aus dem man hergekommen ist.

»Wisst ihr, was ihr jetzt tun solltet?« Maya sieht uns nacheinander an. »Den grauenvollen Abend heraustanzen.«

»Was, etwa heute?«, frage ich stutzend.

»Warum nicht?«

»Aber es ist doch schon spät.«

»Es ist erst elf«, widerspricht Maya. »Also ich hätte Lust.«

»Ich auch.« Zu meiner Überraschung ist es Luke, der spricht. »Ich bin zwar echt müde, aber vielleicht brauche ich das gerade. Laute Musik und viele Menschen.«

»Ich wäre auch dabei«, meint Lennart motiviert.

»Perfekt.« Maya reibt sich die Hände. »Fehlt nur noch Syd!«

Alle starren mich an. Na toll. Mir ist überhaupt nicht nach Tanzen zumute, aber wenn ich Nein sage, bin ich die Buhfrau.

»Na gut«, ergebe ich mich dem Gruppenzwang, woraufhin Maya ein freudiges Quieken von sich gibt, das eigentlich immer Vicky macht.

Apropos …

»Wo ist Vicky?«

»Sie ist vorhin zu Rick gefahren.«

»Rick?«

»Keine Ahnung, wie er in echt heißt. Aber du weißt schon, wer.« Sie wackelt vielsagend mit den Augenbrauen.

»Oh, *Wubba lubba dub dub*!« Offenbar haben sie sich wieder vertragen. »Vielleicht kann sie später nachkommen. Theoretisch kann sie ihn auch mitbringen.«

»Moment, ich bin verwirrt. Redet ihr gerade von *Rick and Morty*?«, fragt Lennart.

»Nein«, erwidern Maya und ich grinsend, gehen aber nicht weiter darauf ein. Der arme Lennart bleibt jetzt zwar im Unklaren, aber falls ihm Vicky von ihrem Sexleben erzählen will, sollte sie das selber tun.

»Ich frage noch meinen Kumpel Vince, ob er mitkommen will«, sagt Luke und sucht in den Taschen seines Sakkos nach seinem Handy. Als er es findet, huscht sein Blick zu mir und er lächelt. »Dann kannst du ihn auch endlich kennenlernen.«

Endlich?

Meine Wangen heizen sich auf. Erst die Eltern, jetzt die Freunde.

»Sehr gern.«

»Wir könnten auch Tina fragen«, schlägt Lennart vor.

»Okay, aber dann frag unbedingt auch Vera«, sagt Luke überschwänglich.

»Vera?«, wiederholt Lennart. »Im Ernst? Steht sie überhaupt auf … Spaß?«

»Hey«, sage ich streng. »Vera ist immer noch ein Mensch. Warum sollte sie nicht auf Spaß stehen?«

»Irgendeine Idee, wo wir hingehen könnten?«, wechselt Maya das Thema.

»Wie wär's mit der *Bieberhütte*?«, schlägt Lennart vor. »Das ist samstags immer ganz cool.«

Bieberhütte? Heutzutage haben Clubs wirklich komisch Namen. Aber da wir keine anderen Vorschläge einzubringen haben und es mir im Grunde egal ist, fällt unsere Wahl auf die *Bieberhütte*.

Maya und ich verschwinden in unseren Zimmern, um uns umzuziehen, Luke und Lennart bleiben allein im Wohnzimmer zurück. Auch wenn es scheint, als wäre zwischen den beiden alles wieder gut, will ich sie trotzdem nicht länger als nötig allein lassen.

Schnell schlüpfe ich aus meinem Kleid und ziehe mir, ohne große Suche nach dem perfekten Outfit, eine schwarze Jeans und ein trägerloses schwarzes Top über. Etwas langweilig, aber wenigstens bequem. In einen Laden wie die *Bieberhütte* komme ich so bestimmt rein. Auch von meinen Heels trenne ich mich und ersetze sie durch bequeme weiße Sneakers.

Ich binde mir gerade meine Haare zu einem Zopf, damit sie mir beim Tanzen nicht ständig ins Gesicht fliegen, als es leise an der Tür klopft.

»Ja?«

Luke tritt ein und sieht leichenblass aus.

»Was ist los?«, frage ich alarmiert. »Ist dir schlecht?«

»Nein. Also … ich weiß nicht.« Er hievt sich aufs Bett und lockert seine Krawatte, als bräuchte er dringend mehr Sauerstoff. »Aber ich glaube, ich will nicht mehr in diesen Club.«

»Oh«, mache ich überrascht. »Okay, klar.«

Ich setze mich zu ihm und bemerke, dass er Gänsehaut am Handrücken hat. Am Handrücken! Ich wusste nicht einmal, dass man da Gänsehaut kriegen kann.

»Tut mir leid, dass du dich jetzt extra umgezogen hast.«

»Das ist doch nicht schlimm«, winke ich ab. »Aber du siehst aus, als hättest du etwas Falsches gegessen. Willst du mir erzählen, was los ist?«

Seine Stimme zittert leicht, als er spricht. »Lenny und ich haben gerade über den Club geredet. Anscheinend gibt es den schon länger, aber der Besitzer hat vor Kurzem gewechselt und auch den Namen geändert.«

»Okay.« Ich nicke vorsichtig. »Und du magst den Club nicht?«

»Was heißt *mögen*.« Er hebt kraftlos die Schultern. »Ich kenne ihn eigentlich gar nicht. Aber ich verbinde nichts Gutes mit ihm.«

»Von welchem Club reden wir hier?«

»Kennst du noch das *Elysion*?«

Ich gefriere zu einer Statue.

Das *Elysion*. Der Club, in dem wir uns kennengelernt haben. Damals. Auf der Abiparty.

»Du …« Er stockt. »Du wolltest doch vorhin wissen, was es mit dem Unfall auf sich hat.«

Schweißperlen bilden sich auf meiner Stirn.

»Findest du es nicht auch komisch, dass er sich an gar nichts mehr erinnern kann?«, hallen Mayas vergangene Worte in meinem Kopf wider.

Nach Lukes und meinem Gespräch in seinem alten Zimmer ist so viel passiert, dass ich nicht mehr dazu gekommen bin, ihn weiter auszufragen. Aber jetzt redet er von diesem Club, den er angeblich nicht kennt, obwohl er schon mal da war. Und er redet von einem Unfall.

»Ich erinnere mich auch nicht mehr an jeden, den ich mal getroffen habe. Aber ein kompletter Gedächtnisverlust? Wenn die Nacht genauso einzigartig war, wie du sie erzählt hast, müsste er doch irgendwas wissen.«

Mein Herz galoppiert in meiner Brust, als wollte es vor etwas flüchten. Ich zwinge mich, ruhig und gleichmäßig zu atmen.

Als ich die Sprache endlich wiederfinde, frage ich ihn geradeheraus. »Luke?« Meine Zunge ist wie belegt. »Was ist passiert?«

54. KAPITEL

Luke

»Ich werde es dir erzählen, aber du musst mir versprechen, dass wir danach nie wieder darüber reden werden.«

Sydney nickt eifrig. »Versprochen.«

»Okay.« Ich knete meine Hände und suche mir im Kopf die richtigen Worte zusammen. Obwohl diese Geschichte mein gesamtes Leben geprägt hat, habe ich sie noch nie jemandem erzählt.

»Es war die Nacht des Abiballs. Oder streng genommen der Morgen danach.«

Sydney schnappt jetzt schon nach Luft. Ich werfe ihr einen überraschten Blick zu.

»Abiball?«, wiederholt sie kleinlaut.

»Ja. Ich hatte zwar das Abi nicht bestanden, aber ich war trotzdem auf der Party«, erkläre ich, doch sie sieht kein Stück beruhigter aus.

»Alles okay?«

»Ja.« Ihre Stimme klingt rau, und sie räuspert sich. Keine Ahnung, warum sie so nervös ist, aber langsam färbt es auch auf mich ab. Ich stehe auf, strecke mich und laufe zu ihrem Fenster. Als ich weiterrede, richte ich den Blick auf den Halbmond, der eher gelb als weiß aussieht. Wie eine Lampe für den Himmel.

»Jedenfalls sind wir nach dem Abiball ins *Elysion* weitergezogen. Aber da ist es wohl noch nicht passiert, erst nach dem

Club. Wir waren in der Warschauer Straße und haben noch was gesoffen. Irgendwer hatte dann den Einfall, von der Oberbaumbrücke ins Wasser zu springen.«

»Was?«, kreischt Sydney. »Die Brücke ist mindestens vier Meter hoch.«

»Ich weiß.« Sie muss mir nicht sagen, wie dumm diese Idee war.

»Wie kommt man auf so was? Wart ihr lebensmüde?«

Ihr anklagender Tonfall lässt mich zusammenzucken. Ich drehe mich zu ihr und sehe, wie sie die Augen reumütig zusammenkneift.

»Tut mir leid. Ich will dich nicht verurteilen. Du warst noch jung und … egal. Tut mir leid«, sagt sie wieder. »Erzähl bitte weiter!«

Ich schaue wieder in den Himmel, als ich fortfahre. »Alle sind reingesprungen, und ich war als Letzter dran. Ich hatte …« Ich unterbreche mich kurz, um mich innerlich für Sydneys nächsten Ausraster zu wappnen. »Ich hatte den Einfall, mit einem Backflipp reinzuspringen.«

Ich höre, wie sie erschrocken nach Luft schnappt.

»Es war dumm und verantwortungslos und gefährlich«, räume ich ein. »Aber eigentlich kann ich Backflips echt gut, damals zumindest. Nur war ich wohl etwas zu angetrunken, um das Gleichgewicht richtig zu halten. Ich habe mich mit dem Kopf an das Geländer gestoßen, ging k. o. und fiel ins Wasser.«

Ich lasse die Worte kurz sacken, während ich mir vorstelle, wie mein Körper bewusstlos ins Wasser fiel. Welches Geräusch es wohl gemacht haben muss? Ein lautes Klatschen wie bei einer Wasserbombe?

»Eine Woche später bin ich im Krankenhaus aufgewacht«, sage ich leise. »Ich hatte ein Schädel-Hirn-Trauma und konnte mich an nichts mehr erinnern.«

»An gar nichts mehr?«, japst Sydney.
»Nein.«
»Warte. Was genau weißt du denn noch?«
»Nichts.«
»Okay, stopp.«
Wieder drehe ich mich zu ihr. Ihre Hände sind wie bei einer Polizeiverhaftung in die Höhe gehoben. Sie sieht überfordert aus. »Ich komme nicht hinterher.«
Ich nicke verständnisvoll. Für Außenstehende ist das sicher verwirrend. Ich verstehe es auch nur, weil die Ärzte es mir so oft erklärt haben, dass ich es im Schlaf aufsagen könnte.
»Also. Durch den Unfall hatte ich ein starkes Schädel-Hirn-Trauma«, beginne ich ruhig. »Das heißt so viel wie, dass mein Gehirn durch eine äußere Krafteinwirkung, in meinem Fall, der Kopfstoß am Geländer, verletzt wurde.«
»Okay.« Sydney nickt langsam.
»Ich kam ins Krankenhaus, und als ich aufgewacht bin, hatte ich die Kopfschmerzen meines Lebens und war richtig panisch, weil ich überhaupt nicht wusste, wie ich dahingekommen war. Die vorangegangenen Tage waren wie ausgelöscht.«
Wieder mache ich eine Pause, und wieder nickt Sydney.
»Das Phänomen nennt sich retrograde Amnesie. Ein eher seltener Fall, in dem Erinnerungen, die vor dem Unfall passiert sind, verschwinden. Es gibt verschiedene Ursachen, die dazu führen können. Ein traumatisches Erlebnis zum Beispiel, oder wie bei mir, ein starker Unfall. Manchmal ist es nur der Unfall, den man vergisst, manchmal der ganze Tag, die letzten Tage oder sogar Erinnerungen aus dem ganzen Leben.«
»Also wie bei einem Filmriss?«, vergleicht Sydney.
»Keine Ahnung. Vielleicht. Ich hatte noch nie einen Filmriss.«

Aber dafür eine retrograde Amnesie ... Wenn das mal nicht ironisch ist.

»Und deine Erinnerungen nach dem Unfall? Sind die auch beeinträchtigt?«

Ich schüttele den Kopf. »Nur die Tage davor sind weg. Meine letzte Erinnerung ist ein Streit mit meinem Vater wegen des nicht bestandenen Abis.« Ich sage das viel nüchterner, als ich eigentlich darüber empfinde. In Wahrheit gruselt es mich total, dass ein paar Erinnerungen wie die Seiten eines Buches rausgerissen sind. Obwohl es passiert ist, weiß ich nicht mehr, dass es passiert ist, und bin in der Zukunft aufgewacht. Das ist echt heftig.

Plötzlich erklingt ein lautes Schluchzen vom Bett.

»Hey.« Ich stoße mich vom Fenster ab und setze mich zu Sydney. Dicke Tränen bedecken ihr Gesicht und lassen es hell schimmern.

»Ich dachte, so was gibt es nur in Filmen«, wimmert sie.

»Das dachte ich vorher auch«, sage ich und lege den Arm um sie. »Aber im Grunde ist es gar nicht so schlimm, wie es klingt. Mein Körper hat die ganze Zeit nur versucht, mich zu schützen. Die Amnesie hat mich das Trauma vergessen lassen und mich somit vor späteren psychischen Schäden bewahrt.«

Vince hatte längst nicht so viel Glück.

»Aber wie kann es sein, dass ich überhaupt nichts davon mitbekommen habe? Stand in der Zeitung nichts darüber?«

Ich schüttele den Kopf. »Nein, mein Vater hat viel Geld gezahlt, um den Unfall aus der Presse rauszuhalten.« Ich bin ihm zwar dankbar dafür, aber es hat trotzdem einen merkwürdigen Beigeschmack, dass er es in erster Linie nicht für mich, sondern für sich und seinen Ruf getan hat.

Sydney wirft mir einen halb hoffnungsvollen, halb verzweifelten Blick zu. »Gibt es eine Möglichkeit, die Erinnerungen zurückzukriegen? Mit Gehirntraining oder so?«

Ich wiege nachdenklich mit dem Kopf und schüttele ihn schließlich. »Theoretisch können die Erinnerungen schon zurückkehren, aber man kann sie nicht mit Fotos oder Ähnlichem herbeibezwingen. Wenn, dann passiert es eher spontan. Einige schwören ja auf Hypnose, aber das habe ich nie ausprobiert, weil ich sowieso nicht so scharf aufs Erinnern bin.«

»Warum nicht?«

Meine Brust wird eng. »An diesem Abend …« Ich halte inne, weil ich nicht weiß, wie der Satz weitergehen soll. Wie kann man etwas beschreiben, für das es keine Worte gibt?

»Also … ich habe wohl so dermaßen am Kopf geblutet, dass Vince und mein anderer Kumpel Said mich sofort an Land gezogen haben. Das war gar nicht so leicht, weil es erstens extrem kalt war und es zweitens kein flaches Ufer gab. Keine Ahnung, wie sie das hingekriegt haben. Vermutlich war es das Adrenalin. Aber ihre Handys sind durch das Wasser kaputtgegangen, deshalb ist Said erst mal los, um nach Hilfe zu rufen, während Vince versucht hat, die Blutung zu stoppen. Dabei haben sie aber übersehen, dass …« Meine Kehle schnürt sich zu. »Alex noch im Wasser trieb.«

Sydneys Augen werden starr. »Und Alex ist …«

Ich presse die Lippen aufeinander und nicke. Jetzt weint Sydney nicht mehr, und doch hat sie nie trauriger ausgesehen.

»Es war echt schlimm. Ist es immer noch. Aber ich versuche, nicht daran zu denken, weil es einfach zu schmerzhaft ist. Deshalb will ich diese Nacht auch für immer aus meinem Gedächtnis streichen. Und ich weiß, Verdrängen kann nie die Lösung sein, blabla, aber ich sehe ja, was es mit Vince macht, der noch alles haarscharf vor Augen hat. Mit Said habe ich keinen Kontakt mehr, weil er zum Studieren in eine andere Stadt gezogen ist, aber ich glaube, dass es ihm eine Zeit lang auch echt mies ging.«

»Warst du danach in Therapie?«

»Nur kurz. Ich habe sie nach ein paar Sitzungen wieder abgebrochen, weil das Reden alles nur schlimmer gemacht hat.«

»Und deine Familie? Obwohl: nein.« Sie verdreht die Augen. »Vergiss, was ich gesagt habe.«

Ich lache kurz auf. »Doch, tatsächlich waren sie am Anfang alle für mich da. Sogar mein Vater hat sich zusammengerissen, ist das zu glauben? Aber je mehr ich mich von allem erholte, desto mehr kehrte auch der vertraute Trott zurück. Mein Vater schrie wieder rum, dass ich mein Abi nachholen sollte. Ich schrie zurück, weil mein Abschluss das Letzte war, an das ich denken konnte, mein Bruder mischte sich nicht mehr ein und meine Mutter sah nur zu. Und irgendwann war ich nicht mehr der bemitleidenswerte Junge, der einen schrecklichen Unfall überlebt hat, sondern der Vollidiot, der so blöd war, im Suff in die Spree zu springen.«

Und damit beende ich die Geschichte. Es ist zwar noch längst nicht alles gesagt, aber ich kann nicht mehr. Die Erinnerungen an diese Nacht zuzulassen und sie auch noch in Worte zu fassen, raubt mir all meine Kraft. Erschöpft atme ich aus und halte mir den Unterarm vor die Augen, um das grelle Zimmerlicht abzuschirmen.

»Danke, dass du mir das erzählt hast«, murmelt Sydney an meiner Schulter. »Ich verstehe es jetzt.«

Ich lasse den Arm wieder sinken. »Was verstehst du?«

»Alles.«

Ich will sie fragen, was genau sie damit meint, was es mit dem seltsamen Unterton hat, den ich heraushöre. Doch dann hebt sie den Kopf von meiner Brust und schaut mich an. Ihre obsidianschwarzen Augen funkeln verschwörerisch. Inzwischen meine ich mir sogar einzubilden, dass sich das Schwarz ihrer Augen je nach Stimmung ändert. Mal matter, mal glänzender, mal dunkler, mal tiefer. Aber ich bin noch nicht dahintergekommen, was dieses dunkle Funkeln bedeutet.

»Luke?«

»Ja?«

Sie schaut mir tief in die Augen. Obwohl ich instinktiv ahne, was gleich kommt, falle ich trotzdem aus den Wolken, als ich es höre.

»Ich liebe dich.«

Mein Blick senkt sich zu ihrem Mund, aus dem die drei kleinen Worte gerade herausgestolpert sind. Einen kurzen Moment lang frage ich mich, ob ich mir das nur einbilde, ob mein Kopf sich nach diesem langen Abend einen Spaß erlaubt und mich hören lässt, was ich hören will.

»Denk bitte nicht, dass ich das nur aus Mitleid sage«, redet sie weiter. »Ich liebe dich«, wiederholt sie. »Und das schon seit … einer ganzen Weile. Du musst es nicht zurücksagen, aber ich wollte es trotzdem einfach loswerden.«

Manchmal werden einem die Dinge, die schon vorher da waren, erst im Nachhinein klar. Dass ich Sydney auch liebe, zum Beispiel. Ich habe es nicht gleich erkannt, weil mir das Gefühl vorher so fremd war. Und jetzt sagt mir Sydney, dass sie genauso empfindet wie ich. Sie, die panische Angst davor hat, wieder verletzt zu werden, entblößt sich mit all ihrer Verletzlichkeit.

»Es fühlt sich nicht so an, als würden wir uns nur so kurz kennen«, sage ich leise. »Manchmal kommt es mir vor, als wärst du schon mein ganzes Leben lang bei mir gewesen. Manchmal habe ich das Gefühl, dass ich dich schon geliebt habe, bevor ich dich überhaupt kannte.«

Noch nie habe ich so etwas gefühlt. Aber es ist die Wahrheit, und Sydney bedenkt mich mit einem lächelnden und zugleich wissenden Blick, als würde sie niemals auf den Gedanken kommen, an meinen Worten zu zweifeln.

Wir besiegeln unser Geständnis mit einem Kuss, der so leicht und gefühlvoll ist, dass er mir ebenfalls salzige Tränen in die Augen treibt.

So fühlt es sich also an, geliebt zu werden.

Wir kuscheln noch ein wenig in ihrem Bett, bis Mayas und Lennarts Lachen aus dem Wohnzimmer erklingt. Ach, stimmt. Da war ja was.

Ich rappele mich wieder auf und streiche das Hemd meines Anzugs glatt. »Musst du noch mal ins Bad, bevor wir in den Club fahren? Dein Gesicht ist ein bisschen mit Schminke verschmiert.«

Die Untertreibung des Jahrhunderts, nebenbei bemerkt. Sydney sieht aus wie ein Panda.

»Was? Du willst jetzt noch feiern gehen?«, fragt sie ungläubig. »Bist du sicher, dass das eine gute Idee ist? Der Abend war wirklich lang, und nach allem, was du mir erzählt hast … Vielleicht solltest du dich erst mal erholen.«

»Nein, mir ist danach, das Leben zu zelebrieren«, sage ich. »Trinken, feiern und tanzen, weil ich es kann. Ich habe einen schlimmen Unfall überlebt und bin bis auf ein paar äußere und innere Schrammen unversehrt geblieben. Ich könnte gelähmt sein. Oder tot. Aber ich lebe. Das ist doch krass!«

Sydney nickt verstehend. »Okay, wie du meinst. Aber lass uns trotzdem nicht ins *Elysion* gehen. Oder die *Bieberhütte*, wie sie jetzt heißt. Es gibt noch tausend andere Clubs.«

»Genau. Vielleicht gehen wir in die *Waschbärhöhle*«, scherze ich.

Sydneys Lippen zucken, und ich bin nicht sicher, ob sie ein Lächeln oder den nächsten Schluchzer unterdrückt.

»Bist du wirklich, wirklich sicher, dass du gehen willst?«, hakt sie erneut nach.

»Ja, bin ich. Wenn es mir doch zu viel wird, können wir wieder gehen. Außerdem ist Vince dabei. Und vor allem du. Meine *Liebste.*«

Wieder zucken ihre Lippen und verziehen sich diesmal zu dem schönsten Lächeln, das sie mir je geschenkt hat.

»Luke?«

»Ja?«

Und dann sagt sie es wieder.

55. KAPITEL

Sydney

Der Bass wummert durch meinen Körper. Fünf Jahre später sind Luke und ich wieder in einem Club. Die Einrichtung ähnelt der des ehemaligen *Elysion*, was Luke allerdings nicht weiß, weil er sich nicht mehr daran erinnert. Und jetzt kenne ich auch den Grund dafür. Das mit uns damals war keine Einbildung – es war Liebe. Luke hat es nur vergessen.

Ich weiß gar nicht, ob ich es ihm überhaupt noch erzählen soll. All meine Fragen sind beantwortet – na ja, fast alle –, aber das spielt jetzt auch keine Rolle mehr. Vielleicht ist es besser, die Vergangenheit endlich ruhen zu lassen und im Hier und Jetzt zu bleiben. Ich liebe Luke, und Luke liebt mich. Darauf kommt es an.

Obwohl ich eigentlich keine Lust aufs Feiern gehabt habe, mache ich schon seit drei Stunden die Tanzfläche unsicher. Ich wippe, schwinge, hüpfe und fühle mich so glücklich, dass ich die ganze Welt umarmen könnte. Vorhin hat ein Typ mich gefragt, was ich genommen habe und ob er auch etwas davon haben kann. Ich habe mich nicht mehr eingekriegt vor Lachen, woraufhin der Fremde nur verstört geguckt und es sich wohl wieder anders überlegt hat.

Ich tanze mit Maya und Lennart im Kreis, während Luke mit Tina und seinem Kumpel Vince an der Bar sitzt und genauso glücklich aussieht wie ich. Sogar Vicky hat versprochen, nachzukommen, macht aber vorher noch einen Abstecher zu Ani, um in meinem alten Kleiderschrank nach etwas Clubtauglichem zu suchen. Anscheinend wohnt Rick auch in Wilmersdorf.

»Heute kannst du *die ganze Nacht durchfeiern* auch von deiner Liste streichen«, schreit Maya mir über den Beat von *Party Rock Anthem* hinweg zu.

»Stimmt!«, schreie ich zurück. »Jetzt fehlt nur noch das Kiffen!«

»Du kiffst?«, fragt Lennart, woraufhin Maya und ich so laut lachen, als hätten wir wirklich eine Tüte intus. Glücklicherweise ist Lennart zu betrunken, um es persönlich zu nehmen, und lacht ebenfalls mit.

»Party rock is in the house tonight, everybody just have a good time«, gröle ich die Lyrics mit und shake jeden Muskel, als LMFAO den Startschuss gibt.

Beste. Nacht. Meines. Lebens.

*

Als meine Beine sich wie Stelzen anfühlen, schleppe ich mich zur Bar, an der Luke, Vince und Tina auf Hockern im Halbkreis zusammensitzen. Luke entdeckt mich als Erster und steht, ganz der Kavalier, auf, um mir seinen Platz zu überlassen. Ich bin zu erschöpft, um zu protestieren, weshalb ich mich ohne Weiteres dankbar auf das Polster sinken lasse. Obwohl ich ziemlich schwitze, legt Luke die Arme von hinten um mich und umschlingt mich dabei so fest, dass ich fast keine Luft kriege. Welch bittersüßer Tod das wäre.

»Wow, ich erkenne diesen Schmusebären ja gar nicht wieder«, bemerkt Vince grinsend. Luke und er ähneln sich optisch zwar überhaupt nicht – Vince hat südostasiatische Wurzeln –, wirken aber trotzdem wie Brüder. Vince trägt sogar ebenfalls einen Anzug. Keine Ahnung, ob das abgesprochen war oder er wirklich freiwillig mit Hemd und Krawatte in einen Club gefahren ist.

»Im Ernst, Syd«, spricht Vince mich an. Obwohl wir uns erst seit ein paar Stunden kennen, verwendet Vince schon meinen Spitznamen, was ich echt süß finde. »Ich kenne Luke seit der siebten Klasse und habe ihn noch nie so erlebt. Seit ihr zusammenarbeitet, redet er pausenlos von dir.«

»Nicht pausenlos«, verbessert Luke ihn.

»Stimmt. Wenn er nicht geredet hat, hat er dich bei Instagram gestalkt.«

Hinter mir höre ich Luke laut aufkeuchen. »Vince, Mann!«, schreit er. Tina, Vince und ich prusten los.

»Sorry, der Alkohol«, entschuldigt sich Vince und sieht überhaupt nicht so aus, als ob es ihm leidtäte. Vielmehr wirkt es, als würde es ihm teuflische Freude bereiten, seinen besten Freund zu blamieren.

»Moment.« Mein Kopf ruckt zu Luke. »Du warst *@Luiisa1234*? Ich dachte schon, das wäre ein Bot.«

Luke stöhnt auf und versteckt sein heiß gewordenes Gesicht hinter meinem Rücken. Dabei muss es ihm überhaupt nicht peinlich sein.

»Hey, ist doch nichts dabei«, meint Vince. »Ist ja nicht so, dass ich das mit der Sojasoße erzählt habe.«

»ALTER!« Luke taucht hinter meinem Rücken hervor und wirft seinem Freund einen mörderischen Blick zu.

»Sojasoße?«, wiederholt Tina argwöhnisch und fährt sich mit der Zunge über die Lippen, als hätte sie den Geschmack gerade im Mund. »Du bist also einer von denen, die gern dabei essen?«

»Nein!«

»Hey, das war keine Bewertung«, meint Tina schnell. »Jeder hat irgendeinen Kink.«

»Ich steh nicht auf … Argh!« Er rauft sich die Haare, und wir lachen wieder los. Ich stelle mich dabei jedoch besonders dumm an und verschlucke mich an meinem eigenen Speichel. Ein kleiner Hustenanfall ereilt mich.

Luke lockert seinen Griff um mich und klopft mir auf den Rücken. »Brauchst du was zu trinken?«

»Nein, geht schon. Angeblich macht Trinken es nur schlimmer«, erwidere ich, doch Luke hört mich nicht, denn er ist bereits zum anderen Ende der Bar gestürmt.

Luke holt mir was zu trinken.

Ich weiß, es ist nichts Krasses, aber ich glaube, ich war noch nie so glücklich wie in diesem Moment.

Mein Blick wandert zur Tanzfläche, auf der Maya und Lennart noch immer herumtollen. Ich mag, dass die beiden keinerlei Hemmungen haben. Fröhlich halten sie sich an den Händen und drehen sich, als wären sie die Einzigen in diesem Raum.

»Cool, Vera ist auch gekommen«, sage ich und beobachte, wie sie Lennart zur Begrüßung auf beide Schultern haut.

»Was? Wo?« Hektisch fährt Tina herum und streicht sich die Haare glatt. Irre ich mich oder wirkt sie nervös?

»Da.« Ich deute auf Vera, die mit Lenny spricht und dabei auf ihre Jacke tippt. Vielleicht fragt sie ihn nach dem Weg zur Garderobe.

Erst folgt Tina meinem Fingerzeig, aber als sie den schwarzen Schopf von Vera entdeckt, dreht sie sich abrupt wieder zu uns zurück, als wäre ihr etwas furchtbar Wichtiges eingefallen, was wie uns erzählen muss.

»Wollen wir auch tanzen gehen?«, fordert sie uns fröhlich lachend auf und unterstreicht ihr Vorhaben mit einem Hüftschwung.

»Nein, ich passe erst mal. Aber sobald ich meine Beine wieder spüre, komme ich nach«, verspreche ich.

»Ich auch«, meint Vince und deutet auf sein fast volles Glas, das er erst trinken muss.

Tina ringt ein wenig mit sich, offenkundig zögernd, alleine loszugehen. Ich schaue zu Vera und dann zurück zu ihr. Ob ich irgendwas verpasst habe? Vielleicht läuft etwas zwischen den beiden.

»Okay.« Wie um sich eine Portion Mut anzutrinken, nimmt Tina einen großen Schluck von Vince' Getränk. Dann wirbelt sie herum und stolziert in die tanzende Menge.

Jetzt sind Vince und ich allein. Luke steht noch immer an der Bar und wedelt mit der Hand, um den Barkeeper auf sich aufmerksam zu machen. Ich will ihm gerade zurufen, dass er ruhig zurückkommen kann, als Vince mir zuvorkommt.

»Du tust Luke unglaublich gut, weißt du das?«

Ein warmes Gefühl durchflutet meinen Bauch. »Danke. Er tut mir auch gut.«

»Im Ernst, ich habe ihn noch nie so glücklich erlebt. Mit dir wirkt er so lebendig. Als wäre er endlich angekommen.«

Wärme breitet sich in meiner Brust aus. Es heißt, dass man einen Menschen anhand seiner Freunde beurteilen kann, und wenn das wahr ist, ist Luke sogar noch großartiger, als ich dachte.

»Hier, für meine Liebste.« Luke erscheint wieder neben mir und reicht mir ein Glas kaltes Sprudelwasser.

»Danke.« Ich nehme einen großen Schluck und merke erst jetzt, wie durstig ich bin.

»Worüber habt ihr gerade geredet?«

»Ach, ich habe Sydney nur erzählt, was für ein Depp du warst, bevor du sie kennengelernt hast«, erklärt Vince, woraufhin Luke mit den Augen rollt.

»Ja, und du warst noch nicht fertig«, stachele ich weiter. »Erzähl mir noch mehr Geschichten über diesen Luke.«

»O nein, das wirst du nicht«, warnt dieser.

»Sag mal, Sydney, kennst du schon die Geschichte mit der Sojasoße?«

Luke reißt vor Schreck die Augen auf. »Das mit der Sojasoße nimmst du schön mit ins Grab, verstanden?«

Vince schmollt. »Und was darf ich dann sagen?«

Luke stößt einen frustrierten Wookie-Laut aus. »Gar nichts! Wie viel hast du getrunken, Mann?«

»Ich glaube, hier ist gar kein Alkohol drin«, meint Vince unschuldig, woraufhin ich lache. Wenn das mal keine Lüge ist.

»Darf ich dann wenigstens das mit den Wetten erzählen?«

Luke springen fast die Augen von seinem Kopf. »Willst du, dass Sydney mich in den Wind schießt?«

»Ach, das wird sie nicht«, winkt Vince ab und schaut zu mir rüber. »Wirst du doch nicht, oder, Syd?«

Ich schüttele brav den Kopf. Meine Fingerspitzen prickeln vor Neugier.

Luke seufzt ergeben. »Gibst du dann endlich Ruhe?«

»Fürs Erste.«

»Okay. Aber denk daran, Sydney.« Luke dreht mein Gesicht zu ihm. »Ich war jung und dumm.«

»Und du brauchtest das Geld?«, ziehe ich ihn auf.

»Nein. Einfach nur jung und dumm.«

»Also.« Vince trinkt den letzten Schluck, ehe er geräuschvoll ausatmet. »Früher in der Schule haben wir immer ›Wenn ich du wäre‹ gespielt. Wenn ich du wäre, würde ich Herrn Lehmann fragen, ob ich seine Monobraue berühren kann. Wenn ich du wäre, würde ich den ganzen Tag barfuß durch die Schule laufen. Wenn ich du wäre, würde ich den Kloboden ablecken.«

»Ih, das ist ja widerlich!« Ich verziehe das Gesicht.

»Ist es«, bestätigt Vince. »Aber Luke hat immer alles durchgezogen. Er war unbesiegbar, eine richtige Legende. Und je älter wir wurden, desto krasser wurden die Challenges.«

»Krasser als den Kloboden ablecken?«

»Viel krasser.« Vince macht eine schwenkende Handgeste. »Weißt du noch das mit Halloween?« Er verkneift sich das Lachen, während Luke wieder die Augen verdreht. »Dein Freund hier hat das ganze Lehrerzimmer mit Zahnpasta dekoriert. Und auf jeden Platz hat er den Namen der Lehrenden geschrieben, damit sie alle ihre Plätze finden konnten! Es ist nie rausgekommen, dass er es war!«

Ich reiße den Mund auf. »Im Ernst?« Solche Rabauken hatten wir auf unserer Schule gar nicht. Selbst unser Abistreich war so langweilig, dass ich mich nicht mehr daran erinnern kann, was wir gemacht haben.

»Und als du die Praktikantin abgeschleppt hast!«, fährt Vince nostalgisch fort. »Wie hieß sie noch gleich?«

»Frau Zossen. Und ich war fast achtzehn«, stellt Luke klar, als ob es rechtfertigen würde, dass sich eine angehende Lehrerin auf einen Schüler einlässt.

»Oder das eine Mal, als du dich die ganze Nacht lang abgerackert hast, um ein Mädchen dazu zu bringen, dich zu küssen. Said war so sauer, weil er es nicht geschafft hat.«

Vince lacht aus vollster Seele, während ich vor Entsetzen zu atmen aufhöre. Den Boden abzulecken ist eklig, doch damit schadet man bloß sich selbst. Das Lehrerzimmer mit Zahnpasta vollzuschmieren ist auch nicht cool, wobei ich noch gewisses Verständnis für alberne Schulstreiche habe.

Aber die Praktikantin abschleppen? Ein Mädchen dazu bringen, ihn zu küssen? Das sind Lügen und überschreiten mein Toleranzlimit.

Aber Luke war noch jung, erinnere ich mich. Er ist nicht mehr der Junge von damals, und er war auch nie das ignorante Arschloch, für das ich ihn lange gehalten habe.

»Du hast ihr sogar die Lüge aufgetischt, dass du ins Ausland gehen würdest, damit ihr keine Nummern austauschen müsst. Das war so mies, Alter!«, sagt er streng, muss aber trotzdem lachen.

Moment mal. Nummern nicht austauschen? Ein Jahr lang ins Ausland gehen? Das kommt mir ziemlich bekannt vor. Ziemlich, ziemlich bekannt vor.

»Hä? Das weiß ich gar nicht mehr.« Luke zieht die Stirn kraus.

Oh Gott.

Ein Zittern geht durch meinen Körper. Luke hat mir heute erzählt, dass es eine Episode in seinem Leben gibt, an die er sich nicht mehr erinnern kann.

»Das war vor Ewigkeiten bei dieser einen komischen Abiparty. Weißt du noch?«

Nein. Nein, nein, nein.

Mir wird schwindelig. Die Wände kommen immer näher. Ich spüre meinen Körper nicht mehr.

»Oh Shit!« Vince reißt die Augen auf und wirkt mit einem Mal ganz nüchtern. »Natürlich weißt du das nicht mehr. Sorry. Das habe ich voll … Fuck. Ich bin wohl doch ein bisschen betrunken.«

Und damit habe ich den letzten Beweis.

Ich bin das Mädchen.

56. KAPITEL

Luke

»Hey, warte! Wo willst du hin?«

Sydney ist wie aus dem Nichts vom Hocker aufgesprungen und losgerannt. Erst dachte ich, sie würde zur Toilette gehen, doch nun läuft sie in die entgegengesetzte Richtung, zum Ausgang. Ich muss rennen, um sie nicht zu verlieren, und stoße die neuen Besucher, die gerade reinkommen, dabei fast um.

Als ich entgegen des Stroms nach draußen gespült werde, bin ich halb zerquetscht und muss mich erst mal orientieren, bevor ich Sydney entdecke. Endlich hole ich sie ein und packe ihre Schulter, um sie zum Stehen zu bringen.

»Was ist denn los?«, frage ich atemlos. »Was habe ich getan?«

Sydney dreht sich um. Sie weint.

Fuck. Offenbar hat Vince sie mit den alten Geschichten doch vergrault.

»Hör zu«, fange ich ruhig an. »Ich weiß, dass das vorhin sehr krass klang. Aber das ist Ewigkeiten her. Ich bin nicht mehr der Teenager von früher.«

Sydney schüttelt den Kopf, eine uneindeutige Geste, die nicht klarstellt, ob sie mir widerspricht oder etwas ganz anderes meint.

»Dieses Mädchen, das dich geküsst hat«, schluchzt sie und zeigt auf sich. »Das war ich!«

»Was?« Überrascht werfe ich den Kopf in den Nacken. Deshalb weint sie?

»Nein, das hast du falsch verstanden«, sage ich sanft und zugleich auch erleichtert. »Das ist Jahre her. Wir kannten uns da noch gar nicht.«

Eine neue Ladung Tränen strömt ihr über die Wangen. »Doch.«

Hä?

»Sydney, beruhige dich bitte erst mal. Du bist … ich weiß nicht. Betrunken vielleicht? Ich glaub, du weißt gar nicht, was du redest.«

Zorn blitzt in ihren verheulten Augen auf. »Verkauf mich nicht für dumm, Luke!«

Ihre scharfen Worte lassen mich automatisch einen Schritt zurücktreten. Ich habe Sydney schon oft auf die Palme gebracht, aber so aufgebracht habe ich sie noch nie erlebt.

»Was ist denn auf einmal los mit dir? Eben war doch noch alles gut.«

»Verstehst du es nicht?«, blafft sie mich mit donnernder Stimme an. Dann schaut sie in den Himmel und lacht, wobei es eher wie ein frustrierendes Husten klingt. »Nein, tust du nicht. Wie auch? Du erinnerst dich nicht mehr.«

Ich bin so überfordert, dass ich nicht weiß, was ich tun soll. Sydney wirkt wütend, ich weiß nicht einmal genau, wovon sie redet. Gern würde ich sie jetzt in den Arm nehmen, aber ihre reservierte Körperhaltung verbietet es mir, es auch nur zu versuchen.

»Hey, Leute! I made it!« Sydneys Mitbewohnerin Vicky kommt uns fröhlich hüpfend entgegen. Dabei summt sie zu dem Song, der durch die Lautsprecher im Club schallt. Als sie Sydney erblickt sieht, erstarrt sie. »Was ist passiert? Bist du verletzt?«

Sydney antwortet nicht sofort, dafür hat der Schock ihr die Sprache verschlagen. Ihre Augen sind aufgerissen, als sie mit einem zitternden Finger auf ihre Freundin zeigt. »Wo-woher hast du die?«

»Die Jacke?« Vicky schaut an sich herab und richtet den Kragen. »Die habe ich in deinem alten Kleiderschrank gefunden. Da war nicht viel, was zu meinem Stil passt, aber die Jacke ist cool. Ich nehme an, die gehört deinem Vater?«

Mein Hals wird trocken.

Ich hatte auch mal so eine. Dieselbe Farbe, dasselbe Modell. Meine Mutter hatte sie mir zu meinem siebzehnten Geburtstag geschenkt, und ich hatte sie seitdem pausenlos getragen. Mit der Zeit brannten sich ein paar Kratzspuren auf das Leder ein, auch das *Strellson*-Logo hing durch mein ständiges Herumfummeln irgendwann lose herab. Genau wie bei dieser Jacke.

Aber kann das sein? Ich hatte sie bei dem Unfall verloren, zumindest dachte ich das.

Sydneys Gesicht wird aschfahl, als ich zu ihr herumfahre. Plötzlich bekommen ihre Worte von vorhin eine völlig neue Bedeutung.

»Dieses Mädchen, das dich geküsst hat. Das war ich!«

Vicky schaut erst zu mir, dann zu Sydney. Ihre Augen werden schmal und geben mir zu verstehen, dass sie irgendwas begriffen hat, was ich noch nicht verstehe. Wie versteinert stehen wir im Dreieck, bis Vicky etwas davon murmelt, uns allein zu lassen, und sich mit leisen Schritten entfernt.

Jetzt, wo ich die Jacke nicht mehr vor Augen habe, ist es, als könnte ich wieder atmen. Und dann wird mir klar, dass es nicht um die Frage geht, ob das meine Jacke ist, sondern, warum zur Hölle sie im Besitz meiner Freundin ist.

»Woher hast du die?«, frage ich sie ohne Umschweife.

»Von dir«, sagt sie und schließt die Lider.

»Was?«

»Du hast sie mir gegeben, damit ich nicht friere.« Ihre Augen öffnen sich träge. Sie sieht todtraurig aus. »Wir saßen am Wasser, und mir war kalt.«

Am Wasser. In meinem Traum sitzen wir auch immer am Wasser. Und Sydney trägt meine Jacke. *Die* Jacke. Weil ich sie ihr gegeben habe.

Und dann macht es Klick.

57. KAPITEL

Luke

Damals sagten die Ärzte, dass sich das verletzte Gewebe erst regenerieren müsse, um die verlorenen Erinnerungen zurückzuholen. Dieser Moment trat jedoch nie ein. Ich wartete und wartete, doch die Tage vor dem Unfall und der Unfall selbst blieben bis auf ein paar Erinnerungsfetzen, von denen ich nicht sicher war, ob sie real waren oder nicht, wie ausgelöscht.

Bis jetzt.

Ich dachte immer, dass die Rückkehr meiner Erinnerung sich so anfühlen würde wie das verlorene Puzzlestück, dass man endlich findet. Aber so ist es nicht. Es ist auch nicht wie ein Tsunami, der einen mit tosenden Erinnerungswellen überrollt.

Vielmehr gleicht es einem »Ach ja!«-Moment. Ähnlich, wie wenn man ewig nach seinem Handy sucht, es unerwartet auf der Waschmaschine findet und sich denkt: »Ach ja, ich hatte es vor dem Waschen aus der Hosentasche genommen und dann dort vergessen.«

Nicht alles ist zurück, aber ein kleiner Teil schon. Der mit Sydney. Wie sie und ich hier Hand in Hand am Wasser standen und uns küssten. Wie sie über ihrem weißen Kleid meine Jacke trug. Genau wie in meinem Traum.

Nur wusste ich bis zu diesem Zeitpunkt nicht, dass das kein Traum, sondern eine Erinnerung war. Mein Unterbewusstsein hatte mir den Wink schon vor Wochen geschickt, und ich war zu ignorant, um dahinterzukommen. Jetzt verstehe ich auch, warum ich in letzter Zeit so oft von Alex geträumt habe. Es war dieselbe Nacht. Unmittelbar nacheinander habe ich zwei Menschen verloren.

Mein ganzer Körper schmerzt unter dem Gewicht dieser Erkenntnis. Ich krümme den Rücken und spüre Übelkeit in mir aufsteigen.

»Luke?«

Sydneys Stimme ist zögerlich. Ich weiß nicht, wie lange ich schon schweige. Eine Minute? Ein Jahr? Mein Zeitgefühl ist dahingeflossen, genau wie meine Sprachfunktion.

»Luke?«, fragt Sydney wieder, diesmal klingt sie panisch.

Mein Kopf dröhnt wie ein kaputter Motor. Da ist so viel. So viele Fragen und Gedanken, so viele Anschuldigungen und Vorwürfe, die alle gleichzeitig an die Oberfläche wollen.

Ich richte mich wieder auf und versuche meinen Atem zu beruhigen.

»Vorhin habe ich dir nicht von dem Körpergedächtnis erzählt«, beginne ich leise, den Blick auf meine zitternden Hände gesenkt. Obwohl die Nachtluft erstaunlich mild ist, friere ich bis auf die Knochen. »Das ist nämlich ebenfalls in der Lage, Erinnerungen zu speichern. Wenn das Gehirn etwas vergessen hat, kann es sein, dass sich der Körper mithilfe seiner Sinne trotzdem daran erinnert.«

Ich schaue auf, und sehe, wie ihr eine ihrer vielen Strähnen ins Gesicht fliegt. Bevor ich es verhindern kann, wandert meine Hand zu ihrem Gesicht und streicht ihr die dunklen Haare sanft hinters Ohr.

»Ich hatte die ganze Zeit das Gefühl, dass du mir so vertraut bist. Deine Augen, dein Geruch, deine Hände. Immer waren da diese Déjà-vus, von denen ich nie wusste, woher sie kamen. Aber jetzt weiß ich es.«

Ich lasse die Hand wieder sinken. Scham und Zorn kollidieren in meiner Kehle und schnüren mir einen Moment lang die Luft ab.

»Du hast mich die ganze Zeit belogen«, murmele ich in die Dunkelheit.

»Was?« Sydney blinzelt perplex. »Bis vor ein paar Stunden wusste ich das mit deiner Amnesie noch nicht und habe wochenlang mit dem Gedanken gelebt, dass du die Nacht mit uns vergessen hast, weil sie dir nicht wichtig war.«

»Trotzdem hast du gelogen.«

»Du hast doch auch gelogen! Wie war das mit der Wette? Du hast mich nur deshalb angequatscht!«

An die Wette kann ich mich noch immer nicht erinnern, aber ich fürchte, dass sie mir nicht glauben wird, wenn ich es ihr versuche weiszumachen. Deshalb verzichte ich auf eine Rechtfertigung. Außerdem zweifle ich nicht daran, dass es passiert ist. Eine solche Aktion passt zu mir, zumindest zu meinem früheren Ich. Außerdem hat selbst Vince es bestätigt.

»Ja, es war falsch, eine Wette auf dich abzuschließen, aber nichtsdestotrotz hast du mir monatelang was vorgemacht, weil du dachtest, dass ich dir was vorgemacht hätte«, räume ich ein. »Jetzt verstehe ich auch, warum du mich bei unserem ersten Treffen hast sitzen lassen. Du wolltest mich bestrafen. Oh mein Gott.« Ich klatsche mir selbst gegen die Stirn, als die Erkenntnis mich frontal erwischt. »Ich bin dieser Ex. Ich bin der Typ, der dir das Herz gebrochen hat. Ich sehe dem Typen ähnlich, weil ich der verdammte Typ bin. Auch da hast du mich belogen!«

»Moment mal! Ich habe nie von irgendeinem Ex geredet. Das haben du und Lennart euch nur zusammengereimt!«

»Wir haben doch erst neulich über ihn geredet! Du hast mir Fragen über ihn beantwortet. Über mich!«

»Ich habe nie explizit gesagt, dass es mein Ex war.«

»Aber klargestellt hast du es auch nicht.«

»Okay, Time out.« Sydney macht das symbolische T-Zeichen und nimmt einen so tiefen Atemzug, dass ihre Rippen deutlich hervortreten. »Noch mal von vorn.« Sie sieht mir direkt in die Augen. »An was erinnerst du dich alles?«

Ich denke an meinen Traum. »Daran, wie wir am Wasser standen und uns geküsst haben.« Und an das Gefühl dabei. Das Gefühl, über dem Boden zu schweben, weil ihre Lippen auf meinen zu spüren die Formeln der Gravitationskraft außer Kraft setzte.

»Weißt du noch, was du mir damals zum Abschied gesagt hast?«

Ich schüttele den Kopf.

Ein trauriger Schatten legt sich auf ihr Gesicht. »Du hattest mich gefragt, ob wir uns in einem Jahr wieder treffen könnten. Nach deiner Zeit in Neuseeland. Ich war hier, weißt du? Nach einem Jahr war ich hier und habe die halbe Nacht auf dich gewartet.« Sie schnieft leise. »Aber du bist nicht gekommen. Nicht in dem Jahr oder im nächsten oder …«

»Warte«, unterbreche ich sie. »Du bist mehr als einmal wiedergekommen?«

Sydney lächelt gebrochen. »Fünf Mal.«

Fünf Mal?

»Warum?«

»Weil … wir kannten nur die Vornamen des anderen, und ich dachte … ich dachte, dass, wenn du auch nach mir suchen würdest, dieser Ort der einzige Anhaltspunkt wäre. Und ich habe gewartet.«

Fünf Jahre. Sydney hat fünf verdammte Jahre lang auf mich gewartet. Ich hatte ihre Existenz vergessen, während sie auf meine Rückkehr hoffte. *Fünf Jahre!*

Bin ich gerührt? Vielleicht. Bin ich schockiert? Auf jeden Fall. Ich will mich nicht selbst runterziehen, aber bin ich es wirklich wert, fünf Jahre lang auf mich zu warten?

»Aber du bist nie gekommen.« Sie schluckt schwer. »Und dann habe ich dich in dieser Bar gesehen, und du wusstest nicht mehr, wer ich war.«

»Lange nicht gesehen.« Das waren ihre Worte, die ich damals noch für eine Art Anmache gehalten hatte. Jetzt bekommen sie eine völlig neue Bedeutung. Wir hatten uns *lange nicht gesehen*. Nur konnte ich mich daran nicht mehr erinnern.

»Seit diesem Abend war ich in dich verliebt«, gesteht sie und greift nach meiner Hand. »Deshalb war ich auch so verletzt, als du dich nicht mehr an mich erinnern konntest. Außerdem wusste ich, dass du mich wegen des Auslandsjahrs belogen hattest.«

Ich schüttele den Kopf und lasse ihre Hand los. »Nein.«

»Nein?« Sie sieht getroffen aus. »Nein, so wie: Du hast mich nicht belogen?«

»Doch, das habe ich wohl. Aber das, wovon du redest, ist doch keine Liebe. Man belügt keine Menschen, die man liebt. Man hintergeht, bestraft und erniedrigt sie nicht. Nein.« Ich drehe mich von ihr weg und richte den Blick auf die leere Straße. »Ich bin in einer Familie aufgewachsen, in der mir beigebracht wurde, was *keine* Liebe ist. Und das, von dem du sprichst, ist keine.«

»Doch«, sagt sie erstickt und stellt sich vor mich, damit ich sie wieder ansehe.

»Warum hast du nicht einfach mit mir geredet?«, konfrontiere ich sie. »Vorhin habe ich dir alles erzählt, die ganze Geschichte. Warum hast du es nicht in zwei Sätzen klargestellt? Oder noch früher, gleich bei unserer ersten Begegnung?«

»Weil ich mich geschämt habe, okay?« Sie schreit jetzt fast. »Fünf Jahre lang habe ich auf einen Jungen gewartet, den ich kaum kannte und der mich allem Anschein nach schon längst vergessen hatte. Es war mir peinlich, zugegeben, wie jämmerlich ich war. Und als du mir vorhin von dem Unfall erzählt hast, habe ich es nicht mehr für nötig empfunden, dein altes Trauma wiederaufzurollen. Außerdem dachte ich, dass es sowieso unwichtig ist, weil wir ohnehin wieder den Weg zueinander gefunden haben.«

»Also wolltest du mich niemals …« Ich kann den Satz nicht zu Ende führen, weil das Pochen in meinen Schläfen seinen Schmerz über den gesamten Kopf ausdehnt. Die Augen fest geschlossen reibe ich meine kalten Hände über das Gesicht.

Sydney wusste die ganze Zeit Bescheid.

Sie wusste, wer ich bin, während der Unfall es mich hatte vergessen lassen. Wie ein Volldepp war ich ihr hinterhergerannt, ohne zu verstehen, warum ich diese Anziehung spürte. Wie ein Spielball warf sie mich hin und her, sah mich, wenn sie wollte, versetzte mich, wenn sie wollte, schloss mich aus, wenn sie wollte. Und das Schlimmste war, dass ich das Gefühl nicht loswurde, dass ich tatsächlich schuld war. Dass ich es verdient hatte, wie sie mich behandelte und ständig wegstieß. Weil ich mein ganzes Leben lang nichts anderes kannte.

»Ich kann das nicht«, murmele ich.

»Was kannst du nicht?«

»Das hier. Du, ich, uns. Ich kann nicht.«

»Was?« Sie klingt entsetzt.

»Wir beide haben uns gegenseitig belogen und verletzt«, sage ich und spüre ein Brennen meinen Hals hinaufwandern.

»Das heißt … Wie jetzt? Das mit uns ist … vorbei?«

Ich zucke hilflos mit den Schultern und trete einen Schritt zurück. Gerade ist mein Herz wie Glas zersprungen. Ich weiß nicht, ob ich mich jemals davon erholen werde.

»Warte, Luke. Nein.« Sie umfasst meinen Arm, dreht mich zu sich und ist mir so nahe, dass ich den vertrauten Duft ihres Shampoos einfange. »Bitte handle jetzt nicht schon wieder impulsiv. Die Nacht war lang, und es ist so viel passiert. Das mit deinem Vater und … Gott.« Sie gibt einen knirschenden Laut von sich und drückt meinen Arm noch fester. »Bitte lass uns nach Hause fahren und morgen noch mal reden«, fleht sie und sieht so verzweifelt und zerrissen aus, dass ich nichts lieber täte als genau das.

Aber ich kann nicht. Der Schmerz in meiner Brust fühlt sich an wie ein Schuss ins Herz. Mein ganzes Leben lang wurde ich für dumm verkauft und von den Menschen enttäuscht, die behaupten, mich zu lieben. Das tut so weh. Ich kann einfach nicht mehr.

Nie wieder.

58. KAPITEL

Sydney

Ich bin am Boden zerstört. Ich hatte davor schon schlechte Tage und Wochen, aber so wie jetzt habe ich mich noch nie gefühlt. Ein bisschen schäme ich mich sogar dafür. Ich bin gesund, meine Familie und Freunde sind gesund, und ich lebe in einem der reichsten Länder der Welt, in dem es mir an nichts fehlt. Und trotzdem habe ich einen Nervenzusammenbruch wegen eines Typen.

Ich kann nicht aufhören zu weinen. Die Tränen fließen wie aus einem Wasserhahn. Man könnte meinen, ich sei inzwischen ausgeheult, aber der Mensch besteht zu etwa siebzig Prozent aus Wasser, deshalb reicht der Tank wohl noch eine Weile.

Gestern bin ich direkt zu Ani gefahren. Obwohl Vicky nicht im Geringsten Schuld trägt, kann ich gerade weder sie noch Maya sehen. Ich weiß, dass sie alles tun würden, um mich aufzubauen, sie sind eben die Besten. Aber so masochistisch es auch klingt, ich will trauern, weinen und mir Selbstvorwürfe machen.

Natürlich bin ich auch sauer auf Luke, aber die meiste Wut gilt mir selbst. Es war falsch, ihm die Wahrheit so lange vorzuenthalten. An seiner Stelle hätte ich mich genauso betrogen gefühlt, wenn auch nicht gleich die Beziehung beendet, als sie gerade erst richtig angefangen hat.

Ich kann nicht einfach glauben, dass es wirklich vorbei ist. Nicht, nachdem ich mich endlich mit ganzem Herzen auf

Luke eingelassen hatte. Nachdem ich endlich die ganze Wahrheit kannte und sich herausstellte, dass er nie der gewesen war, für den ich ihn fälschlicherweise gehalten hatte.

Warum war es mir zu peinlich, um von Anfang an Klartext zu reden? Warum war es mir wichtiger, mein Gesicht zu wahren, als offen und ehrlich meine Gefühle darzulegen?

Meine Zimmertür öffnet sich mit einem leisen Quietschen.

»Klopf, Klopf.«

Typisch Ani. Nie klopft sie an, stattdessen öffnet sie die Tür und sagt erst danach »Klopf, klopf«. Bisher hat mich ihre Angewohnheit nie gestört, da in diesem Zimmer nie etwas passiert ist, das nicht für ihre Augen bestimmt war.

»Möchtest du was backen?«, fragt sie mich. »Einen Apfelkuchen vielleicht? Wir haben das Rezept aus dem alten Kochbuch noch nicht ausprobiert.«

Ich schüttele den Kopf und wälze mich auf die andere Seite.

»Was ist mit einem Film? Wir könnten die *Star-Trek*-Reihe gucken. Die magst du doch so gern.«

»Du meinst *Star Wars*«, verbessere ich sie und merke, wie meine Mundwinkel sich ungewollt zu einem kleinen Lächeln biegen. »Und nein, danke.«

»Dann vielleicht eine Runde spazieren? Es ist kalt, aber sonnig. Im Wald waren wir schon seit Jahren nicht mehr.«

Ich antworte, in dem ich noch tiefer in meinen Sumpf aus Decken versinke.

»Ach, Schätzchen.« Die Matratze sinkt, als sie sich zu mir ans Bett setzt. »Dann iss wenigstens etwas.«

»Hab ich doch«, murmle ich in mein Kissen.

»Das waren zwei Bissen Toast. Gestern.«

»Ich habe keinen Hunger.«

Ani seufzt. Ihr sanftes Streicheln über meinen Rücken dringt durch die vielen Decken nur schwach zu mir durch.

»Möchtest du darüber reden?«

»Wozu?« Alles, was passiert ist, habe ich ihr gestern schon erzählt. Das Reden darüber würde die Vergangenheit auch nicht ungeschehen machen.

Ani murmelt etwas, was ich nicht verstehe, und steht auf. Sekunden später spüre ich eine kühle Brise auf mich zuwehen. Sie hat das Fenster aufgemacht. Automatisch ziehe ich scharf Luft ein. Ich hatte gar nicht bemerkt, wie stickig es hier geworden ist. Ani setzt sich wieder zu mir und krault mein Fell aus Decken weiter. Obwohl ich es nicht laut ausspreche, bin ich dankbar, dass sie bei mir ist.

Mein Handy summt, doch ich beachte es nicht. Seit gestern werde ich ununterbrochen mit Nachrichten vollgespamt. Vicky will wissen, wie es mir geht, Maya will wissen, wie es mir geht, Lennart will wissen, warum ich mich krankgemeldet habe, und Tina macht mir die Hölle heiß, weil ich mich krankgemeldet habe. Sie glaubt mir nicht, dass ich wirklich krank bin. Dabei glaube ich sogar, dass es mir noch nie so mies ging wie jetzt. Am liebsten würde ich mein Handy ausschalten, aber ein verzweifelter Teil von mir klammert sich noch an die Hoffnung, dass Luke mir vielleicht schreibt. Dass er es sich anders überlegt hat. Dass unsere Geschichte nicht so enden kann.

Doch er tut es nicht. Und jedes Mal, wenn ich mich doch dazu ringe, auf mein Handy zu schauen, und nicht er es ist, der mir schreibt, wird der Riss in meinem Herzen noch ein Stück größer.

Und dann geht es wieder los. Die Trauer schraubt die Wasserhähne auf und lässt mein Blickfeld in einem Meer aus Tränen verschwimmen.

*

Zeit soll alle Wunden heilen, so heißt es zumindest. Aber nach ein paar Tagen habe ich immer noch nicht das Gefühl, dass es besser wird – eher schlimmer. Es kommen zwar keine Tränen mehr, aber innerlich weine ich umso mehr. Früher habe ich nie verstanden, wenn Menschen nach einer Trennung derart am Boden zerstört waren. »Ist doch nur ein bisschen Liebeskummer«, habe ich immer gedacht, aber heute weiß ich es besser. Wenn einem das Herz rausgerissen wird, ist es, als würde man innerlich verbluten.

»Schätzchen?«, ertönt Anis Stimme von unten. »Kannst du bitte runterkommen?«

Ich tue so, als würde ich schlafen, und antworte nicht. Das mache ich schon seit der ersten Nacht, die ich mich hier verbarrikadiert habe. Manchmal klappt es, manchmal nicht. Heute ist wohl Letzteres der Fall, denn nur Sekunden später höre ich sie mit ihren Pantoffeln die Treppe hochstapfen. Nachdem die Tür sich geöffnet hat, schweigt Ani einen Moment.

»Ich weiß, dass du wach bist.«

Mist!

»Komm runter«, sagt sie, diesmal als unmissverständliche Aufforderung, und fügt, kurz bevor die Tür wieder ins Schloss fällt, hinzu: »Du hast Besuch.«

Besuch? Wer sollte mich besuchen? Maya und Vicky wissen, dass ich allein sein möchte, und jemand anderes hätte keinen Grund, mich bei meiner Oma aufzusuchen. Ohne mich aufzurichten, taste ich nach meinem Handy, das irgendwo neben meinem Kissen liegen muss. Als ich es finde und einen Blick auf das Display werfe, sehe ich nichts weiter als Datum, Uhrzeit und meine Halloweentorte, die neuerdings meinen Homescreen ziert. Aber keine neue Nachricht. Der Besucher hat sich nicht angekündigt, was für meine Generation ziemlich ungewöhnlich ist.

Es ist die Hoffnung, die mich letztlich aus meinem Kokon aus Decken herausschält. Die dämliche überirdisch unrealistische Hoffnung, dass da unten eine ganz bestimmte Person auf mich wartet.

Als meine nackten Zehen das eisige Parkett streifen, bibbere ich und würde ich mich am liebsten wieder im Bett zusammenrollen. Da ich aber zuerst wissen muss, wer da ist, gebe ich mir einen Ruck und schlurfe aus dem Zimmer. Während ich die Treppen runterlaufe, trommelt mein Herz in meiner Brust wie bei einem Schlagzeugsolo. An der letzten Stufe angekommen schaue ich mich um. Auf dem Sofa sitzen zwei Gestalten mit dem Rücken zu mir.

In diesem Moment prasseln mehrere Emotionen gleichzeitig auf mich ein. Eine davon ist Enttäuschung. Enttäuschung, weil nicht er es ist, der mich besucht. Die andere ist Scham, weil ich sie nicht erwartet habe und mir jetzt undankbar vorkomme. Besonders dominierend ist jedoch die pure Fassungslosigkeit.

Auf dem Sofa sitzen meine Eltern. Sobald sie mich kommen hören, drehen sie sich um und werfen die Hände fröhlich in die Luft. »Surprise!«, rufen sie.

Das ist schräg. Äußerst schräg sogar. Es passt nicht zu meinen Eltern, dass sie einfach unangekündigt auftauchen. Beide haben streng getaktete Tage voller Termine und Veranstaltungen und planen ihre Besuche deshalb immer lange im Voraus.

»Was ist hier los?«, frage ich mit leichter Panik in der Stimme. »Seid ihr krank? Zieht ihr um? Ist etwas mit euren Jobs? Oh Gott.« Ich halte mir die Hand vor den Mund. »Ihr lasst euch doch nicht etwa scheiden!«

Meine Mutter, die anscheinend jedes deutsche Wort verstanden hat, lacht auf und schüttelt den Kopf, während sie mir entgegenkommt und mich in eine feste Umarmung zieht.

»Nope, keine Scheidung«, sagt sie mit einem starken Akzent, woraufhin mein Vater ihre Worte mit einem »Puh« quittiert und so tut, als würde er sich Schweiß von der Stirn wischen. Mama kichert und fügt an Papa gewandt hinzu, dass die Nacht noch jung ist.

Okay, diese beiden Turteltäubchen lassen sich ganz gewiss niemals scheiden.

»Und warum seid ihr dann hier?«, frage ich in der Umarmung meines Vaters und merke erst im Nachhinein, wie unhöflich es klingt.

Papa lässt mich los, und sein amüsiertes Lächeln schwindet. »Ani hat sich Sorgen um dich gemacht«, sagt er und schielt zu seiner Mutter, die an der Küchentür lehnt. »Da dachten wir, es wäre gut, wenn wir mal vorbeikommen und nach dir sehen.«

Es braucht ein paar Sekunden, bis seine Worte zu mir durchdringen. »Ihr seid *meinetwegen* gekommen? Aus Norwegen?«, füge ich hinzu, als würde es meinen Worten automatisch mehr Gewicht verleihen. Oslo ist zwar keine zwei Flugstunden von Berlin entfernt, aber trotzdem!

»Natürlich«, erwidert er sanft und wuschelt mir durch meine verfilzten Haare. »Wir sind deine Eltern und immer für dich da. Egal, wie alt du bist, und egal, wo wir sind.«

Ich weiß nicht, ob ich wieder losheulen oder im Boden versinken will. Meine Eltern haben sich freigenommen und sind extra aus Norwegen hergeflogen. Ich freue mich über ihren Besuch, keine Frage, aber gleichzeitig fühlt es sich komisch an, dass sie extra hergekommen sind, nur weil ich Liebeskummer habe.

Ani verschwindet in der Küche, um uns allein zu lassen, und meine Eltern und ich nehmen auf dem Sofa Platz. Dicht sitze ich zwischen ihnen, ihre Blicke ruhen abwartend auf mir. Nachdem die Welt vor ein paar Tagen noch heil war und ich Mama fröhlich Fotos von Abendkleidern geschickt habe, ist es kein Wunder, dass sie wissen wollen, was seitdem passiert ist. Aber wie kann ich mit ihnen reden, wenn wir es sonst nie tun, überlege ich zweifelnd. Zumindest nicht über Typen, Dates oder Herzschmerz. Dass sie mir das Leben geschenkt haben, gibt ihnen noch lange keinen Anspruch auf meine Gefühlswelt. Missmutig verschränke ich die Arme vor der Brust. Nein, ich kann ihnen nicht einfach mein gebrochenes Herz ausschütten, bloß weil sie meine Eltern sind.

Und deshalb tue ich es auch nicht. Ich rede nicht über Luke, weil ich nicht einmal wüsste, wo ich anfangen sollte. Stattdessen reiße ich ein anderes Thema an, eines, das mir fast ebenso sehr auf der Seele brennt.

Ich schiebe die Hände in die Bauchtasche meines Pullovers und halte den Kopf gesenkt, während ich freiwillig das Thema Uni anreiße. Ganz offen und ehrlich erzähle ich, dass mir das Studium keinen Spaß mehr macht, weil sich meine Interessen mit der Zeit verschoben haben. Dass ich überlege, nach dem Master eine Ausbildung zur Konditorin hinterherzuschieben, weil ich glaube, meine Passion gefunden zu haben. Dass ich weiß, wie hart und schlecht bezahlt dieser Beruf ist, und ich es trotzdem versuchen will.

Ich erwarte nicht viele Worte von meinem Vater, er überlässt das Reden meistens seiner besseren Hälfte. Die Reaktion meiner Mutter jedoch haut mich völlig von den Socken.

»I'm proud of you«, sagt sie, und ich muss mir übers Ohr reiben, weil ich glaube, mich verhört zu haben.

Sie ist stolz auf mich?

»Du weißt, was du willst«, redet sie weiter auf Englisch. »Du verfolgst deine Ziele und wagst dich an gefährliche Wege. Das finde ich mutig und respektabel.«

Mein offener Mund trocknet allmählich aus, aber ich bin noch immer nicht in der Lage, ihn zu schließen.

»Außerdem bist du noch jung und hast alle Zeit der Welt. Und wenn es mit deinem Traum nicht klappen sollte, hast du ja immer noch ein abgeschlossenes Studium. Zumindest hoffe ich, dass du es abschließend wirst.« Sie wirft mir einen halbstrengen Blick zu.

Hitze steigt mir in den Kopf. Also hat Ani wohl erzählt, dass ich in den letzten Tagen die Uni geschwänzt habe.

Verräterin!

»Aber das waren keine Präsenzveranstaltungen«, verteidige ich mich schwach und fühle mich plötzlich wieder wie ein Kind, das sich vor seiner Mutter, für die Bildung das Wichtigste ist, rechtfertigen muss. »Die meisten Vorlesungen werden gefilmt und im Anschluss online hochgestellt. Ich kann das alles aufholen!«

»Das wirst du bestimmt«, klinkt sich mein Vater ein und klopft mir lächelnd aufs Knie. Seine Devise lautet, immer alles positiv zu sehen – zu meinem Glück, denn Mama brummt nur und lässt das Thema fallen.

*

Nach einer Weile kehrt Ani mit einem Apfelkuchen zurück, der das Wohnzimmer prompt in eine Wolke aus Zimt eintaucht. Obwohl wir noch immer nicht über Luke geredet haben und es vermutlich auch nicht mehr tun werden, erfüllen meine Eltern trotzdem den Zweck des Besuchs: Sie sind für mich da.

Den Rest des Abends sitzen wir zusammen, reden über alles Mögliche und essen mehr Kuchen, als für unsere Mägen gut ist. Die Stimmung ist ähnlich wie an Weihnachten, frohgestimmt und von lautem Gelächter erfüllt. Ani schafft es tatsächlich, meiner Mutter mit Händen und Füßen das Rezept für den Apfelkuchen zu erklären. Keine Ahnung, warum sie die Hände zu einem Dreieck formt, um das Wort Butter zu beschreiben, oder sich über die Handfläche fährt, um zu demonstrieren, dass die Kuchenform eingefettet werden muss. Meine Mutter jedoch lacht im Gegensatz zu mir nicht und nickt konzentriert, während sie sich jede Anweisung ins Handy notiert.

Als es spät wird – zumindest für Ani, denn für sie ist der Zeiger auf Zehn allerhöchste Schlafenszeit –, macht sie sich bettfertig. Meine Eltern und ich bleiben noch im Wohnzimmer. Zu meinem Glück erklären sie sich bereit, einen *Star-Wars*-Film mit mir zu schauen, zu meinem Pech besteht meine Mutter auf den achten und meiner Meinung nach schlechtesten Teil. Doch obwohl der Regisseur Rian Johnson die komplette Skywalker-Saga mit Füßen zertritt, amüsiere ich mich. Papa, der vom achten Teil genauso wenig hält wie ich, schüttelt sich ebenfalls vor Lachen, zum großen Ärger Mamas, die uns ständig ermahnt, die Handlung ernst zu nehmen. Kylo Ren hat ihr Herz gestohlen – kotz, würg, brech!

Als ich einschlafe, liegt mein Kopf an der Schulter meines Vaters und meine Füße auf dem Schoß meiner Mutter. Jepp, ich bin dreiundzwanzig und kuschele mit meinen Eltern – und Herr im Himmel – es ist das schönste Gefühl auf der Welt.

59. KAPITEL

Luke

Seit meinem Unfall habe ich immer diese Unruhe in mir gespürt. Der Tod von Alex hatte mich erschüttert, aber da war noch mehr. Ich hatte das Gefühl, dass ich nach etwas oder jemandem suchte. Und auch wenn ich nicht wusste, wonach, wollte ich es unbedingt finden. Bei Sydney verschwand diese Unruhe. Ich hatte gefunden, wonach ich suchte, ohne es zu bemerken. Jetzt ist sie wieder weg, aber dafür die Unruhe zurück.

Die Erinnerungen an den Abend sind noch immer nicht ganz da, aber jetzt, wo ich weiß, was passiert ist, kann ich die Bruchstücke meiner Träume besser zusammensetzen. Ich war auf der Tanzfläche, als ich Sydney das erste Mal sah. Sie trug ein weißes Kleid, dazu große Ohrringe und flache weiße Ballerinas. Ihr Outfit stach im Neonlicht stark hervor, und als sie mich ansah, war es um mich geschehen.

Danach verschwimmt wieder alles, aber ich weiß noch, wie wir am Wasser saßen und über alles Mögliche sprachen. Ich glaube, dass ich ihr sogar das mit dem Stricken erzählte. Sydney hatte mich derart in ihren Bann gezogen, dass ich meine tiefsten und peinlichsten Geheimnisse mit ihr teilte.

Woran ich mich aber genau erinnere, sind meine Schuldgefühle. Damals wollte ich sie küssen, damit sie es nicht zuerst tun musste und ich meine Wette verlor. Aber dann kam ich mir schäbig vor, überhaupt einen ihrer Küsse zu stehlen. Am Ende gewann ich die Wette, obwohl ich alles verloren hatte.

Und jetzt verliere ich sie schon wieder.

Sie fehlt mir. Ich denke an sie, eigentlich sogar die ganze Zeit. Ich stand auch mehrmals kurz davor, auf ihre Nachrichten zu reagieren, in denen sie mich um ein Gespräch gebeten hat. Aber jedes Mal, wenn ich meiner Sehnsucht nachgeben wollte, bin ich von migräneartigen Kopfschmerzen heimgesucht worden, in denen mir mit Hämmern aus Scham und Wut gegen den Schädel geschlagen wurde.

Keine Worte können beschreiben, wie erniedrigt ich mich fühle. Sydney hat mich monatelang belogen und für dumm verkauft. Sie hat mir weisgemacht, dass da ein anderer wäre, obwohl es die ganze Zeit ich selbst war. *Ich* war mein eigener Konkurrent, den ich ihr ausspannen wollte. Ich war es, der ihr wehgetan hatte und den sie vergessen wollte. Und ich war es, der um sie kämpfte.

Wir beide haben Mist gebaut. Ich damals, Sydney heute. Und deshalb antworte ich ihr nicht. Weil es Dinge gibt, die nicht mehr zu retten sind. Das mit uns war wohl wie in dem berühmten Sprichwort: Zu schön, um wahr zu sein.

Wenigstens habe ich noch meine Wohnung. Gestern habe ich eine Nachricht von meinem Vermieter erhalten, in der er von einem *Missverständnis* geschrieben hat. Ich dürfe jetzt doch meine Wohnung behalten. War ja klar, dass mein Vater kein Risiko eingehen würde, dass ich meine Drohungen wahrmache.

Mein Handy kündigt den Eingang einer neuen Nachricht an. Tina. Sie fragt, ob ich spontan aushelfen kann. Sonntags platzt das *Coffee & Books* aus allen Nähten. Die meisten übernehmen die Schicht gern, weil es immer eine Menge Trinkgeld gibt. Ich gebe sie trotzdem lieber ab, weil sie mir viel zu hektisch und laut ist. Außerdem habe ich offiziell eine Woche Urlaub, weil ich die Geschichte mit meinem Vater und Sydney erst mal verdauen wollte und es nicht ertragen konnte, Letztere so bald wiederzusehen. Wie es aussieht, hatte sie einen ähnlichen Plan, denn sie ist schon seit einer Woche krankgemeldet. Ob sie je wiederkommt, weiß ich nicht.

Natürlich habe ich kurz mit dem Gedanken gespielt zu kündigen. Einfach alles stehen und liegen lassen, wie ich es immer tue. Aber ich hatte Tina versprochen, mit den Konsequenzen zu leben, die es bringt, jemanden aus der Arbeit zu daten. Außerdem liebe ich das Café. Endlich habe ich einen Ort gefunden, an dem ich mich zugehörig fühle. Ich sehe ein Licht am Ende des Tunnels und fühle mich nach Jahren motiviert, mein Abi nachzuholen. Nicht, weil mein Vater mich dazu zwingt, sondern, weil ich zum ersten Mal eine Zukunftsperspektive habe und nach all den Jahren weiß, welchen Weg ich einschlagen will.

Und dann dämmert es mir.

Ich bin kein Versager.

Zwar habe ich es mir lange eingeredet, aber jetzt weiß ich, dass es nicht stimmt. In etwas zu versagen macht einen nicht zum Versager, sondern nur zu einem Menschen. Manchmal gewinnt man auf Anhieb, und wenn nicht, muss man es eben noch mal versuchen.

Ich lächele über diese Erkenntnis und schreibe Tina, dass ich in einer halben Stunde da bin. Das wird zwar knapp, aber wenn ich in zehn Minuten losgehe, schaffe ich es.

Ich stehe auf, gehe ins Bad und springe kurz unter die Dusche. Zurück in meinem Zimmer ziehe ich mir ein paar saubere Klamotten über und rubbele mir die Haare trocken. Als ich wieder ins Bad gehe, um meine Zähne zu putzen, klingelt es an der Tür. Jede Wette, dass das Vince ist. Schon wieder. Ich stöhne leise und lege die Zahnbürste zurück. Obwohl ich Vince bestimmt hundertmal gesagt habe, dass alles okay ist, kommt er trotzdem fast jeden Tag vorbei, um sich zu vergewissern, dass ich noch lebe.

Gelangweilt öffne ich die Tür und habe schon eine neckende Begrüßung auf der Zunge, als ich sehe, dass es gar nicht Vince ist.

Wow. Und ich dachte noch, dass mein Vater auf ein mediales Spektakel verzichten wollen würde, aber offenbar gibt dieser Mann nie auf. Jetzt schickt er mir seinen Handlanger schon wieder vorbei.

Und täglich grüßt das Murmeltier.

»Ihr könnt es einfach nicht gut sein lassen«, sage ich resigniert, ehe mich im nächsten Moment der tiefsitzende Zorn auf meine Eltern von der Seite trifft. »Okay, wisst ihr was? Jetzt reichts. Ihr glaubt, ich traue mich nicht? Dann macht euch bereit, morgen in der Zeitung zu stehen.«

»Warte!«, sagt Timo und legt seine Hand auf den Türrahmen, damit ich sie nicht schließen kann, ohne seine Hand zu zerquetschen. »Ich bin nicht wegen Paps hier. Er weiß nicht mal, dass ich hier bin.«

»Das ist also deine neue Masche? Du spielst den Doppelagenten?«

»Nein!« Er wirkt zerknirscht. »Ich bin hier, um mich zu entschuldigen.«

»Was?«

Timo nutzt meine kurzzeitige Verwirrung, um die Tür aufzustoßen und sich an mir vorbeizudrängeln.

»Lass uns bitte kurz reden«, sagt er und schließt langsam die Tür hinter uns. Dabei lässt er mich nicht aus den Augen, als fürchte er, dass ich andernfalls mit einer Machete auf ihn losgehen könnte.

Kurz schiele ich über meine Schulter, um das Chaos in meiner Wohnung einzuschätzen, doch dank Vince sieht es hier sogar halbwegs bewohnbar aus. Aber Timo sieht sich gar nicht um, seine blauen Augen fixieren nur mich.

»Ich will mich entschuldigen«, sagt er wieder. »Das, was neulich passiert ist, war echt krass. Als du gesagt hast, dass du nichts mehr mit uns zu tun haben willst, hat mich das zum Nachdenken gebracht.«

»Zum Nachdenken gebracht?«, wiederhole ich gallig. »Dir ist also erst *jetzt* aufgefallen, was für Wichser ihr alle wart?«

Sein Ausdruck wird gequält. »Ich weiß, dass du ein echt schweres Leben hattest. Und ich weiß auch, dass wir einen großen Teil dazu beigetragen haben. Auch ich.«

»Einen großen Teil? Wie wär's mit dem ganzen Teil? Ihr habt mich wie Dreck behandelt. Wie Dreck! Weißt du, wie es sich anfühlt, von den Menschen, die dir das Leben geschenkt haben, so viel Hass zu bekommen? Nein, wie denn auch? Du wurdest immer in den Himmel gelobt. Du warst das Kind, auf das man stolz sein konnte. Das *Lieblingskind*.«

Mein Bruder presst die Lippen fest zusammen. »Ich habe nie darum gebeten, das Lieblingskind zu sein.«

Jetzt muss ich lachen. Ich kann einfach nicht anders. »Warte. Ist das eine Beschwerde darüber, dass du zu sehr geliebt wurdest?«

»Nein, aber genau wie dir wurde mir eine Rolle aufgezwungen. Die des *guten* Sohns. ›Wenigstens bist du nicht so‹«, zitiert er unseren Vater. »›Wenigstens kann ich mich auf dich verlassen.‹ ›Wenigstens machst du keinen Ärger.‹ Aber was, wenn doch?« Jetzt sieht er mich direkt an. »Was, wenn ich auch mal Quatsch und Blödsinn machen wollte? Warum durfte nur einer von uns das Kind sein?«

Überrascht trete ich einen Schritt zurück.

So habe ich das noch nie gesehen.

»Dieser Druck. Dieser elende Druck, immer perfekt zu sein und niemals etwas falsch zu machen.« Timo macht eine kurze Pause, um sich über die Augen zu reiben. »Es gab keinen Raum für dich, aber manchmal gab es auch keinen für mich. Mein Leben ist vorgeschrieben, und Abweichungen werden nicht geduldet.«

»Ich dachte, das gefällt dir«, rede ich nun doch dazwischen. »Du hast dich nie beschwert.«

»Das habt ihr bloß nicht mitbekommen … Weißt du eigentlich, wie nervig es war, dass ich mir immer für alles Mühe geben musste, während dir alles hinterhergeschmissen wurde?«

»Wie bitte?« Diese Aussage ist so lächerlich, dass ich schon wieder lachen könnte. »Was wurde mir denn bitte hinterhergeschmissen? Also außer Beleidigungen natürlich.«

»Deine Anstellung in der Firma zum Beispiel«, sagt er sofort. »Während ich mich mit meinen achtzig Stunden pro Woche halb totarbeite, bietet dir Papa einen renommierten Job an, ohne dass du einen Finger rühren musst. Er hat dich doch nur deshalb in den Kundensupport geschickt, weil das die einzige Möglichkeit war, dich ohne Abitur in die Firma zu schleusen. Noch dazu hat er dich bezahlt wie einen Anwalt. Ich weiß, dass du das alles sowieso nie wolltest, aber weißt du, wie dumm ich mir vorkomme, dass ich immer für alles hart arbeiten muss und du nicht? Es ist scheiße, wenn man als selbstverständlich gesehen wird.«

Schmerz flackert in seinen Augen, ein Ausdruck, den ich noch nie bei ihm gesehen habe. Es ist, als stünde ein völlig anderer Mensch vor mir. Nicht mein Bruder Timo aka Papas Liebling. Sondern ein verletzter Junge. So wie ich.

»Die Wahrheit ist, dass ich manchmal sogar gern mit dir getauscht hätte.«

Ich ziehe eine Fratze. So kann wirklich nur jemand reden, der keine Ahnung hat, was jahrelange Demütigung ist. »Ist das dein Ernst? Du willst mir weismachen, dass du auch pausenlos erniedrigt und schikaniert werden wolltest?«

»Ja, manchmal schon«, erwidert er trocken. »Du warst zwar oft traurig und wütend, aber dein Leben hat trotzdem cool auf mich gewirkt. Du hattest immer einen Haufen Freunde und ständig irgendwelche verrückten Geschichten zu erzählen. Ganz oft wollte ich fragen, ob ich mich euch anschließen kann, aber du warst mir gegenüber immer so feindselig, dass ich mich gar nicht erst getraut habe. Das ist nicht nur deine Schuld, ich weiß. Und ich weiß auch, dass meine Situation nicht im Geringsten mit deiner zu vergleichen ist. Aber ich will, dass du weißt, dass es manchmal auch nicht leicht ist, das Lieblingskind zu sein.«

Timo schließt die Augen und atmet tief durch. Ich starre ihn an und weiß nicht, was ich sagen soll. Ein Teil von mir misstraut ihm noch immer. Hält das alles für eine ausgeklügelte Masche, damit ich die Sprachaufzeichnung rausrücke und die Firma gerettet ist.

Aber seine Augen lügen nicht. Das stille Leid, das sich darin spiegelt, muss echt sein.

»Das wusste ich nicht«, gestehe ich und hefte den Blick auf seine schwarzen Lackschuhe. Offenbar hat er unter der Erziehung unserer Eltern ebenfalls gelitten, wenn auch auf eine andere Weise.

»Ich weiß.« Timo zuckt mit den Schultern. »Wir hatten ja nie ein gutes Verhältnis, dass wir über so was reden.«

»War das immer so?«

»Nein.« Er lächelt betrübt. »Als wir klein waren, waren wir unzertrennlich. Weißt du nicht mehr?«

»Keine Ahnung, ist lange her«, entgegne ich dumpf, aber da

er gekränkt wirkt, füge ich schnell hinzu: »Aber ja, ganz früher vielleicht.«

»Ich habe es geliebt, dein großer Bruder zu sein.« Ein schwermütiges Lächeln legt sich auf seine Lippen. »Du hast immer zu mir aufgesehen und mir alles nachgemacht. Wir hatten tausend Insider und waren ständig am Lachen. Ich war es sogar, der dir den Spitznamen Luke verpasst hat.«

»Wirklich?«

»Ja. Als du eingeschult wurdest, gab es in deiner Klasse zwei weitere Kinder mit dem Namen Lukas. Dich nannten sie *Lukas drei*, was dir überhaupt nicht gefiel. Ich schlug daraufhin vor, dich anstatt *Lukas drei* Luki oder Luke zu nennen. Den Namen Luki mochtest du nicht, aber mit Luke warst du einverstanden.«

»Stimmt. Jetzt erinnere ich mich wieder.«

Es hatte mich so genervt, weil ich der dritte Lukas war. Immer hintangestellt zu werden kannte ich schon aus meinem Elternhaus, da wollte ich es nicht auch noch in der Schule haben.

Und mit einem Mal kehrt die Schwere in meiner Brust zurück. Die ersten achtzehn Jahre meines Lebens waren die pure Hölle. Selbst der Unfall und Alex' Tod waren nicht so leiderfüllt wie die Stimmung zu Hause. Wäre Vince nicht für mich da gewesen, wüsste ich nicht, ob ich das überlebt hätte.

Timo scheint meinen aufwallenden Kummer zu bemerken, denn auch sein Blick trübt sich. »Es tut mir leid, okay? Du musst mir nicht glauben, aber ich hoffe, du tust es trotzdem. Und ich würde mich wirklich freuen, wenn wir versuchen würden, an unserer Beziehung zu arbeiten. Du bist mein Bruder, und ich will dich nicht verlieren.«

Hat er das gerade wirklich gesagt?

Die Dreistigkeit dieser Bitte raubt mir kurz den Atem.

»Du willst mich nicht verlieren?« Zorn schwingt in meinen Worten mit. »Du willst an unserer Beziehung arbeiten? Du hast versucht, mir meinen Job wegzunehmen!«

»Ich weiß.«

»Und du hast so getan, als ob ich mir das einbilden würde. Als wäre ich ein dummer Schwachkopf. Du wolltest mich manipulieren!«

Timo verzieht das Gesicht. »Das wollte ich nicht, ehrlich. Aber seit ich klein bin, mache ich immer, was unser Vater sagt. Ich habe es nie richtig hinterfragt.«

»Du bist eine Marionette. Genau wie unsere Mutter!«

»Ja, manchmal vielleicht«, gesteht er sich ein. »Aber ich werde versuchen, an mir zu arbeiten, ehrlich. Ich will nichts mehr tun, wo ich nicht dahinterstehe.«

Klar, und Autos können fliegen. »Das will ich sehen.«

»Wirst du, wenn du mir eine Chance gibst.« Sein Blick ist aufrichtig, und ich glaube ihm sogar, dass er es ernst meint. Trotzdem weiß ich nicht, ob das reicht. Eine einzige Entschuldigung kann nicht alles aufwiegen, egal wie aufrichtig sie ist.

»Ich denk drüber nach«, antworte ich, weil ich diese Entscheidung nicht aus einem Impuls heraus treffen möchte. »Du musst mir allerdings schwören, mich ab sofort mit der Firma in Ruhe zu lassen. Und damit das klar ist: Ich werde keinen Vertrag unterschreiben, in dem ich erkläre, die Sprachaufzeichnung niemals gegen euch zu verwenden.«

Timo lächelt traurig. »Du glaubst mir immer noch nicht, oder?«

»Ich glaube, dass es dir leidtut, aber ich vertraue dir noch nicht, nein.«

Er seufzt. »Das tut zwar weh, aber ich verstehe es.«

»Ich bin noch nicht fertig«, halte ich ihn auf und gebe ihm

ein Handzeichen, weil noch eine weitere Bedingung folgt. »Mit unseren Eltern bin ich wirklich durch. Ich will keine Einladungen zu irgendwelchen Geburtstagen oder Events. Kein gemeinsames Weihnachten, gar nichts.«

»Okay. Wobei … Mama geht es wirklich mies. Sie bereut den Streit und vermisst dich.«

»Dann soll sie sich melden«, erwidere ich und weiß tief im Innern, dass das nie passieren wird. Lieber leidet sie im Stillen, als sich gegen ihren Ehemann zu stellen. Vielleicht ist sie auch ein Opfer seiner Herrschaft, aber ich werde es ihr trotzdem nicht verzeihen, dass sie sich immer für ihn und nie für mich entschieden hat. Ich weiß nicht viel von Elternschaft, aber wenn ich jemals ein Kind haben sollte, wird es für mich immer an erster Stelle stehen.

»Aber jetzt muss ich wirklich los zur Arbeit«, sage ich und werfe einen Blick aufs Handy. Das Zähneputzen spare ich mir, dafür ist jetzt keine Zeit mehr.

»Du arbeitest an einem Sonntag?«, fragt Timo überrascht.

»Ich arbeite sogar in meinem Urlaub.«

»Vielleicht bist du doch ein richtiger *Kaiser*«, scherzt er und lächelt spröde.

»Soll ich dich fahren?«, schlägt er vor.

»Ne, musst du nicht«, winke ich ab.

»Aber nicht, dass du meinetwegen zu spät kommst. Im Ernst, das ist kein Ding. Mein Benz steht gleich in der Einfahrt.«

Mein Benz. Ich beiße mir auf die Zunge, um nicht loszulachen. Wer redet denn so versnobt? Wie können wir dieselbe DNA haben?

»Okay«, willige ich ein, weil ich wirklich nicht zu spät kommen möchte. Tina zählt auf mich.

»Arbeitet Sydney heute auch?«, fragt Timo auf dem Weg zum Auto.

Mein Magen verkrampft sich beim Klang ihres Namens. »Nein.«

»Ach so, schade. Ich hätte sie gern gesehen. Aber vielleicht ein anderes Mal.«

Oder nie wieder.

»Sie ist übrigens echt super.«

»Ja.« Sydney ist die unglaublichste Frau auf der Welt.

»Sehr hübsch und freundlich und charmant. Und auch sehr klug. Ihr zwei gebt ein tolles Paar ab.«

Ich nicke und wünschte, er würde aufhören zu reden. Wünschte, er würde aufhören, in der frischen Wunde zu bohren und das Loch in meiner Brust nur größer zu machen.

Timo schließt *seinen Benz* auf, und wir steigen ein. Ich rümpfe die Nase, weil ich den Eigengeruch von Autos noch nie leiden konnte. Die teuren miefen immer besonders krass.

»Du liebst sie, oder?« fragt mein Bruder, während er den Motor startet.

Der Krampf in meinem Magen löst sich und wird stattdessen zu einem Klumpen Teig.

»Ja«, höre ich mich heiser sagen. »Ich liebe sie.«

Sie ist ein Teil von mir. Sie war es vielleicht schon immer und wird es immer sein.

60. KAPITEL

Sydney

Meine Eltern bleiben für den Rest der Woche in Berlin. Vier Tage, an denen wir hauptsächlich auf der Couch lümmeln, uns von Ani durchfüttern lassen und über Gott und die Welt reden.

Und zur Uni gehen. Also ich, nicht sie.

Mama hat mich gleich am nächsten Tag aus dem Bett geschmissen und mich mit Anis Auto höchstpersönlich zum Campus gefahren. Es war nervig, derart bevormundet zu werden, aber wenn ich ehrlich bin, brauchte ich diesen Schubser. Ich habe mich wieder wie ein kleines Kind gefühlt, das unter der sicheren Obhut der Eltern lebt und seine Probleme nicht selbst lösen muss. Mehr Geborgenheit geht nicht.

Ab Morgen wird das leider nicht mehr so sein. Die Koffer stehen bereits in der Einfahrt, und am liebsten würde ich mich in einen davon hineinquetschen und mitfliegen. Die Zeit mit meinen Eltern war viel zu schön und viel zu kurz. Und obwohl wir uns schon bald zu Weihnachten wiedersehen, kann ich diese wenigen Wochen kaum abwarten. Als wir uns zum Abschied drücken, versprechen wir einander, uns öfter zu sehen und zu melden. Wir vergießen keine Tränen, aber wir sind alle kurz davor.

Dann rauscht das Taxi davon, und auch als es nicht mehr zu sehen ist, bleibe ich noch eine Weile an der Türschwelle stehen und denke an die letzten Tage voller Liebe und Harmonie.

Zurück im Haus wirkt die Stille seltsam ungewohnt, fast schon erdrückend. Plötzlich sind meine Gedanken wieder ganz laut und präsent.

Luke, Luke, Luke.

Durch Lennart weiß ich, dass Luke diese Woche auch nicht zur Arbeit gekommen ist. Ein egoistischer Teil von mir hat sich sogar gewünscht, er würde kündigen. Und doch erfüllt es mich mit zerreißender Trauer, wenn ich mir vorstelle, ihn nie wiederzusehen. Ich möchte ihn nicht aus meinem Leben wissen, selbst wenn er von nun an nur noch die Rolle des Statisten haben wird.

Ein Schlottern geht durch meinen Brustkorb. Ich brauche jetzt unbedingt andere Gedanken. »Ani?« rufe ich nach meiner Großmutter.

»Ja, Schätzchen?«, erwidert sie von oben.

»Wollen … wollen wir vielleicht etwas backen?«

Sie antwortet nicht sofort, vermutlich ist sie gerade dabei zu lächeln.

Ja, Ani, ich bin wieder so weit.

Mir war nach einem Schokokuchen, einem schön klebrigen, der mehr Zucker als Mehl enthält.

Glücklicherweise hat Ani einen Jahresvorrat an Zutaten im Schrank, weshalb wir gleich mit dem Backen loslegen können. Während ich die Schokoladenkuvertüre in einem Wasserbad schmelze, schüttet Ani kiloweise Kakao in die Schüssel. Wie immer arbeiten wir nicht nach Rezept, sondern experimentieren einfach und schauen, was am Ende dabei rauskommt. Vielleicht bin ich die uncoolste Person auf der Welt, aber nichts bereitet mir größeres Vergnügen, als mit meiner Oma einen Kuchen zu backen.

Bevor wir den Teig in die Form füllen, schmecke ich ihn ab. Er ist nicht so süß wie erwartet, eher herb und schwer, wie ein

Riesentrüffel. Ich freue mich jetzt schon auf diese Kalorienbombe.

Als der Kuchen im Ofen ist, wischen wir die Küche und summen die Melodie von Beethovens Klavierstück *Für Elise* mit, das gerade im Radio spielt. Anschließend kehren wir zurück ins Wohnzimmer. Nach meiner Meditation ist mein Kopf wieder etwas freier. Motiviert klappe ich meinen Laptop auf und beschließe, etwas Unikram nachzuarbeiten.

Leider lasse ich mich schon bald von Maya und Vicky über WhatsApp ablenken. Seit ein paar Tagen schreiben wir wieder – Mama hat mich nämlich auch dazu gedrängt, mich bei meinen Freundinnen zu melden. Es war richtig so, denn mit ihnen ist alles leichter. Ich vermisse sie und werde auch bald zurück zur WG ziehen. Aber gerade brauche ich meine Ani. Es ist verrückt, wie schnell ich mich hier wieder eingelebt habe. Obwohl ich seit fast fünf Jahren nicht mehr hier wohne, ist es, als wäre ich nie weg gewesen.

»Schätzchen?«

Ich schaue auf. Ani sitzt am anderen Ende des Sofas und starrt mich an. Die Lebensmittelzeitschrift von LIDL, in der sie gerade gestöbert hat, liegt aufgeschlagen auf ihrem Schoß. Außer ihr kenne ich keinen Menschen, der Briefkastenwerbung wirklich liest.

»Was gibt's?«

»Denkst du manchmal noch an ihn?«

»*Manchmal*? Es ist gerade mal eine Woche her! Ich denke jede zweite Sekunde an ihn.« Es soll sarkastisch klingen, aber ausgesprochen wirkt es irgendwie armselig.

»Es ist nur, weil ich nachgedacht habe und … also, hast du mal überlegt, ihm einen Brief zu schreiben?«

Einen Brief. Ich verkneife mir ein Lachen und klappe meinen Laptop zu. »Ani«, sage ich sanft, »so was macht niemand mehr.

Das ist einfach nicht mehr zeitgemäß. Ich bin nicht einmal sicher, ob ich selbst jemals einen richtigen Brief bekommen habe. Außerdem wüsste ich nicht einmal, was ich ihm schreiben soll. Es ist ohnehin alles gesagt. Die Katze ist aus dem Sack.«

»Hast du dich denn bei ihm entschuldigt?«

Ich halte inne. Habe ich das? Ich habe mich erklärt, ja, aber so richtig entschuldigt?

»Keine Ahnung, weiß ich nicht mehr«, gebe ich zu. »Aber selbst, wenn ich es nicht getan hätte, warum sollte er auf einen Brief antworten, wenn er nicht auf meine Nachrichten reagiert?«

»Weil er dann sieht, dass du dir Mühe gegeben hast«, meint Ani. »Dass du dir extra die Zeit genommen, dich hingesetzt und ein ganzes Blatt Papier mit deinen Worten gefüllt hast. Ich finde das nicht altmodisch, sondern romantisch.«

»Aber so sind wir nicht. So bin ich nicht.«

Anis Lippen formen sich zu einem grinsenden Bogen. »Habe ich dir eigentlich jemals die Geschichte von diesem einen Mädchen erzählt, das fünf Jahre lang immer am gleichen Tag auf einen Jungen gewartet hat?«

Ich verdrehe die Augen. »Touché. Aber vermutlich ist das eher gruselig als romantisch. Und außerdem … ach, ich weiß nicht. Am Ende antwortet er nicht, und dann bin ich wieder die Blöde.«

»Siehst du?« Sie zeigt auf mich. »Das ist dein Problem. Du bist zu stolz.«

»Bin ich gar nicht. Ich will nur nicht schon wieder gekorbt werden.«

»Sag ich doch. Du bist zu stolz. Außerdem wissen wir jetzt, dass er dir damals nicht willentlich einen Korb gegeben hat.«

»Wer weiß«, wende ich skeptisch ein. »Selbst wenn er mich und unser Treffen nicht vergessen hätte, kann ich nicht wissen, ob er nach einem Jahr wirklich gekommen wäre. Er hat mich schließlich nur wegen einer blöden Wette angequatscht und diese auch noch gewonnen.«

Ani schürzt die Lippen. »Ja. Das war wirklich nicht die feine englische Art.«

Nein, das war sie wirklich nicht. Ich würde sogar behaupten, dass diese Art in keiner Kultur geduldet wird.

»Ich würde ihm trotzdem einen Brief schreiben«, sagt sie wieder. »Gar nicht so sehr für ihn, sondern für dich. Vielleicht hilft es dir, deine Gedanken zu sortieren, wenn du alles erst mal vor dir stehen hast. Und am Ende kannst du immer noch entscheiden, ob du ihn abschicken willst oder nicht.«

Ich zögere kurz und nicke dann ergeben, hauptsächlich, um ihr einen Gefallen zu tun. Wenn es ihr so wichtig ist, schreibe ich eben diesen blöden Brief.

Ani verliert keine weitere Zeit und läuft in ihren Schlappen zum hölzernen Sekretär. Nachdem sie darin ein wenig herumgewühlt hat, kehrt sie mit elfenbeinfarbenem Papier zurück, dasselbe, das sie auch für Geburtstags- oder Weihnachtskarten benutzt. Es ist dicker als übliches Papier und wirkt irgendwie hochwertiger.

»Hier.« Ani reicht mir einen Kuli. »Was würdest du Luke sagen, wenn er jetzt hier wäre?«

Ich lasse den Stift mehrmals klicken und denke eine ganze Weile nach. Als ich den ersten Satz im Kopf habe, setze ich den Stift auf das Papier und lasse die Worte hinausgleiten.

Luke,

wenn ich die Zeit zurückdrehen könnte, würde ich es tun. Ich würde dich in der Bar abfangen und sofort Klartext sprechen. Vielleicht wären wir schon früher zusammen-

gekommen, vielleicht auch nie. Fakt ist, dass ich es zutiefst bereue, dass ich nicht ehrlich zu dir war. Du hattest recht, ich war kein Stück besser als du. Du hattest gelogen (zumindest dachte ich das zu dem Zeitpunkt), und ich bestrafte dich mit meiner Wut und weiteren Lügen. So was tut man nicht einem Menschen an, den man liebt. Trotzdem möchte ich dir auch sagen, dass ich traurig und verletzt darüber bin, dass unsere Geschichte mit einer Wette begonnen hat. Ich frage mich seitdem die ganze Zeit, ob du nur deshalb die halbe Nacht mit mir ausgehalten hast. Der Gedanke, dass ich mir das alles nur eingebildet haben könnte, macht mir so große Angst, dass ich die Antwort gar nicht hören will.
Bei unserem letzten Treffen hast du ganz klar gesagt, dass es für dich vorbei ist, und wahrscheinlich ist inzwischen ohnehin zu viel kaputt, um es zu retten. Dennoch musst du wissen, dass es mir wirklich leidtut. Es war nie meine Absicht, dir wehzutun, ich wollte mein Herz nur vor weiterem Schmerz schützen. Aber ich bedauere die Art und Weise, für die ich mich entschieden habe.
Danke für all die Zeit, in der du ein Teil meines Lebens warst. Ich werde es nie vergessen.

Sydney

Das war's. Das sind meine Gedanken, nackt und ungeschminkt. Ani hatte recht. Es hat gutgetan, diesen Brief zu schreiben, um meine Gedanken zu sortieren.

Eigentlich hatte ich erwartet, dass ich Luke anflehen würde, mir eine weitere Chance zu geben, doch nun liest es sich wie ein Abschied. Das hat also in mir geschlummert. Der Wunsch nach einem Abschluss.

»Und du hast gesagt, du wärst nicht romantisch«, murmelt Ani neben mir und tupft sich etwas aus dem Augenwinkel. »Vergiss das mit dem Backen. Du bist eine wahre Poetin.«

Ich schmunzele über ihre Worte und falte das Blatt zusammen.

»Hast du eine Briefmarke?«

EPILOG

Sydney

Hier bin ich nun wieder, an dem Ort, an dem alles begann. Bisher bin ich immer nur im August hergekommen, wenn der Duft des Sommers in der Luft hing und es selbst in der Nacht noch warm war. Jetzt wirkt es wie in einem Paralleluniversum. Der Boden ist vereist, und die Sträucher um mich herum haben die meisten Blätter verloren. Auch der Stein, auf dem ich sitze, ist kalt und feucht.

Eigentlich sollte ich nicht hier sein, nicht allein, nicht mitten in der Nacht. Aber bevor mir die Decke auf den Kopf fiel, musste ich raus, an einen Platz, wo ich atmen und klar denken kann. Und irgendwie ist es auch poetisch, oder? Hier hat unsere Geschichte ihren Anfang genommen, und hier endet sie nun.

Diesmal weiß ich von vornherein, dass Luke nicht kommen wird, denn ich habe ihm überhaupt nicht Bescheid gesagt. Aber vermutlich hätte er es ohnehin nicht getan, schließlich hat er auch nicht auf meinen Brief reagiert.

Es ist okay. Klar bin ich traurig, aber im Grunde hatte ich auch nichts anderes erwartet. Nicht jede Geschichte hat ein Happy End, und so schlecht finde ich das Ende gar nicht.

»Danke, Aliens«, sage ich und schaue stumm zum Mond, der sich heute in seiner vollen Pracht zeigt. »Danke für die aufregenden Monate. Ihr habt mir zwar den Liebeskummer meines Lebens bereitet, aber ich habe auch sehr viel gelernt. Mein Leben tritt nicht mehr länger auf der Stelle. Ich laufe wieder und gehe meinen Weg.«

Nach jedem Ende folgt ein Anfang. Meine Liste hat noch viele Punkte, die umgesetzt werden müssen, und vielleicht kommen im Laufe der Zeit neue hinzu. Die Aliens sind meine Zeugen, eines Tages werde ich alle abhaken. Und vielleicht, ganz vielleicht, werde ich irgendwann wieder bereit sein, mein Herz zu öffnen. Aber das kann warten. Erst muss es sich erholen, bevor ich es auf weitere Abenteuer schicke. Erst, wenn es nicht mehr wehtut, an ihn zu denken, oder mir beim Klang seines Namens nicht mehr schwindelig wird, kann ich ein neues Kapitel aufschlagen. Aber ich werde mich nicht stressen. Ein gebrochenes Herz zu heilen braucht eben eine Weile.

Als meine Jacke mich nicht mehr länger vor der beißenden Novemberkälte schützt, rappele ich mich auf und hauche mir in die Hände. Dampfwölkchen strömen aus meinem Mund, und meine Fingerspitzen bekommen ein bisschen Wärme ab, wobei das Einatmen umso eisiger ist. Zum Glück bin ich mit Anis Käfer hergefahren, auch wenn die Autoheizung der reinste Witz ist.

Und dann durchbricht ein Rascheln die Stille. Ich zucke zusammen und schaue mich suchend um, unfähig das Geräusch zu lokalisieren. Kommt es von links oder rechts? Kommt es von der Straße?

Wieder erklingt es, und diesmal setzt mein Herz eine Schrecksekunde aus. Da ist ein Schatten, ein menschlicher Schatten. Und ich bin hier mutterseelenallein. Ich will gerade mein Handy zücken und Ani anrufen, als der Schatten spricht.

»Hey, Liebste.«

Luke

Sydney sieht aus wie ein verschreckter Waschbär. Ich wollte mich nicht anschleichen, aber es war zu dunkel, um von der Ferne etwas zu erkennen.

Doch jetzt sehe ich sie. Sie trägt einen schwarzen Wintermantel mit Fellkragen, darunter eine graue Jogginghose und braune UGG-Boots. Alles Kleidungsstücke, die warm und bequem aussehen, aber gar nicht zusammenpassen. Sie ist ungeschminkt, ihre Haare sind zu einem unordentlichen Knoten gebunden, und ich glaube, dass sie nie schöner ausgesehen hat als in diesem Moment.

»Du … du bist hier?« stottert sie.

»Ja.« Ich mache einen vorsichtigen Schritt auf sie zu. Sie steht am Wasser, an derselben Stelle, an der wir uns vor fünf Jahren kennengelernt haben. Hinter ihr taucht der Mond in einer nebeligen Wolke hervor und ist so symmetrisch rund, als hätte man ihn mithilfe eines Zirkels in den Himmel gekreist.

Ich schaue zurück zu Sydney, deren Atmung sich allmählich beruhigt hat. Sie mustert mich mit einem Ausdruck, den ich nicht deuten kann. Neugier? Skepsis? Freude?

»Du hast deine Jacke wieder«, stellt sie fest.

Ich nicke. »Hab ich.«

Seit zwei Stunden, um genau zu sein. Vorhin bin ich zu ihr gefahren, traf dort allerdings nur auf ihre Mitbewohnerinnen. Vicky hat mir die Jacke daraufhin mitgegeben und sich ohne eine weitere Erklärung bei mir entschuldigt. Das war völlig unnötig, denn was zwischen Sydney und mir passiert ist, haben nur sie und ich zu verantworten.

Sydney hakt nicht weiter nach, stattdessen deutet sie auf die Tüte in meiner Hand. »Was hast du da?«

Ich folge ihrem Blick und lächele unsicher. »Das sind … *Friedenscookies*.«

»Du hast Cookies gebacken?«

»Nicht ich. Deine Großmutter. Ich war zuerst bei dir in der WG und danach bei deiner Oma«, erkläre ich. »Du warst nicht da, aber sie hat mir gesagt, wo ich dich finde. Bevor ich gegangen bin, hat sie mir noch die Tüte in die Hand gedrückt.«

Dass sie mir zum Abschied noch eine links und rechts geklatscht hat, weil ich ihre Enkelin durch die Hölle hab gehen lassen, verschweige ich ihr. Im Grunde habe ich es verdient.

»Du warst bei Ani?«, fragt sie verdattert. »Woher wusstest du, wo sie wohnt?«

»Von deinem Brief.« Ich zücke den Umschlag aus meiner Jackentasche und runzele die Stirn. »Ich habe ihn erst heute gelesen.«

»Heute?«

»Ja.« Verlegen reibe ich mir über den Kopf. »Wie du weißt, leere ich meinen Briefkasten immer erst, wenn er überquillt.« Ganz zu schweigen davon, dass ich unmöglich vorhersehen konnte, dass Sydney mir einen Brief schreiben würde.

»Du … hast mich also nicht ignoriert?«

»Nein«, entgegne ich und werde mir erst einen Atemzug später der Tragweite ihrer Worte bewusst. Sydney dachte, dass ich ihr absichtlich nicht geantwortet hätte. Dass ich ihren ehrlichen Brief, in dem sie sich auf herzlichste Weise entschuldigt und erklärt hat, ignoriert habe.

»Tut mir leid«, murmele ich und schaue wieder an ihr vorbei zum Mond.

»Warum entschuldigst *du* dich?«

»Weil ich dich damals wegen einer Wette angequatscht habe. Und weil du dachtest, dass du dir die Verbindung zwischen uns nur eingebildet hättest. Das hast du nicht«, sage ich und unterstreiche das letzte Wort.

»Und weil ich neulich einfach gegangen bin«, fahre ich fort und merke, wie meine Stimme immer brüchiger wird. »Nachdem ich mich endlich erinnert hatte, war das Erste, was ich getan habe, dich von mir zu stoßen. Das war scheiße.«

»Du brauchtest eben Zeit.« Sie lächelt traurig. »Das verstehe ich. Mir tut es auch leid. Die Lügerei war so falsch. Ich wollte es dir sagen, aber am Ende wusste ich nicht mehr, wie ich da rauskomme.«

»So ging es mir damals auch. Mit der Wette«, füge ich leise hinzu.

Sydney senkt den Kopf und nickt. »Verfluchte Aliens.«

»Was?« Sagte sie gerade *Aliens*?

»Schon gut.« Sie lacht erstickt, dann deutet sie auf die Tüte in meiner Hand. »Kriege ich einen?«

»Klar.« Ich öffne den Zipper-Beutel und halte Sydney die Tüte hin. Dann fische ich ebenfalls einen heraus, bevor wir mit unseren Cookies anstoßen. Als ich reinbeiße, hört die Welt kurz auf, sich zu drehen.

»Sydney?«

»Ja?«, sagt sie mit vollem Mund.

»Bitte hass mich nicht, aber die Cookies deiner Oma sind noch besser als deine.«

Sie lacht hell auf, ein Klang, der mir so gefehlt hat. »Ich würde dich hassen, wenn du das Gegenteil behauptet hättest.«

Als ihr Blick auf meinen trifft, verstummt sie wieder. Der Cookie fällt ihr aus der Hand und landet auf der feuchten Erde. Ich lasse meinen und die Tüte ebenfalls fallen, dann greife ich nach dem Saum ihres Mantels und ziehe sie an mich. Der Boden ist glatt, und wir geraten leicht ins Wanken, aber niemand von uns fällt, weil wir einander halten.

»Du hast mir so unfassbar gefehlt«, flüstere ich und sauge den lieblichen Duft ihrer Haare ein.

»Du mir auch«, wispert sie und hebt den Kopf, um mich richtig anzusehen. Unsere Gesichter sind nur noch wenige Zentimeter voneinander entfernt. Der Dampf, der aus unseren Mündern dringt, vermischt sich und wird zu einem.

Ich überbrücke die letzte Distanz zwischen uns und schließe die Augen. Als sich unsere Lippen treffen, fühle ich mich mit einem Mal wieder ganz. Vorher waren da diese Phantomschmerzen, die durch Sydneys Fehlen ausgelöst wurden. Ihr fern zu sein hat buchstäblich wehgetan. Jetzt bin ich wieder komplett.

Sydneys kalte Hände schließen sich um meinen Nacken und ziehen mich noch enger an ihr Gesicht. Fast synchron öffnen sich unsere Münder und begrüßen die Zunge des andern. Unser Kuss schmeckt nach bittersüßem Verlangen und Cookie, dem schönsten Geschmack auf der Welt.

Sydney seufzt in meinen Mund, und ich inhaliere ihre jahrelange angestaute Sehnsucht. Und doch hat sie mich nie aufgegeben. Jedes Jahr war sie hier, in der Hoffnung, ich würde irgendwann noch auftauchen.

»Tut mir leid, dass du so lang auf mich gewartet hast«, sage ich und festige den Griff um sie, noch nicht bereit, sie schon loszulassen. Oder jemals.

»Schon okay.« Sie lächelt, ihre Lippen glänzen, ihre Augen leuchten. Dann huscht ein frecher Schatten über ihr Gesicht. »Luke?«

»Ja?«

»Wehe, du vergisst mich wieder.«

Ich schüttele den Kopf und lächele. »Niemals, versprochen.«

DANKSAGUNG

Vor ein paar Jahren war da dieser Junge, der nach meiner Nummer gefragt hat. Er wollte mich nicht morgen oder übermorgen, sondern nach exakt einem Jahr anrufen. Zwar weiß ich bis heute nicht warum, denn er hat sich nie wieder gemeldet, aber ich danke ihm trotzdem von ganzem Herzen, da er mich zu dieser Geschichte inspiriert hat.

Danke auch Luke und Sydney. Wir hatten ein paar wunderschöne, aufregende Monate miteinander, und es tut ein bisschen weh, euch jetzt loslassen zu müssen.

Ein großer Dank gilt meiner Familie. Danke, Mama, für den wunderschönen Tag im Garten, als ich die ersten Worte meiner Geschichte in meinen Laptop tippte. Danke, Papa, meinem größten Fan – was mindestens so süß wie seltsam ist! Danke, Yousra, der wohl einzigen Person auf der Welt, die mich lustig findet! Danke auch dir, Sarah, weil … ich habe nicht mal Worte, die deinem unglaublich herzlichen Wesen gerecht werden. Ich sag's einfach noch mal: Du bist pure Liebe.

Danke, Toni, Josy, Holger, Basma und Julia – ihr alle habt mich auf unterschiedliche Weise bei der Arbeit an diesem Buch unterstützt. Eure Freundschaft gibt mir mehr, als ein Adjektiv es beschreiben kann.

Danke Theresa, dass du mein Buch vorabgelesen, und mir das wunderschöne Zitat für den Klappentext geschenkt hast.

Mein Dank gilt auch dir, Andi. Die letzten Monate war ich das reinste Nervenbündel, aber irgendwie hast du es trotzdem mit mir ausgehalten. Danke für deine unmenschliche Geduld.

Danke an das gesamte LYX-Team, vor allem euch, Sabrina und Lisa. Ich liebe unsere Zusammenarbeit, liebe euren Input und bin so dankbar, dass ihr das Beste aus Luke und Sydney rausgeholt habt!

Zum Schluss möchte ich dir Danke sagen, liebe:r Leser:in! Danke, dass du meine Geschichte in dein Herz gelassen hast. Du ahnst nicht, wie viel mir das bedeutet. Vielleicht lesen wir uns demnächst wieder. ♥

SYDNEYS VEGANE MACADAMIA COOKIES

Zutaten
50 g brauner Zucker
30 g weißer (raffinierter) Zucker
80 g Margarine
1 EL Macadamiamus
100 g Mehl
30 g Macadamianüsse
1 TL Backpulver
ein Schuss Hafermilch (oder eine andere vegane Milch)

Zubereitung
Ofen auf 180 Grad vorheizen.

Zucker, Margarine und das Macadamiamus mit einem Schneebesen verrühren. Mehl und Backpulver nach und nach unterheben. Falls der Teig zu fest ist, ggf. noch einen Schuss Hafermilch hinzufügen. Zum Schluss die Macadamianüsse grob hacken und zum Teig hinzufügen.

Backpapier auf einem Backblech ausbreiten und den Teig mithilfe eines Eisportionierers oder eines Esslöffels auf dem Backblech platzieren.

Bei 10–12 Minuten (Ober- und Unterhitze) backen.